D1918638

Originaltitel: 새벽의 나나 © 2010 by Park Hyoung-su
All rights reserved.
First published in Korea by Moonji Publishing Co., Ltd.

Nana im Morgengrauen is published under the support of Literature Translation Institute of Korea (LTI Korea).

MIX
Papier aus verantwortungsvollen Quellen
FSC® C012536
FSC www.fsc.org

© 2018, Septime Verlag, Wien
Alle Rechte vorbehalten.

Lektorat: Anton Ziegler
Umschlag und Satz: Jürgen Schütz
Umschlagbild: © fotolia.com – Radarani
Druck und Bindung: Christian Theiss GmbH
Printed in Austria

ISBN: 978-3-902711-78-6
www.septime-verlag.at
www.facebook.com/septimeverlag | www.twitter.com/septimeverlag

Park Hyoung-su

Nana im Morgengrauen

Roman

Aus dem Koreanischen von
Sun Young Yun und Philipp Haas

Erstes Kapitel

WILLKOMMEN ZURÜCK IN NANA

1

Leo blieb stehen und blickte sich um. Jemand hatte ihn an der Schulter berührt, nicht aus Versehen, wie ihm schien, sondern weil er ihn gut kannte und ihm bedeuten wollte, dass er ihm etwas zu sagen hatte. Aber hinter ihm waren im Flackern der Neonschilder nur ein faul daliegender Hund, die Hitze, die an Geldscheinen klebend ausgetauscht wurde, und jene Menschen, die eben an ihm vorübergegangen waren. Und dahinter die thailändische Nacht, tiefblau und dunkel glänzend wie geöltes Ebenholz.

Ein feiner, tropisch warmer Sprühregen ging nieder. Der unerwartet mitten in der Trockenzeit fallende Regen sorgte auf der ganzen Straße für ein Durcheinander. In der Sukhumvit Soi 4, am Eingang der sogenannten Nana Plaza, verkauften durchnässte Straßenhändler mitten unter den Prostituierten, die alle dasselbe Lächeln im Gesicht trugen, auf Holz gebratene Bananen, Hühnerflügelspießchen, gebratene Nudeln mit Ei und frittierte Schwimmkäfer. Es war nach elf Uhr abends, daher waren in der Straße die dunklen Winkel und die Strommasten voller Essensreste und halb verdautem Erbrochenen, das sich zum Teil erst vor Kurzem aus dem Mund eines Betrunkenen ergossen hatte. Die schmutzigen Hunde, an einer Epidemie leidend, die ihnen das Fell ausfallen ließ, blickten arglistig wie Kleinkriminelle umher, während unaufhörlich mit Werbung für Juwelierläden beklebte Honda-Taxis, klapprige Motorradrikschas und Porsches der neuesten Bauart die zweispurige Straße auf und ab rasten, als wollten sie alles, was sich ihnen in den Weg stellte, über den Haufen fahren, um dann doch mit scharfem Quietschen abzustoppen. Tiefer im Inneren der von Straßenhändlern gesäumten Straße reihte sich über eine Strecke von etwa fünfzig Metern eine Bar mit dröhnenden Lautsprechern an die nächste, waren entlang des linken und des rechten Fahrbahnrandes schmutzige Massagestudios zu sehen, vor deren Eingängen Gruppen von Masseusen in gelben T-Shirts saßen, die mit lauten Rufen dicke, ältere, an Scheckhaut leidende europäische Ehepaare anzulocken versuchten, war weiters ein teures Franchise-Steak-Restaurant zu sehen, in dem ein junges Mischlingsmädchen bediente, ein 7-Eleven-Minisupermarkt, sowie eine indische Imbissstube, die den Duft von Tandoori verströmte, ein mit etwa zehn Pentium-PCs bestücktes Internetcafé, in Rosarot beschilderte Lady-Bars, die von Herren in Armani-Anzügen frequentiert wurden, danach wieder ein 7-Eleven-Minimarkt, daneben Tattoo-Läden, aus denen der Rauch von Ganja-Haschischzigaretten drang, und wieder ein 7-Eleven. Dahinter ging es mit dem Nana der mittelpreisigen Hotels weiter, die ihre Zimmer für jeweils drei Stunden vermieteten, Nana war voll davon.

Leo betrat eine Bar mit zur Straße hin offener Front und bestellte sich ein Bier. Nachdem er sein Gepäck im Hotel abgestellt hatte, war er seit sieben Uhr abends über vier Stunden lang herumgelaufen und nun völlig nassgeschwitzt. Dabei hatte er vor allem auf dem Parkplatz vor dem Haupteingang des Sukhumvit Nana Nightclubs gut drei Dutzend Drogenhändler und Prostituierte angesprochen, von denen die meisten ihr halbes Leben hier verbracht hatten und zu Lebzeiten höchstwahrscheinlich auch nicht mehr von hier wegkommen würden. Sie hörten sich erst geduldig Leos Ausführungen an, warteten lange zu, bis er ihnen möglichst viele Informationen über die Gesuchte gegeben hatte, sagten dann aber, dass sie ihren Namen noch nie gehört hatten, grinsten verschlagen und versprachen, später einen Freund nach ihr zu fragen, der allerhand über die Prostituierten der Sukhumvit-Straße wusste. Fürs Erste, empfahlen sie Leo, sollte er ihnen etwas von dem günstigen, aber qualitativ hochwertigen Ecstasy abnehmen, das sie anboten, die Schlampe, von deren Sorte hier ohnehin reichlich herumliefen, vergessen und stattdessen mit ihnen kommen, um eine zwölfjährige Sexmaschine aus dem Landesteil Isan zu treffen. Einige der Prostituierten, von billigem Rum betrunken, packten ihn kurzerhand am Gürtel und zerrten mit aller Kraft daran.

Er ließ sich seine Gereiztheit nicht anmerken, wollte aber nichts mit ihnen zu tun haben. Er hätte sich erst gar keine Hoffnungen machen dürfen, es hier ohne Weiteres finden zu können. Jenes Mädchen, von dem er sich vor sechs Jahren in einer Seitengasse der Sukhumvit-Straße verabschiedet hatte, hatte er hier in Nana, wo Nacht für Nacht mehrere Tausend Prostituierte zusammenkamen, finden wollen? Ein fürwahr großartiger Plan! Aber da das menschliche Herz nun einmal die seltsamsten Wege ging, hatte er keinen Gedanken daran verschwendet, dass es unmöglich oder jedenfalls sehr schwierig werden könnte, das Mädchen zu finden, seit er sich vor drei Tagen auf den Weg hierher gemacht hatte, nachdem er von der Untreue seiner Ehefrau erfahren hatte. Stattdessen hatte er sich nur damit beschäftigt, was er beim Wiedersehen sagen oder was für ein Geschenk er vorbereiten sollte. Es war eine banale Floskel, für die er sich schließlich als ersten Satz entschied: ›Herzlichen Glückwunsch zum Geburtstag!‹, außerdem hatte er als Mitbringsel in einem Tax-Free-Laden am Flughafen einen Flakon Chanel Allure besorgt. All dies war nun also umsonst. Dass es zu allem Überfluss, wie um ihm die Laune völlig zu verderben, auch noch mitten in der Trockenzeit sinnlos regnete, war einfach nur zum Kotzen.

Eine schlanke Barfrau, die sich die Haare braun gefärbt hatte, kam zu ihm und brachte ihm ein Singha-Bier und dazu ein Gefäß mit kleinen runden Eiswürfeln.

»Spielst du eine Runde Pool mit mir?«

Da der Nachbartisch sehr nahe herangerückt war, reckte sie ihm ihren Unterleib entgegen, während sie die Frage stellte. Ihre Stirn stand in dem schmalen Gesicht ein Stück vor und sie hätte vielleicht ganz unschuldig ausgesehen, hätte sie sich nicht mehrere Ringe durch die Lippen stechen lassen. Aber vielleicht hatte sie sich die Piercings ja gerade deshalb machen lassen, weil sie Angst hatte, zu unschuldig auszusehen. Auf der einen Seite ihres Gesichts stieg eine traurige und schreckliche Erscheinung auf: Die großen Augen des Schamanen, der in der Dunkelheit langsam durchtrennte Hals einer jungen Indianerin, ihre im Augenblick des größten Schreckens schmerzverzerrten Lippen und Augenlider, die sich sogleich entspannten und ausdruckslos wurden wie der Nebel hinter den Wölkchen rosa Arterienblutes. Mein Gott, was geschieht da gerade? Lass mal ein wenig tiefer blicken, ein wenig tiefer da hinein, okay?

Ja, aus dem Dorf herausgekommen bist du also auf dem Weg zum Birkenwald. Eine mondlose Nacht in der Taiga, ruft da nicht aus dem fernen Westen eine Eule »Huuhuu«? Die sich vor den Sternschnuppen ängstigenden Füchse haben sich in Richtung des eisigen Tals am Fluss Lena versammelt. Du läufst ganz allein auf dem sibirischen Waldweg, in der Hand eine

Ledertasche, um den Kriegern kaltes Wasser zu bringen. Bis hierher kann man dein Herz schlagen hören.

Lass mich sehen, lass mich noch ein Stück näher ran, ein kleines Stückchen nur … Das Ziegenleder, das deinen Rücken bedeckt, flattert im eisigen Wind, deinem leicht geöffneten Mund entströmt weißer Hauch. Deinen Ehemann, der seinen Mut mit den Zähnen eines Bären zeigt, und seine indianischen Gefährten hast du weit hinter dir gelassen, um dich herum kriecht in der Tiefe des Waldesdickichts der Schatten des Erdballs. Aber … mein Gott, was ist das?!? Ausgerechnet der alte Schamane, der vor ein paar Tagen aus dem Dorf verjagt wurde, hält sich dort versteckt. Als er mit einem sichelförmigen weißen Messer in der Hand hinter einer durch Blitzschlag verkohlten Fichte hervortritt, willst du, anstatt wegzulaufen, der Bedrohung mit gefasstem, keinerlei Regung erkennen lassendem Ausdruck begegnen, er aber hatte von Beginn an nicht die Absicht, dir nur zu drohen oder mit dir zu verhandeln. Auch wenn es sich häufig so darstellt, als hätten Zufälle und Fehlentscheidungen, Affekthandlungen und Fehler die Dinge aus dem Lot gebracht, ist rückblickend doch nur geschehen, was geschehen musste. Mein Gott! Sieh an, was er mit dir macht! Blutüberströmt brichst du zusammen, er aber hält dich noch immer an den Haaren gepackt und durchtrennt dir mit flinken Zügen den schlanken weißen Hals. Obwohl deine Seele den Körper noch nicht verlassen hat, verschwinden nach und nach Ausdruck, Wille und zuletzt auch alle Begierde aus deinem Gesicht, du bist nur noch ein langsam erkaltendes Stück Fleisch. Der Schamane hält den abgetrennten Kopf hoch, starrt ihn aus kurzer Distanz einen Moment lang durchdringend an und schleudert ihn dann in Richtung des hinter ihm in der Ferne liegenden Dorfes, das voll ist von Signalfeuern, von sich.

Nun rollst du zwischen Bäumen und Büschen hindurch, über Abgründe und Felsen hinweg, rollst und rollst, ehe du schließlich deinem Ehemann zu Füßen landest, der gerade im Kreise seiner Gefährten steht und eine feurige Rede hält. Deine Seele verlässt den Körper, entschwindet in dem kurzen Moment des Abschieds, da sich der Blick deines vor Schreck sprachlosen Ehemannes mit dem deinen trifft. In der Tat, auf diese Art und Weise bist du gestorben.

›Woher, um alles in der Welt ...‹, murrte Leo bei sich und seufzte beim Blick auf das semi-transparente Trinkglas, an dem nach Grünzeug aussehende Essensreste klebten, ›... woher nahmst du bloß die Kühnheit, ganz allein dorthin aufzubrechen? Deinen Mann und die Tausenden freundlichen und loyalen indianischen Krieger zu verlassen, die alle für dich durchs Feuer gegangen wären.‹ Aber wer konnte eine solche Frage schon beantworten? Im Leben zählen nicht die Absichten, die wir hegen, am Ende kommen die Dinge einfach über uns. Leo schüttelte den Kopf und antwortete knapp:

»Nein, ich mach mir nichts aus Pool.«

Die Barfrau hatte seine Antwort gehört und setzte sich dennoch mit einem Plumps zu ihm. »Du sprichst ja richtig gut Thai! Bist du hier, um jemanden zu treffen?«

Leo schenkte sich behutsam Bier ein und trank rasch mit spitzen Lippen den Schaum von dem Glas, das überzulaufen drohte. Auf der schmutzigen Straße hauchten Prostituierte, denen im Regen Mascara über das Gesicht lief, an unbestimmte Gegenüber gerichtet die immer gleichen Grußworte, mit denen sie um Kundschaft warben: »Na, wie wär's heut mit uns?«, »Wohin des Weges?« Der Regen hatte beinahe aufgehört und nur eine leichte Schwüle wurde mal hierhin, mal dorthin getragen, je nachdem, wie der Wind gerade wehte.

Sobald das kalte Bier in seinem Magen angekommen war, wurde Leo noch müder. Er spielte mit der Hotel-Schlüsselkarte in seiner Hosentasche. Bei dem Gedanken daran, von welchem Moment an etwas falsch gelaufen war, war sofort der pochende Kopfschmerz wieder da. Seine Frau hatte kein Wort der Rechtfertigung verloren.

»Willst du, dass ich meine Sachen packe?« Das war alles gewesen, was sie gesagt hatte.

Leo, der sich nur mit Mühe hatte beruhigen können, hatte sie gebeten, das nicht zu tun. Anstatt in Wut zu geraten oder mit ihr zu streiten, hatte er dieses völlig unerwartete und schmerzhafte Problem mit ihr gemeinsam lösen wollen – wenn es denn zu lösen gewesen wäre. Aber so, als hätte sie alles von langer Hand vorbereitet, hatte sie ihre Sachen bereits gepackt, nahm nur die bereitstehende Tasche und ging aus der Wohnung. Er fragte nicht, wohin sie wollte. Denn das Wohin war nicht das Entscheidende. Wie ihm vor langer Zeit einmal jemand hier auf dieser Straße, an der er jetzt saß, gesagt hatte, brach man seine Zelte nicht ab, weil man unbedingt irgendwohin wollte, sondern weil man dort, wo man war, nicht mehr bleiben konnte.

Da alles rasend schnell gegangen war, hatte er sich die Szene danach mehrmals vor Augen rufen müssen, um überhaupt zu begreifen, was genau geschehen war. Aber je länger er darüber nachgedacht hatte, umso mehr war das Einzige, woran er sich erinnern konnte, wie ihm seine Frau den Rücken gekehrt hatte und zur Tür gegangen war. Diese ihre Rückenansicht war eine sehr natürliche und sogar anmutige gewesen, aber der Gedanke, dass nach sieben gemeinsamen Jahren des hitzigen fleischlichen Austausches dieses Bild tatsächlich alles sein sollte, was ihm von ihr blieb, ließ ihn vor Wehmut erschaudern. Er fragte sich, worüber sie derart in Rage geraten sein mochte. Etwa darüber, dass er ihre Untreue entdeckt hatte? Oder darüber, dass er sie dennoch nicht aufgefordert hatte zu gehen? Oder aber über seine ausdruckslose Miene, als er sie bat, nicht zu gehen. Man konnte nicht sagen, was es war. Es war nicht nur schwierig, jemand anderen zu verstehen. Es war unmöglich.

»Heute ist ein Freudentag!«

Als ihn die Barfrau an seiner Seite erneut ansprach, hatte Leo die Augen geschlossen und eine Hand, mit deren Fingern er sich die Schläfen massierte, auf sein Gesicht gelegt. Obwohl er sich nicht sicher war, ob das Massieren den Schmerz linderte oder ihn im Gegenteil verstärkte, konnte er nicht damit aufhören. Es war das Einzige, was er gegen seine Kopfschmerzen tun konnte. Unter dem Tisch wand sich eine riesige Raupe, deren hellgrüner Körper zur Hälfte zerdrückt worden war, in Agonie.

»Es ist ein Tag, an dem die ganze Welt ausgeht und trinkt.«

»Was wird denn gefeiert?«, fragte Leo und stupste mit der Fingerspitze ein Stück Eis tiefer in sein Glas. Das Eis drehte sich in dem Glas und stieg langsam zurück an die Oberfläche.

»Keine Ahnung. Ist einfach so.«

Die Barfrau antwortete lächelnd, sie schien froh darüber zu sein, dass Leo endlich reagierte. Schweißtropfen formten sich auf dem Rücken ihrer leicht gepuderten Nase. Aus der Toilette drangen laute Schreie. Es hörte sich nach einem Streit unter Betrunkenen an. Aber niemand interessierte sich genug dafür, um sich danach umzuwenden. Ob da jemand in einem Verbrechen aus Leidenschaft erschossen wurde, oder ob sich jemand in der unerträglichen Hitze selbst umbrachte, es war allein seine Sache. Nach einer kurzen Pause sagte die Barfrau mit sanfter Stimme:

»Stell dir vor, ich weiß immer noch nicht, was an Weihnachten eigentlich gefeiert wird. Weißt du das?«

»An dem Tag wurde irgendein Baby geboren«, antwortete Leo. In dem Augenblick schmolz gerade das letzte Stückchen Eis in seinem Glas. Ein schwarzer Skorpion lief auf dem mit Transparentlack eingelassenen Baumstumpf, der das Geländer stützte, im Kreis. Er schien ins Freie gekommen zu sein, um freudig den ersten Regen nach langer Zeit zu begrüßen.

»Das heißt also, der ganze Trubel findet nur statt, weil angeblich ein Kind geboren wurde?«

Die Barfrau nickte kraftlos mit dem Kopf, als enttäuschte sie diese Erklärung, ehe sich ihre Miene wieder aufhellte und sie mit leuchtenden Augen sagte:

»Es muss aber ein feines Leben gelebt haben, dieses Kind!«

Wie würde sie dreinschauen, wenn man ihr erzählte, dass das Kind in seinem dritten Lebensjahrzehnt hingerichtet worden war? Als auf einer Seite der Straße ein junger, etwa zweijähriger Elefant erschien, wurde sein Besitzer sogleich von europäischen Touristen umringt, die mit ihm den Preis einer Banane als Imbiss für das Tier verhandelten. Nachdem der Elefant, der am Rücken und am Kopf dicke Haare hatte, die Banane bekommen und aufgefressen hatte, hatte er sichtbar bessere Laune und trompetete und tanzte sogar ein bisschen. Leo beobachtete die Szene eine Zeit lang und sagte dann, während er über das außen beschlagene Bierglas wischte:

»Ich suche tatsächlich nach jemandem.«

»Nach einem Mädchen von dieser Straße?«, fragte die Barfrau. Sie wollte wissen, ob es sich um eine Prostituierte der Sukhumvit-Straße handelte.

»Ich weiß nicht, ob sie eine von hier ist oder nicht. Aber ich nehme es doch an. Ja, wahrscheinlich.«

Und er wiederholte den Namen des Mädchens dreimal. Die Antwort der Barfrau kam unerwartet:

»Die kenne ich! Wir haben für kurze Zeit in derselben Straße gewohnt.« Bevor Leo in seinem Erstaunen irgendetwas sagen konnte, fügte sie hinzu: »Ihr Englisch ist unglaublich gut. Aber willst du die wirklich an einem Tag wie heute treffen?«

»Wieso? Was soll das heißen?«, fragte er verwirrt. »Du meinst, ich kann sie an einem Tag wie heute nicht treffen?«

»Dummerchen. Bist du vielleicht reich? Die ist extrem teuer. An einem geschäftigen Tag wie heute müsstest du ihr mindestens 20.000 Baht geben. Außerdem ist sie dieser Tage anscheinend mit irgendeinem chinesischen Typen zusammen, der in Silom ein Business am Laufen hat. Von dem heißt es, wenn er Meeresfrüchte isst, bestreut er sie vorher reichlich mit Goldstaub. Um keine Nahrungsmittelvergiftung zu bekommen, oder was weiß ich wofür. Wie die Reichen eben sind. Die klotzen lieber statt zu kleckern.« Und dann fügte sie hinzu: »Was ist mit mir? Ich habs auch drauf.«

Sie meinte nicht ihre Englischkenntnisse. Sie steckte sich einen Finger in den Mund und nahm ihre Zahnprothese heraus. Augenblicklich fiel ihr die Mundpartie ein und zog sich zusammen wie ein Schließmuskel. Dann öffnete und schloss sie ihre Lippen ein paarmal, ehe sie sich das Gebiss zurück in den Mund steckte und wieder aufs Zahnfleisch drückte.

»Krass, was? Ich kann echt gut blasen.«

»Mmmh, sieht so aus.«

Leo applaudierte ihr. Er wollte sie nach der Telefonnummer des Mädchens fragen, hielt aber inne. Es war unwahrscheinlich, dass sie die Nummer hatte, und selbst wenn, so wollte er den Hörer nicht abheben und jemanden, den er sechs Jahre nicht gesehen hatte, übers Telefon begrüßen: »Hey, ich bin in Thailand, in Bangkok.« Natürlich würde dann alles augenblicklich erkalten. Es wäre eine Dummheit und schuld daran wäre er ganz allein.

Er fühlte sich niedergeschlagen und wurde von Wellen der Müdigkeit erfasst. Der Straße zugewandt schloss er fest die Augen. In einem wirbelnden, violetten Strudel konnte er das Sukhumvit von 1994 fühlen. Dann machte er die Augen wieder auf. Er war zurück im Sukhumvit des Jahres 2009. Leo massierte sich mit den Fingern die Schläfen und machte die Augen ein paarmal auf und zu. Nach einiger Zeit, als hätte er einen Punkt jenseits der Erschöpfung erreicht, schien er sich nicht mehr sicher zu sein, zu welchem Jahrzehnt die Bar, in der er saß, gehörte. Er stand auf, das in der Zwischenzeit bitter gewordene Bier ließ er stehen.

»Gehst du schon?«

Die Barfrau mit dem falschen Gebiss sah auf, ein Anflug von Enttäuschung huschte über ihr Gesicht. Sie hatte es nicht geschafft, ihn zu ködern wie all die anderen. Leo gab ihr 100 Baht Trinkgeld.

»Sieh zu, dass du dir beim nächsten Mal einen Typen angelst, auf den allzeit Verlass ist.«

Obwohl er es mit einem Lachen gesagt hatte, erwiderte die Barfrau prompt mit einem Blick, der verriet, dass sie seine Worte für einen brauchbaren Ratschlag hielt:

»Ja, darauf muss ich wirklich achten.«

Sie deutete eine Verbeugung an und legte ihre Hände zu einem Wai zusammen: »Dir auch fröhliche Weihnachten!«

Ungefähr um die Zeit, als Leo aus der Bar heraustrat, fingen die an der Straße stehenden Leute an, einen Countdown herunterzuzählen. Es ging auf Mitternacht zu. Mit einem Gesichtsausdruck, als würden sie gleich durchdrehen vor Glück, hängten sich die Prostituierten bei einem beliebigen Mann, der gerade neben ihnen stand, ein und kreischten drauflos. Chinesisch, Deutsch, Arabisch, Thailändisch, Englisch, Koreanisch, Spanisch, Hindi und Französisch flossen zu einem konfusen Sprachenwirrwarr ineinander. Und als das Gekreische schließlich seinen Höhepunkt erreichte, war es Weihnachten geworden.

Endlich Weihnachten …

Und, was nun? Seit zweitausend Jahren änderte diese Nacht überhaupt nichts, alles blieb, wie es war. Das lärmende Lachen verklang sofort und alle blickten hektisch um sich, um Peinlichkeiten zu vermeiden.

Leo verließ Nana und bog nach rechts auf die Sukhumvit-Straße ab. Der Regen hatte ganz aufgehört und auch die Wolkendecke riss auf, ein bläulich tropischer Mond erschien. Leo ging weiter an einem Abschnitt mit Schneiderwerkstätten vorbei, die über die ganze Front damit warben, dass man zu jedem Anzug, den man kaufte, ein Seidenhemd und sogar eine Krawatte umsonst bekam. Die Christmas!-Rufe waren nun nicht mehr zu hören. Die Passanten, die vereinzelt mit gesenkten Köpfen an ihm vorübergingen, waren ganz auf ihren eigenen Weg konzentriert. Sie sahen traurig aus, als wäre all der Trubel ein für sie selbst unerreichbarer Luxus.

Auch Leo war gedrückter Stimmung. Der Gedanke, dass er sie nicht treffen konnte, machte ihm zu schaffen. Hätte er doch nach der Telefonnummer fragen sollen? Immerhin hatte er, um sie zu treffen, ein Flugticket gekauft, das ganze Apartment in Ordnung gebracht, war zum Flughafen gefahren und hatte einen Langstreckenflug hinter sich gebracht. Aber ehe die innere Leere zu groß wurde und in Verbitterung umschlug, wollte er sie einfach annehmen.

Obwohl er nur eine Flasche Bier getrunken hatte, fühlte er sich betrunken. Über seinen Rücken rann ihm der Schweiß hinunter. Es ging kein Wind und die Straße war voll vom Lärm der mit hoher Geschwindigkeit auf die Fahrbahn niedergepressten Reifen. Es war heiß und er fühlte sich ganz verlassen. Das war noch schlimmer, als sich kalt und verlassen zu fühlen. Aber er wollte nicht zurück in die dick aufgeschminkte Lebhaftigkeit Nanas. Selbst dann nicht, wenn er dort jemanden treffen konnte.

Als er an der Sukhumvit Plaza vorbei war, nahm die Zahl der Läden, die noch offen hatten, immer mehr ab. Die Gebäude waren niedrig und die Straße noch unbelebter als zuvor. Er hatte keine Kraft mehr in seinen schon seit Langem erschöpften Beinen und die Fußsohlen konnten das Gefühl vom Auftreten auf die Gehsteigplatten nicht mehr übertragen. Die heftige Müdigkeit radierte den Gedankenmix, der ihm wirr durch den Kopf ging, vor allem aber die quälende Realität, der er sich gegenübersah, sanft wie ein Radiergummi aus. Und was dann noch blieb, waren jene Dinge, die er niemals würde vergessen können, jene Dinge, die den vierzigjährigen Leo wieder nach Bangkok hatten zurückkehren lassen. Er dachte an die angenehme Wärme der Rundungen, an die sich seine Fingerspitzen ganz genau erinnerten. Er rief die Gesichter ab, die nun nur noch als eine Erinnerung existierten, rief sich die Zeit, die er mit ihnen zusammen verbracht hatte, ins Gedächtnis zurück. Wenn gerade keine Passanten um ihn herum waren, murmelte er behutsam ihre Namen, einen nach dem anderen, vor sich hin. Dabei klopfte ihm merkwürdig heftig das Herz. Obwohl die vielen Lebensgeschichten mit der Zeit teilweise in Vergessenheit geraten und ausgelöscht worden waren, verschwand zumindest die Sehnsucht nach den Menschen selbst nicht so ohne Weiteres.

Die Alleebaumreihe, die seine Netzhaut nur am Rande streifte, schwamm wie eine Geistererscheinung an ihm vorüber. Mit dem Wind, der ihm sanft um die Ohren strich, verwehte auch die Zeit. Leo ging weiter. Als er in der Stille die ihm über die Wangen streichende Luft wie das Auf und Ab eines vertrauten Atems fühlte, bemerkte er, dass er in die Tage vor fünfzehn Jahren zurückgegangen war.

Zweites Kapitel

EINE ART AFRIKA

2

Zuerst war da ein Weg. Ab irgendeinem Zeitpunkt ließ sich einer nach dem anderen an diesem Weg nieder und es entstand eine Barackensiedlung, deren Bewohner ihr ganzes Leben damit verbrachten, den von den Göttern einer weit entfernten Vergangenheit gemachten schmalen Weg aus roter Erde mit anderen großen Wegen in der Nähe zu verbinden.

Wie aus einer instinktiven Angst vor der Einsamkeit, jedenfalls ohne irgendeinen anderen erkennbaren Zweck oder Plan, zog sich die schmale Straße in sanfter Biegung in Richtung der Ratchadaphisek-Straße, wechselte dann jedoch die Richtung und kehrte unauffällig an ihren Ursprung zurück, und auch die paar Gässchen, die von ihr abzweigend in Richtung der Sukhumvit-Straße führten, endeten abrupt – gerade so, als hätten sie es sich anders überlegt – noch ehe sie in diese einmündeten, sodass sich das ganze Netzwerk in seiner Unberechenbarkeit eher wie das Geflecht der roten Äderchen auf dem Weiß eines ermüdeten Augapfels ausnahm.

Immer mehr Menschen kamen vorbei, weil sie etwas zu erledigen oder sich verlaufen hatten, und so wurde der ursprüngliche rote Erdweg allmählich breiter und an beiden Seiten entstanden Häuser mit Schieferdächern und kleine Läden. Die Zahl der Bewohner nahm zu und sobald der Rubel richtig zu rollen begann, hielten es die Zuständigen für notwendig, einen Teil des Geldes dafür zu verwenden, die beiden

Ränder des Weges mit grauen Steinplatten zu bepflastern und den roten Erdweg dazwischen mit einem groben Beton-Kies-Gemisch zu decken. Nicht nur das aus Sandstein behelfsmäßig zusammengeflickte Pflaster an den Rändern, sondern auch der Betonbelag, der eigentlich gut zehn Jahre lang hätte halten sollen, brach schon nach zwei, drei Regenzeiten auf, und das darunterliegende Stahlgeflecht kam zum Vorschein. Auch die Kanalisation hatte ihre Macken. Kaum fiel ein wenig Regen, wurden Essensreste, tote Mäuse, Küchenschaben, Tiereingeweide und dergleichen angeschwemmt. Die Anrainer, die von diesem Anblick bald genug hatten, entfernten die aufgebrochene Pflasterung und die Betonteile sowie das rostige Eisengeflecht und schütteten da und dort Kiesel aus dem Bach, an anderer Stelle minderwertigen Zement, an anderer Stelle wiederum lediglich gelblichen Sand auf. Auf diese Weise veränderte sich das Aussehen der Straße aus verschiedenen Gründen immer wieder ein wenig, nur der großspurige Name »Sukhumvit Soi 16«, den die Behörden dem Weg gegeben hatten, blieb unverändert derselbe.

Anfangs waren die aus der Provinz Isan zugewanderten Rauschgifthändler die Herren der Straße. Sie bekämpften und töteten einander, um die Markthoheit zu erringen, wodurch die Straße herunterkam, aber sobald sich um die Zeit des Höhepunkts des Vietnamkrieges eine raffgierige Alte aus Chiang Saen auf der Soi Asok eingenistet und ein Monopol über Angebot und Nachfrage aus dem goldenen Dreieck errichtet hatte, wurden diese Typen einer nach dem anderen zu unbedeutenden Kleinkrämern. Da ihnen nun kein großer Verdienst mehr zufiel, gab es auch nichts mehr, um das es sich zu zanken lohnte, und schon gar niemanden mehr, der ihnen ihre Stellung streitig machen wollte. Sie hielten sich auch selbst für nichts anderes als einfache Straßenhändler, die Kondome und minderwertige Tigersalbe verkauften. Dennoch: einmal auf der schiefen Bahn, immer auf der schiefen Bahn – daher sprachen sie noch immer vorsichtig und mit leiser Stimme und versuchten, möglichst nicht in unnötige Querelen verwickelt zu werden. Ihr Benehmen war schon nicht mehr das von Herren.

Die nächsten Herren der Straße waren die Aidskranken. Als das erworbene Immundefektsyndrom Mitte der 1980er-Jahre sozusagen in Mode kam, wurde die Sukhumvit Soi 16 auf einmal zu einer Krankenstation für Aidspatienten. Infizierte unterschiedlicher Nationalität, die der Aufmerksamkeit ihres Umfelds entgehen wollten, zogen zu zweit oder zu dritt in billige, heruntergekommene Einzimmerwohnungen und bildeten traute Wohngemeinschaften. Ihr einziges Problem war die Krankheit namens AIDS, und wenn sie dann und wann Bumbum machen wollten, suchten sie Prostituierte auf, die wie sie selbst auch aidskrank waren. Da die Beträge, die zwischen diesen beiden Gruppen den Besitzer wechselten, lächerlich gering waren, sah es manchmal so aus, als handelte es sich um reine Liebesdienste. Einmal war es eine Duftseife mit Zitronenaroma, ein andermal eine Handvoll billiger Wattestäbchen aus China, die von der Hand eines Aidskranken in die Hand einer Prostituierten der untersten sozialen Schicht wanderte. Es kam jedoch auch vor, dass sich der Austausch dieser Gegenstände als Resultat einer für den Außenstehenden nicht nachvollziehbaren Rechnung in der umgekehrten Richtung vollzog.

Etwa zu dieser Zeit wurde auch damit begonnen, richtige Gebäude zu errichten, in die Lebensmittelläden, Schweinestelzen-Esslokale, Second-Hand-Elektrohandlungen und

Nudelsuppenimbisse einzogen. Von denjenigen, die diese Läden eröffneten, ging es den meisten keineswegs darum, irgendwelche großartigen Gewinne zu erzielen, vielmehr handelte es sich um die hierher vertriebenen Verlierer eines Platzkampfes auf der Sukhumvit-Straße, die deswegen immer noch einen tiefen Groll hegten. Diese Gruppe von Leuten, die ihre Nachbarn bei jeder sich bietenden Gelegenheit beflegelten oder ausheckten, wie sie sie am besten übers Ohr hauen konnten, gingen alsbald sang- und klanglos miteinander unter, zum Glück aber teilte der für sein Alter jung aussehende, aus Nakhon Pathom stammende Junggeselle Shan diese Vorlieben nicht mit ihnen. Er war Vorhangmacher mit so guten Fähigkeiten, dass er sogar auf der Sukhumvit Soi 9, die man als einschlägiges Handelszentrum bezeichnen konnte, gearbeitet hatte. Es war nicht bekannt, warum Shan, der über gutes Aussehen und einen guten Charakter verfügte, in den hinteren Teil der abgelegenen Sukhumvit Soi 16 verdrängt worden war, außer Zweifel stand jedoch, dass sein Erscheinen einen erneuten Generationenwechsel markierte.

Infolge der Ghettoisierungspolitik der Militärregierung wurden die Aidskranken in ein Genesungsheim im westlichen Khlongtoey umgesiedelt und die Mietzimmer in der Soi 16 leerten sich. Weil es sich um Orte handelte, an denen bisweilen zwei, drei Personen an einem einzigen Tag gestorben waren, aber auch wegen des unangenehmen Geruchs, den die Aidskranken hinterlassen hatten, wollte kein normaler Mensch in diese Zimmer einziehen. Die Monatsmieten wurden wesentlich günstiger als andernorts in der näheren Umgebung und es kam auch immer seltener vor, dass Polizisten oder sonstige Beamte erschienen und sich wichtigmachten. Und weil schließlich auch die Lage in Sukhumvit in der Nähe von Soi Nana, das zu jener Zeit gerade zu einem Mekka der Prostitution aufstieg, und Soi Cowboy einen weiteren Pluspunkt darstellte, kamen dort immer mehr ärmliche Prostituierte zusammen.

Weniger als ein Jahr nachdem die Aidskranken vertrieben worden waren, wimmelte es in der Soi 16 von Prostituierten der untersten Klasse. Diese wohnten in Gruppen in je einem großen Zimmer zusammen, weniger um Kosten zu sparen, als vielmehr, weil sie selbst nur zu gut wussten, dass sie einer geringgeschätzten und ausgestoßenen Klasse angehörten und selbst innerhalb dieser zur untersten Schicht zählten. Da die meisten von ihnen »Billigprostituierte« waren, die pro Freier gerade einmal 100 Baht verdienten, betrachteten sie einander nicht als Konkurrentinnen innerhalb derselben Berufssparte, sondern empfanden so etwas wie Solidarität füreinander. Um das Schamgefühl, das sie empfanden, besser überspielen zu können, gingen sie gemeinsam zur Arbeit, warteten gemeinsam auf Freier, und wenn einer von ihnen etwas Schlimmes widerfuhr, halfen sie einander, als wären sie selbst betroffen. Sie arbeiteten äußerst effektiv zusammen, nicht nur im Alltagsleben, sondern auch beim Ködern von Kundschaft, sodass es ihnen sogar gelang, hochklassige Prostituierte, die bei weitem hübscher und schicker waren als sie selbst, von der Station Nana zu vertreiben. Unter diesen hochklassigen Prostituierten entschieden sich jene, die keinen langfristigen Großsponsor finden konnten, lieber dafür, sich in die Gemeinschaft der Prostituierten der untersten Klasse zu integrieren, als sich von der Station Nana vertreiben zu lassen, wodurch die Sukhumvit Soi 16 nun von Liebesdienerinnen der unterschiedlichsten Hierarchiestufen bevölkert wurde: von der alleruntersten Klasse jener Prostituierten, die keine Arme oder Beine mehr hatten oder deren ganzer Körper von Brandwunden bedeckt war, bis zur höchsten Klasse derer, die schon von ferne glitzerten und schillerten. Durch diese Veränderungsprozesse wurde das stabile Zusammengehörigkeitsgefühl, welches sie anfangs verbunden hatte, etwas geschwächt, zugleich jedoch festigte sich der gute Ruf der Soi 16. Um die finanziell potenten Prostituierten der höheren Klasse herum bildeten sie eine Art Gilde, legten ihre eigenen Regeln fest und beschützten die Gruppe nach außen. Und weil sie meistens abends arbeiteten und tagsüber schliefen, benötigten sie dicke Vorhänge, um das grelle Sonnenlicht abzuhalten. Mit anderen Worten hieß das nichts anderes, als dass die Prostituierten, die quasi zur dritten Generation von »Herren« der Straße geworden waren, Shan brauchten.

Shan, der Junggeselle mit der Pilzkopffrisur, war zwar auch seiner Fachkompetenz wegen beliebt, vor allem aber, weil seine Vorhänge günstiger waren als jene, die es auf der Sukhumvit-Straße zu bestellen gab. Sein Laden, der sich in einem Winkel tief im Inneren der Soi 16 befand, war von morgens bis abends voll mit Prostituierten der unmittelbaren Nachbarschaft. Die Jüngeren unter ihnen, die kaum älter als fünfzehn waren, befühlten eine Weile lang die pinkfarbenen oder hellgrünen Stoffe – Stoffe in Farben, die ihnen gefielen – letztendlich aber bestellten sie, dem Rat der praktisch denkenden älteren Prostituierten folgend, doch Vorhänge aus dickem schwarzem Stoff. Daher brauchte Shan nicht viele Sorten von Stoff auszustellen. Gelegentlich kamen auch Hausfrauen oder Studentinnen in den Laden, um Stoffe zu bestellen, die in der Regel teurer waren als jene, die die Prostituierten benötigten, und bei diesen Gelegenheiten holte Shan dann die seit Langem aufbewahrten Kataloge hervor, zeigte sie ihnen und betonte, dass er in Wahrheit der Fachmann der Soi 9 war. Obwohl der Weg von der

Soi 16 bis zur Soi 9 von einem jungen Mann in knapp dreißig Minuten zurückgelegt werden konnte, hatte Shan mit dieser Strategie bei den Bewohnern der Straße, die davon träumten, von der Peripherie ein Stück weit in Richtung des Zentrums voranzukommen, stets Erfolg.

Dieser Strategie verdankte es Shan auch, dass er zu etwas Geld kam, mit dem er sich einen Laden und eine Wohnung in einem sauberen Neubau anschaffte, und das junge, aus Chiang Rai stammende bildhübsche Fräulein Som vom Volksstamm der Akha zur Frau nahm. Som war eine Frau, die ihrem Ehemann gegenüber einen hündischen Gehorsam an den Tag legte, wenn jemand ihn zu beleidigen wagte, griff sie unverzüglich zum Messer und bedrohte denjenigen damit. Ihre Muschel lag im Vergleich zu anderen Frauen sehr weit nach oben in Richtung des Bauchnabels versetzt, sodass man sie nicht auf den Boden zu legen brauchte, sondern im Stehen Bumbum machen konnte. Aus demselben Grund war Doggystyle extrem anstrengend, aber immer wenn Som ihm gegenüberstand und ihm mit ihrer Stimme, in die sich die Sprachmelodie des Akha-Stammes mischte, ein paar Worte ins Ohr flüsterte, war er halb von Sinnen vor Erregung. Als Shan zum ersten Mal mit ihr für nur 100 Baht Bumbum machte, wusste er sofort, was er in seinem Leben bisher am meisten gebraucht hatte: genau diese Frau. Er musste sie möglichst schnell heiraten und ihr, damit sie sich nicht wieder aus dem Staub machen konnte, ein Kind machen. Mit dieser Strategie war er freilich nur allzu erfolgreich.

Die Vorhänge wurden allmählich immer teurer. Die Bewohner dachten erst, dass es vielleicht daran lag, dass ihre Fenster breiter waren als die der anderen, aber irgendwie kam es ihnen dann doch komisch vor und so begannen sie sich zu fragen, weshalb die Preise immer weiter stiegen. Dann ließ Shan mitten in der Arbeit alles liegen und stehen, ließ sich an Ort und Stelle an einem geeigneten Platz nieder und rechtfertigte sich gesenkten Hauptes weinerlich damit, dass er nun einmal ein Kind habe und dieses Kind nicht ernähren könne, wenn er nicht so und so viel für die Ware verlangte.

Anfangs kam er damit irgendwie durch. Aber als er zwei, drei und also immer mehr kleine Kinder zu versorgen hatte und sich die steigenden Milchpulverkosten direkt proportional in höheren Vorhangpreisen niederschlugen, kam es immer häufiger vor, dass die Bewohner ihrem Unmut direkt vor Shans Nase Luft machten. Hin und wieder klebte auch Babykacke an den Vorhängen, die er auslieferte. Aber man hatte auch irgendwie Mitleid mit Shan, dessen Gesicht mit der Zeit schmaler und dessen Stimme schwermütiger geworden war, und trug seine Beschwerden jedenfalls nicht so heftig vor, dass Som sich bemüßigt gefühlt hätte, zum Messer zu greifen und einen damit zu bedrohen. Außerdem war es zu jenem Zeitpunkt immer noch ein wenig günstiger, bei Shan zu bestellen, als auf die große Sukhumvit-Straße hinauszulaufen und seine Bestellung dort zu platzieren. Die Anrainer hofften inständig, dass Shan nun nicht noch mehr Babys bekommen würde. Som trug Tag und Nacht das Scheidenpessar, welches sie von einem Kleinkriminellen namens Oddt gekauft hatte. Es nützte jedoch nichts. Som wurde mit einem vierten Kind schwanger.

In etwa zu jener Zeit fing Som angesichts der sinkenden Haushaltsfinanzen, die sich mit der Geburt eines weiteren Babys zunehmend verschlechtern würden, ein gefährliches Business an. Sie begann, auf der Soi 16 Drogen zu verkaufen, die sie von der Alten in Asok bezog. Obwohl die Meinungen darüber zwischen den beiden Ehepartnern durchaus auseinander gingen, blieb Shan, als Som die ersten dicken Tränen aus ihren großen Augen kullern ließ, nichts anderes übrig, als ihr mit den Worten »Tu, was du für richtig hältst!« grünes Licht zu geben. Som hielt die Drogen in den Vorhangkatalogen ihres Mannes versteckt und verkaufte sie bei Hausbesuchen an schmerzgeplagte Aidskranke und Drogensüchtige. Weil sie die Rauschmittel selbst vorbeibrachte und überdies Membership-Bonuspunkte vergab, erweiterte sich ihr Kundenkreis laufend, sodass ihr Einkommen jenes ihres Mannes zum Zeitpunkt der Geburt ihres vierten Babys, das mit einem Zipfelchen auf die Welt kam, erstmals überstieg.

Auf diese Weise stand den beiden mit zwei Einkünften nun verglichen mit früher die doppelt so viel Geld zur Verfügung, dennoch erhöhte Shan die Vorhangpreise erneut um einen den Milchpulverkosten für das neugeborene Kind entsprechenden Betrag, schlicht weil sich diese Erhöhung inzwischen zu einer liebgewordenen Gewohnheit entwickelt hatte. Nun gab es verglichen mit der Bestellung in der Soi 9 keinen Preisunterschied mehr. Darüber hinaus gingen die Umsätze auch deshalb rasch zurück, weil die meisten der Bewohner bereits Vorhänge vor ihren Fenstern hängen hatten. Shans Job war es nun, im Vorhangladen sitzend vor sich hin zu dösen. An der animalischen Leidenschaft, die er für seine Frau hegte, hatte sich auch in dieser Situation nichts geändert und so blieb Soms Regelblutung bereits im dritten Monat nach der Geburt des vierten Babys erneut aus. Diesmal erschrak auch Som selbst.

Wenn es dem Baby nicht bestimmt gewesen wäre, am Ende doch auf die Welt zu kommen, wäre es nicht nur einmal, sondern dutzende Male gestorben. Som, die fünf für zu viel hielt, trank drei Flaschen des hochprozentigen Lao Khao-Schnapses, von dem es hieß, er habe abtreibende Wirkung, zerkaute, um das Eintreten der Regelblutung zu erzwingen, Verhütungsmedikamente, als handelte es sich um die tägliche Portion Reis, schlief mit einem riesigen Eisbrocken auf dem Bauch und nahm sogar das ultrastarke Abtreibungsmedikament RU486 ein – kein Mensch wusste, wo sie das Zeug herhatte – das Baby aber starb nicht, sondern wuchs beharrlich weiter. Letztendlich akzeptierte Som die Schwangerschaft, beschloss aber, ihre Eileiter nach der Entbindung ganz abbinden zu lassen. Und sie widmete sich erneut ganz ihren Geschäften.

Sie war eine geborene Drogendealerin. Auch ohne eigens darüber Buch zu führen, hatte sie ganz genau im Kopf, wer sich wie viel Rauschmittel pro Tag einwarf, und dementsprechend suchte sie jeweils diejenigen auf, die gerade etwas benötigten. Auch die grundlegenden Skills eines Drogendealers eignete sie sich selbst an, ohne sie von jemandem beigebracht bekommen zu haben. Beispielsweise redete sie ihren Kunden stets gut zu, »es« besser nicht allein zu machen, sich dem Genuss lieber in Gesellschaft hinzugeben. Das klang wie ein wohlmeinender Ratschlag, der den Zusammenhalt der Leidensgenossen untereinander stärken oder die durch Einnahme von Rauschmitteln verursachten Unfälle verhindern sollte, der Zweck aber, den sie damit in Wahrheit verfolgte, war es schlicht, mehr von dem Rauschgift zu verkaufen und dafür zu sorgen, dass ein Einzelner nicht ohne Weiteres damit aufhören konnte. Damit nicht genug, verfügte Som auch über einen animalischen Instinkt, den Kopf einer bestimmten sozialen Gruppe zu identifizieren. Sie gab grundsätzlich niemandem Kredit, mit Ausnahme einer einzigen Person, nämlich jener, die auf der Straße die meiste Präsenz hatte: ihr allein gewährte sie diesen Kredit sozusagen stellvertretend für alle. Wenn also jemand auf Pump Drogen von Som kaufte, bedeutete dies in weiterer Folge auch, dass sein Status auf der Soi 16 nach außen hin garantiert war.

Der Erste, dem diese wichtige Rolle zufiel, war der ehemalige Luftfahrtkontrolleur Uwe, der, nachdem er ein schweres Unglück verursacht hatte, aus seinem Heimatland Deutschland geflohen war. Er hatte ein dreistöckiges Mietshaus, welches sich damals noch in Bau befand, als Ganzes erworben und besaß so viel Geld, dass ihm, nachdem er selbst ein Eckzimmer im Erdgeschoss des Hauses bezogen hatte, egal war, wer die übrigen acht Zimmer bewohnte, sodass er es eigentlich gar nicht nötig gehabt hätte, auf Kredit zu kaufen. Aber nachdem Som Uwe besucht und ein paarmal für ihn geputzt und gewaschen hatte, akzeptierte er ihr Angebot – wenn auch möglicherweise nur, weil ihm ihre aufdringliche Fürsorge zusehends lästig wurde. Die Kleinganoven der Soi 16 kamen zu jeder Tages- und Nachtzeit einfach bei ihm vorbei, sei es, weil sie übertrieben kontaktbedürftig waren oder weil sie schlicht kein Schamgefühl kannten, und führten sich genüsslich die dort haufenweise herumliegenden Rauschmittel zu Gemüte. Da Uwe selbst aber, den Rat des kahlköpfigen Songruon befolgend, der ihm einerseits treues »Mädchen für alles«, zugleich aber auch ein echter Freund war, mit dem Rauschgiftkonsum wieder fast ganz aufgehört hatte, nachdem er nach ein paar Monaten Probleme am Herzen bekommen hatte, machte für ihn auch der Kauf auf Kredit bald keinen Sinn mehr. Für Uwes Drogenfreunde bedeutete dies, dass sie durch die Hölle gehen mussten.

Als zweites wurde die Rolle der Kreditnehmerin von der schönen, aus Chiang Mai stammenden Jia übernommen, die auf der Soi 16 zu einer legendären Figur werden sollte. Sie hatte etwa drei Jahre lang in Uwes Mietshaus gewohnt und während ihrer letzten fünf Monate in Sukhumvit Unmengen an Rauschmitteln auf Kredit gekauft. Tatsächlich nahm sie selbst jedoch gar nicht so gerne Drogen, das meiste davon wurde von den Prostituierten der untersten Klasse konsumiert, die finanziell von ihr abhängig waren. In einer sternenklaren Nacht zu Ende der Regenzeit kam Jia, die die Leute in der Soi 16 immer wieder freigiebig unterstützt hatte, stillschweigend zu Som, zahlte ihr Schulden in Höhe von weit mehr als 100.000 Baht zurück und verließ im Anschluss die Straße mit einem aidskranken Chinesen für immer.

Danach war die Reihe der »VIPs«, die von Som auf Kredit kauften, in der Sukhumvit Soi 16 für kurze Zeit unterbrochen. Wer Rauschgift kaufen wollte, musste in jedem Fall immer Bargeld zur Hand haben. Ausnahmen wurden nicht gemacht und keine Rabatte gewährt.

Der vorausberechnete Entbindungstag war der 10. Dezember, aber auch am Tag nach diesem Termin und auch zwei Tage danach hatte Som noch keine Wehen. Als eine ganze Woche vergangen war, ohne dass die Wehen eingesetzt hätten, bekam Som es plötzlich mit der Angst zu tun, weil ihr wieder einfiel, was alles sie angestellt hatte, um das Baby zu Beginn der Schwangerschaft abzutreiben, und so bat sie Buddha flehentlich darum, das Baby möge gesund zur Welt kommen. Auch beschloss sie, bis zur Geburt des Kindes kein Rauschgift mehr zu verkaufen. Dadurch mussten die Drogensüchtigen von der Soi 16 die Alte auf der Soi Asok aufsuchen oder aber durch die Hölle gehen. Endlich, am einundzwanzigsten des Monats, begannen die Wehen und Som wurde ins Krankenhaus eingeliefert. Es sollte keine einfache Geburt werden. Die Gebärmutter, durch die schon vier Kinder problemlos ans Licht der Welt gelangt waren, hatte sich erwartungsvoll ganz geöffnet, aber aus irgendeinem Grund schien das Baby der Geburt ausweichen zu wollen. Am nächsten Tag kam der Kopf heraus, zog sich jedoch wieder zurück, tags darauf kam das Baby erneut bis zu den Schultern heraus und zog sich wiederum zurück. Am Abend desselben Tages kam das Baby bis zum Gesäß heraus und stellte allen zur Schau, dass es ein Mädchen ohne Zipfelchen war, schnappte ein paarmal mit dem Zahnfleisch nach dem Handgelenk des Arztes, der es herausziehen wollte, und zog sich erneut in die Gebärmutter zurück.

»Dieses Gör macht sich einen Spaß daraus!«

Som fluchte und schrie vor unerträglichen Schmerzen, bis sie in Ohnmacht fiel, und all das wiederholte sich noch unzählige Male. Doch selbst in dieser Lage noch echauffierte sie sich mit aufgerissenen Lippen über den Vorschlag des Arztes, das Baby aufzugeben:

»Das Kind ist von Shan! Wenn ihm jemand auch nur ein Haar krümmt, werde ich seine Familie bis in die entfernteste Verwandtschaft hinein vollständig auslöschen!«

Sie hatte viel Blut verloren, und obwohl sie Blutinfusionen in derart rauen Mengen erhalten hatte, dass man einen Whirlpool für zwei damit hätte füllen können, verlor sie nach dem Nachmittag des Vierundzwanzigsten vollständig das Bewusstsein. Das Baby, das einmal gar bis zu den Knöcheln herausgekommen war, nur um sogleich wieder langsam zurückzukriechen, wurde endlich gegen Morgen des nächsten Tages vom Mutterleib getrennt. Als der erste Schrei des Babys erklang, erlangte Som kurz wieder das Bewusstsein, erblickte das Baby und lächelte dünn. Sie rief nach dem an ihrer Seite schluchzenden Shan und zeigte auf eine Prostituierte, die sie gerade mit sorgenvollem Gesichtsausdruck ansah.

»Ihr gib auf Pump!«

Sodann hauchte sie ihren Lebensatem aus.

Auf diese Weise wurde am Weihnachtstag des Jahres 1994 jene Person bestimmt, die als dritte Kredit erhalten sollte. Das Mädchen, dem der Name Lano gegeben wurde, erschien auf der Sukhumvit Soi 16, und Shan, der als Vorhanghändler keine Arbeit mehr hatte, trat in die Fußstapfen seiner Frau und wurde so durch eine zufällige Fügung zum Drogenhändler. Dies also war der Tag, »an dem alles begann«, jener Tag, an welchem, nachdem so viel Zeit verstrichen war, die erschöpften Gedanken des allein an der Station Nana umherstreifenden Leo über einen zeitlichen Abstand von fünfzehn Jahren hinweg zurückkehrten.

3

Die mit Fliegendreck bedeckte lange Neonröhre verströmte ein trübes Licht. Eine Maus lief dicht an der Wand entlang, hielt in der Mitte inne, wechselte flink die Richtung und verkroch sich in einen Haufen von Kleidung. Die Maus schien an einer der drei Frauen, die wie leblos hier und dort herumlagen, eine Bewegung wahrgenommen zu haben. Der Name jener Frau, die auf vier Schichten irgendwie übereinandergelegten Linoleums unterschiedlicher Sorte, Farbe und Muster, die jedoch annähernd gleich alt und gleich schmutzig aussahen, lag und tief und fest schlief, war Lissa. Sie stammte aus Trat im Süden. Alle nannten sie »Lissa, die Glückliche«, und sie glaubte, dass Buddha voll und ganz auf ihrer Seite stand, was tatsächlich der Fall zu sein schien.

Lissa hatte schon davon geträumt, eine Prostituierte zu werden, als sie noch nicht einmal richtig laufen konnte, und hatte für sich beschlossen, nach Bangkok zu gehen und eine schicke Prostituierte zu werden, sobald sie alt genug wäre, einen BH anzulegen. Dann aber dauerte es doch sehr lange, bis ihr ein richtiger Busen wuchs, sodass sie, als sie schließlich in Bangkok ankam und Prostituierte wurde, bereits dreizehn Jahre alt war.

Anfangs arbeitete sie in einem Schaummassagesalon in Petburi. Weil sie ein süßes Gesicht hatte, ihre Haut weiß und weich war, und zu jener Zeit außerdem gerade drei beliebte Mädchen nacheinander aufhörten, kamen die Freier nur der jungen Lissa wegen. Wenn sie den einen Kunden abgefertigt hatte und das Wasser aufdrehte, um sich den Schaum vom Körper zu spülen, kam der nächste schon ins Badezimmer herein.

Lissa jauchzte vor Freude, so sehr genoss sie jeden einzelnen Tag. Das Haben auf ihrem Konto wurde stetig mehr und sie wurde laufend von gut aussehenden Männern umschwärmt. Weil sie der kostbarste Schatz des Etablissements war, konnte sie, wenn sie ein geringes Bußgeld zahlte, auch während der Öffnungszeiten zum Tanzen nach draußen gehen. Ihre junge und gesunde Leber baute alle Arten von Alkohol im Nu wieder ab, sehr zum Ärger jener Neulinge unter den Freiern, die sie durch das Einflößen von größeren Mengen Alkohols versuchten gefügig zu machen. Das war der völlig falsche Weg. Es genügte ein Wort und Lissa war allzeit bereit, ihren Slip auszuziehen. Es ging ihr in erster Linie nicht ums Geld.

Nachdem sie an der Hand eines ihrer Stammkunden, des Niederländers Marco, aus dem Massagebusiness ausgestiegen war, war ihr Leben recht beschaulich geworden, aber immer noch sprachen sie, wenn sie an der Station Nana Aufstellung bezog, am laufenden Band Männer an. Dazu kam, dass die

Freier, die ihr ins Netz gingen, ausnahmslos echte Gentlemen waren.

Lissa schlief nicht mit ihnen, weil sie das Geld brauchte. Sie mochte es einfach, wenn die Männer sie umarmten und ihr in fremden Sprachen, die sie nicht verstand, Dinge ins Ohr flüsterten. Sie machte mit ihnen etwas, das sie gerne machte, und weiter dachte sie nicht. Es kam vor, dass sie mal etwas mühsam oder nervig fand – sie war schließlich auch nur ein Mensch – hatte aber ihre eigene Art, damit umzugehen, indem sie dieses Negative in Sekundenbruchteilen wieder vergaß und nur das Angenehme und Beglückende in Erinnerung behielt. Sie hatte sich noch nie tiefschürfende Gedanken über das Leben gemacht – sie zerbrach sich nun einmal nicht gern den Kopf, war nicht gern einsam oder ernst, mochte es auch nicht, die Gedanken schweifen zu lassen oder mal gar nichts zu tun.

Als Marco vor ihr auf die Knie fiel und sie schluchzend darum anflehte, ihn zu heiraten, war ihre spontane Reaktion darauf einfach und klar, hörte sich an wie ein Scherz:

»Wenn du uns ein zweistöckiges Haus kaufst, das eine Schweinefarm dabeihat, dann meinetwegen, ja.«

Die beiden heirateten und bauten sich in Lissas Heimat Trat das Nest, das sie sich gewünscht hatte. Und während Marco zum Arbeiten in die Niederlande zurückging, um einen riesigen Yen-Kredit zurückzuzahlen, genoss sie in Bangkok die heiße Jugend ihrer siebzehn Jahre. Auch in diesem Augenblick, während Lissa in der Sukhumvit Soi 16 auf dem schmutzigen Linoleum tief und fest schlief, legte sich gerade eine dicke Staubschicht auf alles in dem verwaisten Haus des jungen Ehepaares in Trat, fielen die Zäune auseinander und Dutzende verlassene Schweine verhungerten eins nach dem anderen, das Weiß ihrer Augäpfel nach außen gekehrt.

In einem Winkel im hinteren Teil des Zimmers, hinter einer dicken Säule versteckt, saß ein sehr mageres Mädchen, das, über das ganze Gesicht lächelnd, voller Eifer in eine astrologische Zeitschrift vertieft war: die fünfzehnjährige Kai, deren Name »Huhn« bedeutete. Weil sie schwanger war und nur ihr Bauch kugelrund hervorstand, nannten alle ihr noch ungeborenes Baby Khai, also »Ei«. »Hey Kai, wächst dein Khai gut heran?« – auf diese Art sprach man sie an.

Sie stammte aus Pattaya, hatte schneeweiße Haut und knallrote Lippen. Im Gesicht trug sie immer ein freundliches Lächeln, was aber nicht daher rührte, dass sie ein glückliches Leben führte oder gerne lachte, sondern den Grund hatte, dass sie als kleines Kind an einer Fieberkrankheit gelitten hatte. Diese hatte Komplikationen mit der Gesichtsmuskulatur zur Folge gehabt, sodass ihre Augenwinkel wie bei einem abnehmenden Mond nach unten zeigten, während die Mundwinkel in Richtung der Backenknochen nach oben verliefen, wodurch ihre weißen Zähne eine Hasenscharte und sich außerdem Grübchen bildeten. Natürlich hatte auch sie im Laufe ihres Lebens eine eigene Art entwickelt, Emotionen zu zeigen, aber es sah zum Beispiel so aus, als ob sie lächelte, wenn sie verwirrt war, als ob sie »Ha!« auflachte, wenn sie sich ärgerte, und als ob sie in schallendes Gelächter ausbrach, wenn sie vor Schmerzen stöhnte. Ihre Mimik war ein einziges Durcheinander und hatte für sie während ihrer fünfzehn Lebensjahre unzählige Male nachteilige Folgen gehabt. Dass sie einmal für eine Taschendiebin gehalten und in eine Wachstube gebracht oder einmal wie eine Verrückte behandelt worden war, waren noch Harmlosigkeiten, es war auch vorgekommen, dass sie von Männern, die missverstanden hatten, sie wäre einverstanden, vergewaltigt, oder – noch schlimmer – auf der Insel

Samet, wohin sie mit einem alten Freier auf eine Spritztour gekommen war, von chinesischen Jugendlichen, die es mit ihrem Heldenmut ein wenig zu weit trieben, entführt worden war. Stets hatte sie in diesen Situationen ihren Willen ganz klar zum Ausdruck gebracht – umsonst!

»Wenn alles sonst an dir ›Ja, ich will!‹ schreit, wer soll ein bloß gesprochenes ›Nein!‹ dann ernst nehmen.«

Das war es, was sie in ihrem Leben am häufigsten zu hören bekommen hatte. Und jedes Mal, wenn sie es hörte, brach sie in Tränen aus, weil es unfair war und sie wütend machte – aber selbst dann sah es aus, als weinte sie vor lauter Lachen.

Kai war ein schrecklicher Geizhals. Für sich selbst hätte sie ohne triftigen Grund keinen einzigen Satang ausgegeben. Das meiste Geld, das Kai mit ihren Liebesdiensten verdiente, schickte sie an ihre Mutter in Pattaya. Die Mutter wusste, dass ihre Tochter sich prostituierte, machte sich aber keinen Kopf deswegen – schließlich hatte sie es in jungen Jahren genauso gemacht. In manchem glich die Mutter der optimistischen Lissa, und von dem Geld, das ihr ihre Tochter überwies, kaufte sie sich ein Motorrad und Whiskey, oder gab es einfach als Taschengeld an die Männer weiter, mit denen sie sich traf.

In den meisten ihrer wachen Stunden war Kais innigster Wunsch einzig und allein, einen gutherzigen Mann, dessen Aussehen keine Rolle spielte, zu treffen und gemeinsam mit der Mutter zusammen in ihrer Heimatstadt zu leben. Um das zu erreichen, brauchte sie Geld, also ging sie der einzigen Arbeit nach, der sie als jemand, der nicht einmal einen Grundschulabschluss hatte, in einer Großstadt nachgehen konnte. Kai fragte sich immerzu, wann es endlich so weit wäre und sie in ihre Heimat zurückkehren könnte. Der einzige Freund, der ihr – egal, ob richtig oder falsch – eine Antwort auf diese Frage gab, war die astrologische Zeitschrift.

Hingegen war Yon, die zu Lissas Rechten mit weit gespreizten Beinen dalag und schnarchend schlief, eine Frau, die das Leben unheimlich einfach fand: »Trinken, rauchen, quatschen!«

Seit sie sich im Alter von neun Jahren in einer schmutzigen Seitengasse irgendwo in ihrer Heimat Isan mit einem vom Opium berauschten Mönch zum ersten Mal prostituiert hatte, hatte sie – sie war heute in ihren späten Vierzigern – diese drei Worte allein auf Englisch schon Zigtausende Male ausgesprochen. Selbst die Reihenfolge war dieselbe geblieben, hatte sich nie verändert. Ihrer eigenen Aussage zufolge hatte sie ihr ganzes Leben lang nur getrunken, geraucht und gequatscht. Davon abgesehen war ihre einzige Beschäftigung, zur Station Nana zu gehen und unter Prostituierten, die zwanzig oder dreißig Jahre jünger waren als sie, auf Freier zu warten, die nicht alle Tassen im Schrank hatten. Ihr dunkles und faltiges Gesicht glänzte fettig wie eine ölverschmierte kleine Dorftankstelle, aber sie hatte nicht einmal genug Kinderstube, dass ihr das unangenehm gewesen wäre.

Ihr markantestes Charakteristikum war ihr loses Mundwerk. Kurz gesagt: sie litt an Sprechdurchfall. In dem Jahr, als sie sieben Jahre alt wurde, hatte ihr ein Onkel mütterlicherseits – ein Analphabet, der Zuckerrohr schnitt – in der Absicht, sie zu vergewaltigen, aus Versehen statt eines Schlafmittels ein starkes Tuberkulose-Medikament verabreicht. Damals verfiel sie kurz in einen Dämmerzustand, wurde aber während des Bumbum wach und ließ sogleich einen ungeheuren Wortschwall vom Stapel, der sich teils nach einem Wortketten-Spiel, teils nach freier Assoziation anhörte, das meiste davon aber war so völlig frei von Logik und Regeln, dass man es bestenfalls noch als Zungenflattern bezeichnen konnte. Ihr Onkel erschrak ordentlich und setzte seine ganze Körperkraft ein, ihr den Mund zuzuhalten, wodurch ihr das Kinn und die Lippen ein wenig nach links verschoben wurden. Dann versetzte er ihr einen heftigen Schlag ins Gesicht, durch den auch ihr rechtes Auge zur Hälfte eingedrückt wurde. Wäre ihr Vater, der diese Geräusche glücklicherweise gehört hatte, nicht ins Zimmer gestürzt, wäre Yons Gesicht sicherlich völlig entstellt worden.

Der Vater stellte seine Tochter in aller Ruhe auf die Beine, zog sie an und brachte sie aus dem Zimmer. Allein im Zimmer zurückgeblieben, war der Onkel, der sich den Kopf darüber zerbrach, wie er sich rechtfertigen sollte, gerade dabei, in seine Hose zu steigen, als Yons Vater ins Zimmer zurückkam und mit einem Hammer wuchtig auf ihn einschlug. Mit einem einzigen Schlag schlug er ihm ein Loch in den Hinterkopf, sodass der Onkel, der immer schon Analphabet gewesen war, von da an geistig zu überhaupt nichts mehr zu gebrauchen war, außer dazu, wie ein Roboter Zuckerrohr zu schneiden.

Für Yon hatte dieser Vorfall, von der hässlichen Entstellung ihres Gesichts abgesehen, auch geistig schwere Folgen: Ihr unterliefen im täglichen Leben allerhand törichte Fehler und ihre Gedächtnisleistung war ihr ganzes Leben lang mangelhaft geblieben, sodass sie sich oft nicht einmal sicher war, ob sie gerade gekackt oder sich die Zähne geputzt hatte. Damit nicht genug, litt sie an dem merkwürdigen Symptom, selbst nicht zu verstehen, was sie gerade sagte. Aber in einem hatte Buddha vielleicht Gnade mit ihr walten lassen, indem er nämlich in ganz bestimmten Momenten, die man nur schwer beschreiben konnte, alle ihre körperlichen Sinne einschließlich des Seh- und des Geruchssinns zu einer außergewöhnlichen Sensibilität schärfte, die sie ein fast schon übermenschliches Urteilsvermögen an den Tag legen ließ. Natürlich war das nur extrem selten der Fall. So selten, dass es der Wahrheit vielleicht näherkam, zu sagen, es kam überhaupt nie vor.

Diese Yon machte nun ihren Mund auf. Machte ihn noch weiter auf. Und noch ein Stück weiter. Schließlich machte sie ihn so weit auf, dass zwei Billardkugeln auf einmal hineingepasst hätten. Sie stieß eine möglichst große Menge ihres schlechten Atems aus und schloss den Mund dann mit einem Klacken. Dann schmatzte sie ein paarmal. Nachdem sie sich mit leicht in Falten gelegter Stirn im Zimmer umgesehen hatte, schnappte sie sich heimlich einen 100-Baht-Schein, der gerade aus Lissas Hosentasche hervorlugte, und ging durch das knarrende Eisentor nach draußen.

Kai, die nach wie vor in die astrologische Zeitschrift vertieft war, nahm davon keine Notiz. In der Zeitschrift stand nichts Konkretes darüber geschrieben, wann genau sie zu Geld kommen und in ihre Heimat zurückkehren würde, stattdessen war sie voll von schwammigen, nebulösen Formulierungen. Wenn man es auf die eine Weise betrachtete, schien es zuzutreffen, und wenn man es auf eine andere Weise betrachtete, traf es genauso zu. Manchmal wollte sie das Magazin deshalb mit den Worten »Was für ein Quatsch!« von sich schleudern, in Wahrheit aber war gerade diese Unbestimmtheit der Grund, weshalb sie nicht genug davon bekam und alle drei Monate eine neue Ausgabe kaufte. Immerhin trafen die Monatshoroskope manchmal tatsächlich zu.

Lissa drehte sich im Liegen auf die andere Seite um. Es sah so aus, als ob sie mit ausgestreckten Armen nach etwas tastete, sie schien im Schlaf nach Yon zu suchen. Still machte sie ihre Augen halb auf und brummte vor sich hin, als ob sie gar nicht geschlafen, sondern nur mit geschlossenen Augen über etwas nachgedacht hätte.

»Nicht schon wieder! Die Säue haben schon wieder eine ganze Schar Ferkel geworfen!«

Mit diesen Worten sprang Lissa auf, stürzte sich auf Kai und packte sie am Fußgelenk. Kai, die darauf nicht gefasst gewesen war, kippte seitlich um und verlieh mit dem Ausruf »Hey!« ihrem Unmut darüber Ausdruck, machte dazu aber ein gutgelauntes Gesicht, wie man es bei jungen Mädchen auf einem Picknickausflug beobachten konnte. In dem Augenblick, da Lissa mit dem Finger auf Kais Gesicht zeigend laut auflachte, kam von Weitem hörbar ein fortgesetztes Murmeln über die Treppe hoch. Kurz darauf öffnete sich mit einem Quietschen die Eisentür und Yon erschien mit zwei Päckchen Mentholzigaretten in der Hand. In ihrem Gefolge trat zögerlich ein Ostasiat mit kurz geschnittenem Haar und hellerem Teint ins Zimmer und grüßte mit einer Verbeugung.

Dem Mann stand sein Unbehagen ins Gesicht geschrieben. Es war wegen des Geruchs nach einem eigentümlichen Dunkel, den man bereits beim Eintritt in die Soi 16 wahrzunehmen begann, wegen der chaotisch anmutenden, fremdartigen Struktur des Mietshauses, wegen der labilen, unglückschwangeren Harmonie, die die unterschiedlich hohen Treppenstufen zu vermitteln schienen, wegen des von Armut und Trägheit, von Sittenverfall und Illegalität bestimmten kargen menschlichen Lebens, das er beim Heraufsteigen in den zweiten Stock durch die einen Spaltbreit offen stehenden Türen erblickt hatte: In einem fensterlosen dunklen Zimmer saß ein massiger Mann von der Größe eines Elefanten, der eine Unmenge von Schnapsflaschen vor sich aufgehäuft hatte. In einem anderen Zimmer masturbierte ein junger Mann mit bis zu den

Knien heruntergelassenen Hosen hingebungs- und geräuschvoll: *Fapfap, Fapfapfap.* In einem Zimmer im ersten Stock trocknete sich eine Alte, die am ganzen Körper tätowiert war und keine Faser auf dem Leib trug, ihre nassen Haare vor dem Ventilator, während direkt gegenüber drei bis vier junge Leute in ein Kartenspiel um Geld vertieft waren. All diese Einblicke boten sich dem Auge hinter dem halb offenstehenden Eingangstor im Inneren eines gemeinschaftlich genutzten, zur Straße hin völlig unversperrten Wohnhauses.

Dazu kam noch der ungeahnte, erbarmungswürdige Anblick, den das Zimmer im zweiten Stockwerk bot, welches er, der Frau folgend, die ein seltsam verqueres Englisch brabbelte, betreten hatte. Der hintere Teil des Zimmers war von vier unterschiedlich großen und unterschiedlich gemusterten Linoleumstücken bedeckt, und das war noch der bessere Teil, denn von dem vor lauter Schmutz schwarzbraun gewordenen Estrich, wie er sich vom Eingang bis zur Mitte des Zimmers unbedeckt darbot, stieg ein penetranter Metallgeruch auf. Die mit Fliegendreck überzogene Leuchtstoffröhre flackerte so hektisch, dass es in den Augen schmerzte, und von der feuchten Wand rieselte ohne Unterlass in größeren und kleineren Stückchen gelblicher Putz. Auf den Speiseabfällen, die – wohl um dem Gestank, der von ihnen ausging, nicht direkt ausgesetzt zu sein – nahe beim Eingang deponiert worden waren, dösten Küchenschaben von der Größe eines großen Zehs, die im Schlaf ihre Mundwerkzeuge bewegten. Ein vor der Toilette liegender Wischlappen mit sich einrollenden schwarzen Schmutzrändern war derart verdreckt, dass man bei seinem bloßen Anblick einen üblen Geruch wahrzunehmen meinte. In einem mit Linoleum bedeckten Winkel im hinteren Teil des Zimmers lagen eine rote Matratze und eine Schlafdecke, die nach Militärbedarf aussahen. Diese waren entlang der Ränder abgenutzt und zerfasert, aber es war der einzige Ort, an dem man vor dem schwarzen Tod sicher zu sein schien. Es war ein ärmlicher, ein schmutziger, ein schrecklicher Ort. Der Mann blieb deshalb hinter dem windschiefen Schuhschrank aus Holz stehen, der nicht direkt beim Eingang, sondern dort, wo das Zimmer wirklich begann, aufgestellt war, und zögerte, gleichsam am Rande eines schwarzen Lochs schwebend, einzutreten.

»Er sagt, er will zu Ploy«, sagte Yon. »Er kommt von weit her und sie ist nicht hier, kommt aber doch bald vom Arzt zurück, also kann er solange hier auf sie warten, nicht wahr?«

Lissa, die das gehört hatte, betrachtete den Mann und lachte laut auf. Warum sie lachte, wussten alle außer ihm, der mit einem Gesichtsausdruck vor ihnen stand, als erwartete er eine Bestrafung. Kai klopfte mit der Hand auf den Platz neben sich und hieß ihn, dort Platz zu nehmen. Auf dem Handrücken des Mannes, der immer noch gebeugt dastand, saß ein flink aussehender Malariamoskito, der mit nach vorn geneigtem Körper Blut saugte, in der Hand hielt er einen kleinen, vom Schweiß feucht gewordenen Notizzettel. Auf dem Zettel war in schwer lesbarer Handschrift die Adresse des Mietshauses notiert.

»Woher kommst du?«, fragte Lissa feixend auf Thailändisch, und dann noch einmal auf Englisch: »Where you come from?«

Darauf sagte der Mann mit einem Gesichtsausdruck, als würde er jeden Moment zu weinen beginnen: »Ich bin Leo. Koreaner.«

Weil das Leben kein Film ist, geschehen alle Dinge zu unerwarteter Zeit und an einem unerwarteten Ort. Und meist handelt es sich dabei um eine Kombination des *falschen* Ortes mit einem *unpassenden* Zeitpunkt.

Auf Leos langem Reiseweg nach Afrika war Thailand nur eine Station. Nach fünf Tagen des Bereisens von Küstenstädten im südlichen Landesteil nach Bangkok zurückgekehrt, machte er sich dort auf den Weg, sich die nächtliche Sukhumvit-Straße anzusehen und hatte dabei wortwörtlich nichts anderes im Sinn, als in die Szenerie eines südostasiatischen Weihnachtsabends einzutauchen. Aber er war auch ein Mann, und es war jedenfalls nicht so, dass er – unmittelbar nach Abschluss seines Studiums in der Blüte seiner sechsundzwanzig Jahre – kein Interesse an den stark geschminkten Prostituierten gehabt hätte. Aber die Angst vor dem durch Geschlechtsverkehr übertragenen Virus, die Scheu vor diesem fremden Ort, vor allem aber die Sorge um sein knappes Reisebudget, mit dem er noch eine ganze Weile auskommen musste, hielten sein Verlangen nieder.

Auch während Leo auf der Sukhumvit Soi 3 das einen säuerlichen Gestank verströmende arabische Viertel entlanglief, war er mit seinen Gedanken schon mehr bei der nächsten Station seiner Reise, Indien, und fragte sich, welche Szenerien sich dort vor ihm ausbreiten würden, als dass er sich der Betrachtung der Prostituierten widmete, von denen es hier mehr als Straßenhändler gab. Hungrig geworden nahm er an einer schlichten offenen Garküche am Straßenrand Platz und bestellte sich einen Teller Reisnudelsuppe. Als er, angesichts der kleinen Portion ärgerlich vor sich hin murrend, etwa die Hälfte davon gegessen hatte, bemerkte er eine junge Frau, die jenseits seines Tisches saß. Von diesem Moment an konnte er von den Reisnudeln keinen Bissen mehr essen.

Leo stockte der Atem. Die Frau, die aussah wie Anfang zwanzig, hatte ein glattes Gesicht mit dunklem Teint. Von diesem Gesicht aber ging ein Strahlen aus. Die wie ein Ei sanft geschwungene Profillinie passte gut zu den runden, sanftmütig wirkenden Augen. Immer wenn sie beim Rauchen ihre schmalen roten Lippen öffnete, kamen ihre weißen Schneidezähne zum Vorschein. Vor allem ihre ganz leicht vorgewölbte Stirn zog Leos Blicke auf sich. Eine so hübsche Stirn konnte man bei Koreanerinnen kaum finden. Aber das war nicht der Grund, weshalb Leo nicht weiter von seinen Nudeln essen konnte, weshalb ihm der Atem stockte.

Leo verstand selbst nicht, was es war, das er in ihr gesehen hatte. Irgendetwas war da, es schien mit einem alleinstehenden Haus im Tal zu tun zu haben, mit einem schneeweißen Hasen, mit einem gestreiften Tiger. Diese zusammenhanglos vor ihm auftauchenden Bilder und Gefühle überkamen ihn so plötzlich, dass er tief durchatmen musste, um die Nudelsuppe nicht zu erbrechen – daran, sie ganz aufzuessen, war gar nicht mehr zu denken.

»Na, schmeckt's?« Das waren ihre ersten Worte.

»Geht so.« Nur mit Mühe brachte Leo, der sich gerade einen am Mundwinkel hängen gebliebenen Korianderstängel wegwischte, eine Antwort heraus. Er gab vor, auf die Straße hinauszuschauen, und ließ seinen Blick dabei noch einmal rasch über ihr Gesicht gleiten. Warum um alles in der Welt sprangen ihn von irgendwoher aus diesem Gesicht das alleinstehende Haus, der weiße Hase und der Tiger an?

Die milde tropische Brise umspülte ihren Körper und wehte dann in Leos Richtung. Was ihm zugetragen wurde, war, zusammengesetzt aus den unterschiedlichen Duftnoten eines Billigparfums, aus einem Anflug von Körpergeruch und dem Duft einer frischen Papaya, ein auf schwer zu beschreibende Art süßlicher und zugleich so vertrauter Geruch, dass man meinte, ihn fassen zu können, wenn man nur die Hand danach ausstreckte. Sein Herz schlug beängstigend heftig, hämmerte ihm bis unter die Schädeldecke, es war das genaue Gegenteil von einem behaglichen, angenehmen Gefühl. Da er meinte, rasch etwas sagen zu müssen, wurde er nervös. Ohne nachzudenken, plapperte er drauflos: »Magst du auch mal hiervon … von diesen Nudeln probieren?«

»Kauf mir lieber ein Bier.« Sie antwortete mit der Andeutung eines Lächelns.

Mit diesem kurzen Dialog wurde die schicksalhafte Verbindung zwischen Leo und Ploy, die einst in einer Gebirgsgegend im Norden Indiens auf schockierend grausame Weise unterbrochen worden war, über einen zeitlichen Abstand von fünfhundert Jahren hinweg wieder aufgenommen.

Bei den Szenen, die Leo zuvor gesehen hatte, hatte es sich weniger um bewegte Bilder gehandelt, als vielmehr um rund ein Dutzend Fotos oder gemalte Bilder, die durcheinandergemischt worden waren. Sie bildeten keinen bestimmten Ablauf einer Geschichte ab. In seine Unterkunft zurückgekehrt, lag Leo auf dem Bett, das bei der kleinsten Bewegung knarrte, und versuchte, die von ihm beobachteten, sonderbaren Bilder zu begreifen. Von Begreifen war allerdings keine Rede, im Gegenteil überlagerten sich die Szenen mehr und mehr und wurden vor seinem inneren Auge unschärfer, je mehr er daran dachte. Als er nach einer Weile aufgab, konnte er nicht einmal mehr mit Sicherheit sagen, ob er tatsächlich Bilder von Tieren wie einem Hasen oder einem Tiger gesehen hatte, oder ob ihm diese Gestalten nicht etwa beim Anblick des auf dem Bieretikett abgebildeten Fabelwesens namens »Singha« oder dem in der Ferne leuchtenden Emblem des thailändischen Königshauses in den Sinn gekommen waren. Im Gegensatz dazu sah er das Gesicht und die roten

Lippen des Mädchens namens Ploy so deutlich vor sich, dass er sie auf keinen Fall hätte verleugnen können. Es war nicht das schönste Gesicht, das Leo je gesehen hatte. Aber es war das Gesicht, das den stärksten Eindruck auf ihn gemacht hatte. Hätte er es leichtfertig vergessen, hätte er das sicher bereut. Irgendetwas an diesem kurzen Treffen am Weihnachtsabend des Jahres 1994 hatte Leo das Gefühl einer zwanghaften Dringlichkeit eingepflanzt. Und das wiederum war genau die Art und Weise, wie eine Kombination aus falschem Ort und falschem Zeitpunkt ineinandergriff, um das Leben eines Menschen zu zerstören.

Am nächsten Tag, gleich nach dem Erwachen in einen tropischen Morgen hinein, an dem Weihnachtslieder erklangen, suchte Leo nach dem Notizzettel, welchen er auf den Tisch gelegt hatte. Der Zettel, auf dem zwei Zeilen in thailändischer Schrift geschrieben standen, lag noch genauso da wie nachts vor dem Einschlafen. Dass der neue Morgen auf diese Weise den Faden des letzten Abends wieder aufnahm, beruhigte Leo irgendwie.

Als er aber, mit dem Bus nach Sukhumvit gekommen, tatsächlich die Soi 16 fand und in sie eintrat, kam er vor lauter Verwirrung furchtbar ins Schwitzen. Dies hier war nicht der passende Ort für ein Rendezvous mit Herzklopfen. Von dem ungefähr fünf Meter breiten Weg in der Mitte gingen versteckt in alle Richtungen gleich aussehende Seitengassen ab. Keine dieser Seitengassen verlief gerade, und wenn man an ihr Ende gelangte, ging es von dort, da sie sehr diskret mit anderen Gassen verbunden waren, in eine gänzlich unerwartete Richtung weiter. Gesäumt waren sie von durchwegs ähnlich aussehenden Nudelsuppenläden, Läden für Zuspeisen und Gemischtwarenhandlungen, und alle fünf Meter lagen alte Hunde mit wundgescheuerter Haut wie Menschen auf den

Rücken gedreht auf dem Boden und waren entweder schon verendet oder gerade dabei, zu verenden. Allerhand feistes Kriechgetier lief zwischen den gebrochenen Bodenplatten unaufhörlich hin und her, und neben den Grillfleischspieße feilbietenden Straßenhändlern spielten kleine Teufelchen mit von Brandwunden verunstalteten Gesichtern ein Spiel, bei dem man einander gegen die Hände klatschend »Sesese« sang. Leo fiel halb in Ohnmacht. Er blickte mehrmals auf seinen Zettel, konnte aber außer dem in lateinischen Buchstaben und arabischen Ziffern geschriebenen »Sukhumvit Soi 16« nichts darauf entziffern. Als er einen Ladenbesitzer, der in seinem Stuhl eingenickt war, oder ein paar vorüberlaufende junge Frauen fragte, konnte er sich auf Englisch nicht mit ihnen verständigen. Die Gegend war sprachliches Niemandsland.

Nach zwei Stunden des Umherirrens unter der sengenden Sonnenstrahlung kam er endlich zu dem Schluss, dass die Adresse falsch sein musste. Anders konnte er es sich nicht erklären. Die Adresse, die ihm Ploy aufgeschrieben hatte, war entweder falsch oder sie existierte überhaupt nicht. Aber warum hätte sie so etwas tun sollen? Obwohl er sich keinen anderen Grund denken konnte und sich also sicher war, dass die Adresse falsch war, wurde sein Glaube, die Frau wiederzutreffen, überhaupt nicht schwächer. Weil es schlicht nicht sein konnte, dass sich die Wege zweier Menschen, die einen so starken Eindruck aufeinander machten, im ganzen Leben nur ein einziges Mal kreuzten. Zwischen diesen einander widersprechenden Haltungen hin- und hergerissen, konnte sich Leo nicht entscheiden, in welche Richtung er weitergehen sollte, und trat daher auf der Stelle im Kreis. Die Fußrücken brannten ihm unter der heißen Sonne. In eine der Seitengassen, die alle aussahen wie die gewundene Speiseröhre eines

Ungeheuers oder wie Äderchen im Weiß eines von Müdigkeit überschwemmten Auges, wagte er nicht einzutreten und lief daher nur mehrere Dutzend Male die Soi 16 auf und ab. Als er sich aber unter die Markise eines kleinen Lebensmittelladens stellte, um sein glühendes Gesicht abzukühlen, und in seinem erbarmungswürdigen Zustand um sich blickte, kam eine Frau näher, die gerade Dantes Inferno entstiegen zu sein schien.

Wer die drückende Last eines nicht gelösten Problems mit sich herumträgt, träumt häufig davon, die Zeit zurückzudrehen und an einem bestimmten Punkt seines Lebens neu anzusetzen. Man träumt davon, den selbst verschuldeten, schicksalhaften Fehler zu korrigieren, und malt sich ein anderes Leben aus, das sich von dem zermürbenden Dasein, das man tatsächlich fristet, völlig unterscheidet. Wenn man nur herausfände, welcher Zeitpunkt der für die Rückkehr richtige wäre, so meint man, wäre das wirklich möglich. Zwar war Leo selbst derartigen Gedanken bisher nie nachgehangen, aber wenn man die Sache von ihrem Ende her betrachtete, wäre der Zeitpunkt, an den er zurückkehren müsste, genau jener Moment, bevor er Yon begegnete. Denn da Leo Ploy bereits wiederbegegnet war, war der Wunsch, der vor 500 Jahren durch das indische Gebirgstal gehallt war, tatsächlich bereits in Erfüllung gegangen. Die beiden waren einander stilvoll begegnet, waren stilvoll wieder auseinandergegangen und hatten auch keine Zeit gehabt, einander zu verletzen. Ehe all das – verglichen mit seinem zwei Stunden langen Umherirren auf jener Straße – so unendlich viel Schlimmere sich ereignen konnte, hätte Leo seine sieben Sachen packen und sich in Richtung Indien aus dem Staub machen sollen. Dazu hatte er sich aber nicht durchringen können, war stattdessen auf der Soi 16 endlos umhergeirrt und schließlich Yon begegnet, die nach draußen gekommen war, um Zigaretten zu kaufen. Das T-Shirt, das sie trug, hatte ein Muster, wie es einem vielleicht nach einem heftigen Schlag auf den Kopf über die Netzhaut flackerte, noch schwindelerregender aber war das Englisch, das aus ihrem Mund kam. Allerdings tauchte in dem Gespräch, das die beiden führten, mehrmals der Name Ploy auf. Die Wörter Zufall und Schicksal haben fast völlig gegensätzliche Bedeutungen, aber dass Leo Yon in der Soi 16 über den Weg gelaufen war, war gleichzeitig Schicksal und Zufall gewesen.

4

Von Yon an der Hand ins Zimmer gezogen, setzte sich Leo an den Platz, den ihm Kai und Lissa zwischen sich jeweils ein Stück weit freigemacht hatten. Alle schienen nur darauf zu warten, dass Ploy zurückkehrte.

Um keine Aufmerksamkeit zu erregen, rührte sich Leo nicht, und während er so angespannt dasaß, vernebelten ihm die verschiedenen Gerüche, die in der Luft hingen, die Sinne: der modrige Gestank nach dem Holz, das in den Wänden verfaulte, der säuerliche Gestank nach Essensresten, die auf den Boden gefallen, aber nicht richtig weggewischt worden waren, der Geruch nach billigen Kosmetika und ein Gestank, von dem er nicht hätte sagen können, woher er kam. Weil die Dinge, die in dem Zimmer herumlagen, für Leos Augen neu und fremd waren, kam ihm vor, dass das Ganze entweder bloße Kulisse oder aber eine Illusion war, also real gar nicht existierte. Der Propeller des Ventilators, dem sowohl der vordere als auch der hintere Teil des metallenen

Schutzschirmes fehlten, rotierte so gefährlich wie ein zweckentfremdeter Rasenmäher, und an einer der Wände stand ein dunkelrotes Altartischchen, auf dem ein ganz von Staub bedecktes Schwarzweißfoto von einem Mann aufgestellt war, der wohl ein König war – oder jedenfalls wie ein König gekleidet. Da das Fenster mit einem schwarzen Vorhang verhangen war, konnte man von den Dingen, die in einer Ecke des düsteren Zimmers lagen, nicht mit Gewissheit sagen, ob es sich um tote Käfer, um Reste von an den Rändern angeknabberten Schokoladenkeksen, oder aber um aus Versehen dorthin gekehrte Kacke handelte. Direkt neben dem Eingangsbereich rechts war auf der ausgebleichten weiß getünchten Trennwand zur Toilette, die so niedrig war, dass man auf Zehenspitzen stehend das Innere ganz überblicken konnte, ein Elefant gemalt, der verzweifelt gegen einen Baum stieß. Der in der Feuchtigkeit irgendwie aufgequollene Verputz war an manchen Stellen noch vorhanden, an anderen Stellen aber abgeblättert, sodass bereits die darunterliegenden Ziegelsteine zu sehen waren. Von der Decke hingen in sämtlichen Ecken von einer dicken Staubschicht überzogene Spinnweben, unter denen auf halber Höhe durchgeschnittene, semitransparente Plastikwasserflaschen standen und von Kaugummipapier abgelöste Silberfolie an die Wand geklebt war. Alles wirkte fremd und mysteriös.

Ohne den Kopf zu drehen und nur seine Augäpfel munter kreisen lassend, ließ Leo seine Blicke schweifen, um sich alle diese Dinge jedes für sich ein paarmal anzusehen. Auf diese Weise wollte er sich vergewissern, dass die Dinge dort tatsächlich existierten, um sich dann mühevoll davon zu überzeugen, dass er selbst in derselben Welt wie sie und mit ihnen zusammen existierte. Ploy kam etwa zu der Zeit zurück, als

Leos diesbezügliche Versuche gerade zu fruchten begannen. Sie trug verblichene Jeans und ein gelbes T-Shirt im Design der Königsfamilie.

»Ploy!«, rief Leo und sprang auf. »Ich ... erinnerst du dich? Ich wollte heute vorbeikommen.«

»Mhm«, war als Antwort zu hören. Ihre Wangen umspielte das sanfte Lächeln, nach dem er sich gesehnt hatte. Aber als er an diesem Punkt angelangt war, wusste er nicht, was er weiter sagen sollte, was er sich eigentlich dabei gedacht hatte, hierherzukommen, ob er sich überhaupt irgendwelche Gedanken gemacht hatte, ob er ihr mit seinem Kommen die Laune verdorben hatte oder nicht, ob er nicht besser wieder ginge, ehe er sich noch mehr blamierte, ob dies und ob jenes – in einem irren Stakkato stellte er sich Fragen über Fragen und bekam Kopfschmerzen davon.

Ploy ging an Leo vorbei und setzte sich im Schneidersitz auf die rote Matratze in der Ecke. Lissa und Kai näherten sich ihr vorsichtig und flüsterten ihr etwas zu.

»Diesmal ist es ein Mädchen«, antwortete Ploy knapp, und sogleich jauchzte Lissa vor Freude laut auf, während Kai resigniert einen 20-Baht-Schein hervorholte und ihn Lissa zusteckte.

»Du Schlampe hast schon wieder erraten, was es diesmal bei der schwangeren Som wird. Schon zum zweiten Mal …«, sagte Yon erstaunt.

»Zum dritten Mal«, erwiderte Lissa, der etwas eingefallen zu sein schien: »Jetzt werden sicher wieder die Vorhänge teurer. Besser man klebt schwarzen Karton vor die Fenster.«

Ein koreanischer Mann und vier thailändische Frauen, das war keine besonders angenehme Konstellation. Immer wenn die Unterhaltung stockte, herrschte peinliches Schweigen. Kai und Yon verdrehten ständig die Augen und führten mimische

Dialoge, die – was auch immer daran so lustig sein mochte – von Lissa hinter vorgehaltener Hand mit Gekicher quittiert wurden. Leo hingegen saß so verkrampft auf seinem Platz, dass ihm die Schenkel einzuschlafen drohten.

Ploy, die sich auf der Toilette umgezogen hatte und ins Zimmer zurückkam, sah abgekämpft aus. »Leo«, sagte sie, während sie sich das nasse Gesicht mit einem Handtuch abtrocknete.

»Es tut mir leid, ich muss jetzt schlafen. Ich hab zwei Tage lang kein Auge zugemacht.«

»Ach!« Leo sprang auf und winkte mit der Handfläche. »Dann geh' ich mal.«

»Du gehst? Tut mir leid.«

»Ich war in der Gegend und bin nur vorbeigekommen, um schnell hallo zu sagen. Schon in Ordnung«, sagte er und biss sich auf die Lippen.

Um zu betonen, dass es wirklich in Ordnung war, nickte er drei, vier Mal mit dem Kopf. Aber während er am Eingang in seine Flip-Flops schlüpfte, fand er es irgendwie schade, einfach so zu gehen, und so fragte er dann doch, ob er am nächsten Tag wiederkommen durfte. Nicht dass er irgendwelche Hintergedanken verfolgt hätte. Wenn sie ihn aber wirklich auf diese Art und Weise gleich wieder wegschicken hätte wollen, wozu hätte sie ihm dann tags zuvor mit freundlicher Hand ihre Adresse aufschreiben sollen? Da hinter jedem Tun eine Absicht stand, fragte er noch einmal nach, um ganz sicherzugehen. Wenn ihre Antwort enttäuschend ausfiele, war er entschlossen, in dem Augenblick, da er durch die Tür nach draußen trat, alles vollständig zu vergessen. Die nächste Station Indien wartete ohnehin bereits auf ihn.

»Tut mir leid, morgen muss ich nach Krabi. Meine Mama hat Geburtstag.«

»Krabi?«, fragte Leo, und Yon erklärte ihm sogleich, indem sie mit dem Finger eine Landkarte von Thailand zeichnete, dass es neben Phuket lag.

»Das ist aber weit!«, sagte Leo und unterdrückte ein Seufzen, um sich seine Enttäuschung nicht anmerken zu lassen. Seinen Entschluss, alles vollständig zu vergessen, sobald er durch die Tür nach draußen getreten war, hatte er bereits verworfen.

»Wann kommst du zurück?«

»In drei Tagen.« Und auf diese Antwort ließ sie die Worte folgen, auf die Leo gewartet hatte:

»Magst du dann wiederkommen? Ich meine, in drei Tagen?«

»Ach, in drei Tagen?«, antwortete Leo und dehnte die Worte dabei wie ein Firmenchef, der in Gedanken seinen Terminplan durchging. Die fünf Sekunden, die er dabei verstreichen ließ, standen für die Menge an Selbstachtung, die er sich selbst entgegenbrachte.

»Na gut, dann komme ich also in drei Tagen wieder vorbei. Übrigens, Ploy, hast du denn Geld? Für ein Geburtstagsgeschenk?«

»Schon gut. Mama weiß, dass ich kein Geld habe.«

Leo öffnete sein Portemonnaie und nahm bis auf einen Rest, den er für die Rückfahrt im Taxi zurückbehielt, alles heraus. Es war keine so großartige Summe, dass man große Augen bekommen hätte, aber weil es eine größere Anzahl kleiner Scheine war, war es doch ein ganz schöner Packen. »Nimm das«, sagte Leo wacker, »kauf ihr damit ein Geschenk!«

Ploy saß auf der roten Matratze und schüttelte lächelnd den Kopf.

»Nicht nötig. Lass gut sein!«

Leo gab das Geld Yon, die zögernd an der Tür stand, um hinter ihm zuzumachen.

»Gib das Ploy. Ich komme in drei Tagen wieder.«

Mit diesen Worten dreht er sich in der Art eines echten Kerls auf der Stelle um. Während er die Treppe hinunterlief und aus dem Gebäude ins Freie trat, rechnete er nach, dass er ihr in Summe umgerechnet etwa 12.000 koreanische Won gegeben hatte, und während er die Soi 16 entlanglief, sagte er sich reuevoll, dass es besser gewesen wäre, ihr das Geld gar nicht zu geben, als ihr eine so kleine Summe wie ein Alter auf dem Lande in einem Bündel von kleinen Geldscheinen zu geben, und beim Einsteigen ins Taxi dachte er, dass diese gerade mal 12.000 koreanischen Won in Thailand doch eine ganz schöne Summe waren, und wieder in Khaosan ankommend, machte er sich vor Sorge, dass das Taxigeld möglicherweise nicht ausreichen würde, fast in die Hose.

Manchmal verwechseln wir den Zustand der Furchtlosigkeit mit einem Zustand mangelhafter Intelligenz. Als sagte man sich in der Art eines Zauberspruchs, während man einem Halbstarken von der Straße eine Ohrfeige verpasste: »Das steckt der schon weg!« oder »Das Entscheidende ist der Glaube an sich selbst.« Um schon im nächsten Moment wimmernd darum zu flehen, ein Rettungswagen möge gerufen werden. Leo war sich sicher, dass Ploy eine Prostituierte war. Weil er sie nahe der Station Nana, die als Hotspot der Prostitution berüchtigt war, getroffen hatte, weil sie, kaum dass sie einander begegnet waren, etwas getrunken hatte, ging er davon aus – auch wenn er nicht ganz sicher sein konnte, weil er keinen Preis mit ihr ausgehandelt hatte – dass sie eine Prostituierte war. Weil er das erkannt hatte, war er zuversichtlich, dass er nicht von ihr betrogen oder auf andere Art in eine schwierige Lage gebracht werden würde. Wer sein

Gegenüber gut kannte – so stand es schon in dem Buch *Von der Kriegskunst* –, der war nicht leicht zu besiegen.

Das Problem war nur, dass er nicht die leiseste Ahnung hatte, was für »Wesen« die Prostituierten in Sukhumvit waren. Wenn er sich vor Augen führte, was allein an diesem Tag geschehen war, kam er zu dem Schluss, dass Ploy, weil sie sein Geld abgelehnt hatte, eine andere Würde hatte als jene einfältigen Prostituierten, die sich schon wegen etwas Kleingeld auf die Männer stürzten. Er hatte keine Ahnung, dass diese einfach gestrickten Prostituierten, denen es nur ums Geld ging, weniger gefährlich waren. Die desinteressierte Einstellung, die Ploy an den Tag gelegt hatte, als er ihr sein Geld vor die Nase gehalten hatte, war eine Taktik, die sie sich in einem langen Lernprozess systematisch angeeignet hatte.

In seine Unterkunft nach Khaosan zurückgekehrt, konnte Leo nichts anderes tun, als an Ploy zu denken. Die Tatsache, dass die Khaosan Road eine für Rucksackreisende berühmte Straße war und dass es in der Nähe Kanäle und Königspaläste und Tempel gab, war für ihn nicht wichtig. Er hatte sich so sehr verändert, dass man ihn mit dem Leo von vor Kurzem, der nach dem Verlassen Koreas allein gegessen, allein geschlafen und, wo immer er gerade war, in der Nase gebohrt hatte, nicht vergleichen konnte. Leo hockte im Zimmer, in dem er das Licht nicht aufgedreht hatte, und machte sein Portemonnaie ohne Grund auf und zu, und wieder auf und zu, und dann, später, nahm er sein Reisegeld und sogar die »Eiserne Reserve«, die beide an einer Stelle tief im Inneren des Rucksacks versteckt waren, vorsichtig heraus und legte sie zusammen und zählte sie und verteilte sie dann hier und dort, nur um dann doch alles zusammen ins Portemonnaie zu stecken – und es dann wieder an die Stellen zu verteilen, wo es vorher gewesen war.

Nachdem er die Geldbündel mehrmals befühlt hatte, hatte er das Gefühl, sein zuvor heftig pochendes Herz wäre wieder zur Ruhe gekommen. Danach nahm er ein Notizbuch heraus, in das er allerlei Informationen geschrieben hatte, und notierte sich die ungefähre Position des Mietshauses, wo Ploy wohnte, notierte sich, welche Kleidung Lissa, Kai und Yon getragen hatten, sowie ohne Auslassungen alles, was Ploy gesagt hatte. Danach lag er auf dem Bett und stellte sich vor, wie Ploy, als sie klein gewesen war, wohl aufgewachsen war, und ob sie die Schule besucht hatte, ob ihre Eltern zärtlich oder schweigsam und kurz angebunden gewesen waren, wie viele Geschwister sie hatte, warum sie ausgerechnet einen Spitznamen benutzte, der aus dem Englischen entlehnt war und ausgerechnet von einem Wort stammte, das die Bedeutungen »Verhandlung« und »List« in sich trug, wofür ihre Heimat berühmt war, ob sie schon einmal mit ihren Freundinnen gestritten und diese dabei an den Haaren gezogen und laut geschrien hatte oder nicht. Er fügte die kurzen Eindrücke, die er während zweier kurzer Treffen bekommen hatte, zusammen und ergänzte vieles nach Belieben und eigenen Vorstellungen, und danach stellte er sich vor, wie Ploy in Zukunft weiterleben würde, ob sie einen guten Mann kennenlernen würde und mit ihm glücklich wäre, oder ob sie noch lange Zeit in dem unsauberen Zimmer ein ärmliches Dasein würde fristen müssen, »mit dem Rücken zur Sonne«, wie es über das Leben der Nachtarbeiter hieß. Und als er, während er so sinnierte, sein Gesicht im Spiegel reflektiert sah, fand er, dass er ausgesprochen dumm aussah, darum mimte er, die Augenbrauen zusammenziehend, einen Intellektuellen.

Solche Albereien kosteten nichts und schadeten niemandem, als es aber Abend wurde und er mit in Touristenmanier um den Hals gehängter Kamera auf den Suan Lum-Nachtmarkt nach draußen ging, ging es mit den Schwierigkeiten los. Als Leo beige Damenshorts für den Gebrauch zu Hause sah, stellte er sich Ploy darin vor, und da sich die Shorts, die er, ohne sich etwas dabei zu denken, außen und innen betastete, ziemlich gut anfühlten, fing er an, mit dem rabiat aussehenden Ladenbesitzer zu verhandeln. Das war sein erster Fehler. Der zweite Fehler war, dass er tat, was ihm ein älterer Studienkollege, der weite Teile Südostasiens bereist hatte, geraten hatte: erst mal eine Miene ziehen, mit der man zu erkennen gab, dass man den genannten Preis grotesk teuer fand, und sich dann anschicken weiterzugehen. Tatsächlich aber hatte der Besitzer des Kleiderladens noch gar keinen Preis genannt, sondern Leo nur gefragt, um welchen Preis er die Shorts denn nehmen würde. Leos überzogene Reaktion kränkte ihn, sodass er sich ihm in den Weg stellte und ihn anbrüllte, er solle die Ware, die er schon ausführlich betastet hätte, gefälligst auch kaufen. Leo, der eigentlich mit einem Preisnachlass gerechnet hatte, wollte nun, da die Stimmung ins Bedrohliche umgeschlagen war, lieber Reißaus nehmen und schob den Ladenbesitzer ein wenig zur Seite. Das war der dritte und entscheidende Fehler.

Muay Thai ist eine harte Kampfkunst. Nachdem er drei bis vier Stöße mit den Ellenbogen und den Knien abbekommen hatte, hatte Leo Mühe, sich auf den Beinen zu halten, geschweige denn, sich dem Kampf zu stellen. Auch wurde er aus seiner Sicht nicht nur von einer Person – von dem Ladenbesitzer selbst – geschlagen, sondern, so schien ihm, alle der anwesenden Marktbesucher verpassten ihm im Vorübergehen jeweils einen Schlag. Wer zum Teufel es war, der da auf ihn einschlug, konnte er jedoch nicht sehen, da ihm in bestimmten Abständen immer wieder auf den Kopf geschlagen wurde. Wie eine Garnele beugte er sich im Strudel der Ereignisse vor, um seine Nikon-Kamera, die ein Geschenk zu seinem Uniabschluss war, zu schützen, dann, als die Schläge einen Moment lang weniger wurden, richtete er sich auf und rannte zum Eingang des Nachtmarktes.

Dort standen zwei Wachebeamte, die in ihren hauteng am Körper anliegenden Dienstanzügen an Varietétänzer erinnerten. Auf seine blauen Flecken, seine Abschürfungen und seine heftig blutenden Wunden deutend, klagte ihnen Leo sein Leid. Die beiden blickten ihn erst erstaunt mit großen Augen an, um wenig später, einander zugewandt, in Gekicher auszubrechen. Ihren Gesichtern war abzulesen, dass ihnen durchaus klar war, was passiert war. Sie brachten Leo zu den Taxis, die am Eingang in einer Schlange aufgereiht standen und steckten ihn in einen der Wagen, wobei sie ihm wiederholt auf den Hintern klopften.

Er konnte sein Fahrtziel nur mit ganz schwacher Stimme nennen. Innerlich beinahe explodierend vor Ärger über die ungerechte Behandlung, war er damit beschäftigt, sich zu beruhigen, und bemerkte erst bei der Ankunft vor seiner Unterkunft in Khaosan, dass die sechs 100-Baht-Scheine, die er sich extra in die rechte hintere Hosentasche gesteckt hatte, allesamt verschwunden waren. Als die beiden Polizisten ihn in das Taxi hineinbugsierten, hatten sie ihm also nicht unbedingt nur deshalb Klapse auf den Po gegeben, um ihn zu trösten oder ihn rasch loszuwerden.

Er hatte keine andere Wahl, als den Fahrpreis mit dem in der vorderen Hosentasche steckenden Kleingeld zu bezahlen, der Taxifahrer aber verlangte für die Fahrt unverschämterweise 200 Baht. Leo, der nicht damit gerechnet hatte, dass der Fahrpreis die 70 Baht, die er dabeihatte, übersteigen würde, war völlig perplex und bat flehentlich um Nachlass. Der Taxifahrer lehnte ab, indem er nur seine Augen weit aufriss. Leo eilte hinauf ins Zimmer, doch als er mit dem Geld wieder herunterkam, war das Taxi schon irgendwohin verschwunden – und mit ihm sein Studienabschlussgeschenk.

Die folgenden drei Tage verbrachte Leo reglos auf seinem Zimmer, ging nur zweimal kurz nach draußen, um Trinkwasser, Zigaretten, Hühnerfleisch und Krebsreis zu kaufen. Er fürchtete sich. Er hatte gehört, es gäbe viele koreanische Backpacker in der Soi Rambuttri, die nur etwa einhundert Meter entfernt lag, aber er konnte sich nicht überwinden, dort hinzugehen, um ein paar leichtfertig dahingesagte Worte des Trostes zu hören zu bekommen. Vor allem war ihm das, was passiert war, unerträglich peinlich. Leo war immer besser als die anderen gewesen, von der Grundschule über die Mittelschule und die Highschool bis hin zum Universitätsabschluss. Meist war er gar der Beste von allen gewesen. Viele Lehrer und Freunde hatten bei jeder sich bietenden Gelegenheit seine Klugheit gelobt. Leo war in ausnahmslos allen Bereichen ein aufgeweckter und kluger Schüler gewesen. Kaum war er jedoch von der Uni abgegangen, wurde er mit Techniken einer traditionell-südostasiatischen Kampfkunst halb tot geprügelt, von mit varietéartigen Kostümen bekleideten Polizisten beklaut und verlor zu guter Letzt, von einem Abzocker von Taxifahrer aus der Fassung gebracht, sogar seine Kamera. Sein letztes Reiseziel, Afrika, sollte er wohl mit einer Einweg-Kamera in bunter Pappbox in der Hand bereisen.

Nachdem er sich dazu gezwungen hatte, nach Räucherkammer stinkendes Hühnerfleisch hinunterzuschlingen, bemerkte er beim Zähneputzen vor dem Spiegel blaue Flecken um sein linkes Auge. Es sah nicht mal so hässlich aus, hatte, wenn er mehrmals hintereinander rasch zwinkerte, irgendwie etwas

Niedliches. Überdies war etwas entstanden, womit er Ploy gegenüber auftrumpfen konnte, weil es sich um eine Verletzung nicht infolge eines versehentlichen Stolperns handelte, sondern infolge eines spektakulären Ereignisses. Jener Moment fiel ihm ein, als er, direkt vor ihr stehend, in seiner Verwirrung nichts zu sagen gewusst hatte. Leo rief sich die Erlebnisse jenes Abends mehrmals ins Gedächtnis zurück, sortierte sie aus der zeitlichen Distanz neu und dachte sich auch gleich dazupassende Mimiken aus. In diesem Prozess wurde die Zahl der Schläger, die sich mit Leo prügelten, die Summe, die ihm von den korrupten Polizisten geraubt worden war, der Betrag, den der Taxifahrer als Wucher verlangt hatte, und der Preis der japanischen Nikon-Kamera jeweils um ein Mehrfaches des tatsächlichen erhöht. Auf diese Weise war alles, worüber er sich in diesen drei Tagen Gedanken machte, letztlich auf Ploy bezogen.

Natürlich konnte der sechsundzwanzigjährige Mann, der bereits den Militärdienst hinter sich gebracht hatte, diese unerwartete Reiseplanänderung nicht ganz ohne Widerstand akzeptieren. Auch während er vor dem Spiegel stand und das Augenzwinkern übte, lauteten die Worte, die er am alleröftesten vor sich hinsagte: »Ploy ist eine Nutte.« Mit diesem kurzen und schroffen Satz und der Verwendung des abwertenden Ausdrucks »Nutte« beabsichtigte er, von seiner derzeitigen Situation abzulenken. Andererseits war auch das nur ein Beweis dafür, wie tief er schon in dem Schlamassel drinsteckte. Denn auf jedes Aussprechen des Satzes folgte tatsächlich immer: »Aber eine gute Nutte.«

Wenn auch langsam, so bewegte sich doch alles in Richtung eines Außer-Kontrolle-Geratens der Lage.

Als Leo frühmorgens die Augen aufmachte, bemerkte er, dass er ein Lied sang. Als er sich dann aber fragte, was für ein Lied es war, waren Text und Melodie vollständig aus seinem Gedächtnis gelöscht. Allen Bemühungen zum Trotz konnte er sich nicht mehr daran erinnern. Der Grund, warum er diese plötzliche Vergesslichkeit empfand wie eine komplette Abtrennung von der Normalität des Alltagslebens ohne jede Möglichkeit der Rückkehr, war der Ausflug, der für diesen Tag geplant war.

Die morgendliche Soi 16 war still. Anders als auf der Hauptstraße, auf der die Autos in einem unendlich scheinenden Stau standen, liefen dort höchstens Prostituierte, die nach draußen gekommen waren, um Zigaretten zu kaufen, oder Drogensüchtige, die die Nacht über durchgetrunken hatten, langsam auf der Schattenseite der Straße. Bewohner auf der Suche nach Essbarem für ein Frühstück schienen kaum darunter zu sein, daher fehlten auch die Nudelsuppenimbisse, die man in anderen Stadtteilen oft sehen konnte, fast völlig. Essensreste, welche bei der Abholung durch die Müllabfuhr bei Tagesanbruch aus den zerrissenen Plastiktüten herausgelaufen waren, verbreiteten einen unangenehmen Geruch und trockneten ein, und ein doppelköpfiger siamesischer Zwillingshund trieb sich darum herum. Auf den Rücken von allem, was auf der Straße herumlag, strahlten die heißen Sonnenstrahlen der tropischen Klimazone herunter.

Wider Erwarten fand Leo Ploys Wohnhaus unter den Gebäuden, die mehr oder weniger ähnlich aussahen und deren Besonderheit war, dass sie keine Besonderheiten hatten, auf Anhieb wieder. Wenn man das dreistöckige Gebäude, das er schon einmal besucht hatte, von der Straße her sah, lag es in der Mitte der Soi 16, und das Zimmer von Ploy befand sich in der Mitte des zweiten Stocks, von wo aus man die Straße gut überblicken konnte. Natürlich war dieser gute Ausblick mit schwarzen Vorhängen total verdeckt, sodass sich das Zimmer nicht von anderen Zimmern unterschied.

Während er die Treppe hinaufstieg, traf er Yon. Er hob erfreut die Hand, aber weil Yon, die beim Herunterkommen ganz ins Abzählen von Münzen vertieft war, nicht mehr rechtzeitig stehen bleiben konnte, stieß sie mit Leo zusammen. Drei oder vier der Münzen fielen klimpernd auf den Boden. Erst jetzt hob Yon den Kopf und sagte mit geistesabwesender Stimme:

»Oh! Leo, seit wann bist du denn hier?«

Leo hob die Münzen auf und sagte: »Ich bin gerade erst gekommen.«

»Sie ist nicht da. Ploy ist nicht da. Ploy ist nicht da und ich bin dabei, Seife zu besorgen.«

»Seife?«

»Ja, es gibt keine Seife mehr, also mache ich mich auf den Weg, Seife zu kaufen. Es juckt mich am Körper.«

Dabei kratzte sie sich in den Achselhöhlen, ein Geruch nach faulen Zwiebeln stieg auf.

»Wann kommt Ploy denn?«

»In einer Stunde … Sie kommt in einer Stunde.«

»In einer Stunde? Oder in zwei?«

»In einer Stunde, in einer Stunde. Geh nur schon rein und warte. Ich gehe mal Seife kaufen, es gibt nämlich keine Seife mehr. Es juckt mich am ganzen Körper. Aber die Münzen reichen nicht. Gerade eben hatte es noch gestimmt.«

Während Leo ihr die aufgehobenen Münzen übergab, dachte er an Lissa und Kai, die im Zimmer sein würden, und erinnerte sich daran, wie er letztes Mal zwischen den beiden eingeklemmt dasitzend eine unangenehme Zeit verbracht hatte.

»Yon, ich kaufe dir Seife. Gehen wir zusammen!«

Weil Leo, als er neben Yon herging, die Atmosphäre in dem völlig abgewohnten Zimmer einfiel, dachte er, es wäre wohl besser, nicht in einen kleinen, sondern in einen großen Laden zu gehen. Die beiden nahmen einen Tuktuk, der gerade vorbeikam, und fuhren in die Sukhumvit Soi 7.

Der Laden, in den sie eintraten, war ein großer Supermarkt, in dem die Waren zu riesigen Bergen aufgestapelt waren, und wo es sogar sieben Kassen gab. Leo lief im Laden in der Stimmung von Kindern, die Mama und Papa spielen, herum und legte in seinen Plastik-Einkaufskorb eine Packung mit zehn Rollen Toilettenpapier, drei Waschseifen mit Zitronenduft, Geschirrspülmittel, Body-Lotion in einer riesigen Plastikflasche und eine große Flasche Haarshampoo, Schmiermittel für Fahrzeuge, welches wie Haarspülung aussah, sowie drei hübsche Badetücher. Yon berauschte sich an dem Genuss des Shoppens, dem sie sich vielleicht nur alle drei, vier Jahre mal hingeben konnte, und hüpfte aufgekratzt hin und her und legte jedes Mal, wenn sie wieder ankam, »1+1 gratis«-Sonderangebote wie Billig-Lippenstift, Wattestäbchen, Damenbinden, Nagellack und dergleichen in den Korb dazu. Schließlich war zwar die Summe, die Leo ausgab, nicht allzu hoch, aber es war eine große Menge an Waren zusammengekommen. Alle vier Hände der beiden waren voll mit den Griffen der Plastiktüten. Dennoch hatte Yon nicht genug und zeigte mit dem Kinn auf einen Verkaufsstand für frittierte Hähnchen in einer Ecke des Ladens und flüsterte fast so, als ob sie ein Geheimnis preisgäbe.

»Ehrlich, ich sage dir, Ploy liebt Hähnchen.«

Yon, die ab dem Zeitpunkt, an dem alles bezahlt war, gut gelaunt und übermütig war, rief, als sie das Mietshaus betraten, in enormer Lautstärke:

»Ploy, komm mal raus, wir haben frittiertes Hähnchen gekauft. Lissa, Kai kommt raus und helft uns mal mit den vielen Sachen hier.«

Als sich die Tür öffnete und man Schrittgeräusche die Treppe herunterkommen hörte, dachte Leo: ›Moment mal, es wäre besser, das frittierte Hähnchen, das Ploy so liebt, selbst zu tragen.‹

»Yon, gib mir mal das frittierte Hähnchen!«

Yon, die gerade eine Stufe nahm, sah verwirrt drein, weil sie ihn nicht verstanden hatte.

»Du sollst mir mal die Tüte mit dem frittierten Hähnchen geben!«

Nachdem er es wiederholt hatte, meinte Yon »Ah!« und kam eine Stufe zu ihm herunter. In dem Moment trat Yon Leo ungebremst auf seinen rechten Fußrücken, und weil sie ihm noch dazu unvermittelt die Tüte mit dem frittierten Hähnchen in die Hand drückte, verlor er das Gleichgewicht und geriet ins Wanken. Während er sich nach hinten umsah und statt dem rechten Fuß, der nicht frei war, mit dem linken Fuß hinuntertrat, fiel ihm auf der Treppe ein junger Jing-Jok-Gecko auf, der dort hin und her schwänzelte. Der Jing-Jok mit seinen vorstehenden Augäpfeln lag ausgerechnet an der Stelle, auf die Leo gerade seinen Fuß setzen wollte. Die Blicke der beiden trafen sich.

»Wenn du hier auftrittst, wirst du mich töten«, sagte der dunkelgraue Jing-Jok.

»Es ist eine Woche her, dass ich aus dem Ei geschlüpft bin. Außer diesem Mietshaus habe ich noch nichts von der Welt gesehen. Gerade mache ich mich auf Erkundungsreise. Wenn du so auftrittst, wirst du mich töten.«

»Gratulation zum ersten Ausflug! Aber wenn ich nicht auf deinen Rücken trete, verliere ich das Gleichgewicht und kullere die Treppe hinunter«, erwiderte Leo.

»Ich bin gekommen, um Ploy zu treffen, und möchte mich nicht noch ärger zugerichtet präsentieren, als mit den blauen Flecken um das Auge. Und dem Steigungswinkel und der Höhe der Treppe nach zu urteilen, werde ich nicht nur schlimm aussehen, sondern mich sehr wahrscheinlich auch böse verletzen. Ich will auch nicht, dass diese Sachen, die ich mit den besten Absichten besorgt habe, kaputt gehen.«

»Du hast recht«, sagte der Jing-Jok mit gar nicht Jing-Jokhafter Stimme.

»Du wirst dich sehr schlimm verletzen. Du wirst dir da und dort Prellungen zuziehen und die Bänder deines rechten Knöchels, der im Moment in der Luft schwebt, werden sich dehnen wie Lakritze. Einen Monat lang wirst du nicht ausgehen können und in einem Winkel des Zimmers herumlungern. Ich aber, der ich der Bedrohung rasch entfliehe, kann mein Leben retten. Obwohl ich ein Jing-Jok, so klein wie die Hälfte deines kleinen Fingers, bin, weiß ich genau, dass sich an der Grenze zwischen Leben und Tod alles völlig verändert. Niemand wünscht sich diese Veränderung, nicht wahr? Und die meisten der Sachen, die du jetzt in der Hand hältst, sind in einem Behälter aus Polypropylen und werden daher vielleicht ein bisschen eingedrückt, aber sie werden nicht kaputt gehen.«

Mit den Worten »Langsam wird's eng!« fasste Leo mit der Hand nach dem Geländer rechts von ihm. Wegen des Gewichts der Plastiktüten, welche er in der Hand hielt, konnte er seinen Arm jedoch nicht weit genug ausstrecken, um das Geländer zu fassen zu bekommen.

»Du hast ja überhaupt nicht verstanden, was ich gesagt habe! Wichtig ist nicht, dass sich in der Welt der Jing-Joks nichts verändert, sondern meine eigene Sicherheit. Natürlich ist auch dein Leben wichtig, aber doch nicht in dem Maße, dass man es gegen meine Sicherheit eintauschen könnte.«

»Würdest du über deine Mitmenschen auch so sprechen? Ist deren Leben auch wichtig, aber deine Sicherheit ist wichtiger?«

»Hey, sieh her. Du bist nicht mein Mitmensch. Du bist nicht mehr als ein Jing-Jok, der an der Wand klebende Nachtfalter frisst. Es wird nicht vorkommen, dass wir nebeneinander auf einer Parkbank sitzen und uns über unsere Sorgen unterhalten.«

Als er das sagte, entfernte sich das Geländer, das seine Fingerspitzen schon fast berührt hatten, wieder ganz aus seiner Reichweite und gleichzeitig fiel das Bündel von Plastiktüten, welches er hatte loslassen müssen, langsam die Treppe hinunter.

»Gut!«, plapperte der Jing-Jok drauflos, mit einem gar nicht Jing-Jok-haften Gesichtsausdruck. »Spielen wir mal ›Was-wäre-wenn‹. Antworte ernsthaft! Du bist jetzt der Lokführer eines Zuges, der mit kaputter Bremse weiterrast. Vor dir gabelt sich die Strecke in zwei auseinanderlaufende Gleise. Gleis A läuft geradewegs auf eine Felsklippe zu. Das heißt, da wirst du sterben. Gleis B verläuft nach rechts, und wenn du da hinmöchtest, musst du den Schalter der Weiche nach rechts legen. Auf diesem Gleis aber arbeiten zehn Streckenarbeiter, die von dem Zug nichts wissen und ganz in ihre Arbeit vertieft sind. Wenn du also dorthin fährst, wirst du sie alle umbringen. Ja, wenn du dorthin fährst, werden die zehn Arbeiter ganz sicher getötet. Wohin fährst du also? Willst du ohne den Weichenschalter umzulegen auf Gleis A weiterfahren und mit dem Zug zusammen die Klippe hinunterstürzen? Oder willst du den Schalter umlegen und die zehn Arbeiter töten, um dein eigenes Leben zu retten?«

Während sich sein Körper langsam in Richtung der Treppe abwärts bewegte, antwortete Leo: »Wenn nur ich allein in dem Zug bin, werde ich nicht zehn Leute töten, um mein Leben zu retten. Jeder, der bei klarem Verstand ist, würde diese Frage so beantworten, nicht wahr? Es gibt keine andere ernstzunehmende Antwort.«

»Gut«, sagte der Jing-Jok. »Jetzt markierst du nicht mehr den Helden, sondern legst einfach nur die Leben auf die Waagschale. Wenn es so ist, frage ich dich ein bisschen anders. In dem Zug fahren, dich eingeschlossen, neun Personen. Davon abgesehen ist die Situation dieselbe, es gibt die Gleise A und B und die unschuldigen Arbeiter, die je nachdem, wie du entscheidest, auch sterben könnten. Was würdest du dann tun? Würdest du neun aufgeben, weil zehn mehr sind als neun?«

Leo überlegte kurz und sagte: »Hmm, das ist etwas anderes. Da ich die Passagiere in dem Zug, die mir schließlich vertrauen, nicht sterben lassen kann, werde ich wahrscheinlich in die Richtung fahren, wo ich sie retten kann. Und nicht zuletzt zählt meine Sicherheit auch etwas.«

»Ah, jetzt geht's richtig drunter und drüber. Was gilt jetzt also? Gibt nun die Zahl der Menschenleben den Ausschlag, oder deine Ehre, oder aber deine Sicherheit? In Wahrheit ist die Zahl doch überhaupt nicht wichtig. Denn man kann nicht ein Leben in die eine und zehn Leben in die andere Waagschale legen. Weil sie alle genau gleich schwer wiegen und somit nicht zu vergleichen sind. Es ist einerlei, ob neun oder zehn Leben. Deshalb wollen wir die Fragestellung noch einmal etwas abändern: Wenn du geradeaus fährst, kannst du, dich eingeschlossen, neun Menschen retten, wirst aber die dort arbeitenden Arbeiter töten. Wenn du den Weichenschalter umlegst, tritt der umgekehrte Fall ein. Was also wirst du tun?«

»Was hat sich da jetzt gegenüber vorhin geändert?«, fragte Leo zurück. »Ist es so wichtig, ob ich den Schalter umlege oder nicht?«

»Das ist der Kernpunkt der Frage. Wichtiger als zu wählen, *wen* du rettest und *wen* du opferst, ist es, *ob* du überhaupt eine Wahl triffst oder nicht.«

»Kapier ich nicht. Erklär mal schön langsam«, sagte Leo. Yon, die erst jetzt bemerkte, dass irgendetwas schiefgelaufen war, setzte sich auf die Treppenstufe nieder und hob ihren Fuß, aber es war zu spät, als dass es auch nur ein klein wenig geholfen hätte. Das war die Art und Weise, mit der Yon ihr Leben bestritt.

»Gut, hör mal genau zu«, sagte der Jing-Jok und drehte dabei die feuchten Augäpfel hin und her. Erst dadurch wirkte er ein wenig wie ein echter Jing-Jok. »Ich werde die Frage vereinfachen. Du hast nur zwei Möglichkeiten: Entweder du lässt den Schalter so, wie er ist, oder aber du legst ihn um. Das ist eine sehr schwierige Frage, weil auch du ein Mensch bist, der ein Leben hat. Kannst du das verstehen? Denk mal drüber nach, ob es richtig ist, dass du über Leben und Tod von anderen Menschen entscheidest.«

»Was? Das hieße ja, dass mir nur bliebe, *nicht* zu wählen, und ich also einfach weiterführe, egal, ob da vor mir eine Fallklippe ist oder Arbeiter auf den Gleisen? Alles Übrige überlasse ich Gott?«

»Diesen Einwand habe ich erwartet«, nickte der Jing-Jok fröhlich. »So dumm bist du gar nicht.«

»Du meinst also, ich kann nicht wählen, ob ich dich töte oder selbst verletzt werde – und soll deshalb alles dem Lauf der Dinge überlassen und mich einfach die Treppe hinunterfallen lassen, das meinst du wohl? Ich fass es nicht! Du bist aber keiner der Streckenarbeiter, die dort nichtsahnend eifrig am Werk sind! Du bist nichts als ein Jing-Jok, der auf seinem Weg hinaus in die weite Welt in Gefahr geraten ist.«

»Ich sag's noch einmal: Man kann Leben nicht gegeneinander abwägen. Anzahl und Gattung sind bedeutungslos. Ein kleines Leben von etwas rotem Schleimigem und drei riesige Leben von etwas blauem Strukturiertem sind genau gleich viel wert. Darum geht es in diesem Fragespiel.«

Kaum hatte er ausgesprochen, schnappte sich der Jing-Jok mit seiner langen Zunge einen Nachtfalter, der in seiner Nähe auf den Boden gefallen war, und schluckte ihn hinunter.

»Du widersprichst dir selbst, wenn du sagst, dass es nicht zu vergleichen ist, weil es gleich ist. So ein Quatsch, ehrlich, du Jing-Jok … Auf jeden Fall Glückwunsch! Es ist ohnehin zu spät, dich zu töten. Kriech möglichst weit weg und sieh dir möglichst viel Schönes und Trauriges an und leb wohl!«

Leo rollte mit den vollgefüllten Plastiktüten die Treppe hinunter. Ein dumpfer Schmerz drängte heran und er verlor plötzlich das Bewusstsein. Als er wieder ganz zu sich kam, konnte er sich nur bruchstückhaft an ein paar Empfindungen erinnern: an den Blutgeschmack, an das verrückte Heulen und Kreischen von Yon und dann an plötzliche Schluckauf-Geräusche, an das Gefühl, festgebunden zu sein, an die Gerüche von verschiedenen Arten von Desinfektionsmitteln, an das Rütteln des wie verrückt, ohne Rücksicht auf Bodenschwellen dahinrasenden Ambulanzwagens – und an Ploy, die voller Sorge auf ihn herabsah, an Ploys Gesicht.

›Hübsch ist sie‹, murmelte er unbewusst. Es war ein erwärmendes Gefühl. Er machte die Augen wieder zu. In seinem verschwommenen Bewusstseinszustand verwandelte sich das glatte und dunkle Gesicht Ploys in einen violetten Wirbel, der in eine schon bekannte Vision überging. Kurz war ein schneeweißer Hase zu sehen und eine junge Frau, die Ploy sehr ähnelte, rief etwas. Ein junger, sehr muskulöser Mann kam wie eine Sprungfeder hervorgesprungen und rannte dem Hasen nach. Und tief in den Bergen traf er auf einen riesigen Tiger. Es begann ein schrecklicher Kampf. Keiner von beiden wollte sich dem Kampf entziehen und keiner von beiden gab auf. Die schrecklichen Schmerzen, die der mit all seiner körperlichen und geistigen Kraft kämpfende Mann, dessen Blut in alle Richtungen davonspritzte, in dieser Szene erlitt, übertrugen sich sehr deutlich auf Leos Körper. Als der Mann den Tiger schließlich erledigt hatte, lag er ächzend und stöhnend auf dem Boden. In dem Augenblick, da Leo das Gesicht des mitten in dem vom Mondschein gelb eingefärbten Wald heftig gegen den Nachthimmel atmenden Mannes sah, schrie er vor Schreck schrill auf.

Es war er selbst.

5

Er lag auf einem Bett im Krankenhaus von Langsuan. Um das Bett herum war eine Absperrung aus mit weißem Tuch bespannten dünnen Aluminiumrahmen aufgestellt. ›Niemand ist bei mir, was ist mit mir passiert?‹ Um das herauszufinden, konnte Leo nur sich selbst befragen. ›Stimmt. Ich bin über die Treppe gerollt. Aber was ist dann passiert? Was soll schon passiert sein, Mann, es tut so weh, dass du sterben möchtest. Aber wo genau tut es weh?‹

Beginnend mit den Fingern versuchte Leo langsam, seinen Körper zu bewegen. In den Hüften, im linken Handgelenk und am Hinterkopf pochte der Schmerz, und der rechte Fuß, der sich schwer und taub anfühlte, ließ sich gar nicht bewegen. Ihm wurde plötzlich bang, und in dem Moment, als er sich ächzend und stöhnend aufrichtete, um seinen Zustand irgendwie genauer zu prüfen, kamen Yon und Ploy in den abgegrenzten Bereich zu ihm herein.

»Leo, bist du okay? Hast du keine Schmerzen?«, fragte Yon, die nach Alkohol roch.

»Ich wäre wirklich froh, wenn ich keine Schmerzen hätte. Ploy, was ist mit meinem Bein los? Gebrochen?«

Statt zu antworten rief Ploy das Ärzteteam. Den Ausführungen eines bis auf die Rippen abgemagerten Arztes zufolge war das Bein nicht gebrochen, sondern nur die Muskelbänder etwas überdehnt. Trotzdem musste er – genau wie im Falle eines Bruches auch – einen Monat lang mit Gips liegen. Das Gefühl der Schwere und Taubheit rührte also von dem Gipsverband her.

Einen Monat! Leo stieß einen Seufzer aus. Er war unterwegs nach Afrika auf einer Reise, für die er vier Monate veranschlagt hatte, und in Thailand, das gar nicht eingeplant gewesen war, zog er sich eine Verletzung zu, die einen Monat lang ausheilen musste. »Tut mir leid, tut mir leid«, sagte Yon mit schwerer Zunge. Der Alkoholgeruch war durchdringend. Vermutlich hatte sie irgendwo im Krankenhaus das zur Desinfektion bestimmte Ethanol mitgehen lassen und getrunken. Wäre Ploy nicht dabei gewesen, Leo hätte sie vielleicht mit dem eingegipsten Bein aus voller Kraft getreten.

Erst einmal kehrte Leo mit dem Taxi in Ploys Zimmer zurück, aber er sah ganz schwarz für die Zukunft. Mal abgesehen davon, dass seine ganze Reiseplanung durcheinandergeraten war, konnte er doch nicht einen Monat lang in einem fremden

Land als Patient verbringen. Weil er immerhin auf Krücken laufen konnte, wäre die einzig richtige Entscheidung gewesen, sofort nach Korea zurückzufliegen. Auf diese Weise hätte er später, sobald sich erneut eine Gelegenheit dazu bot, mit dem übrigen Reisebudget Afrika bereisen können, was sein eigentlicher Traum gewesen war. Das ließ sich selbst mit dem IQ eines Jagdhundes auf der koreanischen Insel Jindo ohne langes Nachdenken leicht berechnen. So hätte er es machen müssen. Selbst mit seinen überdehnten Bändern hätte er zurückkehren müssen, ehe er sich hier eine noch schwerere Verletzung einhandelte, die vielleicht nie wieder heilen würde. Denn die Entlassung aus dem Krankenhaus war die zweite Gelegenheit, die sich ihm bot, ihm einen Grund und auch eine konkrete Möglichkeit gab, sich aus dem Staub zu machen.

Er lag jetzt aber in Ploys Zimmer, genauer: auf der roten Matratze, die Ploy benutzte. Wie von ferne lag ihr Körpergeruch in der Luft. Noch dazu sah Ploy direkt neben ihm mit sorgenvollem Gesichtsausdruck auf ihn herab.

»Leo, sei nicht so böse auf Yon. Ich werde nirgends hingehen, sondern mich hier an deiner Seite um dich kümmern.«

Was um alles in der Welt konnte er in dieser Situation schon anderes machen, außer die Stirn zu runzeln und vor Schmerzen zu zittern? Zwei Stunden vergeudete er, der sich im Geiste bereits mit allem arrangiert hatte, damit, vor Ploy so zu tun, als würde er sich den Kopf zerbrechen, was zu tun wäre.

Da es Abend wurde, gab er Ploy den Schlüssel zu seiner Unterkunft in Khaosan. Erst als sie zusammen mit der lächelnden Kai bereits hinausgegangen war, wurde ihm mulmig zumute und er begann, es zu bereuen. In seinem Rucksack waren sowohl sein Reisepass und sein Reisegeld als auch die »Eiserne Reserve«, die er nicht anrühren wollte, bevor er nicht am Verhungern war.

Der Rucksack war mit einem kleinen Schloss extra verschlossen, aber wenn sich jemand den ganzen Rucksack schnappte, half das Schloss auch nichts. Man konnte den Rucksack später an anderem Ort mit einem Messer aufschneiden und das Geld herausholen. Die Worte des älteren Studienkollegen kamen ihm in den Sinn, der ihm beigebracht hatte, wie man es anstellte, auf dem Nachtmarkt halb tot geschlagen zu werden: Wenn jemand in Thailand gut Englisch spräche, wäre der- oder diejenige entweder ein Betrüger oder eine »viel benutzte« Nutte.

Und auch das Hausgesetz fiel ihm ein, an welches ihn sein Vater, der ein Privatkreditinstitut hatte, jeden Tag erinnert hatte: Lieber sich dafür entschuldigen, dass man jemandes Glaubwürdigkeit infrage gestellt hat, als bereuen, dass man ihm geglaubt hat.

Leo, dessen Gedanken so weit abgeschweift waren, richtete seinen Körper ein wenig auf und sah sich im Zimmer um. Was er sah – den Haufen Klamotten, der in einer gelblichen Box aus Karton irgendwie aufgetürmt war, die Handtücher mit so großen Löchern, dass sie praktisch nur noch aus dem Rand bestanden, den Fernseher, der aussah wie die ersten jemals entwickelten Geräte, einen handtellergroßen Spiegel, der auf dem Fernseher stand, den halb kaputten Ventilator, den man unverkennbar von einer Müllhalde geholt hatte, eine runde Kühlbox, die so schmutzig war, dass man sie für einen Nachttopf halten konnte, und so weiter und so fort – alles das war zusammen wohl nicht einmal so viel wert, wie sein Rucksack gekostet hatte. Die Zeit, die sich mit einer klebrigen Feuchtigkeit vollgesogen zu haben schien, verlief sehr langsam. Von der Sukhumvit Soi 16 bis zur Khaosan Road dauerte es hin und zurück eine Stunde mit dem Auto, in seine Unterkunft hineinzugehen, seine Sachen, die zum größten Teil schon fertig gepackt waren, zusammenzusammeln, damit herauszukommen und auszuchecken dauerte eine weitere halbe Stunde, und selbst wenn man noch irgendwelche unerwarteten Zwischenfälle einberechnete, sollte es ihnen doch leicht möglich sein, innerhalb von zwei Stunden zurück sein. Aber es wurde dunkel und die Geräusche von jenseits des Fensters her wurden leiser, und als er auf die Armbanduhr sah, war es schon neun Uhr – es waren schon mehr als drei Stunden vergangen.

Es verging noch eine weitere Stunde, ehe sich die quietschende Eisentür öffnete und Ploy und Kai hereinkamen. Zu der Zeit lag Leo alleine in dem dunklen Zimmer und hatte jene Phase, während der er sich darüber ärgerte, dass Ploy ihn mit so geschickten Lügen betrogen hatte, bereits hinter sich gelassen, hinter sich gelassen auch eine Phase, während der er sich damit tröstete, dass das nicht sein konnte, dass alles nur eine aus einer armen Vorstellung konstruierte, eingebildete Angst wäre, hinter sich gelassen auch die Phase, während der er sich Selbstvorwürfe machte, warum er sich derart leichtfertig übers Ohr hauen ließ, sich ernsthaft Sorgen machte und den Kopf darüber zerbrach, wie er es jetzt nach Korea zurückschaffen sollte, und hatte einen Zustand erreicht, bei dem er, sich für sich allein mit dem Kopf nickend bestätigte, alles zu verstehen und zu verzeihen, dass er genauer gesagt: Er hatte, wie eine Leiche in der friedlichen Dunkelheit daliegend, einen Zustand einer gedankenleeren Seligkeit jenseits der Selbstaufgabe erreicht, in dem er nichts mehr dachte und nichts mehr fühlte. Nachdem die Mädchen den Lichtschalter an der Wand im Eingangsbereich betätigt hatten, dauerte es eine Weile, bis das matte Licht der Leuchtstoffröhre in der Mitte des Zimmers anging, und Leo hatte in diesem Moment ein Gefühl, als ob ein ganz von Reue bestimmtes Leben zu Ende gegangen und er mit neuen Aufgaben betraut aus dem Mutterleib neu ans Licht der Welt gekommen wäre.

Ploy und Kai stellten den ultramarinblauen Rucksack von Leo und den Schlafsack, der eigentlich am Boden des Rucksacks befestigt gewesen war, angestrengt ab und brauchten eine Weile, um wieder zu Atem zu kommen. Sie zu fragen, warum sie erst so spät wiederkamen, hätte ihm leidgetan. Schließlich war alles wieder an seinem Platz, egal was im Einzelnen im Inneren des Rucksacks noch da und was verschwunden war, die Hauptsache war doch, dass er seinen Rucksack wiederhatte. Der Unterschied war so groß, wie der Unterschied zwischen einem Einbruch in ein Haus und dem vollständigen Abbrennen des Hauses. Eigentlich hätte er den Rucksack sofort aufmachen und nachprüfen wollen, ob alle Wertgegenstände wie Geld, Pass und dergleichen noch da waren, überlegte es sich aber anders, da er – von dem Risiko abgesehen, das Geheimfach den Augen aller preiszugeben – dadurch auch unangebrachterweise sein Misstrauen zur Schau gestellt hätte. Auch fand er es gar nicht mehr nötig. Da er seinen Rucksack unbeschädigt wiedererhalten hatte, verwandelte sich sein Misstrauen innerhalb kurzer Zeit über eine Zwischenstufe, in der er tiefe Schuldgefühle empfand, in die Gewissheit, nicht verloren zu haben, und weiter in leidenschaftliches Vertrauen.

Wie er sich dereinst in ferner Zukunft im Tempel Patong Salla Makkasan zurückerinnern würde, hatte diese Episode für ihn die zweitgrößte Bedeutung nach jener der ersten Begegnung im Nudelsuppenimbiss in Sukhumvit. Da Ploy ihm sein Reisegeld – eine beträchtliche Summe – und seinen Reisepass, und somit seinen gesamten Besitz, vollständig zurückgebracht hatte, konnte er ihr nicht mehr misstrauen. Nur ein mieser kleiner Gauner, der gar keine Gnade kannte, würde ihr weiter misstrauen.

In Wahrheit war Ploy nur deshalb zu spät zurückgekommen, weil sie auf der Fahrt nach Khaosan bei einem ehemaligen Kunden vorbeischauen und dort ein »Geschäft« hatte abwickeln wollen, und hatte von Beginn an überhaupt nicht daran gedacht, sich mit dem nach Schweiß stinkenden Rucksack aus dem Staub zu machen. Denn sie wusste nur zu gut, dass Leo von sich aus alles, was in dem Rucksack war, eins nach dem anderen herausholen würde, um es ihr zu geben. Es gehörte praktisch schon ihr, steckte schon in ihren Taschen. Und – in der Tat – als sie so tat, als wüsste sie nicht, was zu tun sei, da sie kein Geld hatte, um etwas fürs Abendessen zu kaufen, holte Leo 1.000 Baht aus seinem Rucksack und gab sie ihr, gerade so, als wäre er ein Geldautomat. Die 1.000 Baht entsprachen jener Summe, die sie mit dem Verkauf ihres Körpers auf der Straße in zwei Tagen verdienen konnte. Als Ploy das Geld nahm, rechnete sie sich, während sie einen dankenden und sich entschuldigenden Gesichtsausdruck machte, aus, dass er über ungefähr 20.000 Baht verfügte. Weil die Männer auf der Suche nach Frauen oder Glücksspiel jedes Mal das Zwanzigstel des Geldes, das sie hatten, ausgaben. Als sie später erfuhr, dass Leo eine sehr lange, vier Monate dauernde Reise nach Afrika geplant hatte, korrigierte sie ihre ursprüngliche Schätzung, indem sie sie mit vier multiplizierte. Umgerechnet entsprach das Ergebnis – rund 3.000 US-Dollar – fast genau jener Summe, die zu dem Zeitpunkt in Leos Rucksack war.

Nachdem sie sich mit kalt gewordenem frittierten Hähnchen, gebratenem Fisch, Krebsreis und mit Whiskey-Cola den Bauch vollgeschlagen hatten, suchten sich alle ihren Platz, legten sich hin und schliefen ein. Das Zähneknirschen von Kai, das Schnarchen von Yon und Lissas liebenswertes Im-Schlaf-Sprechen waren gleichzeitig zu hören.

Ploy lag rechts von Leo. Obwohl ein längliches Kopfkissen das Gesicht der schlafenden Ploy verdeckte wie eine Trennwand, schlug Leos Herz heftig und er konnte nicht einschlafen. Was ihn von ihr trennte, war ein Kopfkissen aus Polyester und Baumwolle. Polyester und Baumwolle … Das waren so dünne und leichte Stoffe, dass sie rissen, wenn man nur daran ankam. Er spürte den duftigen Atem von Ploy. Leos Zentralnervensystem sandte langsam das Wolllustsignal aus. Die vom Beckennervengeflecht abzweigenden Schamnerven übermittelten daraufhin direkt an die Schwellkörper das Erektionssignal und die Schwellkörper sekretierten große Mengen von Acetylcholin und saugten durch Muskelentspannung Arterienblut an. Sobald sich ausreichend Blut gesammelt hatte, zog sich das den Schwellkörper rundherum bedeckende Bindegewebe stark zusammen und band diesen fest ab, damit das Blut nicht wieder zurücklaufen konnte. Kurz gesagt: der Penis stand aufrecht.

Leo richtete seinen Oberkörper vorsichtig auf. Er hatte nicht von Anfang an vor, etwas zu versuchen. Er wollte nur Ploys Gesicht näher betrachten. Als er aber tatsächlich über das Kopfkissen hinweg ihr schmales Gesicht vor Augen hatte, bewegte er seine Hand instinktiv, da ihm einfiel, dass sie eine Prostituierte war und er ihr in zwei Tranchen schon etwa 2.000 Baht gegeben hatte.

Ploy trug keinen Büstenhalter. In dem Moment, als Leos Hand den sich vorwölbenden Busen berührte, durchströmte eine mysteriöse Tastempfindung seine Fingerkuppen. Es war ein elektrisierendes Gefühl, das ihm den Atem stocken ließ. In diesem diffusen Schaudern sagte sich Leo staunend: ›Genau das ist also der Busen einer Frau.‹ – Als wäre das, was er an seiner Freundin einst berührt hatte, kein Busen gewesen, sondern gekochte Tintenfischköpfe.

Weil ein wenig Licht einer Straßenlaterne ins Zimmer fiel, war es nicht vollständig dunkel, aber die Geräuschkulisse, die die drei Prostituierten laufend erzeugten, beruhigte Leo. ›Wenn das so ist,…‹, dachte er bei sich. Unauffällig bewegte er seine Hand weiter und schob sie unter Ploys T-Shirt und griff rasch zu.

›Verrückt! Ich muss verrückt sein!‹

Leo schrie und raste innerlich. Nichtsdestotrotz rutschte seine Handfläche weiter über die weiche und warme Haut und erreichte die Wölbung des Busens. Es war ein nicht sehr großer, nicht ganz reifer Busen. Er dachte, spätestens jetzt müsste auch Ploy bemerkt haben, was er da gerade machte. Die Tatsache, dass sie ihn dennoch nicht daran hinderte, interpretierte er im Sinne eines weitgehenden Einverständnisses. Dann wurde er zudringlicher und wagte es, Ploys Busen ganz mit der Hand zu umfassen. Er legte mehr Kraft in seinen Handgriff. Er fühlte die kleine, vom Schweiß klebrige Brustwarze. Sie war sehr elastisch und beweglich, glich einer nassen roten Bohne, die zwischen seinen Fingern sprang und hüpfte. Jedes Mal, wenn der vor dem Fernseher stehende, drehbare Ventilator in seine Richtung blies, traf ihn ein Schwall tropisch heißer Luft. Es war eine Nacht, in der alles ausreichend nass war. Weil zu viel Blut in seinem Penis zusammenfloss, wurde ihm kurz schwindlig. Der Schweiß rann ihm über seine Brust. Er stützte sich mit seinem rechten Arm auf, beugte seinen Körper langsam weiter vor und brachte sein Gesicht näher an das Gesicht von Ploy. Von ihren vollen Lippen her bekam er das leichte Atemgeräusch zu hören. Ihr Atem roch nach frischer Papaya.

Ausgerechnet in diesem wichtigen Moment tauchten wieder Bilder vor seinem geistigen Auge auf. Diesmal war es ein prachtvoll dekoriertes Zimmer. Drei dicke Kerzen waren darin aufgestellt und an der Wand hing ein Spiegel, der aus prächtig gefärbten Seiden und Silber gemacht war. Man konnte neben dem Bett leise brennende Duftstäbchen riechen. Die Tür öffnete sich leicht, und es kam eine Frau herein, die auf der Stirn einen Punkt hatte und einen bis über die Nase reichenden Schleier trug. Sie blickte sich kurz um, durchquerte das Zimmer und näherte sich dem Fenster. Sobald sie vorsichtig das Fenster aufmachte, stieg ein Mann, der auf der anderen Seite unterhalb des Fensters versteckt war, geschwind über das Fensterbrett herein. Die beiden umarmten sich still, aber fest. Nach einer Weile gab ihr der Mann einen Silberring, auf dem ein Kammzahnmuster eingraviert war. Die Frau nahm den Ring entgegen, machte auf der Wange des Mannes das Nike-Logo und lachte. Als sie ihm sein langes Haar nach oben strich, zog auch der Mann den Schleier der Frau nach oben. Wie erwartet waren die beiden Ploy und Leo.

Die Vision verschwand und langsam tauchte Ploys Gesicht von jenseits der Vision wieder auf. Ploy warf Leo gerade einen drohenden Blick zu. Eilig zog er seine Hand, die auf ihrem Busen lag, zurück. Das verächtliche Lächeln, das auf ihrem Gesicht lag, war auch in der Dunkelheit deutlich zu sehen. Dieses Lächeln wirkte so kalt und grausam, dass sie fast wie eine andere aussah. Da der verstörte Leo keine Worte zur Rechtfertigung finden konnte, beschrieb er stotternd den silbernen Ring, den er vor Kurzem vor seinem geistigen Auge gesehen hatte.

»Dieser hier?«

Ploy hob ihre linke Hand und hielt ihm den Ring direkt vor die Nase. Es war ein silberner Ring, auf dem ein Kammzahnmuster eingeritzt war.

»Diesen habe ich als Kind am Strand von Krabi gefunden.«

»Ach!«, stöhnte Leo. Er war sich sicher, nicht gesehen zu haben, dass Ploy diesen silbernen Ring trug. Es war exakt derselbe Ring wie in seiner Vision.

»Leo, khun baa pai laew!«, sagte Ploy.

Obwohl er nicht verstand, schien das, was sie sagte, nichts Gutes zu bedeuten. Leo wurde weinerlich und drehte sich um. Seine Rechtfertigung mochte armselig gewirkt haben, Lüge aber war es keine gewesen. Es war keine erfundene Geschichte. Aber es war ihm nicht möglich, sie ihr zu erklären. Von hinter dem Kopfkissen her war zu hören, wie Ploy leise ihr T-Shirt herunterzog. Weil es ein so leises Geräusch war, hielt er es für möglich, dass es noch zu der Vision von eben gehörte, aber das kalt-höhnische Lächeln auf Ploys Gesicht war auf jeden Fall Realität.

Weder am nächsten Tag noch am Tag danach sprach Ploy Leo an. Nur Yon, Kai und Lissa fragten Leo abwechselnd, ob er Hunger oder Durst hatte, oder ob er rauchen wollte. Leo verstand, was gemeint war, und gab ihnen jeweils 100 Baht. Zwar hätte er ihnen lieber nur je 30 oder 40 Baht gegeben, hatte aber kein Kleingeld bei sich. Die Prostituierten gaben ihm ein paar 100-Baht-Scheine zurück, wenn er ihnen einen 1000-Baht-Schein gab, aber auf einen 100-Baht-Schein gaben sie kein Restgeld zurück, auch wenn sie nur Eis besorgt hatten, das gerade mal 3 Baht kostete.

Es war keine Kleinigkeit, aber es war zu spät, jetzt damit zu beginnen, sie zur Rückgabe des Restgeldes aufzufordern.

Sie hatten keinen bestimmten Alltagsrhythmus. Egal, ob es Mittag war oder drei Uhr früh, sie liefen jederzeit nach Lust und Laune hinaus und kamen irgendwann wieder zurück. Nur Ploy blieb neben Leo sitzen – vielleicht ja, weil sie ihr Versprechen halten wollte, sich um ihn zu kümmern – und sah fern, wich nur von seiner Seite, wenn sie auf die Toilette ging oder kurz nach draußen lief, um sich zu essen zu holen, worauf sie gerade Lust hatte. Leo, der nicht verstand, worum es ging, sah sich gedankenverloren die wechselnden Szenen an und lachte mit, wenn Ploy in Gelächter ausbrach. Wenn er unterdessen plötzlich seinen Blick nach oben richtete, machte ihn der Anblick der über und über von Fliegendreck beschmutzten Zimmerdecke, die so niedrig zu hängen schien, dass sie fast seine Stirn berührte, schwermütig.

Kai war es nicht gewohnt, Englisch zu sprechen, daher wich sie Leo nach Möglichkeit aus, hingegen sprach ihn Lissa immer auf Thailändisch an, obwohl sie sehr gut Englisch sprach. Immer wenn sie ihn mit ihren runden Augen fixierte und auf Thailändisch losquatschte, geriet er ins Schwitzen. Lissa war eindeutig attraktiv und hätte Leo nicht zuerst Ploy getroffen, hätte er sie wohl sehr gern gehabt. Ihre Aussprache des Thailändischen war die niedlichste und liebenswerteste unter all den Frauen, denen Leo in der kurzen Reisezeit begegnet war. Eines Tages bat er sie, ihm ein Thailändisch-Lehrbuch zu kaufen. Da er ohnehin einen Monat lang bleiben musste, wollte er ein wenig die Sprache lernen. Es war auch wegen des Lächelns, mit dem ihn die Prostituierten belohnten, wenn er dann und wann einfache Wörter wie »Dankeschön«, »Entschuldigung« und dergleichen auf Thailändisch sagte. Ein paar Male hatte auch Ploy laut aufgelacht, dann hatte er das Gefühl, dass die Welt ein Stück heller wurde, wie durch ein allzu grell aufreizendes Foto. Er traute sich, was seine Aufnahmefähigkeit und seinen Enthusiasmus betraf, nicht allzu viel zu, hatte aber doch auch den Ehrgeiz, fleißig zu lernen und sich irgendwann mit Ploy in ihrer Muttersprache zu unterhalten. Leo hatte mehrmals darum gebeten, das leichteste Lehrbuch zu besorgen. Lissa hatte so getan, als hätte sie verstanden, indem sie gleich einen ganzen Schwall von Thailändisch auf ihn losließ. Und nachdem sie zu den Schmerztabletten, die Leo dreimal am Tag nahm, heimlich Abführmittel gemischt hatte, bekam sie von Leo 100 Baht und ging einkaufen.

Sie hatte ihn nicht verstanden. Nein, sie hätte ihn schon verstehen können, aber sie wollte ihn nicht verstehen. Ihr Englisch, das ihr von ihren vielen ausländischen Freiern beigebracht worden war, war ausgezeichnet, aber leider hörte sie nur, was sie verstehen wollte. Das war keine Frage der unzureichenden sprachlichen Fähigkeiten, sondern eine Frage des Naturells. Als sie plötzlich ins Zimmer hereinkam und ihm stolz ein Pornoheft präsentierte, in dem eine Menge wollüstiger Fotos abgedruckt waren, wurde Leo vor Verlegenheit rot im Gesicht. Er saß gerade neben Ploy an die Wand gelehnt da und aß gebratene Banane mit gekochtem Klebereis. Am Cover des Heftes, das Lissa gekauft hatte, war das Foto einer Japanerin zu sehen, die sich eine Banane in die Scheide einführte.

Lissa verstand nicht, warum Leo verlegen wurde. Sie sah ihn, der mit der Hand abwinkte, mürrisch an, legte dann das Heft aufgeschlagen in die Mitte des Zimmers und machte die Pose, die auf den jeweiligen Seiten gerade zu sehen war, nach. Auch Yon und Kai kamen nun dazu und begannen, die Abbildungen zu studieren. Sie bewunderten auch die irrsinnig großen Penisse und erzählten einander von eigenen Erfahrungen.

Aber es war Lissa, die die Führung innehatte. Sie zog sich mit ernster Miene ein Kleidungsstück nach dem anderen aus und posierte vor den Augen aller. Wenn Ploy sie nicht gestoppt hätte, hätte sie wahrscheinlich auch noch ihre Unterwäsche ausgezogen und von sich geworfen. Sie machte die Pose des Modells auf dem Foto nach, bewegte Hüften und Po, und wenn ihr die Pose gelang, freute sie sich und wälzte sich mit Kai auf dem Zimmerboden. Das hatte nichts Gezwungenes oder Übertriebenes an sich, sondern wirkte so natürlich wie das verspielte Hüpfen eines Kindes am Bach.

Anschließend übten die drei Prostituierten freundschaftlich Oralsex. Yon benutzte dafür eine Cola-Flasche, an der roter Rost haftete, Kai benutzte ihre Daumen und Lissa benutzte den Griff eines Schminkspiegels. Weil diese Werkzeuge wohl von unbefriedigender Form waren, machten alle einen unzufriedenen Gesichtsausdruck, doch sobald Yon etwas murmelte, hellte sich Lissas Miene auf und sie rief Leo beim Namen. Leo, der die Augen geschlossen und sich schlafend gestellt hatte, blickte Ploy an. Ploy sprach Leo zum ersten Mal seit drei Tagen wieder an.

»Lissa möchte üben und sagt, du sollst ihr deinen leihen.«

Da er nicht gleich verstand, wovon die Rede war, und seinen Kopf fragend neigte, wiederholte Ploy genervt:

»Lissa macht es dir mit dem Mund!«

Leo war geschockt. Er hätte nicht zu sagen gewusst, ob Lissa das wirklich wollte, oder ob es sich um eine Art unzüchtigen Scherz handelte, wie ihn die Prostituierten immer wieder mal gerne machten. Wenn es ein Scherz war, hätte er wohl zustimmen oder laut lachen sollen, das hätte dann natürlich gewirkt, aber in seiner Verwirrung hatte er nicht die Geistesgegenwart, so zu reagieren.

Es war kein Scherz. Lissa kam krabbelnd auf Leo zu, der sich erschrocken auf den Bauch drehte. Lissa, immer noch in Krabbelstellung, zeigte ihm mit besänftigendem Gesichtsausdruck die nächste Seite. Diesmal war es Sodomie.

»Thai« hat die Bedeutung von Freiheit. Wie also schon der Landesname sagt, ist Thailand voll von allerhand Freiheiten. Die Freiheit, von frühmorgens bis spätnachts Alkohol zu trinken, die Freiheit, überall zu rauchen, die Freiheit ganz nackt herumzulaufen, die Freiheit, den Eltern gegenüber ungehorsam zu sein, die Freiheit, diverse Drogen zu nehmen und dann die Freiheit, gefasst zu werden und ins Gefängnis gesteckt zu werden. Aber keine Freiheit ist süßer als die Freiheit, im Hier und Jetzt diesen Moment zu vergeuden.

In Ploys Zimmer hatte Zeit keine besondere Bedeutung. Zwar konnte man die ungefähre Tageszeit erraten, indem man auf der Straße das Wandern der Sonne betrachtete, aber die Zeit in den Winkeln des Zimmers verlief nicht geradlinig. Die Prostituierten schliefen zu jeder erdenklichen Zeit, irgendwie ineinander verschlungen, und zu jeder erdenklichen Zeit setzten sie sich in irgendeiner Ecke zusammen und schlugen sich den Bauch voll. Ein wichtiger Zeitpunkt war für sie nur die Mitternachtsstunde, weil sie um diese Uhrzeit, nachdem sie sich eine dicke Schicht Makeup aufgelegt hatten, zur Station Nana arbeiten gehen mussten.

In den paar Tagen jedoch, seit sich Leo in Ploys Zimmer aufhielt, waren Yon und Kai fast nicht und Ploy überhaupt nicht mehr zum Arbeiten ausgegangen. Weil das Geld für Ess-, Trink- und Rauchbares ununterbrochen aus Leos Rucksack herausgeflossen kam, bestand keine Notwendigkeit, arbeiten zu gehen. Lissa, »die Glückliche« war, da sie eine Ausnahme war, ohne einen Tag auszulassen, immer arbeiten gegangen, ohne freilich allzu viel Geld nach Hause zu bringen, weil sie die Prostitution zu sehr genoss, um sich um Geld zu scheren.

Vielleicht weil sich das Gerücht verbreitete, kamen auch andere Prostituierte, die in der Nähe wohnten, ohne besonderen Grund in Ploys Zimmer und reduzierten während ihrer Anwesenheit Bier, Zigaretten oder Brathähnchen. Die meisten dieser Schmarotzer waren wie Yon alt, hässlich und stanken fürchterlich. Hingegen waren die Freundinnen, die von etwas weiter her, etwa aus Silom oder Ramkhamhaeng, oder aus Bangna auf Besuch kamen, alle ausnahmslos derart schöne und edle hochklassige Prostituierte, dass einem der Mund vor Staunen offen blieb. In den Gesprächen, die sie führten tauchte oft der Name Jia auf, und immer wenn sie diesen Namen einmal ausriefen, hielten sie kurz inne, riefen den Namen dann noch einmal mit Emphase aus und sprachen erst dann weiter. Wenn sie zu Besuch kamen, machte Ploy einen heiteren Gesichtsausdruck und lächelte, bis sich ihre Wangen rosig färbten.

Ab und zu kam auch eine Kathoey, ein Transgender, namens Nawalatt zu Besuch, die aus Myanmar stammte. Weil sie ein langes Gesicht hatte, sah sie wie der Nachwuchs eines Mongolenpferdes aus, aber ihr Verhalten war in allem jenes einer Frau. Obwohl Leo Neugier empfand, konnte er, wann immer er sie sah, die Abscheu, die sich in ihm regte, nicht bezwingen. Bei weitem mehr als die Frage, warum Nawalatt Männer lieber mochte als Frauen, interessierte Leo, ob sie keine Scham empfand, ob sie sich gegenüber Freunden und Familie nicht genierte, und dergleichen ihren nachoperativen äußerlichen Zustand betreffende Fragen. Da Nawalatt kein Englisch sprach, konnte Leo mit ihr kein richtiges Gespräch führen, aber mit ihrer

Freundin namens Sujin, die auch eine Kathoey war, konnte er kommunizieren. Von der sanften Baritonstimme abgesehen, bestand bei Sujin kein Unterschied zu normalen Frauen. Sie hatte sich ihren Busen angemessen hochgestellt, sich den Penis wegmachen lassen und stattdessen eine Muschel anbringen lassen. Sie hatte lange, glänzende Haare, eine glatte, enthaarte Haut und noch dazu ein schmales und schönes Gesicht. Als Sujin einst unter manisch-depressiven Verstimmungen gelitten hatte, war sie von Kai auf ihr Zimmer genommen und ein paar Wochen lang umsorgt worden. Sie war ein herzlicher, allen Menschen liebevoll zugetaner Mensch. Wohl wegen dieser sympathischen Züge Sujins war Leo noch unschlüssig, auf welche Art und Weise er mit den außerirdischen Lebewesen, die man Kathoey nannte und von denen es allein in Bangkok Hunderttausende gab, ins Gespräch kommen sollte, da kam Sujin auf ihn zu und erzählte von sich aus ihre Geschichte.

Sujin – damals noch ein Junge – hatte vom siebten bis zum vierzehnten Lebensjahr sieben Jahre lang in einer im Osten Bangkoks in der Nähe des Tempels Sang Krachai gelegenen Fabrik für Bambus-Essstäbchen gearbeitet. Ihr Job war es gewesen, jeden Tag zehn Stunden auf dem bloßen Fabrikboden sitzend, die fehlerhaften Stäbchen auszusortieren und die Makellosen paarweise in längliche Plastiktüten zu packen. Den Wochenlohn hatte sie jeweils am Samstagabend bekommen, es waren 150 Baht gewesen. Sonntags, wenn die Fabrik geschlossen war, hatte sie – damals noch ein er – ihre Freundin getroffen und mit ihr zusammen Reisnudeln gegessen oder ihr billige Ohrringe oder Ähnliches gekauft, und so wäre der Tag zu Ende gegangen.

Eines Tages war sie nach der Arbeit mit den Arbeitskollegen aus der Fabrik zusammen nach Victory Monument ausgegangen. Da sie zu viert waren, bestellten sie nur zwei Flaschen Chang-Bier, das sie gemeinsam tranken, als sich ein gut gekleideter Italiener näherte und an ihrem Tisch Platz nahm. Der Italiener, der sich als Enderuno vorstellte, sprach fließend Thailändisch und war so großzügig, sie alle auf Heineken-Bier einzuladen. Nach ein paar Stunden fragte Enderuno Sujin, die betrunken pausenlos gelächelt hatte, ob sie mit ihm zusammen die Nacht verbringen könnte.

»Aber ich bin doch ein Mann!«

Auf diese Worte Sujins nahm Enderuno 3.000 Baht aus seinem Portemonnaie und legte sie auf den Tisch. Das war so viel Geld, dass Sujin fünf Monate lang dafür hätte arbeiten müssen. Sie brauchte nicht erst zu überlegen. Enderuno gab ihr drei Tage lang jeden Tag 3.000 Baht. Und am fünften Tag schlug er ihr die Geschlechtsumwandlungsoperation vor. Die Operationskosten von rund 300.000 Baht bezahlte Enderuno. Die beiden wohnten »lovey-dovey« in einer luxuriösen Condominium auf der Lanluang-Straße, bis Enderuno nach neun Monaten dann plötzlich eines Morgens, als Sujin die Augen aufmachte, auf und davon und somit verschwunden war.

Leo stemmte die Hände in die Hüften und seufzte. Er empfand Mitgefühl, aber mehr noch ärgerte er sich. Er wollte etwas sagen, aber er wusste schon, dass ihm das nicht zustand.

»Ich hab's akzeptiert«, lachte Sujin schamhaft als Reaktion darauf. Es war ihr anzumerken, dass sie bereute, ihre Geschichte erzählt zu haben. »Ich hab's einfach akzeptiert.«

War es Not oder war es schlicht Dummheit? Zumindest hätte Sujin das Wort »akzeptieren« nicht verwenden sollen. Weil es ein Wort war, das man nur verwendete, wenn man wirklich keine Wahl hatte. Weil man das Wort für Fälle benutzte, wenn jemand entführt oder vergewaltigt worden war, wenn jemandem, während er am ganzen Körper festgebunden war, der Schwanz schnipp-schnapp abgeschnitten worden war. Wenn aber weder Zwang noch Drohung im Spiel gewesen waren, wieso sprach Sujin dann davon, es »akzeptiert« zu haben? Leo ärgerte sich über sie, ihn ärgerten ihre blendende Schönheit, ihre Mutlosigkeit und ihr angepasstes Verhalten, ihn ärgerten sogar alle Tage, die sie gelebt hatte. Worüber er sich nicht ärgerte, war nur der Wochenlohn von 150 Baht, für den sie in der goldenen Zeit ihres Lebens zehn Stunden am Tag hart gearbeitet hatte.

Leo spielte mit gesenktem Kopf mit dem Glas und stellte, als ob ihm das plötzlich eingefallen wäre, eine Frage:

»Hast du noch Kontakt zu deiner Freundin von damals, von früher?« Sobald Sujin mit dem Kopf genickt hatte, fragte Leo weiter: »Triffst du sie auch noch?« »Etwa einmal im Monat treffe ich sie, ja. Aber ich mag sie in Zukunft nicht mehr treffen.« Sujin nahm sich eine Zigarette aus dem Päckchen, zündete sie an und sprach dann mit der für die Kathoeys typischen sanften Stimme weiter. »Immer wenn sie mich sieht, weint sie nur.«

Die Soi 16 war eine Straße der Prostitution, existierte durch die Prostitution und für die Prostitution. Alle Männer und Frauen der Straße standen auf irgendeine Art und Weise in einer engeren Beziehung mit der Prostitution. Nur Kwarn, die Leo am dritten Tag des neuen Jahres traf, war keine Prostituierte im herkömmlichen Sinne. Sie, die, wie er gehört hatte, im etwa zwei Stunden von Bangkok entfernt gelegenen Kanchanaburi wohnte, war, was zu ihrem schelmischen Blick gar nicht passte, eine Heulsuse, die bei jedem Anlass in Tränen ausbrach. An jenem Tag waren Kwarns Hände voll beladen mit Torte und Obst. Sie hatte alles als Geschenk zu Ploys Geburtstag mitgebracht. Aber sobald Kwarn ins Zimmer kam, ging Ploy nach draußen, um Eis zu besorgen, und kam auch, als es Nacht wurde, nicht zurück. Kwarn, vom langen Warten erschöpft, steckte die Kerzen auf die Torte, sang allein ein Lied und weinte, wobei sie die Nase rümpfte.

Erst einige Zeit nachdem Kwarn gegangen war, kam Ploy mit leeren Händen zurück und legte sich neben Leo. Er wollte fragen, warum sie Kwarn aus dem Weg gegangen war, aber in dem Moment kamen Yon und Kai mit Bier, das sie besorgt hatten, ins Zimmer und die Gelegenheit war verpasst. Als Kai ihn mit der Hand herbeiwinkte, krabbelte Leo langsam in Richtung Eingang und trank dort mit den beiden. Da an der Stelle kein Belag auf dem Boden war, war der nackte Zementboden zu sehen. Das Kondenswasser, das an den kalten Bierflaschen herunterrann, färbte den schmutzigen Zement noch dunkler. Leo warf ab und zu einen Blick zur Seite, um zu sehen, ob Ploy noch schlief. Yon und Kai zeigten mit dem Kinn auf ihn und kicherten sich zu. Immer wenn Yon einen Moment zu sprechen aufhörte, hob sie ihr Glas oder ihre Zigarette hoch, als wollte sie die Zimmerdecke damit durchbohren, und schrie: »Lasst uns trinken, rauchen und quatschen!« Das war ihr ganzer Ehrgeiz und alles, was sie in ihrem Leben hatte. Die sehr schüchterne Kai machte den Mund kaum auf, aber sie verstand das meiste, was Leo sagte, und nickte oder schüttelte immer wieder mal den Kopf. Kais lächelndes Gesicht war schön anzusehen, egal ob sie nur infolge der Krankheit lächelte oder wegen etwas anderem.

Es war schon fast zehn Uhr abends. Leo wollte Ploy fragen, ob sie sich noch über ihn ärgerte, oder über Kwarn oder über irgendjemand anderen, aber sobald er ihr ausdrucksloses Gesicht sah, hatte er nicht mehr den Mut, sie anzusprechen. Auf jeden Fall war es ihr Geburtstag. Er konnte den Tag nicht einfach vorbeigehen lassen und so tun, als wüsste er von nichts.

»Was kann *ich* tun?«, fragte er Yon andeutungsweise. »Wenn meine Beine in Ordnung wären, wäre ich hinausgegangen und hätte ein Geschenk gekauft.«

»Du brauchst nichts zu machen.« Yon war begeistert und schrie plötzlich laut. »Du bist unser Freund, hey! Du bist an den Beinen verletzt – was immer du machen möchtest, werden wir an deiner Stelle für dich tun!«

Das bedeutete, er sollte die Klappe halten und nur das Geld herausrücken. Da er zögerte, wie viel er geben sollte, hielt ihm Yon alle fünf Finger einer Hand hin. Es gab nämlich ein Kleid, das Ploy gerne haben wollte, das kostete 500 Baht. Das war viel Geld.

»Kann man das um diese Uhrzeit noch kaufen?« Er kroch langsam zu seinem Rucksack und holte sein Portemonnaie hervor. »Hat der Laden nicht schon zu?«

Sobald Yon erst mal das Geld an sich genommen hatte, verschwand sie mit einem Ausdruck im Gesicht, den man machte, wenn man vor einem Gläubiger davonlief. Auch Ploy und Kai, die sich auf Thailändisch etwas für ihn Unverständliches zuflüsterten, folgten ihr unauffällig nach.

Leo nahm die vom Arzt verschriebenen Medikamente ein, trank das schon abgestandene Bier aus und ging pinkeln. Da der Toilettenboden sehr feucht war, wäre er zweimal beinahe hingefallen – wenn das tatsächlich passiert wäre, wäre sein Hinterkopf aufgebrochen und das Gehirnwasser ausgeflossen. Und Leo wäre mit über den heruntergelassenen Shorts hervorlugendem Schwanz langsam verblutet. Es war eine

Meisterleistung, wie er im letzten Moment seine eingegipsten Beine bewegte und das Gleichgewicht wiederfand, der Preis dafür waren schreckliche Schmerzen.

Nach etwa vierzig Minuten kamen die drei mit Lissa, die lachte, bis ihr fast die Stimmbänder rissen, zurück. Sowohl Ploy als auch die anderen machten eine sehr zufriedene Miene.

»Habt ihr das Kleid gekauft?«

Auf die Frage von Leo, dem auffiel, dass sie mit leeren Händen kamen, antwortete Ploy mit einem Kopfnicken:

»Ja, danke für das Geschenk.«

»Wo ist das Kleid denn?«

»Ähm, ja, das Kleid hatte einen Fleck, ich hab es in Kais Zimmer gelassen, um es reinigen zu lassen.«

»Ich habs im Zimmer von Kai abgelegt«, antwortete auch Yon.

Anders als Yon, die eine Prostituierte der untersten Klasse war, und nirgendwohin gehen konnte, und Lissa, die das Haus in ihrer Heimatstadt Trat, das sie mir ihrem Ehemann bewohnte, nur verlassen hatte, um in Bangkok Spaß zu haben, hatte Kai ihr eigenes Zimmer im ersten Stock und bezahlte ungefähr 300 Baht Monatsmiete dafür. Da sie das Geld nicht jedes Mal hatte, zahlte sie mal 100 Baht, mal nur 50 Baht und lebte doch, ohne sich sorgen zu müssen, weil der Gebäudebesitzer, der Deutsche Uwe, nicht daran dachte, sie hinauszuwerfen. Selbst wenn sie hinausgeworfen würde, hätte sie nicht viel zu verlieren, weil ihr ganzes Vermögen, das sie in ihrem Zimmer aufbewahrt hatte, ein paar Kleider waren, die zur Reinigung zur Seite gelegt waren, die Musikkassetten von Pongpat, welche den Teil »Leou zzong chok di« zu »Leeoouak zzoong chook dii« verlangsamt wiedergaben, und das Horoskop-Buch, welches nicht mehr aktuell war. Dann war da noch die alte Plastikbox, in die Lissa ab und zu Dinge hineinlegte, die sie gestohlen hatte, und die schmutzige Wolldecke, die die Prostituierten für das Geschäft mit Freiern benutzten, wenn sie keinen richtigen Ort hatten, sonst gab es in dem Zimmer weder Matratze noch Kopfkissen, nicht einmal einen Fußbodenbelag.

Ploy, die nun um einiges freundlicher dreinschaute als vorhin, setzte sich und lehnte sich mit dem Rücken an die Wand. Während Yon und Lissa ohne Unterlass miteinander plauderten, mischte sich auch Ploy ab und zu ein. Ihre helle Stimme kitzelte angenehm im Ohr. ›Das hab ich gut gemacht‹, dachte Leo bei sich. ›Egal ob 500 Baht oder 1.000 Baht, wenn ich Ploy jetzt sehe, wie sie sich lächelnd mit den anderen unterhält, denke ich mir, es hat sich gelohnt.‹

Yon schrie, verlieh dem Gesagten mit Händen und Füßen Nachdruck. Sie verspritzte so viel Speichel, dass er ihr von den Lippen tropfte. Ab und zu radebrechte sie aus Rücksicht auf Leo ihr aberwitziges Englisch. Während Lissa und Kai auch über Themen von allgemeinem Interesse, wie zum Beispiel über die Schweinezucht am Bauernhof oder Horoskope und dergleichen sprachen, ging es, wenn Yon etwas sagte, größtenteils um Freier, mit denen sie verkehrte.

Es gab keine Freier, die die alte und hässliche Yon aufsuchten, um gewöhnlichen Geschlechtsverkehr mit ihr zu praktizieren. Auch Yon bot dergleichen, wenn sie sich Kunden annäherte, gar nicht erst an. Sie spielte, seit sie vierundzwanzig Jahre alt war und die Frische ihrer Jugend noch ihre angeborene Unansehnlichkeit überstrahlte, die Rolle einer Fachprostituierten für Analverkehr. Nachdem sie zufällig einen Hardcore-Porno gesehen hatte, dachte sie, dass diese Technik ihre Zukunft werden könnte. Zunächst wollte sie versuchen, sich eine schmal geschnittene Seife in den After einzuführen und wieder herauszunehmen, um zu testen, ob das Ganze für sie überhaupt möglich wäre. Denn sie machte sich Sorgen, ob ihre Kraft zum Zusammendrücken des Schließmuskels nicht zu stark war, sodass der Penis abbrechen könnte. Die Seife flutschte augenblicklich tief in ihren After hinein und kam nicht wieder heraus. Danach war einen Monat lang, wenn sie pupste, immer ein Wassertropfengeräusch zu hören, und wenn sie Durchfall hatte, kam viel gelblicher Schaum heraus.

Nachdem sie auf diese Art und Weise also eine Fachrichtung innerhalb des horizontalen Gewerbes für sich bestimmt hatte, war ihr erster Kunde ein gut gebauter Schwarzer, den sie in Pratunam getroffen hatte und dessen Penis jedenfalls nicht viel kleiner war als eine 1,5-Liter-Colaflasche. Dass gleich ihr erster Freier so ungewöhnlich gut bestückt war, brachte sie aus dem Konzept und sie bekam Durchfall, der sich als stinkender Schaum über den Mann ergoss – er schlug sie halb tot. Es war das erste und das letzte Mal, dass sie versagte. Seitdem hatte sie all ihren Kunden unvergessliches Vergnügen beschert, da sie die Kunst der Beherrschung ihres Schließmuskels bis zur Präzision einer Schweizer Uhr trainierte. Letztlich erwies sich der Weg, für den sie sich in ihrem vierundzwanzigsten Lebensjahr entschieden hatte, als goldrichtig. Es war schwer, in Bangkok eine Fachprostituierte für Analverkehr zu finden, die sich mit ihr messen konnte. Ihr Hintern wurde für alle Männer, die diesem besonderen Hobby frönten, zu einem Wallfahrtsort, den es unbedingt aufzusuchen galt.

Leo warf Seitenblicke auf Ploys lächelndes Gesicht, während er der Lebensgeschichte von Yon zuhörte. Zwischen ihren leicht geöffneten Lippen zeigten sich über zwanzig weiße und regelmäßig nebeneinanderstehende Zähne. Nie zuvor hatte er ein so schönes Profil gesehen.

»Was ist los, Leo? Du siehst ganz belämmert aus!« Lissa fing plötzlich an zu kichern und zeigte mit dem Finger auf Leo. »Ploy ist hübsch, nicht wahr? Jaja, in unserem schönen Thailand wird ab und zu so ein Kind geboren.«

6

Zehn Tage nach dem Anlegen des Gipses konnte er das Jucken nicht mehr ertragen. In der Nähe der Zehen krabbelten entlang eines Risses im Gips Ameisen und Larven unbestimmter Art, und ab und zu kamen jüngere Küchenschaben kichernd hervor, wurden jedoch von der Küchenschabenmutter eingefangen und nach Hause zurückgebracht. Als er ein Stück Draht, das ihm Yon gebracht hatte, hineinsteckte und sich damit sachte kratzte, wurde es bloß schlimmer. Und auch der Gestank war fürchterlich. Das Bein schien als Ganzes zu faulen. Leo schüttelte sich vor lauter Jucken, er versuchte allerhand verdrehte Posen, aber nichts half. Er machte die Augen zu und murmelte beschwörend: »Ich habe kein rechtes Bein. Also juckt es auch nicht. Dieser Geruch gehört nicht zu mir, der kommt hauptsächlich von Yon.« Auch davon wurde es nicht besser. Solange man den Gips nicht komplett aufschnitt, würde nichts wirklich helfen.

Das dunkle, vom Vorhang abgeschirmte Zimmer war ganz erfüllt von dumpf-schwüler Mittagshitze. Lissa, die schon am Morgen eine ganze Flasche Whiskey ausgetrunken hatte, lag in einer Ecke und schlief tief und fest. Das Lied »Karabao«, das Kai summte, während sie das Astrologiemagazin durchsah, perlte an der schmutzigen Wand ab wie kondensierender Dampf. Ploy, die auf dem Boden lag und sich im Flüsterton mit Yon unterhalten hatte, stand auf. Auf dem Gesicht hatte sie ein Lächeln. Mit flatternden Shorts ging sie zur Aufbewahrungsbox, holte etwas heraus und hielt es Leo vor die Nase. Es waren zwei Fotos. Auf einem davon machten ungefähr zehn junge Holzfäller vor einem Feld mit hochgewachsenem Zuckerrohr im Hintergrund Pause.

»Als eine Heimatfreundin von Jia zu Besuch gekommen ist, hat sie das mitgebracht. Immer wenn Jia dieses Foto sah, lachte sie nur los.«

Dabei zeigte sie auf ein hässliches Mädchen, das rechts in einer Ecke des Bildes saß. Das Mädchen war besonders stark behaart und hatte ganz trockene Haut wie eine Schildkröte, und seine schmal geschnittenen Augen, die voll von jener für die Schwachen so typischen Angst waren, schienen zu flehen: ›Bitte, hass mich nicht!‹ Auf dem anderen Foto waren drei Frauen zu sehen, die mit einander um die Schultern gelegten Armen strahlend lachten. Links war Ploy mit den hübschen Grübchen, rechts die Kathoey Sujin, über die sich Leo ärgerte, wann immer er sie sah. Und in der Mitte stand die lachende Dritte im Bunde, und man konnte nichts anderes sagen, als dass sie einfach wie ein Engel aussah.

»Wenn du nur drei Monate früher gekommen wärest, hättest du Jia noch in echt erlebt«, sagte Ploy lächelnd. In diese Worte hatte sich auch ein wenig Spott gemischt. »Wer weiß, vielleicht wärest du es gewesen, der sich Jia geschnappt hätte, und nicht der Chinese?«

Leo schaute die beiden Fotos abwechselnd an, bevor Ploy sie ihm wieder abrupt aus der Hand nahm. Die ohne Biegung ganz gerade verlaufenden Augenbrauen waren die einzige

Ähnlichkeit. Davon abgesehen sah Jia auf den beiden Bildern in allem gänzlich unterschiedlich aus, sodass man bei dem Gedanken, dass es sich um ein und dieselbe Person handelte, eine richtige Gänsehaut bekam. Die Geschichten über sie hatte er schon gehört, sie waren ihm bekannt. Eher als um Geschichten handelte es sich wohl um düstere Legenden, wie sie von den Alten erfunden wurden, um den Kindern damit Angst zu machen.

Jia, die damals auf dem Land bei Chiangmai lebte, wurde mit elf Jahren von ihrem Vater vergewaltigt und dabei geschwängert. Als es so weit war, brachte sie das Baby auf dem Gesundheitsamt des Dorfes auf die Welt, wobei das Baby, das spitze Zähne wie ein Haifisch hatte, die Krankenschwester in den Unterarm biss. Statt der Krankenschwester, die schreiend davongelaufen war, nahm die Mutter sich des Babys an und entdeckte, als sie es wusch, dass es an den Seiten Schuppen hatte und am Oberkörper vier Paar Brüste hingen. Die Krankenschwester kam mit verbundenem Arm zurück und zerteilte dieses Ungeheuer mit einer Sichel in drei Stücke, die sie, damit es nicht wiederauferstehen konnte, getrennt im Hinterhof des Gesundheitsamtes begrub. Sodann verschüttete sie über den Gräbern hochprozentigen Lao Khao-Reisschnaps.

Soweit war das eine Gegebenheit, wie sie auf dem Land in Südostasien häufig vorkam, und nachdem ein solches Schicksal, mündlich weitererzählt, einige Male die Runde gemacht hatte, wäre es auf natürliche Weise wieder in Vergessenheit geraten. So gesehen konnte man sagen, dass der an dieser Geschichte außergewöhnliche Teil erst danach kam.

Auch nach der Entbindung konnte Jia nicht nach Hause zurückkehren, sie blieb im Gesundheitsamt, wo sich ihr Zustand immer weiter verschlimmerte und ihr Körper immer mehr, zuletzt gar bis zum Doppelten seines Volumens anschwoll. Nach etwa fünfzehn Tagen riss die Haut vom Scheitel bis zur Sohle hier und da ein und mit Blut vermischter Eiter quoll hervor und verbreitete einen entsetzlichen Gestank. Nicht nur die Familie, sondern auch Ärzte und Krankenschwestern mieden Jia, um die herum Fliegen die Lage nutzten, um ihr Reich zu errichten. In diesem Zustand verbrachte sie weitere fünfzehn Tage, bis sich eines Nachts die Haut wie von selbst ablöste und dieser Hülle aus fauliger Haut, Eiter und Blut die nackte Jia entstieg. Nachdem sie in den Hinterhof hinausgegangen war und drei Runden um die Gräber des Kindes gedreht hatte, stibitzte sie kurzerhand einen an der Wand hängenden Arztkittel, legte ihn an und ging hinaus in die Stadt Chiang Mai. Und sie wurde eine sagenhafte Prostituierte.

Dies war die Geschichte, die man über Jia erzählte, wenn die Rede auf sie kam. Als er sie hörte, fiel Leo eine andere Geschichte ein, die von einem Bären handelte, der angeblich Beifuß aß, um ein Mensch zu werden. Aber das über Jia erzählten sich nicht nur ein oder zwei Menschen. Sowohl Ploy, Yon, Lissa und Kai als auch alle anderen auf der Straße, sogar auch die mit Ploy befreundeten Edelprostituierten, die ab und zu von weither zu Besuch kamen, brachten gelegentlich die Rede darauf. Davon abgesehen, ging auch die Art und Weise, wie man über den Menschen Jia sprach, über das bloße Sich-Erinnern an eine alte Freundin hinaus und war zu etwas wie Anbetung geworden. Abgesehen von dieser absonderlichen Legende konnte er überhaupt nicht verstehen, woher die Sehnsucht nach ihr kam, wie um alles in der Welt sie ihr Leben hier geführt hatte, als sie noch in der Soi 16 ansässig war. Einmal begegnete er Kwarn und fragte sie halb im Scherz nach ihr. Weil Kwarn, die, wie es schien, Geschichten so erzählen konnte, dass sie der Wahrheit ein wenig näherkamen, weil sie relativ vernünftig war und nicht jeder Geschichte gleich Glauben schenkte.

»Wer ist die Mächtigere, sie oder Ploy?«

Kwarn nahm die Frage allzu ernst und antwortete mit verlegener Miene: »Du weißt wahrscheinlich nicht, wie ich über Ploy denke. Wenn Ploy wegen Krankheit einen Arm verlieren würde, würde ich einen meiner Arme abtrennen und ihr geben. Wenn sie Beine braucht, werde ich ihr meine beiden Beine geben. Egal was Ploy von mir will, wenn ich es habe, werde ich ihr das alles geben.«

Dann rümpfte sie die Nase, machte ein noch ernsteres Gesicht und sprach weiter: »Aber mit Jia kann man sie nicht vergleichen. Jia, die kann man mit niemandem auf der Welt vergleichen.«

Viele Prostituierte kamen in die Soi 16 auf der Suche nach einer alternativen Lösung für ihr Leben, und viele Prostituierte wiederum gingen von hier weg, um sich woanders niederzulassen, weil sie sich mit einer tödlichen Krankheit angesteckt hatten oder einfach, weil sie die Nase voll hatten. Damals wusste Leo nicht, dass Ploy die einzige Prostituierte war, die auf Kredit Drogen einkaufte, und konnte noch nicht verstehen, warum die von weit hierhergezogenen Prostituierten bei ihr vorstellig wurden, kaum dass sie ihre Sachen ausgepackt hatten. Beinahe so, als lernten sie ihre Zuhälterin kennen, stellten sich diese Prostituierten höflich vor, brachten Wassermelone, Orangen und dergleichen mit. Dann sprach die zweiundzwanzigjährige Ploy ausführlich über dieses oder jenes von der Soi 16 und schickte sie anschließend wieder weg.

Natürlich verhielten sich nicht alle Prostituierten so respektvoll und den Traditionen entsprechend, die innerhalb der Prostituiertenklasse überliefert wurden. Die meisten von ihnen kamen still und leise hier an, stolzierten von irgendeinem Zeitpunkt an auf der Soi 16 auf und ab und stritten sich in blutigen Kämpfen, bei denen sie einander an den Haaren rissen, um gerade mal 10 Baht. Diejenige, die gegenüber solchen Unhöflichkeiten am empfindlichsten reagierte, war Yon. Die Yon, die bisher über fünftausend Männern begegnet war und somit ein echtes Urgestein der Prostitution war, war sauer auf die neuen Prostituierten, die sie ganz unverhohlen ignorierten, und sprach sich in langen Monologen den Ärger von der Seele. Wenn Ploy und Kai keine Reaktion zeigten und auch Lissa zum Club ausgegangen war, schnappte sie sich Leo, der nicht weglaufen konnte, und lud ihren ganzen Kummer bei ihm ab.

Zu jener Zeit, als die Prostituierten von der Soi 16 die Station Nana in die Hand nahmen, waren sie voller Zuneigung und Mitgefühl füreinander und egal in welcher Situation sie sich jeweils selbst befanden, bemühten sie sich darum, einander zu helfen. Wenn jemand ein Kind im Bauch verlor, trug die ganze Straße schwarz und alle trauerten. Aber das war nun Vergangenheit. Die jungen Prostituierten konzentrierten sich auf den Verdienst in ihrer Hand, und die älteren kümmerte dergleichen auch nicht mehr. Auch wenn es schien, dass sich die Kluft, die entstanden war, sehr langsam über einen langen Zeitraum hinweg vergrößerte, schloss sich mitunter ein Spalt, der sich erst am Morgen aufgetan hatte, schon am Abend desselben Tages wieder. Wie dem auch sei – wann immer sich etwas zum Negativen veränderte, gewöhnten sich die Menschen daran, noch ehe sie bemerkt hatten, was überhaupt los war. Noch der Stumpfsinnigste wird zu einem Genie der

Gewöhnung, wenn ihm die Armut von allen Seiten her das Wasser abgräbt.

»Wenn es dir hier nicht gefällt, kannst du gern woanders hingehen! Sing uns hier nicht den ganzen Tag die Ohren voll!«, wurde Yon von Ploy scharf zurechtgewiesen. Ploy hatte genug von Yons Tiraden, ihr Missfallen war ihr anzusehen gewesen, seit Yon den Mund aufgemacht hatte. Das war verständlich, denn solange Jia noch auf der Soi 16 gelebt hatte, war die gute Tradition der gegenseitigen Anteilnahme aufrecht gewesen – zu sagen, dass seit Ploy nach Jias Weggang ihre Stelle übernommen hatte, alles den Bach runterginge, musste Ploy als Affront auffassen.

Nachdem sie sich Ploys Schelte angehört hatte, murrte Yon ein wenig vor sich hin und gab sich zerknirscht: »Du hast ja recht, ich quatsch die ganze Zeit nur von dem einen. Den ganzen Tag hab ich den Mund offen.«

Dann trollte sie sich nach draußen, kam etwa zwanzig Minuten später mit einem Päckchen Zigaretten in der Hand und Lano auf dem Arm zurück.

Leo sah Lano nicht zum erstenmal. Anstelle von Shan, der als neuer Rauschgifthändler der Straße fleißig unterwegs war, hatten Kai und Ploy das Kind ein paar Mal ins Zimmer mitgebracht und sich um es gekümmert. Lano, die ihrer dem Stamm der Akha angehörigen Mutter ähnlich sah, war ein süßes Kind mit einem schmalen und weißen Gesicht und bekam von allen Prostituierten in der Soi 16 viel Liebe entgegengebracht. Ihr Schwachpunkt war nur, dass sie körperlich instabil war und häufig mit Fieber kränkelnd nachts immer wieder aufwachte und weinte. Der Vater Shan hatte sehr tüchtig gewirkt, als er noch Vorhänge geschnitten und genäht hatte, aber seit er sich als Rauschgifthändler auch um vier Jungs und ein neugeborenes

Mädchen kümmerte, schien er einen besonderen Ehrgeiz entwickelt zu haben, alle unbedingt wissen zu lassen, was für ein unfähiger Witwer er war. Er rief den mitten in der Nacht zur Arbeit gehenden Prostituierten nach, hieß sie stehen bleiben und flehte sie um Hilfe an oder fragte sie mitleidheischend, was er mit dem wegen Krankheit weinenden Kind machen solle. Wenn er dabei mal an eine willensstarke Type geriet, die als Gegenleistung Rauschgiftreste von ihm haben wollte, setzte er sich – wie man es von früher von ihm gekannte hatte – an Ort und Stelle auf irgendeinen geeigneten Platz hin, ließ seinen Strubbelkopf tief hängen und klagte ihr vom Hundertsten ins Tausendste kommend sein Los, von wegen, dass er jetzt fünf Kinder hätte und, um diese ernähren zu können, das Geld, das er mit dem Verkauf von Rauschgift verdiente, unbedingt bräuchte. Die Zeit, in der solche Klagen noch auf Verständnis gestoßen waren, waren aber mittlerweile vorbei. Wenn Shan, an den Schluss seiner Klage angelangt, seinen Kopf hob und aufschaute, war da niemand mehr, nur der schwüle tropische Wind zog an ihm vorüber.

Ploy mochte Lano besonders gern. Auch Lano lächelte ihr jedes Mal wie einer Mutter zu, wenn sie sie sah. Wenn die beiden miteinander lachten, wurde es unglaublich hell um sie herum.

In der Zwischenzeit, als alle zur Arbeit zur Station Nana und auch Ploy kurz auf der Toilette war, betrachtete Leo ruhig das Gesicht von Lano, die eingeschlafen war. Plötzlich wurde ihm schwindlig, und vor seinen Augen erschien die Vision eines drei- bis vierjährigen Mädchens, das einen Kimono trug und vor dem Hintergrund eines schön gepflegten japanischen Gartens spielend umherlief. Die Augen des Mädchens kamen ihm bekannt vor.

»Lano«, murmelte er leise.

Er barg seinen Kopf in den Armen und wandte sich um.

»Ahh, was ist das bloß alles?«, murrte er.

Ploy lag schräg auf dem Fußboden und sah den ganzen Tag fern und aß das Essen, welches Kai und Yon nach der Arbeit einkauften und mitbrachten. Leo konnte nicht verstehen, warum sich Ploy gegenüber alle so unterwürfig verhielten. Yon oder Lissa mochten das vielleicht so halten, da sie keine Miete zahlten, aber Kai hatte ohne Frage ein eigenes Zimmer. Dennoch teilte sie ihr Geld mit Ploy, kaufte ihr Essbares und erledigte alles Mögliche für sie. Es war keine normale Beziehung unter Kolleginnen.

Der schlechte Geruch und das Jucken des vergipsten Beines wurden Tag für Tag schlimmer und Leo konnte nicht mehr schlafen. Die vom Arzt verschriebene Medizin nahm er zusammen mit dem Abführmittel, das Lissa aus lauter Jux und Tollerei hineingemischt hatte, und nun, da auch die Schmerzen fast ganz verschwunden waren, wollte er den Gips abnehmen. Weil er Rückenschmerzen hatte, konnte er nicht liegen bleiben, und so lief er mal hinkend am Rand des Zimmers entlang, mal krabbelte er langsam rundherum. Er wollte auf die sonnenhelle Straße hinunter, und sei es nur, um mal Zigaretten holen zu gehen, aber er hatte Angst vor der Treppe, die voller Jing-Jok war, und kehrte mehrmals an der Zimmertür wieder um. Bis er beschloss, dass es nun Zeit sei, selbst auszugehen, musste er deshalb, wenn er zum Beispiel ein Bier trinken wollte, jemanden bitten, es ihm zu besorgen.

An dem Tag, an dem es drei Wochen her war, dass er vom Krankenhaus zurückgekommen war, entschloss er sich endgültig nach draußen zu gehen und verkündete diesen Entschluss den wie Leichen im Zimmer herumliegenden Prostituierten. Nachdem er eine Liste von Dingen, die sie sich jeweils wünschten, aufgeschrieben hatte – es handelte sich um das Übliche, also Zigaretten, Damenbinden und Eiswürfel – stützte er sich vorsichtig auf seine Krücken und trat zusammen mit Yon aus dem Zimmer. Obwohl es ein Geländer gab, waren drei Stockwerke für eine Person, bei der sich die Bänder überdehnt hatten, kein einfacher Weg. Darüber hinaus war die Stufenhöhe nicht einheitlich. Nachdem er es mit Müh und Not dennoch nach draußen geschafft hatte, lief er unter Führung von Yon die Windungen der Soi 16 entlang.

Die Sonne brannte furchtbar stark herunter. Er war kaum ein paar Minuten gelaufen, schon floss ihm der Schweiß in Strömen hinunter und er fühlte sich erschöpft. Auf der Strecke, für die man in normalem Schritttempo gerade mal fünf Minuten benötigte, war Leo – man musste ihn dafür fast bewundern – mehr als dreißig Minuten unterwegs gewesen. Kaum war er am ganzen Körper schweißgebadet in den Laden reingekommen, ließ er sich auf einem kleinen Stuhl beim Eingang niederplumpsen, als wäre er kurz davor zusammenzubrechen. Yon war schwer damit beschäftigt, mit der Ladenbesitzerin Smalltalk zu führen. Ab und zu fiel der Name Ploy, und zwischendurch zeigte sie immer wieder mit dem Finger auf Leo.

Auf dem Rückweg hätte es ihn mehrmals fast auf den Hosenboden gesetzt. Der schwarz gewordene Gips am rechten Bein war sehr schwer, weshalb er auf jeden einzelnen Schritt mit drei bis vier Kampfrufen hinarbeiten musste. Ihm schien, dass der Gips nicht zur Schonung der Bänder angebracht worden war, sondern als ein Mittel, Hausarrest über ihn zu verhängen. Als er an den Eingang des Wohnhauses kam, fühlte er sich sicher, sicherer als früher, als er in Begleitung von Yon die fremde Straße entlanglief, und setzte sich auf die Stufen. Auf jeden Fall brauchte er nun nur noch hochzusteigen, irgendwann später, wenn er wieder zu Kräften gekommen war. Obwohl Yon ihm nicht einmal aufgeholfen oder ihn anderweitig unterstützt hatte, stampfte sie mit dem Fuß auf dem Boden, als gälte es, einen Sportler zum Weitermachen zu animieren, der in Sichtweite der Ziellinie gestürzt war. Was sie dabei sagte, war: »Leo, hier ist es schmutzig. Uwe pinkelt hier immer her.«

Die Zimmertür neben der Treppe öffnete sich leise. Ein übler Geruch wie von einer verfaulenden Elefantenleiche schlug ihm entgegen. In dem völlig unbeleuchteten Dunkel des Zimmers stand Leo ein Mann von einer derartigen Körperfülle gegenüber, dass man sich fragte, wie er in das Zimmer überhaupt hineingekommen war. Der Mann sah Leo an. Sein kränklich blasses, aufgedunsenes Gesicht war nicht erfüllt von Neugier, was sich vor der Tür abspielte, sondern vielmehr von der lange bewahrten Traurigkeit eines Außenstehenden, und aufgrund seiner in der Hüfte ein wenig eingeknickten Haltung wirkte er wie jemand, der von Schuldgefühlen niedergedrückt wurde, die er selbst nicht verstehen konnte.

Es war der Deutsche Uwe.

7

Seinen Reiseplan nach Afrika hatte Leo sozusagen über den Haufen geworfen und er wohnte nun schon seit einem Monat in Ploys Zimmer. Er dachte, der Grund, warum er immer noch hier war, wäre, dass er sich am Bein verletzt hatte. Die Schmerzen, die ungefähr einen halben Monat lang angedauert hatten, und das Verhalten von Ploy, die nicht von seiner Seite wich und kaum nach draußen ging, machten diese Begründung ziemlich plausibel. Daher stand er augenblicklich neben sich, als er gleich nach der Abnahme des Gipses ins Zimmer zurückkam und von Yon gefragt wurde, was er nun vorhätte – gerade so, als entsänne er sich erst in diesem Moment einer völlig vergessenen Verabredung.

»Ich werde gehen.«

Auf die Frage, wann er denn gehen würde, hätte er freilich nichts zu sagen gewusst. Sein Reisenotizbuch war vollgeschrieben mit allen möglichen Informationen und Plänen: Da waren zum Beispiel die Zug- und Busfahrpläne der Länder, die er auf seinem Weg nach Afrika queren hatte wollen, da waren die Wechselkurse dieser Länder und ein paar Begrüßungsworte in der Landessprache, da waren neben den Telefonnummern der koreanischen Botschaften auch die Sehenswürdigkeiten, die er unbedingt sehen musste, sowie die Daten von vielbesuchten Festivals und so weiter und so fort. Alles das hatte er mühevoll zusammengetragen, indem er sechs bis sieben dicke Reiseführer durchgegangen war. Der ihm perfekt erscheinende Reiseplan hatte aber einen fatalen Mangel: Weil er lückenlos geplant war, stimmte das Ganze nicht mehr zusammen, sobald nur ein einzelner Teil nicht planmäßig ablief. Natürlich konnte es den perfekten Reiseplan an sich nicht geben. Hätte Leo seine eigene Zukunft betreffend jedoch nur die leiseste Vorahnung gehabt, so hätte er in sein Reisenotizbuch anstelle von Ortsnamen wie Agra, Mekka oder Luxor immer und immer wieder den Personennamen Ploy notiert.

Auf jeden Fall musste er in Thailand bleiben, bis er seinen ursprünglichen Plan korrigiert und eine neue Reiseroute festgelegt hatte. Er lag er auf der Matratze – gerade so, als hätte er schon vergessen, dass er nun, da ihm der Gips abgenommen worden war, wieder laufen konnte, wohin er wollte – und fragte sich, wie seine Reise, die er mit so verwegenen Vorsätzen angetreten hatte, sich in eine dermaßen falsche Richtung hatte entwickeln können. Es war eine Frage, die man selbst mit dem IQ eines Jindo-Hundes beantworten konnte. Die Antwort war Ploy.

Seitdem Leo Ploy zum ersten Mal im Nudelsuppenimbiss auf der Sukhumvit-Straße begegnet war, fühlte er sich zu ihr hingezogen. In dieses Hingezogensein mischte sich, wenn man von Ploys eigenen äußeren Reizen einmal absah, der Reiz des Fremden, der Ploy als einer Frau aus einem anderen Land anhaftete, der naive und schwärmerische Charakter von jugendlichen Romanzen im Allgemeinen, und nicht zuletzt die typische Einsamkeit des erschöpften Rucksackreisenden, der von einem übertrieben anstrengenden Reiseplan auf Trab gehalten wurde. Da es sich also um eine komplexe Gemengelage handelte, für die mehrere Faktoren ausschlaggebend waren, war das Ganze nicht leicht auf den Punkt zu bringen, eines aber konnte man sicher nicht leugnen: dass es keine Liebe war.

Freilich gibt es für die Entstehung jener Illusion, die den Namen Liebe trägt, nicht nur *eine* Erklärung. Manche Liebe entsteht aus einem Missverständnis, manche aus Mitleid, manche aus Neugier, manche auch aus Überzeugung, manche aus Einsamkeit, manche aus Angst, Überfluss oder Mangel, oder aus einem Zuwenig an Selbstwertgefühl. Anders gesagt: Liebe kann aus allen irrationalen Gefühlsanwandlungen der Menschen entstehen. Aber jene starke Macht, die Leo in der Hand hatte und ihn nun in diese oder jene Richtung zu bugsieren im Begriffe war, war keine Liebe. Es war ganz sicher keine Liebe. Denn Ploy war eine Prostituierte und Leo war sich dieser Tatsache von Beginn an völlig im Klaren gewesen. Zu jener Zeit war Leos Seele noch nicht so frei, dass er eine Prostituierte hätte lieben können.

Nicht wenige Menschen empfinden eine der Liebe sehr ähnliche Emotion für eine Prostituierte. Aber in den meisten Fällen ist es eben keine Liebe, sondern eine Art von freudiger Ekstase darüber, ein Tabu zu brechen. Diese Ekstase legt den Verstand lahm, lullt den Betroffenen in eine tiefe Traurigkeit ein und lässt ihn heftig gegen die Wand heulen. Wenn man diesen Protagonisten das Wort »Liebe« anhaften will, muss man daran die Bedingung knüpfen: »Es ist eine Liebe zu sich selbst, die derjenige empfindet, der die Tapferkeit besitzt, ein Tabu zu brechen.« Natürlich würde, wenn erst einmal mehr Zeit verstrichen war, auch dieses Gefühl der Selbstliebe kräftig wachsen wie das Unkraut, das um ein verlassenes Haus herum wuchert, aber der Grund, warum Leo nicht von Ploy loskam und nicht einfach gehen konnte, war auch nicht diese Art von Liebe.

Da es sich bei einem Traum nur um eine Aufeinanderfolge von stillstehenden Gedankenbildern handelt, hat es nichts mit dem Bewusstsein oder Unbewusstsein zu tun, welchen Traum man träumt. Wichtig ist nicht, was man im Traum gesehen hat, sondern zu welchen Abläufen man die gesehenen Bilder aneinanderreiht. Kurz gesagt: die Art und Weise, *wie* eine bestimmte Anzahl von Bildern und Empfindungen, die im Traum aufgetaucht sind, in einen kausalen Zusammenhang gebracht und zu einer Abfolge geordnet werden, gibt Aufschluss über Bewusstsein und Unbewusstsein einer Person.

Aber eines Tages, an dem Leo, der es nicht fertigbrachte, seinen Rucksack zu packen, obwohl ihm sein Gips längst abgenommen worden war, sich ohne Grund auf der Matratze hin und her wälzte, an einem jener dumpf-schwülen Nachmittage, an denen jede Stunde ein neuer tropischer Regenguss niederging, sah er etwas, das weder ein Traum noch eine Illusion und schon gar keine Abfolge von stillstehenden Gedankenbildern war. Was er sah, gestattete ihm keine Nachbearbeitung nach seinen eigenen Vorstellungen. Denn es war für sich genommen schon eine vollendete Geschichte.

Als Lissa, die sich Tiger-Salbe unter die Augen geschmiert hatte und deswegen im Schlaf eine Menge Tränen vergoss, wach wurde, konnte er das Erlebte nicht mehr für sich behalten. Er hatte das Gefühl, nicht geträumt, sondern einen langen, traurigen Film gesehen zu haben. Jede einzelne Szene war ihm überdeutlich in Erinnerung geblieben. »Ploy«, rief er. Ploy, die in der Ecke ihre Fingernägel pflegte, wandte sich ihm zu.

»Ploy, magst du Hase? Hasenfleisch, meine ich.«

Da seine Stimme sehr weinerlich klang, als ob er gleich in Tränen ausbrechen würde, wurde Lissa, die die Frage eigentlich zum Lachen fand, ein wenig nervös.

»Ich hasse Hasenfleisch. Auf gar keinen Fall esse ich das«, antwortete Ploy erschrocken. »Wenn es auf dieser Welt nur Hasenfleisch zu essen gäbe, würde ich lieber verhungern. Auch das Wort Hase finde ich schrecklich.«

Leo ging, ohne ein weiteres Wort zu verlieren, aus dem Zimmer, hinunter zu dem Deutschen Uwe. Nach der Abnahme seines Gipses war er vielleicht zweimal mit Nawalatt zusammen zum Trinken bei ihm gewesen, aber allein war es das erste Mal. Uwe, der mit seinem riesenhaften Körper zwei der Wände des Zimmers verdeckte, trank allein Whiskey.

»Darf ich reinkommen?«

Uwe machte seinen Finger krumm und deutete auf den Platz vor sich selbst. Da lagen fünf bis sechs übereinander gestapelte, leere Gläser, die umgefallen waren. Es waren nach der letzten Benutzung ungewaschen gebliebene Gläser zur gemeinsamen Benutzung. Wer Uwe besuchen kam, leerte die lauwarme Flüssigkeit in einem der Gläser einfach nach draußen vor die Tür, um sich sogleich neuen Alkohol einzuschenken. Ob derjenige, der das Glas zuvor benutzt hatte, ins Glas gespuckt hatte, oder ob sich jemand ein Glas Toner vom Kopierer eingeschenkt und getrunken hatte, kümmerte hier niemanden.

»Uwe, ich habe einen merkwürdigen Traum geträumt. Obwohl – es fühlt sich nicht wie ein Traum an. Ich weiß nicht, was es gewesen sein soll.«

»Ich höre.«

Dabei stellte Uwe ein umgefallenes Glas auf, schenkte nacheinander Rum und Cola ein und gab es Leo. Es gab kein Eis. Von Leos durch den lauwarmen Rum-Cola-Drink befeuchteten Lippen floss die Erzählung.

Sie nahm ihren Anfang in der indischen Region Mandav Nagar vor etwa fünfhundert Jahren. Leo war ein als Waisenkind aufgewachsener junger Jäger und Ploy war die Prinzessin eines Königreiches, von dem man nicht wusste, ob es wirklich existierte oder nicht, eines kleinen Landes, das lang gestreckt in Richtung des Kullu-Tales lag. Weil das Landesterritorium nicht groß war und die Bürger auch keine allzu begeisterten Steuerzahler waren, war Ploys Familie, obwohl es sich um eine königliche Familie handelte, nicht mehr als eine Familie mit einer ein wenig lauteren Stimme, die ein bisschen reicher war als die anderen.

Eines Tages begegneten sich Leo, der auf den Markt gekommen war, um Hasenfleisch zu verkaufen, und Ploy, die einkaufen gekommen war, und verliebten sich auf den ersten

Blick ineinander. Leo flüsterte der Prinzessin ins Ohr, während die zwei jungen Kammerdamen, die dem König von einem Schuldner verkauft worden waren, mit dem Stehlen von Schmuck sehr beschäftigt waren.

»Ich werde dir jeden Tag Hasenfleisch auftischen.«

Die Prinzessin war ganz versessen auf Hasenfleisch. Vor Freude stand ihr der Mund zum Zerreißen weit offen, aber wie groß ihre Begeisterung auch sein mochte, geziemte es sich nicht, dass sich die Prinzessin eines Landes mit einem gemeinen Jäger vermählte. Schließlich entflohen Leo, der beste Hasenjäger des Landes, und die Prinzessin Ploy, die auf Hasenfleisch versessen war, im Schutze der Nacht in Richtung Kullu.

Sieben Jahre lang lebten die beiden in einer verlassenen Hütte im Gebiet des Gebirges Himachal Pradesh. Die Prinzessin aß außergewöhnlich viel Hasenfleisch. Damals nannten die Hasen, die auf der anderen Seite des Flusses Bis in Kullu lebten, diesen üppig mit Klee bewachsenen Gebirgskamm, den Leo oft besuchte, »Hasenhölle«. Wenn die jungen Hasen, die nicht auf ihre Eltern hörten und nachts ausschwärmten, nicht zurückkamen, hieß es, sie seien in die Hasenhölle gegangen, und man suchte nicht weiter nach ihnen.

Allmählich wurden die Hasen weniger. Obwohl Ploy auch das Fleisch von Rotwild und Wölfen durchaus mit gutem Appetit aß, explodierte sie, die bereits mehr als zwei Monate lang keinen Hasen auf den Teller bekommen hatte und mit ihrer Geduld am Ende war, als Leo ihr eines Abends einen jungen Bären mit sechs Beinen darbot. Sie zwickte den von der Jagd erschöpften Leo in die Wange, kniff seine Seite und versetzte ihm einen Schlag auf den Nacken, der als edler Körperteil galt. Aber sprang da nicht, während die beiden so eine Weile miteinander zankten, plötzlich ein schneeweißer Hase von hinter dem Speicher hervor und lief quer über den Hof weiter in Richtung des vor dem Haus gelegenen Berges? Ploy hüpfte aufgeregt auf und ab und zeigte auf den Hasen. Das war freilich gar nicht nötig. Denn Leo war bereits wie von der Tarantel gestochen losgerannt.

Dass er nur ein Taschenmesser in der Hand hatte, war nicht das Problem. Auch seine Erschöpfung nicht. Ebenso wenig, dass sich bereits die Dunkelheit über den Wald gesenkt hatte, der von wilden Tieren beherrscht wurde. Wenn es um einen Hasen ging, den Ploy haben wollte, war nichts ein Problem. Leo rannte wie der Sturmwind. Schließlich gelang es ihm, das Tier auf den Steilhang zu in die Enge zu treiben. Vorsichtig zog er seine Kreise enger. Da plötzlich spürte er, wie sich ihm von hinten eine riesige Mordlust näherte.

Es war ein Tiger. Mit seinem deutlich sichtbaren Streifenmuster war er der König von Kullu. In seinen Augen sprühten Funken. Leo stöhnte unwillkürlich auf. Es war das erste Mal, dass ihm ein Tiger leibhaftig gegenüberstand. Nein, ihm war nicht klar gewesen, dass es ein so riesiges Tier war. Jedes Mal, wenn der Tiger knurrte und sein Maul aufriss, waren die daumendicken, langen Zähne zu sehen. Immer wieder machte er sein Maul auf, um seine Zähne zu zeigen. Wenn ich nur einen Speer hätte, nein, wenn ich einen langen Knüppel hätte …! Dann fiel Leo ein, dass es wohl besser wäre, sich den Steilhang hinunterzustürzen. Weil es ein viel sauberer Schnitt wäre. Aber diese sinnlosen Gedanken führten zu nichts. Ploy wartete auf ihn. Leo hielt sich gebückt, hielt in der einen Hand das Taschenmesser fest umfasst, in der anderen Hand Steine, die um ihn herum gelegen hatten.

Es begann ein grauenvoller Kampf auf Leben und Tod. Der Tiger hatte lange und scharfe Zähne und Krallen, Leo hatte kleine Steine und ein Taschenmesser. Die Schreie und das Brüllen zerfetzten die Stille der Nacht. Das Blut spritzte in alle Richtungen. Die Geräusche des Zerreißens von Fleisch und Leder, die Geräusche des Brechens von Knochen und des Zerschmetterns von Zähnen erschütterten das Tal.

Leo, der es letztendlich doch geschafft hatte, sein Messer tief zwischen Kinn und Hals der Bestie zu rammen, legte sich auf den Boden und rang nach Atemluft. Sein ganzer Körper war von frischem Blut überströmt, die Hälfte davon war sein eigenes. Aus seiner Schulter, aus der das Schlüsselbein herausragte, und aus seiner Flanke, die etwa zwei Handspannen lang aufgerissen war, sprudelte unaufhörlich Blut. Da ihm zusehends die Lebenskräfte verlustig gingen, schaffte er es nicht, aufzustehen.

Ungefähr zu dem Zeitpunkt, als der Mond gerade die mittlere Himmelsachse querte, näherten sich die Schatten von ein paar Dutzend Kreaturen. Es waren Wölfe, die sich, vom Blutgeruch angelockt, zusammengerottet hatten. Als er am Fußknöchel und am Schenkel gebissen wurde, ärgerte er sich nur. Für gewöhnlich waren die Biester nur für Tanduri-Speisen brauchbar. Leo nahm all seine Kräfte zusammen und zertrümmerte die Schädel von einigen der Tiere. Aber ihre Zahl war zu groß. Einer der Wölfe, der sich im Hintergrund gehalten und von dort die Szenerie beobachtet hatte, näherte sich mit flinken Bewegungen. Seinen Körper geduckt haltend, biss er Leo direkt in den Hals. In dem Augenblick, als sein Halsbein in Stücke barst, schloss Leo die Augen.

›Auf Wiedersehen, Ploy!‹

In seinem Kopf wurde es erst ganz weiß, dann langsam dunkler und dunkler.

Ploy, die die ganze Nacht kein Auge zugetan und gewartet hatte, stieg auf den Berg, kaum dass der Tag angebrochen war.

Als sie am Bergrücken vertraute Fußspuren entdeckte, folgte sie diesen wie hypnotisiert. Die Spuren führten zum Steilhang. Und da endeten sie unwiderruflich. Wie hingestürzt kauerte sich Ploy vor Leos Leichnam, der grauenhaft zerfleischt war. Ein grimmiges Lachen brach mit einer Blutsäule zusammen aus ihr hervor und erst nachts, als die Sterne flunkerten, hörte es wieder auf. Ehe sie auf dem Bauch liegend starb, faltete sie ihre Hände.

›Ich werde niemals wieder Hasenfleisch essen. Deshalb lass mich diesen Mann bitte wiedertreffen. Egal, wie lange es dauert, egal, in welcher Form, lass mich ihn bitte unbedingt wiedertreffen.‹

Der Buddha, der den Tod des jungen Ehepaares beobachtet hatte, formte mit Daumen und Zeigefinger einen Kreis und gab damit sein Okay.

Es war Yon, die die Nachricht vom Tod Lanos, Soms Tochter, überbrachte. Sie kam ins Zimmer und heulte – mit den Nerven sichtlich am Ende – gleich los und schrie, dass das Baby Lano am Ende doch gestorben wäre. Da ihre Stimme mehr von Zorn als von Trauer erfüllt klang, dachten alle, dass sie selbst Lano am Ende eines heftigen Streits erschlagen haben musste. Sogar Lissa, die gerade zu ihrem eigenen Vergnügen dabei gewesen war, Kai zu kitzeln, stand der Mund weit offen. Sobald Ploy aus dem Zimmer stürzte, folgte ihr auch der lahmende Leo nach.

Das Gesundheitsamt befand sich rechts von Uwes Mietshaus am Ende einer Seitengasse gegenüber dem Vorhangladen von Shan. Da es etwas abseits lag und durch ein dickes Eisentor betreten wurde, sah es eher wie ein Privatgefängnis als wie eine Ambulanz aus. Wenn man das Tor aufmachte und eintrat, roch es nach einem starken und intensiven Desinfektionsmittel.

»Lano!«, kreischte Yon, die den beiden nachgefolgt war. »Arme Lano, wir sind da!« Fast wie eine Antwort darauf hob in einer Ecke das Weinen eines Kleinkindes an. Alle näherten sich Lano mit entgeistertem Gesichtsausdruck. Lano, deren Körper bis über den Kopf mit einem weißen Stoff bedeckt war, bewegte sich. Als Ploy den Stoff anhob, erbrach Lano eine Flüssigkeit und lachte hell.

»Was für eine Flüssigkeit ist das?«, fragte Yon mit wissenschaftlichem Blick. Scheinbar hatte sie ihr eigenes Gekreische von gerade eben schon wieder völlig vergessen.

»Keine Ahnung!«, antwortete Leo und wischte sich den Schweiß von der Stirn. »Gestorben ist sie sicher nicht.«

Der Arzt, der nun auch aus einem Nebenzimmer gelaufen kam, fluchte und betastete sein altes Stethoskop.

»Ach, du liebe Scheiße, und ich war mir sicher, dass ihr Herz schon zu schlagen aufgehört hatte.«

Genau in diesem Moment begann Ploy zu weinen. Sie presste die Lippen fest aufeinander, bis sich in den Mundwinkeln Furchen bildeten, hielt die Augen weit offen und vergoss von da an ununterbrochen Tränen. Der Tränenstrom quoll so heftig aus ihr hervor, dass man sich fragte, wo um alles in der Welt sie all die Tränen hernahm. Ihr T-Shirt wurde nass und ihre Hose auch. Dennoch kullerten die Tränen weiter ununterbrochen an ihr herab. Ihre Brust hob und senkte sich, Ächzlaute kamen aus ihrer Nase. Lano kicherte und streckte die Hand nach Ploy aus, aber Ploy nahm ihre Hand nicht. Mehr noch, da sie ihre eigene Hand ganz fest zur Faust schloss, konnte auch Lano sie nicht fassen, selbst wenn sie gewollt hätte.

Leo konnte sich von dem Anblick der weinenden Ploy nicht losreißen. Eine so heftig weinende Frau hatte er überhaupt noch nie gesehen. Wie sie die Faust ballte, dass kein Blut mehr fließen konnte, wie sie kerzengerade dastand und die Lippen fest verschloss und ihr Gesicht fragend nach vorn reckte und ohne mit den Augen zu blinzeln immer weiter weinte, wirkte ausgesprochen exzentrisch. Nachdem Ploy das Gesundheitsamt mit ihren Tränen überschwemmt hatte, drückte sie Lano fest an sich und trat mit ihr im Arm durch das Eisentor nach draußen. Auch während sie durch die Gassen lief und zuletzt in ihr Zimmer eintrat, rannen ihr weiterhin ohne Unterlass die Tränen über die Wangen.

Wenn eine Frau ein Kind herzte, konnte man das einen Instinkt nennen. Aber auch wenn es ein Instinkt war, tat sie es nicht ohne Kalkül. Eine Frau, die ein Kind herzte, wurde von den Männern geliebt, weil die Männer durch diesen Anblick in etwa das Maß an Sorge, mit dem der mit den eigenen Genen geborene Nachwuchs von ihr umhegt werden würde, ermessen konnten. Aus diesem Grund täuschten selbst jene Rabenmütter, die ihr Kind, wenn sie mit ihm allein waren, mit Fußtritten traktierten, in Anwesenheit von Männern ein Entzücken vor, als drohten sie von der Lieblichkeit des Babys verrückt zu werden. Wenn Ploy mit diesem Kalkül Männer hätte um den Finger wickeln wollen, wäre sie eine legendäre Prostituierte geworden, an die man sich auf der Sukhumvit Soi 16 auf immer und ewig erinnern würde. Sicher hätte der Anblick der weinenden Ploy nicht allein Leo und den Ärzten des Gesundheitsamts wie ein Wirbelsturm das Herz entrissen. Aber Ploy war dann eben doch kein so eiskalt berechnender Typ. Deshalb haben jene Menschen, die auf dieser Straße ohne Unterlass sinnlos hin und her liefen, die Motorradtaxifahrer, die im Schatten in der Gruppe auf Kundschaft warteten, die Kleinkrämer und Händler der Soi 16, die auf den Bänken vor ihren Läden saßen und dem Fluss der Zeit beim Fließen zusahen, Ploy an diesem Tag zum ersten und zum letzten Mal weinen gesehen.

Geld ist nicht alles im Leben, aber fast alles. Alle Probleme dieser Welt, die Kopfschmerzen verursachen, haben auf irgendeine Art und Weise dann eben doch mit Geld zu tun. Bei Leo war das genauso. Von zehn Umschlägen, die mit je 300 Dollar befüllt waren, als er Korea verließ, waren schon drei verschwunden. Und in einem der restlichen sieben Umschläge waren nur noch 100 Dollar übrig. Dass er damit Geld sparen konnte, keine Übernachtungskosten zahlen zu müssen, war eine völlig falsche Kalkulation. Das Geld, das eigentlich in die Taschen der Übernachtungsunternehmer fließen sollte, war nur zu den Prostituierten gegangen. Leo musste den Frauen im Zimmer jede Mahlzeit zahlen und den Freunden, die Ploy besuchen kamen, Alkohol kaufen. Wenn man außerdem dann und wann Geld von ihm verlangte, dessen Verwendungszweck unklar blieb, musste er auch das herausrücken. Wenn man sich vor Augen führte, dass er, um sich sein Reisebudget zusammenzusparen, über ein Jahr lang an einer Tankstelle gejobbt hatte und – da es dann immer noch nicht reichte – drei Tage und Nächte lang seine Eltern um mehr hatte anflehen müssen, wurde das Geld viel zu schnell weniger. Jedes Mal, wenn Yon Leo sah, kam sie ihm mit demselben Singsang: »Ploy mag es nicht, wenn man zu sehr ans Geld denkt.« Das sollte bedeuten, wenn er ihnen nicht gab, wie viel sie verlangten, konnte er sich gleich verpissen.

»Verpissen« wollte er sich nicht. Aber was er machen konnte, war, die Geschwindigkeit des Geldausgebens zu steuern. Es kam nun öfter vor, dass er nach dem Verwendungszweck fragte oder nicht ganz so viel herausrückte, wie verlangt wurde. Auch wenn er sich Mühe gab, es sie nicht merken zu lassen, hatten sie ihn sofort durchschaut. Selbst Lissa, »die Glückliche«, die sich gewöhnlich um nichts scherte als um ihre eigene Glückseligkeit, machte sich Sorgen:

»Leo, ist dein Geld schon alle? Oh weh, du hättest etwas sparsamer sein sollen!«

In einer Nacht, in der es dutzende Male donnerte, ohne dass Regen fiel, sagte er mitten ins dramatische Donnergetöse hinein zu Ploy, sie solle, wenn sie länger mit ihm zusammenbleiben wolle, sparsamer mit seinem Geld umgehen. Aufgrund der Schwere und des Ernstes, die Leo in seine Stimme legte, machte Ploy einen Gesichtsausdruck, als hätte sie einen Finger in einer frisch geöffneten Kekspackung entdeckt. Als Leo lange Zeit später einmal in Korea völlig unvermittelt in Gelächter ausbrach, war es, weil er sich an diesen Tag zurückerinnerte, an dem er so mitleiderregend naiv gewesen war. Leo war zu einem Logistik-Center in Incheon geschickt worden, um dort über eine Woche lang die Betriebsfinanzen zu revidieren, und während er einen zu einem riesigen Berg angehäuften Dokumentenstapel sortierte, begann er erst in sich hineinzukichern, lachte dann laut auf und konnte nicht mehr aufhören, bis sein Gesicht ganz rot angelaufen war. Daraufhin ließen alle Mitarbeiter des Logistikcenters, vom CEO angefangen bis zu den Wächtern mit Werkvertrag, ihre Köpfe hängen, da sie wohl dachten, dass nun schließlich doch ein bestimmtes »Etwas« aufgeflogen wäre.

Selbstverständlich hatte sich an seinem Entschluss, nach Afrika zu gehen, nichts geändert. Die fünf Umschläge legte er zusammen und versteckte sie an einer Stelle in der Tiefe des Rucksacks. Selbst wenn er dort betteln ginge oder sich von dem Fleisch selbst erlegter Giraffen ernährte, ein Minimum von 1.500 Dollar würde er jedenfalls benötigen, um bis nach Afrika zu kommen und von dort wieder zurück nach Korea, dachte er. Leo wollte wirklich nach Afrika. Das war ein lang gehegter Wunsch. Einmal, als er im kindlichen Alter nach einer Zankerei mit seiner älteren Schwester Märchenbücher und Malkreide eingepackt hatte und aus dem Haus gegangen war, hatte er auf die Frage seiner Mutter, wohin er denn wolle, weinend geantwortet: »Ich geh nach Afrika!« Er war damals knapp drei Jahre alt gewesen.

Wenn er im Zimmer war, wurde das Geld in seiner Tasche laufend für Zigaretten, Alkohol und Essen ausgegeben, deshalb besuchte er, während Ploy schlief oder kurz ausgegangen war, oft ohne besonderen Grund Uwe im Erdgeschoss. Als er zum ersten Mal in Uwes Zimmer eingetreten war, hatten ihn der in der Nase stechende, ekelhafte Geruch und die überall irgendwie unordentlich herumliegenden Alkoholflaschen schockiert, aber genau genommen war ja auch das Zimmer von Ploy nicht gerade sauber und wohlriechend. Uwe hörte Leo gut zu, wenn dieser etwas erzählte, und seine Aussprache des Englischen war sauber, deshalb fühlte sich Leo bei ihm wohl. Bier und Whiskey waren gratis. Das Eis war auch gratis. Und die Zigaretten auch. All das musste in Ploys Zimmer ja immer aus seinem Rucksack heraus bezahlt werden. Während er mit Uwe zusammen war, lernte Leo Shan kennen, Lanos Vater, der zugleich ein ungeschickter Rauschgifthändler war, den Glatzkopf Songruon, der ab und zu vorbeikam und Uwe alles Lebensnotwendige vorbeibrachte, und auch den Kondomhändler Oddt, der den langen Spitznamen »Kleiner Scheißganove« hatte.

Was hatte es schon zu bedeuten, wenn von irgendjemandem gesagt wurde, er sei ein guter oder ein schlechter Mensch? Jeder änderte sich laufend, solange er am Leben war, und in der

Sukhumvit Soi 16 änderte man sich noch häufiger als anderswo. Es war ein Ort, an dem ein junger Mann, der gestern noch gesagt hatte, Geld sei für ihn nur ein Stück Papier, heute schon einem über siebzigjährigen Lumpensammler wegen einem lausigen 20-Baht-Schein ins Gesicht schlug. Jemanden, der die ihm angeborene Gesinnung konsequent lebte, egal ob gut oder schlecht, sah man dort nicht oft. Aber es gab einige Exemplare, die von Anfang bis Ende unanständig waren, und der »Kleiner Scheißganove« genannte Oddt aus Laos war haargenau so ein eindimensionaler Typ. Er gab pausenlos ein bestimmtes Geräusch von sich – »Fafa-Fafafa« – egal ob er sinnlos vor sich hin plapperte oder gerade die Klappe hielt. Leos Lieblingston unter den sieben Tönen war seit Kindertagen das »Fa« gewesen, aber seit er Oddt kannte, hatte er keinerlei Sympathien mehr für den Ton. Auch Uwe mochte Oddt nicht, auch wenn er ihm Whiskey, Soda, Cola und Eiswürfel gab. Auch der Glatzkopf Songruon spuckte jedes Mal, wenn er Oddt sah, mit angewiderter Miene irgendeinen bedrohlich klingenden Spruch aus, wie: »Dieser Scheißkerl, dem möchte man ja wirklich mal eine ..., hoho!« Auch Shan ließ sich in Oddts Anwesenheit nichts entlocken, trank nur verschwiegen vor sich hin. Stets ging es mit der Stimmung rasch bergab und in Richtung Keller, wenn Oddt dabei war, und auch das Gefühl, wie der Alkohol einem die Kehle hinunterfloss, fand man öde wie das Pressen-Müssen am Pissoir der Autobahnraststätte, wenn es nicht von selbst laufen wollte. Aber Oddt trank und gab keinen Pfifferling darauf, was die anderen über ihn sagten oder dachten. Deshalb kam die Unterhaltung häufig erst richtig in Gang, nachdem er betrunken nach Hause gegangen war.

Auch an jenem Tag mischte Shan, sobald Oddt nach draußen ging und die Eingangstür hinter sich schloss, fleißig

Karten und wartete darauf, dass jemand vorschlug, eine Runde zu spielen, und Uwe erinnerte sich an ein Ereignis aus jener Zeit, als er – es war viele Jahre her – noch in Deutschland lebte.

Am Stadtrand von Langenhagen, wo das große Wohnhaus von Uwes adeliger Familie stand, wohnten Zigeuner. Einer davon war jener Alte, der, da Teile seines Körpers schon zu Fossilien wurden, staubte, wenn er ging, und der Geld verdiente, indem er den Leuten von ihren früheren Leben erzählte. Da nun einmal jeder mehr über sein früheres Leben erfahren wollte, kamen ununterbrochen Leute zu ihm. Als sie aber ihre eigene Geschichte gehört hatten, machten alle denselben unglücklichen Gesichtsausdruck. Diejenigen, deren früheres Leben traurig und bitter gewesen war, wurden rot vor Scham. Diejenigen, die eine schöne und glückliche frühere Existenz gehabt hatten, beklagten ihre jetzige Existenz. Denjenigen, deren früheres Leben ganz gewöhnlich gewesen war, war es leid um das Geld. Egal, in welche Richtung es ging, alle waren sie beim Verlassen böse auf den alten Zigeuner.

Shan, der Uwes Erzählung gelauscht hatte, machte erstaunt »Oho, oho!« und blickte abwechselnd Uwe und Leo an. Gleichzeitig mischten seine Hände mit Begeisterung die Karten, als handelte es sich dabei um ein Kinderspiel. Uwe nahm einen Schluck SangSom-Whiskey und erzählte mit seiner sonoren Bassstimme weiter.

Mit seinen Freunden zusammen besuchte der kleine Uwe eines Tages den alten Zigeuner, aber statt ihn nach seiner eigenen früheren Existenz zu fragen, wollte er von dem Alten wissen, wie er die frühere Existenz von anderen wissen konnte. Der Zigeuner antwortete und steckte dabei die silberne Münze von Uwes Taschengeld in seine Tasche.

»Sieh mal, Junge, für jeden Menschen gibt es einen bestimmten Ort, an dem ein Erwachen möglich ist. Diesen Ort kann man finden oder auch nicht finden. Ich habe, nachdem ich vorher schon ganz Europa durchwandert hatte, erst hier an diesem Ort diese Fähigkeit entdeckt, in die frühere Existenz der Menschen hineinzusehen. Das ist keine besondere Fähigkeit. Einige, die an einen solchen Ort gelangen, finden verlorene Gegenstände wieder, andere wiederum lauschen ins Herz eines anderen Menschen hinein. Als ich klein war, war ich am neidischsten auf die Fähigkeit, mit Tieren zu sprechen. Meine Mutter hat in einem kleinen Dorf in Albanien die Stimmen der Toten gehört. Dafür hat man sie gesteinigt. Wenn jemand gestorben ist, sollte er den Mund halten und für immer unter der Erde bleiben. Für die Lebenden ist das das Beste.«

Shan mischte weiter die Karten und machte »Oho, oho«.

»Hat Lissa auch solche Fähigkeiten? Wenn ich mit ihr um Geld spiele, gewinnt immer sie. Sie verhält sich beim Spielen wie ein kleines Kind, hat aber immer die besseren Karten.«

Uwe sah Leo an und sagte: »Leo, du verstehst, was ich sagen will, nicht wahr? Wenn du etwas siehst, behalt es lieber für dich, sprich mit niemandem darüber. Die Leute würden dich nur dafür hassen.«

Dennoch, bald darauf räusperte er sich zwei-, dreimal, wie um die Aufmerksamkeit auf sich zu lenken, und fragte zaghaft:

»Übrigens, Leo. Was für ein Mensch war ich eigentlich im früheren Leben?«

Leo schloss kurz die Augen und machte sie dann wieder auf.

»Ich sage einfach, was ich sehe, okay?«

Uwe nickte und Leo antwortete, ohne zu zögern.

»Du warst kein Mensch. Du warst ein Elefantenkönig auf Madagaskar.«

»Scheiße, ich wusste es«, seufzte Uwe. »Ich vergesse nie und verzeihe auf keinen Fall.«

»Wem?«, fragte Leo.

»Mir selbst.«

Uwe sprach nicht über seine Vergangenheit. Aber auf der Welt gab es keine echten Geheimnisse, schon gar nicht in Bangkok. Wenn jemand eine auch noch so unbedeutende Kleinigkeit über einen anderen in Erfahrung gebracht hatte, nahm er sich ohne Not und ganz bewusst die Zeit, es brühwarm in alle Richtungen weiterzuerzählen. Sich in das Privatleben anderer einzumischen, ist eine weitverbreitete Freizeitbeschäftigung der Bürger Bangkoks.

Außerdem hatte Uwe schon die Aufmerksamkeit der anderen erregt, als er zum ersten Mal auf der Soi 16 aufgetaucht war. Weil er einen besonders umgebauten japanischen Lkw fuhr, als er hier auftauchte, und weil er das damals noch in Bau befindliche dreistöckige Mietshaus komplett gekauft hatte und es schon bewohnte, als erst das Baugerüst stand. Die Arbeiter machten sich Sorgen, dass er mit seinem massigen Körper nicht durch den Eingang passen könnte, aber Uwe verlangte, nach dem ursprünglichen Bauplan weiterzuarbeiten. Schließlich hatte sich Uwe quasi selbst im Zimmer einmauern lassen. Es war der Glatzkopf Songruon, der mit ihm gemeinsam aus Deutschland angereist war, der ihm Getränke brachte und verschiedene Arbeiten für ihn erledigte. Der Deutsch-Thai Songruon arbeitete, abgesehen von seinen beiden täglichen Besuchen bei Uwe und der Ausführung kleinerer Aufträge für ihn, als Geschäftsführer eines Schweinestelzen-Lokals, das an der großen Sukhumvit-Straße lag. Es war bekannt, dass auch dieses Lokal Uwe gehörte. Dass Uwe außerdem einer reichen

Adelsfamilie in Deutschland entstammte, dass er als Luftverkehrscontroller tätig gewesen war und dass durch einen törichten Fehler, der ihm beim Leiten der Landung eines Flugzeuges unterlief, Dutzende Menschen einschließlich seiner eigenen Tochter ums Leben gekommen waren, dass er nach Thailand gekommen war, nachdem er im Gefängnis von Mitgefangenen zusammengeschlagen worden war, wobei ihm seine Hoden geplatzt waren, waren die Dinge, die in der Soi 16 über Uwe eigentlich allgemein bekannt waren.

Trotzdem war den Bewohnern an der Person Uwe immer noch vieles mysteriös. Der Hauptgrund dafür war, dass er überhaupt nicht seinen menschlichen Bedürfnissen nachging. In seinem Zimmer hatte es nie ein WC gegeben. Ab und zu machte er die Tür auf und spuckte in Richtung der Treppe, und da es dort nach Urin roch, gab es ein Gerücht, dass er durch den Mund ausschied wie die Planarie-Raupe, aber in Wahrheit handelte es sich lediglich um große Mengen von übelriechendem Speichel. Uwe aß nicht und kackte auch nicht. Mit einem riesigen T-Shirt und riesigen Unterhosen angetan, trank er nur ununterbrochen. Zu Beginn, als er sich das Gebäude gerade erst gekauft hatte, passte sein Rumpf noch gerade durch den Korridor, aber mit der Zeit nahm der Rumpf dermaßen an Umfang zu, dass er fast das ganze Zimmer füllte. Was in dem riesigen Körper drin war, war alles Kacke, glaubten die Leute. Und in der Tat, wenn er seinen Körper auch nur ein klein wenig bewegen wollte, lag augenblicklich ein so entsetzlicher Gestank in der Luft, als wäre eine Elefantenleiche am Verfaulen. Auch Leo war, als er diesen Geruch zum ersten Mal wahrnahm, so schockiert, sodass ihm der Hinterkopf wehtat, aber nachdem er die Treppe mehrmals hinauf- und hinuntergelaufen war und dabei in die schleimige Spucke getreten war, war sein Geruchssinn wie jener der Prostituierten in dem Wohnhaus unempfindlich geworden.

Außer wenn er gerade redete, ließ Uwe seinen Kopf tief hängen und bewegte sich nicht. Daher wusste man nicht, ob er den anderen zuhörte, sich im Geiste Voodoo-Zaubersprüche vorsagte, oder ob er eingeschlafen war, aber manchmal schlief er wirklich ein, und wenn er dann schließlich den Kopf hob, waren der sich ruhig nach oben und unten bewegende Adamsapfel und die Augäpfel zu sehen, die von dem Albtraum, den er kurz zuvor geträumt hatte, noch tränenfeucht waren. Immer dann hob Uwe seinen Arm, der von der Masse der Hüfte einer Schwangeren war, wischte sich die Tränen ab und trank dann ein Glas Whiskey-Soda in einem Zug hinunter. Es war die einzige Art, den Albtraum zu vergessen.

An einem sehr nebligen Wintertag sitzt Uwe von Rheindt, der junge Fluglotse im zweiten Rang, der so kompetent ist, dass er einen bunten Benetton-Sonnenschirm direkt in ein kleines Erdloch hinein landen lassen kann, auf seinem Stuhl im Kontrollturm des Flughafens Hannover und telefoniert mit seiner Frau. Da zum ersten Mal nach längerer Zeit wieder ein Familientreffen geplant ist, gibt es mehr als nur ein oder zwei Dinge zu besprechen. Als sich endlich das von Madrid kommende Flugzeug der Lufthansa mit Uwes einziger Tochter, die dort ein Auslandsstudium absolviert, an Bord am Himmel über dem Flughafen zeigt, beendet Uwe das Telefonat und erteilt beherzt die Landungserlaubnis. Der Nebel ist ausgesprochen dicht. Ist die Gleitbahn zu sehen? Uwe erteilt eine Anweisung. Die Flughöhe ist zu niedrig. Er wiederholt. Die Flughöhe ist zu niedrig. Uwe erteilt weitere Anweisungen. Eigenartig. Irgendetwas stimmt da nicht. Man folgt seinen Anweisungen überhaupt nicht. Die Ziffern des Armaturenbrettes bewegen sich ominös. Obwohl er den Kapitän anschreit und richtig in Rage gerät, ändert sich nichts. So geht das nicht, das darf doch nicht sein!

Schließlich notlandet das Flugzeug ein ganzes Stück vor der Gleitbahn und steht sofort in Flammen. Als die Feuerwehr mit heulenden Sirenen ausfährt, betrachtet Uwe ruhig den Griff seines Mikrofons. Wegen des Telefonats, das er mit seiner Frau geführt hat, ist der Einschaltknopf nach unten verstellt. Schnell schiebt er den Knopf wieder nach oben. Er blickt sich im Raum um.

Und er beginnt zu weinen wie ein kleines Kind.

8

Fünfzehn Tage waren vergangen, seit Leo der Gips abgenommen worden war, und noch immer wohnte er in Ploys Zimmer. Mehrmals hatte er dieselbe, stets auf einen kurzen Schwindel folgende Vision. Zumeist war die Hauptperson Ploy. Nur der Betrachtungswinkel änderte sich jeweils ein wenig, sonst waren Handlungsabläufe und Bewegungen der Personen immer gleich, sodass Leo, je öfter sich die Vision wiederholte, über ein immer genaueres Detailwissen verfügte. Falls es sich, wie Uwe meinte, bei dem Traum tatsächlich um das Abbild einer früheren Existenz handelte, wäre das Problem kein einfaches. Ploy wäre dann keine gewöhnliche Prostituierte in Sukhumvit, sondern Leos Partnerin in einer Verbindung mit über fünfhundertjährigem Karma.

Die Seele ist Erinnerung. Sie ist die Summe der Erinnerungen, die sich aus der eigenen Gemütsart und aus Gewohnheiten, aus dem Umfeld, in das man geboren und in dem man aufgewachsen ist, und aus der Beziehung zu allen Dingen zusammensetzt. Wenn jemand durch einen Unfall alle Erinnerung verliert, geht auch seine alte Seele verloren und er wird zu einem Wesen mit einer zweiten Seele. Würde man jemanden in den Körper von jemand anderem verpflanzen, könnte er, sofern seine Erinnerung noch existierte, mit seiner gleichen Seele weiterleben. Zumindest könnte er mit dieser früheren Seele beginnen. Die Reinkarnation der Seele lässt eine Verbindungskette entstehen, die Erinnerungen aus unterschiedlichen Zeiten und Räumen miteinander verknüpft, und ist somit mehr als bloß Reproduktion von Seelen. Die Fähigkeit, die Leo besaß, war es, bestimmte göttliche Zeichen, die eine solche Verbindung markierten, sofort zu erkennen.

Da die Szenen, die sich vor seinen Augen abspielten, sehr lebendig waren, konnte Leo, auch wenn er Uwes Erklärung nicht sofort hatte akzeptieren können, sie dennoch auch nicht zur Gänze ignorieren. Leo hatte einige unbedeutende Angewohnheiten Ploys entdeckt, die die anderen nicht bemerkt hatten. Eine davon war, dass Ploy beim Verspeisen scharfer Suppen vor jedem Löffel einen Schluck kaltes Wasser trank oder beim Fingernägelschneiden die Unterlippe mit der oberen leicht bedeckte und dergleichen mehr – Dinge, die den anderen Prostituierten schon gar nicht, aber auch Ploy selbst nicht bewusst gewesen waren, weswegen alle überrascht waren, als Leo sie darauf aufmerksam machte.

Hin und wieder hatte er auch Yons und Kais frühere Existenzen gesehen. Yon hatte als ein für seine Grausamkeit berüchtigter chilenischer Soldat zahlreichen Sozialisten Bambuslanzen in den After gestochen. In Reitsitzstellung hatte er sie Aufstellung nehmen lassen und ihnen die Lanzen ins Gesäß gerammt. Die frühere Existenz von Kai war ähnlich schrecklich, sie war der Serienmörder Jack gewesen, der im neunzehnten Jahrhundert die Prostituierten in England in Angst und Schrecken versetzt hatte. Auch darüber hinaus konnte Leo die frühere Existenz von jedem, den er traf, sehen, wenn er sich nur die Mühe machte, sich zu konzentrieren, wie beispielsweise bei Kwarn, die am Kaiserhof in China sowohl die Stellung eines Kammerfräuleins als auch die einer Kaiserin innegehabt hatte, Shan, der als Dichter-Casanova in Sankt Petersburg in Russland ein zwar ärmliches, dafür aber umso schamloseres Leben gelebt hatte, Oddt mit dem Spitznamen »Kleiner Scheißganove«, der in Louisiana in Amerika als ein Proponent des protestantischen Moralismus und als Reinheitsaktivist im Verborgenen alles andere als rein war. Allein die frühere Existenz von Lissa konnte er nicht sehen, egal wie sehr er sich auch Mühe gab. Das hatte einen einfachen Grund: Lissa hatte noch kein früheres Leben gelebt, sie war durch irgendeinen schweren Ausnahmefehler entgegen den Regeln der Reinkarnation als eine Seele geboren, die – frisch wie ein eben geöffnetes Kondom – zum allerersten Mal auf dieser Welt auftauchte. Daher war sie ein echtes Glückskind und konnte, wenn sie nur dieses Leben gut aushielt, ohne die leidvolle Erfahrung der Reinkarnation zu erleben, direkt an die Seite Buddhas gelangen.

Während die Tage vergingen, reifte in Leo die Überzeugung, dass das, was er in seinen Visionen mit eigenen Augen sah, tatsächlich ein Teil seiner früheren Existenz war. Entsprechend nahm auch die Zeit, die er mit der Betrachtung Ploys zubrachte, zu. Mit Leos Augen gesehen, hatte Ploy freilich immer zwei Gesichter: Wenn er sie als jene Ploy sah, die als Prinzessin von Geburt die Königsfamilie verlassen hatte, um als Ehefrau eines mittellosen Jägers zu leben, fühlte er sich warm und behaglich. Wenn er sie hingegen als jene Ploy sah, die mit dreizehn ihr

Zuhause verlassen hatte und als Prostituierte auf den Straßen von Sukhumvit lebte, fühlte er sich kalt und es schmerzte ihn. Allmählich wurde ihm klar, dass er dieser komplexen Gefühlslage nicht einfach entkommen würde können, das zeigte sich auch ganz deutlich an einer lautstarken Auseinandersetzung, die sich an einem sonnigen Nachmittag zutrug.

Leo, der einige Zeit bei Uwe verbracht hatte, ging mit Kwarn, die gerade die Treppe herunterkam, als er aus Uwes Zimmer kam, nach draußen, um gebratene Nudeln zu essen. Sie hatte ihm schon zweimal mit dem elektrischen Haarschneider seine strubbeligen Haare geschnitten und ihm als Geschenk ein richtiges Thailändisch-Lehrbuch gekauft, daher betrachtete Leo Kwarn als eine gute Freundin. Dazu kam, dass sie im Unterschied zu den anderen Prostituierten auf der Sukhumvit-Straße kein Interesse an seinem Geld zeigte. Das war eine Tugend von ihr, die Leo, der sich um sein täglich weniger werdendes Reisebudget große Sorgen machte, sehr zu schätzen wusste.

Beim Nudelessen fiel Leo plötzlich wieder ein, dass Ploy an ihrem Geburtstag ausgegangen war, um Kwarn aus dem Weg zu gehen.

»Warum behandelt sie dich so abweisend? Ihr seid doch angeblich beste Freundinnen von der Heimat her.«

Kwarns zögerliche Antwort kam in akzentfreiem, aber emotionslosem Englisch:

»Because I did a bad thing.«

Sie waren von klein auf beste Freundinnen gewesen, so lange schon, dass sie sich nicht mehr daran erinnerten, wann sie einander zum ersten Mal getroffen hatten. Kwarn, die sofort nach ihrer Geburt im Haus der Großmutter mütterlicherseits abgegeben worden war, war ein Kind, das die Gesichter seiner Eltern nicht kannte, und seit sie mit fünf Jahren auch die Großmutter verloren hatte, lebte sie bei dem Bruder ihrer Mutter, der reich war und nur zwei Häuser weiter in der Nachbarschaft wohnte. In etwa ab diesem Zeitpunkt veränderte sich Kwarns Leben und wurde ihr zur Hölle. Kwarn, die genau wusste, dass sie beim Bruder ihrer Mutter lebte, verbrachte Tag für Tag in dem Glauben, für etwas bestraft zu werden. Sie akzeptierte alles, egal was ihr Onkel und seine Frau von ihr verlangten. Sie stand um fünf Uhr früh auf, bereitete die Mahlzeiten zu, spülte danach ab und machte sauber. Am späten Abend, wenn sie mit den dreimaligen Arbeiten fertig war, duschte sie kalt und massierte ihren Onkel manchmal eine, manchmal zwei Stunden lang, bis er einschlief. Sie war ein an sich kränkliches Kind, und da sie jeden Tag unter der schweren Arbeit litt, stürzte sie des Öfteren und wurde ohnmächtig und sah als in der Luft schwebende Erscheinung den Kinder-Bodhisattva Kuman. Auch als sie einmal wegen eines Asthmaanfalls zusammenbrach und vor Schmerzen stöhnend dalag, war niemand da, der sich um sie kümmerte. Es fiel Ploy zu, die sich selbst familiär und sozial in keiner besseren Lage befand, die kranke Kwarn zu besuchen und an ihrem Krankenbett zu wachen.

Laut den Erinnerungen von Kwarn war es der Tag, an dem wegen nächtlichen Dauerregens alle Leelavadee-Blüten abgefallen waren. Während die Familie ihres Onkels zum Mittagessen in die Stadt gefahren war, ging sie mit nur einer kleinen Tasche umgehängt aus dem Haus fort. Weil sie über eine Woche im Krankenbett gelegen hatte, war ihr Gesicht so wächsern, dass man die blauen Äderchen durchscheinen sah. In der Küche, die für Kwarn ihre Arbeitsstätte und gleichzeitig ein Gefängnis gewesen war, hinterließ sie einen Notizzettel. Auf diesem Notizzettel, auf dem bereits angedeutet war, dass sie vierzehn Jahre später den größten Fehler ihres Lebens machen würde, stand Buchstabe für Buchstabe in deutlich und kräftig geschriebener Schrift Folgendes geschrieben:

Ich werde nie wieder mit Leuten leben, die ich liebe. In Zukunft möchte ich mit Leuten leben, die mich lieben. Auch die Schule werde ich besuchen.

»Ploy, ich bin von zu Hause weggelaufen. Ich werde ums Verrecken nie wieder dahin zurückkehren.«

Ploy brachte Kwarn direkt zur Bushaltestelle. Sie ließ Kwarn vor der Kassa kurz auf sie warten, ging nach Hause, zog sich um, durchsuchte die Schränke, nahm alles Geld und alles Geldähnliche an sich und kam zurück. Die beiden fuhren von Krabi ins drei Stunden entfernte Phuket. Ploy war dreizehn Jahre alt, Kwarn zehn.

Ein Jahr lang wohnten die beiden in der Nähe von Bangna Phuket in einem schmutzigen Mietzimmer, dann zogen sie in die Hauptstadt um und mieteten ein Zimmer in der Sukhumvit Soi 16. Damals trafen sie auch eine Frau namens Jia. In die Bars arbeiten zu gehen, war für die relativ groß gewachsene Ploy irgendwie möglich, Kwarn aber war zu jung. Kwarn putzte für Ploy und wusch ihre Wäsche, während Ploy bis zum späten Abend in der Bar arbeitete und zwei- bis dreimal pro Woche mit Freiern mitging. Ploy kümmerte sich aufrichtig und treuherzig um Kwarn, trotzdem ging es mit Kwarn gesundheitlich immer mehr bergab. Sie hatte häufig Atembeschwerden, brach zusammen und blieb ohnmächtig liegen, bis Ploy zurückkam. Ploy blieb dann die ganze Nacht bei Kwarn am Krankenbett und ging tags darauf wieder arbeiten.

Dann, eines Tages: Kwarn, die schon am Morgen hingefallen und erst am späten Nachmittag mit Mühe wieder zu Bewusstsein gekommen war, hatte panische Angst, dass sie in diesem

Zustand sterben könnte. Für das zwölfjährige Mädchen, das gerade erst dabei war, zu lernen, was schön war, was lecker war und was es hieß, zu genießen, war das eine schwer zu ertragende Befürchtung. Bis Ploy zurückkam, konnte sie nicht warten. Sie brauchte sofort Hilfe. Auf allen vieren kroch sie nach draußen, atmete schwer, als sie vor der Treppe auf dem Bauch lag, und fiel dann erneut in Ohnmacht. Sie wurde wach, als ein junger westlicher Mann ihr sacht auf die Wange klopfte, der gerade mit zwei Prostituierten, die sich links und rechts bei ihm eingehängt hatten, flirtend vorbeigekommen war. Kwarn kam wieder zu Bewusstsein, packte den Mann ohne lang zu überlegen fest am Fußknöchel und flehte ihn weinend an, sie zu retten. Der Mann überlegte kurz, schickte die beiden Prostituierten zurück, nahm Kwarn auf den Rücken und brachte sie ins Krankenhaus. Es war der Amerikaner Eric.

Als Kwarn am nächsten Abend vom Krankenhaus nach Hause kam, waren drei Frauen bei Ploy. Eine davon war eine der Prostituierten, die sich am Abend zuvor an Erics Arm eingehängt hatten. »Was ist denn los?« Als Ploy ihr diese Frage stellte, senkte Kwarn, die bemerkte, dass die Stimmung irgendwie anders war, ihren Kopf.

»Du, hast du mit Eric geschlafen?«

»Nein, Ploy. Bitte sei nicht böse. Ich dachte wirklich, ich sterbe. Ich bin in Panik nach draußen gekrochen und habe um Hilfe gerufen. Eric kam zufällig vorbei.«

»Du hast nicht mit ihm geschlafen, ihn nur um Hilfe gebeten, stimmt's?«

Ploy warf ihr kurz einen scharfen Blick zu und sprach dann weiter.

»Meine Freundin hier sagt, du hättest vor Eric auf dem Bauch gelegen und ihn angebettelt. Es sei ein erbarmungswürdiger

Anblick gewesen, sagt sie. Ich hab ihr gesagt, dass das nicht sein kann. Dass du ihn ihr wegnehmen wolltest, vielleicht. Aber nicht, dass du ihn dir durch Betteln schnappen würdest. Aber es war also wirklich so. Kwarn, Kwarn, wenn ich gewusst hätte, dass du eine Bettlerin bist, hätte ich Krabi nicht mit dir verlassen.«

Ploy wandte sich kühl von Kwarn ab. Kwarn flehte Ploy weinend an, fiel zu Boden und atmete heftig, kratzte mit den Händen über den Boden, flehte mit dem ganzen Körper, Ploy aber würdigte sie bis zuletzt keines Blickes. Ein paar Wochen wohnte Kwarn bei Jia und folgte dann Eric nach Kanchanaburi. Das waren die Folgen des »bösen Verhaltens« von Kwarn.

Die gebratenen Nudeln, die nicht gegessen worden waren, quollen auf, Kwarn weinte schluchzend, Passanten warfen flüchtige Blicke auf die beiden, und die Atmosphäre war durcheinander. Leo wollte Kwarn irgendwie zum Lachen bringen, daher erzählte er ihr von seinen abenteuerlichen Erlebnissen auf dem Nachtmarkt in Suan Lum, erzählte von dem Schrecklichen, was ihm dort widerfahren war. Eigentlich hatte er Ploy davon erzählen wollen, aber da er dazu nie Gelegenheit gehabt hatte, hatte er die Geschichte sozusagen für späteren Gebrauch zur Seite gelegt.

Mit »Moment, Moment!« unterbrach ihn Kwarn, die sich gerade ihre Tränen abwischte, obwohl die Szene, in der er geschlagen wurde, noch gar nicht zur Sprache gekommen war. »Ploy sagte, sie sei in Krabi gewesen?«

Das war schlicht nicht möglich. Die Familie hatte Ploy gehasst, wie man den Nachbarhund hasst. Ihre vier älteren Brüder hatten sie, die nur eine Halbschwester war, abwechselnd vergewaltigt und die Stiefmutter hatte von ihr verlangt, dass sie um die drei täglichen Mahlzeiten mit gefalteten Händen bettelte. Auf diese Art und Weise misshandelt, hatte Ploy keinen Grund, ihre Familie zu vermissen. Seitdem sie mit dreizehn die Heimat verlassen hatte, hatte sie ihre Familie kein einziges Mal besucht. Es gab absolut keinen Kontakt, weder per Post noch telefonisch.

Als Leo das hörte, hatte er dumpfe Kopfschmerzen. Wenn das wahr war, hatte Ploy ihn schon einmal sozusagen belogen. Auch hörte er das alles nicht zum ersten Mal: Als er neulich in den Laden Bier kaufen gegangen war, hatte ihm Yon, die mitgekommen war, Ähnliches über Ploys Familie erzählt. Aber damals war Yon sehr betrunken gewesen und hatte allerlei Unsinn wie »Wo habe ich meinen Wagen geparkt?« geplappert, weshalb Leo sich das, was sie sagte, nicht zu Herzen nahm. Kwarn sprach weiter:

»Und Leo, Ploys Stiefmutter ist schon vor zwei Jahren an Tuberkulose gestorben. Eric ist damals anstelle von uns hingefahren, um einen Personalausweis machen zu lassen, und hat der Familie vor seiner Rückkehr die Kosten der Trauerfeier bezahlt.«

Kwarn ging zum Gesundheitsamt, um Lano zu sehen, deren Herz zwei Tage lang nicht geschlagen hatte, und Leo kam wankend ins Zimmer von Ploy zurück. Die Kette der Fragen biss sich sozusagen in den Schwanz: Warum hatte sie ihn belogen? Was war aus dem Geld geworden, das er ihr gegeben hatte, um ein Geschenk zu besorgen? Was hatte Ploy die drei Tage lang gemacht? Warum hatte sie ihm gesagt, er solle nicht vorbeikommen?

Ploy saß gerade mit Kai zusammen und sah sich mit ihr das astrologische Magazin an. Als Leo sich auf die Matratze setzte, kam Ploy näher und bat ihn um 100 Baht für Essen. Zwischen den leicht geöffneten Lippen blitzten ihre schönen weißen Zähne hervor. Mit so vielen Fragen im Herzen wollte er ihr nicht nahe sein. Ganz vorsichtig fing er an, die Geschichte, die er von Kwarn gehört hatte, aufs Tapet zu bringen: »Du, Ploy ...«

Das Lächeln auf Ploys Gesicht verschwand. Nein, es verschwand nicht nur das Lächeln. Sie wirkte grausam wie eine Schlange, die ihre Beute fixierte. Sie bejahte nicht und verneinte auch nicht. Stattdessen fragte sie:

»Kwarn ist nach Langem scheinbar wieder mal hier. Wo ist sie?«

Ohne Leos Antwort abzuwarten, ging sie nach draußen. Als ihr einen Augenblick später auch Kai zögerlich nachfolgte, konnte Leo, in dem es innerlich rumorte, nicht einfach ruhig sitzen bleiben und abwarten. Er stand auf und blickte um sich, da stach plötzlich eine blaue Flamme aus dem Kelch, der unter dem Foto des Königs stand. Die Flamme züngelte und tänzelte hoch, bis sie auf die Höhe einer Handspanne angewachsen war, und fiel dann in sich zusammen, als ginge sie ganz aus. Es sah fast so aus, als machte sie sich über Leo lustig.

Lissa kam mit einem bedrohlich klingenden Poltern ins Zimmer gestürmt. Sie sah drein, als wäre sie stolz darauf, eine schlechte Nachricht zu überbringen:

»Leo, etwas Schlimmes ist passiert! Ploy hat das Gesundheitsamt kurz und klein geschlagen. Kwarn wurde von ihr verprügelt.«

Und gleich darauf sprang sie mit demselben Poltern wie beim Hereinkommen wieder hinaus, als wäre es ihr vor allem um einen möglichst feurigen Auftritt gegangen.

Leo rann der Schweiß über den Rücken. Ploy hatte Kwarn also gefunden. Und sie hatten heftig gestritten. Als ihm klar wurde, dass all das wirklich so war, fühlte er sich wie eingesperrt im

Maul eines großen Tieres. Gleich würde er durch die rutschige Speiseröhre in den schwarzen Magen hinuntergeschluckt werden. Nein, er fühlte sich, als ob er erst jetzt bemerkte, dass er schon seit Langem im Bauch des Tieres war.

Ohne eine konkrete Entscheidung getroffen zu haben, fing er an, seine Sachen nacheinander in den Rucksack zu packen. Seine Arme zitterten. Er ging auf die Toilette, packte seinen Kulturbeutel, sammelte seine Schmutzwäsche auf und packte sie ebenfalls ein. Nachdem er mit den Fingern seinen Reisepass und seinen Geldumschlag ertastet hatte, die tief im Inneren des Rucksacks steckten, machte er den Reißverschluss zu und schwang ihn sich auf den Rücken. Sein Herz pochte heftig und das Gefühl war ein völlig anderes als jenes Herzklopfen, das er gehabt hatte, wann immer er Ploy gesehen hatte. Der Schweiß strömte wie Regen. Er musste sich schnell davonmachen. Auf leisen Sohlen trat er aus dem Zimmer.

Ausgerechnet in dem Augenblick, da er gerade die Treppe hinuntergehen wollte, begegnete er Ploy. Sie war dabei, langsam die Treppe hochzukommen, in der Hand eine Plastiktüte mit Eis. Sie blieb stehen und sah Leo an. Kai, die ein paar Schritte hinter ihr stand, wischte sich wiederholt mit dem Handrücken Tränen aus dem Gesicht.

»Du … hast mit Kwarn gestritten?«, fragte Leo.

Hätte er sie nicht zuerst angesprochen, er hätte diese schneidende Spannung nicht ertragen können. Das Herz wäre ihm zersprungen.

»Wer soll gestritten haben? Hat Lissa dir das erzählt? Glaubst du alles, was Lissa sagt?«, antwortete Ploy nur so. »Leo, geh bitte nicht. Lass uns heute zusammen trinken.«

Genau dieser Moment war Leos dritte und gleichzeitig letzte Chance, der Soi 16 zu entkommen. Es war klar, dass irgendetwas völlig schiefgelaufen war. Kwarn sagte, dass Ploy log, Lissa sagte, dass Ploy Kwarn verprügelt hatte, Ploy sagte, dass Leo Lissa nicht glauben sollte, und Kai weinte mit lachendem Gesicht. Es wäre richtig gewesen, nichts sehend, nichts hörend, niemandem glaubend, einfach wegzugehen von hier. Auf dieser so merkwürdigen Straße hätte er keinen Augenblick länger bleiben dürfen. Seine Klamotten und alles, was er sonst noch besaß, waren schon in dem Rucksack auf seinem Rücken. Genau in diesem Augenblick, in dem er bereit war wegzugehen, hätte er gehen müssen. Hätte er das getan, hätte er Ploy zwar lange Zeit vermisst, hätte aber normal weiterleben können, anstatt Schmerzen zu leiden, die sich in seine Knochen eingravierten.

Aber Leo wandte sich nach kurzem Zögern schließlich um und ging ins Zimmer zurück. Er nahm das Waschzeug aus dem Rucksack und brachte es in die Toilette, dann rückte er Geld für Alkohol und Getränke heraus. Damit waren alle drei Gelegenheiten vorüber, die ihm gegeben waren. Nunmehr konnte er Ploy nicht mehr entfliehen, bis dass der Tod die beiden schied – nein, es war eine mächtigere Kraft, die sie zusammenhielt und über die auch der Tod selbst keine Macht hatte.

Leo dachte, dass er seinem eigenen Willen folgend zu Ploy zurückgekommen war. Jedenfalls war es Ploy, die Fehler gemacht hatte, und die Entscheidung, weiter in ihrem Zimmer zu bleiben, war seine Art, ihr diese Fehler zu verzeihen. Deshalb dachte er, dass Ploy sich mehr als bisher um ihn kümmern würde, besser als früher mit ihm umgehen würde, und dass er sie anders als bisher auch mal schlecht behandeln könnte.

Das Gegenteil war der Fall. Ploy verlangte noch aufdringlicher als früher nach Geld, und wenn er einen Betrag nachrechnen oder korrigieren wollte, zeigte sie ihm gnadenlos die kalte Schulter. Dann bekam Leo es jedes Mal mit der Angst zu tun und hatte keine andere Wahl, als das Geld ohne weitere Verzögerung herauszurücken.

Er fragte sich selbst, ab wann es schiefgelaufen war. Aber weil er sich vormachte, dass er gehen konnte, wann immer er sich danach fühlte, fand er nicht die richtige Antwort. Hingegen wusste Ploy ganz genau, dass Leo sie nie aus eigenem Antrieb verlassen könnte und dass er, bis er diese Tatsache erkennen würde, ziemlich viel Geld und Zeit benötigen würde, daher beschloss sie, ihn mehr noch als früher einfach so zu behandeln, wie es ihr beliebte. Genau dieser Unterschied war es, der die Haltung der beiden zueinander ausmachte: der unruhige Leo erzählte Ploy von den seltsamen Vorlieben, die sie in ihrem früheren Leben gehabt hatte, und sagte auch mal einfache Sätze auf Thailändisch, die er sich mithilfe des Thailändisch-Lehrbuches beigebracht hatte. Ploy lächelte mitleidig und verlangte dann mit eiskalter Miene nach Geld.

Erst Mitte März wurde ihm klar, dass er nicht nach Afrika würde gehen können. Lange Zeit hindurch hatte er dies nicht sensibel genug wahrgenommen und es deshalb nicht ernst genommen. Wenn man das mit dem Tod verglich, war es kein schockierender Unfall, sondern mehr eine langweilige Alterserscheinung. Während Ploy auf der Toilette war, nahm er einen Geldbeutel, den er tief in seinem Rucksack versteckt hatte, heraus, und ging nach draußen. Auf der großen Sukhumvit-Straße wechselte er Geld und schaute kurz in Uwes Zimmer vorbei, trank dort ein Bier und kam zurück. Das Zimmer war verschlossen. Damit hatte er nicht gerechnet. Weil die dicke Eisentür immer halb offen stand, um für Lüftung zu sorgen. Da draußen kein Schloss hing, war die Tür anscheinend von innen versperrt. Das bedeutete, dass die Mieterin Ploy drinnen sein musste.

Er klopfte. Erst war ein Klappern zu hören, dann die Stimme von Ploy, die meinte, dass er kurz warten solle. Ihre Stimme klang munter und etwas höher als sonst. Sie ähnelte der Stimme an ihrem letzten Geburtstag, als sie mit dem Geld, das er ihr gegeben hatte, Kleidung einkaufen gegangen war.

Es war Yon, die ihm die Tür öffnete. Ploy war auf der Toilette. Zu sehen waren Kai, Lissa und der Kondomverkäufer Oddt, der seit ein paar Tagen der Analsex-Lover von Yon war. Sie saßen im Kreis und sahen verlegen drein. Oddt mit dem Spitznamen »Kleiner Scheißganove« machte mit geschlossenem Mund das Geräusch »Fafa Fafafa«. Um die Leuchtröhre herum stand Rauch in der Luft und ein besonderer Geruch lag im Zimmer.

Es roch ein wenig nach Vanille, aber auch nach dem Weihrauch im Tempel oder irgendwie nach Jasminseife. Nicht nach Zigaretten. Es war ein viel lieblicherer Duft.

Ploy kam mit tropfnassem Gesicht aus der Toilette. Nachdem sie Yon die Tür zuschließen hatte lassen, nahm sie, ohne zu zögern, den Papiertrichter in den Mund, den sie hinter Kais Rücken versteckt hatte. Sie zündete vorsichtig das Ende der Silberfolie, die man von Kaugummipapier abgezogen hatte, mit einem Einwegfeuerzeug, bei dem die Flamme auf klein gestellt war, an. Eine Rauchsäule stieg auf. Nachdem sie mithilfe des Papiertrichters einen kräftigen Zug davon eingesogen hatte, stieß sie den Rauch eine Weile später aus. Auf ihrem Gesicht breitete sich ein zufriedenes Lächeln aus.

»Ploy, was ist das?«, fragte Leo verlegen.

»Yaba«, antwortete Ploy gelassen. »Ein Mittel, das macht, dass man sich gut fühlt. Probier auch mal.«

Leo blieb der Mund offen stehen. Auch Yon, Kai, Lissa und Oddt blickten einander etwas unsicher an, nahmen dann aber den Papiertrichter gelassen in den Mund und zündeten mit dem Feuerzeug die Silberfolie an. Sogleich war das Zimmer von dem lieblich duftenden Rauch erfüllt. Es roch ein wenig nach Vanille, aber auch nach dem Weihrauch im Tempel oder irgendwie nach Jasminseife. Nicht nach Zigaretten. Aber es war der Geruch von verbrennendem Rauschgift.

Yon, die sich umsah, fächelte mit beiden Händen die Luft hin und her und sprach auf Leo ein.

»Wir dachten, dass du es nicht magst, deshalb haben wir bisher in Kais Zimmer geraucht. Aber das hier ist ganz leichter Stoff, das kannst du auch genießen. Ey, ist echt nichts Schlimmes. Du kannst auch mitmachen. Wir machen alle mit.«

Ploy ließ Yon aussprechen und sagte dann grinsend:

»Na ja, wenn du uns jetzt sagst, dass du es nicht magst, können wir auch nichts mehr machen. Nicht wahr?«

Wie konnte man so etwas denn zweieinhalb Monate lang verheimlichen? Weil Leo seiner Fähigkeit, in die Vergangenheit zu sehen, zu sehr vertraut hatte, glaubte er ohne jeden Zweifel, dass sich alles, was auf der Welt passierte, direkt vor seinen Augen abspielte. Aber da gab es vieles, das hinter den mit Rissen übersäten, brüchigen Gipspanelen in dem anderen Zimmer gleich unter dem dünnen Eisenzement, direkt hinter ihm, passierte. Zum Beispiel hatte Oddt, der neue Liebhaber von Yons After, Kai, die wegen ihrer Schwangerschaft einen runden Bauch hatte, viermal vergewaltigt, und davon einmal direkt neben Leo, der tief geschlafen hatte. Einmal passierte es, dass ein gut aussehender Mischling aus Spanien auf der Suche nach Ploy auf der Soi 16 umherirrte, achtzehn Stunden lang Tränen verströmend, bis er wegen völliger Erschöpfung ins Krankenhaus eingeliefert wurde. Gewöhnlich weinten sich die Männer zwanzig bis dreißig Minuten lang aus, ehe sie schließlich an der Hand einer Billigprostituierten, die ihnen anbot, sie zu trösten, auf ein Zimmer nebenan gingen. Dass die am Weihnachtstag gestorbene und nach der Tradition des Aka-Stammes verbrannte Som nach drei Wochen der Enthaltsamkeit wieder an Shans Seite zurückgekehrt war und dass sie ab und zu das eiserne Tor des Gesundheitsamts öffnete, eintrat und das stehen gebliebene Herz ihrer Tochter Lano fleißig massierte, und dass Lano dann stets wie jemand, der, beinahe ertrunken, wieder ins Leben zurückgekehrt war, eine Schöpfkelle voll klarer Flüssigkeit erbrach, wussten alle in der Straße. Leo war noch ein Fremder, der einstweilen noch keinen Zugang zu den gemeinschaftlichen Geheimnissen der Sukhumvit Soi 16 hatte.

Bevor der herrliche April begann, hörte Shan mit dem Rauschgifthandel auf. Dadurch, dass Lanos Lunge öfter voller Flüssigkeit war und ihr Herz zu schlagen aufhörte, wurde es immer beschwerlicher für ihn, herumzulaufen und Rauschgift zu verkaufen. Schließlich konnte er seine kleine Tochter nicht gut auf dem Rücken mit sich herumtragen, während er Drogen vertickte.

Stattdessen renovierte er sein Ladengeschäft für Vorhänge, in dem es von Motten nur so wimmelte, strich es innen komplett mit blauer Farbe und eröffnete einen Spielsalon. Auch mit diesem Spielsalon bewegte er sich am Rande der Legalität, zwei Croupiers aus Kambodscha waren damit beauftragt, Gewinne zu erzielen, und Shan konnte zu Uwe gehen, um mit ihm zu trinken, oder aber er blieb in seinem kleinen Hinterzimmer, wo er sich um seine – Lano mit eingerechnet – fünf Kinder kümmern konnte. Ab und zu, wenn Som zurückkam, machten sie Bumbum im Stehen, nachdem er eilig die Kinder aus dem Zimmer geschickt hatte. Die Leute sagten, es sei ein Glück, dass Som nicht mehr schwanger werden könne. Aber Shan mochte diesen Witz nicht besonders.

Auch an dem Platz, an dem die Nähmaschine gestanden hatte, konzentrierten sich die Leute jetzt mit zusammengekniffenen Augen auf das Glücksspiel, und weil das Schild noch genau dasselbe war und auch das Fenster mit dem aufgeklebten Farbmuster geblieben war, war es von außen betrachtet nur ein Vorhanggeschäft, in dem sich die Kunden drängten. Innen spielte man ganz selbstverständlich Spiele wie Poker, Blackjack und High Row, die man im Westen gern spielte, aber auch einheimische Spiele wie Toktem, Tomi, Somsip und selbst Münzenspiele wie Toissen oder Banpe, die die Grundschüler im Klassenzimmer spielten, was vor den Lehrern geheim gehalten werden musste. Weil das Ganze ohnehin illegal war, wurde nicht nur Minderjährigen Einlass gewährt, im Grunde hätte man auch einen Leguan mit Tuch um den Hals eingelassen, wenn er nur Geld bei sich gehabt hätte. Nur das ewige Glückskind Lissa hatte Hausverbot, ihr Hang zum Diebstahl war die offizielle Begründung, die Shan anführte.

Der Diebstahl war Lissas Hobby. Sie stahl nicht jeden Tag, sondern vor allem in der Zeit eine Woche vor und nach ihrer Periode. Sie stahl Geld und auch die Unterwäsche von anderen, vor allem aber war sie von den Plastikverschlüssen von Getränkeflaschen, Kosmetik- und Farbbehältern und Benzinkanistern besessen.

Als sie klein war, verkaufte ihre Mutter allerlei Plastikdeckel an einem Marktstand, den sie auf dem Nachtmarkt der armen Gemeinde Trat betrieb – genau zwischen Herrn Nut, der Tofu klein schnitt und frittierte, und Frau Dok, die mit den eigenen Fingern Erdnüsse abschälte und diese zu Portionen von je einer

Handvoll verkaufte. Lissas Mutter bot vor allem gebrauchte Waren an, und auch diese waren zumeist Dinge, die die kleine Lissa nach allen Richtungen ausschwärmend, irgendwo gestohlen hatte. Selbst wenn man einen Deckel mit einem stabilen Seil anhängte, war er spurlos verschwunden, sobald er Lissa unter die Augen gekommen war. Die naiven Nachbarn in Trat waren nicht böse auf sie, sondern wunderten sich nur darüber, wie die kleine Lissa das Diebesgut ohne ein Messer losgemacht hatte, und lobten sie sogar. Obwohl der Plastikdeckel auf der Toilette ganz fest mit dicken Schrauben fixiert gewesen war, wanderte er nach einer sachten Berührung flugs in ihre Tasche.

Nach Bangkok gekommen, legte Lissa diese schlechte Angewohnheit nicht ab, und so kamen die Bewohner der Soi 16 einmal alle zwei oder drei Monate ins Zimmer von Kai und schütteten die Box mit den Plastikteilen aus, die in der Ecke stand. Dann kamen dort Unmengen von Deckeln in den unterschiedlichsten Größen, Sorten und Farben zum Vorschein. Mitten in dem ganzen Tohuwabohu stand Lissa und schämte sich kein bisschen. Wenn sich die Leute in die Haare gerieten, weil sie sich nicht sicher waren, welcher Zahnpastadeckel ihnen gehörte, setzte sie einen frechen Gesichtsausdruck auf und sagte: »Teilen Sie bitte friedlich untereinander auf!«

Es war ganz klar, dass Lissa nichts peinlich war und dass sie keinerlei Schamgefühl empfand. In ihrer Seele wusste sie offenbar nicht einmal, dass in der Welt so etwas wie Scham oder Schüchternheit überhaupt existierte. Einmal verschwand das Geld, welches Kai für einen Arztbesuch beiseitegelegt hatte. Von der Situation her konnte es nur Lissa gewesen sein. Natürlich leugnete sie hartnäckig und gab vor, keine Ahnung von gar nichts zu haben, und da sie sich für unschuldig hielt, wurde sie weinerlich. Schließlich nahm ihr Ploy das Portemonnaie weg, und als sie es aufmachte, kam das Geld zum Vorschein, das in einen gynäkologischen Befund von Kai eingerollt war. Obwohl die Situation eindeutig war, rollte Lissa mit den Augen und erzählte gelangweilt, dass sie den Buddha darum gebeten habe, er möge ihr Geld zukommen lassen, damit sie mit einem Studenten der Thammasat-Universität in den Club gehen könnte – und vielleicht hätte der Buddha da etwas missverstanden. Der unschuldige Ausdruck auf ihrem Gesicht schien zu besagen, dass sie nicht log, sondern nur die Erinnerung an den Diebstahl auf wunderbare Weise vollständig aus ihrem Gedächtnis verbannt hatte.

Lissa wurde von niemandem, der sie kannte, wirklich gehasst. Als eine junge Prostituierte, die neu in Uwes Mietshaus eingezogen war, zu Lissa kam und sie wüst beschimpfte, nachdem ihr der Deckel einer von ihr sehr wertgeschätzten koreanischen Maniküre gestohlen worden war, vertrieben sie die Mitbewohner, die die Szene anfangs noch belustigt beobachtet hatten, schließlich unter Gewaltanwendung aus der Soi 16.

»Ich kann Lissa überhaupt nicht böse sein«, sagte Ploy irgendwann einmal. »Die ist doch einfach nur lustig!«

Das Gehabe, mit dem Ploy von Leo Geld verlangte, war sehr von oben herab, und wenn man es von außen betrachtete, sah es fast so aus, als verlangte sie etwas Ausgeborgtes von ihm zurück. Die Zeit war vorbei, in der sie sich sein Geld sozusagen in kleinen Häppchen einverleibte, oder Yon, Lissa oder Kai vorschickte. Die Summen, die sie begehrte, wurden immer größer, sie verlangte keine 20 Baht oder 100 Baht, sondern 300 Baht oder auch 500 Baht. Leo händigte ihr dieses Geld gleich aus und flüchtete dann, ehe ihm noch mehr genommen wurde, zu Uwe. Die unruhig gewordene Yon gab Ploy einmal den Rat, sich etwas einzubremsen, aber Ploy quittierte das mit einem Gesichtsausdruck voller Unzufriedenheit, der zu sagen schien, dass Leo ja weggehen konnte, wenn es ihm nicht passte.

So sah es aus: Wenn er wegging, würde es zu Ende sein. Es wäre innerlich eher eine Erleichterung. Es waren mehr als drei Monate vergangen, seit sie zusammenlebten, und Ploy begann zu fühlen, dass das Zusammenleben für sie unangenehmer geworden war. Anders als früher kümmerte sich Ploy oft um ihn, und es wurde häufiger, dass sie ihn fragte, ob er Hunger habe oder Bier trinken wolle. Wenn er ausging und als Grund angab, dass ihm langweilig war, wurde sie unruhig, weil sie nicht wusste, wo er hinging und was er draußen machte. Leo besuchte einmal täglich Uwe in seinem Zimmer oder Shan im Spielcasino, sonst ging er heimlich nach draußen oder schlich sich davon, wenn Ploy mit Kolleginnen zusammen Yaba oder Ganja rauchen wollte. Da sein Thailändisch, das er sich mit dem Lehrbuch selbst beibrachte, etwas besser wurde, konnte er beim Einkaufen im Laden oder beim Bestellen von Reisnudeln am Straßenimbiss statt Englisch sein armseliges Thailändisch benutzen, womit er die Leute zum Lachen brachte. Die Leute auf der Soi 16 mochten ihn immer lieber. Alle diese Veränderungen beunruhigten Ploy.

Es versteht sich von selbst, dass den Straßenprostituierten jede Zuneigung, die über ein bestimmtes »normales« Maß hinausgeht, unangenehm ist, und sie einer solchen Zuneigung daher aus dem Weg gehen. Egal, wie eindrucksvoll die Männer ihre süßen Liebesschwüre mit Tränen vermischt auch darbieten, die Prostituierten wünschen sich nur, dass sie das Bumbum möglichst schnell an ein Ende bringen und ihnen dann das Geld geben und verschwinden. Weil die Prostituierten nur zu gut wissen, dass es keine Männer gibt, die ihnen ihre Vergangenheit namens Prostitution tatsächlich vollständig verzeihen würden. Ob es die Männer nun direkt aussprechen oder nur vor sich hin murmeln, empfinden sie bei Prostituierten immer eine genetische Unreinheit, und meistens hat ihr herzzerreißendes Liebesgeflüster nur den Zweck, Geld zu sparen, welches sie als Freier jedes einzelne Mal zu bezahlen haben. Vielleicht aber wollen die Männer auch nur ihren Blutkreislauf in Schwung bringen, indem sie ihrem Herzschlag etwas Veränderung geben, oder aber sie sind von dem Zwang beherrscht, mehr zu erfahren, wollen den Grad der eigenen Attraktivität prüfen und dergleichen mehr. Was auch immer sie vorhaben, es sind immer die Frauen, die verletzt zurückbleiben, wenn eine Romanze zu Ende geht.

Für eine schöne und attraktive Prostituierte wie Ploy war die Versuchung, den Männern ihre Liebesschwüre zu glauben, immer existent. Aber seit Ploy in Phuket Patong Bangna einem alten Juden zum ersten Mal ihren Körper verkauft hatte, hatte sie niemals einem Mann vertraut oder gar einen geliebt. Allein der Gedanke, sich in die Obhut eines Mannes zu begeben, bereitete ihr Unbehagen und Ekel. Sie hatte sehr viel gesehen, von unschuldigen Kindern, die blutige Anfänger waren und noch nicht einmal wussten, wie man ein Kondom verwendete, bis zu den Prostituierten, die geschickt und hartnäckig waren und trotzdem irgendeinem nichtsnutzigen Kleinganoven verfielen und sich böse Verletzungen einhandelten und Selbstmord begingen. Sie hatte das alles nicht mitansehen können.

Weil sie einsam waren. Jia hatte das irgendwann einmal gesagt. Weil die Männer als Belohnung für das Miteinanderschlafen nicht nur Geld gaben. Sie gaben auch viel Schlimmeres mit.

Selbst Jia, die dem Liebeswerben von europäischen Männern mit teuren Sportwagen und großartigen Villen getrotzt hatte, war für immer von der Soi 16 weggegangen und einem plumpen Chinesen in seinen Vierzigern gefolgt. Und seither hatte man nichts mehr von ihr gehört. Man konnte es ihr nicht übel nehmen, aber Ploy dachte immer, dass es besser für Jia gewesen wäre, nicht zu gehen.

Ploy wollte sich selbst schützen. Vor der Einsamkeit und dem Wunsch, sich an andere anzulehnen, vor der Nichtbeachtung und den Beleidigungen der Halbgeschwister, vor dem Betteln und den Schuldgefühlen, die ihr von ihrer Stiefmutter eingeredet worden waren, und vor allem vor jenen Dingen, die ihr Selbstwertgefühl zerstörten und sie sich selbst verachten ließen, wollte sie sich schützen und ganz weit weg davon sein. Weil Jia in der Zeit, als sie noch in der Soi 16 gelebt hatte, so gewesen war, und weil nun Ploy in Jias Zimmer schlief, auf Jias Platz, und die Männer, die nach Jia gesucht und wegen ihr geweint hatten, heute nach Ploy suchten und wegen Ploy weinten.

Deshalb musste Leo sie verlassen, ehe es zu spät würde. Sie war froh, dass er keine kindische Anhänglichkeit zeigte wie die anderen Nichtsnutze. Er biederte sich nicht auf so peinliche Art an wie andere, die ihr schworen, alles für sie aufzugeben, und er stürzte sich nicht schluchzend auf sie. So gesehen machte er unerwarteterweise den Eindruck eines Mannes, der die Lage relativ rasch begriff.

Aber das war nicht die ganze Wahrheit. In den Visionen des früheren Lebens, die er so oft vor sich sah, berührte, fühlte, leckte er Ploy, die seine Ehefrau war. Und dann, wenn die Vision plötzlich verschwunden war, sah er Ploy diesmal als Straßenprostituierte, die auf dem vor Schmutz schwarz gewordenen Betonboden hockte und ihre Fingernägel pflegte. Es war nicht, weil er eine schlaue Rechnung angestellt hatte und lieber auf ihre Liebe verzichtete, oder weil seine Zuneigung zu ihr schwächer wurde. Er zögerte vielmehr, weil er nicht wusste, welche von den zwei Seiten der Medaille er wählen, wie er sie behandeln sollte. Das war das Problem, das ihn überforderte. Das war es, was ständig an seinem Geist nagte.

Anfangs trank er Bier. Aber da er viel vertrug, fühlte er sich voll, bevor er betrunken wurde. Dass er den billigen Rum-Whiskey SangSom trank, hatte sich wie von selbst ergeben. Während er von SangSom schneller einen Rausch bekam, war ihm der Geruch des Getränks, das außerdem am nächsten Tag für einen ziemlichen Kater sorgte, zu stark. Aber genau diese negative Wirkung, die Schmerzen, welche der Körper nach dem Trinken erdulden musste, brauchte Leo so notwendig wie den schnellen Rausch. Wenn er von zwanghaften Gedanken gequält wurde und sein Blut so heiß wurde, dass er es nicht mehr aushalten konnte, fühlte er sich stets ein wenig besser, nachdem er mit SangSom seinen Körper überanstrengt hatte. Der Rum floss die Speiseröhre entlang ins Körperinnere, ihm wurde heiß, und wenn sein Bewusstsein immer mehr verschwamm und er schließlich nicht einmal mehr in der Lage war, den Kopf zu heben, spürte er, wie er auf angenehme Weise betrunken wurde, und hoffte vage darauf, ein wenig später von allem Karma, das ihn – egal, ob als seine Ehefrau, die Prinzessin in Indien oder als eine Prostituierte in Sukhumvit – quälte, befreit in die Höhe aufzusteigen und irgendwo an einem friedlichen Ort des Überflusses zu landen.

9

Wir alle hängen am »ersten Mal«. Für Kwarn war Ploy die erste Freundin, die sie in ihrem Leben hatte. Wie kalt sie von Ploy auch behandelt wurde, konnte Kwarn Ploy doch nicht hassen. Ploy trug immer noch jene 100 Baht bei sich, die sie für ihr erstes Mal in Phuket bekommen hatte. Denn ihr Leben hatte sich dadurch, dass sie diesen Geldschein bekommen hatte, vollständig geändert. Lissa erinnerte sich so klar, als ob es gestern gewesen wäre, daran, wie sie zum ersten Mal in den Nachtclub gegangen war. Vor lauter Sorge darüber, ob es in Ordnung wäre, die Musik derart laut aufzudrehen, kam ihr gar nicht in den Sinn zu tanzen und sie befingerte nur den Penis des jungen Finnen, der neben ihr saß. Der Schauder, den Shan empfand, als er im hinteren Arbeitszimmer seines Vorhangladens zum ersten Mal mit der vom Akai-Volk stammenden Prostituierten Som Geschlechtsverkehr hatte, hatte sich tief in jeden seiner Knochen geprägt. In seiner Ekstase, in der er meinte, seine Seele würde direkt in den Himmel auffahren, dachte Shan, das Allerwichtigste auf der Welt wäre, sie zu heiraten. Yon erinnerte sich an den Anblick von Ploy an dem Tag, als sie zum ersten Mal auf der Soi 16 erschien, die weinerliche Kwarn an der Hand haltend unter der Markise eines Ladens stand und, wie sie so in der Gegend umherschaute, einen erbarmungswürdigen Anblick bot. Der Grund, warum Yon sich darum bemühte, Leo zu helfen, wann immer sich Gelegenheit dazu bot – auch wenn sie damit zumeist das Gegenteil dessen bewirkte, was sie bewirken wollte – war, dass der Eindruck von Leo, als sie ihn zum ersten Mal sah, dem Eindruck von Ploy, wie sie war, als Yon sie vor sieben Jahren zum ersten Mal gesehen hatte, sehr ähnlich war. Kai war zum ersten Mal schwanger, und weil sie bald entbunden werden sollte, war ihr Bauch kugelrund. Jeder, der vorüberging, machte denselben dummen Scherz und sagte: »Hi Kai, wächst dein Khai gut?« Zwar ging Kai noch jeden zweiten Tag zur Station Nana und prostituierte sich, weil sie Geld für ihre Arztbesuche benötigte, mit Alkohol, Zigaretten und Yaba jedoch hörte sie auf. Weil sie ein gesundes Baby zur Welt bringen wollte, aß sie alles und ernährte sich vielseitig und nahm auch regelmäßig die Vitamine, die Kwarn für sie gekauft hatte. Trotzdem magerte sie Tag für Tag ab. Als der Entbindungstermin auf fünf Wochen herangerückt war, war ihr an sich schon magerer Körper nicht mehr schön anzusehen. Alle drei, vier Tage schaute sie im Gesundheitsamt vorbei, um sich Glukoseinjektionen geben zu lassen, aber die Behandlung zeigte keine Ergebnisse. »Beim ersten Mal ist das eben so«, meinte Som, die gerade im Gesundheitsamt das erneut aussetzende Herz von Lano massierte, als ob das alles nicht so dramatisch wäre, aber die Worte einer Frau, die sofort nach der Geburt ihres Kindes gestorben war, waren für Kai kein besonderer Trost. Außerdem wusste auch Som, dass es Kai anders als ihrer Tochter Lano, deren Herz wieder lebhaft schlug, nachdem sie eine Schüssel voll klarer Flüssigkeit erbrochen hatte, bestimmt war, bald zu sterben.

Am ersten Tag des thailändischen Neujahrsfestes Songkran, an dem sich alle wie von Sinnen den Wasserspielen hingaben, rauchte Leo zum ersten Mal Yaba. Weil Ploy, die mit der Zeit immer schamloser wurde, die Droge jeden Tag zwei- bis dreimal, an schlimmen Tagen sogar fünf- bis sechsmal konsumierte und Leo jedes Mal dazu zu überreden versuchte mitzumachen, fiel es ihm immer schwerer abzulehnen. Immer wenn sie Yaba rauchte, sperrte sie die Tür ab und schaltete auch den Ventilator aus, damit der Rauch nicht verweht wurde. Bewusst oder unbewusst, sie rauchte mittlerweile jedenfalls eine ziemlich große Menge der Droge.

Leo nahm eine der kleinen roten Yaba-Tabletten, auf deren einer Seite ein Y eingraviert war, fest in die Hand und gab sie ihr dann zurück. Ploy gab Leo den mit ihrem eigenen Speichel gerollten Papiertrichter und teilte dann die Yaba-Tablette mit geschickten Handgriffen in vier Teile und legte einen davon auf ein Stück Silberfolie, das sie von Kaugummipapier abgezogen hatte. Anschließend zündete sie mit ihrem auf kleine Flamme eingestellten Feuerzeug das untere Ende des Silberpapiers vorsichtig an, sodass eine Rauchsäule aufstieg. Leo atmete den Rauch durch den Papiertrichter tief ein und hielt den Atem an. Der Rauch war nicht so scharf, wie er gedacht hatte, aber sein Gesicht glühte und sein Herz schlug heftig. Beim Ausatmen kurz darauf kam der Rauch nicht wieder heraus, vielleicht weil er samt und sonders an der Lunge festklebte.

Nachdem Leo einen kleinen Schluck von dem Wasser getrunken hatte, das ihm Lissa übers ganze Gesicht lächelnd gereicht hatte, neigte er seinen Kopf wieder in Ploys Richtung und atmete den Rauch ein. Alles drehte sich vor seinen Augen. Er meinte unterhalb seines Ohrs Blut ausfließen zu hören. Nachdem er wieder einen kleinen Schluck Wasser getrunken hatte, war Ploy schon dabei, erneut die Silberfolie anzuzünden. Als er »Moment, Moment!« sagte, stieg der teure Rauch schon auf, deshalb nahm er eilig den Trichter zwischen die Lippen und atmete ein. Würde er ihn nicht einsaugen und würde auch der Ventilatorwind nicht wehen, auf wie viele Kubikmeter würde sich dieser Rauch verteilen? Ihm wurde eng in der Brust. Zugleich fühlte er sich innerlich wohler. Wie viele dieser Tabletten konnte man beim Kauf mit einer Hand fest umfassen? Was, gehen wirklich nur wir beide? Als ihm die Kraft in den Schenkeln auf einmal verloren ging, strauchelte er und fiel auf einen Heuhaufen. Mit knapper Not schaffte er es, den Kopf zur Seite zu drehen, ehe sich die Halme in seine Augen bohrten. In der Ferne brannte es lichterloh auf dem Baumwollfeld. Daneben arbeiteten zahlreiche Menschen, die alle weiße Kleidung und schwarze Kopftücher trugen, ungerührt weiter. Wie konnte man den Feuerausbruch trotz der Hitzeentwicklung nicht bemerken? Arbeiteten sie denn mit so großer Hingabe? Irgendjemand kam wie von Sinnen herausgesprungen. Er schwang beide Arme gleichförmig und schrie: »Gefahr in Verzug! Weglaufen!« Leo bekam es mit der Angst zu tun, es lief ihm eiskalt über den Rücken, also wandte er sich talwärts. Sein Rücken und sein Hinterkopf schmerzten stark. Es schien bereits alles in Flammen zu stehen. Was soll das, so endet es also? Alles ist eitel. Völlig eitel. Eine weit entfernt scheinende Wolke, die sich weit ausgebreitet hatte, zog sich wieder zusammen. Und sie formte das Gesicht einer Person. Es war Ploy. Sie starrte auf Leo hinunter, der auf den Boden gefallen dalag. Mit einem Zungenschnalzen sagte sie:

»Na, du wirst ja schnell breit.«

Leo hatte nicht begonnen, Yaba zu konsumieren, um vor Ploy gut dazustehen, sondern es war seine eigene Methode, seine Verzweiflung auszudrücken. Er fragte sich, was er in diesem schmutzigen Zimmer auf den Boden hingestreckt eigentlich machte, was er machen musste, was er machen konnte, aber zwischen ihm und all diesen Antworten schien der Yaba-Rauch zu stehen. Im Zustand der Betäubung trank er Alkohol, bis er völlig hinüber war, und quatschte mit den Prostituierten und machte Witze. Es war normal, dank Yaba drei, vier Tage lang nicht schlafen zu müssen, und einmal legte er sich gar über eine Woche lang nicht hin. Weil er kein Essen zum Mund führen konnte, trank er unentwegt Wasser oder SangSom-Whiskey. Beim bloßen Gedanken daran, etwas in den Mund zu führen, langsam zu zerkauen und zu schlucken, verspürte er Brechreiz. Er war schnell gekränkt, obwohl es eigentlich nur Kleinigkeiten waren, fühlte sich müde und einsam. Mit seinen Augen sah er plötzlich überscharf, konnte ganz deutlich Blatthornkäfer von der Größe eines großen Zehs an der Wand und am Boden kriechen sehen, sah Küchenschaben und Ameisen, Mücken und Nachtinsekten wie Nachtfalter. Die Küchenschaben entdeckte man meist tot an schwer einsehbaren Orten, andere Insekten aber starben auf Leos Bauch, als dieser ruhig dalag. Als wollten sie ihn darum bitten, ihren Tod zu beobachten und sie nicht zu vergessen.

Die Monsunzeit begann und wegen der andauernd niedergehenden Regenschauer konnten die Prostituierten nicht arbeiten gehen. Nur Lissa lief hektisch hin und her zwischen der Station Nana und der Soi Cowboy, zwischen Patpong und Lumphini, und es war ihr egal, ob sie sich erkältete oder nicht. Die in Uwes Haus wohnenden Prostituierten versammelten sich in Ploys Zimmer und spielten Karten um Kleingeld oder sogen, nachdem sie die Tür verschlossen hatten, Yaba-Rauch ein.

Seitdem Shan kein Rauschgift mehr verkaufte, bekam Ploy ihre Drogen nicht mehr auf Kredit. Bis vor einem Monat hatte sie jeweils fünf oder zehn Stück mitgebracht und ihre Schulden später mit Leos Geld beglichen, nun aber war ohne Bargeld nichts zu machen. Weil diese Veränderung sie in ihrem Selbstwertgefühl verletzte, ging sie dazu über, öfter als früher größere Mengen Yaba auf einmal einzukaufen. Als eine natürliche Konsequenz wurde auch Leos Geld von Tag zu Tag weniger. Nun blieben ihm nur noch zwei Umschläge zu je 300 Dollar.

Eines Nachts, als er vom SangSom-Whiskey sehr betrunken war, verlautbarte er mutig, von seinem Geld kein Yaba mehr kaufen zu wollen. Dann wartete er Ploys Reaktion ab.

Ohne etwas zu erwidern, ging Ploy augenblicklich daran, sich zu schminken. Nachdem sie sich auch noch umgezogen hatte, ging sie mit zwei schrecklich aussehenden Prostituierten, die im ersten Stock wohnten, und Yon, der, was Hässlichkeit betraf, wohl in ganz Südostasien niemand den Rang streitig machen konnte, nach draußen. Niemand verlor ein Wort darüber, wohin sie gingen und wann sie zurückkommen würden.

Leo hielt es nicht länger als eine Minute allein aus. Vor seinem geistigen Auge sah er, wie Ploy mit durchtriebenen Männern einen Preis aushandelte. Auch das Gesicht seiner Ehefrau von vor über fünfhundert Jahren drang ständig in die Gegenwart herein. Es war die Frau, die den Königshof und ihre Familie verlassen hatte und ihm bis an den Fuß der Berge gefolgt war. Mein Gott, was habe ich gemacht! Leo schlug sich mit seinen beiden Händen auf die Backen. Er nahm einen 1.000-Baht-Geldschein aus seinem Rucksack heraus und sprang aus seinem Zimmer nach draußen.

Die Nacht auf der Soi 16, auf der es böig regnete, war stockfinster. Es war kurz nach Mitternacht, auf der Straße war niemand mehr zu sehen. Leo sah sich kurz um, visierte die große Sukhumvit-Straße an und rannte einfach drauflos. Auf dem matschigen Boden spritzte das Wasser in alle Richtungen, er war augenblicklich von oben bis unten nass. Er lief am Schweinestelzen-Esslokal vorüber, und als er die Stelle unter der

Laterne in der Nähe des Haarsalons erreichte, riss der Riemen an seinen Flip-Flops. Er stürzte, schlug hart auf und bekam eine ganze Menge schmutziges Wasser in den Mund. Hätte das Wasser scharf oder salzig geschmeckt, wäre ihm das lieber gewesen, es schmeckte aber ausgerechnet süß und fettig. Leo spuckte die untere Hälfte einer zerschnittenen Maus, Klumpen eingetrockneter Hundescheiße und mit reichlich Austern gekochte Essensreste aus und fluchte lauthals. Nachdem er zahlreiche Schimpfwörter in die Nacht hinausgeschrien hatte, schlug er auch noch mit der Faust auf den Boden ein.

Lange konnte er hier so nicht sitzen bleiben. Während er sich für sich allein zum Narren gemacht hatte, hatte es unmerklich aufgehört zu regnen, und nun schien ihm selbst das Siebengestirn am Himmel, an dem die Wolkendecke aufgebrochen war, lästig. Er wischte die blutende Faust am Oberschenkel ab und hob seine Flip-Flops auf. Beim bloßen Gedanken daran, dass Ploy einem Fremden folgend in ein Hotel gegangen wäre, wurde ihm schwarz vor Augen. Als er hinkend an der Gasse vorüberkam, in der sich der Eiswürfelladen befand, begannen zu seiner Linken an einem langen einstöckigen Gebäude, das scherzhaft *Nueng Thaeo* genannt wurde, eins nach dem anderen die Lichter anzugehen. Es war das Quartier für die niederklassigen Prostituierten, die tageweise Miete bezahlten, ein durch Zwischenwände, die in je drei bis vier Metern Abstand zueinander quer zur Straße aufgestellt waren, unterteiltes Gebäude, dessen Vorderseite zur Straße hin bis auf ein metallenes Gittertor vollständig offen war. Da es aufhörte zu regnen, bereiteten sich die Bewohner des Gebäudes darauf vor, zum Geschäftemachen auszugehen.

Leo ging dicht an die Wand der gegenüberliegenden Straßenseite gedrängt, um in seinem abgehalfterten äußerlichen

Zustand nicht erwischt zu werden. Es gab Prostituierte, die sich allein schminkten, aber es waren nicht viele, den meisten halfen die Männer, die mit ihnen zusammenlebten. Diese Männer waren keine Zuhälter. Die Straßenprostituierten der Soi 16 hatten keine Zuhälter nötig. Das Letzte, was diese zur untersten Klasse gehörenden Prostituierten, die in der Sackgasse ihres Lebens angekommen waren, noch in ihrer Hand hatten, waren solche Männer, die außer ein wenig Körperwärme nichts mehr anzubieten hatten. Leo saß vor dem heruntergelassenen Rollladen des Eiswürfelgeschäfts und sah sich das bunte Treiben gedankenverloren an: Da war ein Mann, der die Augenbrauen seiner Freundin, die kurz ihr Glasauge herausgenommen hatte, mit Mascara nachzog, und ein anderer, der eine rote Brandwunde an der Wange seiner Geliebten mit bunter Schminke übermalte. Da war ein weißhaariger Greis, der die schrumpeligen Lippen einer Alten mit knallrotem Lippenstift schminkte. Sie alle waren mit ernster Miene bei der Sache, taten mit Liebe gerade das, was sie jeweils am besten konnten, sei es nun, dass sie ihre Lippen aufeinanderpressten oder die Augenbrauen hochzogen, den anderen ab und zu zärtlich in die Wange kniffen oder ihm Zärtlichkeiten ins Ohr flüsterten.

Da hörte Leo jemand seinen Namen rufen.

»Was machst du denn hier?«

Leo sprang auf. Es war Ploy. Ploy war nicht zur Station Nana gegangen. Die Reue, sie verdächtigt zu haben, versetzte ihm einen Stich in die Brust. Eilig reichte er ihr den zerknitterten 1.000-Baht-Schein.

»Nimm das.«

Aber Ploy schaute nur apathisch darauf hinunter und nahm das Geld nicht. Stattdessen nahm sie eine dunkelviolette Frucht aus der Plastiktüte, die sie in ihrer Hand trug.

»Ich habe dir Mangostanen gekauft. In Korea soll es die nicht geben.«

Während er an ihrer Seite ins Zimmer zurückging, gestand er sich ein, dass er besiegt war. Er war vollständig besiegt. Er hatte nun keine Wahl mehr. Wenn Ploy von ihm verlangte, nach draußen zu gehen und zu sterben, musste er sterben. Wenn sie verlangte, Methamphetamin zu nehmen, musste er sich die Spritze in seinen mit einem Gummiband abgebundenen Unterarm setzen. Wenn sie von ihm verlangte, dass er sich mit ihr prostituierte, musste er sich das Arschloch auswaschen und mit ihr zur Station Nana hinauslaufen. Er fühlte sich in die Enge getrieben. Die Tränen, die er bis jetzt unterdrückt hatte, brachen hervor. ›Das ist das Ende meines Lebens.‹ Als er klein war, hatte er Wissenschaftler werden wollen, wie Einstein.

»Hey, Leo!«, sprach ihn Ploy von hinter seinem Rücken her an, als sie die Treppen des Wohnhauses hinaufstiegen.

Er wischte sich die Tränen ab und antwortete: »Mmmh.« Er wischte und wischte, aber es nützte nichts, die Tränen flossen weiter, sodass er Ploy nicht sehen konnte. Sie stand jenseits der trüben Tränen.

»Kannst du mich eigentlich verstehen?«, fragte Ploy.

Leo ging wortlos weiter die Treppe hoch. Wer so fragte, erwartete eine ganz bestimmte Antwort. Verstanden werden zu wollen, war ein Grundinstinkt des Menschen. Wie viel Mühe hatte sich Leo bis jetzt gegeben? Wann immer er bei ihr war, sah er nur sie und dachte nur an sie. Er schaute sich abwechselnd das frühere Leben und die Realität des Hier und Jetzt an und machte sich Gedanken und litt Schmerzen. Und nun fragte Ploy ihn, ob er sie verstehen könne.

Er stieg die Wendeltreppe hinauf und weiter hinauf und weiter hinauf, und als er im zweiten Stock angekommen war, blieb er stehen. Heftig schüttelte er den Kopf und antwortete in gebrochenem Thailändisch:

»Nein. Ich kann nicht verstehen. Tut mir leid.«

Ploy machte leise »Hmmmh.« Vorsichtig, als fürchteten sie auszurutschen, gingen sie über den Flur. Gerade als Leo den Knauf der Zimmertür drehte, legte Ploy ihre Hand auf seine Schulter. Und sie tätschelte ihn zwei-, dreimal.

»Lass uns reingehen.«

Ihre Stimme klang unerwartet ruhig und sanft und gab ihm sogar ein Gefühl von Wärme, sodass Leo einen leichten Schwindel fühlte.

»Hasse sie nicht zu sehr!«, sagte Uwe mit seiner fliegenden Stimme. Die fliegende Stimme des dicken Uwe war seine Stimme, wenn er völlig betrunken war: eine dünnere, höhere und arrogantere Stimme als gewöhnlich.

»Ich weiß, wie sie es bis hierher geschafft hat. Wäre sie ein normales Mädchen gewesen, wäre sie längst unter der Erde.«

»Warum denkst du, dass ich Ploy hasse?«, fragte Leo und berührte das lauwarm gewordene Glas, in dem alle Eiswürfel vollständig geschmolzen waren.

»Sie hatte keine andere Wahl. Es ist ein Fluch, arm zu sein und eine Frau zu sein. Eine arm geborene Frau wie Ploy lebt unter einem zweifachen Fluch. Natürlich ist es ein dreifacher Fluch, wenn man wie Yon auch noch mit einem zerdrückten Gesicht geboren wird.«

Der in unangenehmer Haltung in der Ecke liegende Shan lachte kurz auf.

»Warum hasse ich Ploy?«, fragte Leo noch einmal. »Na, Uwe?«

»Du und ich, wir sind Männer. Wir können diesen Fluch auf ewig nicht verstehen. Deshalb sag bitte nicht, dass du verstehst. Auch Ploy sag bitte nicht, dass du sie verstehst. Das ist ein Wort, welches alle Prostituierten schmutzig finden.«

»Was hat das damit zu tun, dass ich Ploy hasse?« Ihm fiel die Nacht vor drei Tagen ein, in der es so furchtbar heftig regnete – und das beim Treppensteigen geführte Gespräch mit Ploy. Auch die warme Hand, die kurz auf seiner Schulter lag.

»Ich bin ein Mann, ich hab Geld. Gott sei Dank! Wenn ich kein Geld hätte, hätte ich auch keine andere Wahl, als meinen Körper zu verkaufen. Wie du siehst, bin ich nicht in der Lage, nach draußen zu gehen, also würde ich Songruon darum bitten, Flugblätter mit meinem Foto zu verteilen. Dann würden die Männer, die scharf auf meinen Hintern sind, sich die Adresse ansehen und vorbeikommen.«

Während er das sagte, schlug er sich zweimal auf sein drei Meter breites Gesäß. Der faulige Gestank nach Elefantenleiche stieg langsam auf. Shan hielt sich die Nase zu und kicherte.

»Mein Gott, Uwe!« Leo wich nach hinten zurück und schrie: »Ich sterbe vor Ekel!«

Die Eltern von Kai hatten sich dreimal getrennt und waren dreimal wieder zusammengekommen. Als sie sich zum zweiten Mal getrennt hatten, war Kai noch ein Baby gewesen. In dem Jahr, in dem Kai sieben Jahre alt wurde, begegnete sie ihrer Mutter wieder und lebte von da an wieder mit ihr zusammen. Der Ort, an dem das Wiedersehen stattfand, war der Strand von Pattaya, an dem gelber Schaum auf dem Meerwasser trieb. Kai saß gerade mit ihrem Vater unter einem Sonnenschirm, als sich von ferne sehr gemächlich zwei Frauen näherten.

»Was glaubst du, wer von den beiden ist deine Mutter?«, fragte der Vater.

Kai war es peinlich, dass sie sich überhaupt nicht an ihre Mutter erinnern konnte. Aber wenn sie sich die beiden so ansah, wünschte sie sich, dass die etwas hübschere Frau links ihre Mutter wäre, und irgendwie schien sie es auch zu sein.

Kai antwortete: »Äh, ich … die Linke!«

Ihr Vater stand auf und klopfte sich den Sand von der Hose. Er ging zu der linken Frau und umarmte sie heftig, ungeachtet der Blicke, die er dadurch auf sich zog. Kai hatte recht gehabt. Die Frau war ihre Mutter. In den sechzehn Jahren ihres kurzen Lebens war dies der einzige Moment, in dem Kai wirklich Glück empfunden hatte und fühlte, dass sie wirklich lachen wollte. Sonst war alles für sie ärgerlich, bedrückend und traurig gewesen.

Während der Entbindungstermin näherrückte, wurde Kais Körper dürr wie trockener Stockfisch und sie war nicht mehr in der Lage zu laufen, daher nahmen die Prostituierten der Soi 16 sich ihrer an. An einem einzigen Tag kamen sechs bis sieben Personen, um Kais Gesichtsfarbe zu mustern. Weil sie aber immer dasselbe lächelnde Gesicht machte, konnte man allein von ihrem Äußeren her nicht erahnen, welch schlimme Schmerzen sie litt. Mit von Songruon ausgeborgtem Geld besuchte sie einmal eine große gynäkologische Praxis in Siam, aber es endete damit, dass man ihr, nachdem man ihre Körpertemperatur gemessen hatte, den Nutzen von für sie nicht leistbaren teuren Vitaminpräparaten erklärte. Von denen, die da in ihren blitzsauberen Ärztekitteln steckten, wollte sich keiner um die jugendliche schwangere Prostituierte kümmern. Tatsächlich war «Khai«, das Ei, das sie ausbrütete, schon tot. Und es war dabei, langsam die eigene Mutter zu töten.

Die Prostituierten teilten ihre Einnahmen mit Kai und kauften ihr Brei und kauften ihr auch Nahrungsergänzungsmittel in blauen Kapseln und kauften ihr das neueste Horoskop-Magazin. Aber Kai wurde noch dünner und glich in ihrer Abgezehrtheit bald einem Bambusbaum, und ihr Atem ging auch an gewöhnlichen Tagen nicht mehr regelmäßig. Es tat einem im Herzen weh, sie, immer wenn sie einschlief, mit trauriger Stimme brabbeln zu hören. Auch schwoll ihre Zunge auf ein Mehrfaches ihrer ursprünglichen Größe an, daher konnte sie bald außer sehr dünn gekochtem Speisebrei nichts mehr zu sich nehmen. Gewöhnlich erbrach sie auch den Brei binnen weniger Minuten.

Kai starb am zweiten Mittwoch im Monat Mai an einem Morgen, an dem es ohne Unterlass wie aus Eimern schüttete. Weil Kai im Sterben in die Luft gestarrt und dabei Tränen vergossen hatte, waren ihre Augen noch nass, als Leo sie schloss. Noch im Tode war ihr Gesichtsausdruck ein freundlicher.

Während Ploy zusammen mit Yon einen Bestattungsunternehmer holen ging, bewachte Leo den Leichnam, der bereits hart wie Brennholz geworden war. Die Zeit verrann langsam und die Luft im Zimmer war zum Ersticken schwer. Als Kai spät in der vergangenen Nacht am Ende einer langen Bewusstlosigkeit kurz zu sich gekommen war, war gerade nur Leo bei ihr gewesen. Kai hatte Leo gedankenverloren angeblickt und auf Englisch mit einer Stimme, dünn wie ein Seidenfaden, gesagt:

»I don't want to die, please take me with you to Korea.«

Ohne ihm Zeit für eine Antwort zu lassen, hatte sie langsam die Augen geschlossen. Und zwei, drei Stunden später war sie im Beisein aller erwacht und hatte, von Zuckungen geschüttelt, in den leeren Raum hinausgewimmert und war dann gestorben. Leo hatte es nicht fertiggebracht, mit irgendjemandem darüber zu sprechen, was Kai ihm gesagt hatte. Er hätte das Gefühl gehabt, sich zu versündigen, wenn er es nicht für sich behalten hätte. Da er am ganzen Körper schwitzte, hätte er gern wenigstens einen Schluck Wasser getrunken, aber wie er so dastand, wagte er es nicht, sich zu bewegen. Der geschwollenen Zunge wegen stand Kais Mund weiter offen als gewöhnlich. Sie schien sich nur zum Spaß totzustellen. Und während sie sich diesen Spaß erlaubte, schien sie ein Lachen nicht unterdrücken zu können. Der über die Wangen abwärts laufende Schweiß tropfte auf den Boden und machte dabei ein winziges Geräusch.

Von draußen war ein Poltern zu hören und plötzlich stand Lissa im Zimmer. Sich hinter Leos Rücken versteckend, blickte sie Kai ein paarmal verstohlen an.

»Ist sie gestorben?«

Auf Lissas Frage nickte Leo mit dem Kopf. Kai war gestorben. Allzu leicht war sie gestorben. Was sie hinterließ, passte in einen kleinen Rucksack. Es war schwer zu fassen, dass ein Leben diese Welt so leicht verlassen konnte.

Hinter Leos Rücken zitterte Lissa am ganzen Körper. Als er sich zu ihr umblickte, sah sie verlegen drein, weil sie nicht wusste, was für einen Gesichtsausdruck sie machen sollte. Irgendetwas tropfte rhythmisch auf den Boden und spritzte bis auf Leos Fußrücken. Lissa machte sich gerade in die Hose.

»Lissa«, sagte Leo und klopfte ihr sanft auf die Schulter. Da seine Stimme sehr rau klang, schien es, als hätte nicht er selbst, sondern ein anderer gesprochen.

»Lissa, deine Freundin ist gestorben. Du darfst weinen.«

Lissa schlug die Hände vors Gesicht und rannte auf die Toilette. Und sie kam lange nicht wieder heraus.

Selbst Yon, für die es unter der Sonne keine andere Bezeichnung gab als »Katastrophenkind«, zeigte im Angesicht von Kais Tod, dass sie das Gewicht eines solchen Schicksalsschlages mitzutragen verstand. Yon besprach mit dem Bestattungsunternehmer den Ablauf der Bestattung und verbreitete nach dem Abtransport der Leiche die Nachricht von Kais Tod. Es war schon nach Mittag, als man nach längeren Bemühungen endlich auch Kais Mutter erreichte. Weil sie sich für ihre Tochter aber eine Feuerbestattung in Pattaya wünschte, cancelte Yon den Vertrag mit dem Bestattungsunternehmer und suchte nach einem Weg, den Leichnam von Kai dorthin zu überführen. Weniger als drei Stunden später war Kai als Teil der Ladung eines Speiseeistransports nach Pattaya unterwegs. Weil Ploy von dem Ereignis so schwer getroffen war, dass sie die Sprache verloren hatte, wären alle diese Dinge unmöglich gewesen, wenn Yon nicht gewesen wäre.

Der Abend stand im Zeichen der gemeinschaftlichen Trauer um Kai: alle Prostituierten, von den hochnäsigen Hochklassigen bis zu jenen der untersten Klasse aus dem Nueng Thaeo genannten Gebäude, die für ein Päckchen Zigaretten die Beine breit machten; vom Schweinestelzen-Esslokal am Anfang der Straße bis zum Fluss an ihrem anderen Ende im Süden; von der kleinen Lano, deren Herz langsam zu einem richtigen Muskel heranwuchs, bis zur Klebereis verkaufenden Alten, deren Tage schon fast gezählt waren; sogar bis zum Geist von Som, die ab und zu erschien, weil sie neugierig war, wie es ihrer Familie erging: Alle Frauen von der Sukhumvit Soi 16 wischten sich die Schminke vom Gesicht, zogen sich schwarze oder weiße Kleidung an und trauerten um Kai. Der Umsatz von alkoholischen Getränken ging zurück und im näheren Umkreis von Uwes Wohnhaus hörten die Prostituierten ganz damit auf, Kunden zu werben. Zwei Tage, ja sogar drei Tage lang, bis die Nachricht durchdrang, dass Kais Asche in den Himmel von Pattaya aufgestiegen sei, dominierten solche Szenen das Bild.

Yaba wurde nicht zufällig entdeckt und nicht von pharmakologischen Experten erfunden. Kunsa, der Rauschgiftkönig im Goldenen Dreieck, hatte Mitleid mit den jungen Schülern und den Armen der Hinterhöfe, die sich kein Opium leisten konnten. Sein beharrliches Bemühen fruchtete, und was endlich in die Welt kam, wie zuvor die Jeans oder die Instantnudeln, war das billigere Misch-Rauschgift Yaba, in welches auch eine Portion Menschenliebe gemischt war. Yaba, das hergestellt wird, indem man alles, was ungesund ist, zusammenmischt, hat neben der Wirkung des Opiums selbst, die darin besteht, den Hinterkopf zu betäuben, noch einen weiteren Effekt: Es führt je nach Konsument zu den unterschiedlichsten Halluzinationen und Entzugserscheinungen.

Als Leo zum ersten Mal in verzweifelter Gemütsverfassung Yaba-Rauch inhalierte, hatte er nur das Gefühl, dass sein Herz raste und sein Körper in sich zusammensackte, aber je öfter er Yaba konsumierte, umso mehr Trost zog er für sich selbst aus der Wirkung. Wenn irgendeine medizinische Substanz den Haken des Gefühls, der sich irgendwo tief im Gehirn befand, umlegte und die limbischen Fasern in eine bestimmte Richtung bewegte, wurde Leos Bewusstsein in die Zeit der Kindheit versetzt, die er in Chuncheon Ududong verbracht hatte. In dem alten Haus am Flussufer war seine Mutter ständig anwesend gewesen, und sobald der kleine Leo von der Schule nach Hause gekommen war, hatte sie ihn umarmt und sanft seinen Hinterkopf gestreichelt. Dann hatten ihm die rauen und warmen Hände der Mutter das Gefühl gegeben, dass er geliebt wurde und bestens für ihn gesorgt war. Dieses Gefühl war es, was Leo am notwendigsten brauchte, daher signalisierte das Yaba seinem einsamen und erschöpften Gehirn, es möge genau diese Erfahrung und Erinnerung abrufen.

Dreißig Minuten später jedoch, wenn die Wirkung der Substanz nachließ und die dumpfe und düstere Realität zurückkehrte, war alles noch schlimmer, als es vor dem Inhalieren des Rauches gewesen war. Kaum hatte er sich von der Kontrolle durch das Yaba gelöst, wurde er von seiner glücklichen Grundschulzeit plötzlich abgeschnitten und fiel in einen Zustand, in dem er nicht mehr unterscheiden konnte, wo ihm der Kopf stand und wo seine Beine waren, und als er durch einander dicht überlappende Schichten von Zeit und Raum endlich im Jahre 1995 in der Soi 16 in Sukhumvit ankam, kamen allerlei Arten von Einsamkeit und Erschöpfung, die sich in der Zwischenzeit angehäuft hatten, auf einmal über ihn wie ein Wirbelsturm. Selbst wenn er dieses Tief aus Einsamkeit und Müdigkeit mit knapper Mühe überstanden hatte, saß wieder nur die Straßenprostituierte Ploy vor seinen Augen, die im früheren Leben seine Frau gewesen war. Ohne den Papiertrichter erneut an die Lippen zu führen, konnte er das nicht ertragen.

An einem Nachmittag, an dem der über eine Woche andauernde Dauerregen kurz aufgehört hatte, lachte Ploy – von dem billigen Opiumpulver berauscht, das Nawalatt von einem Kunden in Pratunam besorgt hatte – gerade vor sich hin, als sie plötzlich von Leo verlangte, für sie Yaba zu besorgen. Es hieß diesmal nicht: »Gib mir Geld für Yaba!«, sondern: »Geh und kauf mir Yaba!«

Allen war ihr Entsetzen anzusehen. Davon, dass es gefährlich war einmal abgesehen, war es eine lange Gewohnheit auf der Soi 16, den Freiern, wenn sie nur bezahlten, zu besorgen, was und wie viel sie wollten, egal ob Rauschmittel oder Alkohol. Dem schmutzigen Grinsen auf Ploys Gesicht nach zu schließen, schien sie ausloten zu wollen, wie weit sie gehen und wie sehr sie Leo quälen konnte – also wie viel er sich gefallen ließ.

Obwohl der ebenfalls anwesende und sein übliches »Fafa«-Geräusch produzierende Oddt zuvorkommenderweise anbot, das Yaba kaufen zu gehen, stand Leo von sich aus auf. Er hatte nicht mehr die Kraft, an seinen Selbstwert zu denken oder nach vorn oder nach hinten zu rechnen. Er hatte das Gefühl, einer wackeligen Maschine zu gleichen. Und die Steuerung lag in Ploys Händen. Auch die Batterien waren bei ihr. Alles steckte inmitten eines Eisbergs namens Ploy.

Der Mensch war kein einfaches Wesen. Noch die kleinsten Bewegungsabläufe waren alles andere als beliebig. Wenn es den Anschein hatte, dass jemand eine bestimmte Route nach Belieben gewählt hatte, war da im Hintergrund doch eine rationale Wirtschaftlichkeit am Walten. Der Leo vom Mai 1995, der irgendwie zu einer wackeligen Maschine mutiert war, war die einzige Ausnahme. Als er an Shans Spielsalon vorbeiging und zu sich kam, war da der einsame und verlassene Benjasiri Park, und er ging zurück und als er zu sich kam, war da die große Ratchadaphisek-Straße, auf der die Autos rasten. Und wieder nahm er eine andere Richtung, lief hin und her, und als er zu sich kam, war er nun auf dem Mangobaum. Als er schon so lange herumgelaufen war, dass er fürchten musste, beim Herumlaufen alt zu werden, blickte er sich um, denn er hatte eben beschlossen, fürs Erste lieber wieder ins Zimmer zurückzugehen, war sich aber nicht mehr sicher, welche der vier in verschiedene Richtungen führenden Gassen die richtige war, sofern es unter den Vieren überhaupt eine richtige gab. Das Opium bewirkte, dass ihn selbst der durch mehrere Wolkenschichten abgeschwächte Sonnenschein noch blendete.

Nachdem er ziemlich lange mit schweren Schritten gelaufen war, erreichte er mit Glück eine kleine und ruhige Wegkreuzung, die in Richtung des Baches lag. Unter dem Sonnendach eines roten chinesischen Pavillons saß ein in Polizeiuniform gekleideter Mann und kreuzte gerade die Zahlen auf einem billigen Privatlottoschein an. Leo wischte sich seine schweißnasse Stirn ab und prustete vor Atemnot. Aus irgendeinem Grund meinte es der Himmel gut mit ihm. Vor ihm stand ein bärtiger muslimischer Polizist, bei dem es sich ausgerechnet um jenen Aitt handelte, der der neue Rauschgifthändler auf der Soi 16 war.

Als Leo Aitt, der gerade als Polizist seine Runde drehte, vor ungefähr zwei Monaten zum ersten Mal gesehen hatte, war es ihm heiß und kalt den Rücken heruntergelaufen. Aitt war im früheren Leben vor den Augen seiner Familie ermordet worden, weil er eine heidnische Frau geliebt hatte, die er nicht hätte kennenlernen dürfen. Es war nicht so, dass ihm nur der Hals durchgeschnitten wurde, die empörten Priester schnitten ihm die Hände ab, die von den verbotenen Früchten schmutzig geworden waren, die Füße, die den nächtlichen Weg gegangen waren und nahmen ihm die Augäpfel heraus, die die heidnische Statue erblickt hatten, sie trennten ihm die Lippen ab, mit denen er den Liebeseid gesprochen hatte, und die Ohren, mit denen er das Geflüster der Geliebten vernommen hatte. Als er wieder zu Bewusstsein kam, ritzten sie ihm auf seinem ganzen Körper kleine kreuzförmige Wunden ein und steckten ihn in einen großen Krug, der voll von Schmerlen war, und kochten ihn mit den Fischen zusammen auf. Während das Wasser heiß wurde, flüchteten die Tiere in verrückter

Panik in seinen Mund, in seine Ohren, in seine Nase und in seine Augenhöhlen, auch in die über den ganzen Körper verteilten Ritzwunden, ja selbst in seinen Anus. Als seine Familie Aitt aus der weißgekochten Fleischbrühe herausnahm, war keine einzige der Schmerlen außerhalb des Körpers des armen Jungen gestorben.

Auf irgendeine Art und Weise ist das frühere Leben mit der Gegenwart verbunden. Der starke fischartige Geruch, der von Aitts Körper ausging, war eine Manifestation dieser Verbindung. Ein Mann mit einer so schrecklichen früheren Existenz war gefährlich. Weil sein Leben ganz darauf ausgerichtet war, Vergeltung für im früheren Leben Erduldetes zu üben, liefen die Menschen in seiner Umgebung Gefahr, verletzt zu werden. Hegte eine Seele einmal tiefen Groll, verhedderte sich das Schicksal gewissermaßen bei jeder Wiedergeburt immer unentwirrbarer weiter, und es wurde immer schwieriger, die Kette der Wiedergeburten zu verlassen. Die Wiedergeburt selbst aber war keine unüberwindbare Wand und die Menschen lebten alle nicht nur einen vom Schicksal vordefinierten Weg nach. Es ging deshalb nicht an, das Heute einer bestimmten Person anhand seiner früheren Existenz zu beurteilen. Weil auch Leo, der seine Fähigkeit mit der Zeit ein wenig besser unter Kontrolle bekam, das wusste, bemühte er sich – anders als der alte Zigeuner aus Uwes Dorf – darum, die nicht besonders erbaulichen früheren Existenzen möglichst aus seinem Kopf zu vertreiben.

Außerdem war Leo einmal von Aitt geholfen worden. Als ein riesengroßer Russe, der nach Ploy suchte, im Flur des Mietshauses flehentlich nach ihr rief und schließlich in einer bedrohlichen Wendung der Ereignisse mit der Faust auf die geschlossene Zimmertür einzuschlagen begann, überlegte Leo lange, was besser wäre: unter den Frauen versteckt in der

Zimmerecke zu zittern oder mutig seinen Mann zu stehen, nach draußen zu gehen und sich halb tot prügeln zu lassen. Und tatsächlich erwog er, als das Türscharnier bereits zu brechen drohte, nach draußen zu gehen und sich dem Russen entgegenzustellen, aber den Schimpfwörtern, die der Russe von sich gab, und den herkulischen Kräften, mit denen er gegen die Eingangstür hämmerte, nach zu schließen, wäre es schlicht verrückt gewesen, das zu tun.

Aitt hingegen, der gerade in jenem Augenblick seine Runde drehte, kam hoch und schleppte den Mann hinaus vor das Mietshaus. Der zwei Meter große Russe packte Aitt, der neben ihm wie ein kleines Kind wirkte, am Kragen und beschimpfte ihn wüst. Da zog Aitt, der eine Weile lang nur schweigend zugehört hatte, unauffällig seine Pistole, setzte sie dem Russen an die Schläfe und drückte zweimal ab. Damit war es zu Ende. Der Russe hielt sich mit den Händen die Ohren zu, setzte sich auf den Boden nieder und konnte eine Weile lang nicht aufstehen. Leo beobachtete diese Szene durch einen Spalt des Mückennetzes, welches Yon das »Auge der Soi 16« nannte. Leo, der sich damals sehr geängstigt hatte, war Aitt dankbar und hatte Vertrauen zu ihm gewonnen.

Abgesehen von jenen Momenten, da er Zahlen auf Privatlottoscheinen ankreuzte, trug Aitt immer ein Lächeln im Gesicht und hängte, wenn er mit jemandem sprach, häufig das Wort »Freund« ans Satzende, in der Art von: »Willkommen, Freund!«, oder »Wie kann ich helfen, Freund?« Als Leo ihm eröffnete, dass er Yaba brauche, antwortete Aitt in einem Englisch, bei dem er die Wortenden jeweils in die Länge zog:

»Yaba ist keine gute Medizin, Freund. Dennoch – ein paar Züge zu inhalieren ist kein Problem. Drei Stück kosten 200 Baht. Mein junger, gut aussehender Freund.«

Das Yaba wurde in Silberfolie gepackt und das Geld ging von Hand zu Hand. Der Handel war binnen Sekunden erledigt. Zurück blieben nur der verkrampft dastehende Leo und der lächelnde muslimische Polizist Aitt, der aussah, als würde er das Jodellied singen. Irgendetwas in ihm schien ihm keine Wahl zu lassen, deshalb streckte Leo Aitt seine Hand zum Handschlag entgegen. Aitt zögerte kurz, lachte dann ganz ungekünstelt schallend auf und gab Leo die Hand. Wiederum meinte Leo, keine andere Wahl zu haben, und so klopfte er Aitt mit der Hand, in der er das Yaba hielt, freundschaftlich auf die Schulter.

Ins Zimmer zurückgekehrt, wählte Leo Aitt als Gesprächsthema, weil er stolz darauf war, die Aufgabe – auch wenn es lange gedauert hatte – auf jeden Fall ordentlich erledigt und bei der Abwicklung keine Probleme verursacht zu haben: Er erzählte von Aitts Lächeln, seinem komischen Sprechstil, der vertrauenswürdigen Polizeiuniform und auch von dem freundschaftlichen Körperkontakt unter Männern.

»Meine Güte, Leo!«, rief Lissa und stieß schrille Schreie aus. »Ist dir klar, dass du vor Kurzem gestorben und wieder ins Leben zurückgekommen bist?«

Verwirrt von der unerwarteten Reaktion, sah Leo Ploy an und erschrak. Es war wegen ihres Gesichtsausdrucks. Ploy, die immer nur stolz und majestätisch dreinsah, weil sie nichts auf dieser Welt fürchtete, war aus irgendeinem Grund ganz blau angelaufen.

Erst mehr als drei Monate nach dem Zwischenfall im Gesundheitsamt erschien Kwarn wieder auf der Soi 16. Sie hatte sich von dem Schock, den sie erlitten hatte, als sie von Ploy an den Haaren gerissen wurde, einigermaßen erholt und kam zusammen mit ihrem Freund Eric wie früher mit den Händen voller Shampoo, Seifen, Toilettenpapier und dergleichen mehr. Da Ploy gerade nach Ekkamai gefahren war, um Sujin zu treffen, räumte Kwarn eifrig das Zimmer auf und Eric und Leo saßen zusammen und tranken mit Cola und Zitronensaft gemischten SangSom-Whiskey. Eric war ein Mann, der ohne Stocken sprach, und scheinbar hatte er bereits von Kwarn gehört, dass Leo Ploy mochte.

»Du hast also noch kein einziges Mal Bumbum mit ihr gemacht?«

Eric stieß einen Schrei aus, der eine Art von Bewunderung auszudrücken schien, vielleicht aber auch nur ein Seufzen war.

»Leo, es ist okay, einfach nur zu genießen. Wir alle sind nur Reisende, und die Zeit, die uns zur Verfügung steht, ist knapp bemessen, sehr bald müssen wir zu allem hier Lebewohl sagen. Deshalb überleg nicht lang und schieb ihr einfach deinen Schwanz rein. Einfach rein damit. Leo. Und wenn sie nicht will, verlier nicht den Mut. Für so was hast du gar keine Zeit. Weil du bald eine andere Frau finden musst, der du deinen Schwanz reinstecken kannst. Wenn dein Schwanz erst mal in sie reingeht, dann ist diese Frau von da an deine Schicksalsfrau. Diese Frau ist dann dein Schicksal. Leo. Verstehst du? Lös dich von der fixen Vorstellung, es gäbe auf dieser Welt nur eine Schicksalsfrau.«

Da er einen sehr ernsten Gesichtsausdruck machte, war sich Leo nicht sicher, ob es ernst gemeint oder vom Anfang bis zum Ende ein Scherz war. Erics Südstaaten-Englisch war sinnlos schnell und er sprach einsilbige Wörter zweisilbig aus. Es fühlte sich an, als absolvierte man einen Hörverständnistest mit einem Gerät, an dem die Temposteuerung defekt war. Eric nahm einen Schluck Whiskey und sprach weiter, während er Ganja klein schnitt.

»Leo, hör mir mal zu. Wenn du jemanden liebst, muss es auch Missverständnisse geben. Ohne Missverständnisse keine Liebe. Wenn du darüber streiten willst, was echt ist und was nicht, dann ist es besser, überhaupt keinen anderen zu lieben. Wenn du jemanden brauchst, der mehr als irgendjemand sonst ehrlich zu dir ist und dich liebt, jemanden, der sich deine Schmerzen als seine eigenen Schmerzen denkt und dein Glück als sein eigenes Glück, wenn du wirklich so jemanden brauchst, dann verlier keine Zeit mehr und steck dir deinen Schwanz selber in den Mund.«

Nach dem Highschool-Abschluss begab sich Eric auf den Weg nach Anapulis, um zur Marine zu gehen, aber weil er vom Weg abkam, verschlug es ihn nach Thailand. Mit zwanzig heiratete er eine Frau aus Pattaya mit außergewöhnlich schönen Gesichtszügen und zog mit ihr zusammen, aber das traumhafte Flitterwochenleben endete nach gerade mal fünfzehn Tagen, als sie einander unerwartet splitternackt in einem Schaummassagesalon über den Weg liefen. Eric wollte das Geschehnis einfach mit einem Lachen überspielen, aber die Frau verlangte die Scheidung von ihm. Nach Auffassung dieser frisch Vermählten hätte sie für ihre Familie gearbeitet, während Eric sich nur den eigenen Sinnesfreuden hingegeben hätte. Unabhängig davon, ob das zutraf oder nicht, blieb ihm nichts anderes übrig, als der Frau, die auf diese Weise dafür stritt, dass alles seine Richtigkeit hatte, Schmerzensgeld zu bezahlen.

Ungefähr eine Stunde später kam Kwarn, die ohne ein Wort nach draußen gegangen war, mit einem Erste-Hilfe-Kästchen und Mückenschutzspray, das sie gekauft hatte, zurück. Nach längerem Überlegen stellte sie die Sachen im vorderen Teil des Zimmers ab, wo Klamotten und Boxen gestapelt waren und wo

Kai die meiste Zeit liegend verbracht hatte. Doch dann raffte sie die Sachen wieder eilig zusammen und stellte sie schließlich neben die Aufbewahrungsbox, vielleicht weil sie fand, einen Fehler gemacht zu haben. Nachdem sie mit dem Aufräumen fertig war, setzte sie sich mit dem Rücken an die Wand gelehnt hin und ruhte sich aus.

Leo machte sich Sorgen, sie könnte ihm noch übel nehmen, dass er, ohne auf sie Rücksicht zu nehmen, alles ausgeplaudert hatte, woraufhin sie von Ploy heftig verprügelt worden war, aber immer wenn sich ihre Blicke trafen, lachte sie ihn an und neckte ihn wegen seiner Haare, die wieder ein gutes Stück gewachsen waren. Sie war eine gutherzige Frau.

»Leo!«, rief Kwarn mit gedämpfter Stimme. »Kann es sein, dass du irgendwie krank bist? Du bist so viel dünner geworden.«

»Ich bin nicht krank. Nur gerade ein bisschen müde.«

»Leo, lass bitte das Yaba sein! Das tut dir gar nicht gut.« Kwarn flehte ihn richtiggehend an. »Leo, bitte, bitte hör auf mich!«

»Ja, Kwarn«, antwortete Leo geistesabwesend. Auch wenn er Kwarn mochte, wollte er das Gespräch nicht lange weiterführen, schon gar nicht über dieses Thema. Ab und zu hatte er das Gefühl, im Gespräch mit ihr von ihr bedrängt oder in die Enge getrieben zu werden. Vielleicht lag es daran, dass sie zu häufig den Ausdruck »bitte« verwendete. Das hatte auch Ploy schon einmal angesprochen:

»Leo, weißt du das? Mit einem Mal Betteln – und das hat sie ja wirklich toll gemacht – hat sie alles bekommen: neben dem Haus mit Garten im Wert von einer Million Baht hat sie im Vorort eine Zitronenfarm und auch ein rotes Auto und ein Motorrad. Dazu noch einen gut aussehenden und schicken

Freund. Weißt du das, Leo? Als Eric hier in Sukhumvit wohnte, war er ein berüchtigter Playboy. Aber nun geht er nur noch mit Worten fremd. Weil er Kwarn zu Füßen liegt. Weißt du, welches Wort sie trotzdem am meisten verwendet? Es ist das Wort »bitte«. Verstehst du, was ich meine? Sie liebt es so sehr, andere Leute um etwas zu *bitten*.«

Auch der Yaba-Rauch konnte die Gehässigkeit, die Ploy ins Gesicht geschrieben stand, nicht verhüllen.

»Betteln ist echt das Allerletzte. Das ist so was von widerlich. Weil ich das Betteln nicht abkonnte, bin ich damals nach Sukhumvit gekommen. Mich zu verkaufen, ist mir hundert Mal lieber als zu betteln.«

Was Ploy sagte, machte Leo traurig und schmerzte ihn, weil er zu fühlen meinte, dass sie Eric liebte. Eric war einst einer von Ploys Freiern gewesen und sie hatten nach wie vor ein gutes Verhältnis zueinander. Ohne Zweifel war Eric ein toller Hecht. Er sah gut aus, zog sich gut an, hatte auch reichlich Geld, und sein forscher Witz und seine derbe Ausdrucksweise kamen charmant rüber. So gesehen war der Grund, warum Ploy Kwarn hasste, vielleicht nicht der, dass Kwarn auf die Straße herausgekommen war und gebettelt hatte, sondern dass sie Ploy ihren Eric damit ganz weggenommen hatte. Auch der Umstand, dass Ploy Leo, der sich beinahe fünf Monate lang in ihrer Nähe aufgehalten hatte, keine besondere Zuneigung entgegenbrachte, war dadurch leicht erklärt. Es war eine ganz natürliche Erklärung, die in jeder Hinsicht Sinn ergab und einfach zu verstehen war.

Dennoch traf sie nicht zu. Dass Ploy Eric liebte war schlicht nicht der Fall, vielmehr hasste sie Leo, hasste die Art, wie er sie anblickte. Sie gab sich furchtbare Mühe, cool zu bleiben, dennoch stieg immer wieder eine unbeschreibliche Wut in ihr hoch, wenn sie nur sah, wie gequält er sie anblickte. Weil dieser sein Blick genau jener Blick war, den man den von unsäglichen Schmerzen Gepeinigten, den Tag für Tag von Schuldgefühlen Zermarterten, den hoffnungslos in Bedrängnis Geratenen und den deshalb dringend Hilfsbedürftigen zuwarf: Weil es ein mitleidiger Blick war.

10

Es war erschreckend, wie müde er sich fühlte, wann immer er zur Ruhe kam, doch wenn er sich dann hinlegte, drehte sich alles und es zog ihn nach unten, sodass er nicht schlafen konnte. Kwarns Rat folgend, kaufte er gebratenen Fisch und Suppe und zwang sich dazu, brav aufzuessen, aber dann rannte er auf die Toilette und erbrach alles. Außer Bier brachte er nichts hinunter, auch kein kaltes Wasser. Weil er sehr lange auf den schmutzigen Stellen des Fußbodens gesessen hatte, waren die Stellen rund um den Knöchel, die mit dem giftigen Zement in Berührung gekommen waren, angeschwollen und gerötet und die Haut löste sich ab. Der Mann, den er im Spiegel sah, bestand nur noch aus Haut und Knochen und erinnerte ihn an das Skelett-Miniaturmodell im naturwissenschaftlichen Übungsraum an der Grundschule. Damals, als er das Modell studierte, indem er es betastete, wollte er ein Naturwissenschaftler wie Einstein werden.

Sein Zustand war vor allem ein Zustand permanenter Geistesabwesenheit. Einmal griff er nach einer riesigen Küchenschabe wie nach einem Paduk-Spielstein, und er erschrak auch nicht, als er ein andermal ein riesiges Exemplar sah, das hinter den Ventilator hinuntergefallen war. Auch als er eine schwarze Wasserratte auf dem Busen der tief schlafenden Lissa bemerkte und als er den blass lächelnden Geist von Kai in der Dunkelheit der Zimmerecke sah, regte ihn das nicht auf. Alle diese Dinge, über die sich der Leo von früher geärgert hätte oder erschrocken wäre, ließen ihn in seiner trüben, schwindeligen und schwülen Gemütsverfassung unberührt. In seinem Kopf drehte sich permanent etwas und erzeugte dabei einen summenden Lärm. Etwas wie eine verlassene Fabrik, in der niemand mehr arbeitete, die aber noch in Betrieb war. Einmal betrachtete er über fünf Stunden lang die Linien auf der Handfläche seiner linken Hand, die er gespreizt vor sich hinhielt. Nachdem er wieder zu sich gekommen war, wollte er die gespreizte Hand entspannen, aber die steif gewordenen Fingerglieder ließen sich kaum bewegen. Eines Tages ging er auf die Toilette, weil er sich unwohl fühlte, hatte aber nicht die Kraft, sich hinzusetzen und steckte nur seinen Kopf in die Muschel und übergab sich. Obwohl er nichts gegessen hatte, kam da allerhand daher: Bierflaschen, große Streichhölzer, angefaulte Eisenplatten, Yon, die einen Ballettanzug trug, nicht isolierte Kabel und weiße Hintern. Alles das war mit gelblicher und bläulicher Flüssigkeit vermischt und dadurch aalglatt. Mit letzter Kraft säuberte er sich den Mund und als er aus der Toilette herauskam, hielt ihm Ploy den Papiertrichter zum Einsaugen des duftigen Qualms hin.

»Ploy, ich bin am Sterben.«

»Sieht so aus, ja«, antwortete Ploy, deren gleichgültig klingende Stimme von der anderen, der dunklen Seite des Mondes zu kommen schien. Um sich wenigstens ein klein wenig lebendig zu fühlen, wollte er fragen: »Bist du wirklich da?«, um dann ihre Antwort abzuwarten. Aber es war nicht zu leugnen, dass Ploy da war. Nicht Ploy war es, die nicht existierte, sondern er selbst.

Leo hörte mit dem Yaba auf. Weil seine Hand zu sehr zitterte, konnte er nicht einmal den Papiertrichter gerade halten. Da Ameisen hineingekrochen waren, sah der weiße Zucker wie brauner Zucker aus, und Leo trank alles mit Wasser verrührt hinunter. Nach drei bis vier Stunden fing es in seinem Bauch richtig zu kochen an. Der Körper begann nun nach dem Yaba zu verlangen, und Leo spürte es in seinem Hals.

Leo hatte gedacht, dass er jederzeit mit den Drogen aufhören könnte, wenn er nur ausreichend Willensstärke aufbrachte. Und er hatte daran geglaubt, dass er mental stark genug war, jederzeit damit aufzuhören. Wahrscheinlich dachte das jeder, der zum ersten Mal Drogen nahm. So lief es in der Wirklichkeit aber nicht. Es war viel schwieriger, ein körperliches Verlangen zu überwinden als ein geistiges Verlangen. Der Gedanke an das Yaba allein brachte sein Blut zum Kochen. Jedenfalls fühlte es sich für ihn so an. Wenn er den Entschluss, mit dem Yaba aufzuhören, nur ein wenig später gefasst hätte, wäre er nie mehr davon losgekommen.

Nachdem so ungefähr ein halber Tag quälend vorübergegangen war, kam glücklicherweise ein langer, ein sehr langer Schlaf über ihn. Leo träumte davon, dass er in der Nacht ans Meer ging. Im Hafen kam ihm niemand entgegen und kurze Zeit später schien dort auch kein Licht mehr. Am Himmel waren weder Mond noch Sterne. Er nahm nur noch ein Klatschgeräusch wahr und eine Dunkelheit, die dem Tod ähnelte und in der er zwischen dem dunklen Meer und dem Himmel nicht mehr unterscheiden konnte, auch nicht zwischen sich selbst und der Welt außerhalb seines Ichs. Und außer ihm war da niemand. Es war eine große Einsamkeit. Als er schließlich wiedererwachte, stieß er auf und schluchzte und bedeckte seine Augen mit dem Arm. Obwohl er nun wach war, war die Traurigkeit des Traumes geblieben.

»Leo ist aufgewacht. Leo«, murmelte Yon und kratzte sich heftig an ihrer Leiste. Es roch nach faulen Zwiebeln. »Du bist nach einer ganzen Woche im Tiefschlaf endlich aufgewacht! Deinetwegen waren wir alle mit auf Yaba-Entzug.«

Was Yon sagte, durfte man freilich nicht wörtlich nehmen. Weil sie einfach drauflos plapperte, wie ihr der Schnabel gewachsen war – an der Wahrheit hatte sie kein Interesse. Selbst Leos runzeliger, vom Yaba-Rauch geräucherter Temporallappen konnte sich daran noch erinnern. Lissa, die stöhnend mit dem Anlegen eines Verbandes an ihre beiden Fußknöchel beschäftigt war, den sie nur zum Spaß trug, korrigierte sie:

»Leo, du hast vier Tage durchgeschlafen. Es freut mich, dich wiederzusehen.«

Ihm war übel und schwindlig. Sobald er das Wort Yaba hörte, wurde ihm das Blut heiß, er fühlte sich gestärkt. Er wollte den süßlich-duftigen Rauch einatmen. Nachdem er tief eingesogen hatte, wollte er alles vergessen. Diesen falschen Trost vermisste er. Er war sich sicher, dass er bei Bedarf Tausende plausible Ausreden haben könnte. Dabei war die schmerzliche psychische Abhängigkeit verglichen mit den körperlichen Schmerzen nicht mal so schlimm.

Er setzte sich unter Aufbringung all seiner Kräfte auf und trank das Wasser, das Yon ihm gebracht hatte. Das Trinken schmerzte ihn, als ob es ihm den Bauch zerrisse. Am Boden des Glases hatte sich eine dicke hautfarbene Raupe, vielleicht eine Made, bewegt, aber er hatte nicht die Kraft, sie herauszunehmen. Sobald das Wasser in seinem Magen ankam, wurde ihm wieder übel und er kroch in die Toilette und übergab sich vollständig, aber die hautfarbene Raupe kam nicht zum Vorschein.

Nachdem er sich das Gesicht gewaschen hatte, kam er ins Zimmer zurück und setzte sich schräg auf die Matratze. Er schien vergessen zu haben, wie man die Muskeln bewegte. Er hatte das Gefühl, dass er zu einer irgendwie gekneteten, weichen Masse geworden war. Während sich Himmel und Erde im Kreis bewegten, stand nur das Foto des Königs auf dem Regal links über dem Fernseher unverrückt still. Leo schaute das altmodische Foto eine Weile lang an. Plötzlich sprang ein Funke aus dem Trinkgefäß empor, welches unter das Foto gestellt worden war. Gleichzeitig schlugen die früheren Leben all der Menschen, die er in Sukhumvit getroffen hatte, mit den ungeheuren Kopfschmerzen in ihm zusammen. Leo fiel im Sitzen in Ohnmacht.

Als er zum zweiten Mal aufwachte, war es der frühe Morgen des nächsten Tages. Er schaffte es nicht aufzustehen. Ihm wurde am ganzen Körper heiß. Seine Hände und Füße waren gelb angeschwollen und die Migräne war so schlimm, dass er meinte, sterben zu müssen. Ploy rauchte mit Yon und einer Frau namens Som, die er nie zuvor gesehen hatte, Yaba. Die Luft im Zimmer war erfüllt von dem duftigen Rauch. Ob es mit dem Verlauf des Gesprächs zu tun hatte, das sie führten, oder damit, dass sie es eigentlich Leo sagen wollte, kamen aus Ploys Mund plötzlich gemurmelte Worte:

»… man verzeiht selbst den Drogenabhängigen, aber den Prostituierten, denen verzeiht man nicht? Genauso heißt es, man könne die Drogenabhängigen heilen, aber jemanden, der seinen Körper verkauft hatte, könne man nicht heilen.«

Som stimmte Ploy, wie ein Mann lachend, zu. Leo sah sie an und dachte, dass sie eine sehr tapfere Frau war. Ohne Grund liefen ihm Tränen über das Gesicht und er hatte Durst. Er trank einen Schluck Wasser und schlief wieder ein. Bevor er drei Tage später richtig aufstand, reihten sich einige dieser kurzen Schläfchen aneinander.

Sein Gesamtzustand besserte sich deutlich. Auch das heftige Zittern der Hände wurde schwächer und ab und zu verspürte er sogar Hunger. Er dachte, dass er gleich aufstehen und auch nach draußen gehen könnte, um Nudeln zu essen. Aber er war noch zu wackelig auf den Beinen und noch nicht so weit. Er bat Yon, ihm etwas zu essen kaufen zu gehen, und sie brachte ihm eine sehr scharfe und heiße Speise. Leo hatte erst etwa die Hälfte davon gegessen, schon musste er nach nicht einmal drei Minuten mit Durchfall auf die Toilette. Mit dem Durchfall war er zwei Tage lang beschäftigt, dann hatte er das Gefühl, immer noch erschöpfter zu werden.

Am Morgen des nächsten Tages, an dem die hellgelbe Junisonne prachtvoll aufging, war Leo endlich so weit, aufrecht gehen zu können. Er machte von Yon begleitet einen kurzen Spaziergang zu einem Haarsalon, der sich in der ersten Seitengasse der Soi 16 befand. In dem Laden gab es drei teilweise kaputte Haarsalonstühle, und die einzige Friseuse war eine dicke dreißigjährige Frau aus Phetchabun. Da sie ihr Handwerk beherrschte, kämen auch Kunden von der großen Sukhumvit-Straße hierher, sagte Yon.

»Wenn sie von dieser Frau rasiert werden«, flüsterte Yon, »bekommen alle Männer einen Steifen.«

Die Frau fragte zuvorkommenderweise in einem Gemisch aus Thailändisch und Englisch, wie sie Leo seine Haare schneiden solle. Leo antwortete gleichfalls in einem Gemisch aus Englisch und Thailändisch, dass sie ihn kurz schneiden solle. Sie war eine geschickte Friseuse und hatte mit den Friseuren aller Länder dieser Erde eine Sprechweise gemeinsam, bei der die Wörter am Ende in die Länge gezogen wurden, während sie besonnen, aber flink die Länge der eben geschnittenen Haarpartie kontrollierte. Wenn sie jemanden ansprach, blickte sie ihm nicht in die Augen, sondern auf ihre Schere, und auch die Themen der Unterhaltung wählte sie umsichtig, stellte keine das Gegenüber in Verlegenheit bringenden Fragen, sondern wählte leichte Gesprächsthemen, wie zum Beispiel, in welchem Geschäft die Eiernudeln am besten schmeckten oder wo der Vogelaugenchili besonders scharf war und so weiter, sie legte darüber hinaus auch keinen Wert darauf, ob man ihr zustimmte oder überhaupt etwas erwiderte. Während sie Leo kurz wie einen Soldaten schnitt und ihn rasierte, richtete sich sein Penis diskret auf – er war erstaunt, dass noch so viel Kraft in ihm steckte. Die sein Gesicht streichelnden Hände der Friseuse waren sehr warm und sanft, und sie zögerte nicht, auch empfindliche Stellen wie Nasenlöcher und Ohrläppchen zu berühren. Auf die Frage nach dem Preis antwortete sie: »20 Baht.« Das war ein Preis, zu dem Leo gerne jeden Tag wiedergekommen wäre.

Weil er wieder zu Kräften gekommen war und sich seine Laune sehr gebessert hatte, wollte er irgendwohin zu Fuß laufen, egal wohin. Er traf Lissa, die gerade nach draußen gekommen war, um Plastikdeckel zu stehlen, weil sie ihre Periode hatte, und die Prostituierte Pe, die etwa Anfang dreißig war und aus Mae Hong Son – oder woher auch immer – stammte. Weil ihnen langweilig war und sie nichts Besseres zu tun hatten, wurde beschlossen, gemeinsam einen Tempel zu besuchen.

Sie nahmen einen Tuktuk und kamen an der großen Petburi-Straße vorbei und in Patong Sala Makkasan an. Es gab dort einen ruhigen und stillen Tempel. Den Mittelpunkt der Anlage bildete ein mit roten Ziegeln gedecktes thailändisches Hauptgebäude, dessen Dach an den Rändern in Form heiliger Vogelfiguren weit in den Himmel ragte. Man gab Leo Räucherwerk und Blumen, für die er ein wenig Geld in den

Spendenkasten legte. Er war erstaunt zu sehen, dass Yon, während er nur 20 Baht gegeben hatte, ohne Zögern einen 50-Baht-Schein hineinlegte. Alle zogen sie ihre Schuhe aus, betraten den Innenraum des Hauptgebäudes und saßen dort nebeneinander. Drei Buddha-Statuen waren auf dem mit goldfarbenen Stoff bedeckten Altar nebeneinandergereiht. In der Luft lag der Geruch der verglimmenden Räucherstäbchen. Yon alberte herum, von wegen der Geruch erinnere sie an Yaba-Rauch, und wurde prompt von Pe zurechtgewiesen. Auf seinen Knien hockend schwitzte Leo, der körperlich noch nicht wieder auf der Höhe war, eine Menge kalten Schweiß aus. Alle falteten sie ihre Hände und beteten kurz und verbeugten sich dann einer nach dem anderen je dreimal.

Als sie aus dem Tempel nach draußen kamen, ging ein wenig Wind und Leos schweißnasser Körper kühlte ab. Als ihm jemand erklärte, dass es in diesem Tempel oft Begräbnisfeiern gab, fiel ihm Kai ein. Er rief sich seine Erinnerungen an Kai, die nun in Form von Staub am Himmel von Pattaya schwebte, ins Gedächtnis zurück, an die sehr magere und junge Prostituierte, die nicht dazu in der Lage war, einen anderen als einen lachenden Gesichtsausdruck aufzusetzen. Lissa, die gerade vergnügt am Plaudern war, rief Leo herbei. Und sie sprach in hohem Tempo auf Thailändisch. Ihr Blick, der so kindlich, so transparent und rein war, dass Leo es kaum ertragen konnte, und der sie aussehen ließ, als könnte sie überhaupt nicht sündigen, machte Leo verlegen. Yon, die danebenstand, dolmetschte holprig.

»Leo, ich habe für den König von Thailand, für die verstorbene Kai und für dich gebetet. Lissa hat für ihre männlichen Freunde und ihren Ehemann Marco und für dich gebetet. Und Pe hat für ihren Sohn in Mae Hong Son und für ihren verstorbenen Sohn gebetet. Nein, nicht für den verstorbenen Sohn, sondern für die verstorbene Lissa, nein – ach Scheiße! – nicht für Lissa, sondern für die verstorbene Kai und für dich. Leo, wir alle haben für dich gebetet!«

›Ach so‹, dachte Leo. ›Alle haben sie für mich gebetet. Und für wen habe ich gebetet? Drei Mal, alle drei Mal ganz.‹ Da er sich bedrückt fühlte, schaute er zum Himmel hinauf. In der Ferne flogen da gerade Vögel. Es sah irgendwie danach aus, als flögen sie nach Hause zurück.

Ploy lag auf dem Boden und sah fern. Die Luft war voller Yaba-Rauch. Neben ihr stand eine Flasche Bier, die sie noch nicht ausgetrunken hatte. Außen an der Flasche war noch Kondenswasser zu sehen. Leo holte seinen Pass und das einzig übrige Kuvert aus dem Rucksack heraus. Auf Ploys Nachfrage antwortete er beim Hinausgehen, dass er Geld wechseln ginge. Auch Oddt, dem er vor Uwes Zimmer im Erdgeschoss begegnete und der ihn fragte, wohin er ginge, antwortete er dasselbe.

Nachdem er in der Sukhumvit Soi 7 Geld gewechselt hatte, ging er in ein nahe gelegenes Reisebüro. Für einen Direktflug nach Seoul fehlte ihm das Geld, also kaufte er notgedrungen ein Ticket mit Zwischenstopp in Taipei. Es fühlte sich an, als wäre er zu einem Loser geworden. Als er die ganz ohne hügelige Erhebungen großflächig ausgebreitete Bangkoker Ebene zum ersten Mal gesehen hatte, war sie ihm in ihrer Flachheit noch bewundernswert und erstaunlich erschienen, nun aber kam sie ihm nur noch öde vor. Er war auf der Suche nach einem Laden, in dem er Wasser kaufen konnte, als er ein auffällig gekleidetes Paar bemerkte, das gerade mit einem Taxifahrer stritt. »Ach!«, entkam es ihm unbewusst.

Es waren Koreaner. Er hatte sehr lange Zeit keine Koreaner getroffen und kein Koreanisch gehört. Er freute sich. Sein Herz schlug schnell. Im Geiste sah er die koreanische Nationalflagge flattern und hörte die koreanische Nationalhymne erklingen. In der Auseinandersetzung schien es um die Fahrtkosten zu gehen. Obwohl der Taxifahrer überhaupt kein Englisch verstand, redete das koreanische Paar lautstark in grammatikalisch nicht korrektem Englisch auf ihn ein. Das war, wenn Leo an seine auf dem Nachtmarkt gemachten Erfahrungen zurückdachte, keine besonders gute Idee. Schon näherten sich Zuschauer und bildeten einen Halbkreis um die Szene.

»Hallo, was gibt's? Kann ich vielleicht helfen?«

Der Mann und die Frau hielten inne und blickten einander an. Nachdem sie Leo von oben bis unten gemustert hatten, blickten sie einander erneut an. Vielleicht auf ein Zeichen, das sie einander dabei gaben, machte die Frau an Leo gerichtet plötzlich eine abweisende Handbewegung.

»Wer sind Sie? Kennen wir einander etwa? Kümmern Sie sich lieber um Ihren eigenen Kram und mischen Sie sich hier nicht ein!«

Leo wurde plötzlich heiß im Gesicht. Er hatte die Leute nicht aufgrund seiner kaum nennenswerten Thailändisch-Kenntnisse angesprochen. Es war auch nicht so, dass er sie todesmutig aus einer Gefahr hatte retten wollen. Er hatte nur mit ihnen zusammenstehen und gemeinsam auf den Taxifahrer sauer sein wollen – und es aus nächster Nähe miterleben, falls die Dinge aus dem Ruder liefen. Weil die beiden auch Koreaner waren. Er hätte es auch in Ordnung gefunden, wenn man sein Verhalten kritisiert hätte. Aber damit, auf eine derart unhöfliche Weise abgewiesen zu werden, hatte er nicht gerechnet. Er war so vor den Kopf gestoßen, dass ihm die Tränen kamen, daher trat er zögernd zurück. Er war zu schockiert, um einen klaren Gedanken fassen zu können. Es war ein Gefühl, als ob etwas in seinem Herzen in zwei Hälften gerissen würde. Die Frau äußerte auf Koreanisch ihren Unmut, und obwohl sich die beiden leise miteinander unterhielten, musste er mitanhören, was sie sagten, weil die Stimme der Frau so grell war, dass sich die Worte regelrecht in seine Ohren bohrten.

»Am meisten muss man sich im Ausland vor den koreanischen Landsleuten in Acht nehmen, die sind sehr gefährlich.«

Er hatte das Gefühl, dass ihm der Hals vor Durst brannte. Wo er eben noch gestanden hatte, drängten sich nun schon Leute ins Gemenge. Der Mann und die Frau waren bereits allseitig von Schaulustigen verdeckt, sodass man sie nicht mehr sehen konnte. Als er in seiner Muttersprache den Gruß »Hallo!« ausgesprochen hatte, hatte er das Gefühl, mit seinen Landsleuten zusammen in einem abgezäunten Bereich zu sein. Umso einsamer fühlte er sich nun, da diese Illusion zerstört worden war. Obwohl er sehr durstig war, fehlte ihm die Gelassenheit, sich einfach Wasser zu kaufen und es zu trinken. Je mehr er daran dachte, desto heißer wurde ihm rund um die Augen. Er war ohnehin bereits zu lange Zeit von Korea, von der Stadt, die am Fuße von Bergen gebaut wurde, von seiner Familie und seinen Freunden getrennt gewesen. Die Schleimhäute im Inneren des Halses rissen und Blut trat heraus.

Als er in die Soi 16 zurückkam, wurde es langsam dunkel. Er überlegte, ob er mit dem wenigen Restgeld, das ihm geblieben war, für Ploy entweder frittiertes Hähnchen oder Schweinefleischspießchen und Bier kaufen sollte. Da er sich nicht entscheiden konnte, ging er weiter in Richtung des Wohnhauses und sagte sich, dass er zunächst Ploy fragen würde, was sie wollte, und dann Yon darum bitten, das Gewünschte zu besorgen.

Er ging an dem Schweinestelzen-Esslokal vorüber und an dem Nueng Thaeo genannten Gebäude und näherte sich eben

Uwes Mietshaus. Da zog ihn jemand von hinten fest an der Schulter und riss ihn zu Boden. Sogleich wurde er etwa zehn Meter weit ins Innere einer Seitengasse geschleift. Als er es schaffte, einen Blick hinter sich zu werfen, stand da ein Mann, der sich wie ein einfacher Straßenarbeiter mit einem T-Shirt den Kopf umwickelt hatte. Der Mann packte Leo am Kopf und schüttelte ihn so heftig, als wollte er ihn töten.

»Pass me money. Pass me money.«

Natürlich hatte er Angst, aber es fehlte ihm die Kraft, sich gegen den Mann zu wehren. Er stand langsam auf und suchte in seinen Taschen nach den über 700 Baht Restgeld, die er neben Flugticket und Mütze eingesteckt hatte, und gab sie ihm.

»Yetmeng. Tham arai?«

Der Mann zählte die Scheine durch und wurde plötzlich wütend, drehte sich um und stieß Leo das Knie ins Gesicht. Es war ein wuchtiger Stoß, der Leos Schädelknochen zum Vibrieren brachte. Leo hielt sich die Hand vor den Mund und hockte sich hin. Der Mann drückte Leo auf den Boden und zog ihm das Futter aus den vorderen und hinteren Hosentaschen. Als außer ein paar Münzen, seinem Reisepass und dem Flugticket nichts zum Vorschein kam, schimpfte der Mann laut und trat wuchtig auf den am Boden liegenden Leo ein. Mitten in seine Schimpftirade mischte sich ein Geräusch, das sich nach »Fafa, Fafafa« anhörte.

»Oddt, bist du es, Oddt?«

Kurz war der Mann verlegen, dann fing er an, noch gewaltsamer auf Leo einzuschlagen und einzutreten. Weil seine Schläge und Tritte vor allem gegen den Kopf gerichtet waren, schien es ihm nicht um mehr Geld zu gehen, sondern darum, einen vorübergehenden Gedächtnisverlust zu bewirken.

»Oddt!«

Leo rollte sich am Boden und schrie laut.

»Oddt, warum tust du mir das an? Ich hab dir Alkohol und Zigaretten gekauft! Auch Yaba hab ich dir gekauft! Was schlägst du mich? Hör auf, bitte hör auf! Es tut verdammt weh! Ich hab jetzt kein Geld mehr. Ich hab kein Geld mehr, deshalb gehe ich doch nach Korea zurück! Bitte, nicht schlagen! Oddt, du Hurensohn! Du Scheißkerl! Was ist mit euch thailändischen Kerlen bloß los?«

Jedes Mal, wenn Fäuste und Füße auftrafen, heulte Leo auf, wie um seinen Protest kundzutun. Der Zorn, der aus ihm herauskam, richtete sich nicht nur gegen den Angreifer, sondern auch gegen sich selbst.

Sobald Oddt sich ins Dunkel auf und davon gemacht hatte, stand Leo mühevoll auf, tastete mit der einen Hand nach seinem Flugticket und hob es auf, während er sich die andere Hand vor seine blutende Nase und seinen blutenden Mund hielt. Das Ticket war zwar ganz zerknittert und an ein paar Stellen eingerissen, aber er konnte es auf jeden Fall noch verwenden. Ein etwa sechs Jahre alter Junge kam in die Gasse hereingelaufen und blieb, nachdem er den blutüberströmten Leo bemerkt hatte, aufrecht vor ihm stehen. Leo kannte den Namen des Jungen nicht, aber es war eines der Kinder von Shan. Ihre Blicke trafen sich. Der Junge zuckte mit den Schultern und machte einen Gesichtsausdruck, der zu sagen schien, dass das Leben nun einmal kein Zuckerschlecken wäre.

Leo kam in Ploys Zimmer buchstäblich zurückgekrochen und wusch sich das Gesicht. Das Nasenbluten hatte aufgehört, aber das Bluten eines ausgeschlagenen Vorderzahns nicht. Yon war außer sich, fast so, als wäre ihr eigenes Geld gestohlen worden, Lissa wiederum machte sich über Leo lustig, indem sie sich ein Stück von dem Seetang, das sie gerade aß, an einen

Vorderzahn steckte, so als wäre ihr auch ein Zahn ausgeschlagen worden. Ploy sah nur mit zusammengekniffenen Augen fern. Leo rollte Toilettenpapier zusammen und steckte es sich in die Zahnlücke, biss zu und legte sich auf die Matratze. Er konnte sich nicht beruhigen. Alles war ihm zuwider.

Songruon, der Uwe Whiskey und Getränke vorbeibrachte, wurde von Uwe aufgetragen, Leo 1.000 Baht zu geben, und er übergab Leo das Geld. Da Songruon gerade keinen großen Schein dabei hatte, gab er Leo einen 500-Baht-Schein, vier 100-Baht-Scheine und fünf abgenutzte Zwanziger.

»Was ist das?«

»Du gehst zurück. Du brauchst Geld«, sagte Uwe, während er Eiswürfel in ein Glas gab.

»Du meinst, dass ich mit 1.000 Baht bis nach Korea komme? Na, vielen Dank!«, sagte Leo und bewegte dabei seine geschwollenen Lippen. »Das Flugticket hab ich mir schon gekauft. Ich komme schon zurecht.«

»Willst du bis zum Flughafen Don Muang etwa zu Fuß laufen? Das könnte ganze zwei Tage dauern«, sagte Uwe weiter, nachdem er einen Schluck Whiskey getrunken hatte. »Außerdem ist das Geld nur geliehen. Wenn du wiederkommst, musst du es mir zurückzahlen.«

Leo fragte Uwe, woher er denn wisse, dass er wiederkäme.

»Weil ich dir Geld leihe. Vertrau mir einfach. Übrigens, Songruon, sag bitte Oddt, dass er sich nun, da die alte aufgeflogen ist, eine neue Maskierung zulegen soll.«

Leo kam in Ploys Zimmer zurück und legte sich hin. Lissa ging nach draußen, um, wie sie sagte, vor dem Eingang des Nachtclubs sitzend darauf zu warten, dass aufgesperrt wurde. Ploy schlug eine Weile lang einfach nur Zeit tot, um schließlich mit Yon nach draußen zu gehen und kandierte Früchte zu kaufen. Dadurch war Leo wieder allein.

Zu kalt zu haben und deprimiert und einsam zu sein, war gar nichts verglichen damit, wie schlimm es war, zu heiß zu haben und deprimiert und einsam zu sein. Dieser Gedanke ging Leo durch den Kopf, während er in dem dunklen Zimmer lag, in dem sich der Ventilator lautstark drehte. Er erinnerte sich wieder daran, dass die drei Prostituierten für ihn gebetet hatten. Er hatte sich damals so über ihr Beten gefreut, dass er ganz darauf vergessen hatte, sich dafür zu bedanken. Die sechs Monate andauernde einsame Zeit, die er in Sukhumvit verbracht hatte, hatte ihn so werden lassen. Würde ihm jemand »Ich weiß das alles« auf Koreanisch zuflüstern und ihn in die Arme nehmen, würde er diese Frau heiraten, selbst wenn sie an Alzheimer litte und siebzig Jahre alt wäre und ein pockennarbiges Gesicht hätte. Weil er dermaßen unter seiner Einsamkeit litt.

Obwohl er müde war, konnte er nicht einschlafen. Es hatte nichts mit dem Yaba-Entzug zu tun. Seit er sich dazu entschlossen hatte, die Soi 16 zu verlassen, ging ihm viel zu viel durch den Kopf. Die Tage, die er hier verbracht hatte, spulten sich in seinem Geiste wieder und wieder ab, zum Teil so lebendig, als ob ihm alles gerade eben erst widerfahren wäre. Am deutlichsten durchlebte er jene Szene, als er Ploy vor dem Nueng Thaeo genannten Gebäude getroffen hatte und mit ihr zusammen ins Zimmer zurückgekommen war. Damals hatte sie ihn gefragt, ob er sie verstehen könne. Leo hatte eine ehrliche Antwort gegeben und verneint. Dann hatte sie ihm die Hand auf die Schulter gelegt. Es war ein warmes und so glückliches Gefühl gewesen, dass sein ganzer Körper in einen Zustand der seligen Mattigkeit gefallen war.

Leo konnte Ploy nicht verstehen. Trotz seiner erstaunlichen Fähigkeit, in frühere Leben hineinzusehen, konnte er sie nicht verstehen. Auch dass von ihren so wunderhübschen Lippen ohne Zögern Lügen flossen, konnte er nicht verstehen, und auch, dass sie ihm immer die kalte Schulter zeigte, obwohl er ihr so viel Geld gegeben hatte, konnte er nicht verstehen. Er konnte auch nicht verstehen, warum sie das Geld, das sie verdiente, nicht irgendwo heimlich hortete und für sich selbst verwendete, sondern stattdessen ihre Freunde einlud und es im Yaba-Rauch verpuffen ließ. Im früheren Leben war sie keine solche Frau gewesen. Sie war eine sehr liebenswerte Frau gewesen.

Es hatte eine Zeit gegeben, in der er sich darum bemüht hatte, Stück für Stück mehr über sie zu erfahren. Unter anderem hatte er versucht, sich nach den Umständen ihres Aufwachsens oder nach ihrem Geschmack zu erkundigen, hatte sie in Ruhe beobachtet, sich von anderen über sie erzählen lassen, war ihr gegenübergesessen und hatte Alkohol und Yaba mit ihr geteilt. Er hatte gehofft, ihr auf diese Art und Weise – selbst wenn es sich als unmöglich erweisen sollte, sie ganz zu verstehen – doch ziemlich nahezukommen. Aber im Rückblick hatte auch dieser Ansatz zu gar nichts geführt. Es hatten sich ihm lediglich alle paar Augenblicke neue und noch mysteriösere Fragen gestellt.

Aber war es denn nur bei Ploy so? Nein. Wenn er es recht überlegte, gab es auf der Soi 16 überhaupt niemanden, den er wirklich verstehen konnte. Weder Yon, die Expertin für die »griechische« Liebe, noch Lissa, die als verheiratete Frau bei ihren Nachtclubbesuchen mit Geld nur so um sich warf, noch die arme Kai, die nach ihrem Tod in Pattaya zu Staub geworden war, konnte er verstehen. Auch mit jenen Bewohnern, die keine Prostituierten waren, wie Shan, Songruon, Uwe oder Eric, war es dasselbe. In dieser Hinsicht war sein über sechs Monate dauernder Thailandaufenthalt völlig danebengegangen. Und nun war Leo gerade dabei, durch eine Art Mauseloch, das sich ihm aufgetan hatte, zu entkommen.

Etwa drei Stunden später, als er seinen Rucksack bereits fertig gepackt hatte, kamen Ploy und Yon zurück. Ploy war anzumerken, dass sie beleidigt war, Yon war verlegen und wusste nicht, was sie machen sollte. Es war offensichtlich, dass Yon etwas angestellt hatte. Das war es, was sie am besten konnte. Schweigend zogen sich die beiden um und sahen fern.

Leo wollte mit Ploy sprechen. Er wollte ihr sagen, dass er bereits in einer Stunde mit dem Taxi zum Flughafen fahren würde. Wollte sie darum bitten, ihre Mahlzeiten regelmäßig einzunehmen, und wollte ihr wünschen, dass sie gesund bliebe. Als er aber dazu ansetzte, etwas zu sagen, wandte sich Ploy von ihm ab. Yon fiel derweil in sich zusammen, sobald eine Szene *Mass Games* im Fernsehen zu sehen war, und nach Spülmittel aussehender, gelblicher, klebrig schleimiger Speichel floss ihr aus dem Mund.

»Ploy«, fasste Leo Mut und berührte sie an der Schulter. Ploy drehte leicht ihren Kopf. »Ich mach mich dann bald mal auf.«

»Ja, leb wohl.«

Nicht dass er von ihr erwartet hätte, ihn zu bitten, noch zu bleiben, nichtsdestotrotz war das eine sehr kalte Reaktion, gemessen daran, dass die beiden sechs Monate miteinander verbracht hatten. Es war traurig. Normalerweise hätte er es einfach dabei bewenden lassen. Aber nun blieb ihm nicht mehr viel Zeit. Vielleicht würde er dieses Mädchen nie wiedersehen. Es wäre dann ein Abschied für immer.

Leo murmelte, als spräche er mit sich selbst:

»Ich kann nicht mehr nach Afrika gehen. Dazu bin ich zu lange geblieben, das Geld ist alle. Ich werde nach Hause zurückgehen.«

Diesmal erwiderte Ploy nichts. Leo stand auf. Er schob den Vorhang zurück und betrachtete das mit einer schwarzen Schicht aus Fliegendreck und Staub bedeckte Mückennetz und das auf der rechten Seite des Netzes entstandene Loch, das sogenannte »Auge der Soi 16«. Er betrachtete das Foto des vor Langem verstorbenen Königs und das kleine Gefäß mit Alkohol, auf dem ab und zu eine Flamme zu sehen war. Er betrachtete die Wände, die alle Risse hatten, schaute in die Toilette hinein, sah die hellgrünen Aufbewahrungsboxen, in der die Papiertrichter verstaut waren, und die Leuchtstoffröhre, die man längst hätte austauschen müssen. Leo, der seinen Blick in alle Winkel des Zimmers schweifen ließ, saß wieder an die Wand gelehnt direkt neben Ploy, die ihm den Rücken zugekehrt hatte.

Er fasste Mut und streckte seine Hand aus. Mit den Fingerspitzen konnte er ihre Körpertemperatur wahrnehmen. Anfangs streichelte er ihre Wange. Sein Daumen und sein Zeigefinger strichen sacht an den weichen Ohrläppchen vorbei hin zu ihrer Stirn. Es war ein Gesicht, glatt wie ein Spiegel.

»Was machst du da?«

Obwohl Ploy genervt schien, schloss Leo fest die Augen und ließ seine Finger weitergleiten, über ihren Scheitel und Hinterkopf zurück auf die Stirn, vorbei an den Augenbrauen und der Nasenwurzel. Anders als ihre ärgerliche Stimme hatte erwarten lassen, ließ ihn Ploy gewähren. Über die Nasenspitze und entlang der Oberlippenrinne liefen seine Finger weiter und erreichten schließlich das schmale Kinn und schienen sich bis zur ganz purpurfarbenen Innenseite der Augenlider

Ploys schönes Gesicht deutlich einprägen zu wollen. Ein Duft nach frischer Papaya stieg auf wie eine Orchidee inmitten der feucht-schwülen Luft.

»Das war's dann wohl.«

Leo stand auf und schulterte seinen Rucksack. Obwohl er mit Ausnahme des Rasierers das komplette Waschzeug, das noch immer original verpackte Erste-Hilfe-Set und Ähnliches wie auch den zerlesenen Reiseführer zurückgelassen hatte, war sein Rucksack so schwer, dass es ihm die Schultern niederdrückte. ›Ich bin körperlich so schwach geworden‹, dachte er bei sich und fühlte sich verlassen. In seiner Hosentasche war das Geldscheinbündel noch so, wie er es von Uwe bekommen hatte. Es war keine kleine Summe. Da er sowieso von hier aufbrach und keinen Grund hatte, hiesiges Geld zurückzubehalten, überlegte er, Ploy die Hälfte des Geldes zu geben, aber da er nicht wusste, wie viel die Taxifahrt kosten würde, ließ er es bleiben. Ploy richtete sich auf und nahm das lange Kopfkissen weg. Nachdem sie Leos Platz mit der Hand ausgeklopft hatte, legte sie sich wieder zur Wand nieder. Somit kehrte nun alles wieder an seinen angestammten Platz zurück, sollte das wohl bedeuten.

»Ploy«, sagte Leo an der Eingangstür stehend. »Danke für alles. Gott schütze dich.«

»Ja, schau mal wieder vorbei.«

Das waren die üblichen sinnlosen Abschiedsfloskeln. Nur sieben Prozent der Kommunikation bestanden aus Gesprochenem. Dieses »Komm wieder vorbei«, während man sein Gegenüber nicht einmal ansah, gehörte zu diesen sieben Prozent. Die restlichen dreiundneunzig Prozent warnten ihn davor, zurückzukommen. Durch sein Herz ging das Pfeifen eines Windstoßes.

Gerade ging der Tag zu Ende. Da es zu früh zum Arbeiten war, war das Gebäude, in dem die Prostituierten wohnten, vollkommen dunkel. Die ganze Umgebung war nass von einem Regen, von dem man nicht wusste, wann er niedergegangen war. Den Regenwasserpfützen ausweichend, lenkte der mitleidlose Taxifahrer das mitleidlose Taxi in die große Sukhumvit-Straße hinein.

Am Flughafen Don Muang angekommen, hatte Leo nach Bezahlen der Taxifahrt und auch der Flughafensteuer – ein Posten, mit dem er nicht gerechnet hatte – kein thailändisches Geld mehr übrig. Seinen Rucksack auf dem Rücken ging er langsam und gleichgültig zum Gate. Da er bei Weitem nicht der Einzige war, der dabei war, das Land zu verlassen, war die Lobby am Gate trotz der späten Uhrzeit gedrängt voll mit Menschen unterschiedlicher Hautfarbe. Wie der Zeiger einer Waage zeigten ihre Mienen jeweils das Gewicht ihres Lebens an. Leo fiel plötzlich auf, dass ihre früheren Leben nicht zu sehen waren. Egal, wie sehr er sich bemühte, es war nichts zu machen. Uwe hatte recht gehabt. Es war eine Fähigkeit, die auf Sukhumvit beschränkt war.

Kurz bevor er nach Erledigung der Ausreiseformalitäten den Duty-Free-Bereich betrat, blickte er sich ein letztes Mal um. Was er da aber sah, waren nicht die geschäftigen Reisenden und Flughafenmitarbeiter, sondern die Landschaft, die er in seinem Herzen gespeichert hatte, als er die Soi 16 verlassen hatte: Ploys Zimmer, in dem er sechs Monate gelebt hatte, oder seinen Anblick, als er vor dem Schweinestelzen-Esslokal schmutzig geworden war, oder Ähnliches wie das dunkle Gebäude namens Nueng Thaeo, in dem kein Licht brannte. Als die Maschine nach dem Abheben von der regennassen Piste am Nachthimmel Bangkoks die Richtung wechselte, um auf ihre Flugbahn einzuschwenken, dachte Leo, umgeben vom starken Innengeräusch der Maschine, während die Müdigkeit wie eine Flut über ihn kam und ein Schwindel alles eintrübte, dass er gerade eine Art von Afrika verließ.

Nach Leos Heimkehr kamen viele Prostituierte, von denen jede ihre eigene traurige Geschichte mit im Gepäck hatte, in die Soi 16 – andere wiederum, die eine vielfach noch traurigere Geschichte im Gepäck hatten, gingen von dort weg. Nachdem etwa ein Jahr vergangen war, gab es einen vermutlich gelegten Brand, in dem drei Prostituierte und zwei Männer den Tod fanden. Auf der Liste der Toten war auch jene Alte, die Leo damals nachts gesehen hatte, zu finden, und mit ihr ihr alter Ehemann, der ihr Lippenstift auf die Lippen gemalt hatte. Nach dem Brand änderte sich lediglich, dass der tägliche Mietpreis etwa fünf Baht billiger wurde. Die im Handel erhältlichen, über 300 Baht teuren Feuerlöschgeräte waren Accessoires für die wohlhabenden Schichten. Wer arm war, war dem Feuertod schutzlos ausgeliefert.

Tagtäglich kamen Männer mit blauen Augen auf die Soi 16 auf der Suche nach den jungen Prostituierten, in die sie sich verknallt hatten. Wider Erwarten waren auch welche darunter, die nach Jia, die längst weggezogen war, und nach der verstorbenen Kai suchten, aber die meisten suchten nach Ploy. Vor Uwes Wohnhaus auf dem breiten Schaukelstuhl, den Songruon für die törichten Romantiker besorgt hatte, flehte irgendein Mann Ploy an und irgendein anderer sang ihr eine Elegie mit Gitarrenbegleitung von Barracuda vor und noch ein anderer ritzte sich den Körper mit einem stumpfen Messer, welches er sich in Khaosan besorgt hatte. Yon schaute dann immer mit einem Ausdruck der Rührung im Gesicht durch das »Auge der Soi 16« im Mückennetz zu und fiel dabei fast in Ohnmacht, während sich die freudig erregte Lissa die Szene gerne aus allernächster Nähe ansah. Es waren zumeist die Prostituierten der untersten Klasse aus dem Nueng Thaeo genannten Gebäude, die so taten, als lauschten sie dem tränenreichen Flehen der Männer, und ihnen – vermeintlich ganz umsonst – Zigaretten und Getränke brachten und in ihre Flüche über Ploy einstimmten, um diese Männer dann unauffällig in ihre Zimmer zu bugsieren. Dieses Vorgehen war eine lange Tradition auf der Soi 16 und auch ein Stückweit Daseinsberechtigung für die höherklassigen Prostituierten wie Ploy auf der Straße.

Es waren freilich nicht nur europäische Männer, die wegen Ploy ihre Selbstachtung wegwarfen, es gab durchaus auch Fälle wie jenen des Japaners Sigeo, des Besitzers des ersten Karaokeclubs auf der Soi 16, sowie den Fall eines hochrangigen Offiziers aus Myanmar, der Yenai hieß und der Volksgruppe der Karen entstammte. Sigeo verliebte sich praktisch über Nacht in Ploy, und als sich herausstellte, dass sein Hunger nach ihr nicht ohne Weiteres mit ein paarmal Bumbum zu stillen war, kam er ständig mit Geldscheinbündeln bei ihr vorbei. Nach knapp vier Monaten war er pleite und musste seinen Karaokeclub jemand anderem überlassen, und von diesem Moment an machte ihm Ploy nicht einmal mehr die Tür auf. Der seines Lebens müde gewordene Sigeo legte weiße Seide auf den Schaukelstuhl, setzte sich darauf und schlitzte sich sodann mit einem Dolch den Bauch auf. Er holte ungefähr die Hälfte seines Dünndarms und einen Teil des Dickdarms heraus und drehte das Ganze im Uhrzeigersinn mehrmals im Kreis. Schließlich wurde er von Shan und Oddt ins nächst gelegene Krankenhaus gebracht, wo er zwei Tage später verstarb. Ploy ließ sich darüber aus, dass seinetwegen der Vorplatz des Wohnhauses schmutzig geworden wäre. In jenem Augenblick sprühten Funken aus dem Kelch, der vor dem Foto des Königs stand. Ploy, die sich sowieso genervt fühlte, befahl Yon, den Kelch sofort wegzuräumen, da verschwanden die Funken rasch und es sah so aus, als hätte es niemals gefunkt.

Yenai verhielt sich kaltblütiger als Sigeo. Nachdem seine Geschichte mit Ploy ähnlich geendet hatte wie Sigeos, ging er nach Myanmar zurück und schickte dann über ein halbes Jahr lang von dort bitterböse Briefe: »Ich bete jeden Tag zu Buddha, dass du an AIDS verrecken sollst«, »Ich werde dir den traditionellen Regenschirm der Pathein-Region in deine faule Muschel stecken«, »Warte nur ab, wenn ich zu Jahresende in Urlaub gehe, komme ich und breche dir den Hals« und dergleichen mehr. Nachdem Ploy diese Briefe sehr aufmerksam gelesen hatte, legte sie sie alle in die hellgrüne Schublade, ohne auch nur einen davon wegzuwerfen. Als Yenai viele Jahre später wirklich in seinem Urlaub am Jahresende mit einem Gesichtsausdruck, als wäre er böse auf sie, wieder bei Ploy vorbeikam, zeigte Ploy ihm die Briefbündel als ein Pfand, das sie wertschätzend aufbewahrt hatte, und machte dabei einen erbarmungswürdigen Gesichtsausdruck. Yenai fiel vor ihr auf die Knie und schwor, dass er sie nie wieder verraten würde.

Aber Moment, wer verriet hier eigentlich wen? Der von seinem rosaroten Traum besessene Yenai lieh sich in der Absicht, sich ein neues Leben aufzubauen, eine große Summe von einem Offizierskollegen, der an der Botschaft Myanmars in Bangkok arbeitete. Da feierte ausgerechnet Ploys schon vor zwanzig Jahren verstorbener Vater eine wundersame Wiederauferstehung und litt nun an Krebs, und einer ihrer Brüder, zu dem sie schon vor Ewigkeiten den Kontakt abgebrochen hatte, schlug jemanden zusammen und musste deshalb ins Gefängnis, und auch ihr jüngerer Bruder, der eigentlich gar nicht existierte, wurde aus heiterem Himmel an die medizinische Fakultät einer Eliteuniversität aufgenommen, und die gesamte Geldsumme ging in den Besitz der armen Ploy über, die als Oberhaupt der Familie für diese verantwortlich war. Als Ploy feststellte, dass Yenais Taschen vollständig geleert waren, musste sie aus Anlass des Geburtstags ihrer Mutter nach Krabi und brach den Kontakt zu ihm erneut ab. Yenai, der das Essen und Trinken verweigerte und zunehmend verwahrlost mit ungewaschenem, struppigem Haar in Sukhumvit herumlief, wurde als sich illegal aufhältige Person verhaftet, des Landes verwiesen und im Dorf Mawadi über die Staatsgrenze gebracht. Weil er auch offizielle Gelder seiner militärischen Gruppe entwendet hatte, wurde er vom Militär nicht wieder aufgenommen, schloss sich einer Rebellenarmee an und beteiligte sich am Befreiungskampf der Volksgruppe der Karen.

Wer Aitt zum ersten Mal sah, konnte ihn ohne Weiteres für einen freundlichen, netten und vertrauenswürdigen Polizisten halten. Er hatte immer ein Lachen im Gesicht und wirkte hilfsbereit. Aber die Leute in der Soi 16 kannten das wahre Gesicht Aitts, das sich hinter seiner nach Fisch stinkenden Maske verbarg.

Aitt war früher als Leo auf der Soi 16 aufgetaucht. Vor seinem Erscheinen waren die für die Überwachung der Straße zuständigen Polizisten einmal pro Woche bei den Prostituierten in dem Nueng Thaeo genannten Gebäude oder in Uwes Mietshaus erschienen und hatten bedrohlich mit den Handschellen geschwungen. Freilich taten sie das nicht, weil sie einige der Prostituierten wirklich in Gewahrsam nehmen wollten – die entsprechenden Zellen waren ohnehin überfüllt. Sie wollten schlicht und ergreifend Bumbum machen, ohne dafür zu bezahlen. Die Prostituierten nannten es »Steuerzahlung« und nahmen es ohne großen Widerstand hin. Ab und zu zeigte dieser Vorgang der »Steuerzahlung« auch gewalttägige Seiten. Wie zum Beispiel, als drei völlig betrunkene Polizisten einmal acht Prostituierte aus dem Nueng Thaeo genannten Gebäude in ein Zimmer trieben und an ihnen eine Gruppenvergewaltigung begingen. Dergleichen war möglich, weil diese Frauen zu keinen großen Massagesalons oder sogenannten A-Gogo-Bars gehörten, sondern zur ohnmächtigsten Klasse unter den Prostituierten, den Straßenprostituierten. Trotzdem fand all das unter einer Art beiderseitigem stillschweigenden Übereinkommen statt und entwickelte sich dadurch nie zu einem besonderen Problem.

Als aber der vollbarttragende muslimische Polizist Aitt auf der Bildfläche erschien, wurde alles anders. Obwohl sein Rang nicht so hoch war, verstand es Aitt, seinem Gegenüber grenzenlose Furcht einzuflößen. Aitt war aus Gründen, die nicht ganz klar waren, von Sungai Kolok im äußersten Süden des Landes hierherversetzt worden und verkündete am Tag seines Dienstantritts in der Polizeistation von Sukhumvit, dass er von nun an die Kontrolle über alle Muscheln der Soi 16 zu übernehmen gedenke. Einer seiner Kollegen, der einwand, dass man sich diese Muscheln eigentlich friedlich miteinander zu teilen pflegte, wurde zwei Tage später auf einem Müllhaufen in der Nähe von Pratunam als vermeintliches Selbstmordopfer aufgefunden. Von da an gab es keinen weiteren Widerstand mehr.

Aitt trug stets ein Lächeln im Gesicht und verhielt sich, als ob die hingebungsvolle Dienstleistung an den Bürgern

Berufung wäre. Für jene, die sich seinen Befehlen widersetzten, war er jedoch eine Art Fährmann der Unterwelt. In der Tat wurden eines Tages am nahe gelegenen Fluss die Leichen zweier Bewohner der Soi 16, die als Selbstmordopfer klassifiziert wurden, gefunden. Bei den beiden handelte es sich um Personen, die Aitt von Angesicht zu Angesicht beleidigt hatten. Es hatte niemanden gegeben, der ihn davon hätte abbringen können, sie zu töten. Er war es auch gewesen, der Kai geschwängert und Oddt mit dem Spitznamen »Kleiner Scheißganove« zuerst zusammengeschlagen und dann vergewaltigt hatte, bis Oddt der After platzte. Einmal hatte er alle Prostituierten, die im Nueng Thaeo genannten Gebäude wohnten, drei Tage und Nächte lang ohne Unterlass vergewaltigt. Hatte Aitt jemandem – egal wem – erst einmal ein Zeichen mit den Augen gegeben, musste sich diejenige Person – egal wo – rasch entkleiden. Weil ihr sonst nämlich nicht nur die Kleidung von Leib gerissen, sondern dieser Leib auch übel zugerichtet werden würde. Zwei Jahre später, nachdem Leo bereits gegangen war, wurde wieder jemand ermordet. Es war die Prostituierte Pe aus der Provinz Mae Hong Son, die unter dem Vorwand, gerade zu menstruieren, die Steuerzahlung verweigert hatte. Der Täter wurde am Tatort gestellt und verhaftet, es handelte sich um Oddt, der unter seinen Shorts eine Windel trug. Freilich wussten alle in der Soi 16, wer der eigentliche Täter war, der Pe durch mehrere Einstiche in den Hals mit einem Filzstift, wie man ihn zum Ausfüllen von Lottoscheinen verwendete, getötet hatte. Weil keine Lösung in Sicht war, hoffte man nur inständig darauf, dass der Himmel irgendwie das Problem lösen würde.

Eines Nachts, genau drei Jahre nach Leos Weggang, kamen Ploy und Yon von einem unerwarteten Platzregen völlig durchnässt zum Wohnhaus zurück und entdeckten ein Mädchen, das vor dem Eingang hockend eingeschlafen war. Weil es ihren mehrmaligen Versuchen, es wachzurütteln, trotzte, brachten sie das Mädchen ins Zimmer. Das Mädchen schlief drei Tage durch wie eine Tote, und nachdem es schmatzend erwacht war, stand es auf und suchte da und dort im Zimmer nach Essbarem, ganz als wäre es in dem Zimmer zu Hause. Schließlich schluckte es Keksreste mit Wasser hinunter. Lissa brachte ihm schimmliges Brot und abgelaufene Milch, um zu sehen, was es damit anfinge, und es aß alles auf einen Sitz ratzeputz auf und machte dabei einen niedlichen Gesichtsausdruck, der an die Disney-Figur Sweetie erinnerte. Weil das wie eine Art Hokuspokus-Kunst aussah, vergaffte sich Lissa völlig in sie. Immer wenn man sie ansprach, um wenigstens ihren Namen zu erfragen, gab sie einen völlig unverständlichen Laut von sich. Yon raunte, weil ihr das Mädchen nicht gefiel, aber Ploy lächelte nur.

»Lass sie in Ruhe! Übrigens, die ist ziemlich hübsch«, sagte Ploy.

Das Mädchen, dessen Haut dunkel war wie die Haut einer Schwarzafrikanerin und das mit seiner sehr schlanken Figur einem jungen Reh glich, war eine zweiundzwanzigjährige Prostituierte, die ursprünglich in Pyin U Lwin in Myanmar gelebt hatte, von dort jedoch, nachdem sie das Ohrläppchen eines hochrangigen Polizisten abgebissen hatte, der sie dazu hatte zwingen wollen, mit ihm ein Bumbum-Video zu machen, über die Grenze von Mae Sai hierher geflohen war. Seit sie ein paar Tage später zum ersten Mal anmutig durch die Straße geschritten war, liebten es die Leute auf der Soi 16, sie statt mit ihrem Eigennamen Papa schlicht »schwarze Schöne« zu rufen.

Lano, Shans Tochter, die ständig Wasser in den Lungen hatte und deren Herz schon einmal zu schlagen aufgehört hatte, weswegen die Nachbarn sich Sorgen um sie machten, wuchs mittlerweile relativ gesund auf. Da sie jedoch nach jeder Mahlzeit wie verrückt auf den Straßen herumtollte, war sie bereits dreimal in Motorräder gerannt, einmal in einen Tuktuk und zweimal sogar in Kleinbusse – gerade so, als sehnte sie sich nach dem Krankenbett im Gesundheitsamt zurück. Jedes Mal erschien Som als Geist und umschlang ihre Tochter blitzschnell mit dem ganzen Körper, wodurch sich der Aufprall gar nicht erst zu einem nennenswerten Unfall entwickelte, gleich darauf aber versohlte sie ihrer Tochter, die sie wie eine Kröte auf den Bauch drehte, den Hintern, ohne sich um das an ihrem Arm oder an ihrem Oberschenkel herunterfließende Blut zu kümmern. Dann stürzte Shan, der das Schreien und Weinen seiner Tochter gehört hatte, herbei und musste seiner Frau Einhalt gebieten.

Weil das Preisniveau nicht nur in Sukhumvit, sondern in ganz Bangkok stark gestiegen war, erhöhten auch die meisten Esslokale ihre Preise. Einzig ein Laden – das Schweinestelzen-Esslokal von Songruon – erhöhte die Preise nicht, stattdessen wurden kurzerhand die Portionen halbiert. Gleichzeitig stellte Songruon den Gassenverkauf ein und bot Speisen aus Prinzip nur noch zur Konsumation im Lokal an. Das hatte zur Folge, dass die Standkrämer, die die bei Songruon eingekauften Speisen zu etwas höheren Preisen auf der Sukhumvit-Straße weiterverkauften, den Job wechseln mussten.

Es war ungefähr zu dieser Zeit, als die dicke Friseuse aus Phetchabun, die allen Männern, die sie rasierte, eine Erektion verursachte, ihren Job wechselte.

Sie rastete plötzlich beim Rasieren eines gut aussehenden Griechen aus, der nur auf einen Sprung vorbeigekommen war, um Lissa zu treffen. Während der geschockte Mann reflexartig von ihr abrückte, um seine Pulsader zu schützen, lief sie auf die Toilette, nahm sich die nasse Damenbinde aus der Unterhose und warf sie in den Abfalleimer. Tatsächlich erregte es sie selbst sehr, wenn sie den Männern, indem sie sie beim Rasieren an den Wangen berührte, eine Erektion verursachte. An Tagen, an denen sie viele gut aussehende männliche Kunden hatte, musste sie wie Oddt eine Windel tragen, weil die kleine Damenbinde nicht ausreichte. Schließlich riss ihr der Geduldsfaden. Sie trat vor den Laden, stampfte mit den Füßen auf die Erde und ließ dazu allerlei Schimpfwörter vom Stapel, wie man sie aus ihrem Munde nie zuvor gehört hatte. Schließlich schleuderte sie noch die in Deutschland hergestellte Haarschneideschere, die sie stets wie ein Erbstück wertgeschätzt hatte, auf den Boden und verließ dann die Soi 16 wortwörtlich »im Flug«. Weniger als zwei Monate später war sie unter dem Spitznamen Chaba in Patpong tätig – als eine beliebte Straßenprostituierte.

Leo ließ sich nach seiner Rückkehr nach Korea zuerst den ausgeschlagenen Vorderzahn behandeln. Er erhielt eine Zahnbrücke unter Einbeziehung der beiden Nebenzähne, aber auch nach mehreren Monaten ließ sich die fehlerhafte Aussprache nicht korrigieren. Später erfuhr er, dass die falsche Aussprache nichts mit der Zahnbrücke zu tun hatte, sondern daher rührte, dass er allzu eifrig Thailändisch geübt hatte. Gegen Jahresende trat Leo eine Stelle bei einer großen Handelskompanie an. Diese Firma war dabei, ihre Struktur auf der Grundlage enger Beziehungen zur Regierung erfolgreich zu erweitern. Leo wurde dabei in den Dienst des Revisionsteams gestellt, welches nur zum Zwecke der moralischen Aufrechterhaltung der Kompanie eilig organisiert wurde, und musste mit den Mitarbeitern des Teams Zeit totschlagen. Weil es in Wahrheit jedoch nicht viel zu tun gab, meldete sich Leo für einen Kurs an einer privaten Abendschule an und vertiefte sich in das Studium der Sprache und Kultur Thailands. Der erste, wie ein Pinguin aussehende Buchstabe der thailändischen Schrift, »ko-kai«, weckte in ihm Erinnerungen, und wenn er an das arme Mädchen zurückdachte, schmerzte ihn das. Auch dass es sich bei dem Namen Ploy nicht um eine englische Vokabel mit der Bedeutung »Verhandlung« oder »Intrige« handelte, sondern um das thailändische Wort für »Schatz«, erfuhr er erst um die Zeit.

Drei Jahre später wurde er zum ersten Mal befördert. Unter den Kollegen, die mit ihm zusammen in die Firma eingetreten waren, war er der Erste, der befördert wurde.

»So eine Sauerei!«, schleuderte ihm ein gleichzeitig in die Firma eingetretener Kollege bei einem Trinkgelage unter Kollegen entgegen. »Andere reißen sich Tag für Tag für die Firma den Arsch auf, und das ist dann also der Dank!«

Auf dieses schnöde Gezeter erwiderte Leo nichts. Beförderungen hatten gar nichts mit Arbeitseifer oder Kompetenz zu tun. Entscheidend war vielmehr, wie gut man über bestimmte Zusammenhänge, über Strukturen und Geheimnisse einer Firma Bescheid wusste. In dieser Hinsicht war Leo ein wirklicher Teil der Firma, während der Kollege, der Leo angeschnauzt hatte, nur ein Einweg-Angestellter war, den man nach Gebrauch entsorgte, weil er ein Fremdkörper geblieben war. Im Übrigen hätte auch dieser Kollege eine solche Chance, wenn man sie ihm denn geboten hätte, ohne Zögern beim Schopf gepackt. Und auch er wäre dann zum Treffen des Firmen-Jahrgangs, wo sich Neid, Missgunst und allerhand Lästereien ein garstiges Stelldichein gaben, gar nicht mehr erschienen. Aber es war eben keine Chance, die man einfach so auf Wunsch bekam. Das sollte aber nicht heißen, dass alles nur eine Frage des Schicksals war oder dass man besser die Klappe halten und sich anpassen sollte. Es war schlicht der Lauf der Dinge auf dieser Welt.

Mit der Beförderung wurde Leo tiefer in firmeninterne Vorgänge involviert. Auch die Menge der Arbeiten, die er erledigen musste, nahm zu. Wenn man sich die auf seinem Schreibtisch abgelegten Unterlagen genau ansah, handelte es sich immer um eines von beiden: Entweder hatte irgendjemand die ihm anvertrauten Arbeiten nicht erledigt, oder es handelte sich um Arbeiten, die nicht erledigt zu werden brauchten. Ersteres betraf Mitarbeiter, die nicht genügend motiviert waren, Letzteres solche, die übermotiviert waren. Leo wusste sehr genau, was er zu tun hatte, und bemühte sich um Fairness. Dennoch handelte es sich bei denjenigen, die auf Grundlage seiner von persönlichen Sympathien unbeeinflussten Evaluation gekündigt wurden, immer um Angestellte, die übermotiviert waren. Jene, die, unter Antriebslosigkeit leidend, unauffällige Leistungen erbrachten, überlebten unbehelligt. Auch das war der Lauf der Dinge auf dieser Welt.

Eines Tages musste Leo eine Dienstreise zu einer Filiale nach Daegu antreten. Mit dem Teamleiter, mit dem er bereits über drei Jahre lang zusammengearbeitet hatte, stieg er am Ostbahnhof der Stadt aus und nahm einen Bus zum Trade Center. In dem Bus waren Plätze gleich beim Einstieg frei, und so nahmen die beiden dort nichtsahnend Platz. Da sich aber beim Hinsetzen etwas am Gesäß seltsam anfühlte, betasteten sie den Sitz mit der Hand. Er war ganz nass. »Was soll das denn, ist da eine Meerjungfrau mitgefahren?«, murrte der Teamleiter. Kurz machten sie sich Sorgen, dass es sich um säuerlich riechenden Gimchi-Saft handeln könnte, aber glücklicherweise war es nur Wasser. Sie wechselten auf Sitzplätze im hintersten Teil des Busses. In der Sitzreihe direkt vor ihnen unterhielten sich zwei frisch aussehende Männer mit Kurzhaarschnitt gerade über ein Cold-Steel-Produkte betreffendes Kontrollgesetz. Leo hatte nach dem Mittagessen ein Mittel gegen Erkältung eingenommen, weshalb er sich schwindlig fühlte. Da stießen ein junger Mann und eine junge Frau, die vor und hinter einem für Senioren reservierten Sitzplatz saßen und sich ohne Unterbrechung miteinander unterhielten, plötzlich schrille Schreie aus. Man sah nach, was Sache war, und es handelte sich um eine Küchenschabe. Das Exemplar war so riesig, dass man es für einen Schuhabsatz hätte halten können, wären da nicht die langen Tastfühler gewesen. »Gute Güte!« Eine Frau mittleren Alters mit einer riesigen Dauerwellenfrisur schnalzte beim Anblick des in Richtung des Fahrersitzes kriechenden Tieres. »So riesige Küchenschaben gibt's doch gar nicht!«

In dem Moment fiel Leo auf, dass der Bus zu schnell fuhr. Natürlich hatte es etwas für sich, frühzeitig am Zielort anzukommen, dennoch wollte er, da er zum ersten Mal nach Daegu gekommen war, die Stadtlandschaft in aller Ruhe auf sich wirken lassen. Wenn er zurückdachte, war es wirklich das erste Mal seit Langem, dass er eine solche innere Ruhe empfand. Leo wusste genau, was seine Aufgabe war, und indem er dieser mit Eifer nachkam, war es ihm möglich, einen Zustand des inneren Friedens zu erlangen. Das war sicher eine segensreiche Sache. Wie dem auch sei, hatte er dennoch das Gefühl, zu rasch in seine jetzige Position aufgestiegen zu sein. Leo pochte mit der Faust gegen seine Aktentasche. Der fremde Ort, dieses fremde Gefühl – aber all das bereitete ihm kein Missbehagen.

Der Teamleiter war mit über der Brust verschränkten Armen in einer Position eingeschlafen, in der er vorzugeben schien, nur in Gedanken versunken zu sein. Wegen des zwischen den Gebäuden hindurchflutenden Sonnenlichts tat Leo der Kopf ein wenig weh, und unerwartet fiel ihm ein geliebter Name ein. Infolge dieser überraschenden Reminiszenz lächelte er eigenartig berührt.

Als er mit ihr zusammen gewesen war, war alles schiefgegangen. Die Bänder am Bein hatten sich überdehnt und dadurch hatte er einen Monat lang nur dagelegen und sein ganzes mühevoll zusammengespartes Geld war mit dem Yaba-Rauch verflogen und am Schluss war ihm sogar ein Vorderzahn ausgeschlagen worden, als er von dem »Kleinen Scheißganoven« vermöbelt worden war. Es wäre wohl das Beste, all diese unschönen Erinnerungen hinter sich zu lassen, und genau darum hatte er sich bis jetzt auch bemüht. Aber wie sollte er das alles denn vergessen? Dieses halbe Jahr auf der Soi 16 war die schmerzlichste Zeit seines Lebens gewesen. Und was bliebe denn davon übrig, wenn man Ploy abzog? Nichts bliebe übrig.

Das Klopfen von Regentropfen gegen das Dach war zu hören, und in der Tat regnete es, so heftig, dass außer dem Regen überhaupt nichts mehr zu sehen war. Es war ein tropischer Regenguss, wie man ihn auch in Südostasien erleben konnte.

»Was, was ist das denn?«, erregten sich die Fahrgäste. »Mensch, und ich hab keinen Regenschirm dabei! Ich werd verrückt, echt!« Der junge Mann und die junge Frau echauffierten sich laut. Der Teamleiter wachte auch inmitten all dieser Unruhe nicht leicht auf.

Plötzlich trat der Busfahrer kräftig auf die Bremse. Der Bus begann unter Getöse umherzuschlittern. Die Fahrgäste wurden mit enormer Wucht gegen die Vordersitze gepresst, sie schrien nicht. Der Teamleiter und die Frau mittleren Alters wurden zu Boden geschleudert und kullerten dort weiter. Leo griff so rasch wie möglich nach der silbernen Haltestange neben sich, aber als der Bus über den Mittelstreifen hinweg gegen eine Straßenlaterne stieß, musste er loslassen und wurde durch die Luft nach vorn geschleudert.

Durch den ruckartigen Stoß und die plötzliche Richtungsänderung zog sich die Luft in dem Bus wie der Balg einer Ziehharmonika zusammen. Die Seite des Busses vibrierte wie das Fell einer kraftvoll gerührten Marschtrommel, ehe sie in Form einer Sprungfeder zusammengequetscht wurde. Handtaschen, Mobiltelefone und andere Gegenstände, die in alle Richtungen davongeschleudert wurden, schwebten neben Leo in der Luft. Sie schienen so nahe, dass er meinte, sie fassen zu können, wenn er nur die Hand danach ausstreckte. Alle diese Vorgänge, die von statten gingen, als wären sie durch einen riesigen Knall in Gang gesetzt worden, schienen in einem unbegreiflich ruhigen Mußemoment stillstehend eingefroren. »Wenn ich das hier überlebe, …«, versicherte sich Leo. Von den kleinteilig zerborstenen Fenstern herabgefallene Glassplitter hüllten alles rundherum ein wie ein Nebel. Unter dem Sitz des Busfahrers, der gegen das Lenkrad gestoßen und dessen obere Gesichtshälfte dabei zur Hälfte eingedrückt worden war, war ein intensiv blaues Licht zu sehen. Am Fuß des Glaskastens, in den das Fahrgeld eingeworfen wurde, lag der Teamleiter, dessen Hüfte ganz nach hinten verdreht war, mit weit geöffneten Augen. Leos Körper flog durch alle dieses Leiden, durch all diesen Tod und all diese Zerstörung hindurch und ließ sie hinter sich und wurde leichter als eine Feder weiter nach vorne getragen.

»…werde ich mich aufmachen, Ploy wiederzusehen.«

Drittes Kapitel

OUTSIDER

11

Das Reisen lässt uns die Realität vor Ort anders begreifen. Wenn man sich vom langweiligen und beschwerlichen Alltag abwendet und irgendwo da draußen auf eine ganz andere Welt fremder Wesensart trifft, ist es, als bräche im Herzen mit einem elektrisierenden Knall ein Feuerwerk los. Der Grund, warum uns dieses Andere und Fremdartige derart begeistert, ist aber gerade, dass wir nur Reisende sind. Dass die an uns vorüberziehenden exotischen Landschaften in keinem engeren Zusammenhang mit unserem Alltagsleben stehen, dass sie erheiternd wirken wie ein Scherz, der keine tiefere Bedeutung hat, und in dem realen Leben, in das wir nach unserer Reise zurückkehren, lediglich eine leichte romantische Erinnerung im Fotoalbum abgeben, steht von vornherein fest.

Das ist das Prinzip, aber nicht immer, so scheint es, verhält es sich in der Realität so, wie dieses Prinzip besagt. Als das Taxi nach der etwa dreißigminütigen Fahrt vom Flughafen Don Muang in die ihm vertraute Straße einbog, spürte Leo ein eigenartiges Unbehagen. Alles, was er dort zu sehen, zu hören und zu fühlen bekam, war anders, als er es erwartet hatte. Es war noch viel schlimmer.

Die Soi 16 war dabei, langsam zu verfallen. Allenthalben waren Risse entstanden und die Straße wurde von einem unheilvollen Schatten verdüstert. Obwohl es jener Punkt im Jahreslauf war, an dem sich nach dem Ende der Regenzeit wieder mehr und mehr Reisende einfanden, war dieser Ort gerade im Zerfallen begriffen und blieb abgeschnitten von der Lebendigkeit, von der die große Sukhumvit-Straße erfasst wurde. An dem Nueng Thaeo genannten Gebäude, in dem ein Jahr nach Leos Weggang ein Feuer ausgebrochen war, waren da und dort noch verrußte Stellen sichtbar. Die Bewohner hatten gehofft, dass diese traurigen Spuren vom Regen abgewaschen würden, die heftigen tropischen Regengüsse ließen jedoch eher das Gebäude selbst in den Erdboden versinken. Dadurch neigten sich die Betonwände und auch die verrosteten Tore passten nicht mehr.

Durch das Hotel-Hochhaus, das unweit der großen Ratchadaphisek-Straße in einer ehemals versumpften Baulücke errichtet wurde, wurde die Unansehnlichkeit des Nueng Thaeo genannten Gebäudes, das eine Art Wahrzeichen der Soi 16 war, noch auffälliger. Durch das »Auge der Soi 16«, das kleine Loch im Mückennetz, starrte Leo den riesigen Hotelbau an, dessen Gerüst schon fertiggestellt war und nun auf die Betonmischfahrzeuge wartete. Es wurde gesagt, das Hotel hätte auf dem obersten Stockwerk ein Schwimmbad, über dem eine matte Glasdecke je nach Witterung geöffnet oder geschlossen werden könnte. Die Bewohner der Soi 16 liefen umher und unterhielten sich sinnlos darüber, wie viele Aufzüge das Hotel haben würde, welchen Namen es nach der Fertigstellung tragen würde und wie viel die Deluxe-Zimmer wohl kosten würden. Der Grad der Vollendung des Hotels, welches das Leben auf der Straße selbst und die ganze Nachbarschaft vergleichsweise armselig wirken ließ, war das häufigste Gesprächsthema auf der Soi 16. Dabei ließ der Gesichtsausdruck, mit dem die Bewohner das mit Fortschreiten der Zeit immer eindrucksvollere Erscheinungsbild des Gebäudes quittierten, fast an ein hoffnungslos naives Mädchen denken, das mit stolzer Miene über seinen Bauch strich, in dem der Same eines Triebtäters spross.

Dergestalt versetzte Leo alles, was er sah, in Unruhe. Obwohl höchstens vier Jahre vergangen waren, hatte er das Gefühl, dass die ganze Soi 16 unter absterbenden Ranken dahindämmerte. Sowohl die Menschen als auch die Straße und die Gebäude, die an ihr standen, aber auch die Flora und ihre Farben, ja selbst noch die Luft wirkten mit einem Mal verbraucht und überlebt. So etwas wie eine Flamme der Feierlichkeit war nirgendwo zu sehen. Der Grund war nicht nur, dass Leo die Straße so gut bekannt war. Er blickte sich langsam um und verglich das, was er sah, mit dem, woran er sich erinnerte, und das, was er sich vorgestellt hatte, wiederum mit dem, was sich ihm tatsächlich darbot. Das Ganze kam ihm wie ein großes Missverständnis vor: als hätte er mit dem Finger auf Schwarztee zeigend Kaffee bestellt, aber Reis-Sud erhalten.

Schon von Weitem war ein Geräusch zu hören, ein Heulen und Schluchzen. Langsam wurde das Geräusch deutlicher und schließlich kam Yon durch die Tür, die sie auftrat, ins Zimmer herein. Ohne jede Erklärung warf sie sich Ploy zu Füßen und klagte, dass sie »es« verloren hätte. Was »es«? Das Geld. Wessen Geld? Das Geld, das ihr Ploy gegeben hatte, damit sie davon Yaba und Eiswürfel besorgte.

Ploy warf ihr mit zusammengekniffenen Augen einen drohenden Blick zu, ehe sie sich wortlos abwandte. Sie wusste nur zu gut, dass es, wenn Yon wieder einmal Mist gebaut hatte, nichts zu überlegen gab und sie sich nicht zu ärgern brauchte. Man zerbrach sich den Kopf, gab sich Mühe, eine Möglichkeit zu finden, den Schaden wiedergutzumachen, immer aber war der von Yon begangene Fehler zu schlimm und also nichts mehr zu retten, und genauso sinnlos war es, böse auf sie zu sein, sie machte denselben törichten Fehler beim nächsten Mal ja doch nur wieder. Yon flehte lautstark um Verzeihung, aber wie sollte man ihr jedes Mal verzeihen? Tränen quollen ihr aus den Augen, Speichel tropfte ihr vom Mund, und Nasenschleim rann ihr aus der Nase, ihr ganzes Gesicht war voll mit schleimigem Sekret. Ihre Finger schlängelten sich wie Gewürm, sie riss sich büschelweise Haare vom Hinterkopf aus. Ploy aber starrte nur auf den Fernseher, ihr Gesichtsausdruck so kalt, dass Eiszapfen daran hätten festfrieren können.

Die von sich selbst erschöpfte Yon setzte sich langsam auf und beklagte ihre Lage:

»Auch Ploy ist jetzt sauer auf mich, ich hab weder Wohnung noch Freunde, Ploy ärgert sich so sehr, ach Gott! Wo hab ich das verdammte Geld nur hingegeben – Moment mal, wer bist du denn?«

»Yon, alles in Ordnung? Ich bin eben erst angekommen.«

Leo, der an die Wand gelehnt dasaß, faltete die Hände zu einem Wei. Yon hörte damit auf, sich die Tränen von ihrem von tiefen Falten durchfurchten Gesicht zu wischen, und nickte nur mit dem Kopf.

»Mir geht's gut, dank Ploy bin ich jeden Tag am Trinken, Rauchen und Quatschen, und…« Dann musterte sie Leo von oben bis unten und fragte: »Aber wer bist du?«

Es regnete. Während Leo zu Uwes Zimmer ins Erdgeschoss hinunterstieg, schaute er durch das Gangfenster auf die Straße hinaus. Im Regen stand da mit ausgebreiteten Armen ein Gott. Nein, auf den zweiten Blick entpuppte sich der Gott als ein Leitungsmast, von dem Starkstromleitungen herabhingen.

Uwe nahm mit einer Hand die von Shan durchgemischten Karten entgegen, fächerte sie auf und hielt sie Leo hin.

»Zieh mal eine Karte heraus, die dir gefällt. Zeig sie mir aber nicht!«

Da die Handfläche, die die Karten umfasste, so dick war, musste sich Leo beim Aussuchen Mühe geben. Er zog die Kreuz-Sieben heraus. Uwe steckte die Karte sogleich wieder in den Stapel zurück und hielt ihn Leo hin.

»Misch die Karten fünf- oder sechsmal durch.«

Nachdem Leo die Karten gemischt hatte, gab er sie Uwe zurück. Mit froh erregtem Gesichtsausdruck zog Uwe neun Karten aus dem Päckchen heraus und legte sie zu einem etwas schiefen Stapel aufeinander.

»Nun, Leo, stimmt es, dass ich nicht weiß, welche Karte du gezogen hast?«

»Davon gehe ich aus«, antwortete Leo. »Jedenfalls habe nur ich die Karte gesehen, du hast sie mit der Rückseite zu dir zurückgesteckt.«

»Ja, stimmt.«

Leo hatte Lust, Uwe, der lächelte wie die Porträts, die auf Geldscheine gedruckt waren, nach seinem Alter zu fragen.

Irgendjemand hatte ihm einmal gesagt, Uwe sei Mitte vierzig. Jemand anders hatte gemeint, er sei schon über siebzig, obwohl es dann ja wohl eigenartig wäre, dass er überhaupt keine Falten hatte. Sicher war, dass Uwe in der Sukhumvit Soi 16 – nein, in diesem Zimmer allein – schon fast zwanzig Jahre lang gewohnt hatte. Sein Leibesumfang hatte sich, seit Leo ihn vor vier Jahren zuletzt gesehen hatte, weiter vergrößert, und nun war er dermaßen riesig, dass sein Körper das etwa dreißig Quadratmeter große Zimmer fast vollständig ausfüllte. Deshalb mussten Leo und Shan in einer Ecke des Zimmers eng an die Wand gedrängt beisammensitzen, während Nawalatt, die aus Myanmar stammende Kathoey, zuvor auf Uwes weichem Schoß Platz genommen hatte. Als Uwe das obere und das untere Ende des Päckchens mit den neun Karten gegen Leo klopfte, schob sich eine der Karten aus dem Päckchen heraus. Es war die Kreuz-Sieben.

»Wow!« Leo sackte in sich zusammen und lehnte sich mit dem Rücken gegen die Wand. Doch sogleich richtete er sich wieder auf wie eine Spannfeder: »Uwe, wie um alles in der Welt hast du das gemacht?«

Shan, dessen Miene zu sagen schien, dass der Trick doch leicht zu verstehen wäre, sagte:

»Leo, du bist wirklich leicht hinters Licht zu führen! Dankbares Publikum für jeden Zauberkünstler.«

Das hatte etwas für sich. Es stimmte, dass Leo leicht übers Ohr zu hauen war, dass er die Überraschung in seinem Gesichtsausdruck nicht zu verbergen wusste, dass er die einzelnen Handbewegungen nicht zu analysieren verstand und den Zauber folglich nicht durchschaute, und es stimmte auch, dass er nach Abschluss eines Zaubertricks nicht darum bat, den Trick erklärt zu bekommen. Von daher war er jene Art Zuschauer, den man gerne einlud, um ihm anschließend den Trick detailliert zu erklären.

Uwe führte das Zauberkunststück noch einmal vor und erklärte Leo das Prinzip.

»Leo, dieser Trick wird nach dem Wahrscheinlichkeitsprinzip gespielt. Wenn man sich die im Stapel zuunterst liegende Karte merkt und die vom Gegenüber ausgewählte Karte davor einreiht, bleiben diese beiden Karten fast immer zusammen, egal wie oft das Päckchen durchgemischt wird. Auf der untersten Karte, die ich mir gemerkt habe, liegt die Karte, die du rausgezogen hast. Wenn man leicht gegen das Päckchen mit den ausgewählten neun Karten, von denen deine die fünfte ist, klopft, geht nur die Karte in der Mitte hoch.

Leo übte das Gelernte mit Nawalatt als Partnerin. Nawalatt spornte ihn an, indem sie ihm applaudierte.

»Wow, du lernst wirklich schnell! Sieh ihn dir an, der geborene Spieler!«

»Leider kommen manchmal auch zwei Karten. Der Trick klappt also nicht immer.«

Uwe gab mit seiner schmutzigen Hand Eiswürfel in Leos Glas, mischte darin Whiskey, Cola und Sodawasser zusammen und rührte mit seinem kleinen Finger, der dick war wie eine alte Gurke, sorgfältig um. Es war jener Cocktail, dem Nawalatt den Namen »Elefantenfinger« gegeben hatte. Noch bevor man von dem Drink probierte, stieg einem ein Geruch nach fauligem Elefanten in die Nase. An der feuchten Fingerspitze leckend sprach Uwe weiter.

»Meistens klappt es aber. Es gibt Dinge auf der Welt, die fast immer gleich ablaufen. Also eigentlich immer.«

›Ich muss zumindest ein wenig Trinkgeld geben‹, sagte sich Leo und zog zwei frische 1.000-Baht-Scheine aus seiner Hosentasche: »Danke, Uwe!«

»Na, hab ich dir nicht gesagt, dass du zurückkommen wirst!«, rief Uwe und nahm das Geld an sich. »Sieh einer an, gleich das Doppelte! Der Zauber zeigt Wirkung.«

Nawalatt hatte plötzlich einen aus Papier gerollten Trichter im Mund und zündete gerade die Silberfolie an. Ein schmaler Rauchfaden stieg auf. Es roch nach dem süßlichen Yaba. Nawalatt gab Shan die Silberfolie und den Papiertrichter, und nachdem dieser seine Lungen mit dem Rauch vollgesogen hatte, gab er beides an Leo weiter. Nachdem Leo allen

Speichel im Mund hinuntergeschluckt hatte, sog er mit aller Kraft an dem Trichter. Sein Herz schlug höher vor Freude. Während Leo den Trichter an Uwe weitergab, fragte Nawalatt amüsiert:

»Leo, wie hast du es bloß die ganze Zeit ohne Yaba ausgehalten?«

»Ich hab gar keinen Gedanken daran verschwendet und ganz gut gelebt«, antwortete Leo und legte unwillkürlich den Kopf in den Nacken. Seine Augen schlossen sich wie von selbst. Leo hatte das Gefühl, als streichelte ihm jemand mit sanfter Hand seinen Hinterkopf. Auf der Innenseite seiner Augenlider ergriff ein violetter Strudel immer mehr Raum. Nachdem Leo weitere vier Mal inhaliert hatte, setzte zwischen den Augenbrauen ein leichter Kopfschmerz ein.

Leo ließ das Yaba-Rauchen sein und lehnte sich rücklings an die Wand. Uwe mischte ihm noch einen Elefantenfinger-Cocktail. Vielleicht, weil er den Drink diesmal zu lange mit seinem Finger umgerührt hatte, schmeckte dieser doppelt salzig. Leo trank ihn in einem Zug hinunter und machte wieder die Augen zu. Es war finster. Aber es war keine unbehagliche oder schwermütig machende Finsternis. Als ob da jemand wäre, der einen beschützte, wirkte diese Finsternis vertraut und anheimelnd. War es dieses Gefühl, das die Leute an Yaba mochten? Irgendwelche Geräusche, vielleicht Regengeräusche oder auch das Quaken von Fröschen drangen durch die Wände herein. Leo lächelte verschmitzt. ›Ich bin wieder hier. In der Sukhumvit Soi 16, bei ihr.‹

Als Leo in Daegu auf dem Asphalt liegend wieder zu sich kam, verwandelte sich die Umgebung gerade vollends in ein Tollhaus. Der gegen die Straßenlaterne geprallte Bus, dessen vorderer Teil stark zusammengequetscht worden war, stand in

Flammen. Um den Bus herum liefen Feuerwehrleute mit Pulverfeuerlöschern hin und her. Geschmolzenes Plastik, der weiße Schaum der Feuerlöschgeräte und tiefrotes Blut hatten sich vermischt und flossen durch einen Spalt in der zerknautschten Bustür nach draußen. In der Art eines Kanons ertönten abwechselnd das laute Sirenengeheul von Rettungswagen und Feuerwehrautos. Glasscherben, Bolzen, Betonbruchstücke, abgetrennte Teile des Busses und der Straßenlaterne lagen überall herum.

Einige Leute kamen auf Leo zu und drückten ihn zurück auf den Boden. Nachdem sie ihn wiederholt und sehr fest in Finger und Zehen gekniffen hatten, was ihn fast in den Wahnsinn getrieben hätte, packten sie ihn unter den Achseln und schleppten ihn auf den Bürgersteig. Auch dort machten sie allerlei Aufhebens, kehrten die Innenseite seiner Lider nach außen und leuchteten sie mit ihren Stablampen aus, dann jedoch – vielleicht weil sie zu dem Schluss gekommen waren, dass alles mehr oder weniger in Ordnung war, legten sie ihm ein feuchtes Tuch auf die Stirn und gingen weg.

Leo, der dank des kalten, feuchten Tuches zu sich kam, berührte seinen heftig schmerzenden Scheitel. Er war aufgeschürft und blutete. Auch Gesäß und Oberschenkel schmerzten heftig. Er wollte sich aufsetzen, schaffte es aber nicht, weil sein ganzer Körper unter ihm wegsackte.

›Ach, was für ein Elend!‹

Leo winkte mit blutverschmierten Fingern einen gerade vorüberlaufenden Rettungssanitäter in orangefarbener Uniform herbei. Der etwa zwanzigjährige Sanitäter, der ein kindliches Gesicht hatte, kam auf Leo zu, drehte ihm wieder die Augenlider nach außen und kniff ihn fest in Fingerspitzen und Zehen. Leo hatte das Gefühl, ihm sprängen vor lauter Schmerzen die

Augäpfel aus den Höhlen. Scheinbar hatte man den Sanitätern aufgetragen, die der Gefahr knapp Entronnenen zu Tode zu kneifen.

»Sie stehen nur unter Schock, das ist alles«, sagte der Rettungssanitäter zu Leo. »Vor Schreck sind Sie hingefallen. Gehirnerschütterung haben Sie keine, also wird gleich wieder alles in Ordnung sein.«

»*Mai pai khrap!* Nein, nein!«

Das plötzlich aus ihm hervorsprudelnde Thailändisch verwirrte Leo und er hielt sich den Mund zu. Er schluckte, dann sagte er langsam: »Bitte gehen Sie nicht weg! Ich, ich bin da drin mitgefahren. Bei dem Unfall wurde ich herausgeschleudert.«

Der Rettungssanitäter sah kurz verwirrt drein und winkte dann mit einem Handzeichen einen anderen, ähnlich jungen Kollegen herbei. Die beiden standen neben Leo und unterhielten sich über dieses und jenes. Sie bedrängten Leo mit Fragen:

»Sie sagen, Sie sind mit diesem Bus gefahren? Im Moment des Unfalls?«

Leo hatte kaum genickt, da hießen sie ihn so, wie er war, liegen bleiben und rannten eilig davon.

Mittlerweile war der Brand im Bus vollständig gelöscht. Aus dem völlig nassen schwarzen Wrack wurden Leichname herausgetragen. Allen war ihnen ohne Unterschied die an einen Embryo erinnernde kauernde Pose gemeinsam. Welche der Leichname jene des Pärchens waren, das unaufhörlich geplappert hatte, welcher jener der Frau mittleren Alters, die beim Anblick der Küchenschabe mit der Zunge geschnalzt hatte, und welcher jener des Teamleiters, der Leo drei Jahre lang bei der Arbeit geholfen hatte, war nicht zu erkennen. Ein paar Minuten später kam ein Rettungssanitäter mittleren Alters zu Leo, in

Begleitung der beiden jungen Sanitäter, die schon zuvor bei Leo gewesen waren, und sogar in Begleitung eines Polizisten. Alle – mit Ausnahme nur des Rettungssanitäters mittleren Alters, der sichtlich bemüht war, die seiner langjährigen Berufserfahrung entsprechende Abgeklärtheit an den Tag zu legen – waren ausgesprochen aufgeregt.

»Alle sechs sind ums Leben gekommen! Mein Gott, Sie haben als Einziger in dem Bus überlebt!«, rief der Polizist, und der Sanitäter mittleren Alters, der den Körper von Leo prüfend ansah, ergänzte: »Sie sind wirklich ein Glückskind! Wahrscheinlich haben Sie einen Schutzengel.«

Leo lächelte dünn, weil er nicht wusste, was er darauf sagen sollte. Zwar hatte er sich die Haut am Scheitel aufgerissen und auch sein Oberschenkel schmerzte, aber das war jedenfalls nicht mit dem Schicksal jener Fahrgäste zu vergleichen, die als verkohlte Leichen geendet hatten. Ja, es war wahr. Er war nicht tot, sondern lebendig. Er hatte überlebt. Nun war es an ihm, den Entschluss, den er gefasst hatte, als er gerade durch die Luft geflogen war, in die Tat umzusetzen.

Leo hatte zwei Gepäckstücke mitgebracht: einen Trolley aus Leder und eine große Bowlingtasche. In dem Trolley waren Kleidung und Waschzeug, und die halbmondförmige Bowlingtasche war voller Geschenke, die er an seine Freunde verteilen wollte. Er dachte, es wäre gut, wenn die Geschenkverteilung in einem Aufwaschen in Anwesenheit aller vonstatten ginge, und wartete daher auf Lissa, die nach Thonglor in einen Nachtclub gegangen war. Lissa aber kam erst drei Tage später frühmorgens zurück, ganz welk wie ein Blatt eingelegten Chinakohls.

»Leo, Leo, ich hab dich vermisst!«

Es schien, dass ihre Lebensgeister bei Leos Anblick neu geweckt worden waren, sie machte Freudensprünge und warf sich ihm um den Hals. Ihr kindlich unschuldiger Gesichtsausdruck von damals wirkte ein wenig getrübt, aber dennoch war sie dermaßen hübsch und attraktiv, dass Leo gleich Feuer und Flamme für sie war. Ihre Brüste schienen im Vergleich zu vor vier Jahren größer geworden zu sein. Ihre Taille wiederum war schlanker geworden, vielleicht weil sie so eifrig getanzt hatte, und auch ihre Arme und Beine waren ansehnlich geformt. Dadurch, dass sie ihm mit ihrem erregenden Körper in die Arme flog, dass sie ihre Wangen an seine Ohren drückte und dass sie, während sie ihren Körper in seiner Umarmung wand, auch noch eigenartige Nasallaute von sich gab, die sich nach »Ahong, ahong« anhörten, schoss Leo die Schamesröte ins Gesicht. Er wollte sie mit den Fingern von sich wegdrücken, um ihr zu bedeuten, sie solle sich wieder von ihm wegsetzen, aber ihre Muskulatur war ganz angespannt, sodass er sich die Finger zu brechen drohte. Sobald Yon, die auf der Toilette unter Flüchen ein großes Geschäft erledigt hatte, zurück im Zimmer war, machte Leo frischen Mutes seine Bowlingtasche auf.

Was er zu allererst zu fassen bekam, war eine Plastikdose mit einhundert Stück Multivitamintabletten und eine Plastikdose mit Darmmedizin-Kapseln für drei Monate, beides Geschenke für Yon. Yon sah sich alles mit neugierigen Blicken an, und nachdem sie gehört hatte, wie viel die Tabletten kosteten, strahlte sie dermaßen vor Freude, dass ihre Mundwinkel an ihre Ohren zu stoßen schienen. Leo machte sich Sorgen, dass sie eine große Zahl der Tabletten auf einmal nehmen würde und dass ihr davon womöglich der Bauch platzen könnte, also machte er sie mehrmals darauf aufmerksam, dass sie nur eine Tablette pro Tag nehmen dürfte.

Das nächste Geschenk war für Ploy, ein Kartonschächtelchen.

»Ploy, weißt du, was das ist?«, fragte Leo stolz und gab sich, da Ploy keine Anstalten machte zu antworten, selbst die Antwort auf seine Frage: »Das ist ein Handy.«

Es war ein SIM Type-Motorola, das Leo, weil das Handy in Korea nicht benutzt werden konnte, von einem Kollegen auf einer Geschäftsreise im Ausland besorgen hatte lassen. Zwar war die Oberseite nur klobiges schwarzes Plastik, wenn man das Handy aber aufklappte, hatte es ein farbiges LCD-Display im Umfang von einem Drittel der gesamten Handygröße, und die bunte LED-Beleuchtung färbte die Ziffer-Tasten im unteren Bereich bunt. Das Handy war doppelt so teuer wie jenes, das Leo in Korea benutzte. Er riss die Verpackung auf und gab es Ploy. Yon und Lissa stürzten sich kreischend auf Ploy, sodass sie sich die beiden mit Fußtritten vom Leib halten musste. Ploy tat so, als wäre ihr das Geschenk lästig, schaute sich das Handy dann aber doch interessiert an. Leo holte noch ein Papierkuvert aus der Bowlingtasche heraus. In dem Kuvert war ein kleines Stück Schafleder, auf das der Name »PLOY« geschrieben stand. Als er im Krankenhaus gelegen hatte, hatte er das Leder in zweitägiger Arbeit unter Verwendung einer mit dem Feuerzeug erhitzten Sicherheitsnadel mühevoll angefertigt. Es war mittels eines sehr kleinen Ringes an der Handyschnur befestigt.

»Das habe ich selbst gemacht,«, sagte er mit feierlicher Stimme. »… und dabei an dich gedacht.«

Während er das aussprach, nahm er plötzlich einen Hauch von Geruch nach frischer Papaya wahr. ›Stimmt, danach hast du immer gerochen, daran erinnere ich mich.‹

Lissa, die sich rückwärts auf den Hintern fallen hatte lassen, machte ein beleidigtes Gesicht, und sofort steckte Leo seine

Hand wieder in die Bowlingtasche. »Lissa«, sagte Leo. »Dein Geschenk ist hier.«

Aber die Polaroid-Kamera, die er auf dem Elektrogerätemarkt in Yongsan gekauft hatte, bekam er nicht zu fassen. Er zog den Reißverschluss ganz auf und suchte in der Tasche herum. Das Tascheninnere war sehr geräumig, aber so geräumig, dass eine Polaroid-Kamera darin unentdeckt bleiben konnte, war es dann doch nicht. Über den Rücken floss ihm der kalte Schweiß. Er kam nicht dazu, Yon, die schon dabei war, die vierte Darmkapsel zu schlucken, davon abzuhalten. Nach seiner Ankunft in Ploys Zimmer hatte er ganze drei Tage lang den Reißverschluss kein einziges Mal aufgemacht. Sollte jemand ohne seine Erlaubnis an seine Tasche gegangen sein und die Kamera gestohlen haben, wäre das wirklich zum aus der Haut fahren. Weil es eben nicht nur um eine Kamera ging. Der irritiert die Tasche durchsuchende Leo fand darin merkwürdigerweise das alte Bügeleisen, das er eigentlich in Korea benutzte.

Nicht doch!

Es war also nicht so, dass irgendein Langfinger die Kamera hatte mitgehen lassen, vielmehr hatte Leo selbst statt der Kamera das Bügeleisen eingepackt. Sollte er seine Hemden nach seiner Rückkehr nach Korea nun also mit der Polaroidkamera bügeln? Yon schluckte derweil drei weitere Darmkapseln ganz ohne Wasser auf einen Sitz hinunter. Sie schlug sich auf die Brust und machte ein schmerzverzerrtes Gesicht.

Leo hielt Lissa einen aufklappbaren, mit dem Taegeuk-Symbol bedruckten Fächer vor die Nase. Leo hatte den Fächer so laut aufgeklappt, dass ein Geräusch, das sich nach »Tschak« anhörte, entstanden war, und fächelte kräftig damit.

»Leo, ist das für mich?« Lissa war vor gespannter Erwartung der kalte Schweiß ausgebrochen, jetzt verfinsterte sich ihre

Miene. Mit mürrisch vorgestülpten Lippen meinte sie: »Ey, Scheiße, das ist doch einfach nur'n aufklappbarer Fächer!«

»Nein, nein!«, stotterte Leo. »Den hab ich aus Korea mitgebracht. Die Koreaner tanzen mit diesen Fächern, in den Händen je einen davon haltend. Das macht ordentlich was her. Ach ja, zwei davon ergeben ein Set«, sagte Leo, schob dabei wieder seine Hand in die Tasche und holte noch einen zweiten Fächer daraus hervor, der jedoch nur etwa halb so groß war. Eigentlich waren die Fächer als Geschenke für den Geist von Som und für Soms Tochter Lano gedacht gewesen. Yon verschluckte gerade eine Handvoll Vitamintabletten, aber weil ihr die Tabletten im Hals stecken blieben, wurde sie von einem Hustenanfall geschüttelt. Man konnte meinen, sie würde gleich daran ersticken.

Das Wort »Tanz« legte einen Schalter in Lissas Gehirn um.

»Wirklich?« Ihre Miene hellte sich blitzschnell auf und schon nahm sie die Fächer in die Hände und begann zu tanzen. Sie rollte ihr T-Shirt bis zum Büstenhalter hoch, klappte die Fächer geräuschvoll auf und legte einen ungestümen Bauchtanz aufs Parkett.

»Tanzt man so?« Sie schwang ihre Taille wie ein Aal, der an der Angelschnur aus dem Wasser gezogen wurde. »So, so?«

»Genau. Lissa, genau!«, redete ihr Leo gut zu und klatschte dabei in die Hände. »Genau so geht der koreanische Fächertanz!«

Als er dabei war, unauffällig den Reißverschluss der Tasche zu schließen, schoben sich von hinter seinem Rücken zwei wie dürre Stöcke abgemagerte Arme zwischen ihn und die Tasche. Leo, der ohnehin schon unter Stress stand, weil er befürchtet hatte, Lissa würde sich gekränkt fühlen, rief erschrocken aus:

»Was soll das denn?«

Rechts, ein Stück weit hinter ihm, kauerte ein klein gewachsenes junges Mädchen. Es sah ostasiatisch aus, aber seine Haut war sehr dunkel. Es war wohl um die zwanzig Jahre alt. Während es mit ausgestreckten Armen darum bat, dass auch ihm bald ein Geschenk gegeben würde, blitzten in seinen Augen sowohl Erwartung als auch die Sorge, dass es leer ausgehen würde.

»Ploy, wer ist das?«

»Das ist Papa«, antwortete Ploy gelassen, während sie mit einer Hand mit ihrem Handy spielte.

»Sie kommt aus Myanmar.«

12

Vier Jahre waren keine kurze Zeit und so hatte sich während Leos Abwesenheit von der Soi 16 dort allerhand zugetragen. Tragisches und Komisches, Ereignisse, die einen Grund hatten und solche, die keinen hatten, Selbstverständliches und Überraschendes waren abwechselnd vorgefallen. Irgendwie glich die Straße einem riesigen Organismus, in dem in bestimmten Abständen eine Erneuerung des Zellmaterials vonstatten ging. Die Kinder der Prostituierten wuchsen auch ohne besondere Betreuung gesund und unbekümmert auf und die in den Ruhestand getretenen Alten alterten wie von Zauberei verhext. Die von verstorbenen oder weggezogenen Bewohnern hinterlassenen Leerstellen wurden von Menschen mit mehr oder weniger ähnlicher Vergangenheit und hoffnungslosem Gesichtsausdruck eingenommen. Alte Gassen, die wie die Blutgefäße eines Arteriosklerose-Patienten ihre eigentliche Funktion verloren hatten, wurden zu stinkenden Müllkippen.

Auch wenn sie dafür einen Umweg in Kauf nehmen mussten, nahmen die Menschen neue Wege durch neu entstandene Gassen, in denen erneut Beziehungen geknüpft und Erinnerungen angehäuft wurden und deren mit Flüchen und zotigen Sprüchen bekritzelten Wände mit aufschäumendem Urin bepinkelt wurden. Doch auch die neuen Gassen, so schien es, entstanden nur, um in rasendem Tempo zu alten Gassen zu werden. All diese Veränderungen nahmen sich in den Augen des auf die Soi 16 zurückgekehrten Leo befremdlich aus.

Aber, wie Uwe es formuliert hatte, waren da auch die Dinge, die überhaupt nicht zu ändern waren. Damit verhielt es sich wie mit der Narbe der BCG-Impfung, die, kaum größer als ein Bohnensame, an der linken Schulter hartnäckig zurückblieb, egal wie rasch sich die Zellen im und am Körper neu bildeten, ersetzt wurden und wieder abstarben. Zwar hatte sich die thailändische Wirtschaft und besonders die Wirtschaft in Bangkok in den letzten Jahren beträchtlich entwickelt, aber die meisten der existenzerhaltenden Einkommen in der Sukhumvit Soi 16 hingen nach wie vor an den Servicegeldern der Prostituierten. Mit dem durch die diversen Dienstleistungen verdienten Geld kauften die Prostituierten Lebensmittel, Alkohol und Zigaretten, und sie bezahlten damit ihre Mieten. Das auf diese Art und Weise ausgegebene Geld lief durch die Hände von Leuten, die man zwar nicht als Mittelschicht bezeichnen konnte, deren Lebenssituation jedoch immerhin ein wenig besser war, um zuletzt von Banken und Behörden eingezogen zu werden. So gesehen – dieser Gedanke war auch Leo irgendwann einmal gekommen – war die Soi 16 selbst der eigentliche Zuhälter jener Prostituierten, die auf ihr lebten.

Die Situation hatte ihre Tücken. Alles, was sich änderte, und auch alles, was sich nicht änderte, hatte unmittelbar damit zu tun, dass die Prostituierten für den Unterhalt der übrigen Bewohner der Soi 16 aufkamen. Die unzähligen tragischen Vorfälle, die sich dort zutrugen, die Leute, die von ihrer Neugier, von der Fleischeslust, durch Intrigen, vom Schicksal oder von Schulden hierhergetrieben worden waren, und die Leute, die nach etwas verlangt hatten, wonach zu verlangen unstatthaft war, und die deshalb fliehen hatten müssen, vertrieben worden waren oder spurlos verschwunden waren, die beunruhigenden Gerüchte, die immer aufgedeckt wurden, ebenso wie die romantisch-anrüchigen Legenden, die dunklen Zimmer, in denen auch tagsüber die Vorhänge zugezogen waren, die Elektrogeschäfte, in denen man, egal wie lange man suchte, kein einziges Produkt ohne irgendeinen Makel finden konnte, die ungewöhnliche Marktnischen abdeckenden Unternehmen, wie etwa der Express-Lieferservice für Kondome und Scheidenpessare, die in Polizeiuniformen gekleideten legalen Schutzgelderpresser und die Bewohner, die nur gegen ihre eigenen Kinder Strenge walten ließen, die in der Art völlig unkontrollierten Wildwuchses deprimierend düster und schwindelerregend unförmig errichteten Gebäude, die Gestank verbreitende Müllpfützen, die auch während der Trockenzeit nicht auftrockneten, die fehlerhafte Stromversorgung, die so oft versagte, dass Speisen im Kühlschrank verfaulten, ja selbst die Luft selbst, die so drückend schwer auf allem lastete: Für all das lag der Grund darin, dass die Soi 16 die Straße der Prostituierten war.

Und Ploy mit ihrem strahlenden Aussehen war immer noch der Mittelpunkt der Straße. Ganz unabhängig von ihrem Alter statteten neu zugezogene Prostituierte Ploy stets einen Begrüßungsbesuch ab. Zusätzlich kamen Tag für Tag viele weitere Prostituierte mit Wasser und Eiswürfeln zu Ploy ins Zimmer, um ihr ihr Leid zu klagen.

Selbstverständlich wussten die meisten von ihnen gut, dass Ploy ihr Leid zu klagen, nichts anderes war, als es dem eigenen Spiegelbild zu klagen.

Es verhielt sich mit den Ploy vorgebrachten Klagen wie mit den Wünschen, die sie bei Tempelbesuchen dem Buddha vortrugen: Von beidem hatten sie keinerlei klare Antworten oder Anweisungen zu erwarten. Viele suchten Ploy auf, nachdem sie sich allein müde geweint hatten, und legten ihr die eigene Unzufriedenheit dann mit den Augen eines Schoßhundes dar, der Rattengift verschlungen hatte. Sodann sogen sie einen Zug des warmen Yaba-Rauchs ein, gerade so, als folgten sie den Regeln einer alten Gepflogenheit, und zogen mit einem Dankesgruß von dannen. Beim Gehen wirkte ihr Gang leichtfüßig, als wären alle ihre Probleme mit einem Mal gelöst. Es hatte für die Prostituierten, die die Erfahrung eines solchen Besuches wenigstens einmal gemacht hatten, etwas Tröstliches, dass eine schöne Frau wie Ploy genauso eine Straßenprostituierte war wie sie selbst. Wäre Ploy keine Straßenprostituierte gewesen, hätten sie sie wohl aus ganzem Herzen dafür verachtet, dass sie die Schönheit besaß, die ihnen fehlte, anstatt ihr ihre Unzulänglichkeiten zu offenbaren.

Leo vertraute darauf, dass er während der letzten vier Jahre seit seinem Weggang aus der Soi 16 viel reifer geworden war. Nicht als ein Pennäler, der eben erst den Klassenzimmern entkommen war, sondern als ein einigermaßen lebenserfahrener Mann, so glaubte er, verfügte er über mehr Einfühlungsvermögen und konnte auch seine Meinung besser zum Ausdruck bringen als früher. Dadurch, dass er jeden Abend eine Sprachschule in Jongno besucht hatte, sprach er auch die thailändische Sprache nunmehr mehr oder weniger flüssig. Besonders was die Beziehung zu Ploy betraf, war er sich sicher, ihr nun nicht mehr – wie beim letzten Mal – als ein wortkarges Gegenüber zu begegnen, das selbst nicht so genau wusste, was es wollte, sondern als guter Freund weiser mit ihr umgehen zu können.

Das war jedenfalls keine völlig falsche Einschätzung. Die vorteilhafteste Veränderung, die Leo sein vierjähriges Berufsleben eingebracht hatte, war eine pragmatische Haltung, an Probleme möglichst einfach und klar heranzugehen. War es notwendig, sich über ein Problem den Kopf zu zerbrechen, zerbrach er sich den Kopf darüber auch, während er die Mahlzeiten einnahm oder sein Geschäft verrichtete. Probleme hingegen, die es nicht wert waren, sich ihretwegen den Kopf zu zerbrechen, ließ er einfach sein, was sie eben waren. Dadurch, dass er sich diese Haltung zu einem Grundsatz gemacht hatte, war er sowohl in geschäftlichen Dingen als auch im Umgang mit Menschen äußerst erfolgreich gewesen. Jene Aufgaben, welche die anderen nicht erledigen konnten, konnte auch er nicht erledigen. Aber diejenigen Arbeiten, welche die anderen erledigen konnten, erledigte er bei Weitem besser. Alle wollten mit Leo zusammenarbeiten, und sogar jene erbärmlichen Vorgesetzten, die meinten, die Eintönigkeit ihres Daseins dadurch überwinden zu können, dass sie ihre Untergebenen heruntermachten, respektierten seine Leistungen. Darüber hinaus hatte er im Vergleich zu früher an Gelassenheit gewonnen und brachte es fertig, mit der Gemütsruhe eines seinen Winterschlaf haltenden Bären den richtigen Zeitpunkt abzuwarten. Während er vier Jahr älter geworden war, hatte er gelernt, raffinierte Scherze zu machen und er hatte auch gelernt, selbst ihm feindselig gesonnenen Kontrahenten gegenüber wohlwollend aufzutreten. Wie sehr er sich auch über etwas ärgern musste, zunächst einmal entlockte ihm die Angelegenheit ein schallendes Lachen. Im Vergleich zur Zeit von vor vier Jahren, als er in der fremden Umgebung und in der ungewohnten Lage jeden Augenblick von Neuem daran scheiterte, seine Emotionen unter Kontrolle zu halten, waren diese Veränderungen wirklich überraschend.

Aber von diesen wenigen Dingen abgesehen, hatte sich das meiste doch überhaupt nicht verbessert. Vor allem wusste Leo nach wie vor nicht, was Ploy *nicht* mochte und wovor sie Angst hatte. Als Leo plötzlich mit zwei riesigen Taschen aufgetaucht war, hatte Ploy, die gerade auf der Toilette alleine Wäsche wusch, völlig entgeistert reagiert und schien sich vorerst nicht daran erinnern zu können, dass sie diesen Mann vor vier Jahren mit allen Kräften hatte abweisen wollen. Sie hatte Leo freudig empfangen und ihm ein Glas Bier mit Eiswürfeln serviert. Doch es waren kaum fünf Minuten vergangen, schon hatte sie sich vollständig auf die Vergangenheit von vor vier Jahren besonnen. Leo hatte durchaus dazu beigetragen. Nein, vielmehr hatte er es ganz alleine bewerkstelligt.

Leo hatte bereits im Taxi auf der Fahrt nach Sukhumvit seine Fähigkeit, in frühere Leben hineinzusehen, wiedererlangt und sich mit dem Taxifahrer auf Thailändisch unterhalten. Der Taxifahrer war im früheren Leben ein Bildhauer in Europa gewesen und hatte bis knapp vor dem Hungertod an dem Glauben festgehalten, er wäre kein gewöhnlicher Bildhauer, der billige Kleinplastiken herstellte und selbst verkaufte, sondern ein Künstler, der auf einer Stufe mit Michelangelo stünde. Es freute und überraschte den Taxifahrer, als Leo einen Zusammenhang zwischen den zahlreichen im Inneren des Taxis zu Dekorationszwecken verteilten Skulpturen und abgenutzten Gegenständen mit dem Bild seiner früheren Existenz herstellte. Als Leo diese

Geschichte Ploy erzählte, konnte sie sich bis ins kleinste Detail an die Gründe erinnern, warum sie ihn gehasst hatte.

»Ja, stimmt. Du hast gesagt, dass du die frühere Existenz sehen kannst«, sagte Ploy sarkastisch. »Du sagtest, ich sei damals eine Prinzessin gewesen. Ach, wie wundervoll!«

Das also war es, was sich nicht zum Besseren gewendet hatte. Leo begriff nach wie vor nicht, warum Ploys Miene erstarrt war. Seine Reaktion darauf war es, ihr zu erzählen, wie liebreizend sie im früheren Leben nicht gewesen wäre, und in blumigen Worten ausführlich ihre Alltagsgewohnheiten zu beschreiben.

»Weißt du, was dein Spitzname war, als du klein warst? Es war ›Hand-Schuh‹. Weil du deine Schuhe nicht an den Füßen trugst, sondern sie mit den Händen anzogst. Du hast gerne buddhistische Sutren auswendig gelernt. Du konntest aber noch nicht richtig reden, also hast du die Sutren ganz falsch, nur irgendwie ihren Klang imitierend, auswendig gelernt. Dein Vater ist darüber jedes Mal in anhaltendes Gelächter ausgebrochen. Du warst sehr exzentrisch, von klein auf hast du scharfe Speisen gut vertragen und gerne gegessen. Schwarzen Pfeffer magst du heute noch gern, nicht wahr?«

»Ja, mag ich!«, erwiderte Ploy, die ruhig zugehört hatte, gereizt.

»Ich mag ihn und esse jeden Tag davon. Na und? Auch Yon, Lissa, und Papa mögen ihn. Wir alle mögen gemahlenen Pfeffer. Mögt ihr Koreaner vielleicht keinen schwarzen Pfeffer? Was also soll das Ganze? Vor allem, was hat es mit mir zu tun?«

Es wäre eigentlich an der Zeit gewesen, das Gesprächsthema zu wechseln, aber es schien, dass Leos Vernunft gerade in diesem Moment auf das erbärmliche Niveau von vor vier Jahren zurückfiel.

»Nein, ich meine … Ich wollte sagen, dass du Pfeffer ganz besonders gern mochtest. Von deinem vierten Geburtstag an hast du nichts mehr ohne Pfeffer gegessen. Daher stellte deine Mutter immer einen silbernen Teller mit gemahlenem Pfeffer auf den Esstisch«, sprach Leo weiter und schluckte dabei. »Auch dort neben dem Fernseher steht ja eine Dose mit gemahlenem Pfeffer. Immer wenn du etwas isst, würzst du es damit, nicht wahr?«

»Leo«, sagte Ploy kichernd. »Hör mit diesem kindischen Quatsch auf! In der Dose dort ist Kaugummi. In Silberfolie verpackter Kaugummi. Wozu man die Silberfolie verwendet, weißt du doch, nicht wahr?«, sagte Ploy, drehte sich gegen die Wand und überließ den vor Verlegenheit rot gewordenen Leo sich selbst. »Ich bin nämlich ein wenig müde. Wenn du letztlich doch irgendwann eine Eingebung hast und begreifst, dass ich in diesem Leben als Prostituierte tätig bin, dann lass es mich wissen.«

Man hörte, dass es heftig regnete. Man hörte auch, dass irgendetwas in sich zusammenfiel. Es konnte sich nur um etwas Schwaches handeln. Das Schwache musste zerfallen. Wenn etwas nicht in sich zusammenstürzen wollte, musste es stark sein.

Wenn man sich fragte, wie sie dazu stand, was er sagte, dann war es jedenfalls nicht so, dass sie überhaupt nicht an seine Worte glaubte, auch wenn sie sie als kindischen Quatsch lächerlich machte. Den Spitzennamen ›Hand-Schuh‹ hatte sie nie gehabt, aber sie hatte, als sie klein war, in der Tat oft Schuhe an den Händen getragen. Weil sie es schade fand, wie die hübschen Schuhe abgenutzt wurden. Sie konnte ihre Gewohnheit, ihre Schuhe zu »schonen«, nicht leicht ablegen, auch wenn sie sich dadurch blutige Fußsohlen einhandelte und als Folge davon humpelte, weil sie öfter auf Glassplitter oder Metallteile trat. Da sie sich dafür schämte, verheimlichte sie diese Gewohnheit vor anderen, ja selbst auch vor ihrer Familie. Leos Detailwissen erstaunte sie nicht nur, es war ihr geradezu unheimlich.

›Aber was weiter? Vielleicht sind es nicht viele, aber irgendwo auf dieser Welt gibt es Mädchen, die ähnlich merkwürdig sind wie ich. Selbst wenn alles, was Leo erzählt, wahr ist, und ich also vor fünfhundert Jahren wirklich eine Prinzessin in Indien war, was ändert es? Soll ich deshalb im Hier und Jetzt diesen nach Knoblauch riechenden Koreaner heiraten, um mit ihm im Gebirge lebend auf Hasenjagd zu gehen? Oder soll ich es mir auf eine Visitenkarte drucken lassen und die an meine Freier verteilen? Soll ich mir einen Punkt zwischen die Augen malen und, meine Fingerspitzen bewegend, zumindest den traditionellen indischen Tanz vorführen?

Wenn das alles wirklich wahr ist, ist es abscheulich und ärgerlich. Wenn er wirklich mein Ehemann war, hätte er mich da rausholen müssen, bevor ich im Alter von neun Jahren in einer schmutzigen Toilette von den älteren Halbbrüdern vergewaltigt wurde, oder bevor ich als Stieftochter von der ganzen Familie mit schrecklicher Verachtung gestraft und mit harter Arbeit malträtiert wurde, oder bevor ich meine Heimat Krabi auf ewig verließ, oder als ich in der Wäscherei in Bangna auf Phuket sechzehn Stunden pro Tag arbeiten musste, oder spätestens in jener zum Ersticken schwül-heißen Nacht, in der ich mich dazu entschied, eine Prostituierte zu werden. Er hätte meine Stimme hören müssen und mir zu Hilfe eilen müssen, als ich mich in einem menschenleeren finsteren Tempel auf den Boden warf und unter Tränen betete. Am Abend des nächsten Tages, als ich für einen Verdienst von gerade mal 100 Baht an der Hand eines fettleibigen jüdischen Alten in ein fremdes Zimmer gezogen wurde, hatte er nicht die leiseste Ahnung davon, wie sehr ich mich fürchtete und wie sehr ich mich schämte, und er hatte auch keine Ahnung davon, wie ich mich fühlte, als ich das Geld, das mir der Alte hinwarf, an mich nahm und aus dem Zimmer nach draußen trat, und obwohl er damals allein lebte und genug zu essen und genug Geld hatte, ist er nicht gekommen, und nun plötzlich taucht er auf und erzählt mir – was? – dass ich vor fünfhundert Jahren eine Prinzessin gewesen sei? Und das will mein Ehemann sein?‹

Ploy wusste genau, dass sie eine Prostituierte war. Wenn er nur angemessen bezahlte, ließ sie jeden, ganz egal wen, ihre Muschel benutzen. Wie einer Schaukel auf dem Spielplatz, genügte es ihr, wenn man sie nach der Benützung wieder in die Ausgangsstellung zurückschwingen ließ. Aber sie hatte überhaupt keine Lust, darüber hinaus noch mehr anzubieten. Je öfter Leo mit berauschter Stimme über die herrliche Zeit in der früheren Existenz sprach, je nachvollziehbarer und konkreter der Inhalt war, aus je geringerer Distanz Leo Ploy mitleidige Blicke zuwarf, umso ärgerlicher und zorniger wurde sie – und schon hielt sie es nicht mehr aus!

Der Regen in der Regenzeit fiel eintönig wie die Witze eines abgehalfterten Komödianten. Alles wurde feucht, die Feuchtigkeit rann von den Wänden und ließ das ganze Zimmer aussehen wie eine große Malpalette, auf der allerlei Farben ineinanderliefen. Wenn man ab und zu durch das »Auge der Soi 16« nach draußen blickte, hatte die Straße unter einer dicken Wolkendecke die Farbe tiefschwarzen Kaffees angenommen.

Es waren etwa fünfzehn Tage vergangen, da kam Kwarn in Begleitung von Eric auf Besuch in die Soi 16. Wie damals brachte sie Unmengen von Seifen, Shampoos und Toilettenpapierrollen mit und stellte alles an einer Stelle im Zimmer zusammen. Ploy würdigte Kwarn keines einzigen Blickes, hingegen empfing sie Eric freundlich und herzlich und führte gleich aus, dass es zu Überschwemmungen kommen könnte, wenn es so weiterregnete, und wollte wissen, warum er nichts von sich hatte hören lassen. Während Eric auf der Toilette war, fragte Leo Ploy beiläufig, so als ob es ihn nicht schmerzte:

»Ploy, magst du Eric?«

»Selbstverständlich, nicht nur ich, alle mögen Eric. Für dich ist Eric völlig unerreichbar.«

Er hätte sie nicht danach fragen sollen.

Während Kwarn das Zimmer aufräumte, gingen Leo und Eric nach draußen, um Johnnie-Walker-Whisky zu kaufen, und dann weiter zu Uwe. Eric lachte fröhlich und erzählte wie früher unanständige Witze, aber in den Sprechpausen sah er irgendwie deprimiert drein.

Leo blickte Erics Gesicht mehrmals verstohlen an. Es war ein von einem weichen Haarflaum bedecktes weißes Gesicht mit Augen, die so blau waren, dass man nicht erkennen konnte, wohin sie blickten. ›Er sieht gut aus!‹, stöhnte Leo. Wie sehr sich Leo bemühte, den Abstand zu Eric zu verringern, indem er sich einzelne Makel wie beispielsweise Erics leichte Sommersprossen an der Wange, eine kleine Narbe unter seiner linken Augenbraue und dergleichen mehr aufzählte, war Erics Gesicht doch zehnmal ansehnlicher als sein eigenes. Seufzend sagte Leo:

»Eric, Ploy mag dich. Ich hab sie vorhin gefragt.«

Erics Antwort kam überraschend.

»So? Mir kommt eher vor, dass sie dich mag.«

»Nein, nein, *dich* mag sie. Sie hat gesagt, dass sie dich mag.«

Er bereute sofort, es gesagt zu haben, denn es kam ihm ziemlich kindisch vor.

Eric lachte kurz. Gleich darauf war wieder der deprimierte Gesichtsausdruck zu sehen.

»Leo, du hast noch kein einziges Mal mit Ploy Bumbum gemacht, nicht wahr?«

Leo nickte und Eric fügte rasch hinzu, diesmal auf Thailändisch:

»Sie hat wahrscheinlich gemeint, du sollst dir von mir was abschauen. Ich mache mir keine großen Gedanken. Ich bin nun mal Materialist. Die ganze Welt weiß, dass das so ist.«

»Das ist es, was ich mir von dir abschauen soll?«, fragte Leo. »Dass Ploy Materialisten mag, meinst du?«

»Genau«, sagte Eric und nahm Uwe das Glas weg, ehe der seinen Finger darin eintauchen konnte.

»Auf dieser Welt gibt es nur Materialisten und Scheinheilige. Leute wie ich, die kein Hehl daraus machen, dass sie Materialisten sind, behandeln die Prostituierten gut. Sie sind meine Freundinnen. Wenn ich Lust auf Bumbum habe, gehe ich zu ihnen, egal wann, und bitte darum. Unter Freunden tauscht man aus, was man nötig hat. Dagegen hassen es die Scheinheiligen, deren Lieblingsbeschäftigung es ist, dieses und jenes zu kritisieren, den Prostituierten auch nur in die Augen zu sehen, weil sie sie für schmutzig halten. Nicht einmal den Service bezahlen sie ordentlich. Sie behaupten, den Prostituierten Geld zu geben, würde sie nur verderben. Scheinbar glauben sie, dass sich die Prostituierten von Samenflüssigkeit ernähren können.«

»Moment!«, sagte Leo. »Willst du damit sagen, dass ich so ein Scheinheiliger bin? Deshalb hasst mich Ploy?«

»Nein, ich meine, du bist zu moralisch. Du hast es noch nicht geschafft, Ploy zu verzeihen«, sagte Eric.

»So ein Quatsch!«, brummte Leo. »Was gibt's da groß zu verzeihen?« ›Uwe …‹, wollte Leo fortsetzen, schluckte seine Worte aber gleich hinunter.

»Nein, irgendjemand hat mir erzählt, dass du das frühere Leben sehen kannst, und dass Ploy und du früher ein Ehepaar gewesen wäret. Also, als ich das gehört habe, dachte ich mir gleich, dass Ploy das sicher total hasst.« Eric sprach in einem Gemisch aus Englisch und Thailändisch, als ob er Leos Fremdsprachenkompetenz testen wollte.

»Musste das sein?« Leo durchbohrte Uwe mit Blicken. »Dabei hast du doch selbst gesagt, ich solle lieber niemandem davon erzählen, weil die Leute mich dafür nur hassen würden.« Uwe winkte hektisch ab und tat so, als wüsste er von nichts, ließ dann, da er es nun einmal nicht leugnen konnte, den Kopf hängen und stellte sich schlafend.

»Leo, kann man über das jetzige Dasein einer Prinzessin, die im früheren Leben eine Prostituierte war, so traurig sein, wie über das jetzige Dasein einer Prostituierten, die im früheren Leben eine Prinzessin war?«

Während Leo über den Satz, der auf Thailändisch eine Herausforderung war, nachgrübelte, sprach Eric weiter.

»Wenn Ploy nun die Premierministerin von Kanada wäre, hätte dich ihr früheres Leben gar nicht gekümmert. Das ist nur eine frühere Existenz, hättest du gesagt. Leo, wenn es tatsächlich ein früheres Leben gibt und wenn du es wirklich sehen kannst, solltest du dann mit dieser Fähigkeit den Menschen nicht irgendwie Freude bereiten?«

Eric schenkte sich Johnnie Walker und Soda ins Glas ein und sprach weiter: »Jedes Mal, wenn du Ploy von ihrem prächtigen früheren Leben erzählst, wird sie selbst auf ihr jetziges Ich schauen. Auf ihre Gegenwart auf dieser Straße. Wenn deine Fähigkeit eine ist, die andere Menschen dermaßen deprimiert, wäre es dann nicht besser, diese Fähigkeit nicht zu haben? Leo, wenn ich in der früheren Existenz ein Clown oder ein Tor war, dann ist es in Ordnung, mir das zu sagen, jederzeit. Weil es witzig ist. Aber wenn meine frühere Existenz besser war, als meine Gegenwart es ist, dann erzähl mir nicht davon. Ich möchte glauben, dass das Leben, das ich jetzt führe, das Beste für mich ist.«

Selbstverständlich konnte Leo das mit Eric so halten. Aber bei Ploy lag der Fall nicht so einfach, wie es von Eric dargestellt wurde. Während die frühere Existenz der anderen für Leo nur eine Serie von miteinander verbundenen Einzelbildern war, war die frühere Existenz von Ploy so real, als würde sie sich vor den eigenen Augen abspielen, sodass Leo wirklich nicht unterscheiden konnte, ob die Ploy, die er vor sich hatte, die Prinzessin in Nagaur Mandawa in Indien war, die vom ganzen Königreich geliebt aufgewachsen war, oder die Prostituierte, die ihr halbes Leben in Sukhumvit auf den Straßenstrich gegangen war. Das war eine zwischen Liebe und Intimität entstandene, wundersame Sinnestäuschung. Denn zwischen den beiden Ploys stand neben dem Standesunterschied noch der enorme zeitliche Abstand von fünfhundert Jahren und eine räumliche Entfernung von dreitausend Kilometern.

Nachdem Uwe die Flasche Johnnie Walker ganz geleert hatte, schlief er mit gesenktem Kopf tatsächlich ein. Als er auch nach einer ganzen Weile nicht wieder aufwachte, gingen Leo und Eric in Ploys Zimmer zurück. Es war fertig aufgeräumt und somit in einem ungewohnt ordentlichen Zustand. Die »schwarze Schöne« Papa, von der man nicht wusste, wann sie zurückgekommen war, schlief gerade heftig schwitzend mit dem Gesicht auf dem nackten Fußboden. Ploy und Yon saßen auf der Matratze und sahen fern. Aus dem Inneren der verriegelten Toilette hörte man das Schluchzen von Kwarn. Leo wollte fragen, worum es ginge, aber Eric unterbrach ihn und wechselte das Thema.

Während die vier den Whiskey tranken, den Yon besorgt hatte, wobei sie ganz nass geworden war, erzählten sie sich schmutzige Witze. Eric erzählte von einer Begebenheit am Flughafen bei seiner kurzen Rückkehr nach Amerika vor ein paar Monaten. Er hatte noch vor der Landung bemerkt, dass er dringend »groß« musste, und lief, kaum hatte er die Einreisekontrolle passiert, mitten unter all den umhereilenden Passanten mit einem Gesichtsausdruck, der zu sagen schien »Ich möchte als Erster da sein und als Erster mein Geschäft verrichten« auf die Toilette. Wie es seine Angewohnheit war, nahm er eine Zigarette zwischen die Lippen und war dabei, eine Kabine zu betreten, als aus dieser ausgerechnet ein Flughafenpolizist herauskam, der dort sein kleines Geschäft verrichtet hatte, und ihn zur Rede stellte. Auf der Toilette herrschte Rauchverbot. Eric, der bis ins Gesicht ganz gelb geworden war, fragte ihn, wo denn die Raucherzone wäre, und verrichtete dann mitten in der Raucherzone sitzend sein großes Geschäft. Zwar bezahlte er als Strafe für die Übertretung 300 Dollar, aber er war stolz auf einen Artikel, der in einer Regionalzeitung über ihn erschienen war, und trug diesen Artikel auch stets bei sich.

»Was sollte ich machen? Wenn ich keine Zigarette zwischen den Lippen habe, kann ich nun mal nicht kacken.«

Der Gesichtsausdruck, mit dem Eric das sagte, war unsäglich unverschämt.

Ein wenig später kam Kwarn mit stark geschwollenem Gesicht aus der Toilette, ging direkt zum Eingang und zog ihre Schuhe an. Eric befingerte etwa fünf Sekunden lang sein Glas, trank dann mit einem Zug aus und stand auf. Taumelnd schlüpfte er in seine Flip-Flops, winkte allen zum Abschied zu und folgte Kwarn nach draußen. Für Leo war dies das letzte Mal, dass er Eric mit Kwarn zusammen sah.

»Ich hab keine Ahnung, warum Kwarn sich so aufführt«, seufzte Ploy. »Resolut ist sie nur, wenn sie eine falsche Entscheidung trifft.«

»Was hat sie denn?«

Auf Leos Frage murrte Ploy nur: »Weiß nicht«, und drehte sich genervt auf der Matratze auf den Bauch.

»Kwarn, Kwarn …«

Yon, die nichts für sich behalten konnte, rückte näher und flüsterte Leo etwas zu. Ihr zähflüssiger Speichel spritzte ihm ins Ohr. Er bereute, dass er sich in Korea vor seiner Abreise nicht hatte gegen Tetanus impfen lassen.

»… sie sagt, sie will sich von Eric trennen. Sie ist ihm fremd gegangen.«

Am Abend dieses Tages machten erneut mehrmalige Sturmböen Sukhumvit nass, wobei es in der Soi 16 jedes Mal ein wenig mehr abkühlte. Der Himmel wurde etwas höher, von den Gesichtern der Menschen verschwand der dünne Schweißfilm. Als es Nacht wurde, glänzten die Sterne ganz klar. Die eintönige Regenzeit war vorüber, es begann endlich die Trockenzeit.

Lissa, die von einer über eine Woche dauernden Wallfahrt durch die Nachtclubs zurückgekehrt war, sah erschöpft aus. Auch ihre Stimme klang kraftlos. Als sie ihre Sachen fertig gepackt hatte, umarmte sie der Reihe nach Ploy, Yon, Papa sowie Leo und blickte sich dann um, als wollte sie sich das Zimmer fest in ihr Gedächtnis einprägen. Die Ausgelassenheit war ganz aus ihrem Gesicht verschwunden, sodass sie nicht mehr wie Lissa aussah, sondern wie jemand anderer, der ihr sehr ähnlich sah.

Leo half ihr, das Gepäck zu tragen. Sie nahmen einen Tuktuk und als sie in einem mittelklassigen Hotel auf der Langsuan-Straße ankamen, wartete dort ein weißer Mann südeuropäischen Typs mit leichter Stirnglatze und kräftiger Figur. Es war ihr Ehemann Marco, der aus den Niederlanden zurückgekommen war und Lissa gefunden hatte, nachdem er alle Nachtclubs in Bangkok nach ihr durchkämmt hatte.

Während sich die beiden unterhielten, schaute sich Leo den Brunnen neben dem Eingang an. Es war ein den Manneken Pis in Brüssel imitierender Brunnen, aber das Geschlechtsteil war übertrieben groß für einen Jungen. Auch floss das Wasser nicht in einem dünnen Strahl aus der Spitze des Gliedes heraus, sondern strömte wie bei einem Wasserfall herab. Leo sah ab und zu verstohlen zu Lissa und Marco hinüber. Lissa blickte mit mürrischem Gesichtsausdruck in die Ferne, während Marco seine Haltung laufend wechselte, um Lissa in die Augen schauen zu können. Er küsste sie ständig auf die Wange und schien sie anzuflehen, mit ihm zu kommen.

Leo fragte sich, ob Marco wusste, dass Lissa sich prostituierte. Wusste er, dass sie es nicht um des Geldes willen tat und nicht, weil sie dazu gezwungen war, sondern einfach so, weil sie es genoss?

In Wahrheit war Lissa gar kein besonderer Fall. Es war nicht so, dass die Prostituierten in Sukhumvit ihren Job mit irgendeiner großartigen Haltung ausübten. Meistens waren sie wider Erwarten völlig naiv, obwohl sie meisterlich logen, und genossen den Sex einfach. Der Sonderfall war eher Ploy, die zu ernsthaft war und das Leben zu schwer nahm. Für Lissa war die Prostitution ein Vergnügen, während sie für Ploy ein Kampf war.

Nach einer Weile kam Marco auf Leo zu und gab ihm 100 Baht – wie er meinte, für die Fahrtkosten – aber Leo nahm das

Geld nicht an. Marco und die niedergeschlagene Lissa nahmen nebeneinander auf dem Rücksitz eines von einem Hotelangestellten herbeigewunkenen Taxis Platz und fuhren zum Bahnhof Hua Lamphong.

Aber noch ehe drei Tage vergangen waren, erschien Lissa mit einem schelmischen Lächeln auf ihrem süßen Gesicht, ihren attraktiven Hintern heftig schlingernd erneut auf der Soi 16.

Der über dreißigjährige Leo hatte in seinem Leben noch nie jemand anderen wirklich gehasst. Man konnte ihm Heuchelei nachsagen, aber da es nun einmal viel Kraft kostete, jemanden zu hassen, wollte er es wenn irgend möglich vermeiden. Das heißt, er enthielt sich gewissermaßen lieber des Hasses, um sich seine innere Ruhe und mentale Gesundheit zu erhalten. Deshalb überraschten ihn jene Emotionen, die er an einem frühen Abend Mitte November, an dem es für die Trockenzeit ungewöhnlich heiß war, empfand, am allermeisten.

Nachdem Leo eine einfache aus gekochtem Klebereis bestehende Mahlzeit zu sich genommen hatte, rauchte er mit Ploy, Lissa, Papa und Yon gerade Yaba, als jemand an die Tür klopfte. Da die Frage, wer es sei, unbeantwortet blieb, räumte Ploy eilig die Utensilien wie Papiertrichter und Silberfolie weg, während Yon und Lissa sich bemühten, den Rauch durch an das Flattern von Schmetterlingen erinnernde Bewegungen im Zimmer zu verteilen. Als Leo vorsichtig die Tür aufmachte, stand der besoffene Aitt vor ihm.

»Hey, lange her, Kumpel!«, schwatzte er drauflos und trat schwankend herein. Und dann stand er mitten im Zimmer, löste den Gürtel und ließ seine Hose herunter. Aus der Unterhose stand sein erigierter roter Pimmel hervor. Leo war völlig perplex und geriet ins Stottern:

»Wa… was soll das? Yon, Ploy, wa… wa… was ist los?«

Aber Ploy presste mit tief gesenktem Kopf die Lippen aufeinander und auch Yon blickte ebenso wie Papa und Lissa verlegen zur Seite. Es war wirklich eine ominöse Übereinstimmung. Aitt ging, seinen Pimmel schüttelnd, zur Matratze und ließ sich rücklings darauf nieder. Es war der Platz, an dem Leo normalerweise lag.

»Ploy, Lissa und Papa, ihr bleibt da, Yon, du geh mit ihm raus!«

Das war alles, was Aitt murmelnd von sich gab. Yon gab Leo eins in die Rippen und zerrte an seinem Arm.

»Was soll das? Yon. Was geht hier vor?«, sagte Leo, während er das Handgelenk seiner Linken aus Yons festem Griff löste. »Sag schon, Yon!«

Ungeachtet seines heftigen Drängens zog ihn Yon schließlich nach draußen vor die Tür. Für eine Frau von Mitte fünfzig verfügte sie über große Körperkraft.

»Ploy hat jetzt zu tun, daher, na? Lass uns mal kurz rausgehen. Ja? Komm kurz mit mir nach draußen.«

Yon verließ eilig das Wohnhaus und bog rechts um die Ecke nach hinten. Dort angekommen beruhigte sie sich zuerst selbst ein wenig und dann Leo, indem sie ihm über die Brust strich.

»Ploy, wie soll ich sagen, Ploy bezahlt nun die … Steuer.«

»Yon, was soll das? Bist du verrückt? Das ist doch Vergewaltigung! Darf die Polizei so was machen?«, fauchte Leo. »Yon, warum tut ihr alle nichts? Seid ihr alle vollkommen verrückt? Seid ihr alle behindert?«

»Leo, wir sind hier nicht in Korea. Ich flehe dich an, sei still!«

Da hörte man ein lautes Plumpsgeräusch aus einer angrenzenden, gesperrten Gasse. Eine Zeit lang raschelte es, dann kam Papa, am ganzen Körper über und über von Müll bedeckt, über die Absperrung. Taumelnd richtete sie sich auf, winkelte die Ellbogen an wie ein Sprinter und rannte mit Tappgeräuschen weg.

»Die ist wieder davongekommen. Wieder entwischt«, murmelte Yon, während sie der bereits über die große Sukhumvit-Straße verschwindenden Figur nachblickte. »War sie in Myanmar vielleicht als Stabhochsprung-Sportlerin aktiv? Wenn sie sich die ganze Zeit auf diese Art aus dem Staub macht, wird sie irgendwann später ganz große Schwierigkeiten bekommen. Die Arme …«

Leo setzte sich kraftlos neben Yon nieder. Im Zimmer wurde Ploy gerade vergewaltigt. Mit Lissa zusammen wurde sie vergewaltigt. Nicht in einer Wüste oder auf einem Gletscher, sondern in einem Wohnviertel voller Passanten wurde sie für alle sichtbar vergewaltigt, noch dazu von einem Polizisten. Was für ein Treiben war das? Gab es hier denn keine Gesetze, die Derartiges verboten?

»Akzeptier es einfach. Wenn man es akzeptiert, geht es in Ordnung«, sagte Yon, die Leo zu gefallen suchte, und schmatzte dabei mit den Lippen. »Das Leben, was ist das schon groß? Nicht wahr? Man trinkt, man raucht, man quatscht, das muss genügen. Akzeptier es einfach, Leo.«

Es einfach akzeptieren? Wie denn? Das war etwas völlig anderes, als einen Zahlschein zu erhalten, auf dem eine unerwartet hohe Summe stand, und ihn akzeptieren zu müssen. Leo überlegte, was er selbst unternehmen konnte. Die Tür auftreten und hineingehen, um sich mit Aitt zu prügeln, der gerade Ploy umschlungen hielt? Oder es, wie Yon meinte, einfach akzeptieren und abwarten, bis es vorbei war? Nun, wofür würde er sich entscheiden? Welchen Weg musste er wählen?

Er entspannte die Nackenmuskulatur und ließ den Kopf sinken. Der eben noch empfundene unsagbare Hass und Zorn verwandelten sich augenblicklich in Scham. Als er von Yon nach draußen gezogen worden war, hatte er da wirklich nicht gewusst, was vor sich ging? War Yons Körperkraft, von der er nach draußen gezogen wurde, dermaßen stark gewesen, dass es ihm unmöglich gewesen war, sich loszumachen?

Das war sie eben nicht. Auch wenn es ausgesehen haben mochte, als wäre er nach draußen geschleppt worden, war es wie auch bei Papa nichts anderes als eine Flucht gewesen. Nein, genau genommen hatte er viel feiger gehandelt als Papa, die sich aus dem zweiten Stock geworfen hatte. Er musste sich seine Feigheit eingestehen. Er musste zugeben, dass er es mit der Angst zu tun bekommen hatte und davongelaufen war. Das war nicht rückgängig zu machen. Jetzt erst nach oben zu laufen, die Tür aufzutreten und ins Zimmer zu stürzen wäre ganz sicher nur lächerlich.

Leo raufte sich die Haare. Er war nicht auf die Soi 16 zurückgekehrt, um ein solches Verhalten an den Tag zu legen. Er war nicht gekommen, um sich in der stinkenden Gasse zu verstecken und Ploy, die gerade vergewaltigt wurde, im Stich zu lassen. Es tat ihm weh. Auch der Kreislauf in den Blutgefäßen, auch das Schlagen seines gegen die Brust drückenden Herzens und sogar die Schwerkraft, die ihn unaufhörlich nach unten zog, bereiteten ihm unglaubliche Schmerzen.

»Es tut mir weh, Yon«, flossen ihm die Tränen auf den Boden. »Scheiße, es zerreißt mir die Brust.«

»Du brauchst einfach mehr Yaba«, sagte Yon. »Deshalb geht's dir so dreckig. Denk an was Schönes. Dann fühlst du dich gleich besser.«

Etwas Schönes? Wenn man nicht verrückt war, konnte man in einer solchen Situation wohl kaum an das in monatlichen Raten Angesparte denken, das demnächst ausbezahlt würde.

Trotzdem versuchte Leo, sich selbst zu beruhigen. Wenn Ploy, die selbst die Konsequenzen erdulden musste, sich dafür entschied, sich widerspruchslos auszuziehen, weil sie meinte, es gäbe keine andere Möglichkeit, dann wusste sie wohl warum. Dass Papa entkommen war oder entkommen wollte, hatte wohl damit zu tun, dass auch sie eine Fremde war, die die hiesigen Gegebenheiten nicht richtig einschätzen konnte. Ja, auch das war eben nur ein trauriger Teil einer langen Geschichte, dachte Leo. Leo legte den Kopf in den Nacken und atmete lange aus. Von einem leichten Schwindel erfasst, spürte er, wie sein Frust nachließ.

Man hörte im Wind ein Lied. Es klang nach einem der Lieder der Band Karabao, aber der Liedtext, den jemand aufgeschrieben hatte, wie er ihm gerade eingefallen war, war ganz durcheinander. »Hör auf, mich zu schlagen, mir tut der Hintern schon so weh. Ich hab dich lieb, ich hab dich lieb, Mama, von nun an werd ich brav sein.«

Ganz aus der Tiefe jener Gasse, in welcher der Haarsalon gewesen war, kam ein kleines Mädchen wie ein Küken hervorgehüpft. Seine Hände und sein Gesicht waren schmutzig, aber die Haare waren sauber zu einem Zopf geflochten und auch seine Kleidung war hochwertig, es war ein Kind, wie man es auf der Soi 16 nicht oft zu sehen bekam. Noch dazu war es ein ausgesprochen hübsches Kind. Es näherte sich jener Ecke, an der Yon und Leo saßen, und schrie »Igitt!«, als es eine tote Maus mit aufgeplatztem Bauch entdeckte. Zunächst stupste es die Maus mit einem Holzstöckchen ein paarmal an und trat einen Schritt zurück, und als es die Lage schließlich als sicher einzuschätzen schien, packte es die Maus flink am Schwanz und schleuderte sie im Kreis umher. Der an der Maus anhaftende Schlamm und die halb verfaulten Eingeweide spritzten in alle Richtungen davon. Plötzlich wich das Kind zurück. Es blickte umher und blinzelte schnell dabei. Es schien irgendeine Gefahr wahrgenommen zu haben. Wie zu erwarten gewesen war, sprang der Geist von Som, die um vier Jahre gealtert war, geräuschvoll aus dem Inneren der Gasse hervor. Sie nahm dem Kind die tote Maus weg, warf sie in die gesperrte Gasse und hob dann den Rock des Kindes hoch und versohlte ihm kräftig den Hintern. Aus dem Mund des Kindes, welches noch bis vor Kurzem glucksend gelacht hatte, ertönte nun ein schreckliches Geschrei.

»Meine Güte!« Yon, die zwischenzeitlich eingeschlafen war, war wieder wach geworden und sagte mit müder Stimme: »Lano wird schon wieder geschlagen. Allem Anschein nach ist Som zu streng.«

Som schlug Lano, bis das Kind Krämpfe hatte, richtete es dann auf, stellte es auf die Erde zurück und zählte ihm Gebote auf: »Fass keine Mäuse an, nimm nichts Schmutziges in die Hand, deine Mama beobachtet dich immer.« Lano weinte, wobei ihre Brust auf und ab ging, und lehnte sich unauffällig an Soms Brust. Som stand mit Lano im Arm auf. Da trafen sich ihrer und Leos Blick.

»Hey, ich hab schon gehört, dass du zurückgekommen bist. Geht's dir gut?«, sagte Som mit einem strahlenden Lachen. Es war die erste Begegnung der beiden, seit Leo vor vier Jahren die wegen Entzugserscheinungen zwischen Leben und Tod schwebende Som gesehen hatte, dennoch klang ihre kräftige Stimme vertraut wie die Stimme eines alten Freundes. Dass sie ein Geist war, hatte er von Uwe gehört und wusste er.

Leo rieb sich die Augen, als könnte er nicht glauben, was er sah, und nickte dann mit dem Kopf. Es fiel ihm ein, dass er die aufklappbaren Fächer, die eigentlich für Som und Lano gedacht gewesen waren, Lissa gegeben hatte, weil er die Polaroidkamera nicht eingepackt hatte. ›Von den Fächern, die nicht besonders teuer sind, hätte ich reichlich mitbringen sollen‹, sagte er sich.

»Schon gut, schon gut«, sagte Som, als ob sie seine Gedanken läse. »Da ich ein Geist bin, ist mir nicht heiß. Wenn du es genau wissen willst, tendiere ich eher auf die kühle Seite. Und Lano, die ohnehin alles sofort kaputtmacht, hättest du lieber ein paar Kieselsteine mitbringen sollen.« Dann ging sie in Richtung von Shans Spielsalon weg, drehte sich aber zu Leo um, als ob ihr noch etwas eingefallen wäre: »Aitt ist gerade rausgekommen. Du kannst jetzt ins Zimmer zurückgehen.«

Dort begoss Ploy auf der Toilette gerade ihren Körper mit kaltem Wasser. Lissa plauderte kichernd aus, was ihr passiert war. Obwohl ihre Regel erst in einer Woche fällig gewesen wäre, hätte plötzlich eine Blutung eingesetzt, als sie ihren Slip auszog. Letztendlich hatte Ploy die Steuer allein bezahlt.

»Ich weiß nicht wieso, aber seit heute Morgen war ich wieder in Stimmung, alle Plastikdeckel, die mir unter die Augen kamen, zu klauen.«

»Das ewige Glückskind Lissa!«, sagte Yon mit Bewunderung. »Moment, Moment, das wie vielte Mal ist das denn?«

Ploy, die sich auch die Haare gewaschen hatte, kam ins Zimmer und nahm mit einem Gesichtsausdruck, als wäre nichts weiter passiert, einen Kaugummi aus der Pfefferdose und kaute ihn, dann löste sie die Silberfolie aus dem Kaugummipapier ab. Gleich füllte der süßliche Yaba-Rauch das Zimmer. Weil alles ganz gewohnheitsmäßig vonstatten ging, hatte es den Anschein, als wäre Ploy wirklich nur kurz ihre Steuer bezahlen gewesen.

Dennoch war nicht alles so wie früher. Als Ploy Leo ein Viertel einer Yaba-Tablette reichte oder ihm den Papiertrichter hinhielt, erwiderte sie seinen Augenkontakt nicht. Auch von dem Lächeln, das für gewöhnlich nach dem Ausstoßen des Rauches ihre Lippen umspielte, war keine Spur zu sehen. Zwischen Leo und Ploy hing ein Bogen dünnen Papiers, welcher früher nicht dagewesen war, bildlich gesprochen eine Art Quittung der Steuerzahlung, deren Rückseite düster schimmerte.

Spätabends kam Shan zu Besuch, blieb aber nur etwa zehn Minuten. Der schüchterne Leo hielt zwei 100-Baht-Scheine in der Hand, die ihm Shan in die Hand gedrückt hatte. »Herr Lehrer …«, näselte Lissa neckisch, und gab Leo eins in die Rippen.

»Herr Lehrer Leo, gehen wir mit dem Geld in den Club RCA. Okay?«

Über dieses freche Wortspiel lachte selbst Papa, die kein Thailändisch verstand, hell auf. Auch Yon, die an die Wand gelehnt eingenickt war, machte plötzlich die Augen weit auf, als wäre sie an der Reihe, und schrie »Lasst uns trinken, rauchen und quatschen«. Die drei kitzelten einander und tollten umher. Gläser fielen um und der Ventilator fiel um, dennoch hörten sie damit nicht auf. Sie waren wie Katzen, die die Pein, die sie vor fünf Minuten noch gefühlt hatten, völlig vergaßen, sobald sie nur ein sonniges Fleckchen betraten.

Ploy hingegen starrte nur weiter auf den Fernseher, wie jemand, der seine Ausdrucksfähigkeit ganz verloren hatte. Hätte jemand Neugieriger zu einer Lupe gegriffen und sie genauerer Betrachtung unterzogen, hätte er ohne große Schwierigkeiten entdecken können, wie sich die schwarzen und tiefen Pupillen der sehr selbstbewussten Ploy in wiederholten winzigen und rasch aufeinanderfolgenden Kontraktionen zusammenzogen und wieder weiteten und die waagrecht fest geschlossenen Lippen bebten.

Ab dem nächsten Tag begann Leo damit, alle zwei Tage Shans Spielsalon aufzusuchen, um Lano Englisch beizubringen.

13

Dass Leo den schrecklichen Unfall überlebt hatte, war kein Zufall. In der Tat manifestierte sich *sein* Wille auch in all den unbedeutenden Dingen, die wir täglich erleben.

Er hatte zunächst der in Sachen Bilanzbetrug genialen Frau Kim einen seit drei Jahren gegen eine Krankheit kämpfenden Sohn beschert. Frau Kim, die in ihrem Zustand lang andauernder Zermürbung der Verlockung des Augenblicks erlag, erhöhte die Unternehmensverluste um etwa vier Millionen Won, indem sie der Berechnung durch Manipulation einer Zahl einen leicht überhöhten Wechselkurs zugrunde legte. Das war jedoch erst der Anfang, mit der Zeit wurde sie forscher und addierte wahllos Nullen zu den Anschaffungskosten für Bürobedarf. Für die Filiale in Daegu, wo insgesamt siebzehn Mitarbeiter tätig waren, wurde so deklariert, dass allein im Jahr 1998 achttausend Radiergummis und dreißig Liter Korrekturflüssigkeit verwendet worden wären. Diese Menge hätte ausgereicht, um die gesamte Geschichte eines Kaiserreiches vollständig auszuradieren. Nachdem die Veruntreuung ans Licht gekommen war, beteuerte Frau Kim, dass ihr infolge von Arbeitsüberlastung ein Versehen unterlaufen sei, und wies darauf hin, dass andererseits auch nur zwei Kugelschreiber eingekauft worden seien. Deshalb begann eine gründliche Bilanzprüfung.

Er hatte auch den Unglücksbus präpariert, der in Daegu zu dem Zeitpunkt verkehrte, als Leo als Mitarbeiter des

Revisionsteams dort ankam. *Er* mischte viele Schläfrigkeit verursachende Salatherzen in das *Bibimbap*, das der Busfahrer zum Mittagessen zu sich nahm, und *er* verspritzte Wasser auf dem gefährlichen Platz, auf den sich Leo in seinem dösigen Zustand ursprünglich hatte setzen wollen. *Er* besorgte eine einzelne alte Küchenschabe, die gerade unter den Fußbodensteinen eines traditionellen Hauses im Dorf Hwawon ihre Eier hatte legen wollen und sorgte auch für einen dezentralen Regenguss, indem *er* eine tropische Atmosphäre erzeugte. Und zur geeigneten Zeit verursachte *er* einen geeigneten Unfall. Das Lenkrad drehte sich von selbst nach links in Richtung der Straßenlaterne. Leos Körper flog geradewegs durch die Frontscheibe, aber ohne gegen die Straßenlaterne zu stoßen.

Schließlich rettete *er* Leo nicht aus der lebensgefährlichen Situation. Vielmehr setzte *er* ihn bewusst der Gefahr aus und ließ ihn sich an Thailand und an die lange in Vergessenheit geratene Ploy erinnern, indem *er* ihn dem Tod entriss. Leo war es beschieden, den Unfall zu überleben.

Wenn das alles also so hatte sein müssen, wie verhielt es sich dann mit den anderen Opfern? Genauer gesagt, was hatte es mit dem Teamleiter auf sich, der Leo über drei Jahre lang beigebracht hatte, was zu tun war, oder mit der Frau mittleren Alters, die sich so furchtbar aufgeregt hatte, oder mit dem jungen Paar oder mit dem Busfahrer? War es nicht bedauernswert, dass *er* sie alle wie die Hunde in den Tod getrieben hatte?

Ihm war es nicht leid um sie. *Er* brauchte nichts zu bedauern. Dass sie an diesem Tag zu Tode kamen, war seit langer Zeit für sie vorgesehen gewesen, es war das ihnen zugedachte Quantum, und darüber hinaus würden im Lauf der Äonen irgendwann einmal auch sie, die wie Statisten im Theater gestorben waren, eine Chance an sich reißen, eine Hauptrolle auf einer solchen Bühne zu spielen. Ist unsere Seele die Haarwurzel, dann ist unser Leben das einzelne Haar, welches davon träumt, eine Haarwurzel zu werden. Sich dafür zu entschuldigen oder im Detail zu reflektieren, dass man ein Haar abgeschnitten hat, wäre eine kleinmütige und übersensible Haltung. Für den Schriftsteller, den beim Löschen von Wörtern bei der Manuskriptüberarbeitung Schuldgefühle überkommen, ist diese Perspektive durchaus lehrreich. Anders gesagt: *Er* hatte lediglich sein Wort, welches *er* Ploy vor 500 Jahren gegeben hatte, unverbrüchlich gehalten. Auch dieses Versprechen war freilich längst vor Ploys Geburt vorherbestimmt gewesen.

Dieser Art ist das allem übergeordnete Prinzip, das das Universum umtreibt, die Verabredung aller Dinge mit *ihm*. Gemäß dieser Verabredung hatte Leo in Daegu überlebt und kam auf die Soi 16 zurück. Jeder einzelne, noch so belanglose unserer Schritte, wo auch immer er hinführen mag, ist solcherart vom Mysterium eines dunklen Ursprungs durchdrungen.

Nur die Tatsache, dass die beiden Ganoven starben, die sich über das die Cold-Steel-Produkte betreffende Kontrollgesetz unterhalten hatten, war ein unvorhergesehener Unfall. *Er* selbst war darob ein wenig verwirrt.

Leo erinnerte sich deutlich an die Atmosphäre der Trauer, von der die Soi 16 vor vier Jahren, als Kai gestorben war, erfasst worden war. Die Straße war von ihrem einen bis zu ihrem anderen Ende voll von in Schwarz oder Weiß gekleideten Prostituierten gewesen, und viele Läden hatten geschlossen. Zumindest einen Augenblick lang schien die Straße den schmerzlichen Tod von Kai selbst erleben zu wollen. Für Leo, der erst nach und nach mehr über ihre Welt in Erfahrung gebracht hatte, war das etwas so Eindrucksvolles gewesen, dass er, wenn es diese Stimmung abgefüllt zu kaufen geben würde, gern eine oder zwei Flaschen davon in einem Duty-free-Shop erstehen würde. Nun jedoch waren diese Zeiten des Mitleidens vorbei.

Mit der Trockenzeit begann die Hauptsaison richtig und allenthalben drängten sich schon die Touristen, lediglich in der Sukhumvit Soi 16 hielt sich die Düsternis der Regenzeit. Früher war die Straße während dieser Saison voller brunftiger Ausländer gewesen und nicht nur die gewöhnlichen Ladenbesitzer hatten in ihr den größten Teil ihrer Jahreseinkünfte zu lukrieren gehabt, auch für die verschiedenen Straßenhändler war es jene Zeit im Jahreslauf gewesen, während der sich ihre Taschen am vollsten füllen mussten, nun aber gab es auch Menschen, die in der Hauptsaison nicht genug verdienten, um die übers Jahr angehäuften Schulden zurückzahlen zu können, sodass sie gezwungen waren, bei Nacht und Nebel zu fliehen.

Der Hauptgrund dafür war, dass in ganz Bangkok plötzlich etliche kleinere Rotlichtviertel entstanden. Besonders um den Lumphini-Park herum, der von Sukhumvit nicht weit entfernt lag, oder an den Plätzen in der Nähe der Khaosan Road, wie etwa dem Sanam Luang, sammelten sich Nacht für Nacht Hunderte, ja Tausende Prostituierte und boten in direkter Konkurrenz zueinander sexuelle Dienste an. Dadurch schrumpften die alteingesessenen Rotlichtviertel, wie Sukhumvit eines war, unweigerlich Stück für Stück zusammen.

Die Umgebung des Lumphini-Parks war auf eine ganz bestimmte Art und Weise in drei deutlich abgegrenzte Bereiche getrennt. Im dunklen hinteren Teil des Parks, wo es keine Laternen gab, fanden sich die unattraktiven Prostituierten ein, im hellen Teil, wo im Schein der Laternen Autos vorüberfuhren, scharten sich die schönen Prostituierten – oder jene

Prostituierten, die sich für schön hielten. Und in dem Bereich zwischen diesen beiden Zonen reihten sich in langer Schlange die Stände der Straßenverkäufer aneinander, die Papayas und Som Tam verkauften. Aber natürlich war Som Tam nicht alles, was sie verkauften.

Um Sanam Luang versammelten sich die noch Jüngeren, und nicht selten begegnete man hier Mittelschülern, die kamen, um sich das Geld für die Schallplatten prominenter Sänger zu verdienen. Die meisten von ihnen warteten auf einem Motorrad sitzend auf Freier. Das war keine Pose oder Modeerscheinung. Es diente dem Zweck eine unverzügliche Flucht in die Dunkelheit zu ermöglichen, falls Polizei anrückte. Von diesen Orten abgesehen, waren sowohl belebte Plätze und Straßen wie Siam oder Silom, aber auch viel frequentierte Verkehrsknotenpunkte wie der Pratunam-Markt und der Bahnhof Hua Lamphong, ja selbst die Bereiche um das an die Demokratisierung erinnernde Victory Monument und den Benjasiri-Park, der nur einen Steinwurf von der Sukhumvit Soi 16 entfernt lag, jede Nacht voll von Prostituierten.

Unabhängig von ihrem Alter waren diese Prostituierten sozusagen die neue Generation. Zwar waren auch sie wie die früheren Generationen in einem Umfeld aufgewachsen, in dem ein Elternteil oder auch beide Eltern Probleme hatten, jedoch litten sie im Unterschied zur nächstälteren Generation von Prostituierten unter keinen Komplexen und hegten nur selten Groll gegen andere. Sie waren ausgesprochen selbstständig, hatten üblicherweise um ihren zehnten Geburtstag herum ihren ersten Geschlechtsverkehr und noch vor dem Eintritt in die Mittelschule ihren ersten festen Freund, und es kam nicht selten vor, dass sie noch als Teenager heirateten. Meistens begannen sie sich unmittelbar nach der Trennung von ihrem ersten Geliebten oder Ehepartner zu prostituieren. Da sie zumindest die Mittelschule besucht hatten, kam es eher selten vor, dass sie harten Drogen wie Morphium oder Heroin verfielen und die Kontrolle über ihr Leben verloren, sie schauten gerne TV-Dramen aus Korea, Japan und Indien, verfügten über Grundkenntnisse des Englischen und sie erlaubten keinen Geschlechtsverkehr ohne Kondom, egal wie viel Geld man ihnen anbot. Obwohl sie dazu neigten, den Geschlechtsverkehr zu genießen, aber auch weil es ihr eigenstes Charakteristikum war, dass sie die Lust, die sie bei der Prostitution verspürten, einerseits und die Liebe als Triebkraft des Lebens andererseits streng trennten, rannten sie nach getaner Arbeit jeweils von der Stelle weg zu ihrem Geliebten, der irgendwo in der näheren Umgebung auf sie wartete. Sie hielten ihr Umherstreifen in den Rotlichtvierteln nicht für ihren Beruf. Dass sie sich auch für andere als ihren Geliebten für Geld ihrer Kleidung entledigten, war ein produktives Hobby, das ihnen erlaubte, der Langeweile des Alltags zu entfliehen. In der Tat waren sie in »anständigen« Jobs berufstätig, arbeiteten beispielweise in irgendwelchen Ämtern, in Nachhilfeinstituten, in Billardhallen, in Restaurants, Bars, Hotels und dergleichen. Obwohl ihre Gehälter bescheiden waren, konnten sie das Geld, das sie dort verdienten, sparen und es bisweilen gar den Angehörigen der Mittelschicht gleichtun und auf Urlaub fahren.

Weil ihnen bewusst war, dass sie anders waren, lehnten die Prostituierten der neuen Generation die überlieferte Ordnung und die Praxis bestimmter Gegengeschäfte im Rotlichtviertel ab und verhöhnten diese sogar. Die Bekanntheit der Soi 16 in Sukhumvit war dadurch möglich gewesen, dass die dortigen Prostituierten durch das Gefühl der Verbundenheit, das daher rührte, dass sie alle gleich arm waren und derselben niedrigen Klasse angehörten, zusammengehalten worden waren und mit Herzblut füreinander dagewesen waren. Hätte dieser Zusammenhalt nicht existiert, wäre die Soi 16 ein vom Neonlicht Sukhumvits isoliertes, armseliges Elendsviertel geblieben. Bei der neuen Generation handelte es sich um keine Prostituierten im traditionellen Sinne, wenigstens sie selbst hielten sich nicht dafür. Weil sie sich also diesem Stand nicht zugehörig fühlten oder vielmehr, weil sie Angst davor hatten, dazuzugehören, verachteten sie jene alten und armen Frauen, die ihr Leben lang als Prostituierte tätig gewesen waren, und beleidigten sie oft von Angesicht zu Angesicht. Daneben hatten sie sich alle mit einem radikalen Individualismus bewaffnet. Als eine vierzigjährige Prostituierte in dem Nueng Thaeo genannten Gebäude ein totes Kind entband, entbot ihr außer ihren Kolleginnen von Nueng Thaeo und einigen Prostituierten, die lange Zeit in Uwes Mietshaus gewohnt hatten, kaum jemand ehrlich empfundenes Beileid. Ungeachtet der Wehklagen der Mutter, die ihr Kind verloren hatte, warben in derselben Straße neue Prostituierte, von denen man nicht wusste, wann sie hierhergekommen waren, ihre Kunden und tranken, rauchten und unterhielten sich. Die Erinnerung an die schwarz-weiße Welle des Mitgefühls rund um den Tod von Kai unterschied sich kaum von einem alten Schwarz-Weiß-Foto. Ein Teil dieser Welt veränderte sich dieser Art schnell.

Yon packte Eiswürfel in ein Taschentuch und legte es sich auf die Wange. Nicht weil es ihr da wehtat, sondern weil sie Angst davor hatte, sich das Eis auf die Nase selbst zu legen. Ihr Nasenrücken, der an sich asymmetrisch verlief, war jetzt S-förmig verbogen und blau verbeult. Ploy, die sich Yons Geschichte ganz angehört hatte, stellte ihr nur zwei Fragen: »Wie sieht sie aus?« und »Wo hast du sie getroffen?« und ging dann nach draußen. Im Zimmer blieben nur drei Personen zurück, Papa, die mit dem Gesicht auf dem Fußboden lag und schwitzend schlief, Yon und Leo.

»Ach, Scheiße!«, jammerte Yon, nachdem sie einen Schluck mit Wasser verdünnten SangSom Whiskey getrunken hatte. »Oh weh, diese Schmerzen bringen mich um!«

Um Schmerzen zu vermeiden, sprach sie fast ganz ohne ihre Lippen zu bewegen. Trotzdem verstand Leo gut, was sie sagte. Er war zwar Koreaner, schien aber dazu geboren, gut Thailändisch zu sprechen.

»Solltest du nicht besser zum Arzt gehen?«, fragte Leo besorgt, aber Yon schüttelte nur den Kopf. Der Grund lag darin, dass sie kein Geld für ihr ohnehin seit jeher zerdrücktes Gesicht ausgeben wollte. Tatsächlich hatte sie sogar Angst davor, zum Arzt zu gehen. Es gab da diese Prostituierte aus Chumphon, mit der Yon in jüngeren Jahren gut befreundet gewesen war. Sie war zwei Jahre älter als Yon und folgte in dem Wunsch, ihr Schicksal zu beeinflussen, unbeirrt einem Arzt im Krankenhaus ihres Wohnviertels. Sie hatte die Angewohnheit, zum Arzt zu laufen, wenn ihr auch nur das Knie ein wenig wehtat, zum Arzt zu laufen, wenn ihre Schulter sich ein wenig steif anfühlte, zum Arzt zu laufen, wenn sie schlecht geträumt hatte. Fast das ganze Geld, das sie durch die Prostitution verdiente, gab sie für Arztbesuche aus. Diese Angewohnheit konnte sie auch nicht ablegen, nachdem der Arzt, der ein wachsames Auge auf sie hatte, nach Australien ausgewandert war, sie ging fortan jede Woche an drei Tagen ins Krankenhaus und wurde zweimal pro Monat stationär behandelt. In ihrem Körper entstanden nun tatsächlich Probleme. Als sie wegen Kopfschmerzen wieder einmal beim Arzt war, stellte der die Diagnose Diabetes, als sie wegen Diabetes beim Arzt war, lautete die Diagnose Brustkrebs. Schließlich starb sie an Retroviren, die man im Zuge der Brustkrebs-Behandlung entdeckt hatte.

»Ich meine, wenn man einmal zum Arzt geht, ist man geliefert. Dann nimmt es gar kein Ende mehr. Das ist ärger als Scheiße. Ärger als Scheiße ist das.«

An dieser Meinung hielt Yon fest. Tatsächlich war sie, seit sie laufen konnte, kein einziges Mal über die Schwelle einer Arztpraxis getreten. Auch als sie sich als Kind den kleinen Finger ihrer linken Hand gebrochen hatte, auch als ihr im Alter von vierundzwanzig Jahren bei Analverkehr-Übungen eine Seife durch den Schließmuskel in den Anus geschlüpft war, auch als sie sich im Alter von siebenundzwanzig Jahren mit Malaria infiziert hatte und danach, ein paar Jahre später, als ihr Unterleib taub war, weil sie von einem Bulldozer angefahren worden war, ging sie nicht zum Arzt. Wenn nur ihr Nasenbein gebrochen war, war es für sie nichts anderes, als von einer Biene gestochen zu werden. Natürlich hieß das nicht, dass sie weniger schmerzempfindlich war als andere. Jedes Mal, wenn sie sich einen Eiswürfel in die Nähe der Nase legte, jaulte sie wie verrückt auf, und gerade so, als ob es sich dabei um ein Signal handelte, drehte Papa, die mit dem Gesicht nach unten auf dem Fußboden lag und schwitzend schlief, dann den Kopf in die andere Richtung.

»Diese miese Schlampe hätte mich vorwarnen müssen, bevor sie zuschlägt!« Je mehr sie darüber nachdachte, umso mehr ärgerte sie sich und konnte diesen Ärger schließlich gar nicht mehr unterdrücken. »Erst lächelt sie mich schleimig an und dann plötzlich schlägt sie zu! Aber so sind sie, die Jungen! Was hab ich ihr denn getan? Die Schlampe hat mir einen Kunden abspenstig gemacht, das war es doch!«, seufzte sie mit immer leiser werdender Stimme, bis ihr die Augen feucht wurden. »Meinen allerersten Kunden seit fast einem ganzen Monat ...«

Als sich Yon etwas abseits der Station Nana, irgendwo tief im Inneren der Soi 4, einen schwer angetrunken dahintaumelnden Kerl geschnappt hatte und hocherfreut mit ihm ein Taxi nehmen wollte, kam eine junge Prostituierte an, die gerade vor einer Gogo-Bar stand, und gab ihm flink einen Klaps auf den Hintern. Der Mann drehte sich überrascht nach ihr um und warf von da an keinen Blick mehr auf Yon. Das war nicht weiter verwunderlich. Yon war fast 40 Jahre älter als die Junge, und was ihr Aussehen betraf, zögerte man, sie überhaupt eine Frau zu nennen. Obwohl der Mann sich fortwährend übergab, war er doch nicht so besoffen, dass ihm dieser äußerliche Unterschied nicht mehr aufgefallen wäre. Als Yon die junge Prostituierte in ihrem Ärger mit Flüchen eindeckte, fuhr diese milde lächelnd ihre rechte Faust aus, wodurch Yon nach hinten umkippte.

»Au weh!« Während Yon sich wieder einen Eiswürfel an die Nase legte, stieß sie Wehklagen aus: »Au weh, ich dreh noch durch vor Schmerzen!«

Bei dem Schrei drehte Papa ihren Kopf erneut in eine andere Richtung und schlief sofort wieder ein. Sie war eine junge Frau, die wirklich gerne schlief. Yon schlug sich jetzt geräuschvoll mit der flachen Hand auf die Oberschenkel. Ihre Schläge galten der Prostituierten, die sie K.O. geschlagen hatte, und gingen auf alle Prostituierten der neuen Generation über.

»Tüchtig sind sie, übertüchtig. Diese Schlampen lassen einem überhaupt keinen Zentimeter Spielraum. Und gierig wie sie sind, geben sie auch überhaupt keinen Rabatt, und weil sie keinen geben, nehmen die Freier sie gleich auf den ersten Blick mit. Bei diesen Schlampen ist es ein Fixpreis. Fixpreis. Tüchtig sind sie. Tüchtig.«

Schließlich kullerten ihr auch noch Tränen herunter, sie begann zu weinen.

»Yon, warum weinst du denn? Tut es sehr weh?«, fragte Leo verlegen. Es war nicht schön, eine alte Frau weinen zu sehen. Yon war allzu talentiert darin, sich einem ununterbrochen von einer unvorteilhaften Seite zu zeigen.

»Wenn Jia dabei gewesen wäre, wäre mir das nicht passiert. Lass mich mal überlegen. Ich bin dieses Jahr dreiundfünfzig, nein vierundfünfzig? Auf jeden Fall, was soll ich machen, wenn mir ein Freier abspenstig gemacht wird? Was kann ich in meinem Alter da schon groß machen? Von welchem Geld soll ich mir mein Yaba kaufen? Kann ich mir Yaba denn überhaupt leisten? Diese selbstsüchtigen Jungen können das doch nicht mit mir machen! Das geht doch nicht!«

Ihre Klagen zogen sich endlos in die Länge. Sie schien völlig vergessen zu haben, dass auch sie selbst vor etwa dreißig Jahren der jungen Generation angehört hatte und sich von den älteren Prostituierten alle denkbaren Schimpfwörter an den Kopf hatte werfen lassen müssen. Vielleicht wegen des Whiskeys, den sie auf leeren Magen trank, ließ der Schmerz immer mehr nach, und ihre Stimme wurde lauter und lauter und zuletzt schrie sie praktisch schon, sodass Papa ihren Kopf in beide Richtungen hin und her drehte.

»Diese Schlampen lassen ihn sich auch in den Arsch stecken, wenn man ihnen nur ein bisschen Geld drauflegt, braucht da überhaupt noch jemand mich? Auch mein Arschloch ist jetzt das einer Großmutter. Als das Arschloch von einer Großmutter ist es ausgeleiert. Da es ausgeleiert ist, muss ich in Zukunft mit einer Windel herumlaufen. Wer kauft mir Windeln? Leo, kaufst du mir welche? Bah, keine einzige Windel wirst du mir kaufen!«

»Was schreist du denn hier so herum?« Leo verzog angewidert das Gesicht, und winkte dabei abwehrend mit der Hand. »Und überhaupt, willst du wirklich nicht zum Arzt gehen? Deine Nase ist gewunden wie eine Schlange.«

Ohne auf Leos Worte zu reagieren, jammerte sie weiter und krallte sich dabei an seinem Unterarm fest.

»Wohin ist Jia eigentlich verschwunden? Wohin hat dieser versiffte Chinese unsere hübsche Jia entführt? Sie fehlt mir. Leo, wo ist Jia? Hmm, Leo?«

»Tss. Hör dir das an, wenn du es selber nicht weißt, woher soll ich es dann wissen?«, brummte Leo missmutig und machte sich von ihrem Griff los. »Ich würd sie ja auch gern mal sehen. Es reden ja alle ständig von Jia, Jia.«

Das meinte Leo durchaus ernst. Es war bereits mehr als fünf Jahre her, dass sie fortgegangen war, aber noch immer sagten die Leute Dinge wie: »Was ich damals zu Jia gesagt hatte …«, »Da war auch Jia dabei …«, »Jia kam damals in meinen Laden und …«, »Und darauf meinte Jia …« »Also Jia hätte in so einem Fall ….«

Die Leute schmückten die Tatsachen mit ihren eigenen Fantasien aus und behaupteten, dass sie sich in den Süden nach Hat Yai zurückgezogen hätte, dass sie mit der Prostitution aufgehört hätte und nach Chiang Mai zurückgegangen wäre, oder dass sie nach Beijing übersiedelt und dort eine Kommunistin geworden wäre. Es gab auch Leute, die, als sie sahen, dass sie lange Zeit nicht zurückkam, resignierten, sie hätte Selbstmord begangen wie die Königin von Tai Yai. Weil solche Schönheit grundsätzlich von etwas anderem als von sich selbst nicht zerstört werden könnte.

Es gab keinen Bewohner der Sukhumvit Soi 16, der nicht über sie hatte reden hören. Auch jene, die wie Leo nach Jias

Zeit angekommen waren, kannten sie zumindest dem Namen nach. Leo wollte sie unbedingt einmal treffen. Leo wusste nicht, dass sie bereits gestorben und gerade vor einigen Tagen als eine weiße Katze wiedergeboren worden war.

Etwa vier Stunden später kam Ploy zurück. Zusammen mit anderen Prostituierten, die im ersten Stock wohnten, brachte sie ein junges Mädchen mit, dessen Haar ganz zerzaust war. Es war vielleicht sechzehn Jahre alt und bot, weil es mit seinem tief gesenkten Kopf stark verängstigt aussah, einen erbarmungswürdigen Anblick.

Yon sprang plötzlich auf und hüpfte tobend herum, wobei sie mit dem Finger auf das Mädchen einstach: »Du Schlampe, schlag ruhig noch mal zu, wie vorhin!«

Yon machte mal weinend, mal lachend ein Riesentheater und kreischte mit Schaum vor dem Mund wie eine Verrückte.

»Jetzt bist du dran! Oder denkst du, meine Freundin lässt dich einfach so wieder gehen? Oh weh, oh weh!«

Bei diesem Schrei stieß Papa ein lang gezogenes Wimmern aus und drehte ihren Kopf wieder in die andere Richtung.

Das herbeigeschleppte Mädchen brach in Tränen aus und ließ sich auf den Boden sacken. Es faltete um Gnade flehend die Hände, wobei es sich mit um Gnade flehenden Blicken nicht an die großen, kräftig gebauten Prostituierten, die im ersten Stock wohnten, und auch nicht an Yon, die es selbst geschlagen hatte, sondern hauptsächlich an Ploy wandte. Aber Ploy sagte nichts, starrte das Mädchen nur von oben herab an. Dieser kalte Ausdruck, der dem Ausdruck ähnelte, mit dem man aus einem Lehrbuch vorlas, und den man eigentlich gar nicht »Ausdruck« nennen konnte, war jener, vor dem Leo am meisten Angst hatte.

»Lass mich dir mal ein paar Fragen stellen«, sagte Ploy mit tiefer Stimme und in raschem Tempo. »Na, mit wem lebst du?

Gibt es jemanden, den ich treffen muss? Irgendwer kümmert sich doch um dich, nicht wahr?«

Das Mädchen senkte nur seinen Kopf und weinte, auf die Fragen gab es keine Antwort. Ploy wartete kurz ab und stieß dann einen Seufzer aus. Mit dem Kinn gab sie ein Zeichen. Die beiden anderen Prostituierten stellten das Mädchen auf und führten es nach draußen. Alles lief völlig reibungslos ab, also folgte der Ablauf einer sehr alten Gepflogenheit, wie dies etwa bei einer Ahnenfeier der Fall war: Man nahm den Alkohol, zündete das Räucherwerk an, stellte es auf den Tisch und verbeugte sich zweimal davor.

Kurz danach wurde die Soi 16 von einem gellenden Schrei erfüllt, der aus dem Reisnudelladen im hinteren Teil der Straße kam. Ploy hatte das Mädchen, das gegen den Kodex der Prostituierten verstoßen hatte, auf den Boden legen lassen und ihr noch brodelnde Suppe unter den Rock gegossen.

Als Lano ein kränkliches Kind war, dessen Herz öfter zu schlagen aufhörte, hatte Leo einmal ihr früheres Leben gesehen. Sie war eine Tochter aus dem japanischen Adel gewesen und hatte als solche, in einen Kimono gekleidet und in einem gepflegten japanischen Garten herumspringend, einen äußerst liebreizenden und lebhaften Anblick geboten. Das Kind wuchs heran und wurde nun fünf Jahre alt. Es war ein Alter, welches es in seinem früheren Leben nicht erlebt hatte.

Als Leo damit begann, Lano Englischunterricht zu erteilen, umarmte er sie oft und rieb seine Wangen an den ihren, aus Bewunderung über die Tatsache, dass sie überlebt hatte. Lano wiederum – wohl weil sie wusste, dass er sie mochte – rannte auf ihn zu, sobald sie ihn erblickte, und begrüßte ihn auf Englisch. Lano war ein sehr kluges Kind. Bereits nach etwa einem

Monat Unterricht hatte sie die Satzstrukturen der Sprache vom Prinzip her begriffen und so brauchte sich Leo nicht mit der Vermittlung komplizierter Grammatikregeln herumzuschlagen, sondern konnte sich leichten Herzens auf den Wortschatz und auf Redewendungen konzentrieren. Weil Lano so bewundernswert sprachbegabt war, brachte er ihr dann und wann auch ein wenig Koreanisch bei, aber als er bemerkte, dass der spannungsreiche Klang des Koreanischen auf ihre Aussprache des Englischen abfärbte, ließ er es wieder bleiben.

Leo machte es Spaß, Lano zu unterrichten. Lano stellte Fragen über Fragen und hatte keine Angst davor, einen falschen Satz zu machen oder etwas falsch auszusprechen. Wenn sie neue Wörter lernte, gab sie ihnen nach eigenem Belieben eine Melodie und ging, diese Melodie vor sich hin summend, herum. Sie kam Leo vor wie eine Avantgarde-Dichterin, die Freude daran hatte, bestehende formelhafte Ausdrucksweisen zu dekonstruieren.

Er dachte, an der frischen Luft zu sein, wäre besser als in dem düsteren Spielsalon von Shan, also nahm er Lano an der Hand und lief mit ihr die Soi 16 von ihrem einen zu ihrem anderen Ende auf und ab, oder vom Wasser bis zur großen Sukhumvit-Straße und vom Benjasiri-Park bis in die Nähe der Hotelbaustelle und zurück. Wenn Lano und Leo vom vielen Herumlaufen erschöpft in Uwes Mietshaus zurückkehrten, wurden sie von Ploy, die sich beeilte, den Yaba-Rauch mit den Armen im Zimmer zu verteilen und das Zimmer in Ordnung zu bringen, gastfreundlich empfangen. Alle liebten Lano. Wenn sie ins Zimmer kam, setzten sie sich im Kreis um sie herum hin und befragten sie stets, was sie am heutigen Tage gemacht und gelernt hatte. Der Gesichtsausdruck, mit dem Ploy Lano ansah, machte Leo glücklich. Daher wurde es zu einem fixen Programmpunkt am Ende des alle zwei Tage stattfindenden Unterrichts, in Ploys Zimmer zu kommen und das Gelernte vor Ploy zu wiederholen.

Ab und zu legte Lano unberechenbares Verhalten an den Tag, bohrte mit einem Strohhalm in der Nase herum oder hielt einen Frosch im Zahnputzbecher gefangen und wurde daraufhin von Som geschlagen, aber sie war weder unnötig trotzig noch quengelte sie. Auch vor dem Einschlafen machte sie kein Theater. Wenn man sie fragte: »Willst du nun schlafen? Schlaf gut!«, schloss sie gleich die Augen und schlief ein. Auch wenn in der Sukhumvit Soi 16 viele Menschen an Krankheiten oder durch Unfälle starben, so war die Zahl der Geburten doch größer, beinahe so, als handelte es sich um einen Wettbewerb. Aber es gab kein Kind, das mit Lano zu vergleichen gewesen wäre. Lano war ein Kind, das wie ein Stern am Himmel strahlte.

Das frühere Leben Lanos war sehr unglücklich gewesen. Freilich gab es nirgends auf der weiten Welt auch nur ein einziges Leben, das ausschließlich von Schönheiten und Glück erfüllt war, Lano aber war es nicht einmal vergönnt gewesen, ihr Leben auch nur zu versuchen. Immer wenn Leo Lanos liebliches Verhalten sah, klang auch die herzzerreißend traurige Stimme aus ihrem früheren Leben in seinen Ohren: »Mama, das brauchst du doch nicht zu tun! Mama, so bitte lass das doch!« In Japan, wo damals gerade die Tokugawa-Epoche angebrochen war, hatte sich ihr Vater, der ein sogenannter Daimyō gewesen war, auf fatale Weise den falschen Leuten gegenüber loyal gezeigt, weshalb Lano im Alter von vier Jahren zu Tode gekommen war: Von der Hand ihrer Mutter war sie mit dem Kopf voraus in einen Brunnen getaucht und ertränkt worden.

In dem von allen erinnerten Geburtsmoment, an der undeutlichen Grenze zwischen dem früheren und dem jetzigen Leben, an welcher man des vorigen Lebens gedenkt und das neu gegebene Schicksal annimmt, hatte Lano aus diesem Grunde *nicht* versucht, gar nicht erst auf die Welt zu kommen. Vielmehr hatte sie sich darum bemüht, keine Mutter zu haben.

Selbstverständlich war diese Tatsache auch Som bewusst, die wegen Lano ihr Leben verloren hatte. Der Grund, weshalb Lanos Herz immer wieder ausgesetzt hatte, war, dass ihre Lungen voller Wasser waren, und sie wusste auch gut, dass dieses Wasser kein wirkliches Wasser war, sondern das zu klarer Flüssigkeit gewordene Leid ihrer dereinst in dem Brunnen eingesperrten Seele. Som erbarmte sich ihrer Tochter aus diesem Grunde umso mehr, wich auch nach ihrem eigenen Tod nicht von Lanos Seite und kümmerte sich weiter um sie. Leo mit dem Englischunterricht zu betrauen, war ebenfalls Soms Idee gewesen.

Verwunderlich war die Tatsache, dass nicht nur Som derart unerwartete Handlungen setzte. Wenn man sich umsah, fand man unfassbar viele verletzte Seelen, die ein der Prägung des früheren Lebens völlig entgegengesetztes Leben führten. Anstatt glühenden Hasses und Grolls trugen sie grenzenloses Mitgefühl mit anderen, keine Gegenleistung erwartende Freigiebigkeit und vor allem den freien Willen, der all dies erst möglich machte, wie einen Samen in sich. Weil von diesen Seelen eine viel größere Zahl existierte als von jenen, die beharrlich nach Vergeltung strebten, musste Leo sein Vorurteil, dass die Mehrheit der Seelenwanderungen eine Verkettung von Groll wären, revidieren. Letztlich schien es, dass der Sinn der Reinkarnation nicht die Vergeltung war, sondern dass sie vielmehr den Zweck hatte, eine Gelegenheit zur Verzeihung zu bieten.

Die »schwarze Schöne« Papa, die sich in einer Sturmnacht zwanglos vor dem Eingang zu Ploys Zimmer niedergelegt hatte und eingeschlafen war, war zweiundzwanzig Jahre alt. Wenn man sie damals mit Gewalt geweckt und vertrieben hätte, wäre sie schwerfällig irgendwo anders hingetrottet und hätte dort weitergeschlafen. Und sie hätte es einem nicht übel genommen. Papa, die mit ihrem leiblichen älteren Bruder zusammen in dem Tempel Pyin U Lwin in Myanmar aufgewachsen war, hatte keinen Begriff davon, was Besitz war. Sie aß alles als ihr Essen, betrat jeden Ort als ihr Zuhause und schlief dort. Zugleich gab sie ihre Sachen anderen Leuten, ohne sich groß Gedanken zu machen. Vor allem wenn sie einem Bettler oder einem Mönch über den Weg lief, leerte sie ihre Hosentaschen vollständig und gab mit einem Gesichtsausdruck, als hätte sie reichlich davon, immer in Bausch und Bogen alles, was sie hatte. »Der ist nicht zu helfen«, sagte Ploy einmal. Sie sei wie ein Neugeborenes, das auf einer Hauptstraße lag, über die die Autos rasten.

Papa kam oft auf wildfremde Leute zu und sagte »I'm hungry, I'm hungry«, wobei sie auf ihren flachen Bauch zeigte. Sie tat es mit einem so nonchalanten Gesichtsausdruck, als bäte sie beim Bestellen in ihrem Stammlokal darum, ihr eine extra große Portion Nudeln in die Rindersuppe zu geben.

Sie war über die Maßen zuversichtlich, daher reagierte sie, was auch passierte, nie mit Traurigkeit oder Ärger. Anders als es ihre großen schwarzen Augen, die verwirrt aussahen, als wollten sie fragen »Was mach ich bloß?«, vermuten ließen, hatte sie auch keine Angst. Wovor sie Angst hatte, war einzig und allein die Polizei.

Obwohl sie mit ihren anständigen indischen Zügen ohnehin schon hübsch anzusehen war, bemühte sie sich darüber hinaus auch immer, einen tapferen Eindruck zu machen. Ihre Stimme, die noch sehr kindlich klang, senkte sie extra tief, beim Gehen machte sie unter Einsatz ihres ganzen Körpers große Schritte, und wenn sie lachte, atmete sie zuerst tief ein und lachte dann beim Ausatmen laut auf. Daher sah sie, wie sie mit ihrem kurz geschnittenen Haar und den Jeans aus dem Nachlass von Kai an der Station Nana stand, nicht wie eine Prostituierte, sondern wie ein Lausejunge aus. Das waren sehr ungünstige Voraussetzungen für eine Straßenprostituierte, bei der von einem flüchtigen, im Vorübergehen vermittelten Eindruck das Einkommen für den ganzen Tag abhing. Wenn sie andererseits einmal einen Freier hatte, verließ er sie so schnell nicht wieder. Vielmehr gab es unzählige, die sich regelrecht auf sie stürzten und sogar bereits eine Wohnung für sie vorbereitet hatten, damit sie bei ihnen bleiben konnte. Leider verstand Papa Ausdrücke wie »Wohnung«, »kaufen für« oder Ähnliches nur in der burmesischen Sprache.

»Die da, die Burmesinnen, die …«, flüsterte Yon einmal in ernstem Tonfall. »Die verbeugen sich vor dem Bumbum in Unterwäsche dreimal vor ihrem Freier. Wie vor einem Buddha. Ich überlege mir gerade, das auch mal zu versuchen.«

Ihr traditionelles Ritual, welches vor dem direkten und einseitigen sexuellen Akt, der Prostitution genannt wird, vollzogen wurde, sah nach absolutem Gehorsam aus und gefiel vor allem den westlichen Männern mit ihren Phantasien von der gefügigen Asiatin ganz besonders. Die kurz in Gedanken versunkene Lissa erwiderte:

»Mir ist es trotzdem viel lieber, wenn sich die Freier vor meinen Brüsten verbeugen.«

Papas Fingernägel wuchsen extrem schnell. So schnell, dass man ihnen sozusagen beim Wachsen zusehen konnte. Im früheren Leben hatte Papa nämlich als Amazone auf der Insel Tahiti ziemlich wohlhabend und glücklich gelebt und die Fingernägel waren dort vor der Ankunft von Captain Cook der wertvollste Schatz eines Menschen gewesen. Als sie sich im Alter von achtzehn Jahren auf Empfehlung ihres älteren Bruders zum ersten Mal mit einem jungen Offizier prostituierte, wurde ihr klar, dass sie da auf eine Goldader gestoßen war, oder – wie man sagte – auf einem prall mit Geld gefüllten Sitzkissen saß – auch wenn es nicht so viel wie im vorigen Leben war. Sie erhielt für gewöhnlich jeweils 6.000 Kyat, was in etwa 5 US-Dollar entsprach, und das war die Hälfte des Wochenlohnes, den man in Myanmar als Lehrer an einer öffentlichen Schule bekam. Papa lebte glücklich auf ihre Art und fasste sogar den Plan, mit dem ersparten Geld, welches sie in kleinen Beträgen nach und nach auf die Seite legte, einen kleinen Seejet-Nudelladen zu eröffnen. Und an Tagen, an denen die Nudeln frühzeitig ausverkauft waren, wollte sie mit ihrem älteren Bruder, wie damals, als sie klein war, zum nahe liegenden Park laufen, um dort Blumen und Schmetterlinge zu zählen. Alle diese Träume wurden dadurch zerstört, dass sie über die Landesgrenze hierher geflohen war, nachdem sie das Ohrläppchen eines hochrangigen Polizisten abgebissen hatte, der sie dazu zwingen wollte, mit ihm ein Bumbum-Video zu drehen. Von da an war Papa eine aus einem sehr armen Land stammende und sich illegal in Thailand aufhaltende Straßenprostituierte der Soi 16, die jederzeit abgeschoben werden konnte.

Aber alle mochten sie. Dass Leo sie mochte, lag daran, dass er sich als Fremder mit ihr verbunden fühlte. Wie es Leo vor fünf Jahren getan hatte, blickte Papa pausenlos rund um sich her. Wenn er das sah, tat sie ihm mal leid und mal fand er es erstaunlich, aber unglücklicherweise gab es kaum ein Wort, welches beiden geläufig war, um ihr dies mitzuteilen. Wenn sie »I'm hungry« sagte und ihn dabei durchdringend anblickte, kaufte ihr Leo gerne etwas zu essen.

Beim Gehen steckte sie die Hände in die Hosentaschen und zog die Schultern hoch. Dabei sang sie oft ein Lied, dessen Text »Naung bei naung, naung bei naung« und so weiter lautete. Als Leo sie fragte, was der Text bedeutete, sang sie ihm lediglich das Lied noch einmal vor. Weil sie ihn dabei mit wie bei der Disney-Figur Sweetie weit aufgerissenen Augen anstarrte, als kennte sie keine Scham, sang auch Leo, der aufgegeben hatte, den Text verstehen zu wollen, das Lied nach, wie es in seinen Ohren klang. Darüber freute sie sich wie verrückt und sang noch lauter:

»Naung bei naung, naung bei naung, sendo yoya ojiden, dutiya malla mei malla, mei raizen de, naung bei naung, naung bei naung ...«

Später fragte Leo Nawalatt, die aus Myanmar stammende Kathoey, nach dem Text und erfuhr, dass es in dem Lied darum ging, dass ein Mann aus dem Shan-Volk seine burmesische Geliebte vermisste.

»Was bedeutet dann also dieses ›naung bei naung, naung bei naung‹?«, fragte Leo enttäuscht, da der Inhalt banaler als erwartet war.

»Das ist der Trommelschlag des Shan-Volks.«

»Ist nicht wahr!«, sagte Leo. »Nicht der Gongschlag, der Trommelschlag klingt in den Ohren von euch Burmesen so? ›Naung bei naung, naung bei naung?‹«

»Nicht doch, lass den anderen auch ihren Spaß!«, ärgerte sich Nawalatt, die missverstand, dass sich Leo über sie lustig machte. »Bei euch Koreanern bellen die Hunde doch auch ›Mongmong‹. Menschenskind!«

Solange Leo in der Soi 16 lebte, dachte er, dass er selbst dazugehörte. In der näheren Umgebung von Ploys Zimmer schaute er hier und dort vorbei und ging auf die vom Alltag erschöpften Leute zu. In den Läden der Straße kaufte er Zigaretten, Unterwäsche und Zahnpasta. Einmal grüßte er vor Uwes Haus auf dem Schaukelstuhl sitzend, den Songruon besorgt hatte, über sieben Stunden lang ohne Unterlass jeden, der vorüberging. Er gab Lano Englischunterricht und wenn er guter Laune war, kehrte er auch mal die Straße vor dem Haus. Nicht als ein von einer Prostituierten besessener Freier, sondern als ein Anrainer lebte er dort. Trotzdem konnte er sich nicht immer von dem Gefühl befreien, dass er ein Fremder war und im Abseits stand. Als er sich deshalb plötzlich einsam und verlassen fühlte, kam ihm Papa, die das Schicksal des Fremdseins mit ihm teilte, aufmunternd aus einiger Entfernung entgegen und sang – aus irgendeinem Grund gut gelaunt – lauthals das Lied ›Naung bei naung, naung bei naung‹.

Daher mochten alle Papa. Der Grund, warum Ploy Papa mochte, lag darin, dass sie nicht bettelte. Seit jener stürmischen Nacht, in der sie sich frech in Ploys Zimmer eingeschlichen hatte, hatte sie sich niemals als Bittstellerin gezeigt, sondern stets als Fordernde. Zwar verneigte sie sich jenem traditionellen Brauch entsprechend in Unterwäsche dreimal vor den Freiern, aber das war nichts weiter als ein Begrüßungsritual, das bedeuten sollte: ›Hoffentlich wird es ein angenehmes Bumbum.‹ Beim Verhandeln war Papa dann auch unverfrorener als irgendjemand sonst. Sie wusste ganz genau, wer dabei den Ton angeben sollte, und dieses Selbstvertrauen und

Selbstbewusstsein von Papa liebte Ploy. Das war auch eine der Lehren, welche die legendäre Prostituierte Jia Ploy beigebracht hatte:

»Duck dich nicht, Ploy. Das bringt dich nicht weiter.«

Da war einmal ein Mann, der, als sie nach dem Bumbum ihre Bezahlung verlangte, wütend auf sie wurde, weil er nicht gewusst hatte, dass sie eine »schmutzige Prostituierte« war. Es waren die Worte, die Jia ihr sagte, als sie nach Hause zurückkam, nachdem sie von diesem Mann sogar eine Ohrfeige verpasst bekommen hatte. Vor den beiden Frauen dampfte ein Brathähnchen, das Jia gekauft hatte, und wartete züchtig darauf, in den Mündern der Frauen zu verschwinden.

»Ploy, wir sind Prostituierte. Es gibt keinen Grund, das zu verbergen, und es würde auch gar nichts bringen. Bevor wir tun, was *die* wollen, müssen wir tun, was *wir* wollen. Wenn du es nicht klar und deutlich aussprichst, werden sie nicht von selbst draufkommen.«

Nachdem Ploy diese Worte von Jia gehört hatte, war es ihr gar nicht mehr möglich, weiterzumachen wie bisher. In den über zehn Jahren ihres Lebens einer Straßenprostituierten auf der Soi 16, hat sie diese Worte nie auch nur einen Moment lang vergessen.

Daher mochten alle Papa. Der Grund, warum Yon Papa mochte, lag darin, dass sie allerlei Hausarbeiten wie zum Beispiel Putzen und Abspülen erledigte, die eigentlich Yons Aufgabe waren. Dank Papa wurde Ploys Zimmer viel sauberer und heller als früher. Darüber hinaus gab Papa Yon ab und zu etwas Kleingeld ab, vielleicht weil sie Yon für eine obdachlose alte Bettlerin hielt, und betete auch für sie, wobei sie sie auf die Stirn küsste. Aus diesem Grund behandelte Yon, die auf die aus Myanmar, Kambodscha, Vietnam, Malaysia und Laos zugewanderten Prostituierten eigentlich gar nicht gut zu sprechen war, nur Papa freundlich.

Vor allen Dingen aber liebte Yon Papas Jugendlichkeit und Gesundheit. Sie liebte Papas Alter, welches nicht einmal die Hälfte ihres eigenen betrug, und ihre Figur, an der kein Gramm Fett zu viel war, obwohl Papa unglaubliche Mengen verzehrte. Yon liebte ihre Schlafgewohnheiten – keinesfalls wach zu werden, wenn sie einmal eingeschlafen war – und ihre treuherzigen Augen, mit denen sie der Figur Sweetie von Disney ähnelte. Für andere wäre das alles Gegenstand von Neid oder Eifersucht gewesen. Aber Yon war Mitte fünfzig. Wegen ihres Gesichts, mit dem sie einem Krokodil ähnlich sah, lebte sie als »Fachprostituierte« für Analverkehr, und nachdem sie vor einigen Tagen von einer Prostituierten der neuen Generation geschlagen worden war, war nun auch ihre Nase verkrümmt und sank ein. Sie wusch sich so selten, dass selbst noch ihr Bauchnabel hartnäckig den Geruch der Obdachlosigkeit verströmte. Aufgrund der Nebenwirkungen eines Medikaments, das ihr ihr Onkel zum Zwecke der Heilung von Tuberkulose verabreicht hatte, als sie klein war, litt sie an krankhaftem Redefluss, da ging es stets von der Vermutung zur Hypothese, von der Hypothese zur Überzeugung und von der Überzeugung wieder zurück zur Vermutung. Aus unbekannten Gründen fiel sie in Ohnmacht, wenn sie sah, wie sich eine Gruppe zusammenfand, wie zum Beispiel bei Gruppengymnastik, sogenannten *Mass Games*. Wenn sie kein Yaba geraucht hatte, konnte sie nicht einschlafen, und auch wenn sie Yaba geraucht hatte, schlief sie nicht ein. Hätte sie Papa in dieser Lage beneidet, wäre sie wirklich eine unverschämte Schlampe.

Yon liebte Papa und behandelte sie wie ihre eigene Tochter, die sie niemals geboren hatte. Immer wenn sie an einem kleinen Schrein in der Soi Namtip vorbeikam, betete sie, dass Schönheit und Gesundheit der »schwarzen Schönen« aus Myanmar bis in alle Ewigkeit erhalten blieben. Selbst wenn sie nicht immer explizit dafür gebetet hatte, sondern eher um Geld für den Kauf von Yaba oder dergleichen – SangSom-Whiskey, zum Beispiel – hatte sie es sich Mal für Mal jedenfalls innerlich gewünscht. Daher machte sie, seit Papa an Tuberkulose litt, einen weiten Bogen um den Schrein, weil sie von den Auswirkungen ihrer dortigen Gebete enttäuscht war.

Dieserart also war Papa bei allen beliebt. Der Grund, warum Lissa Papa mochte, war, dass Papa noch unbesonnener war als sie selbst. Wenn Ploy vom Nudelessen die Nase voll hatte, murmelte sie immer wieder: »Wie viele Nudeln sind es insgesamt?« Dann wurde die Schale kurzerhand umgedreht und auf Zeitungspapier geleert und alle schätzten in freudiger Erregung die Zahl der Nudeln. Gespielt wurde um Kleingeld. Papa spielte weder um Geld noch schätzte sie in Zehnerschritten wie die anderen. Sie warf lediglich einmal einen Blick auf den Haufen und schrieb dann in die Ecke einer Zeitung schlicht irgendeine Zahl wie 87 oder 119.

Nachdem die Nudeln gezählt worden waren, zankten sich Yon und Lissa mit Sätzen wie »Ich bin näher dran!«, »Du Schlampe hast mehrere Nudeln zerteilt, dadurch hat sich die Zahl verringert!« und »Du hast sie ja nicht mehr alle, wenn ich Nudeln zerteilt hätte, dann hätte sich die Zahl ja wohl erhöht und nicht verringert!«, nur um, als sie plötzlich die von Papa notierte Zahl sahen, zu bemerken, dass diese zumeist sehr nahe an der tatsächlichen Zahl lag und in drei bis vier von fünf Fällen sogar exakt richtig war. Selbst Lissa hatte das Glück nicht dermaßen gepachtet. Fragte man Papa, woher sie die Zahl denn gewusst hätte, antwortete sie mit einem Satz auf

Thailändisch, den ihr Lissa kurz vorher zum Spaß beigebracht hatte:

»Woher soll ich das wissen, du Drecksschlampe?«

Dann schien es, dass in Papas riesigen bläulichen Pupillen nicht die aufgequollenen Reisnudeln, die die thailändischen Prostituierten aus der Schale geleert hatten, sondern die unzähligen Blumen und Schmetterlinge, die sie als Kind mit ihrem älteren Bruder beim Spazieren im Park Pyin U Lwin gezählt hatte, wie Sprühregen durch die Luft flogen, wobei sie gerufen hatte: »Ach, wäre es schön, wenn das alles Seejet-Nudeln wären.«

Papa war so versessen auf Sauberkeit, dass sie bei jeder Gelegenheit putzte oder sich wusch. Mittwochs jedoch wusch sie sich niemals die Haare. Der Grund dafür war der alte Aberglaube des burmesischen Volks, dass man drei Wochen lang kein Glück hätte, wenn man sich an einem Mittwoch dennoch wusch. Eines Tages brachte Lissa aus Spaß den Kalender des Vorjahres und tat so, als wäre jener Tag kein Mittwoch, sondern ein Freitag. Papa, die Lissas Wort ohne Weiteres für bare Münze nahm, bemerkte überrascht, dass sie ihre Haare drei Tage lang nicht gewaschen hatte, und ging auf die Toilette. An jenem Abend erkrankte sie mit hohem Fieber.

Um Papa in ein teures Krankenhaus bringen zu können, log Lissa, die Schuldgefühle hatte, Marco vor, dass sie krank sei, und veranlasste ihn, Geld zu überweisen. Anders als früher musste die Krankheit Tuberkulose keinen tödlichen Verlauf mehr nehmen, wenn nur Medizin zur Verfügung stand. Nach wie vor handelte es sich jedoch um eine schwere Erkrankung, die vollständig auszuheilen über ein halbes Jahr dauerte. Papa, die mit einer Tüte voll verschiedenfarbiger Medikamente in den Händen zurückgekommen war, stopfte sich diese auf fast leeren Magen in den Mund und erbrach wenig später alles wieder.

»Papa, hungry, hungry?«

Auf diese besorgte Nachfrage von Lissa, die den Nachtclub-Besuch hatte ausfallen lassen, antwortete Papa, indem sie unverständliche burmesische Speisennamen murmelte.

»Wet tha hmyit chin, Wet tha dote htoe, Kauk swe, See-jet, …«

»Kackse? Sidschet? Was ist das?«

»Woher soll ich das wissen, du Drecksschlampe?«

Als Papa krank darniederlag, sorgten sich alle, dass sie vielleicht Kai nachfolgen würde. Einige Tage lang konnte sie selbst Reisbrei kaum essen und murmelte, mit demselben Gesichtsausdruck ins Leere starrend wie einst Kai kurz vor ihrem Tod, in der burmesischen Sprache vor sich hin. Nawalatt hörte sich an, was sie sagte, und übersetzte: Sie wollte unbedingt noch einmal in ihre Heimat nach Pyin U Lwin gehen, die voller Blumen und Schmetterlingen wäre. Als Yon das hörte, fiel sie bei der Vorstellung, dass viele Blumen und Schmetterlinge zusammenkamen, in Ohnmacht, und Lissa fragte schluchzend »Meinetwegen bist du krank, nicht wahr? Wegen mir?« und berührte dabei Papas dunkle und glatte Wangen. Papa streichelte Lissas Haare und beruhigte sie mit kraftloser Stimme.

»Woher soll ich das wissen, du Dreckschlampe?«, sagte sie auf Thailändisch.

Es war etwa Mitte Dezember. Aitt, den belastete, dass es so aussah, als wäre in seinem Revier wieder eine Leiche zu beseitigen, rückte in Begleitung zweier Polizisten an. Einer von ihnen konnte Burmesisch und eröffnete Papa, dass sie in ihr Heimatland abgeschoben würde.

Es war eine starke staatliche Gewalt, der man überhaupt nichts entgegensetzen konnte, und schon gar nicht konnte man sich ihr widersetzen. Unter den Augen aller, die erschrocken und voll Bedauern zusahen, nickte Papa wortlos und begann ihre Sachen zu packen. Schwankend ging sie zu den Boxen gegenüber der Eingangstür, in denen die Klamotten der vielen Frauen wahllos durcheinanderlagen, und holte fünf T-Shirts, zwei Hosen und eine Handvoll Unterwäsche heraus, streifte sie mit der Handkante glatt und faltete dann jedes Teil einzeln für sich zusammen. Es waren Klamotten, die sie, als sie zum ersten Mal auf der Soi 16 aufgetaucht war, noch nicht besessen hatte und die sie über einen Zeitraum von zwei Jahren hinweg zusammengesammelt hatte. Darunter waren sowohl die BHs, die ihr Lissa geschenkt hatte, als auch das gelbe T-Shirt, das ihr Leo gekauft hatte. Nachdem sie die Kleidungsstücke alle zusammengefaltet hatte, sammelte sie auf dem Boden kriechend Babypuder in einem kleinen Gefäß, Lippenstift, welchen sie sorgfältig aufbewahrt hatte, und Ähnliches auf. Wie um sich von diesen Sachen zu verabschieden, sah sie sie fest an, drückte ihnen einen leichten Kuss auf und packte sie nacheinander in ihren pinkfarbenen Rucksack. Als ein genervter Polizist sie am Unterarm packte, um sie zur Eile zu gemahnen, brach sie in Zorn aus und riss sich los.

Von ihrem Verhalten waren alle schockiert. Auf niemanden war sie bisher böse gewesen und nun entbrannte ihr Zorn ausgerechnet gegenüber der Polizei, vor der sie immer Angst gehabt hatte, der sie eigentlich jeden Tag aus dem Weg gegangen und vor der sie geflohen war. Aitt stellte sich grinsend vor sie hin. Er packte sie an den Haaren, schüttelte sie wie im Spiel und zerrte so daran, dass Papa auf den Rücken fiel. Papa richtete sich auf, setzte sich hin und tat so, als packte sie weiter ihre Sachen ein, als wäre er gar nicht da.

Aitt, den das verrückt machte, begann fluchend auf sie einzutreten. Seine Tritte sollten ihr nicht bedeuten aufzustehen oder sich zu beeilen. Es waren Tritte, mit denen man einen Menschen töten wollte. Jedes Mal, wenn sein Fuß durch die Luft flog, rollte ihr kleiner Körper wie eine Styropor-Kugel davon. Die überraschten Polizisten hielten Aitt an den Schultern, um ihn abzuhalten, und auch Leo mischte sich zwischendurch ein. Er bekam zwei oder drei Tritte ab, die Papa zugedacht waren, und die anderen zogen diese schreiend zu sich nach hinten zurück.

Plötzlich stand Papa auf und schlug Aitt auf die Wange, wodurch der Aufruhr eskalierte und außer Kontrolle geriet. Die Augen von Aitt, der durch ihre langen Fingernägel an der Wange verletzt worden war, zogen sich zusammen wie die einer Schlange und er nahm rasend schnell einem Polizisten den Knüppel aus der Hand, den dieser der Form halber bei sich hatte, und schlug blindlings auf Papa ein. Nach einigen Schlägen konnte sie nicht mehr stehen und fiel um. Obwohl Blut an ihrer linken Schläfe herunterlief, stand sie – aus welcher Quelle auch immer sie ihre Kraft schöpfte – wie ein Stehaufmännchen wieder auf und stürzte sich mit zusammengebissenen Zähnen auf Aitt.

Aber von Anfang an war dieser Kampf für sie nicht zu gewinnen. Ihre Haare, die schön wie Ebenholz waren, wurden ihr strähnenweise herausgerissen, ihr dünner rechter kleiner Finger wurde ihr gebrochen und hing kraftlos herunter. Sie blutete stark am Kopf, aus der Nase und aus dem Mund. Allein ihr zornerfüllter Blick hielt stand, ohne gerissen, gebrochen und ausgerenkt zu werden oder zu verfließen. Lissa, die den Anblick dieser Szene nicht ertragen konnte, schrie weinend, während sie mit der Stirn gegen den Boden schlug.

»Papa, tu, was er dir sagt! Papa, lass ihn dich einfach schlagen, egal wie sehr er dich auch schlägt, Papa!«

Nachdem Aitt und die zwei Polizisten, die die ohnmächtige Papa über die Schulter geworfen trugen, hinausgegangen waren, konnten die im Zimmer Zurückgebliebenen eine Weile lang die Fassung nicht wiedererlangen. Sie versuchten, Yaba zu rauchen, aber keiner von ihnen konnte seine zitternden Hände ruhig halten. Die Tabletten sprangen von der Silberfolie und kullerten in alle Richtungen davon. Zwei der Tabletten konnten sie letztendlich nicht mehr wiederfinden. Und der pinkfarbene Rucksack, den Papa so sorgfältig gepackt hatte, blieb so wie er war.

Lissa vergrub ihr Gesicht in den Rucksack und weinte würgend. Ploy drehte sich auf der Matratze um und deckte sich mit einer Decke zu. Yon, die gegen die Wand gelehnt saß, starrte sabbernd und mit geistesabwesendem Gesichtsausdruck nur auf ihre Hände. Leo konnte seinen Kopf wegen starker Kopfschmerzen, die aufgetreten waren, sobald er sich beruhigt hatte, nicht heben. Er sah vor sich nur den schwarz gewordenen Betonfußboden. Außer dem schmutzigen Fußboden konnte er nichts sehen.

Die junge Frau, die in der Sukhumvit Soi 16 geliebt worden war, wurde ohne Rücksicht auf ihren kranken Körper fast totgeschlagen und hinausgeschleppt. Wie ein Hund wurde sie davongeschleppt. Sie wurde von allen »schwarze Schöne« genannt und war kein einziges Mal auf andere böse gewesen, solange sie als Straßenprostituierte und illegale Einwanderin mühsame Tage verlebt hatte. Da es in ihrer Natur zu liegen schien, sich nicht zu ärgern, hielt man auch sie für eine »Fehlgebildete« wie Kai, die außer einem lächelnden Gesichtsausdruck keine andere Miene ziehen konnte. Dennoch war sie in einem bestimmten Moment plötzlich in Rage geraten und hatte den stärksten und grausamsten Mann des Viertels im

Gesicht verletzt. Der Name dieser kleinen burmesischen Frau aus Pyin U Lwin, welches voller Blumen und Schmetterlinge war, war Papa.

14

Descartes sei in seinem berühmten Buch zu folgender Erkenntnis gekommen: ›Selbst wenn ich mich darin täuschen kann, dass es meinen Körper gibt, oder dass ich auf dieser Welt bin, oder dass der Ort, an dem ich mich befinde, existiert, kann ich mich *nicht* darin täuschen, dass ich selbst existiere.‹ Durch diesen Schluss erlangte er Gewissheit darüber, dass das Ich des in diesem Moment denkenden Wesens nicht zu leugnen sei.

»Verrückt«, murmelte Eric, der, ein Bein aufgestellt, in der Ecke an die Wand gelehnt saß. Gewissheit über das denkende Ich? Was für ein Quatsch! ›Das in diesem Moment denkende Wesen‹ gibt es nicht. Wir alle sind nicht mehr als ein ›Wesen, das eine Erinnerung daran hat, was es vor Kurzem gedacht hat‹. Der feine Unterschied zwischen dem ›Denken‹ selbst und der ›kognitiven Wahrnehmung des Denkens‹ macht genau ›das Wesen im Hier und Jetzt‹ undeutlich. Der feine Unterschied? So heißt es bei Descartes. Der feine Unterschied ist so tödlich, dass er sich in die Brust eines gesunden Mannes bohrt, der eben aus der Dusche kommt.

Darüber hinaus würde man so etwas schon gar nicht sagen, wenn man nach dem Genuss von billigem, mit einem Rest Yaba vermischtem Rum eine Ganja rauchen würde. Man gibt nicht vor, nicht zu existieren, sondern man spürt seine Existenz wirklich nicht. Man verwandelt sich selbst in einen Teil von schwer sinkendem Rauch, einen Teil des vorbeiwehenden Windes, einen Teil unendlich leichter Luft, gibt sich dem Gefühl hin, mal hierhin und mal dorthin zu wehen, dem Gefühl, als ein Teil des Staubes, von dem die Welt erfüllt ist, herumzufliegen, dem Gefühl, sich selbst nicht mehr zu fühlen, einem einfach nur guten Gefühl, dem Gefühl, vom Wind als Teil des Kosmos irgendwohin getragen zu werden, und dem Gefühl, sich dort wieder als nichts Bestimmtes zu fühlen. Eric mochte dieses Gefühl. Besonders nachdem er von Kwarn verlassen worden war, war es ihm überlebenswichtig geworden. Zum Glück konnte er sich während der fünfzehn Tage, die er sich in der Soi 16 aufhielt, jederzeit dieser Empfindung hingeben.

Als Eric vor langer Zeit zum ersten Mal auf der Soi 16 aufgetaucht war, hatten ihn viele Leute willkommen geheißen. Nein, eher war die ganze Soi 16 in Aufruhr geraten. Zahlreiche Schönheiten, die an der Station Nana ihren Stützpunkt hatten, waren mit Whiskey angerückt und hatten ihn dort belagert. Eric war in Thai-Diktion ein *Farang* – ein Ausländer mit Augen blau wie das Mittelmeer, mit Haut weiß wie Milch und mit blondem Haar. Die Zahl der Frauen, die auch ohne einen einzigen Baht dafür zu bekommen, liebend gerne mit dem gut aussehenden Eric Bumbum gemacht hätten, reichte an eine Million heran. Noch dazu war Eric dank des Verkaufs einer Hühnerfarm, die man ihm vererbt hatte, wohlhabend. Zigmillionen Frauen wären bereit gewesen, mit ihm gegen gute Bezahlung Bumbum zu machen. Selbst wenn er jeden Tag mit fünf Frauen Bumbum machen würde, bräuchte er dafür so viele Jahre, wie die Geschichte Koreas zählte.

Der Eric von damals machte an jedem Ort mit den Allerschönsten Bumbum, egal wohin er ging. Als er zum ersten Mal in Thailand war, lebte er in Chiang Mai. Während er dort Thailändisch lernte, näherte er sich einer Frau namens Nuathadttiyeou. Ihr Körper war von der Sonne des Nordens schön gebräunt und ohne ein Gramm Fett. Sie war vierundzwanzig Jahre alt und die teuerste Prostituierte in Chiang Mai. Zwei Monate lang lebten die beiden zusammen. Da sie Eric nie loslassen wollte, musste er bei Nacht in Unterwäsche fliehen. Er hatte nur eine zuvor gepackte Handtasche bei sich. Dann ging er in die Stadt Pai, die bei vielen Europäern beliebt ist, und wohnte dort einen Monat lang mit der neunzehnjährigen Ppuphatpongcurry zusammen, die den Spitznamen »süße kleine Augen« hatte, und dann nach einer dreitägigen Frist der Selbstbeherrschung einen weiteren Monat mit ihrer jüngeren Schwester Ppudeong, die einen säuerlichen und prickelnden Geschmack hatte. Danach ging er südwärts in die in der Zentralregion gelegene Stadt Ayutthaya und wohnte eine Woche lang mit der sechzehnjährigen Phatgraphao, die Hunderte Männer zum Weinen gebracht hatte, und danach, nachdem er sie dazu gebracht hatte, sich in Tränen aufzulösen, ging er nach Phuket. Dort wanderte er bei den Prostituierten von einem Schoß zum anderen, von Khaiyoma mit weicher und durchsichtiger Haut wie Gelee, über Tom Yam Gung mit einem ihren schönen Zügen entsprechenden unterkühlten Charakter, über Ttakkaddaeng mit Armen und Beinen dünn wie Essstäbchen zu einigen weiteren der Prostituierten, die wie Sterne glänzend eine große Rolle im Viertel Patong spielten. Phatboonghwaidaeng mit Haut so weich wie leicht angedünstetes Gemüse, die er zwischendurch zufällig getroffen hatte, war für ihn ein relativ schwieriger Fall. Sie war eine intelligente Frau, die an der Chulalongkorn-Universität ein Studium der Anglistik absolviert hatte und zur Miss Thailand gekürt worden war. Für die hochnäsige Phatboonghwaidaeng, die außer mit Ärzten, Politikern oder hochrangigen Offizieren mit niemandem etwas zu tun haben wollte, bestellte Eric einen Hubschrauber für einen Rundflug über die Insel Ko Phi. Nachdem die beiden in einer Höhe von siebenhundert Metern zum ersten Mal Bumbum gemacht hatten, schlangen sie sich während ihres vier Monate dauernden Zusammenlebens über fünfhundertmal umeinander. Eric war der einzige Mann, der Phatboonghwaidaeng mit ihrem Kosenamen Phat Phak Pung rufen durfte. Als er sie nach vier Monaten verlassen wollte, nahm sie das so mit, dass sie in eine psychiatrische Klinik aufgenommen werden musste. Eric, dem das thailändische Meer gefiel, flog direkt nach Pattaya. Die Stadt Pattaya, die ein einziges riesiges Rotlichtviertel ist, hatte zwar keinen sauberen Strand wie Phuket, stattdessen aber beherbergte sie eine zweiundzwanzigjährige, wollüstige schwarze Perle namens Ssikongmuh. Im *Star Dice Night Club* trafen sich Eric und Ssikongmuh jeweils Kaninchen- und Schlangentanz tanzend. Nur fünfzehn Tage später heirateten sie und nach weiteren fünfzehn Tagen ging ihre Ehe bereits in die Brüche, als sie sich nackt in einem Schaummassagesalon über den Weg liefen.

Es war das letzte Mal, dass Eric kein gutes Ende erfuhr. Seitdem wanderte er umher, wie ein Schmetterling fliegt. Seine Technik, Frauen zu verzaubern, wurde immer raffinierter und er brauchte kaum Geld auszugeben. Er brachte keine der Frauen zum Weinen und alle, mit denen er zu tun hatte, mochten und vermissten ihn.

»Wie machst du das nur?«, fragte Leo mit bewunderndem Blick. Als hätte seine Frage keinen anderen Zweck und als fragte er aus reiner Neugierde, schenkte er fleißig Alkohol ein, schüttete Eiswürfel und Soda-Wasser hinterher und rührte mit seinem eigenen Finger um, bevor Uwe seinen Finger ins

Glas stecken konnte. Leo musste daran denken, wie er sich während seines ersten Studienjahres von seiner damaligen Freundin getrennt hatte. Sie war unter normalen Umständen so schüchtern, dass sie Mühe hatte, Augenkontakt zu halten, aber immer wenn sie Alkohol getrunken hatte, rastete sie aus, sodass Leo ihr Verhalten nicht mehr ertragen konnte. Als er sie verlassen wollte und ihr diesen Grund ehrlich nannte, ging sie mit geistesabwesendem Gesicht ein paar Schritte weiter, kam zu ihm zurück und biss ihn geschwind in den Arm.

»Meine Methode, Frauen zu verzaubern, ist mir ganz in Fleisch und Blut übergegangen. In Thailand ist das genauso. Wenn man zunächst mit ihnen zu McDonald's geht und mit seinen finanziellen Mitteln prahlt, ist die Parte schon halb gewonnen«, sagte Eric.

Das war freilich nur ein Scherz, er hatte ein Geheimrezept. Eric begann sein Leben in Thailand damit, die Landessprache zu lernen. Sicher sprachen viele Prostituierte Englisch, aber sich mit ihnen in ihrer Sprache zu unterhalten, hatte eine besondere Bedeutung. Das war über die Routine der druckreifen Kommunikation zwischen Touristen und Einheimischen hinaus ein Schlüssel, direkt in ihr alltägliches Leben hineinzufinden. Er besaß diesen Schlüssel und verfügte über ihn auf eine Art und Weise, die nie allzu ernst wurde oder zu Angeberei verkam. Noch dazu hatte Eric ein Talent, welches ihm niemand nachahmen konnte. Eric trennte die vielen Vorstellungen, Emotionen und Gebärden, die an der einfachen, klaren Handlung namens Geschlechtsverkehr klebten, sauber ab. Wenn man mit ihm zusammen war, verschwand der Sex und nur die spielerische Vergnügung Bumbum blieb übrig.

Eric wurde nie ernst, egal wie fantastisch die Frauen waren, mit denen er Bumbum machte, und er brachte auch seine

Partnerin dazu, nicht ernst zu sein. Das heißt, die sexuelle Vereinigung zwischen Mann und Frau wurde zu einer normalen Austauschhandlung, untermalt von Erics derben und scherzhaften Worten. Wenn man das Bedürfnis hat, jemanden zu kontaktieren, benutzt man das Telefon und bezahlt die festgesetzte Gebühr dafür. Ebenso verhält es sich, wenn man Leitungswasser trinkt oder mit dem Bus fährt. Für Eric diente das Bumbum weder dazu, sich der Gefühle des Partners zu vergewissern, noch war es ihm ein der Zeugung von Nachkommenschaft dienendes Ritual. Für ihn drehte sich der Akt um den Genuss einer Serviceleistung, die der Vorgabe eines bestimmten momentanen Hormonausschusses entsprach und angemessen war. Was die Partnerin in dem Fall zu tun hatte, war lediglich Folgendes: Sie war gönnerisch einverstanden oder nannte ihren gewünschten Preis, zog dann ein Kondom über seinen Penis und umschlang ihn kichernd. Wie bei anderen Bedürfnissen oder Begierden braucht man sich für die hormonellen Vorgaben weder zu schämen noch sich darüber zu ärgern noch ernst zu werden. Hätte Eric nicht eine derart offene Einstellung zum Geschlechtsverkehr gehabt, wie hätte er vor etwas über zehn Jahren in Sangkhlaburi jene legendäre heiße Nacht mit »Mutter und drei Töchtern« bewältigen können? Es waren tatsächlich Mutter und Töchter, die Mutter war fünfunddreißig Jahre alt und die Töchter waren jeweils siebzehn, sechzehn und zwölf Jahre alt. Ein Mann mit gewöhnlicher Einstellung hätte vor den nackt auf dem Queen-Size-Bett nebeneinanderliegenden schönen und ähnlich aussehenden Weibern nicht mal einen hochgekriegt. Eric hatte in jener Nacht ganze fünf Stunden Bumbum durchgezogen und war dabei so fair geblieben, keine der vier zu bevorzugen. Die Mutter namens Khaokhamuh, die Leiterin von »Mutter und drei Töchter«, war beeindruckt und ließ den Preis für den Sex gar ein Stück weit nach.

Eric vermittelte den Frauen seine Auffassung von Bumbum wie unter Hypnose, und wenn sie ihm erst einmal verfallen waren, gab es keine, die sich darüber ärgerte und meinte, dass sie keine solch ordinäre Frau sei, oder ihn fragte, warum er, obwohl sie einander doch erst vor Kurzem getroffen hätten, jetzt schon so einen Quatsch von sich gab, oder dergleichen mehr. Auf diese Weise erlebten zahlreiche Prostituierte, Schülerinnen staatlicher Schulen, welche noch Jungfrauen waren und gerade erst ihre erste Monatsblutung erlebten, und verheiratete Frauen aus der Oberschicht, denen es an nichts fehlte, mit Eric Sinnenfreuden. Erics Penis glühte richtiggehend.

»Wo hast du das überhaupt gelernt?«, fragte Tony aus Kambodscha, der erst vor zwei Tagen von einer amerikanischen Universität zurückgekommen war, in einem mit der Zunge stark rollendem Englisch. »Ich werd sofort dorthin studieren gehen.«

»Der macht Witze!«, sagte Eric. »Aus einer Dringlichkeit heraus habe ich es selbst erfunden!«

Aber seit er Kwarn getroffen und angefangen hatte, mit ihr zusammenzuleben, hatte sich alles verändert. Wenn Eric die erstaunliche Fähigkeit hatte, die Frauen mir nichts dir nichts dazu zu bringen, mit ihm Bumbum zu machen, dann war es Kwarns erstaunliche Fähigkeit, bei anderen unsagbares Mitleid und hingebende Beschützerinstinkte zu erzeugen. Darüber hinaus zeigte Erics Fähigkeit bei Kwarn kaum Wirkung, hingegen traf ihn Kwarns Fähigkeit wie ein Schlag direkt in die Weichteile. Eric, der Kwarn anfangs nur aus Mitleid mitgenommen hatte, um ihr zu essen zu geben und sie mit Kleidung zu versorgen, und sie als Hausmädchen arbeiten ließ, verliebte sich Hals über

Kopf in sie, und dadurch wurden vielerlei Vorstellungen, Emotionen und Gebärden an die einfache, klare Handlung namens Geschlechtsverkehr geklebt. Obwohl nach wie vor obszöne Wörter aus seinem Mund kamen, war das nur noch seine unaufhaltsame Gewohnheit, vergleichbar der Gewohnheit eines Delfins, oft übers Wasser in die Höhe zu springen. Weil Eric, seitdem er Kwarn kennengelernt hatte, überhaupt keine Lust mehr auf Sex mit anderen Frauen verspürte, war, was nicht zur Ruhe kam, nun nicht mehr sein Schwanz, sondern seine Hand. Einmal wurde er bei der Selbstbefriedigung erwischt. Kwarn wartete mit verschämt gesenktem Kopf, bis Eric seine Hose hochgezogen hatte, und bat ihn dann, nur noch so lange zu warten, bis sie ihre erste Monatsblutung bekäme. Was für eine Schande, welch unerträgliche Schande!

»Wie kann so was nur sein?«, meinte Shan, ein Lachen unterdrückend. »Ich meine nicht Kwarn, dich meine ich. Du, der weltbekannte Eric, kannst dich so lange zurückhalten?«

Diesmal entgegnete Eric nichts. Kwarn brauchte in Wahrheit nicht einmal so sehr darum zu bitten. Wenn sie ihm nicht irgendwann die Erlaubnis erteilt hätte, wäre er ohne sie groß anzubetteln einfach älter und älter geworden und hätte dabei seine Jugend und den Existenzgrund seiner DNA, sein Sperma, in dem sich alle Sinnesfreude konzentrierte, durch Selbstbefriedigung ausgestoßen. Kwarn bekam im Alter von fünfzehn Jahren, im dritten Jahr ihres Zusammenlebens mit Eric, ihre Periode, und in demselben Jahr am fünften Mai, anlässlich von Erics Geburtstag, zugleich Kindertag in Korea, zog sie endlich auch ihre Unterwäsche aus. Da diese erste Erfahrung für sie nicht unproblematisch verlaufen war, lag sie drei Tage lang krank im Bett, und es war fast schon Juli, als schließlich das zweite Bumbum zustande kam.

Seitdem machten sie regelmäßig einmal pro Woche Bumbum. Das war kein Akt, der einer hormonellen Vorgabe folgte, eher grenzte er an ein routinemäßiges, ihre Beziehung bestätigendes Ritual und ähnelte darin anderen Ritualen der Art, beim Aussteigen aus einem Fahrzeug die Hand des anderen zu nehmen oder dem anderen beim Essen das Salz zu reichen. Erics Penis, der einst über ganz Thailand geherrscht hatte, blieb in seine eigene Unterhose gesperrt und schrumpfte dort kalt zusammen. Auf solche Art und Weise verlebte er zwölf Jahre und nun war er dreiunddreißig Jahre alt und tauchte allein, ohne Kwarn, in Sukhumvit auf.

Immer noch gab es viele Leute, die Eric erfreut willkommen hießen, aber es war nicht alles wie früher. Mit seinem Alter hatte das nichts zu tun. Dreiunddreißig ist auf keinen Fall ein hohes Alter. Bangkok ist der Ort, an dem auch ein Greis, der mit einem Bein schon im Grab steht, ein Mädchen im Teenager-Alter begatten kann, wenn er nur potent genug ist. Wenn man ein »Farang« im Alter von dreiunddreißig Jahren war, begannen die Prostituierten sogleich mit dem Hintern zu wackeln. Wie dem auch sei, es war auch nicht so, dass er kein Geld mehr hatte. Nachdem er Kwarn ein Haus, welches über eine Million Bhat gekostet hatte, ein Honda-Automatik-Motorrad, einen roten Mazda, alle Möbel, einen Hund und eine Katze gekauft und weitere drei Millionen Baht für die Gestaltung des Gartens ausgegeben hatte, türmte sich auf seinem Bankkonto das Geld, das er durch den Verkauf der Hühnerfarm eingenommen hatte, noch immer so hoch wie die Pyramiden von Gizeh. Die Summe, die er verschwendet hatte, während er in Saus und Braus gelebt hatte, belief sich auf nicht einmal ein Hundertstel seines Vermögens.

»Was hat dich so verändert?«, fragte Uwe, während er seine Finger heimlich in das Glas von Nawalatt steckte. »Sicher hat sich etwas verändert, aber ich weiß nicht was.«

»Kwarn hat meine Hoden zerquetscht und mich zu einem zweiten Uwe gemacht. Nun werde ich bald gewaltig zunehmen.« Eric fuhr sich über seine schlanken Lenden. »Vermiete mir bitte auch ein Zimmer hier!«

Es war ein Scherz. Verändert hatte sich nur Erics Gesichtsausdruck. Er erzählte immer noch allerhand Zoten und seine Art, ohne zu zögern draufloszuplappern, war dieselbe geblieben, doch der Gesichtsausdruck, den er in dem kurzen Augenblick zwischen dem einen Satz und dem nächsten annahm, war schwermütig ohnegleichen. Verglichen mit früher, als er niemals ernst oder nachdenklich gewesen war, war es eine große Veränderung. Der Gesichtsausdruck verrät fast alles über einen Menschen. Womit man einen anderen Menschen anzieht oder abstößt, ist eher der Gesichtsausdruck als das, was man sagt. Die Leute, die Eric nicht kannten, verspürten Abscheu in seinem Gesichtsausdruck, während die Leute, die ihn kannten, die Traurigkeit in seinem Gesichtsausdruck bemerkten.

»Soll ich mir diesen Typen namens Bob schnappen?«, fragte Nawalatt, die auf Uwes Knien saß, und strich sich über die Haare. Weil sie viel zu stark geschminkt war, sah sie aus wie eine Geisha.

»Ich werde ihn bezirzen. Das schaffe ich.«

»Ja, ich bitte dich. Dein Arschloch wird dringend gebraucht«, sagte Eric. Wegen eines bestimmten Wortes in diesem Witz schwiegen alle betreten. Da das Schweigen andauerte, sagte Nawalatt, die sich selbst für die Ursache dieses Schweigens hielt, weinerlich: »Niemand mag mich.« Doch da war niemand, der sie wenigstens aus Spaß hätte trösten wollen.

So war das Gespräch, das sich anhörte, wie auf Ansichtskarten gedruckter Smalltalk, zurückgekommen, nur um gleich wieder zu gehen, und ein noch viel längeres und tieferes Schweigen als zuvor erfüllte Uwes Zimmer. Ein Insekt, vielleicht eine Küchenschabe oder ein großer Käfer, der direkt neben der Whiskey-Flasche auf dem Rücken lag, zappelte mit den Fühlern und drei Beinpaaren. Um das Tier herum rückten rote Ameisen im dunklen Schwarm heran und warteten auf ihre Mahlzeit. Ein paar Stunden später kamen Ploy und Lissa mit Eiswürfeln auf Besuch, aber wegen Uwes riesigem Körper, der neunzig Prozent des Zimmers einnahm, gab es für die beiden keinen Platz mehr. Als Lissa Eric per Handzeichen dazu aufforderte, mit nach draußen zu kommen und zusammen etwas zu unternehmen, schüttelte dieser den Kopf.

»Ich bleibe einfach hier.«

»Wie du willst.«

Ploy ignorierte seine Antwort und nahm die weinerliche Lissa mit nach draußen.

Wie man Leo irgendwann einmal gesagt hatte, war Ploy eine von drei Frauen der Soi 16, die Eric für Sex bezahlt hatte. Eine andere war die berühmte Jia und die dritte hieß Afang. Sie kam aus Kambodscha, war eine Prostituierte vom Volksstamm der Khmer und lebte nun, nachdem sie einem schwächlichen Mann aus England gefolgt war, mit ihm in Ayutthaya nördlich von Bangkok. Außer diesen dreien hatte keine Prostituierte je Geld von Eric verlangt. Gerade eine Prostituierte wie Lissa, der es an professionellem Bewusstsein mangelte, hatte auch ohne Bezahlung Freude daran, mit Eric Bande zu knüpfen.

Es wurde Abend und als die Straße im Dunkeln lag, schlug Eric zur Auflockerung der Stimmung vor, zur Station Nana zu gehen. Aber Tony hatte mit Lissa schon einen Nachtclub-Besuch verabredet, und Shan war dermaßen betrunken, dass er nicht einmal mehr die Spielkarten ordentlich mischen konnte. Auch Nawalatt war schon für ein Treffen mit einem homosexuellen Taxifahrer gebucht.

»Uwe, möchtest du vielleicht ausnahmsweise mitkommen?«

Auf Erics Frage schlug sich Uwe ein paarmal auf sein riesiges Gesäß und lachte schallend.

Letztendlich gingen Eric und Leo zu zweit zur Station Nana. Sie betraten eine kleine Bar namens Kin Deum und setzen sich nebeneinander auf die der Straße zugewandten Plätze. Es war ein Zeichen, dass sie auf Frauen warteten.

Aber Eric behandelte die Prostituierten, die eine nach der anderen im Fünf-Minuten-Rhythmus auf ihn zukamen, dermaßen kalt, dass sich Leo als Beobachter für ihn schämte. Ab und zu machten Prostituierte, die schon zu den Älteren gehörten, viel Aufhebens, als sie Eric erkannten, aber auch diese älteren Prostituierten stieß er mit albernen Sprüchen vor den Kopf, die nur aus ein paar Worten bestanden: »Na, läufst du dieser Tage gut gewaschen herum?«, »Deine Feigwarzen bist du wieder ganz los?« und dergleichen. Eric saß da, als würde er auf Frauen warten, aber er war nicht wirklich anwesend. Obwohl er seine Augen nicht von den Straßenprostituierten abwandte, sah er sie nicht wirklich an. Obwohl er pausenlos Bier in sich hineinschüttete, trank er nicht wirklich, und obwohl er pausenlos Zigaretten rauchte, atmete er den Rauch nicht ein. Stattdessen befand er sich auf der keine zwanzig Minuten entfernten Straße der Prostituierten, der Soi 16, wo er Kwarn zum ersten Mal getroffen hatte, als sie auf allen vieren nach draußen gekrochen kam, und so sah er in diesem Moment den sterbenden Blick von Kwarn und trank auf die zwölfjährige

Erinnerung an die Zeit mit ihr und sog die Sehnsucht ein, die tief in seine Lungen eindrang.

»Gehen wir uns mal etwas umsehen«, sagte Eric und stellte seine Bierflasche geräuschvoll ab.

»Wohin?«, fragte Leo, doch Eric verließ, ohne zu antworten, die Bar Kin Deum und ging zu Fuß in Richtung Soi 4.

Die Umgebung des Parkplatzes des Nana Nightclubs wurde nun, um die Sperrstunde des Clubs, von einer Menschenmenge überschwemmt. Die sowohl aus den Bezirken Bang Na, Ekkamai, Ratchadamnoen, Ratchawithi, Silom, Phetchaburi, Asok und sogar aus Pin Klao oder Khlong, die sich jenseits des Flusses Chao Phraya befanden, als auch aus dem übrigen Bangkok herbeigeströmten Prostituierten standen so dicht nebeneinander, dass man den unteren Teil des Gebäudes nicht sehen konnte. Weil Leo selbst diese Ansicht von Nana zum ersten Mal sah, waren seine Augen in ständiger Bewegung. Ihm entkam ein bewunderndes »Oh …«

»Das sind alles Prostituierte? All diese Frauen?«

»Alle Menschen auf der Welt sind Prostituierte«, warf Eric ein. »Leo, ich meine, dich eingeschlossen. Geschlecht hat keinen Sinn ohne Austausch. Alle sind Prostituierte und gleichzeitig Freier.«

Ploys Worte, die einst ihrem Mund entwichen waren, als ihr Blick zufrieden auf die Stapel von Toilettenpapier und Seife von Kwarn fiel, fielen Leo ein: »Sie hat sich nur einen Kunden geschnappt. Sie hat sich einen Kunden geschnappt, deshalb plustert sie sich so riesig auf.«

Laut Ploy war das Heiraten letztlich nicht mehr als das Festhalten eines einzelnen Kunden. Sätze wie zum Beispiel »Liebe ist wichtig, doch auch die finanzielle Potenz darf man nicht vernachlässigen« waren eine Rhetorik, die erfunden worden war, um das im System Ehe enthaltene Element der Prostitution zu beschönigen. Alles auf der Welt wurde ausgetauscht und die Prostituierten waren sich der Tatsache sehr bewusst, dass sie ihr Geschlecht als einen Gegenstand des Austausches besaßen. Auf jeden Fall war die Welt auf Männer und Frauen verteilt. Und der geschlechtliche Austausch zwischen den beiden ereignete sich laufend. Ohne Gegenleistung? Wirklich ohne jede Gegenleistung? Selbst Lissa, die geborene Dirne, wollte ihre Beine für einen fürchterlich langweiligen Partner nicht breit machen. Folglich verlangten, wenn man genau hinsieht, alle menschlichen Aktivitäten eine Gegenleistung. Auch mit der hingebenden Liebe des Philanthropen, auch mit dem Selbstzerstörungsdrang des überzeugten Selbstmordattentäters, auch mit der elterlichen Liebe zu den Kindern war es letztlich dasselbe. Tatsächlich gab es nichts umsonst.

Es war laut. Vor dem Hintergrund der Musik, die aus dem Nachtclub drang, feilschten Schwarze, Weiße, Araber, Asiaten, Europäer, Latinos, Inder, Mongolen und alle möglichen Mischlinge mit den von ihnen auserkorenen Prostituierten um den Preis für die Nacht. Es war so irrsinnig laut, dass man sein eigenes Wort nicht verstand. Nicht weil das Handeln lange dauerte, sondern weil ununterbrochen unglaublich viele Verhandlungen gleichzeitig stattfanden. In der Tat begann und endete das Handeln tendenziell in demselben Augenblick. ›Was kostest du?‹ ›Short time, long time, mach ich für 1.000 Baht, 500 Baht, 800 Baht, 700 Baht.‹ ›Okay, wo?‹ ›Ich bin im Siam Amari Hotel.‹ ›Ich übernachte im Royal Benja.‹ ›Nehmen wir ein Taxi da drüben, mit Tuktuk ist es schneller.‹ Schauspieler bewegten sich hinter die riesige Bühne namens Station Nana und tauschten eilig Körperflüssigkeiten miteinander aus. Wenn alles erledigt war, verabschiedeten sie sich wieder voneinander. Während der Freier bei einem kühlen Bier auf den großen Fernseher schaute, steckte die Prostituierte das Geld ein und kehrte in ihr Nest zurück. Oder sie betrat noch einmal die Bühne und prüfte das Glück dieses Tages. ›Was kostest du?‹ ›Short time, long time …‹

»Hier ist das Zentrum der Welt«, sagte Eric, während er seinen Blick ruhig über die Straße gleiten ließ. Zwei Menschen begegneten einander, gestanden sich ihre Gefühle, gingen eine Beziehung ein, zogen zusammen, heirateten, krachten aneinander, harrten aus, waren einander ergeben und kamen füreinander auf, all diese klischeehaften Prozesse wurden nur für ein paar Hundert oder ein paar Tausend Baht abgekürzt und übrig blieb allein das etwa zwanzigminütige Bumbum. Man brauchte nicht tief zu forschen, sich nicht mühsam zu maskieren, nicht unter der Angst vor Ablehnung zu leiden, brauchte nicht die Initiative zu ergreifen, kein Parfüm und keinen Fingerring zu schenken, sich an keinen Geburtstag und keinen Hochzeitstag zu erinnern und sich keine Sorge um Reparationszahlungen zu machen, während man einer anderen Frau verstohlen nachschaute. Darüber hinaus waren die »Waren«, welche an der Station Nana zum Verkauf angeboten wurden, ungeheuer verschiedenartig. Vom gerade mal zehn Jahre alten Mädchen bis zur Siebzigjährigen, die auf einen Regenschirm gestützt ging, von den teuersten Prostituierten, die schlanke Waden hatten und nach Importparfüm dufteten, bis zu kranken, pockennarbigen Behinderten mit fehlenden Gliedmaßen, von der porzellanweißen russischen Tänzerin, die an einem abgelegenen Ort ruhig Kunden anlockte, bis zur schwedischen Studentin, die hier nur kurz auf der Durchreise jobbte, von der Schönen, die aussah, als wäre sie einem romantischen Manga entsprungen, bis zur Hässlichen, der die Lippen wie einem

Kamel herunterhingen, von der rein und sanft Aussehenden mit dem traurigen Blick, für die man alles tun würde, bis zur boshaften Schlampe, die Mordlust hervorrief, konnte man sich hier ganz den eigenen Wünschen entsprechend Prostituierte jeder Rasse, jeden Alters, jeden Körperbaus, jeden Aussehens und jeden Charakters aussuchen. Man hätte, wollte man einen noch etwas wählerischeren Freier abgeben, die Prostituierten auch kurz in einem Winkel beiseitenehmen können, um im Vorhinein die Größe und Lage der Klitoris, die Zartheit der Textur, die Lage und die Dehnbarkeit der Scheide, die Dicke und Länge der Schamhaare, das Tastgefühl und die Farbe der Haut zu prüfen. Und es gab auch eine Art Bonusmeilen: Hatte man mit ein und derselben Prostituierten mehrmals zu tun, konnte man es alle zehn Mal ein- oder zweimal umsonst machen. Man konnte einen imposanten Schwulen und eine kokette Kathoey auswählen und mit drei bis vier Prostituierten Harems-Bumbum machen. Man konnte alles machen, was man wollte. Von zehn Uhr abends bis zum Morgengrauen war Nana tatsächlich das Mekka der Prostitution. Weil all die Verirrungen, die der Konstruktion der Welt dienten, außerhalb von Nana existierten, wogte in Nana selbst nur jener einzige, alleinige Zweck, auf den alle Systeme und alle Formalitäten sowie Symbole der Welt abzielten und hinstrebten. Wofür lebten die Menschen denn? Lebten die Menschen, um ihre Bedürfnisse zu befriedigen? Oder lebten sie, um den Beweis zu erbringen, dass das eben gerade *nicht* der Fall war?

»Da ist es!«

Eric zeigte auf eine von drei Laternen, die auf dem Parkplatz standen.

»Das ist der Platz von Ploy. Früher, als Jia und Ploy da Seite an Seite standen – das gab wirklich was her.«

Die aus aller Welt an diesem Ort zusammengeströmten Männer waren gerade dabei, mit den Frauen, die ihrem Geschmack und ihrer Lage entsprachen, Paare bildend, in die Arche Noah einzusteigen. Und Leo trat Eric folgend in eine nahe gelegene Bar.

Die hölzernen Tische standen der Station Nana zugewandt. Auch direkt vor den Tischen standen einige Prostituierte nebeneinander und taten so, als warteten sie nicht auf Kunden, sondern auf Essen, das sie mochten. Eine von ihnen hatte einen kleinen Mund mit schön geformten Lippen, eine andere hatte sehr große und traurige Augen und beide hatten sie ausgesprochen wohlgeformte Hüften. Die mit den traurigen Augen näherte sich Eric und flüsterte ihm etwas zu, aber Eric erwiderte nichts. Leo biss sich auf die Lippen, während er verstohlen zur Laterne schielte, dem Arbeitsplatz von Ploy.

In weniger als zwei Stunden sammelten sich mehr als dreißig leere Flaschen an. Anders als Leo, dessen Blick ständig abschweifte und der immer schweigsamer wurde, verwandelte sich Erics Gesicht in ein immer unschuldigeres, je mehr er trank. Auch seine Stimme gewann wieder an Lebendigkeit.

»Leo, mach nicht so ein ernstes Gesicht wie ein Eule, die jemandem ins Wohnzimmer hineinglotzt. Die Frauen mögen das nicht.«

Eric schnippte mit den Fingern.

»Es ist gut, nicht zu viel nachzudenken. Wenn ich mir dich so ansehe, kommt mir vor, du denkst über lauter Dinge wie die ethnischen Säuberungen auf dem Balkan, die verhungernden Kinder in Afrika oder die Bürgerkriege in Südamerika nach. Anders gesagt: Du stehst zwischen einer Quelle und einem Abfluss, hast das Gleichgewicht verloren und neigst dich nun zum Abfluss hin. Leo, wenn du mit deinem nicht allzu klugen

Kopf ständig derart tief nachdenkst, kannst du das Leben nicht genießen. Wie können Indianer und Schwarze in Amerika lachend leben, während sie sich die Geschichte von vor dreihundert Jahren ins Gedächtnis zurückrufen? Wie können die Südeuropäer am Strand von Antalya ihren Urlaub genießen, während sie sich das Osmanische Reich ins Gedächtnis zurückrufen? Wie können die jüdischen Männer den Frauen verzeihen, während sie sich den Garten Eden ins Gedächtnis zurückrufen? Ressentiments und Moral und all dieses unnütze Zeug sollte man vergessen und stattdessen genießen. Das ist die größte Menschheitspflicht.«

Es gab auch Momente, in denen Leo der Übelkeit verursachende Gedanke ›Du hast keinen Universitätsabschluss‹ kam, aber wenn er Eric so zuhörte, schien dieser doch auch recht zu haben. Egal, was für Ammenmärchen er daherschwatzte, er hatte große Überzeugungskraft. Wenn man mit ihm zusammen war, blieb einem angesichts seiner Redegewandtheit nichts anderes übrig, als sich geschlagen zu geben. Dennoch hatte Leo den Eindruck, dass Eric nicht zu ihm, sondern zu jemand anderem sprach. Wenn man sich das klarmachte, dann klang auch seine lebendige Stimme nicht mehr so lebendig. Um die Ränder seiner ununterbrochen babbelnden Lippen hing eine furchtbare Müdigkeit wie ein Fragezeichen. An der vagen Straßenkreuzung von Monolog und Ratschlag kam seine Rede vom Weg ab und verlief sich. Der schwülheiße Wind wehte und fegte die über den Tisch ausgebreitete, sinnlose Philosophie hinweg.

Die sauber gekleideten Freier, die sich in aller Ruhe Partnerinnen ausgewählt hatten, waren in der Zwischenzeit von der Straße verschwunden, auf der sich nun nur noch Hinz und Kunz drängten und nach dem Preis für Sex fragten.

Während die Straßenhändler mit ihren Spießchen und frittierten Insekten, denen die Rolle zufiel, die Spannung auf dem Markt der Prostitution zu beruhigen, einer nach dem anderen Feierabend machten, lichteten sich auch die Reihen der Prostituierten auf etwas mehr als die Hälfte. Die im dunklen hinteren Teil des Lokals an der Wand hängende Kuckucksuhr im alpinen Stil zeigte gerade fünf Uhr an. Die sich aus billigen Lautsprechern ergießende Musik tönte noch in einem lebendigen und lauten Wumm-wumm, aber es gab niemanden, der tatsächlich noch lebendig war. Nachdem die Kunden die Bar verlassen hatten, stellten die Kellnerin-Prostituierten die Stühle auf die Tische, die Geschäftsführerin-Prostituierte rechnete an der Kasse sitzend fleißig die Einnahmen zusammen und die Putzfrau-Prostituierte, die schwarze Gummistiefel trug, tat einen tiefen Atemzug und ging auf die Toilette zu, wo sich die Abfälle zu einem Berg angehäuft hatten. Es war ein Zeichen, dass in Nana wieder eine Nacht zu Ende gehen würde.

Als nur noch zwei Tische von Kunden besetzt waren, stand Eric von seinem Platz auf. Als hätte er vergessen, dass er in Gesellschaft war, ging er unbekümmert hinaus. Als er aber den Platz von Ploy unter der Laterne erreichte, wandte er sich um und wartete auf Leo.

»Leo!«, rief Eric. Anders als zuvor, als er in der Bar vor sich hin gequasselt hatte, war seine Stimme nun ruhig. Leo war unbehaglich zumute, weil er befürchtete, dass Eric weinen würde.

»Wenn du zurückgehst, mach sofort mit Ploy Bumbum. Und zeig etwas Temperament und gib ihr gleich mal 1.000 Baht. Belaste sie nicht so mit deinem Ernst!«

Ohne Leo Zeit zu geben, etwas zu sagen, sprach er weiter:

»Es ist gut, wenn du dich dazu entschließt, einfach ein böser Mann zu werden. Das ist der Weg, das Herz nicht zu verletzen. Für dich und für sie.«

Wieder ging es darum, eine Wahl zu treffen. Leo war klar, dass er sich wieder weder für das eine noch für das andere entscheiden konnte. Ihm selbst würde es das Herz brechen und auch Ploy würde er damit nur wehtun.

Eric hockte sich unter die Laterne und bedeutete Leo, auch Platz zu nehmen. Unter der Laterne hockend, um die herum die Motten, die noch reichlich Kraft zum Herumschwirren hatten, ein schwindliges Kurvengewirr zeichneten, schauten Eric und Leo hinüber auf die dem Parkplatz gegenüberliegende Seite.

Dort bot sich ihnen ein Bild der Verlassenheit, das so vorher nicht zu sehen gewesen war. In die zunehmende Helligkeit des Morgengrauens hinein versuchten jene Prostituierten, die ihren Arbeitstag erfolglos hinter sich gebracht hatten, ihre Scham mit Geschwätz zu überspielen. Ihre Kleidung, die zuvor fröhlich wie Libellenflügel ausgesehen hatte, hatte sich in billige Klamotten verwandelt, deren Nähte da und dort eingerissen waren. An den bunten, hochhackigen Schuhen, von deren hellem Klacken die Fußwege erfüllt gewesen waren, hing nun eine dicke Schicht Schlamm und Dreck. Auch ihre geschminkten Gesichter, die unter der künstlichen Beleuchtung gut ausgesehen hatten, ließen nun ungeschönt das unsaubere Milieu, die verstrichene Lebenszeit, Geschlechtskrankheiten und verwischte Spuren von Selbstmisshandlungen erkennen. Auf diese Art und Weise lagen an der Station Nana im grauenden Morgen jene Cinderellas, die ihrem Prinzen auch über die Sperrstunde hinaus nicht begegnet waren, hier und dort schmerzlich gestürzt am Boden.

»Ich mache mich jetzt auf den Weg zurück in die USA«, sagte Eric, nachdem er verstohlen auf die Uhr gesehen hatte. »Mein Flieger geht um halb neun. Danke, dass du mir so lange Gesellschaft geleistet hast.«

»Wie? Du gehst jetzt? Warum?«, fragte Leo überrascht. »Ohne Gepäck?«

Eric stand auf und klopfte sich den Staub vom Gesäß. Er antwortete, als würde er einen Witz erzählen: »Wenn wir irgendwohin gehen, dann nicht deshalb, weil wir unbedingt dorthin müssen, sondern weil wir da, wo wir sind, nicht mehr bleiben können.«

Es stimmte. Eric hatte einen Grund, nicht bleiben zu können. Das schöne Landhaus in Chiang Rai, von dem es hieß, dass die Mutter eines Königs darin gelebt hätte, Wat Arun, der Tempel der Morgenröte in Bangkok, wo er allein durch die Nacht gelaufen war, der schwimmende Markt in Damnoen Saduak, wo er beim Herumalbern mit einer Prostituierten ins Wasser gefallen war, die geschichtsträchtigen Gassen von Ayutthaya, wo er sich von einer jungen Schönen – er erinnerte sich nicht mehr, wer sie gewesen war – gnadenlos eine Ohrfeige eingefangen hatte, die Insel Phi in Phuket, auf der es, egal ob Regen- oder Trockenzeit, jedes Mal, wenn er hinkam, regnete und ihm die Laune verdarb, die Stadt Kanchanaburi, wo er Grund gekauft, darauf ein Haus gebaut und in diesem Haus mit einer Frau zusammengelebt hatte – sich von all den Herrlichkeiten dieses Landes verabschieden zu müssen, dafür hatte er einen Grund.

Und Gepäck, so etwas hatte er nicht mehr. Alles hatte er Kwarn überlassen. Das Haus, das Auto, die Juwelen, die er in den Safe gelegt hatte, die Bündel der steifen 1.000-Baht-Scheine, die Fotos, die all seine Erinnerungen enthielten, die Limited-Edition-LPs mit den Autogrammen von Pongphat, die Klamotten, das

Spielzeug, den Kühlschrank und den darin verfaulenden, biologisch angebauten Weißkohl, die blaue Zahnbürste, die Katzen, die Fische, die Vögel, den Hund und seine Seele, alles hatte er ihr gegeben. Bob, der Engländer, der wie ein Pferd aussah, hatte Kwarn in den von Eric selbst entworfenen und gepflegten Garten gebracht, und von ihr die zur Überschreibung ihrer Immobilien benötigte Unterschrift verlangt, egal, wie flehentlich Kwarn hinter der versperrten Tür abgelehnt hatte. Wie einen Hund hätte Eric ihn totschießen und in den Fluss Kwai werfen wollen. Eine Pistole zu besorgen wäre so einfach gewesen wie Drogen zu kaufen. Selbst wenn er es nicht selbst hätte tun wollen, hätte es in seinem Umfeld genug Leute gegeben, die die schmutzige Arbeit für ihn hätten erledigen können. Aber es war nun einmal der Mann, den Kwarn auserwählt hatte.

»Leb wohl!«, sagte Eric. Sein Blick ging ins Leere, es war nicht klar, von wem er sich verabschiedete. Die Tür des Taxis wurde zugeschlagen und als der Wagen Nana verließ, ließ er Leo, dem das alles wie ein schlechter Scherz vorkam, unschlüssig zurück, ob es in Ordnung war, Eric einfach gehen zu lassen. Zunächst schien es, dass das Taxi, das zögerlich angefahren war, auf die Hochstraße auffahren würde, doch als es die Kreuzung erreichte, bog es nach links ab und schoss in Richtung Ploenchit davon. Dort lag noch alles im Dunkeln.

Die Sonne ging auf der gegenüberliegenden Seite auf.

15

Ich liege im Sterben. Draußen vor dem Fenster weht der Schnee wie ein Hauch. Das ganze Leben lebte ich von diesem Schnee umgeben. Mitten durch den Schnee ging ich zu

Schulen und an Hochschulen, im hüfttiefen Schnee heiratete ich, in den verschneiten Bergen hinterließ ich auf dem Weg zum Grab meiner Frau meine Fußspuren. Nun werde ich nie wieder im Schnee stehen. Mein Herz hat eben erst aufgehört zu schlagen, ich bin nichts als eine Leiche noch voller Begierde. Mehr als diese siebzig Jahre waren mir nicht gegeben. Ich habe den Knopf gedrückt, bald schon wird ein Rettungswagen kommen. Aber es ist zu spät. Sie werden nur meinen Körper entdecken. Nicht den Professor Emeritus an der Umeå Universität und Juha, den Meister der Schelte, werden sie vorfinden, sondern nur den totenblassen Leichnam eines alten Junggesellen.

Es schneit immer heftiger. Es ist Zeit, die Dinge zu ordnen. Bevor es zu spät wird, möchte ich den Schluss schreiben. Weil mir die Vorstellung zuwider ist, nicht alles geordnet zu hinterlassen, auch wenn es heißt, das Leben hätte keinen solchen Schluss. Denn dies ist mein finales Vermächtnis, das Letzte, was ich auf dieser Welt zurücklasse. Weil mit dem Tod lediglich der Körper verschwindet, bleiben die über die Jahre angesammelten Lebenserinnerungen zurück und verteilen sich in alle Himmelsrichtungen in der Menschenwelt: An irgendeiner Ecke der Stadt Uppsala, wo ich geboren und aufgewachsen bin, in den Kneipen von Stockholm, wo ich meine Jugendzeit verbracht habe, in den Büros der Umeå Universität, wo ich die letzten rund dreißig Jahre verbracht habe, oder irgendwo auf den Straßen von Bangkok, wo mein altersschwaches Herz noch einmal kräftig geschlagen hat. Und wenn ich Glück habe, werden diese Erinnerungen von jemandem gefunden, der sie lesen kann. Darum spreche ich dich nun an.

Sieh her, lass dir erzählen, was für ein unglücklicher Alter ich bin. Auf meinem Schreibtisch liegt das Geschenk, das ich ihr schicken wollte. Ich war schon mit dem Einpacken fertig und wollte gerade die Adresse auf das Päckchen notieren, da bin ich in diese Situation geraten. Es sind zweiundfünfzig CDs, auf denen die Geschichte und Kultur meines Landes enthalten sind. Wer weiß, vielleicht kann man, da es sich um eine gerade Zahl handelt, damit ja sogar Poker spielen. Jedenfalls habe ich die letzten vier Monate meines Lebens, die eine goldene Zeit meines Lebens waren, gebraucht, um das Werk zu vollenden. Aber, wenn ich schon dabei bin, es gibt da noch etwas Bedauernswertes: Die Worte, die ich ihr gesagt hatte, all die Versprechen, die innerlich schon gefassten Entschlüsse, das alles ist nun zunichte. Wurde zu Lügen, zu leeren Versprechungen. Ich versprach ihr, sie hierherzuholen. Falls sie hierher, in das kalte Land, nicht kommen wollte, schwor ich ihr, dass ich mein Eigentum hier verkaufen und zu ihr kommen würde. Ich setzte alles daran, den selbst gefassten Entschluss in die Tat umzusetzen. Noch ehe mein verdammtes Herz zu schlagen aufhören würde. Aber wer kann ihr nun davon berichten? Es ist traurig. Trauriger noch als die Tatsache, dass ich selbst zum Lügner werde, ist es, dass sich die junge Frau wieder nur betrogen fühlen wird. Es ist wahrhaft traurig, dass sie glauben wird, selbst noch von jenem nichtswürdigen Greis nur an der Nase herumgeführt worden zu sein. Man stelle sich vor, wie viele Menschen ihre Geliebten durch unerwartete tragische Ereignisse enttäuscht zurückgelassen haben. Wie viele im Laufe der Zeiten unverschuldet eines tragischen oder gewaltsamen Todes starben, nachdem sie versprochen hatten: »Ich komme wieder, bitte warte auf mich!« Es wäre schon ein Glück, wenn ihr die Nachricht übermittelt würde. Doch wer kann ihr von meinem Tod berichten? Ihr klarmachen, dass ich sie nicht belogen habe, sondern dass mir nur nicht das Glück beschieden war, es zu vollenden. Kannst du es ihr sagen? Nichts ist so traurig, wie ein auf ewig unaufgeklärtes Missverständnis.

Es ist ein Nachmittag, an dem es heftig schneit. Von fern her hört man den Rettungswagen kommen, nicht wahr? Es ist zu spät. Ich bin nur noch ein Haufen Fleisch, an dem noch ein Rest Bewusstsein haftet. Wenn ich loslasse, wird es zu Ende sein. Einmal noch gebe ich mir Mühe, mein Bewusstsein zu sammeln. Ich blicke zurück auf die Tage meines Lebens, folge den Lebensbahnen, die ich als Letztes hinterlassen habe. Aber, oh, mein Gott: Die junge Frau ist alles, was mir in den Sinn kommt. Als ob der kurze, fünfzehntägige Urlaub alles gewesen wäre in meinem siebzigjährigen Leben. Ja, wir trafen uns auf der großen Sukhumvit-Straße. Ich habe ihr ein Bier bezahlt und sie lud mich auf ihr Zimmer ein. Ich meine die Hölle voller Kabbalah-Geister. Dort rauchten wir zusammen Drogen und tranken schlechten Whiskey. Weißt du, was das bedeutet? Das bedeutet, dass sie so lebte und dass man sie, ohne große Reden zu schwingen, wie einen Hund behandeln sollte. Ihr, wie man einem Hund sein Fressen hinwirft, das Geld hinwerfen sollte. Doch da war noch ein Glanz in ihren Augen. Es war ein Blick, wie man ihn hatte, wenn die Bedeutung im Inneren eine andere war, als es von außen den Anschein hatte. Das war der Moment, in dem ich mich in sie verliebte. Habe ich da etwas falsch verstanden? Auch gut, macht nichts. Sie wird mich genauso missverstehen. Ich kann dir nicht helfen, wenn du der Weisheit dieses alten Mannes nicht vertraust. Trotzdem, bitte glaube an die Liebe dieses alten Mannes. Alles habe ich im Laufe der Zeit verloren, diese Liebe ist das Einzige, was mir geblieben ist. Und kein Mensch wird mit dem, was ihm als Allerletztes noch geblieben ist, angeben.

Ob sie sich an den Kelch erinnern kann? Kann sie sich daran erinnern, wenn man ihr sagt, dass er mein Abschiedsgeschenk an sie war. Den Kelch meine ich, mit den leicht geschwungenen Wänden und dem dicken, halb durchsichtigen Fuß. Ob er noch unter dem Porträt von König Chulalongkorn steht? Es ist kein gewöhnlicher Trinkkrug. Es ist ein Kunstwerk, welches der geniale Meister Tewius in der Zeit der Herrschaft von Kaiser Traianus geschaffen hatte. Würde man diesen Kelch jemandem verkaufen, der seinen Wert erkennt, würde man von dem Erlös die wie die Segmente einer Krebsschale nebeneinanderstehenden Gebäude auf der Soi 16 allesamt kaufen können. Wohin ich auf der Welt auch ging, ich habe ihn immer in meiner Tasche bei mir getragen, er war mein Glücksamulett. Das war die eine Hälfte meines Besitzes. Auch die andere Hälfte wollte ich ihr geben, aber laut meinem vor langer Zeit verfassten Testament werden diese die Waisenkinder auf Haiti bekommen.

Ich bitte dich. Wenn du ein Stückchen dieser mir nun noch verbliebenen Erinnerung auf dem Wege auffliest, wenn du irgendwo dort darauf stößt, wo ich sie hinterlassen habe, an irgendeiner Ecke der Stadt Uppsala, wo ich geboren und aufgewachsen bin, in den Kneipen von Stockholm, wo ich meine Jugendzeit verbracht habe, in den Büros der Umeå Universität, wo ich die letzten rund dreißig Jahre verbracht habe, oder irgendwo auf den Straßen von Bangkok, wo mein altersschwaches Herz noch einmal kräftig geschlagen hat, dann bitte hilf mir. Geh bitte zu ihr. Triff sie und sorg dafür, dass sie den Kelch nicht verkauft. Ihn auch nicht wegwirft. Bitte sorg dafür, dass sie ihn immer um sich hat. Stell ihn irgendwohin, von wo ich aus sie beobachten kann. Ich habe mit dem Namen Juha auf dieser Welt gelebt. Und wenn möglich möchte ich auch über meinen Tod hinaus Juha bleiben. Im Namen Juhas möchte ich eine Flamme an dem Kelch sein. Wie gerne würde ich in diesem Moment mein Herz wieder zum Schlagen bringen, auf die gleiche Art wie jenes schwache elektronische Signal, das mit den Neuronen in den Nervenzellen übereinstimmt. Ich wünschte, meine Seele wäre heißer als jetzt. Ich wünschte ich wäre an der Seite dieser widerborstigen und zugleich liebreizenden jungen Frau. Wenn ich an dieser letzten Schwelle meines Lebens, alle mir verbliebenen Kräfte sammelnd, noch einen Wunsch formuliere, dann ist es nur das. Hiermit beende ich mein Testament. Lebe wohl, meine Liebe.

»Da kommt wer!«

Yon sprang plötzlich auf und blickte zur Eingangstür. Sie schüttelte mehrmals ihren Kopf und legte sich dann wieder neben Ploy.

»Du, Ploy!«, meinte Leo, der lange den Kelch angestarrt hatte. Durch die lange angestrengte Konzentration klang seine Stimme ziemlich tief.

»Erinnerst du dich an Juha? Er soll ein alter schwedischer Professor gewesen sein.«

»Der Name sagt mir nichts.«

Ploy drehte sich auf die andere Seite. Sie murmelte so leise, dass sie kaum zu hören war. »… und das hat dir Yon erzählt?«

Yon war längst eingeschlafen. Leo betrachtete die aus dem Kelch eine Handbreit emporsteigende Flamme. Das Tänzeln der Flamme in der Dunkelheit sah danach aus, als ob ein weißgrauer nordeuropäischer Alter seinen Mund mit der Hand verdeckend weinte. Die Liebe, die man dem Gegenüber nicht mitteilen konnte, war eine sehr traurige Sache.

Wann immer dann und wann die Rede auf Eric kam, rief sich Leo das einsame, vor dem Hintergrund von Erics schwachsinniger Philosophie in ein morgendliches Grau getauchte Nana ins Gedächtnis zurück. Auch wenn sich das, was Eric damals von sich gegeben hatte, plausibel angehört haben mochte, so handelte es sich bei seinem Gerede über den Kosmos, über Beziehungen und Erscheinungen und über die Existenz als solche bei genauerer Überlegung um eine Darstellung von tollkühner Einfachheit. Die Welt war aber nicht so einfach. Eric hatte unrecht. Aber war da nicht noch mehr? Das Gefühl einer absoluten Überzeugung, das seine Art zu sprechen kennzeichnete, war zu bestechend, als dass man, was er von sich gab, als völlig falsch hätte abtun können. Da war eine ungewohnte Schärfe, die sich gegen die Kultur der Generation von Leos Mutter richtete, jener Frau, die Leo geboren und aufgezogen hatte und ihn nach wie vor in ihrem Schoß trug.

Leo dachte sich Eric kaum je als einen Amerikaner. Sein Thailändisch war ausgezeichnet und in seinen Essensgewohnheiten und seiner verspielten Art unterschied er sich nicht von den Einheimischen. Eric war kein Fremder, wie Leo einer war, sondern schlicht ein Mann, und daher betrübte es die Bewohner der Soi 16 zu erfahren, dass er nach Amerika zurückgegangen wäre, gerade so, als hätten sie einen Heimatfreund in die Ferne ziehen lassen müssen. Obwohl seit Erics Aufbruch vierzehn Tage vergangen waren, schwebte der Name Eric immer noch, wie es in einem alten Witz hieß, über der Straße.

Eric war zu beneiden. Auch wenn Leo nun relativ gut Thailändisch sprach, so war er doch ein Koreaner geblieben. Er war in eine kleine und enge Region hineingeboren worden und hatte dort etwa dreißig Jahre lang gelebt, hatte kleine und enge Beziehungen unterhalten, kleine und enge Erfahrungen gemacht und hielt an den unter all diesen erbärmlichen Bedingungen angenommenen Wertvorstellungen immer noch fest. Diesen Vorstellungen gemäß war die Prostitution eine abscheuliche Aktivität. Da die Prostituierten einem abscheulichen Beruf nachgingen, waren sie zwangsläufig auch abscheuliche Menschen, und mitten unter ihnen »Haha!« und »Hoho!« lachend zu leben, war gleichfalls eine Abscheulichkeit. Auch Leos Bemühungen, das Leben der Prostituierten zu verstehen, waren eine Abscheulichkeit. Ja, allein der Gedanke, die Prostituierten nicht für abscheulich zu halten, war abscheulich. Wie sehr sich Leo auch abmühte, letztlich schienen ihm die reflexartige Abscheu und die Brandmarkung ganz natürlich, und Erics lockerer Umgang damit war ihm eher fremd. Weil Leo kein Teil der Soi 16 war, war er nicht in der Lage, es anders zu sehen.

Andererseits blieb Leo nicht nur ein Fremder. Er war, als er zum zweiten Mal nach Thailand kam, nicht mehr der ganz gewöhnliche Koreaner in seinen Zwanzigern. Er war ein Koreaner, der sich gegenüber damals sehr zum Vorteil verändert hatte. Und als er das Busunglück in Daegu überlebt hatte und auf die Soi 16 zurückkehrte, kehrte er nicht nur an Ploys Seite zurück. Er kehrte zurück in die Welt von Oz, in der Ploy lebte. Vielleicht war es jenem instinktiven Verlangen geschuldet, das jedermann gleichermaßen hatte: Die Erscheinungen dieser Welt über die Grenzen einer bestimmten Region, die Grenzen bestimmter Erfahrungen und Beziehungen hinaus verstehen zu wollen. Aus diesem Grund trank Leo im stinkenden Zimmer von Uwe Alkohol, trieb mit Prostituierten Schabernack und folgte Eric zur Station Nana.

Die gesuchte Antwort fand Leo dadurch zwar nicht, aber die Frage selbst verlor zunehmend an Bedeutung. Und da sich die Frage nicht mehr ernsthaft stellte, brauchte er auch nicht mehr nach einer Antwort zu suchen. Immer wenn er seine Freunde dabei beobachtete, wie sie mit Kunden von Angesicht zu Angesicht um das Servicegeld handelten, immer wenn er Lissa sah, die ohne Hemmungen die Beine breit machte, um sich das Pessar in ihre kleine und stramme Muschel zu stecken, immer wenn er Nawalatt sah, die auf der Toilette hockend zwei- oder dreimal masturbierte, weil sie befürchtete, die Freier, die nun mal ihren Arsch und nicht ihren Schwanz wollten, zu verärgern, falls sich während des Bumbum etwas bei ihr regte, immer wenn die betrunkenen Stimmen aufgeregter Männer aus Ploys Handy kamen, das Leo selbst ihr geschenkt hatte, verbreitete sich eine allergische Reaktion wie Schuppenflechte auf seiner geistigen Haut, und zugleich stumpfte er immer mehr ab. Es war eine langsame Veränderung, die sich in Leos Innerem, wenn auch schrittweise, so doch stetig vollzog.

Am bemerkenswertesten waren vor allem seine Erkenntnisse über das Servicegeld. Leo hätte sich nie, nicht einmal im Traum, vorstellen können, dass Frauen um den Preis einer Portion Nudeln die Beine breit machen würden. Erstaunlicherweise aber geschah das in der Realität laufend. Die Prostituierten in Sukhumvit gingen mit ihren Freiern trotz der aberwitzig niedrigen Preise, als folgten sie einem inneren Ruf, der ihnen gebot, ihr Geschlecht so radikal wie irgend möglich zu Geld zu machen. Yon machte mit zwei abgerüsteten israelischen Soldaten Bumbum. Der Betrag, den sie bescheiden vorschlug, waren 200 Baht pro Person, in Summe 400 Baht, worauf die Juden scherzhaft mit einem Gegenvorschlag in Höhe von 20 Baht reagierten. Man einigte sich schließlich auf 80 Baht, weniger als ein 100-Baht-Schein. Das Hotel, in dem die Männer nächtigten, kostete mehr als 1.500 Baht pro Nacht. Leo wurde schwindlig, als er die Geschichte hörte.

Seit Leo erkannt hatte, dass man Sex kaufen und verkaufen konnte, nein, dass sich *sogar* Sex kaufen und verkaufen ließ, hatte er nichts als Verachtung für das Feilschen um einen guten Preis. Wenn jemand wirklich meinte, diese Art von Vergnügung nötig zu haben, und der Meinung war, für Bumbum bezahlen zu müssen, war dagegen nichts einzuwenden. Aber die Einstellung, das Servicegeld von 10.000 auf 9.000 und von 9.000 weiter auf 8.750 Won herunterzuhandeln, fand Leo wirklich schäbig und erniedrigend nicht nur für das Gegenüber, sondern auch für einen selbst. Dazu kam, dass, wie Leo vor fünfzehn Tagen mit Eric an der Station Nana erkannt hatte, all jene Männer, die sich den Prostituierten gegenüber knauserig gaben, ausnahmslos auf eine schmutzige frühere Existenz zurückblickten. Den Preis für die Dienste einer Prostituierten zu drücken, hieß für Leo, das eigene Leben auf eine Stufe mit dem Leben solch niedriger Existenzen zu stellen und sich auf deren Niveau hinunterzubegeben, dazu hatte er nun wirklich keine Lust.

Es war allerdings nichts anderes als eine Gegen-Diskriminierung, die Leo scheinheilig ersann, um seine eigenen Vorurteile gegen die Prostituierten zu verschleiern. Begründet lag das in seiner Einstellung, die Prostitution für etwas Spezielles, von anderen Formen des Kaufhandels völlig Verschiedenes zu halten. Hätte er die Prostitution als einen normalen Beruf anerkennen können, hätte er sich nicht so über das Verhandeln des Preises zu empören brauchen. Egal, ob sie offiziell erlaubt war oder bekämpft wurde, war die Prostitution doch seit Urzeiten ein anständiger Beruf gewesen. Die Prostituierten waren produktiver als Prüfungskandidaten, sie waren ehrlicher als Politiker, blickten optimistischer in die Zukunft als Versicherungsmakler, verhielten sich höflicher als Beamte und trugen mehr als Mitarbeiter von Logistikfirmen zu einem friedlichen Zusammenleben bei. Es war nicht nötig, alles bis ins Detail zu verstehen. Von außen in das Leben von anderen hineinzuschauen, war seit jeher ein Ding der Unmöglichkeit. In demselben Maße, wie wir Sänger oder Kalligrafen als Mitglieder unserer Gesellschaft anerkannten, sollten wir auch die Prostituierten als Mitglieder unserer Gesellschaft anerkennen. Wenn der eine tat, was er tat, um seine Stimme gegen Geld einzutauschen, und der andere tat, was er tat, um seine Pinselstriche gegen Geld einzutauschen, dann sollte auch als ganz natürlich akzeptiert werden, dass wieder andere taten, was sie taten, um sexuelle Dienste gegen Geld einzutauschen. Zu beurteilen, ob die Prostitution Recht oder Unrecht war, mochte eine delikate Frage sein, diese hatte aber keinen Vorrang gegenüber dem realen Wert der Prostitution für diejenigen, die auf diese Art und Weise ihr Leben bestritten. Während eine Mehrheit ihr Leben auf die eine Art und Weise lebt, lebt es eine Minderheit eben auf eine andere, und ob es uns gefällt oder nicht, so sind diese anderen doch ein Teil von uns, und wir können sie also nicht einfach zum Teufel jagen.

Als Yon Leo ein paar Tage später schluchzend erzählte, dass sie wieder mit jenen blöden Kerls Bumbum gemacht hätte – diesmal für nur 50 Baht – konnte er nicht an sich halten und schrie sie an:

»Was, 50 Baht?!? Du musst mehr verlangen!«

Über sich selbst erschrocken, hielt er sich mit der Hand den Mund zu.

Klick, klack … Das Geräusch von High Heels kam näher. Leo konnte seine Augen nicht von der Eingangstür lösen. Wer kam da? Es war nicht lange her, dass Ploy mit Nawalatt, die dieser

Tage oft Albträume hatte, zum Tempel aufgebrochen war. Auch Lissa konnte es nicht sein. Sie hatte vor Kurzem plötzlich die Tür aufgetreten und war ins Zimmer gestürmt, hatte nur kurz »Mein Gott!« gerufen und war sogleich wieder nach draußen verschwunden. Es war eigentlich ein Ausruf, der ihr entkam, wenn etwas Aufregendes im Zimmer vor sich ging, das sie schon sehnsüchtig erwartet hatte. Dieses Mal aber, da nichts Besonderes los war, entwischte ihr das »Mein Gott!« wohl unbewusst aus Enttäuschung darüber. Yon konnte es ohnehin nicht sein. Die lag nämlich gerade neben Leo auf dem Bauch wie ein Haufen Geröll und sah fern. Es gab nicht viele Frauen auf der Soi 16, die einen so energischen Gang hatten. Es klang so gebieterisch, dass man hätte meinen können, Aitt hätte sich High Heels angezogen.

Schon öffnete sich die eiserne Tür mit einem lauten Knall nach innen. Leo, der aufgestanden war, um nachzusehen, wer es war, musste sich gleich wieder setzen. Die Frau war am ganzen Körper voller Blut. Ihr Hals war zur Hälfte durchtrennt und wurde gerade weiter durchgeschnitten. Aus den sich krümmenden Blutgefäßen blubberte das frische Blut wie rote Hagelkörner. Es roch durchdringend metallisch. Deutlich war zu hören, wie das Blut mit einem prasselnden Geräusch auf den Zementboden hinunterströmte.

»Afang«, sagte Yon mit gleichgültiger Stimme. »Du bist ja ganz voller Blut! Ist das Blut von Hehis?«

Kaum hatte sie diese Worte ausgesprochen, drehte sich der Hals, der nur noch lose am Rumpf gehangen hatte, zurück in die gewohnte Position und war flugs wieder mit dem übrigen Körper verwachsen.

So war es geschehen. Es waren Bilder aus der früheren Existenz, keine Realität. Auf der sonnenüberfluteten Plaza des Armas in Santiago, Spanien, war die Frau auf solche Weise hingerichtet worden, beschuldigt der Aktivität bei den Internationalen Brigaden. Das Blut aber, das ihr am Kopf und am Hals klebte, hatte nichts mit der vom Gefolge Francos begangenen Tat zu tun. Auch nachdem sich Leo mehrmals ungläubig die Augen gerieben hatte, waren die getrockneten Blutflecken da immer noch zu sehen, waren nicht verschwunden.

Die Frau, die Afang genannt wurde, ging zu Yon, nahm das vor Yon stehende Glas und trank es in einem Zug leer. Sie war von ungewöhnlicher Lebhaftigkeit. Über einen Meter siebzig groß, wirkte sie von ihrer Positur her elastisch wie Kautschukmilch, und auch ihre Beine waren gerade ohne jede Krümmung. Gemessen an den halbkugelförmig hervorstehenden Brüsten war ihre Taille unverhältnismäßig schlank. Auch ihr Gesicht war sehr klein und man hatte das Gefühl, die Karikatur einer Barbie-Puppe vor sich zu sehen.

»Hey, du!«, rief Afang plötzlich in Leos Richtung. Als Leo mit großen Augen um sich blickte, schrie sie wieder:

»Ja, du! Was zum Teufel bist du denn für einer?«

Leo war über dreißig Jahre alt, hatte ein langes Studium hinter sich gebracht, den Militärdienst absolviert und blickte auch schon auf ein Berufsleben zurück. Er war unterschiedlichen Arten von Menschen begegnet, hatte Freunde, die er um Hilfe bitten konnte, und auch solche, die ihm im Fall des Falles tatsächlich beistanden. Er hatte herzzerreißende Tragödien erlebt, allerhand Unannehmlichkeiten überstanden und auch ein Busunglück überlebt, bei dem selbst die beiden Ganoven, die denselben Haarschnitt trugen, gestorben waren. In diesem Leben war er der Sohn eines privaten Kreditgebers und ein Dispositionsurlauber, im früheren Leben aber war er der Sohn eines Kämpfers gewesen, der infolge seiner allzu großen Tapferkeit früh zu Tode gekommen war – und ein Jäger, der mit einem Tiger gekämpft hatte. Aber in diesem, vom Geist der vierundzwanzigjährigen Prostituierten Afang aus Kambodscha beherrschten Moment wurde ihm ganz weiß vor Augen und Teile seines Gesichts fühlten sich taub an.

»Ich … also, ich bin ein Freund von Ploy«, brachte Leo mit knapper Not heraus. »Ich wohne hier.«

»Ach was, ein Freund?«

Afang ging darauf nicht weiter ein und stemmte ihre Hände in die Hüften. Ihre schwarzen Pupillen glühten wie Lava.

»Das seh ich auf den ersten Blick, dass du ein ganz mieser Drecksack bist. Oder etwa nicht?«

Ihr Gesicht war zwar nicht so schön wie jenes von Ploy, aber allein ihrer Figur wegen hatte sie das Zeug, in der Liga der höchstklassigen Prostituierten mitzuspielen. Jedenfalls dann, wenn sie ihr teuflisches Mundwerk ein wenig zu zügeln gewillt wäre. Afang kramte allerlei Gegenstände wie Geldbeutel, Handy und Lippenstift aus den Taschen ihrer Cargo-Hose im Military-Look hervor und hockte sich vor Yon nieder. Sie hielt die halb volle Flasche in die Höhe, schüttelte sie und starrte wieder in Leos Richtung.

»Hey, du!«

Sie schien nicht abgeneigt, Leo, sollte es die Situation verlangen, mit der Flasche eins überzuziehen.

»Alkohol ist alle, du! Zum Henker!«

Leo wusste nicht recht, wie ihm geschah, und blickte hilfesuchend zu Yon. Die lächelte verlegen. Fraglos waren sich die beiden Frauen einig. Leo hatte keine andere Wahl, als mit seinem Portemonnaie nach draußen zu gehen. Beim Hinuntersteigen der Treppe fühlte er sich irgendwie in seinem Ehrgefühl verletzt und ärgerte sich auch, also trat er in der Absicht, ihnen eins auszuwischen, ins Zimmer von Uwe ein.

Uwe trank gerade mit Shan. Die frühe Uhrzeit – es war erst kurz nach Mittag – spielte keine Rolle in Uwes dunklem Zimmer. Kaum hatte Leo Platz genommen, hörte Shan auf zu erzählen und schwieg. Scheinbar waren die beiden dabeigewesen, Heimlichkeiten auszutauschen.

Aber auch Leo wurde langsam zu einem Anrainer der Soi 16. Es gab nicht vieles, was seinen Augen und Ohren vollständig verborgen blieb. Auch die Tatsache, dass die Prostituierten von dem Nueng Thaeo genannten Gebäude Ganja rauchten oder Betelnusspalmblätter kauten, weil das Yaba von Aitt zu teuer geworden war, und auch die Tatsache, dass die schwermütige Alte, die den Haarsalon in der ersten Seitengasse der Soi 16 übernommen hatte, früher ein Medium des Boddhisattva-Kindleins Kuman Khaoosom gewesen war, das alles wusste Leo. Warum diese Alte namens Ladtana ihren Beruf, der es gewesen war, sich in ihrer Heimatstadt Nong Khai die Sorgen der Leute anzuhören oder witzige Reden zu halten, und von dem sie bequem hatte leben können, aufgegeben hatte und auf die Soi 16 gekommen war, wusste er nicht, aber das wusste nicht nur Leo nicht, sondern außer Ladtana und ihrem Bodhisattwa-Kindlein wusste es niemand.

Auch den Inhalt des Gesprächs, welches Shan mit Uwe geführt hatte, konnte sich Leo ungefähr zusammenreimen. Denn neuerdings wusste Shan wegen der Spielschulden, die Aitt nicht und nicht zurückzahlte, vor Sorgen weder ein noch aus. Wenn Aitt am Spieltisch saß und die 200 oder 300 Baht, die er selbst mitgebracht hatte, verspielt waren, rief er Shan und borgte sich von ihm, als handelte es sich um eine Selbstverständlichkeit, jeweils 1.000 Baht. Natürlich erwähnte er mit keinem Wort, bis wann er das Geld zurückzahlen würde, und Shan erwartete ja auch gar nicht, dass er es zurückzahlen würde. Shan dachte positiv und sah es als eine Steuer, die er nun einmal zu entrichten hatte, um den illegalen Spielsalon führen zu können. Aber sobald die Summe auf über 30.000 und 40.000 Baht stieg, waren nicht nur Shans Taschen völlig leer, auch der Spielsalon selbst hatte kein Geld mehr, um weiterspielen zu lassen.

Das war ein ernstes Problem. Da der kleine Spielsalon nur von Anrainern frequentiert wurde und man einander kannte, bewegte sich das Geld letztlich nur von einer Hand in die andere, daher ging es für Shan in diesem Fall nicht um eine Verkaufsprovision in der Höhe eines bestimmten Prozentsatzes, die der Croupier kassierte, vielmehr waren für ihn die Zinsen ausschlaggebend, die er jenen Spielern abknöpfen konnte, die sich verspieltes Geld in weiteren Spielen zurückholen wollten und sich zu diesem Zweck von ihm Geld ausborgten. Wenn er kein Geld hatte, das er verleihen konnte, konnte er auch keine Zinsen kassieren. Einem Croupier hatte er schon gekündigt und nun war die Situation so, dass er die Auszahlung des Honorars eines weiteren Croupiers namens Chroy schon fünf Wochen lang aufgeschoben hatte. Wäre es nur um das Geld gegangen, hätte er sich von Uwe oder von jemand anderem etwas leihen können. Sein Problem war Aitt. Es war ein unlösbares Problem.

»Gib den Laden auf und komm hierher. Lass uns zusammen Alkohol trinken.«

Als handelte es sich sowohl um Jux und Tollerei als auch um ein ernstes Gespräch, sagte Uwe:

»Es gibt ja doch keine Lösung.«

»Fünf Kinder sind es«, setzte Shan mit tief gesenktem Strubbelkopf zu einer seiner üblichen Wehklagen an.

»Verdammt, ganze fünf! Wenn ich mir nicht was einfallen lasse, kann ich sie nicht ernähren. Auch Klamotten muss ich ihnen kaufen, und wenn sie etwas kaputtmachen, muss ich auch das abgelten. Mein Ältester, Ssin, ist so kräftig, dass er nicht verletzt wurde, als er von einem Motorrad angefahren wurde, nur der vordere Teil des Motorrads wurde komplett kaputt. Mein Zweiter, Ppin, hat reichlich Schneid und klaut nichts, was nicht mindestens 100 Baht wert ist. Der Dritte, Egh, und der Vierte, Afi, zanken sich gern mal, deswegen bringe ich sie jeden Tag ins Gesundheitsamt, und auch für die Jüngste, Lano, die einigermaßen klug ist, muss ich Leo Geld für den Englischunterricht geben.«

Als sein Name fiel, winkte Leo gleich mit beiden Händen ab.

»Shan, du brauchst mir kein Geld zu geben. Ich bin sowieso kein richtiger Lehrer und habe jeden Tag eine Menge Spaß mit Lano.«

»Wer fürs Lernen nichts ausgeben will, wird ein Dummkopf bleiben, egal wie fleißig er studiert. Die Kinder eins bis vier sind schon Dummköpfe. Wenn ich Lano auch noch aufgebe, wird meine Familie zu einer geistigen Geröllhalde.«

»Shan, keine Sorge. Ich gebe Lano den Englischunterricht bestimmt nicht der 200 Baht wegen, die ich pro Woche verdiene. Außerdem ist Lano viel zu klug, als dass je ein Dummkopf aus ihr werden könnte«, sagte Leo. »Sag dir einfach, Lano lernt mit einem Stipendium.«

»Was immer es ist, von nichts kommt nichts. Je mehr man bezahlt, desto mehr hat man davon. Ich werde mich um dein Geld kümmern, verlass dich drauf. Um dein Geld kümmere ich mich auf jeden Fall.«

Dann trank er mit schwermütigem Gesichtsausdruck wieder einen Schluck und fragte schüchtern:

»Hey, Leo. Was ist das eigentlich, dieses Stipendium, von dem du sprichst?«

»Kümmer du dich bitte einfach um mein Geld«, sagte Leo. Da fiel ihm etwas ein.

»Kennst du vielleicht Afang? Verdammt, sie hat mich angeschrien und mich, den sie zum ersten Mal gesehen hat, Alkohol kaufen geschickt. Ich hab irgendwann schon mal ihren Namen gehört, aber dass sie eine solche Furie ist, wusste ich nicht.«

Als sie das hörten, lachten Uwe und Shan mit unterdrückten Stimmen.

»Afang ist wieder da? Irgendwie klang das Geräusch der hohen Absätze nach ihr, dachte ich mir's doch. Ist sie jetzt in Ploys Zimmer?«

»Sieh da, ihr wisst schon Bescheid«, sagte Leo mürrisch.

»Sie ist eine richtige Halunkin. Wenn sie mit Aitt Streit vom Zaun bricht, ist das wirklich sehenswert.«

»Das ist eine Berufskrankheit. Ein paar Jahre lang hat sie in einem Sado-Maso-Etablissement in Ploenchit die strenge Herrin gegeben. Das kam ihrem Charakter entgegen, der an sich schon immer ziemlich taff war. Ist der Kerl namens Hehis oder so ähnlich denn nicht mitgekommen? Ihm zufolge ist sie nach Ayutthaya gegangen und hat dort auf großem Fuß gelebt«, sagte Shan, den Kopf mehrmals im Zweifel wiegend.

»Keine Ahnung. Sie kam hier ganz voller Blut an«, sagte Leo. »Soso, eine Herrin war sie also? Was für eine Herrin denn?«

Wo ein so weit von der Norm entfernter Sex nicht erlaubt ist, irrt man umher, um nach so weit von der Norm entferntem Sex zu suchen. Wo ein so weit von der Norm entfernter Sex erlaubt ist, irrt man umher, um nach noch weiter von der Norm entferntem Sex zu suchen. Auch wenn die Zahl der

Touristen, die nach Thailand kamen, um einen Tag und eine Nacht mit einer exotischen Schönheit zu verbringen, nicht weniger wurde, war die Zahl derjenigen Ausländer, die kamen, um perversen Vergnügungen nachzugehen, die sich die meisten in ihrer Heimat gar nicht vorstellen konnten, sogar noch größer. Die Nachtclubs von Patpong, wo live auf der Bühne Geschlechtsverkehr dargeboten wurde, waren aus der Mode gekommen, weil sie nicht abartig genug waren, um überhaupt dazugezählt zu werden. Auf der Yaowarat-Straße in Bangkoks Chinatown oder in der Umgebung des Victory-Monument-Kreisverkehrs hatten längst Dutzende von perversen Etablissements geöffnet und zogen viel Publikum an. Dort standen alle Arten von Gerätschaften zur Bestrafung, kochendes Paraffin, zahnlose Schlangen, kuriose Unterwäsche, verschiedene hygienisch verarbeitete Exkrete und dergleichen mehr bereit und warteten auf den vornehmen Gentleman, der extravaganten Neigungen frönte.

In einigen noch spezielleren Etablissements wurden über den gewöhnlichen Sadismus, bei dem die Freier die Prostituierten wie Hunde behandelten, hinausgehende, ungewöhnliche und neuartige Dienste angeboten, die man nur aus Dritte-Welt-Horrorfilmen oder aus den Mythen des Altertums kannte. Nachdem ehemalige Krankenschwestern mit in Aloe-Saft getauchten Großspritznadeln die Penisse der Freier durchbohrt hatten, schoben sie ihnen Knüppel aus Polyurethan tief in den Anus, bis den Herren, die noch im Jackett ihres Versace-Anzugs steckten, Tränen aus den Augen, Wehklagen aus den Mündern und ein Gemisch aus Urin, Blut und Samenflüssigkeit aus den Penissen quollen. Wenn ehemalige Muay-Thai-Kampfkünstler im mit Ukiyo-e-Farbholzschnitten im Utamaro-Stil dekorierten Zimmer mit einer flinken Bewegung Hühner oder Gänse enthaupteten, standen die Herren schon daneben bereit, um ihre Penisse in die engen After des noch leicht zitternden Geflügels zu schieben. Wenn das schwarzrote Blut zu diesem Zeitpunkt nicht im Takt der Stöße des Kunden kräftig sprudelte, dann mussten die Muay-Thai-Kampfkünstler den gesamten Prozess ganz von vorn wiederholen.

Im Etablissement Sabai Dee hinter dem Victory Monument war das etwa 15 Quadratmeter große Zimmer namens ›Neunundzwanzig störende Weiber‹ beliebt. Der Kunde betrat ein Zimmer, in welchem neunundzwanzig nackte Frauen so eng aneinandergedrängt standen, dass sie kaum atmen konnten, und suchte nach einem zwölfjährigen entmannten, schönen Jungen aus dem Landesteil Isan, der sich in einem Winkel an der gegenüberliegenden Seite des Raumes versteckt hielt, und trieb dann schwitzend mit ihm Knabenliebe. Je stickiger die Luft in dem Zimmer, je hartnäckiger die Störaktionen der Frauen, desto besser waren die Reaktionen, allerdings wurden drei oder vier von zehn der Kunden, die sich nach Kräften abmühten, bewusstlos, noch ehe sie den Knaben überhaupt entdeckt hatten.

Nur sehr wenige und nur die allervornehmsten Gentlemen besuchten, wenn ihnen der Sinn nach einer Ablenkung stand, das perverse Luxusetablissement Renaissance im ruhigen Stadtviertel Din Daeng. Der Eintritt allein kostete dort 10.000 Baht und in den beliebtesten Zimmern wurde das Motiv »Blasphemie« bespielt. Beispielsweise stand in einem Zimmer, in dem die Hinrichtung Jesu nachgestellt wurde, ein riesiges Kreuz, an welchem der Freier splitternackt, mit Schweineblut beschmiert und Drucknadeln an seinen Gliedern steckend zu hängen hatte. Direkt ihm gegenüber jammerten etwa zwanzig ebenfalls nackte Frauen und Männer aus voller Kehle. Wenn die die Hauptrolle spielende Schöne, eine ehemalige Entertainerin, schließlich unters Kreuz gekrochen kam, um eifrig am Penis des Kunden zu saugen, dann sollte in diesem Moment der in Ekstase geratene Kunde seinen Blick an die Decke heften und auf Lateinisch den Spruch »Vater, vergib ihnen …!« ausrufen.

Der Ort, an dem Afang, ausgestattet mit dem Kapital ihrer schlanken Figur, zwei Jahre lang als Herrin tätig war, war das perverse Etablissement Naga in Ploenchit, das nur Mitgliedern offen stand. An der massiven, mit aus Kamerun importiertem Bubinga hergestellten Eingangstür, welche in einem bunten Mix aus Architekturornamenten im Stile der Inkas, des Mogul-Reichs und Preußens sowie verschiedenen Symbolen des Jainismus, des Zoroastrismus und des Hinduismus versehen war, waren irre und schwindlige Arabesken eingeschnitzt und zu beiden Seiten der Tür fanden sich dekorative, mit Efeuranken bewachsene Wasserspeier mit Minotaurus-Köpfen und Ohrringen, die wie U-Bahn-Haltegriffe aussahen. Im Inneren dieses Gebäudes, das als Ganzes völlig aberwitzig wirkte, gab es außer der Göttin Afang, die »Hera« gerufen wurde, sechs weitere Göttinnen, die Namensschilder wie »Muse«, »Persephone« und so weiter trugen und ihren Namen entsprechend die Freier schlugen, an Harfe-Imitationen herumzupften und dabei zotige Gedichte rezitierten oder in halb zerrissene Gewänder gekleidet in einer dunklen Ecke hockten und schluchzend abartige Anweisungen gaben.

Auch viele Prostituierte der Soi 16 boten, wenngleich nicht in demselben Maße professionell, bis zu einem gewissen Grad perverse Spielarten des Bumbum an. Früher waren jene Männer, die schlicht eine Frau zu einem billigen Preis suchten, noch in der Mehrheit gewesen, nun aber war der Typus des

Perversen mit eigenwilliger Neigung bereits sehr häufig anzutreffen. Viele dieser Männer schlichen auf der Soi 16 herum und suchten nach einem weniger als zehn Jahre alten Mädchen, nach einem an Hämorrhoiden leidenden After oder nach einer Alten, die ihnen, nachdem sie sich auf den Rücken gelegt hatten, ihren zuckerhaltigen Harn auf das Gesicht urinierte. Shane, ein Oberschullehrer aus Australien, kam zu dem Nueng Thaeo genannten Gebäude und sammelte sieben Prostituierte der niedrigsten Klasse zusammen, die entweder behindert waren, Brandwunden hatten oder krank waren, bugsierte sie in ein Zimmer und befahl ihnen, sich nackt auszuziehen und ein Fadenspiel zu spielen, ging dann selbst auf die Toilette und kam nicht wieder heraus.

Prostituierte, die es genossen, solche eigenartigen Aktivitäten auszuführen, waren selten, andererseits gab es aber keinen Grund, sich zu verweigern, denn die meisten Perversen waren wohlerzogen und nett und bezahlten großzügig für das Service. Im Gegenteil suchten geborene Dirnen, die wie Lissa nach knalliger Lust jagten, aber auch Yon, die in eine Sackgasse geraten war, und Nawalatt, die Kathoey, die der teuren Hormonspritzen wegen immer Geldsorgen hatte, von sich aus nach perversen Männern. Besonders Nawalatt machte alle drei bis vier Tage Bumbum mit einem Perversen, und nach Feierabend berichtete sie Uwe, Shan oder Leo ausführlich von ihren Erlebnissen an dem jeweiligen Tag.

Ein Gentleman aus Ägypten, dem Nawalatt im Morgengrauen jenes Tages begegnet war, hatte ihr sogar 2.000 Baht angeboten und dafür von ihr verlangt, dass sie splitternackt zwei, drei Schritte weit vor ihm weglief, um dann hinzufallen, mit der Hand leicht den After zu bedecken und zitternd zu schluchzen. Nawalatt tat, wie ihr geheißen, und stürzte sogar in dem übertrieben ehrgeizigen Bestreben, die gestellte Aufgabe möglichst ordentlich auszuführen, mit dem Gesicht gegen die Bettkante. Da näherte sich der Gentleman Nawalatt, die, über ihr eigenes Blut ganz erschrocken, das Gesicht leicht mit der Hand bedeckend zitternd zu schluchzen begann, küsste sie leidenschaftlich und ließ sie in diesem Zustand Oralverkehr an ihm ausführen, um ihr schließlich noch 1.000 Baht auf das vereinbarte Servicegeld draufzulegen.

»Wow, echt abartig, ein richtiger Perversling!«

Es war in der Tat abartig. Wo aber, wenn man es sich überlegte, fand das Abartige denn statt auf dieser Welt? Das mit ein wenig Schmerz gewürzte Bumbum war auch zwischen Eheleuten, die des Ehelebens müde waren, etwas ganz Normales. Ebenso verhielt es sich mit dem Voyeurismus und dem Exhibitionismus. Und die Blasphemie war, theoretisch interpretiert, nicht nur im perversen Etablissement, sondern auch auf der Straße und selbst im Tempel verbreitet. Was sich die feinen und wohlhabenden Herren von den Prostituierten, vor denen sie auf den Knien herumrutschten, erhofften, war es, den übermäßigen Druck, dem sie ausgesetzt waren, abzulassen. Alle diese Erfahrungen bedienten erfolgreich ihre Fantasien, und das geschah nicht nur in der Welt der Prostitution, sondern auch auf der Sonnenseite unserer Gesellschaft, wo man vom Monogamie-Gesetz und von der Missionarsstellung als der verbreitetsten Position besessen war, geschah auf unterschiedlichste Art und Weise in allen Medien und auch dort, wo ohne Worte kommuniziert wurde.

Bis wohin, zum Henker, war man denn noch normal und ab wann war man abartig? Nähme man die Gesamtheit aller Geschlechtsakte, die seit Anbeginn der Welt irgendwo auf dieser Erde vollzogen wurden, und dem Streben nach Lust geschuldet waren und also nicht nur der Fortpflanzung dienten, also alle außerehelichen Liebesabenteuer, jeden Ehebruch, jede Vergewaltigung und allen Sex mit Prostituierten als 100 Prozent an, dann würde demgegenüber die Zahl jener »würdevollen« Akte, die zwischen amtlich anerkannten Eheleuten zum Zweck der Erhaltung der Art stattfanden, nicht einmal einem Prozent entsprechen. Wenn wir dennoch erstere Akte in ihrer Gesamtheit als abartig diffamieren, heißt das nichts anderes, als dass wir uns selbst zu genetischen Perversen erklären. Was bedeutet es aber in letzter Konsequenz, wenn wir uns selbst derart abklassifizieren? Die perversen Aktivitäten werden uns als Perversen im Gegenteil zu normalen Akten werden.

Es gab mal eine Zeit, in der man den Zungenkuss für abartig hielt. Es gab eine Zeit, in der man es als pervers betrachtete, jemanden unterhalb des Fußknöchels anzustarren, die Brustwarzen oder die Eichel zu befingern, das Gesäß zu streicheln, die Lenden durch heftiges Saugen zu kitzeln und die Schamhaare ordentlich zu pflegen. Es gab auch eine Zeit, in der Doggystyle als pervers galt, ebenso wie Bumbum im Wasserbett und Oralverkehr. Alles das zählt längst zu den normalen Praktiken. Gleichfalls ist zumindest nicht ausgeschlossen, dass auch jene außergewöhnlichen Aktivitäten, die wir heute abartig nennen, einst zu gesellschaftlich akzeptierten Praktiken aufsteigen. Nein, man kann wohl davon ausgehen, dass die Wahrscheinlichkeit bei Weitem größer ist, dass das geschehen wird, als dass es nicht geschehen wird. Kurzum, auf welche Art und Weise man das Bumbum betreibt, ist eine Frage des persönlichen Geschmacks in Fragen der Lust, und wo immer es zwischen Erwachsenen in beiderseitigem Einverständnis stattfindet, besteht keine Notwendigkeit, sich von außen einzumischen.

Mit vor lauter Lachen ganz rot gewordenem Gesicht kam Leo ins Zimmer zurück, und da weinte Afang gerade gegen

Yons Knie gelehnt. Yon starrte mit einem Gesichtsausdruck wie nach Entfernung beider Stirnhirnlappen gebannt auf ein Glas, in dem nur ein eichelgroßer Eiswürfel schwebte. Ihre Gesichtsmuskulatur war so abgeschlafft, dass sich der Speichel, der ihr aus dem Mund rann, in einem langen Faden bis auf den Boden zog. Wie das Seil eines Trapezkünstlers schwang der Faden hin und her.

»Yon, hast du einige Tage lang nicht geschlafen?«, fragte Leo.

Yon schüttelte mehrmals den Kopf.

»Keine Ahnung. Ich hab schon geschlafen, aber wann, weiß ich nicht mehr. Ich trinke, rauche, quatsche nur.«

Es war nicht jene Art von Klang, die entstand, wenn ein Mensch seine Stimmbänder spannte, um einen Gedanken zu äußern, sondern eher ein mit keiner besonderen Bedeutung belegtes Geräusch, wie jenes des Windes, wenn er über die Steppe strich, des Regens, der auf ein Blechdach fiel, oder des Brandens der Wellen an die Meeresküste. Mehr noch war auch die Stimmlage sehr tief, sodass das Geräusch aus weiter Ferne zu kommen schien, wie von einer Wiese in Brasilien, von einem Blechdach in Kenia oder von der Küste der Normandie.

Es war wegen des Yabas. Yon wurde, wenn sie den Yaba-Rauch einatmete und die klare Luft ausatmete, zu einem Luftfilter. In den letzten Tagen war es bei ihr so schlimm geworden, dass sie, wenn nur jemand ein Yaba-Kügelchen auf eine Alufolie legte, dieses Geräusch sofort für eine Geistererscheinung hielt und ins Nebenzimmer rannte, in den ersten Stock, ins Erdgeschoss hinunterlief und dort, den Papiertrichter im Mund, artig wartete. Es war schon lange her, dass sie die Würde einer Frau von Mitte fünfzig weggeworfen hatte. Durch das Yaba-Rauchen wurde ihre Sprechweise spürbar langsamer und manchmal fiel sie still und leise in Ohnmacht, ganz ohne *Mass Games* gesehen zu haben. Da sie sich niemals die Zähne putzte, sich nicht duschte und sich schon gar nicht das Gesicht wusch, stank sie abscheulich aus dem Mund, von unter den Achselhöhlen und aus dem Schambereich. Wegen ihres Aufmerksamkeit erregenden Aussehens reduzierten Ploy und Lissa die Yaba-Dosis verglichen mit früher, und konsumierten die Droge nur noch einmal, allenfalls zweimal pro Tag. Besonders Leo bemühte sich darum, sein Verlangen nach Yaba so gut es ging zu unterdrücken, da er sich noch lebhaft an die unerbittliche Erfahrung von vor fünf Jahren erinnerte und das aus Korea mitgebrachte Geld auch so viel zu rasch weniger wurde. Zwar war es unverändert eine Tatsache, dass er gewohnheitsmäßig Rauschgift konsumierte, aber Leo dachte, dass er derzeit eine bestimmte Grenze nicht überschritt. Es war nun einmal so, dass sein Herz, wenn er Drogen nahm, ein wenig schneller schlug und er sich ein wenig wohler fühlte.

»Leo, wenn du mit Afang zusammen bist, achte auf deine Hoden. Afang zerquetscht öfters mal jemandem die Hoden.« Yon hatte das gesagt. »Sie kommt gerade aus Ayutthaya, wo sie auch jemandem einen Hoden zerquetscht haben soll.«

»Sprichst du von Alaska her? Du hast ja überhaupt keine Kraft mehr in der Stimme«, sagte Leo. »Zieh dir lieber nicht so viel von dem Yaba rein!«

»Nein, nein, nicht Alaskhaya, nein …«, sagte Yon, brach ab, pausierte etwa zehn Minuten und setzte dann fort: »In Ayutthaya hat sie einen Hoden zerquetscht. Afang kann das richtig gut.«

Afang lag in einer Haltung da, die wohl ausdrücken sollte, dass ihr alles zuwider war. Sie war wirklich schlank und gut gebaut. Immer wieder mal hob sie ihren Kopf und wischte sich mit dem Unterarm die Tränen ab. Sie schaute gerade auf die sieben Jahre zurück, die sie in Ayutthaya mit Hehis zusammengelebt hatte. Wie es so üblich war auf dieser Welt, war in dem langen Zeitraum sowohl Gutes als auch Schlimmes vorgefallen. Möglicherweise aber war das Schlimme bei Weitem häufiger als in jener Zeit, als sie von ihrem Onkel mütterlicherseits, einem miesen Knochen, in Sisophon, Kambodscha, misshandelt worden war, oder in jener Zeit, als sie in der Sukhumvit Soi 16 mit Yon und Jia zusammengelebt hatte, oder danach, in der Zeit, als sie in dem Bordell in Ploenchit die strenge Herrin Hera gegeben hatte. Trotzdem wollte sie, wenn irgend möglich, sofort zurück. Zurück zum geliebten zweistöckigen blauen Haus auf der Rochana-Straße, zur Suzuki, mit der zwei Hunde getötet und ein knappes Dutzend Katzen zu Krüppeln gefahren worden waren, zu der Katze, die mit ihren schwarzen Pfoten aussah, als ob sie Söckchen trüge, zum Karaokelokal auf der Naresuan-Straße, wo auf allen sieben Fernbedienungen die Taste mit der Nummer 2 klemmte, zum Barbecue-Restaurant, wo man die Leute beschiss und Reibach machte, indem man Klumpen von dubiosem Fleisch schnetzelte und es den Hindus als Schweinefleisch, den Muslimen als Rindfleisch und den Juden als Lammfleisch auf den Teller legte, zu ihrer Stammputzerei, wo man ihr jedes Mal ein Handtuch oder ein Stück sexy Unterwäsche von jemand anderem schenkte, vor allem aber zu Hehis, der spindeldürr wie ein Essstäbchen war, wollte sie zurück. Hehis sah richtig süß aus, wenn er lachte, und er war ein Mann, der zu gehorchen verstand, sie auch noch, als sie ihn schon halb totgeprügelt hatte, mit unterwürfig gesenktem Blick »Göttin« und »Herrin Hera« nannte. Er hatte ihr auch dann noch gehorcht, als er sich die komplizierte Ellenbogenfraktur zugezogen hatte, auch dann noch, als sie ihm zwei Vorderzähne auf einmal ausgeschlagen hatte, auch dann noch, als sie ihm den Daumen ausgerenkt hatte.

An dem Tag aber, als er nach Abnahme des zermatschten Hodens zurückgehumpelt kam, ging er nicht vor ihr auf die Knie, um ihr die Zehen zu lecken und sie »Göttin« oder »Herrin Hera« zu nennen, sondern setzte ihr stattdessen einen Revolver an die Stirn, den er sich von den Gangstern in der Nachbarschaft besorgt hatte. Seine Augen brannten vor Wut, sodass kein Zweifel daran bestand, dass er im Fall des Falles auch abdrücken würde. Afang, die sich wie gewohnt mit Zitronensaft die Zehen gesäubert hatte und nur mit einem Hauch von Nichts bekleidet auf dem Sofa lag, war verwirrt, daher ließ sie nur ihren Fuß leicht nach oben schnellen, wie sie es damals getan hatte, als er nach der Behandlung seiner Schneidezähne nach Hause gekommen war. Das machte es freilich nur noch schlimmer. Hehis packte Afang mit der einen Hand an den Haaren, und schlug ihr mit der anderen Hand den Griff des Revolvers mit voller Wucht hinter die Ohren.

»Du blöder Knilch!« Obwohl sie zu Boden gestürzt war und ihr das Blut herunterlief, gab sie sich nicht geschlagen, sondern kreischte wie wild geworden drauflos. »Ein Hoden bleibt dir ohnehin noch!«

Hehis, den diese Worte erst richtig auf die Palme brachten, richtete die Waffe gegen die Zimmerdecke und drückte zweimal hintereinander ab. Das war das Ende.

Erst nachdem Afang ihren Unterarm mit Tränen ganz nass gemacht hatte, ging sie auf die Toilette und wusch sich das Gesicht. Weil sie genauso schnell wieder ernüchterte, wie sie betrunken wurde, war ihr Gang, als sie, sich das Gesicht mit einem Handtuch, das mehr einem Fetzen glich, abtrocknend, zurückkam, wieder ausgesprochen energetisch. Sie kam auf

Leo zu, der Yon gegenübersaß und Alkohol trank, und trat ihm mit Wucht gegen das Schultergelenk.

»Hey, Blödmann! Wer hat dir erlaubt, davon zu trinken?«

Von dem einzelnen unfairen Tritt getroffen, wurde Leo in Richtung der Matratze zur Seite geschleudert. Das Glas, das er in der Hand gehalten hatte, fiel zu Boden und zerbrach, Glasscherben, Whiskey und Eiswürfel stoben in alle Richtungen auseinander. So gnadenlos wuchtig war er getroffen worden, dass sein Schultermuskel anschwoll wie ein Baseball.

»Was soll das?«, Leo sprang auf und bot Afang die Stirn. »Was trittst du mich, ich hab dir doch gar nichts getan!«

»Man meint, du wärest irgendwohin verschwunden und schon verreckt, und auf einmal kommst du hier an und führst dich auf!«

Diese Worte kamen nicht aus Afangs Mund. Sie kamen von hinter ihr. Ploy lehnte in der Tür und warf Afang einen drohenden Blick zu. Aus ihren Augen schienen Blitze zu schießen.

»Was trittst du ihn? Weißt du denn, wer das ist? Ist das hier etwa dein Puff?«

»Ploy«, sagte Yon. Sie kroch auf Ploy zu, fasste sie am Saum ihrer Shorts und zerrte daran.

»Sieh mal, Ploy, Afang ist heut nicht so gut drauf. Schon klar, einfach auf Leo hinzutreten, weil man mal nicht so gut drauf ist – wir sollten uns alle ein bisschen am Riemen reißen – und jetzt bist du natürlich auch sauer, erst mal, du liebe Güte, was machen wir denn da …«

»Sieh da, die Prinzessin der Soi 16 erweist uns die Ehre!«

Der Blick von Afang, die sich, mit dem Rücken zu Ploy stehend, nach ihr umsah, war ebenso wild wie jener von Ploy. Aus ihren zornverzerrten Lippen ergoss sich eine Schimpftirade in starkem Akzent.

»Was geht das dich an, Schlampe, wen ich trete und wen nicht? Ist der Typ etwa dein Zuhälter? Hör zu, Fotze, ich bin gekommen, um Yon zu treffen, was spielst du dich hier auf? Was machst du dich wichtig? Hast du dieses Zimmer etwa gekauft? Du miese Schlampe, das ist immer noch Jias Zimmer, klar? Also reg dich ab und dann scher dich zum Teufel, Fotze!«

Die kräftig gebaute Afang schimpfte auf Ploy ein, als wollte sie sie augenblicklich an den Haaren packen, Ploy aber zuckte nicht mit der Wimper.

»Es riecht nach Scheiße, kaum dass du deinen Mund aufmachst. Jia hätte ganz sicher eine Riesenfreude mit dir.«

Als Afang das hörte, fuhr sie wie eine Verrückte ihre Faust aus, war drauf und dran, auf Ploy loszugehen, als sie sich plötzlich auf den Boden hinkauerte. Sie zog sich eine lange und spitze Glasscherbe aus der Fußsohle und sofort strömte tiefrotes Blut hervor.

»Echt krass. Selbst dein Blut stinkt nach Scheiße«, spottete Ploy. »Ich rate dir, diesen Dünnschiss sauber wegzumachen, bis ich wiederkomme.«

Afang schickte Ploy, die sich umgedreht hatte und rausgegangen war, einen möglichst lauten Schrei hinterher, hämmerte mit den Fäusten auf den Boden und begann zu weinen.

Leo, der diesen Kampf zweier tyrannischer Wildkatzen, wie auf Nadeln sitzend beobachtet hatte, griff sich rasch eine Rolle Toilettenpapier und reichte sie Afang hinüber. So stark floss das Blut aus dem tiefen Spalt in ihrer Fußsohle, dass man es für eine gerechte Strafe halten konnte. Auch als sie den Fuß mehrmals mit Papier umwickelt hatte, war das Papier gleich wieder tiefrot. Da nichts half, machte sie sich, von Yon gestützt, auf den Weg ins Gesundheitsamt. Das Chaos, das sie hinterließ, in Ordnung zu bringen, blieb an Leo hängen, der eigentlich nur ruhig dagesessen hatte, unerwartet getreten worden war und dann, von den Ereignissen überrumpelt, vergessen hatte, dass er zu Unrecht beschuldigt worden war.

Weil Afang einen Arzt, der schon Feierabend hatte machen wollen, kurzerhand an den Weichteilen gepackt hatte, dauerte es nicht länger als dreißig Minuten, bis sie mit genähter Wunde zurückkam. Ihr linker Fuß war unterhalb des Knöchels vollständig mit weißem Verband umwickelt, im Gesicht war sie leichenblass. Ihre Augen waren vom Weinen gerötet, sie schien zu hoffen, dass die körperlichen und die seelischen Schmerzen möglichst rasch vergehen würden. Nachdem der Schleier der triumphierenden Hera beseitigt worden war, blieb da nur die schwermütige vierundzwanzigjährige Prostituierte vom Volk der Khmer, die kein Zuhause hatte.

Yon saß neben ihr und gab unzusammenhängende Worte von sich. Unter fortgesetztem Schluchzen nickte Afang zu diesem Sermon. Ob sie Yons Worten wirklich folgen konnte oder nur aus Mitleid so tat als ob, oder aber ob es ein Akt der Höflichkeit gegenüber einer älteren Kollegin war, oder ob es weder das eine noch das andere war, sondern nur eine Art Tick, den sie hatte, war schwer zu sagen. Was auch immer der Grund sein mochte – es war erstaunlich genug, dass es da jemanden gab, der mit Yon beisammensaß und mit ihr mitfühlte.

Sobald sich seine Aufregung gelegt hatte, wurde Leo, dem nun die Ereignisse von vorhin wieder einfielen, wieder böse auf sie, weshalb er sich auf der Matratze umdrehte und sich schlafend stellte. Das Murmeln von Yon, das wie ein Summen aus dem Hintergrund klang, war nicht zu verstehen, die Stimme von Afang hingegen schon. Über die Wand, die mit den Leichen von allerlei Arten von Insekten sowie von deren Auswurf und Eiern bedeckt war, strömten ihre Worte an das weicher werdende Bewusstsein des allmählich in Schlaf versinkenden Leo heran und durchtränkten es. Wider Erwarten fühlte es sich warm und süß an.

»Ich weiß schon …«

»Ein Hoden bleibt ihm ohnehin, kleinlicher Kerl.«

»Ich weiß schon, ja, das weiß ich auch …«

»Wohin soll eine Sukhumvit-Hure schon gehen, weit kommt sie nicht … Einen echt krassen Traum hab ich geträumt.«

»Auf jeden Fall, dieser Geruch, kommt der von dir?«

»Ich hab nur 400 Baht.«

»Ich möchte dorthin zurück. Aber es ist alles aus.«

»Yon, bitte mach dir den Dreck aus den Augen.«

»Tja, ich weiß auch nicht, warum mich ihr bloßer Anblick so ausrasten lässt.«

»Ich weiß schon.«

»Stimmt. Daher hat Jia Ploy und nicht mich …«

»Weiß ich doch.«

»Weiß ich doch.«

»…«

16

Leo rauchte ein- bis zweimal pro Tag mit den Prostituierten zusammen Yaba, und wenn er die Muße hatte, so trank er – bei Gelegenheit allein oder auch mit einigen anderen – Bier und Whiskey. Das Geld dafür kam aus seinem Portemonnaie. Wenn Ploy, Yon oder Lissa dann und wann zusätzlich darum baten, sich Geld »ausleihen« zu dürfen, gab er ihnen jeweils entweder 500 oder 1.000 Baht. Das »ausgeliehene« Geld war jedoch kein einziges Mal zu Leo zurückgekommen. Wenn Toilettenpapier,

Seife oder Zahnpasta aufgebraucht waren, ging Leo selbst einkaufen. Wenn er bemerkte, dass Ploy Lust auf Grillhähnchen hatte, gab er Yon das Geld, um sofort welches kaufen zu gehen. Wenn Lissa jammerte, dass sie gegrillten Fisch essen wollte, gab er Yon das Geld, um auch das zu besorgen. Nachdem die hochnäsige dreizehnjährige Prostituierte Yui vom Zimmer im ersten Stock in das Aids-Krankenrevier umgezogen war, hatte Afang das Zimmer ohne um Erlaubnis zu fragen in Beschlag genommen und kam regelmäßig vorbei, um zu chillen, und immer, wenn Ploy nicht da war, verlangte sie so lange lautstark nach Pizza, bis Leo, wenn auch widerwillig, Yon Geld gab, um welche zu besorgen. Wenn Yon darum bettelte, frittierte Insekten essen zu dürfen, gab er ihr das Geld dafür, allerdings mit der nachdrücklichen Bitte, das Getier irgendwo für sich allein zu essen, damit sich der Geruch nicht verbreitete. Hätte man nur jeweils das Restgeld gesammelt, das Leo nach dem Kauf dieser Dinge nicht zurückgegeben wurde, wäre der Betrag so groß gewesen, dass Yon nicht auf den Strich hätte gehen müssen, um Geld zu verdienen.

Auf diese Weise leerte sich Leos Portemonnaie zusehends. Das Geld, das er durch die Arbeit in Korea zusammengespart hatte, hatte er in Form von Reiseschecks mitgebracht, doch bereits nach etwas mehr als drei Monaten war die Hälfte davon aufgebraucht. Dennoch machte er sich deshalb keine allzu großen Sorgen. Denn er hatte auf jeden Fall ein Rückflugticket gekauft, und wenn das Geld irgendwann aufgebraucht war, konnte er seine Zelte abbrechen und nach Hause zurückkehren. Leo dachte, dass er, wenn er es nur wollte, im Grunde jederzeit zurückgehen konnte. Und das war auch der Grund, weshalb er ein Fremder blieb, obwohl er der thailändischen Sprache mächtig war, relativ viele Geheimnisse der Straße kannte und sich außerdem sehr um das Leben der Prostituierten kümmerte. Darin unterschied er sich von Eric, dem Amerikaner. Und es unterschied ihn auch von dem Deutschen, Uwe.

Um die Mitte des wolkenlosen, friedlichen Monats Februar wurde die Sukhumvit Soi 16 durch eine tragische Begebenheit völlig erschüttert. Den Anfang nahm dies damit, dass Aitt in Shans Spielsalon kam und innerhalb von knapp zehn Minuten die kleine Summe, die er bei sich gehabt hatte, verspielte. Wie üblich rief er nach Shan und wollte sich 1.000 Baht von ihm leihen.

Shan lehnte höflich, aber bestimmt ab. In der Zwischenzeit hatten sich über 70.000 Baht Schulden angesammelt. Das bedeutete nichts anderes, als dass der Spielsalon insgesamt in eine ausweglose Situation geraten war und im Begriff war, Bankrott zu gehen. Shan schenkte den Worten seines aus Poipet stammenden kambodschanischen Croupiers Chroy Glauben. Der gut gebaute Chroy hatte prahlerisch versprochen, dass er notfalls nach Kambodscha fliehen würde, nachdem er dem Schmarotzer Aitt die Halswirbelsäule – kracks – gebrochen hätte. Dafür sollte ihm Shan den Lohnrückstand von nur 8.000 Baht als Belohnung auszahlen. Das muss ein Scherz sein, dachte Shan, aber Chroys Gesichtsausdruck war überaus resolut. Er stand stramm hinter Shans Rücken und ließ seine Brustmuskeln zucken. Als ob er jeden Augenblick die Halswirbelsäule von Aitt – kracks – brechen wollte, vollführte er eindeutige Bewegungen mit den Händen. Da er nun schon einmal dabei war, bat Shan Aitt zunächst 10.000 Baht der angehäuften Schulden zurückzuzahlen.

»Hoppla, mein Freund. Und was, wenn ich das nicht kann?« lachte Aitt verschlagen. »Na, Freundchen, was willst du dann machen?«

Angesichts Aitts gelassener Reaktion stutzte Shan kurz, aber nachdem Chroy ihm zweimal mit dem Finger in die Hüfte gepiekt hatte, fasste er neuen Mut und sagte: »Wenn du das Geld nicht zurückzahlen kannst, komm in Zukunft nicht mehr hierher.«

Das Lachen in Aitts Gesicht verschwand augenblicklich. Er stand vom Stuhl auf, ging um Shan herum und stellte sich vor Chroy auf. Eine unheilvolle Stimmung begann sich breitzumachen. Chroys Brustmuskeln zuckten nach wie vor, aber es war nicht mehr, um mit seiner Tapferkeit zu prahlen. Die Muskeln bewegten sich von selbst, weil er sich tief in seinem Inneren von irgendeiner bösartigen Kraft überwältigt fühlte. Kurzum, es war eine Art von Krampf.

Aitt machte den Mund auf:

»Du Spinner, du hast keine Arbeitserlaubnis, nicht wahr? Nicht wahr? Knie dich hier mal hin! Geh einen Moment auf die Knie …«

Chroy, der seinen Kampfeswillen inzwischen verloren hatte, ging gehorsam vor Aitt auf die Knie. Trotzdem grinste Chroy Shan zu, als ob er ihn daran erinnern wollte, dass er ein Mann von Format sei.

Aitt zog seinen Revolver und schlug rasch und heftig auf die Stelle, wo das Hinterhaupt in den Nacken überging. Es war seine Lieblingsstelle. Der Grund dafür war, dass er den Gegner durch einen Schlag auf genau diese Stelle für mindestens zehn Minuten kampfunfähig machen konnte, da dort alles Gewebe, einschließlich der Muskeln, augenblicklich anschwoll und die Blutzirkulation gestoppt wurde. Für Chroy jedoch hatte der Schlag noch unglücklichere Folgen. Er stieß noch ein »Um Himmels willen!« hervor, dann schlug er vornüber auf dem Boden auf, seine gebrochene Halswirbelsäule ragte durch die

Haut hervor. Tiefrotes Blut quoll blubbernd aus der Wunde hervor. Seine Augenlider waren so weit geöffnet, dass man die Augäpfel herausholen hätte können, und seine Fingerenden zitterten, als würde er Klavier spielen. Es waren jene Finger, mit denen er Aitts Halswirbelsäule – kracks – zu brechen versprochen hatte.

Der erschrockene Shan ruderte mit den Armen und schrie: »Aitt, nimm die Waffe runter! Es tut mir leid! Nimm alles mit. Entschuldige. Entschuldige. Um meiner fünf kleinen Kinder willen ...«

Aitt versetzte auch Shan einen kräftigen Schlag auf den Kopf, steckte sich den Revolver an die Hüfte und ging ungerührt davon. Etwas mehr als zehn Minuten danach kam er von drei Untergebenen begleitet zurück, schoss mit scharfer Munition in die Decke des Spielsalons, aus der alle Glückspieler verschwunden waren und wo nur noch Shans Kinder laut weinten, und ließ lose herumliegende Plastikjetons, die Tische bedeckenden blauen Tischtücher und gut ein Dutzend Kassenbücher einstreifen. Chroys Leiche wurde in schwarze Plastikfolie eingewickelt und in den Kofferraum seines Streifenwagens geladen.

Leo hörte diese Nachricht, als er gerade mit Uwe beim Trinken war. Nein, Leo trank allein, und Uwe träumte mit gesenktem Kopf jenen sich unablässig wiederholenden traurigen Traum. Ein Flugzeug, welches seine Tochter mitführt, erscheint am Himmel über dem Flughafen. Uwe, der junge Assistenz-Fluglotse, der sein Handwerk so gut beherrscht, dass er einen bunten Benetton-Sonnenschirm in ein kleines Loch auf der Erde landen lassen kann, weist den Kapitän an. Der Nebel ist sehr dicht. Ist die Landebahn zu sehen? Uwe gibt Kommandos. Die Flughöhe ist zu niedrig. Er wiederholt.

Die Flughöhe ist zu niedrig. Uwe sagt weiter Anweisungen durch. Merkwürdig. Irgendetwas stimmt da nicht! Seine Anweisungen werden überhaupt nicht befolgt. Die Ziffern des Armaturenbrettes bewegen sich ominös. Das darf nicht sein, ah, das darf doch nicht sein …

Plötzlich flog mit einem Knall die Tür auf und Ssin, der kleine Störenfried Ssin, kam heulend hereingelaufen.

»Onkel Uwe, hilf meinem Papa! Er blutet am Kopf. Er macht die Augen nicht mehr auf. Aitt hat meinen Papa geschlagen. Der Scheißkerl hat alles kurz und klein geschlagen!«

Da machte es Rums! Uwe stellte sein tonnenschweres linkes Bein gerade auf den Boden. Das Fleisch an Unter- und Oberschenkel wogte wie eine Welle. Sich mit beiden Händen abstützend, versuchte er nun sein Gesäß zu heben. Er neigte sich leicht nach rechts und landete in unveränderter Haltung auf dem Boden. Flaschen und Gläser zersprangen und Glassplitter sprangen in alle Richtungen davon.

Leo sprang eilig auf, sammelte die Scherben auf und schob und zerrte viel zu hektisch da und dort an Uwes Körper herum. Aber es war das erste Mal. Das erste Mal, dass er mit einem derart unförmigen Körper zu tun hatte. Das war kein Körper, sondern mehr ein Sumpf. Es war ein sumpfiger Sumpf, der sich alles blindlings einverleibte, was in seine Nähe kam. Er verströmte einen beißenden Gestank nach faulender Elefantenleiche. Sich windend versuchte Uwe irgendwie hochzukommen. Einige Male stieß er klägliche Schreie aus, um nach einer kurzen Pause erneut seine Kräfte zusammenzunehmen und verzweifelt Hals, beide Hände, Knie und Ellenbogen zu bewegen und sich abzuplagen.

Aber das war schon alles. Durch die weit offen stehende Tür hinaus in die Außenwelt, wo Shan auf der Erde lag, konnte

Uwe keinen einzigen Schritt setzen. Sein über einen Zeitraum von mehreren Jahrzehnten aufgedunsener Körper hatte mit Ausnahme der erst etwa zur Hälfte vom Fleisch bedeckten Knie und Unterarme längst Wurzeln geschlagen und saß in der Dunkelheit des Zimmers fest. Uwe stieß Klagerufe aus, brüllte verzweifelt wie ein von Fackeln umzingelter Elefant, drang bis zum Eingangsbereich vor, kratzte mit den Fingernägeln, und stieß mit den Schultern gegen die umliegenden Wände. Alles war umsonst. Zuletzt lag Uwe, der eine gute halbe Stunde lang mit seinem eigenen Körper gekämpft und dabei all seine Kräfte aufgebraucht hatte, prustend und schwitzend auf dem Bauch. Große Mengen säuerlichen Schleims liefen unter ihm hervor und durchnässten den Boden.

Gemeinsam mit Yon, Afang und ja, sogar Nawalatt, die alle dazugekommen waren, da sie Geräusche gehört hatten, setzte Leo Uwe unter großen Anstrengungen in die ursprüngliche Haltung zurück. Das nackte Fleisch seiner Gesäßbacken, das mehr als 20 Jahre lang niemand zu Augen bekommen hatte, war dermaßen weich, dass es einem riesigen schwabbeligen, mit Wasser gefüllten Ballon glich. Egal, von welcher Seite man sie betrachtete, zu dieser Figur passte der Ausdruck »Sitzen« nicht, da dieser ja ein bestimmtes Zusammenspiel von gespannten Muskeln, festen Sehnen und harten Knochen beschrieb. Das am Boden aufgeschlagene Gesicht von Uwe war schrecklich zerkratzt und von Glasscherben zerschnitten und hie und da mit Prellungen übersät. Ebenso die am Türrahmen wund gekratzten Fingerspitzen und die gegen die Wand gestoßenen Schultern und Oberarme.

Songruon, der etwa eine Stunde später vorbeikam, berichtete, dass Shan von ihm ins Krankenhaus gebracht worden war, und meinte, man solle sich keine allzu großen Sorgen machen.

Einen nach dem anderen entfernte er die kleinen feststeckenden Glassplitter für Uwe, die gar nicht so leicht zu entdecken waren, wischte das hervorsickernde Blut mit Baumwollwatte ab und holte anschließend Vaseline, mit welcher er die jeweiligen Stellen sorgfältig salbte.

»Ist Shan schwer verletzt?«, fragte Uwe, der den Kopf bis zur Brust hatte sinken lassen.

»Ob er schwer verletzt ist? Da ihm die Schläfe eingeschlagen wurde, ist er nicht bei Bewusstsein.« Songruon hatte allzu ehrlich geantwortet. »Es heißt, dass er es trotzdem überleben dürfte.«

Uwe, der eine Weile lang nur zu Boden geblickt hatte, murmelte mit mutlos klingender Stimme:

»Ich bin hier eingesperrt. Vollkommen eingesperrt.«

Es war, als ob ein gealterter Sträfling nach etlichen Jahrzehnten hinter Gittern eines Tages rief: »Oh mein Gott, ich bin im Gefängnis gelandet!« Leo, der neuen Alkohol besorgt hatte, schenkte etwas davon in Pappbecher, aber Uwe trank nicht. Er hob auch nicht den Kopf. Und er sagte kein Wort. Und so, in dieser Haltung, schlief er schließlich ein. Zu jenem einen Traum, der ihn ein Leben lang gequält hatte, würde sich von nun an ein zweiter gesellen, und so würde er Tag für Tag zweierlei traurige Träume träumen. Helfen konnte ihm da niemand.

Die Nachricht verbreitete sich rasch. Viele Menschen versammelten sich vor dem Spielsalon, in ihren Blicken schimmerte eine Traurigkeit nahe am Weinen und ihre Münder umspielte eine Wut nahe am Aufschrei. Shan war nicht bloß irgendein Taugenichts gewesen. Auf der Soi 16, wo in rascher Folge wie an einer innerstädtischen Bushaltestelle Kinder zur Welt kamen, Alte starben, Fremde kamen und Freunde gingen, war Shan ein symbolhaftes Wesen, gleich der roten Erde, wie sie da und dort zwischen den gebrochenen Pflastersteinen der Bürgersteige hervorlugend zu sehen war. Von der Zeit an, als die Prostituierten die von den Aidspatienten unter Zwang geräumten Plätze besetzt hatten, hatte der aus Nakhon Pathom stammende junge und dynamische Shan dort gewohnt. Dort hatte er ein Vorhanggeschäft eröffnet, eine vom Akai-Volk stammende Anfänger-Prostituierte geheiratet und mit ihr fünf Kinder gezeugt, hatte einen Spielsalon aufgemacht und wurde von den mittlerweile erwachsen gewordenen Jugendlichen, die weggezogen waren, um Geld zu verdienen, »Onkel der Heimat« genannt. Und nun war er von einem auswärtigen Polizisten mit dem Griff von dessen Pistole bewusstlos geschlagen worden. Den Bewohnern, die nur ein klein wenig Zuneigung für die Straße empfanden, tat es ohne Ausnahme weh, beinahe so sehr, als hätten sie selbst eins übergezogen bekommen.

Da Shan über eine Woche lang nicht wieder zu Bewusstsein kam, stellte man vonseiten des Krankenhauses die Diagnose Wachkoma. Man ließ Ssin, Shans ältesten Sohn, kommen und drängte ihn, rasch eine Entscheidung zu treffen, woraufhin Ssin Uwe aufsuchte, um ihn um Rat zu fragen.

Songruon, der von Uwe Anweisung dazu erhalten hatte, brachte Shan schließlich in den Spielsalon zurück. Mitten im Eckzimmer, wo Shan einst mit seinen fünf Kindern auf engem Raum gehaust hatte, stellte er einen riesigen Blumentopf auf und setzte Shan dort ein wie eine Pflanze. Seine Kinder vereinbarten eine Reihenfolge und der oder die Diensthabende versorgte ihn pro Tag zweimal mit Wasser und machte den Vorhang zur Photosynthese jeden Tag nachmittags zwischen ein und vier Uhr auf. Wer immer um diese Uhrzeit auf der Straße vorüberging, konnte Shan sehen. Zu sehen war da ein

Mann, der bis zu den Knien in dem Blumentopf steckte, beide Arme schräg in die Höhe streckte, und auf dessen mumienbleicher Stirn die Geschichte der Sukhumvit Soi 16 eingraviert war.

Nach dem Vorfall kam Songruon einige Tage lang öfter als fünfmal täglich zu Uwe und berichtete dies und jenes, nahm Anweisungen entgegen und ging wieder. Es war auch Songruon, der den vom Gericht zur Versteigerung ausgesetzten Spielsalon für Shan zurückkaufte, ihn zu einem Wohnhaus umgestalten und innen wie außen in einem scheußlichen Hellgrün streichen ließ, die atemberaubend hohe Krankenhausrechnung beglich, einen Mitarbeiter seines Schweinestelzen-Lokals damit beauftragte, den Kindern täglich Eier oder Getränke zu bringen, und es war auch Songruon, gleichsam das zweite Selbst Uwes, der Shans Zweitältesten, Ppin, und seinen Drittältesten, Egh, die beide, seit sie mit dem Vorsatz, sich eine Waffe zu besorgen und ihren Vater zu rächen, losgezogen waren, unauffindbar gewesen waren, aus der Jugendstrafanstalt in Suphanburi zurück nach Hause holte. Wenn Uwe ihm eine Anweisung erteilte, wiederholte Songruon diese lediglich einmalig zur Bestätigung, widersprach aber nie. Songruon, der in einer früheren Existenz als ein Leopard mit ausgeprägtem Ordnungssinn im Okavango-Flussdelta in Botswana gelebt hatte, erledigte alle Anweisungen Uwes vollständig und sehr korrekt. Hätte Uwe Songruon befohlen, Aitt zu töten, wäre Aitt unter Garantie noch am selben Tag die Kehle durchgeschnitten worden. Aber Uwe erteilte diese Anweisung nicht. Anstatt sich in den unter den Anrainern bereits offen aufgebrochenen Groll einzumischen, konzentrierte sich Uwe darauf, sich der mit Unglück gestraften Freunde und ihrer Familien anzunehmen.

Auch Leo wollte Shan helfen, aber er wusste nicht, was und wie er es anstellen sollte. Alles Notwendige hatte Uwe frühzeitig durch Songruon erledigen lassen. Zwischendurch mischte Leo fein zerriebene Schalen von Wachteleiern unter die Erde im Blumentopf oder besorgte Pflanzennahrung, die aussah wie Wassereis-Lutscher, um sie nahe bei Shans Knien in die Erde zu stecken. Er fühlte sich dennoch schuldig, da er fand, dass das für einen alten Freund wie Shan nicht ausreichend war. Es ging nicht um die Höhe des Betrags. So oder so verfügte er nicht über die Mittel, so viel wie Uwe auszugeben. Es war eine Frage des Willens, eines Willens, der wie ein Blitzschlag irgendwo tief im Herzen entsprang, dass es einem die Eingeweide zerfetzte, und stürmisch bis an die Grenze der Einfalt vorstieß. Es war dieser Wille, dem Willen eines Elefanten gleich, der ihm fehlte, das erstaunliche Verhalten, das Uwe in dem Moment, als er die traurige Nachricht gehört hatte, an den Tag gelegt hatte, sich verzweifelt zu winden und herumzuwerfen, um dem verletzten Freund helfen zu gehen, ohne dabei an den eigenen Zustand zu denken. Das war unabhängig von Nationalität und Alter genau die Art und Weise, wie ein richtiger Kerl mit einem echten Freund umging.

Uwe hatte so gehandelt. Leo war dazu nicht imstande gewesen. Jemand, der sich mit dem Gedanken hier aufhielt, nach Ablauf einer bestimmten Zeit in die Heimat zurückzukehren, der sich den Rücken freihielt, um sich jederzeit davonmachen zu können, konnte das nicht. Nur einer, der nicht vorhatte, zurückzugehen, der nirgendwohin fliehen konnte, der wie Uwe seinen Reisepass verbrannt hatte und nun dort festgewurzelt war, war dazu imstande. Leo mochte allen auf der Straße Freund sein, er blieb doch ein Fremder. Das war der größte Unterscheid zwischen ihm und Uwe.

Dadurch gab es auch etwas, was Leo früher als die anderen bemerkte. An beiden Seiten der leicht behaarten Stirn von Aitt begannen Hörner zu wachsen. Es sah wie die ein Stück weit hervorragenden Schläfen aus, aber in Leos Augen waren es sicher die Tag für Tag im Wachsen begriffenen Hörner eines Tieres. Es war aber nicht nur das. Es tat sich ein Abgrund auf, der alles auf der Soi 16 in sich zusammenfallen lassen würde. Bald schon würde alles dort vollständig in sich zusammengefallen sein. Niemand ahnte etwas davon. Es war eine Tatsache, von der weder Eric noch Uwe, nicht einmal die kluge Ploy etwas ahnten. Nur Leo wusste davon und beobachtete das alles mit unruhigem und ungeduldigem Gemüt.

Wenn die Kathoey Nawalatt eine Stärke hatte, dann war es unbestritten ihr glänzendes Haar. Obwohl sie ihrem Haar außer der Wäsche mit Haarshampoo keine besondere Pflege angedeihen ließ, fiel es immer glänzend und in schönen Wellen. Das war ihr nicht in die Wiege gelegt worden. Wenn man Nawalatts eigenen Worten Glauben schenkte, hatte sie in der Kindheit, als sie in ihrem Heimatdorf Maesai an der Grenze zu Myanmar gelebt hatte, so wuschelige Haare gehabt, dass ihr alle möglichen Kämme beim Kämmen abgebrochen waren. Mit Siebzehn hatte sie ihre erste Hormonspritze bekommen, und da diese neben ihrem Aussehen auf ganz wunderbare Weise in hohem Grad auch ihren Charakter veränderte, wurde Nawalatt sogleich zu einem Anhänger der Hormonspritze. Um sich das Geld für die Hormonspritzen zu verdienen, ging sie der Prostitution nach. Wenn ihr etwas Geld übrig blieb, sparte sie in kleinen Summen in Vorbereitung auf die Geschlechtsumwandlungsoperation. Auf ihrem Sparbuch lagen bereits mehr als 50.000 Baht, aber es fehlte immer noch viel

Geld. Einmal wurde sie von Leo nach ihren Plänen für die Zeit nach der Geschlechtsumwandlung gefragt. Ob sie dann weiterhin für irgendetwas kleine Summen ansparen und ob sie weiter der Prostitution nachgehen würde, und so weiter und so fort.

Nawalatt antwortete ausführlich, wie ein Mönch, der die Reinkarnation erklärt:

»Leo, die Hormonbehandlung ist nichts Vorübergehendes. Zwei Menschen trafen einen Räuber auf dem Weg, nein, das ist kein gutes Beispiel, auf jeden Fall muss man sich das Zeug weiter spritzen lassen … Von daher muss man immer weiter Geld auf die Seite schaffen, und klar, dafür muss ich auch weiterhin mein Hinterteil vermieten. Wobei, wenn erst der Schwanz ab ist, steigt auch der Preis für meinen Körper ein Stück weit.«

Leo glaubte, Nawalatt sei ein Freund. Nicht nur aus dem Grund, weil sie mit ihm getrunken hatte oder weil die beiden einander schon lange kannten. Nawalatt hatte ein gutes Herz. Sie gab sich immer Mühe, anderen zu helfen und pöbelte nie jemanden an. Es kam zwar vor, dass sie nach einer Überdosis Yaba-Rauch mit einem irren Gesicht wie ein Zombie auf der Straße herumgeisterte, aber für gewöhnlich umspielte ihre süßen kleinen Augen ein gütiges Lächeln. Nawalatt war im früheren Leben die Frau eines gewöhnlichen spanischen Soldaten gewesen. Während der Schwangerschaft war sie von einem Quacksalber ums Eck gebracht worden und einen sinnlosen Tod gestorben, und in diesem Leben war sie diesem Hurensohn noch nicht wiederbegegnet. Aber neulich war einem brasilianischen Staatsanwalt, den sie in Sukhumvit getroffen hatte, während er mit der Behandlung einer Fieberblase, mit der er von Nawalatt angesteckt worden war, beschäftigt gewesen war, beim Verfassen der Anklageschrift ein Fehler unterlaufen, wodurch ein fünfzigjähriger Taxifahrer, der eigentlich nur einem Touristen die Geldbörse gestohlen hatte, zu lebenslanger Haft im Gefängnis Mukizu in Rio de Janeiro verurteilt worden war, sodass es praktisch Rache gleichkam. Weil nämlich der fälschlich mit der Schmach des Verwandtenmordes behaftete Taxifahrer ebenjener Quacksalber war, der Nawalatt vor hundertachtzig Jahren ins Grab gebracht hatte.

Doch nicht nur weil sie gutherzig war, hielt Leo sie für eine Freundin. Leo schuldete Nawalatt Respekt. Vor fünf Jahren, als Leo sie zum ersten Mal getroffen hatte, hatte ihn so vor ihr geekelt, dass ihm richtig übel geworden war. Wenn Leo nur ihr Lachen gehört hatte, war ihm alles hochgekommen, was er gerade gegessen hatte. Dennoch, als Leo Nawalatt schließlich besser kennenlernte, war Nawalatt auf alle Fälle kein ekelhafter Mensch. Sie war einfach nur ein Mann, der eine Frau imitierte. Natürlich empfand Leo die für einen Kathoey typischen Gebärden wie das ständig beleidigte Gesicht, das sie zog, oder die Art, wie sie die Finger zu irgendwelchen großen Gesten spreizte und so fort, immer noch als gekünstelt, aber wenn man es als das Verhalten eines Leo bisher unbekannten dritten Geschlechts ansah, gab es keinen Grund, sich wirklich abgestoßen zu fühlen. Wegen der Vorurteile, die er vor langer Zeit selbst im Herzen getragen hatte, hatte Leo Schuldgefühle und bemühte sich deshalb, Nawalatt freundlich zu behandeln.

»Leo, schau mal, in Thailand, weil das Land von großen Ländern wie Myanmar, Laos, Kambodscha, Malaysia usw. umgeben ist, gab es ununterbrochen Kriege. Die Männer wurden alle ausnahmslos verschleppt und sind umgekommen. Wer nicht wie ein Hund am Schlachtfeld krepieren wollte, musste entweder als Frau geboren werden, oder aber er machte seinen

Körper zu dem einer Frau, einen anderen Weg gab es nicht. Daher werden in Thailand immer noch bei Weitem mehr Frauen als Männer geboren.«

Das hatte ihm Shan einst erzählt.

Die Kathoey waren also ein Resultat der Geschichte Thailands.

Es war zwar keine wissenschaftliche, aber doch jedenfalls eine plausible Erklärung. Die Thais akzeptierten die durch die traurige Geschichte ihres Heimatlandes bedingte Veränderung als eine andere Form von Leben, anstatt Gesetz und Moral zu bemühen, daher entwickelten sie sich tolerant gegenüber geschlechtlichen Minderheiten wie den Kathoey. In einer solchen Gesellschaft war es nicht übermäßig schwierig, das eigene Geschlecht zu wechseln. Nachdem Leo den Worten von Shan gelauscht hatte, fiel ihm Sujin, eine Freundin von Nawalatt, ein. Sujin, die sich, von einem italienischen Mann dazu verführt, seinen gesunden und normal funktionierenden Penis hatte abschneiden lassen, um eine Kathoey zu werden, hatte es einmal »das eigene Leben akzeptieren« genannt. Damals hatte Leo genervt reagiert, hatte sie nichts als töricht gefunden. Wenn es weder Zwang noch Drohung gegeben hatte, wie konnte sie dann davon sprechen, akzeptiert zu haben? Leo missfiel diese Haltung der schwächlichen Anpassung, des widerstandlosen Sich-Fügens.

Aber jener Leo, der nach langer Zeit nach Thailand zurückgekehrt war, war reif genug, in aller Ruhe zu hinterfragen, ob es sich denn tatsächlich nur um schwächliche Anpassung handelte. Denn sobald er sich von der schauerlichen Schreckensvorstellung des »Schnipp-schnapp, Schwanz ab« löste und den Blick auf den Anfang der Geschichte richtete, sah er einen Teil, den er zuvor nicht gesehen hatte. Sujin hatte erzählt, sie hätte in der Woche 150 Baht verdient, indem sie von Montag bis Samstag jeweils zehn Stunden pro Tag am Boden sitzend gearbeitet hätte. Der gesetzlich festgelegte Mindeststundenlohn eines Arbeiters in einem Industrieland entsprach dem Wochenlohn von Sujin. Der Leo von vor langer Zeit, der die große Bedeutung dieser Summe nicht begriffen hatte, hatte aus diesem Grund die Chance verpasst, mit Sujin, die sich ihm vorsichtig angenähert hatte, Freundschaft zu schließen. Was von beiden war würdeloser? Mit Penis ein hoffnungsloses Dasein zu fristen, oder ohne Penis zumindest eine Chance zu ergreifen, welche auch immer? Was war unterwürfiger? Ab und zu wurde Widerstand auch in Form von Unterwürfigkeit ausgedrückt. Wenn die Juden gehorsam die Regeln von Auschwitz befolgten, dann war dies keine ängstliche Unterwerfung, sondern eine Form des Widerstands gegen einen sinnlosen Tod. In die Sukhumvit Soi 16 zurückgekehrt, versuchte Leo die Bedeutung von »akzeptieren« auf jenes Maß der Thailänder zu erweitern.

Natürlich waren selbst in Thailand nicht alle den Kathoey gegenüber freundlich gesinnt. Da ihre Zahl so groß war, verhielten sich die Leute ihnen gegenüber lediglich unauffällig, jedoch zögerten auch normale Thais, persönliche Freundschaften mit ihnen zu schließen. Besonders Ttom aus Kuraburi brachte den Kathoey extreme Verachtung entgegen.

Ttom, dessen Hauptbeschäftigung der Diebstahl war, war ein groß gewachsener und gut aussehender Schwuler. In der Zeit, als sich Leo gerade erstmalig in der Sukhumvit Soi 16 aufgehalten hatte, hatte er, da er bei der Militärdienst-Auslosung ein in Rot beschriebenes Los gezogen hatte, bei einer Klongpasong genannten Truppe in Kanchanaburi gedient, und dort, während dieser zwei Jahre, immer wenn sich eine Gelegenheit bot, Heeres-Wolldecken, Feldbetten, Militärhunde, Dienstpferde, selbst Minenwerfer und Panzerwagen gestohlen, um alles davon auf dem Wochenendmarkt in Chatuchak im Zentrum Bangkoks zu verkaufen. Ttom war nie erwischt worden. Egal, wie streng die Wache war, wie ein Windhauch war er vom Lebensmittellager zum Kleidungslager, vom Pferdestall zur Rüstkammer daran vorbeigehuscht. Auf diese Art hatte er die Truppe Klongpasong zu völligen Habenichtsen gemacht, um sie schließlich, zwei Tage vor seiner Entlassung, auch noch um die allerletzten Reste von Besitz zu bringen und diese auf dem jährlich anlässlich eines Pilz-Festivals stattfindenden Markt zum Verkauf anzubieten. Die Truppe Klongpasong in Kanchanaburi, die nunmehr aus rund 4.000 bis aufs letzte Hemd ausgezogenen Offizieren und Soldaten bestand, wurde schließlich von einem jungen Auslandschinesen, der mit dem Fälschen von Versace-Parfüm reich geworden war, nach Guangzhou verkauft.

Um den mit einer prall gefüllten Brieftasche zurückgekehrten Ttom ging es so gut wie jeden Tag rund. Ein Staatsbeamter, der auf die eigene Penisgröße stolz war, ein blutjunger, pickelgesichtiger Literat, der von Anarchie träumte, ein Call-Taxi-Lenker, der sich für einen Angehörigen der Mittelschicht hielt, des Ehelebens müde verheiratete Männer, sie alle versammelten sich wie von einem Magneten angezogenes Altmetall in Ttoms Apartment, das sich auf der Rückseite des Schweinestelzen-Esslokals befand. Bemerkenswert war, dass Ttom – das vor allem – zu jedem fair und nett war. Obwohl er selbst Geld hatte, ignorierte er die Armen nicht und obwohl er gut aussah, verachtete er auch die Hässlichen nicht. Einzig Kathoeys wie Nawalatt bildeten eine Ausnahme.

An einem Nachmittag im Monat März, an dem die Sonne heiß herunterbrannte, war Leo, der Lano nach Hause gebracht hatte, gerade selbst auf dem Nachhauseweg, als er Ttom und Tony an einem Steintisch auf der gegenüberliegenden Straßenseite vor dem Nueng Thaeo genannten Gebäude sitzen und sich betrinken sah. Tony, der gebürtige Kambodschaner, der hobbymäßig an einer amerikanischen Universität studierte, war gerade ganz schwarzbraun gebrannt von Phuket zurückgekehrt. Ttom und Tony unterhielten sich lautstark, aufgekratzt wie zwei eben erst aus der Einzelhaft entlassene Gefängnisinsassen. Der Lärm sorgte dafür, dass die Prostituierten des Nueng Thaeo genannten Gebäudes, die gerade ein Nickerchen genossen hatten, die Tür öffneten und die beiden mit ihren Blicken förmlich durchbohrten. Dass nur Frauen viel reden, ist ein Vorurteil. Während die Frauen ohne Ende quasseln, spucken die Männer ohne Ende große Töne. Das Thema des Gesprächs der beiden sprang ohne Unterbrechung hin und her, von Phuket nach Pattaya, weiter zu den hochklassigen Prostituierten, die sich neu in der Soi 16 niedergelassen hatten, zu der dicken Friseuse aus Phetchabun, die die Soi verlassen hatte und in Patpong zu einer beliebten Prostituierten geworden war, von dort weiter zu Shan, der nach fünfzehn Tagen zur Überraschung aller wieder zu Bewusstsein gekommen war, nur um am selben Tag um Mitternacht wieder ins Wachkoma zurückzufallen, zu Uwe, mit seinem Körper, der infolge des seinem Freund widerfahrenen Unglücks so riesenhaft angeschwollen war, dass er niemanden mehr in sein Zimmer lassen konnte, weiter zu Aitt, dem Tyrannen von Soi 16, bei dem man bezweifelte, dass er wirklich ein Moslem war, weil er Schweinefleisch lieber mochte als das täglich fünfmalige Ritualgebet, schließlich weiter zu Hehis, dem Ex-Freund von Afang, der, nachdem er die Kränkung, nur noch einen Hoden zu haben, verwunden hatte, erneut damit angefangen hatte, das perverse Etablissement in Ploenchit zu besuchen. Der Alkohol wurde rasch weniger.

Ehe man es sich versah, war die Sonne untergegangen, rundherum war es dunkel geworden und auch die Luft wurde merklich kühler. Nach und nach strömten mehr und mehr Menschen auf die Straße. Eine von ihnen war die Kathoey Nawalatt, die nach draußen kam, um sich Nagellackentferner zu besorgen. Sobald Tony, der schon betrunken war und die Kontrolle über seinen Körper verloren hatte, zu erkennen gab, dass er Nawalatt kannte, kam Nawalatt hüpfend herbeigelaufen, wobei sie ihr seidenes Haupthaar durch die Luft fliegen ließ.

»Meine Güte, ihr seid ja schon richtig betrunken! Los, gebt mir auch was ab!«

Dass Ttom die Kathoey hasste, wussten sowohl Leo als auch Tony – und auch Nawalatt, die dazugekommen war und aufdringlich nach Alkohol verlangte. Immerhin war es derselbe Ttom, der für seine Fairness und Freundlichkeit gegenüber anderen bekannt war. Niemand konnte damit rechnen, dass er auf offener Straße vor einer ganzen Menge von Passanten seinem Hass auf die Kathoeys freien Lauf lassen würde – an einem Ort, an dem sich einige davon versammelt hatten.

Man hatte sich eben in ihm geirrt. Als Leo mit Whiskey, Eiswürfeln und Pappbechern aus einem Laden zurückkam, veränderte sich die Stimmung gerade ins Bedrohliche. Wie ein Chinese, der sich furchtbar ärgert, hob Ttom sein Kinn und seinen Zeigefinger und war dabei Nawalatt anzubrüllen. Im Gegensatz dazu bot Nawalatt, die die Schultern hängen ließ und der Tränen über das Gesicht liefen, einen erbarmungswürdigen Anblick.

»Ttom, was soll das denn? Hat Nawalatt denn irgendwas verbrochen? Nawalatt, was ist denn los?«, sagte Leo, während er sich zwischen die beiden zwängte, Platz nahm und die Einkaufstüten abstellte. »Na? Tony, was ist los mit den beiden?«

Tony ließ den Kopf hängen und zuckte nur mit den Schultern. In dem Moment hörte Leo Ttoms Worte und das Herz rutschte ihm in die Hose. Es waren keine gewöhnlichen Beschimpfungen, in welche die Menschen der Straße, die sie benutzten, stets etwas Hass, aber zugleich auch ein wenig Zuneigung hineinpackten. Es waren viel vulgärere, grausamere Beschimpfungen. Nawalatt, die das nicht ertragen konnte, stand von ihrem Platz auf und rannte unter Tränen davon.

»Du auch, Leo, lass dir eines gesagt sein: Die Kathoeys sind mir echt zuwider. Mir ist egal, was man von mir hält. Wenn du mit mir trinkst, sieh bloß zu, dass du mir die Kathoeys vom Hals hältst«, fauchte Ttom. »Soll heißen: Wenn du auch weiterhin mit mir trinken möchtest.«

»Was denn, Ttom, soll das etwa heißen …«, sagte Leo »… du hast Nawalatt nur deshalb so angemacht, weil sie ein Kathoey ist? Weil sie mit Typen schläft? Aber Ttom, du schläfst doch selbst mit Typen!«

»Oh, Mann! Kannst du denn nicht zwischen einem Schwulen und einem Kathoey unterscheiden? Ich bin schwul! Ich übernehme mal den männlichen, mal den weiblichen Part, hab Spaß an verschiedenen Arten. Er hingegen ist ein Kathoey! Denen geht's drum, mit Gewalt ihr Geschlecht zu wechseln, und wenn sie das Geld für die Geschlechtsumwandlung nicht haben, geben sie sich damit zufrieden, so zu tun als ob. Die Sorte hält sich eine Maske von jemand anderem vor die Visage und hüpft dann aufgekratzt wie ein kleines Mädchen herum. Mir wird schon übel, wenn ich nur sehe, wie sie sich die Rasurspuren überschminken.«

»Ttom!«, sagte Leo. »Ich versteh ja, dass du stolz auf deinen Schwanz bist. In Wahrheit bin ich ja auch stolz darauf. Aber doch nicht so sehr, dass ich nicht auch jene Menschen verstehen kann, die unglücklich darüber sind, als Mann geboren worden zu sein.«

Er schluckte und fuhr fort.

»Und Nawalatt ist eine Freundin von mir. Du hast gerade meine Freundin vertrieben, weil dich stört, dass sie Rasurspuren überschminkt. Ich weiß nicht, wie ihr Thailänder das seht, aber ich als Koreaner interpretiere das so, dass ich auch verschwinden soll. Na gut. Dann geh ich eben.«

Leo stand von seinem Platz auf.

Er kehrte ins Zimmer zurück. Yon lag alleine da und schlief. Manchmal züngelte sie wie eine Echse oder sie kratzte sich heftig um den After herum. Dann stank es jedes Mal schrecklich, aber es war nicht klar, ob der Gestank aus ihrem Mund kam oder aus der Umgebung ihres Afters. Kurz darauf betrat Afang das Zimmer, betrachtete die schlafende Yon und ging wieder hinaus, und etwa dreißig Minuten später kam Ploy herein, schminkte sich ab und legte sich neben Yon.

Während dieser Zeit war Leo damit beschäftigt, seinen Zorn allein hinunterzuschlucken. Leo war es peinlich, dass er Ttoms schwule Neigung für Ablehnung sexueller Vorurteile und Klischees gehalten hatte. Ttom sah gut aus und war gut gebaut. Wenn er manchmal seinen Oberkörper freimachte und auf der Soi 16 herumstreunte, beneidete ihn Leo um seine männliche Attraktivität. Wenn Leo es recht bedachte, lag seiner eigenen Einstellung gegenüber den Schwulen ein Widerspruch zugrunde: Einerseits bemitleidete er sie, andererseits beneidete er sie auch. Zwar war Ttom ein unbelehrbarer Macho, was Leo wirklich an ihm aufregte, war jedoch nicht seine Borniertheit.

Ttom hatte jene Vorurteile, welche Leo noch vor vier Jahren gegenüber den Kathoeys – das schloss Nawalatt mit ein – gehegt hatte, exakt wiederholt, gerade so, als hätte man eine Tonbandaufnahme von Leos damaligen Aussagen ablaufen lassen. Genau das war es, was bei Leo jedes Mal, wenn er Nawalatt sah, Schuldgefühle hervorrief und dafür sorgte, dass er sich schämte.

Kurz nach zehn Uhr kam Lissa mit lautem Lachen herein. An der Hand zog sie den zögernden Ttom hinter sich ins Zimmer.

»Ttom, warum so zögerlich? Komm doch einfach rein!«, sagte Lissa näselnd. »Du bist mir ja ein verdammt gut aussehender Dummkopf.«

»Leo«, sagte Ttom zögernd. »Ich hab dir was zu sagen.«

»Ich dir nicht.« Leo wandte seine Augen nicht vom Fernseher ab. »Ich hab mir deine Ansichten genau angehört und teile sie nicht, also geh einfach wieder zurück.«

»Sieh an, Leo ist sauer. Leo ist richtig sauer«, sagte Yon und rieb sich verschlafen die Augen.

»Es war sicher nicht Taksin«, faselte sie und drehte den beiden wieder den Rücken zu. Lissa, die schmollte, weil sich Ttom nicht mit ihr unterhielt, ging in Kinderschuhen, die bei jedem Schritt blinkten, zu Afang, um mit ihr Zeit totzuschlagen.

»Gut, ich bin ein Mann, und ich gebe zu, was ich zugeben muss«, sagte Ttom, sobald Lissa nach draußen gegangen war und die Tür hinter sich zugemacht hatte. »Vorhin war ich leicht betrunken und hab deshalb die Stimmung ruiniert. Es war unpassend, in einer solchen Runde so auszurasten.«

»Du sollst es nicht zugeben, weil du ein Mann bist. Du sollst dich entschuldigen, weil du einen Fehler gemacht hast. Du bist ja noch immer betrunken!«

Seufzend setzte sich Ttom auf den Boden.

»Ich bin nicht gekommen, um zu streiten. Du hast recht. Das von vorhin tut mir leid. Ich hasse die Kathoey nun mal wirklich. Du in Wahrheit doch auch, nicht wahr? Ich hab genau gesehen, was für ein Gesicht du machst, immer wenn Nawalatt dich berührt. Das viel zu stark geschminkte Gesicht nervt dich doch auch! Nicht wahr?«

Auf diese Worte hin setzte sich Leo auf und starrte Ttom durchdringend an.

»Egal, ob ich solche Berührungen mag oder nicht, Nawalatt ist eine Freundin von mir. Davon mal ganz abgesehen halte ich euch Schwule, anders als du, nicht für was ganz Exquisites und die Kathoey für minderwertig. Ihr seid beide sexuelle Minderheiten.«

Leo, der gesehen hatte, wie sich Ploy hin und wieder umhergewälzt hatte, sagte mit tieferer Stimme und etwas mehr Nachdruck:

»Wenn man beides vergleicht, sind die Kathoey viel mutiger. Ihr Schwule entscheidet euch nicht richtig für eine Seite. Je nach Gelegenheit wechselt ihr die Rollen, gebt euch mal als Mann, mal als Frau und habt Spaß daran. Aber die Kathoey hadern mit ihrem Schicksal in aller Öffentlichkeit. Könntet ihr das auch? Ist es dir auch so lebenswichtig? Nimmst du auch alle Verluste in Kauf? Würdest du es schaffen, mit einem Gesicht rumzulaufen, auf dem geschrieben steht, dass du schwul bist?«

»Hör mal, Leo, glaub ja nicht, dass du in allem immer recht hast! Ich weiß sehr gut, was für ein Menschenschlag die Kathoey sind, das weiß ich ganz sicher viel besser als du. Mein Vater war ja ein Kathoey. Es gab nicht einen Tag, an dem ich ihn nicht hätte umbringen wollen. Kapierst du das?«, schrie Ttom.

Ttom brüllte zwar mit rotem Gesicht, dabei war ihm aber deutlich anzusehen, dass er sich bemühte, die Emotion in seiner Stimme zu unterdrücken. Gleich darauf sagte er:

»Trotzdem – ich will mit dir nicht über so was streiten. Deshalb bin ich zu dir gekommen.«

Leo, der sich Sorgen machte, ob er nicht etwa zu weit gegangen wäre, und dessen schlechte Laune auch schon ein wenig verflogen war, sagte:

»Dann mach Nawalatt nicht an. Sie ist auch eine Freundin von mir.

»Okay, ich hab verstanden. Mache ich. Von nun an werde ich mich, wenn wir gemeinsam was trinken, still und leise verziehen, wenn Nawalatt kommt.« Ttom nickte vor sich hin: »Ich allein, still und leise.«

»Und klau meine Sachen nicht!«

Das war Leo herausgerutscht. Plötzlich hatte er sich an Gerüchte erinnert, die er irgendwo aufgeschnappt hatte. Nachdem er es ausgesprochen hatte, hielt er es jedoch für einen großen Fehler und lachte daher laut auf, als ob es nur ein Scherz gewesen wäre.

»Okay, ab sofort werd ich deine Sachen nicht mehr stehlen.«

Glücklicherweise stimmte auch Ttom in das Lachen ein.

Ttom ging ebenso zögerlich aus dem Zimmer hinaus, wie er eingetreten war. Sobald die Tür wieder zu war, lachte Ploy, die der Wand zugekehrt dalag und zu schlafen schien, los.

»Der großartige Ttom wurde völlig fertiggemacht. Witzig.«

›Ein Glück‹, dachte Leo. ›Alles ist gut gegangen. So sauber kann man eine emotionale Rechnung begleichen.‹ Ttom war ein viel coolerer Freund als gedacht. Doch dann, nach kurzem Innehalten, fielen Leo plötzlich die Worte ›in Zukunft‹ ein, die aus Ttoms Mund gekommen waren. ›In Zukunft? Was zum

Teufel war mir denn in der Vergangenheit von ihm gestohlen worden?‹

Das war genau die Art und Weise, wie Ttom die Dinge stahl. Mit den Dingen, die er haben wollte, stahl er die Erinnerung des Besitzers daran gleich mit. Aus diesem Grund bemerkte man, nachdem man von Ttom um etwas erleichtert worden war, nicht einmal, dass überhaupt etwas fehlte. Was Leo verloren hatte, war eine heiße und nassfeuchte Stunde zwischen zwei und drei Uhr am Nachmittag des 24. Februar. Was war während dieser Zeit vorgefallen?

Leo rauchte gerade mit Ploy, Yon und Lissa zusammen Ganja. Weil Ganja sehr üblich war, brauchte man es nicht beim Rauschgifthändler zu kaufen, und vor allem war es billig. Aus einer Zigarette wurde der Tabak herausgenommen und stattdessen das Ganja eingefüllt, dann sogen die drei abwechselnd den Rauch ein. Unter das Marihuana war auch ein wenig Heroin gemischt, das Nawalatt von einem reichen arabischen Kunden statt des Servicegeldes bekommen hatte. Nachdem man es so tief wie möglich eingeatmet hatte, hielt man die Luft an. Sogleich setzte die schläfrig machende Wirkung ein. Yon hatte durch das Rauschgift gute Laune und lächelte, wobei ihr Speichel aus dem Mund floss, und auch Ploy lächelte sanft, während sie ihr mit Wasser und Eiswürfeln gefülltes Glas wiederholt hochhob und wieder abstellte. Auch bei Leo tat der verbotene Rauch, den er mit der Zunge zwischen den Zähnen hin- und herschob, seine Wirkung, die sich, am Hinterkopf beginnend, langsam im ganzen Körper ausbreitete wie eine Flüssigkeit. Yon rief gut gelaunt: »Trinken, rauchen, quatschen!« Lissa, die durch diesen Ausruf munter wurde, meinte, sie würde einen Apfel-Trinkjoghurt, den sie im Zimmer von Afang gesehen hatte, erst klauen, dann trinken und schließlich wiederkommen. Durch den trüben Rauch ging sie langsam nach draußen.

Kaum eine Minute später kam Aitt herein und sperrte die Tür ab. Das Lächeln auf den Gesichtern von Yon und Ploy verschwand. Kaum hatte Aitt seinen Gürtel aufgemacht, rutschten ihm Hose und Unterhose bis unters Knie und sein steifer, purpurroter Penis lag bloß. Um ihn herum stank es stark nach Süßwasserfisch.

»Los, alle ausziehen, aber schnell!«, sagte Aitt. Aus irgendeinem Grund war sein Gesichtsausdruck zerknirscht. Er hatte wohl irgendwo anders eine Kränkung erfahren und kam nun hierher, um sich abzureagieren. Er sah Leo an und wiederholte: »Ausziehen, schnell!«

»Ich? Ich auch?«, sagte Leo verdutzt, der vom Ganja ordentlich berauscht war. Yon hatte sich unbemerkt bereits vollständig entkleidet und eine Reiterstellung eingenommen, wobei sie beide Hände an die Wand legte. Auch Ploy war, wenn auch etwas später als Yon, schon folgsam dabei, ihre pinken Shorts auszuziehen. Die beiden wirkten wie Mäuse, die von einer giftigen Schlange hypnotisiert worden waren. Aitt, der sich ausgezogen und seine Kleidung in Richtung des Fernsehers geworfen hatte, zeigte mit einem Finger zuerst auf Leos Mund und dann langsam auf seinen Penis.

Da verstand Leo, was Aitt meinte. Leo erbrach die Reisnudeln, die er einige Stunden vorher gegessen hatte. Ein Gemisch aus Nudeln, Suppe und nicht richtig zerkautem Koriander ergoss sich aus seinem Mund.

Aitt trat Leo mit dem Fuß gegen den Kopf. Leo legte seine Arme schützend um den Kopf und fiel zur Seite auf den Boden. Als der kurze Schmerz nachgelassen hatte, fühlte er sich vollständig betäubt. Aitt hockte vor ihm, packte ihn an den Shorts und zerrte daran. Um Leo war alles taub. Auch die Stimme von Aitt klang gedämpft.

»Dich mach ich kalt.«

Da richtete Ploy Aitt auf. Sie hatte nicht nur ihren Slip, sondern auch ihren Büstenhalter ausgezogen. Ihre wie Seidentofu glatte schwarze Haut und die die Haut sanft umspielenden Haare erschienen durch den trüben Ganja-Rauch. Sie nahm Aitts Hand, führte sie an ihre Brust und legte ihre eigene Hand darauf. »Geh nach draußen, schnell!«, sagte Ploy leise und warf Leo einen Seitenblick zu. »Geh schnell raus!«

Leo kroch auf allen vieren zur Tür. Er konnte keinen klaren Gedanken fassen. Er war völlig betäubt. Bevor er durch die Eingangstür nach draußen kroch, drehte er seinen Kopf noch einmal um. Das hätte er nicht tun sollen. Nach dieser Hölle hätte er sich nicht noch einmal umwenden sollen. Aber er hatte nun einmal schon seinen Kopf gedreht und sah Yon, die mit an die Wand gelegten Händen in Reiterstellung dastand. Und er sah Aitt, der in majestätischer Haltung, wie der Hunnenkönig Attila, dastand und vor sich hin brummte: »Oh ja, du Schlampe, du miese Fotze!« Und er sah die splitternackte Ploy. Er sah Ploy, die gerade in einer Haltung dakniete, als würde sie eine Bestrafung erhalten, dabei jedoch fleißig an Aitts Penis saugte. Sie blickte Leo mit einem Seitenblick an. Die Blicke der beiden trafen sich. Der von geschwollenen Adern überzogene Penis von Aitt steckte tief in ihrem Mund, wie murmelnd bewegte sie ihre Lippen. Sie schien etwas sagen zu wollen.

»Geh schnell raus, ich bitte dich!«

Leo kroch auf allen vieren bis ins Erdgeschoss hinunter. In gebeugter Haltung erbrach er im Flur vor der Tür zu Uwes Zimmer, in dem dieser mit Ttom am Trinken war, noch einmal die Reisnudeln mit Koriander.

»Uwe, was kann ich machen? Was soll ich tun?«

Uwe sagte nichts. Seit Shan im Wachkoma lag, war Uwes Körper noch weiter aufgequollen, nun konnte niemand mehr in sein Zimmer eintreten. Wenn jemand zu ihm auf Besuch kam, so musste er sich ihm an der Türschwelle gegenübersetzen.

»Uwe, was kann ich tun? Was soll ich tun?

Uwe sagte immer noch nichts. Er wollte Leo davon abraten sich einzumischen, aber damit hätte er sich in Leos Entscheidung eingemischt. Er sagte nichts.

Leo kroch auf allen vieren nach draußen. Er machte sich auf den Weg zu Shan. Immer wenn seine Freunde von Aitt vergewaltigt wurden, ging Leo zu Shan, verbeugte sich vor dem Blumentopf und weinte. Jedes Mal weinte er. Uwe empfand Mitleid mit Leo, der sich an diese Situation überhaupt nicht gewöhnen konnte, andererseits beneidete er Leo auch um seine Beharrlichkeit.

Ttom, der Leos Erbrochenes zwar nicht ganz sauber, aber doch im Großen und Ganzen weggeräumt hatte, schüttete sich den Rest seines Drinks in den Mund. »Er wird wohl zu Shan gegangen sein? Um wieder vor ihm zu heulen, nicht wahr?«

»Wahrscheinlich«, erwiderte Uwe. »Da Shan einen nicht hören kann, hat es was für sich, sich vor ihm auszuweinen.«

Ttom stand leise von seinem Platz auf. Ohne sich von Uwe zu verabschieden, huschte er wie der Wind zu Shans Haus. Tatsächlich traf er Leo dort an. Der hatte sich vor den Knien von Shan, der eifrig die Photosynthese durchführte, hingelegt und weinte gerade. Kurz darauf wurde sein Weinen allmählich leiser. Auf jeden Fall gab es nichts, das ewig andauerte.

Ttom fuhr mit seiner Hand leicht über Leos Kopf und steckte sie dann in die Hosentasche. Leo, immer noch weinend, fiel schließlich in tiefen Schlaf. Ttom betrachtete eine

Weile lang den schlafenden Leo und ging schließlich wieder zurück zu Uwe, um mit ihm weiterzutrinken.

Er hatte es für Leo getan. Ttom hatte Leo eine Stunde gestohlen, jene heiße und tränennasse Stunde von zwei Uhr bis drei Uhr, am Nachmittag des 24., weil er Leo für einen guten Freund hielt. Daher hatte er die Erinnerungen gestohlen, die Leo quälten. Erinnerungen machen uns glücklich und schmerzen uns, aber immer handelt es sich um etwas bereits Vergangenes. Wenn Ttom Leo eine Stunde einer schmerzlichen Erinnerung stahl, was änderte das schon? An dem, was geschehen war, war nichts mehr zu ändern. Leo hatte ohnehin schon oft genug gesehen, wie Ploy von Aitt vergewaltigt wurde. Das war die kalte Realität, die Leo, die Straßenprostituierte Ploy, die Leo liebte, und die Sukhumvit Soi 16 umgab. Diese Realität war Leo nur zu gut bekannt. Diese Realität war noch schwerer und noch ernster als jene eine Stunde der Erinnerung, die Ttom Leo gestohlen hatte, schwerer und ernster als die Tatsache, dass Ploy in diesem Gewerbe tätig war, die Leo nicht und nicht aus seinem Herzen verbannen konnte, schwerer und ernster als das frühere Leben der beiden, das sie vor 500 Jahren durchlebt hatten. Was Ttom gemacht hatte, war nicht mehr, als einem am ganzen Körper mit Verletzungen übersäten, im Sterben liegenden Soldaten einen gebrochenen Fingernagel zu behandeln. Für seinen Freund, der sich vor einen Menschen im Wachkoma hinkauerte und weinte, hatte Ttom das getan.

Ein paar Tage später, als Uwe Leo mit dem stark nach Koriander riechenden Erbrochenen neckte, reagierte der überraschte Leo mit einer Gegenfrage: »Ich, wann denn? Ich hab mich nie übergeben. Hey Fettwanst, was redest du denn da?«

17

Lissa und Yon saßen sich unterhalb der Fluoreszenzlampe gegenüber und waren gerade dabei, sich mit Krachai-Ingwerwurzeln, die an einem Ende pinselähnlich aufgefächert waren, die Innenseiten ihrer Augenlider auszuwischen. Yon hatte gehört, der Krachai-Ingwer mache die Augen klar und groß, und so war Yon zu Fuß zum Pratunam-Markt gelaufen, um welchen zu besorgen. Aus den Augen der beiden flossen dicke Tränen. Während ihre Zehen zitterten, weil es so in den Augen kitzelte, schwatzte Lissa:

»Ich möchte hübsch sein.«

Yon, die sich gerade im Spiegel betrachtete, stimmte ihr mit »Ich auch« bei.

»Man muss hübsch sein, dann möchten die Männer mit einem Bumbum machen.«

»Ja, stimmt.«

»Gott sei Dank, dass ich schön bin.«

»…«

Die beiden, die dicke Tränen vergossen hatten, begannen nun damit, sich ordentlich zu schminken. Nachdem sie sich zunächst weiß gepudert und dann verschiedene Farben aufgelegt hatten, trugen sie Mascara und Lippenstift auf. Make-up verbessert normalerweise die Äußerlichkeit einer Frau deutlich, aber nicht selten ist auch das Gegenteil der Fall. Während Lissa, die einige Nächte in Clubs verbracht hatte, wovon ihre Gesichtshaut rau geworden war, in neuer Frische wiedererstand, sah das Gesicht von Yon, auch wenn sie sich gleich lange auf dieselbe Art und Weise geschminkt hatte, aus wie ein großer Eisenbottich voll angefüllt mit verschiedenen Altstoffen.

Als Nächstes war die Frisur an der Reihe. Lissa, die sich ihre Haare vor einigen Tagen hatte abschneiden lassen und nun einen sauberen Kurzhaarschnitt trug, benutzte Gel, um sie hier und da abstehen zu lassen. Sie hatte auch mit langen Haaren hübsch ausgesehen, aber jetzt mit den gepflegt kurz geschnittenen Haaren sah sie einfach hinreißend aus. Yon probierte allerhand Arten durch und kämmte sich die Haare zu guter Letzt aus purer Verzweiflung und Selbsthass auf eine Seite, wodurch sie aussah wie ein hochgebildeter Betrüger. Sie schien sich damit selbst geißeln zu wollen. Ihr Schopf bestand im Verhältnis 7:3 aus Haaren, die fein, dünn und glatt wie Spinnenfäden waren, und aus groben, sehr lockigen Haaren, die an Schamhaare erinnerten. Etwa zehn Sekunden nach dem einseitigen Kämmen richteten sich die groben Haare trotz der Klebrigkeit des Gels eins nach dem anderen erst recht auf. Leo, der allein Alkohol trinkend in der Ecke saß und die Szene beobachtete, seufzte. Lissa sagte mit ebenfalls mitfühlendem Gesichtsausdruck:

»Yon, wie wäre es, wenn du dir die Haare komplett abrasierst und eine Perücke benutzt?«

»Dumme Kuh, die Männer packen mich gern an den Haaren, wenn sie mich rücklings reiten«, sagte Yon mit mutlos klingender Stimme. »Die würden ganz schön erschrecken, wenn sie plötzlich eine Perücke in der Hand hielten.«

Ploy lag auf der Matratze, mit dem Rücken gegen die Wand angelehnt, und sah gerade fern. Um Taxikosten zu sparen, gingen die Prostituierten in Gruppen zu dritt oder zu viert arbeiten. Aber Ploy hatte noch nicht begonnen, sich zu schminken. Solange Leo im Zimmer war, war es kein einziges Mal vorgekommen, dass sich Ploy unter die anderen Prostituierten mischte, sich schminkte, Klamotten auswählte oder sich die

Haare machte. Jeweils erst etwa dreißig Minuten nachdem alle anderen zur Station Nana gegangen waren, puderte sich Ploy grob, als wäre es ihr lästig, das Gesicht zu schminken, und machte sich unauffällig davon, als hätte sie nur rasch etwas zu erledigen. Das war Ploys eigene Art und Weise, Leo gegenüber eine Etikette einzuhalten. Es war ihr letztes Zugeständnis an Leo, der das Essen, den Alkohol, das Ganja, das Yaba und auch fast alle anderen nötigen Dinge des täglichen Lebens beschaffte. Ploy hielt diese Etikette peinlich genau ein.

Wie dem auch sei, es stimmte nicht, dass Leo nicht wusste, dass Ploy der Prostitution nachging. So wie Ploy mit rein oberflächlichem Hokuspokus ihre Etikette einhielt, hielt auch Leo seine Etikette ein, indem er so tat, als wäre er dieser Täuschung erlegen. Leo wusste, dass sie Tag für Tag zur Station Nana arbeiten ging. Deswegen litt er, wenn sich kurze Zeit nachdem Yon, Afang und Lissa mit ihren anderen Freundinnen nach draußen gegangen waren, auch Ploy davonmachte, unter jenem bitteren Gefühl, das man Eifersucht, aber auch Gram nennen konnte. Er hatte schon davon geträumt, dass er sie an den Haaren packte und schlug. Nachdem er daraufhin vor Schreck aus dem Schlaf aufgeschreckt war, wurde ihm eng in der Brust vor Angst, dass dieser Tag irgendwann bestimmt kommen würde.

Während solcher Tage, an denen er so zu leiden hatte und von denen monatelang einer auf den anderen folgte, fand er eine Methode, seine Qualen zu verringern. Dass Ploy eine Prostituierte war und diese Tätigkeit nicht aufgegeben hatte und auch nicht die Absicht hatte, sie aufzugeben, wusste Leo, darum schuf er in sich einen zweiten Leo, einen naiven kleinen Jungen, der überhaupt keine Ahnung davon hatte, dass Ploy sich prostituierte. Wenn Ploy ihre Etikette einhielt, war Leo dieser naive kleine Junge, und es war der kleine Junge Leo, der ihren Gruß »Ich geh dann mal kurz raus« beiläufig emotionslos mit »Ja, bis später!« erwiderte. Nachdem Ploy weggegangen war, war Leo der Schutzbefohlene dieses kleinen Jungen. Leo war nun wieder ein zweiunddreißigjähriger Koreaner, der unter dem Gedanken an den Prostitutionsmarkt in Nana litt. Dann pflegte er große Mengen des billigen Rums, der gleich vor seiner Nase stand, einzunehmen.

Es war Mitternacht. Das war die Zeit, da an der Station Nana allerorts der verführerische Singsang der Frauen erklang und die Pheromone in Strömen flossen. Aber die aufwendig geschminkten Gesichter der Prostituierten sahen nicht heiter aus. Ganz wie früher war Nana das Mekka der Prostitution, aber da sich nunmehr Prostituierte aus ganz Südostasien hier versammelten, war der Markt längst übersättigt. An ein und demselben Tag gleich zwei- oder dreimal zum Zug zu kommen, das hatte es früher mal gegeben. Selbst für Ploy, die nicht nur attraktiv war, sondern auch an einem günstigen Platz stand, war es nicht leicht, einen Freier zu finden, und daher musste sie gegen drei Uhr morgens oft noch hier und dort telefonisch nachfragen. Da es für die Freier einfacher geworden war, eine ansprechende Prostituierte zu finden, zeigten sie nach dem ersten Bumbum keine besondere Anhänglichkeit und schwärmten von neuem aus, um sich die nächste Prostituierte zu suchen. Aus diesem Grund kauften auch die der niedrigsten Klasse angehörenden Prostituierten des Nueng Thaeo genannten Gebäudes, deren Job es eigentlich war, die von den hochklassigen Prostituierten abgewiesenen Europäer mit Liebkosungen in ihre Zimmer zu locken, trotz Geldknappheit Kosmetika, schminkten sich und gingen nach draußen auf die Straße. Alle kamen heraus auf die Straßen. Wie verarmt man auch sein mochte, es gab keinen anderen

Weg, sich den Lebensunterhalt zu verdienen als auf der Straße. Von Mitternacht bis zur Morgendämmerung wimmelte es in den repräsentativen Rotlichtvierteln wie zum Beispiel auf der Sukhumvit-Straße, in Patpong und in Sanam Luang nicht von Freiern, sondern von Prostituierten. Dementsprechend spottbillig war die Bezahlung fürs Bumbum geworden. Europäer, die zu den aus Reiseführern gewonnenen Kenntnissen auch ihre eigene Einschätzung des Marktes addierten, waren sehr geizig. Die Prostituierten jammerten darüber, ihre Muschel sei billiger als ein nach Erdbeeren riechendes Kondom.

Aber es gab für sie keinen anderen Weg. Sie waren arme und ungebildete Prostituierte. Sie konnten keine Stickarbeit in dunklen Zimmerecken erledigen, konnten nicht, auf einem winzigen Stühlchen – kaum größer als eine Bohrerspitze – sitzend, die Fußsohlen eines Fremden massieren und in der ganz mit Staub erfüllten Luft eines Arbeitsraums keine Nähmaschine bedienen. Wann immer es sich ihnen anbot, zu sticken, zu massieren oder die Nähmaschine zu drehen, waren die Arbeitsbedingungen und die Bezahlung, die sie als Frauen hätten akzeptieren müssen, viel schlechter im Vergleich zu den Arbeitsbedingungen und zur Bezahlung der Straßenprostituierten. Daher ergab es wahrscheinlich mehr Sinn, eine berufstätige Frau, die unter sexueller Belästigung am Arbeitsplatz litt, eine Hausfrau, die ihrer Schwerstarbeit nicht entkommen konnte, oder die in Armut lebenden Mädchen, denen nie Konkurrenzfähigkeit gegeben worden war, zu fragen, warum sie der Prostitution *nicht* nachgingen, als umgekehrt eine Prostituierte zu fragen, warum sie sich prostituierte. Es war offenkundig so, dass die Lebensqualität, wenn man einmal eine Prostituierte geworden war, durch – verglichen mit vorher – verbesserte Arbeitsbedingungen und höheres Einkommen stieg. Für die Betroffenen handelte es sich unabhängig von der Frage, ob man die Prostitution für recht oder unrecht hielt, um eine lebensnotwendige Entscheidung. Unter jenen Prostituierten, die Leo kennengelernt hatte, gab es keinen Fall, dass jemand zufällig in die Prostitution geraten wäre. Alle hatten sie ihren eigenen Grund. Ploy dachte, zu betteln sei schmutziger als sich zu prostituieren. Afang glaubte, die Vergewaltigungen durch ihren Onkel mütterlicherseits seien unzüchtiger, als sich im Sado-Maso-Bordell zu prostituieren. Yon … davon fing man gar nicht erst an, Lissa wollte lieber Tag für Tag ausgelassen und frei leben, als die bittere Armut auf dem Nachtmarkt in Trat weiterzugeben. Daher waren sie alle Prostituierte in der Soi 16 geworden. Egal, wie schlecht man auch über sie dachte, sollte man sie zu verstehen oder zu retten versuchen, in der Realität aber wurden sie, aus welchen Gründen auch immer, ganz einfach nur bestraft.

Sobald Afang, die sich in ihrem Zimmer fertiggeschminkt hatte, heraufkam, sprangen Yon und Lissa auf, als ob sie auf sie gewartet hätten.

»Menschenskind! Wie lange brauchst du Schlampe eigentlich noch fürs Schminken? Hast du dir etwa auch den Hinterkopf geschminkt?« ärgerte sich Yon über Afang, die hinter der halb geöffneten Tür stand. »Na? Hast du dir auch deinen Hinterkopf geschminkt?«

Afang trat ruhig von der Tür weg. Die Augen von Lissa, die gerade ihre Zehen in ihre Flip-Flops steckte, wurden groß vor Erstaunen.

»Marco!«

Sie machte einen Laut, von dem nicht klar war, ob es ein Aufschrei des Erstaunens oder des Entsetzens war.

Ihr Ehemann Marco stand dort. Marco liefen die Tränen übers Gesicht, wie sie damals Lissa übers Gesicht gelaufen waren, als sie sich die Augen mit Krachai-Ingwer ausgewischt hatte. Als wäre er in sich zusammengebrochen, setzte sich Marco auf den Boden und heulte los.

»Marco, Marco, steh auf, Marco!«, sagte die verwirrte Lissa und rüttelte Marco an der Schulter. Marco umklammerte Lissas Beine und schluchzte noch herzzerreißender als zuvor. Yon und Afang wollten Rücksicht nehmen und gingen leise nach draußen und schlossen die Tür.

»Marco, weine nicht. Ein weinender Mann gibt keinen tollen Anblick ab.« Ploy reichte ihm ein Glas mit Wasser und Eiswürfeln. »Sprich dich doch einfach mit Lissa aus.«

Daraufhin hörte Marco auf zu weinen und hob seinen Kopf. Er war so schmutzig wie ein mobiles Baustellenklo. Da er sich lange Zeit nicht rasiert hatte, standen blonde, rote und graue Bartsträhnen in alle Richtungen ab, und auf seinem Nasenrücken und zwischen den Augenbrauen hatten sich Tropfen von Hautfett gesammelt. Sein Kopfhaar, das ihm nur noch am Hinterkopf einigermaßen dicht wuchs, war so verfilzt, dass man es als ein Nadelkissen hätte verwenden können. Die Hinterseite seiner dunkelblau-karierten Shorts war sehr schmutzig und sein vom Schweiß geflecktes Hemd stank. Dazu hatte er große und kleine Schrammen an verschiedenen Stellen seines Körpers. Es waren die Spuren jener Zeit, während der er wie verrückt nach seiner Ehefrau gesucht hatte – ganze drei Tage lang. Aber seine Augen waren anders als sein Aussehen. Marcos graue Augen, mit denen er Lissa anblickte, blitzten wie die eines Säuglings. Wenn man außer diesen Augen alles an Marco mit Zeitungspapier abgedeckt hätte, so hätte er nicht wie ein Ehemann ausgesehen, der seine nicht tugendhafte Ehefrau nach mehrtägiger Suche gefunden hatte, sondern wie ein frisch verliebter, naiver Junge.

Nachdem er sich auf der Toilette kurz gewaschen hatte, setzte sich Marco neben Lissa und trank Whiskey. Ohne Rücksicht auf das Gespräch, dass die anderen jeweils gerade führten, mischte er sich ein und erzählte immer wieder, was er in den letzten drei Tagen erlebt hatte. Obwohl er nicht richtig sprechen konnte, da ihm seine Emotionen die Kehle zuschnürten, war sein Blick auf Lissa zärtlich und gewichtig wie ein Nilpferd.

Seitdem Lissa gegangen war, um ihre Freunde wiederzusehen, hatte er nichts mehr von ihr gehört, und so hatte Marco vermutet, dass sie in Bangkok das Clubleben genoss. Wohl oder übel, Lissa war nun einmal eine solche Frau, das wusste er, und da er ihr dennoch einen Heiratsantrag gemacht hatte, gab es auch nichts zu bereuen. Zwei Monate später, und auch drei Monate später machte sich Marco keine großen Sorgen um Lissa, weil er glaubte, dass sie irgendwo fröhlich und lachend lebte. Lissa war immer schon eine solche Frau gewesen. Die Tatsache, dass andere sich um sie Sorgen machten, tangierte sie nicht, und sie war ja auch so ein Glückspilz, dass man sich überhaupt keine Sorgen um sie zu machen brauchte. Es war ein wohl längst bekanntes Faktum. Mit Ausnahme von zwei Tagen, an denen er über Hat Lek nach Koh Kong in Kambodscha gefahren war, um sein Visum zu erneuern, blieb Marco im Haus in Trat, pflegte jeden Tag die Schweine, wusch seine Wäsche und kochte allein. So gingen vier Monate vorüber. Es war keine kurze Zeit. Besonders für Marco, der noch in Flitterwochen-Stimmung war, war es keine kurze Zeit.

Der Grund, warum er eines Tages plötzlich die Tür absperrte und spontan das Haus verließ, lag nicht im Gefühl, um diese vier Monate betrogen worden zu sein, oder darin, dass sein Groll einen kritischen Punkt erreicht hätte. Als er vor drei Tagen in der Morgendämmerung vom Schweinegrunzen geweckt worden war, hatte er auf einmal Angst bekommen: Angst, die ihn plötzlich überkam, dass Lissa vielleicht kein Glück mehr haben könnte oder dass sie sich gerade nach ihm sehnen könnte. Warum das so war, wusste auch Marco selbst nicht. Was er wusste, war nur, dass er in seinem Herzen die Furcht, dass Lissa nicht mehr da war, nicht ertragen konnte. Als ob diese Furcht selbst in einen Raum gesperrt, aus dem es kein Entkommen gab, nun die rundherum hoch auflodernden, sengenden Flammen betrachtete, sich an sein Herz klammerte. Er konnte nicht einfach nur ruhig dasitzen und auf Lissa warten.

Er hatte an, was er sich an jenem Tag vor dem Schlafengehen angezogen hatte und hatte, als er das Haus verließ, nur sein Portemonnaie eingesteckt. Mit seinem alten Civic, der vor dem Bauernhof geparkt war, fuhr er nach Norden. Am Morgen in Bangkok angekommen, kaufte er sich direkt in der Mall MBK ein Handy und suchte von da an drei Tage und Nächte lang nach seiner Frau. Alle Etablissements, die die Bezeichnung »Club« im Namen führten, suchte er nach ihr ab. Wenn eine Person vergnügungssuchend aussah, egal, ob Mann oder Frau, näherte er sich ihr, nahm ein Foto von Lissa heraus, zeigte es her und fragte nach seiner Frau unter Einsatz seines ungeübten Englisch, seines schlechten Thailändisch sowie seiner Abscheu erregenden Körpersprache. Er schlief zwei- oder dreimal kurz im Wagen, tankte jeden Tag voll – an einem Tag sogar zweimal – und suchte weiter. Auf seiner Suche traf er in einer kleinen Bar auf der großen Phetchaburi-Straße schließlich den Lover einer Kollegin von einer Prostituierten, deren Zimmergenossin eine Freundin von Lissa kannte. Der Lover musste erst mit vier von Marco bezahlten Flaschen Heineken abgefüllt werden, ehe er sich daran erinnern konnte, in welcher Bar seine an Bauchspeicheldrüsenkrebs leidende Geliebte abgestürzt war – und er brachte Marco anschließend zu ihr, die Marco zunächst Geld zum Kauf von Morphium abknöpfte und ihn dann weiter zu einer Kollegin in eine zwei Block entfernt gelegene Bar brachte, wo diese Kollegin milde lächelnd wie ein Buddha Mahakashyapa auf dem Billardtisch lag, Marco 200 Baht abnahm und ihn dann zu Afang brachte, und als er mit Afang einen Stock höhergestiegen war und sich schließlich die Eisentür geöffnet hatte, war Lissa gerade dabeigewesen, in ihre Flip-Flops zu schlüpfen, um zur Station Nana aufzubrechen. Genau in diesem Moment war die fiebrig-drückende Kraft aus seinem Herzen verschwunden und gleichzeitig waren ihm die Tränen aus den Augen geschossen.

Mit einer Gebärde, als ob er beinahe etwas vergessen hätte, holte Marco ein Handy hervor und gab es Lissa.

»Das gibst du mir? Ach, wie schön!«

Die entzückte Lissa legte sich auf den Zementboden und streichelte das Handy. Da nichts zu hören war, obwohl man einen zünftigen Streit mit Ohrfeigen erwartet hatte, gesellten sich Yon und Afang beiläufig wieder zu den beiden, setzten sich, jeweils einen Becher haltend, hin, und machten erstaunt große Augen. Lissa schrie: »Ist das wirklich meins? Es ist viel schöner als das von Ploy!«

»Jedes Gerät hat Vor- und Nachteile.« murmelte Leo vor sich hin, während er Ploys ins Gesicht sah.

Marco, der immer noch am Glotzen war, sagte mit offenem Mund: »Lissa, du musst nicht nach Trat zurückkommen. Du kannst hier mit deinen Freunden zusammen sein. Aber ruf mich ab und zu mal an. Immer wenn dir langweilig ist, ruf mich an.«

Leo war nicht der Einzige, der Marcos Stimme lauschend, die wie die Stimme eines Bauchredners klang, dachte, dass Marco seit Langem wissen musste, wie Lissa in der Soi 16 lebte, mit was für Männern sie in der Zwischenzeit verkehrt hatte und für welche Summe sie Bumbum gemacht hatte.

»Ploy, in Zukunft werde ich dich anrufen. Du kannst mich auch anrufen«, sagte Lissa, die Marcos Wort nur halbherzig angehört hatte, lächelnd zu Ploy.

»Jetzt mach das mal, Ploy, ruf mich mal an!«

Widerwillig nahm Ploy ihr Handy heraus und wählte Lissas Nummer. Als es klingelte, wobei auch die LED-Beleuchtung am Folder aufblinkte, klappte Lissa diesen rasch auf und schrie: »Ploy, ich bin's! Lissa!«

»Du Schlampe, du sollst dich nicht melden!«, sagte Ploy, während sie ihr Handy hinlegte. »Das kostet doch Telefongebühren.«

Lissa, die auf dem Boden lag und sich geradezu überschlug, wirkte wie ein naives Kind. Auch Ploy und Afang schauten zu Lissa hinunter, als ob sie einem Kind zusahen, das irgendein Kunststück vorführte. Bei Marco war es noch intensiver. Wenn Lissa vor Freude lachte, dann lächelte er ebenfalls breit, und als Lissa, diese und jene Taste drückend, jede mögliche Funktion studierte, wirkte er so, als würde er sich, die Augen leicht verengend, ebenfalls diese Funktionen einprägen. Als Lissa merkte, wie er sie ansah, und liebevoll sein Knie tätschelte, ließ er sich fallen und tat so, als ob ihm die Schläge wehgetan hätten.

Lissa, die in alle Richtungen Purzelbäume geschlagen hatte, stand auf. Sie kramte sämtliche Münzen hervor, die in ihrer Hosentasche steckten, und warf sie flink auf den Boden. Ihr Handy steckte sie sorgfältig in die Tasche.

»Marco, lass uns gehen« Ihr Lächeln war strahlend. »Gehen wir nach Hause und sehen wir, ob die Kleinen der Schweine noch leben.«

Verneinend bewegte Marco seine Hand hin und her.

»Lissa, du musst nicht nach Trat zurückgehen. Du kannst hierbleiben. Ich bin gekommen, um dir das Handy zu geben.«

»Nein, ich will mit dir gehen«, sagte Lissa.

Sie klopfte ihm zweimal aufs Gesäß, ließ ihn dann stehen und rief ihren Freunden zu:

»Na, ihr Lieben, ich geh dann mal!«

Lissa ging, ohne auf ihre Freunde zurückzublicken, durch die Tür nach draußen. Auch Marco verabschiedete sich rasch und folgte Lissa.

Kaum war die Tür wieder zu, sahen die im Zimmer Zurückgebliebenen einander verwundert an.

»Was für ein tolles Finale …«, sagte Leo.

»Ja, sogar ohne großartigen Streit«, sagte Afang.

Und Yon, die die auf den Boden gefallenen Münzen eifrig aufsammelte, fügte hinzu: »Keine Ahnung, wieso er der Schlampe auch noch ein Handy kauft!«

Die Stille nach dem Abgang der beiden war viel tiefer als erwartet. Alle tranken ruhig Alkohol. Dabei erinnerte sich jeder auf seine eigene Art an das Gespräch zwischen Lissa und Marco, die Augenblicke, die die beiden miteinander geteilt hatten, und so weiter. Leo rief sich das abgehackte Englisch, die abgetragenen Klamotten und den völlig kahlen Vorderkopf von Marco sowie die neben ihm im Sitzen vor sich hin quasselnde Lissa, die hochklassige Prostituierte der Soi 16, ins Gedächtnis zurück. Die Sprache war sicher nur das Zweitwichtigste in der Liebe. Geld war bloß Papier und das Alter lediglich eine Ziffer.

Als Ploy auf die Fernbedienung des Fernsehers drückte, begann Yon zu reden.

»Ploy, wo soll ich hin, um einen Mann wie Marco zu treffen? Soll ich im Schaummassagesalon in Phetchaburi arbeiten?«

»Oh nein, Yon!«

Afang drehte sich zur Seite und blieb breitbeinig sitzen. Ihre Beine waren schrecklich lang und glatt.

»Da kommst du gar nicht rein. Vorher wirst du von dem Gorilla an der Tür verjagt.«

»Aber wie treffe ich dann einen? Bevor es zu spät ist …«, sagte Yon, die fünfzigjährige auf Analverkehr spezialisierte Prostituierte, bei der auch teure Kosmetika und ultrastarkes Haargel nichts mehr halfen.

»Ich sollte mich beeilen.«

»Ja, Yon, lass uns in Nana jemanden finden.«

Afang stand tapfer auf und zog Yon, die ein elendes Gesicht zog, mit sich aus dem Zimmer.

Kaum war die Tür wieder zu, wurde die Stille noch tiefer. Es war eine stabile Stille, die von den Geräuschen des Fernsehers nicht übertönt werden konnte. Leo schüttete sich den übrigen Whiskey direkt aus der Flasche in den Mund.

Nachdem er die Flaschen weggeräumt hatte, spülte er alle hier und dort herumstehenden Becher ab und stellte sie auf das kleine Kästchen in der hinteren Ecke der Toilette, jener Stelle, wo sich Papa gerne niedergelegt hatte. Es war nach ein Uhr nachts. Im Fernsehen unterhielten sich zwei Komödianten, die traditionelle Kleidung trugen.

Plötzlich lachte Ploy laut auf.

»Lissa. Die ist echt komisch. Während der ganzen Zeit, in der Marco da war, hat sie kein einziges Mal gesagt, dass es ihr leidtut.«

»Stimmt!«, fiel Leo in ihr Lachen mit ein. »Hat sie wirklich nicht.«

»Entweder Lissa hat Marco fest im Griff, oder aber Marco hat Lissa fest im Griff, das kann man nicht genau sagen.«

Ihre höhnische Ausdrucksweise gefiel Leo nicht. Er runzelte die Stirn. »Sei nicht so höhnisch! Ist doch schön, daran zu glauben, dass die beiden sich lieben.«

»Du machst vielleicht Witze!«, sagte Ploy und sah Leo dabei direkt ins Gesicht. Es war eine Stimme, die Leo irgendwie nicht passte.

»Glaubst du, dass Katzen aus Liebe Mäuse jagen? Meinst du, dass die Männer von Nana ihren Prostituierten aus Liebe nachlaufen? Selbst wenn man annimmt, es gäbe diese sogenannte Liebe tatsächlich und es gäbe Männer und Frauen, die einander lieben, dann wäre für mich der Unterschied zu den Vergewaltigungen durch Aitt nur minimal. Kannst du Liebe und Bumbum voneinander unterscheiden? Ich nicht. Ich bin Prostituierte in Sukhumvit und Bumbum ist nun mal das, womit ich jeden Tag mein Geld verdiene, von daher kann ich die beiden sowieso nicht unterscheiden.«

»Ploy!«, widersprach Leo, um sie zur Rede zu stellen.

»Wenn es so ist, was ist dann mit mir? Ich hab dir doch auch Geld gegeben. Hab dir auch ein Handy gekauft. Und hab ich dafür etwa mal Bumbum mit dir gemacht? Hab ich dir das Geld etwa für Sex gegeben?«

»Ach, dir ist einfach nicht zu helfen, immer noch nicht«, sagte Ploy sarkastisch und warf die Fernbedienung gegen die Matratze.

»Liebe ist dieses und jenes, ja, alles wunderschöne Worte. Weißt du denn nicht, wo sich Marco und Lissa zum ersten Mal getroffen haben? Weißt du denn nicht, wieso Marco in den Schaummassagesalon gegangen ist und welcher Arbeit Lissa da splitterfasernackt nachgegangen ist? Anscheinend glaubst du, Heirat sei das Happy End einer Lovestory – von wegen – die Männer vergessen so eine Vergangenheit nicht. Ähnlich wie du mich nicht mal im Traum von meinem Job trennen könntest.«

Ohne Leo Zeit zu lassen, etwas zu erwidern, stand Ploy plötzlich auf.

»Wenn du nun verstanden hast, muss ich kurz nach draußen gehen. Meine Freundin wartet auf mich.«

Als sie sich umgezogen hatte und gegangen war, blieben ihm nur das Geräusch des sich – flapflap, flapflap – drehenden Ventilators und die Plauderei der zwei Mischlingskomödianten im Fernsehen. Da es nicht heiß war, streckte Leo sein Bein und schaltete mit dem Fuß den Ventilator aus, den Fernseher aber konnte er nicht ausschalten, weil er Angst vor der Totenstille hatte, die folgen würde. Das Thema der Plauderei war ein Tempel auf dem Gipfel des Khitchakut-Berges. Als man ein Grab, in welchem man eine tote Katze begraben hatte, wieder aufmachte, stellte man fest, dass der Schädel verschwunden war, weil er zu diesem Tempel in Chanthaburi geflogen war. Leo konnte nicht verstehen, was das bedeuten sollte. Hieß es, dass nach dem Sterben irgendwo ein Treffen stattfand? Oder blieb das Wesen auf irgendeine Art und Weise unvergänglich? Wenn man in Betracht zog, dass sich das Publikum einen Ast lachte, schien es wohl nicht allzu ernst gemeint zu sein.

Leo hatte etwas zu sagen. Er wollte diese Worte aus seinem Herzen entlassen, wenn er Ploys Gesicht direkt vor Augen hatte. Aber er wusste selbst nicht, was es war, das er ihr sagen wollte, was es war, das er auf dem Herzen hatte. Leo wartete einfach ab. Er wartete und stellte sich dabei Ploy vor, wie sie unter der Laterne auf dem Parkplatz des Nana Night Club an jenem Platz stand, den ihm Eric damals gezeigt hatte. Er wartete und stellte sich dabei Szenen vor, wie sich Männer Ploy näherten und fragten ›Was kostet es bei dir?‹ und wie Ploy nickte, ihnen folgte, ein Hotel betrat, sich auf dem Zimmer auszog und sich aufs Bett legte.

In den trüben Stromschnellen des Chao Phraya-Flusses fand der Aschestaub, der früher als Körper eins gewesen war, zufällig wieder zueinander und wurde neu geboren als ein Ungeheuer in Form eines Babys. Und Leo war im Zimmer der Prostituierten allein zurückgeblieben. Er rauchte mehr als ein halbes Päckchen Zigaretten, kehrte das Zimmer vom einen bis zum anderen Ende, spülte die kleine kreisrunde Kühltasche sauber und sah im Fernsehen eine Szene, in der eine alte Frau und ihre Tochter einander drückten und weinten. Als er unter dem Kasten einen Skorpion entdeckte, dessen Schwanz prall mit pechschwarzem Gift gefüllt war, tötete er ihn nach Luft schnappend mit dem Besen. Leo drückte sich mit seinem kraftlos gewordenen Körper an die Wand und blickte auf das Leben der vergangenen fünf Monate in der Soi 16 zurück, er versuchte sich in Erinnerung zu rufen, was inzwischen passiert war, aber es fiel ihm nichts Besonderes ein, außer traurigen Ereignissen wie zum Beispiel, dass Ploy von Aitt vergewaltigt, dass Papa zwangsweise des Landes verwiesen oder dass Shan am Kopf verletzt worden war, so ließ er sich schließlich auf den Rücken sinken, weil sein Körper ganz schlaff wurde. Er war doch nicht hierhergekommen, nachdem er in Daegu überlebt hatte, um dergleichen Vorkommnisse zu beobachten. Nur um sich um diese Vorkommnisse herum im Kreis zu drehen, ohne in irgendeine Richtung voranzukommen, egal, in welche – dafür war er doch nicht zurückgekommen!

Ein wenig später öffnete eine der Prostituierten, die im Erdgeschoss wohnte, eilig die Tür, betrat kurz das Zimmer, ging aber schließlich, da sie sich nicht zu erinnern schien, was sie eigentlich hatte sagen wollen, verschämt wieder nach draußen. Erst da entdeckte Leo, dass der tote Skorpion, der platt unter dem Kasten gelegen hatte, spurlos verschwunden war, und blickte sich – immer noch nach Luft schnappend – danach um.

Ploy kam mit Yon erst um sechs Uhr morgens zurück. Sie ging auf die Toilette, duschte sich und rauchte das Yaba, das sie in Nana gekauft hatte. Auch Leo saß daneben und sog den Rauch ein. Yon war völlig betrunken. Sie plapperte dummes Zeug von wegen ihr Intelligenzquotient wäre 120 und fiel dann neben Ploy, die auf der Matratze lag, in tiefen Schlaf. Dadurch wurde Leo in den vorderen Teil des Zimmers auf den Haufen von Klamotten vertrieben, auf dem früher, als sie noch gelebt hatte, immer Kai gelegen hatte.

Trotzdem konnte er nicht einschlafen. Er stand auf und schob die Gardinen ein wenig zur Seite. Anstelle der Fensterscheibe befand sich dort ein aus Nylon locker gewebtes Mückennetz. Die ursprünglich himmelblaue Farbe des Mückennetzes war unter einer schwarzen Schicht von Insektenauswurf und Staub nicht mehr zu erkennen. Durch das »Auge von Soi 16«, das Loch in dem Mückennetz, blickte Leo auf die Straße. Die Sonne ging auf und würde wenig später wieder untergehen, abertausende von Sternen zogen ihre Bahn wie Tränen über den Himmel, um wieder zu verschwinden, und dann ging erneut die Sonne auf.

Ploy ging nach draußen, und als ob die beiden einander abwechselten, kam nun Afang herein, um mit Yon Karten zu spielen. Nachdem Yon 60 Baht verloren hatte, wurde sie zornig, woraufhin auch Afang böse auf sie wurde und ging. Das gewonnene Geld ließ sie liegen. Yon steckte sich das Geld wieder in ihre Tasche zurück und lächelte zufrieden.

Som kam vorbei. Seit Shan ein Pflanzenmensch geworden war, brachte sie selbst das Geld für Lanos Englischunterricht auf. Zwar wachte Shan jede Woche jeweils am Freitagabend aus dem Koma auf und stieg aus dem Pflanzentopf heraus, aber das war auf die kurze Zeit bis Mitternacht desselben Tages beschränkt. Wenn der Zeiger auf zwölf Uhr wies, fiel der arme Freitagsmann in sich zusammen und wurde wieder zum Pflanzenmenschen. Da sein Leben auf einen Freitag reduziert worden war, musste er als Familienoberhaupt seine Arbeiten wie beispielsweise das Besorgen von Kleidung für die fünf Kinder, das Kochen, auch das Bumbum mit Som im Stehen oder das Beauftragen des Installateurs mit Reparaturen siebenfach schneller erledigen als die anderen. Da er sehr beschäftigt war, fehlte ihm die Zeit, Leo und Uwe zu treffen. Einzig und allein die Zeit, die er damit verbrachte, seine Kinder zu umarmen, war siebenmal länger als bei anderen Vätern.

Gegen fünf Uhr am Nachmittag kam Kwarn auf Besuch. Einige der Seifen, die sie gekauft hatte, öffnete sie und legte sie auf der Toilette ab. Das gerollte Toilettenpapier stapelte sie hinter den Aufbewahrungsboxen in einer Reihe auf. Es war noch immer eine für Ploy und ihre Mitbewohner ausreichende Menge, aber es war doch viel weniger geworden, als es gewesen war, als sie noch mit Eric gemeinsam gekommen war. Fast alle zehn Minuten klingelte ihr Handy, woraufhin sie eilig in Richtung der Eingangstür lief, um mit ihrem neuen Freund Bob zu telefonieren. Sie hatte ein Lächeln auf den Lippen, aber ihre flüsternde, leise Stimme zitterte, als würde sie ihn anflehen. Dann kam sie zurück und hockte sich vor Leo, um ihm ausführlich zu erklären, worüber sie mit Bob gesprochen hatte. Es war beinahe eine Art Rechtfertigung.

»Ein wenig wurde ich geschimpft. Er hasst es, wenn ich nach Bangkok komme.«

»Nein, er schimpft mit mir, weil er gerne mit mir zusammen sein will. Wenn er allein ist, muss er sich oft über mich ärgern.«

»Nein, er ist nicht wirklich sauer auf mich. Wie ein Kleinkind quengelt er herum. Verstehst du, was ich meine?«

Was sie am Leib trug, war teure Kleidung mit Markenetikett. Aber irgendwie sah es nach Puppenkleidung aus. Es sah aus, als wären die Sachen, ohne sie vorher anzuprobieren, gekauft worden. Wie sie ihre Arme und Beine und auch ihren Hals bewegte, sah irgendwie nicht natürlich aus. Sie sah aus wie eine mit großer Sorgfalt hergestellte, lebensgroße Gelenkpuppe.

Nachdem Kwarn weggegangen war, rauchte Leo mit Ploy, die inzwischen zurückgekommen war und sich ihm gegenüber gesetzt hatte, Yaba, und weil er bedrückt war, stieß er einen langen Seufzer in Richtung der leeren Zimmerdecke aus. Es war hörbar, dass Afang einen heftigen Streit mit irgendeinem Ausländer vor dem Wohnhaus von Uwe hatte. Ein wenig später hörte man, dass sie sich mit noch einem weiteren Mann stritt, und anschließend war das Geschrei von zwei Männern hörbar.

Gegen zehn Uhr abends kamen Frauen, die im ersten Stockwerk wohnten, mit Alkohol zu Besuch. Es waren die beiden sehr gesund aussehenden Prostituierten, die, als Yon von einer jüngeren Prostituierten verprügelt und ihr dabei das Nasenbein gebrochen worden war, Ploy zum Bahnhof Nana gefolgt waren, sich das Mädchen geschnappt und es hergeschleppt hatten. Eine der beiden erzählte von Lissa und lachte dabei wie ein Mann:

»Haha! Lissa, haha! Lissa hat echt Glück!«

Vor zwei Tagen in der Morgendämmerung, also ein paar Stunden nachdem Lissa nach Trat zurückgegangen war, war ein großes Feuer im Nachtclub Colosseum in Asok, den Lissa fast jeden Tag besucht hatte, ausgebrochen, und auch an jenem Tag wäre sie sicher dort gewesen, wäre Marco nicht aufgetaucht, und bei dem Brand starben siebenundzwanzig Menschen, darunter auch ausländische Touristen. Irgendwie wurde der Tod zu einem Thema in dem Gespräch und wie in einem Kanon erzählte jede der Reihe nach ihren letzten Wunsch. »Wenn ich sterbe, ruft meinen zweitältesten Bruder an und sagt ihm herzlichen Glückwunsch! Nur das! Dann legt auf!«

»Wenn ich sterbe, dann verbrennt mich bitte mit Yaba und Cannabis, als eine Überraschung für alle Anwesenden!«

Auch Ploy, die betrunken lächelte, sagte etwas dazu: »Wenn ich sterbe, zieht euch alle komplett schwarz an, oben und unten. Wenigstens den einen Tag lang.«

Yon sagte nach langer Überlegung: »Die Berge in Roi Et, wo ich früher gelebt habe, sehen alle wie Kamelbuckel aus.«

Es wurde Mitternacht und alle gingen nach draußen. Leo verabschiedete sich und blickte Ploy dabei in die Augen: »Tschüss, bis dann! Komm gut wieder zurück!«

So blieb er allein im Zimmer zurück. Während er auf Ploy wartete, schaltete er den sich – flapflap, flapflap – drehenden Ventilator aus, spülte die Gläser ab, die die Prostituierten einfach hatten stehen lassen, leerte das Wasser in der Kühltasche aus und kehrte das Zimmer vom einen bis zum anderen Ende. Er wartete und stellte sich dabei vor, wie Ploy unter der Laterne auf dem Parkplatz des Nana Night Club stand. Wie sich ihr ein am ganzen Körper tätowierter Hippie näherte und fragte: ›Was kostest du?‹, wie Ploy nickte und ihm folgte, wie sie nackt auf dem Bett lag und die Beine breit machte – sich solche Szenen vorstellend, wartete er. Im Fernsehen weinten eine alte Frau und ihre Tochter und hielten einander dabei fest umarmt. Er dachte erst, es wäre eine Wiederholung, aber die Gesichter von Mutter und Tochter waren andere. Es waren nicht jene Gesichter, die er schon einmal gesehen hatte.

»Ploy hat recht«, murmelte Leo »Ich kann das auf keinen Fall vergessen.«

Durch das »Auge von Soi 16« blickte er auf die langsam heller werdende Straße hinunter. Er hatte Lust auf koreanisches Essen: Yukgaejang, Seollongtang, Kkorigomtang, Bibimbap, Gimchi-bokkeumbap, Samgyeopsal, Bossam, Godeungeo-jaban, Dubu gochujangjjigae, Ureong doenjanguk, Kkakdugi, Yeolmu-gimchi, Miyeok-guk, Jeyukbokkeum, Bugeot-guk Sigeumchimuchim, Kongnamulchim, Naengmyeon, Ramyeon, Chalgi inneun ssalbap, Jogigui, Galchijorim, Gaereul ppurin myeolchibukkeum, Altang, Kongjaban, Kkaetipjeorim, Chamgireumeul, Sundae, Tteokbokki und so weiter, … alle diese Speisen wollte er wirklich gerne essen.

Ploy und Yon, die am Morgen zurückkamen, sahen sehr erschöpft aus. Sie zogen sich nur rasch um, dann legten sie sich hin und schliefen ein. Zwei Stunden später kam Ttom mit einer kleinen Flasche Whiskey vorbei. Als er die Flasche fast ganz ausgetrunken hatte, fragte er besorgt:

»Leo, bist du vielleicht krank?

Leo, der geistesabwesend nur das Glas mit dem Alkohol anstarrte, murmelte auf die eigene Stirn deutend: »Das da, mein Gehirn, das möchte ich rausnehmen, mit Salz einreiben und waschen.«

Auch nachdem Ttom gegangen war, wachten Ploy und Yon nicht auf. Leo ging auf die Toilette und schüttete das Wasser der Kühltasche aus, spülte die benutzten Gläser ab und stellte sie auf das Kästchen. Als er ein paar riesige Küchenschaben entdeckte, die gerade in der Gegend von Yons Achselgrube Bumbum machten, stupste er sie mit einem Taschentuch an und trieb sie hinaus vor die Tür. Am Rande der Treppe bewegte eine große haarige Spinne ihre Beine, als würde sie etwas auf einer Tastatur eintippen. Es sah aus, als wollte sie alle Begebenheiten in dem Zimmer detailliert dokumentieren. Als Leo sagte »Pass mir gut auf diese Frauen auf!«, hörte die Spinne mit dem Tippen auf und blickte Leo mit acht Augen scharf an.

Obwohl er körperlich völlig erschöpft war, konnte er auch im Liegen nicht leicht einschlafen. Er fühlte sich dumpf, ganz taub und leer. Und wenn er die Gedankenleere überwand, fühlte er sich einsam. Einsam und allein. Der frische Papayaduft von Ploy vermischte sich mit Yons fauligem Zwiebelgestank zu einem salzigen Geruch nach Meer. Es war das Gefühl eines langsamen Untergehens, vergleichbar mit dem Untergehen eines Schiffes. Die Maschinen waren gestoppt, das Schiffsheck stand längst unter Wasser. ›Du brauchst mich nicht zu retten. Es ist schon okay, mich einfach sterben zu lassen. Nur eine Sache – bitte erinnere dich daran, dass ich vorhatte, zu dir zu kommen.‹

Leo stand leise auf und näherte sich wieder dem »Auge von Soi 16«. Der Tag wurde langsam dunkler. Nachdem sich die Hitze des Tages, in der die Luft glühend heiß geworden war, etwas gelegt hatte, traten die Menschen aus dem Schatten, in dem sie sich sorgsam versteckt gehalten hatten, hervor und hinaus auf die Straße. Aus der Ferne kam jemand näher. Alle Entgegenkommenden grüßend, wie ein Star oder Prominenter, kam die Person mit schwingenden Hüften laut lachend immer näher gerade auf das Haus zu. Leos Mund umspielte ein Lächeln.

»Ploy, Yon, aufstehen! Lissa kommt zurück.« Yon sprang auf, blickte umher und schluchzte, dass sie Hunger hätte. »Das war ja klar«, murmelte Ploy unbeeindruckt. »Obwohl – so schnell hab ich sie dann doch nicht zurückerwartet.«

Aber Lissa war gar nicht gekommen, um zu bleiben. Kaum hatte sie das Zimmer betreten, zog sie ihre Klamotten aus dem Haufen von mit giftigem Schimmel überwachsener Kleidung und packte sie in Papas pinkfarbenen Rucksack.

»Yon, Leo, ihr alle, lebt wohl!«

Lissa strahlte, während sie den Rucksack schulterte.

»Ploy, ich schau mal wieder vorbei!«

Kaum war die Tür zu, grinste Ploy höhnisch.

»Die wird schon sehr bald wiederkommen. Das ist keine, die auf dem Land lebt und Schweinemist schaufelt.«

Aber mit dieser Einschätzung lag Ploy falsch. Die Rückenansicht der fröhlich aus dem Zimmer staksenden Lissa war das Letzte, was man von ihr zu sehen bekam, sie kehrte nie wieder auf die Soi 16 zurück.

Wer sich Sorgen macht, dass die Liebe nachlassen könnte, kann sich in Wahrheit glücklich schätzen. Denn er wird ja schon geliebt, bekommt – noch – Liebe geschenkt. So gesehen ist jene Phase des Sich-Sorgens um ein mögliches Nachlassen der Liebe vielleicht die glücklichste der verschiedenen Phasen der Liebe. Aber für Kwarn war diese Phase eine mit nichts vergleichbare Qual.

Kwarn hatte die Nachricht, die sie im Alter von zehn Jahren auf einen Zettel notiert hatte, bevor sie das Haus ihres Onkels mütterlicherseits verließ, nie vergessen.

Die ersten beiden Zeilen lauteten wie folgt:

»Nie wieder werde ich mit Menschen zusammenleben, die *ich* liebe.

Von nun an will ich mit Menschen zusammenleben, die *mich* lieben.«

Kwarn trug diesen Entschluss immer in ihrem Herzen, daher traf sie, als Eric ihr vorschlug zusammenzuziehen, die vielleicht wichtigste Entscheidung im Leben einer Frau binnen weniger Sekunden. Alle Überlegungen, die die zweite der beiden Richtungen des Liebens betrafen, also die Frage, ob sie selbst Eric denn auch liebte und ob sie auch mit ihm zusammenleben wollte, ließ sie einfach weg. Wenn es da jemanden gab, der sie wollte, sollte ihr alles Übrige nur recht sein.

Der Lauf der Zeit verdeckt mal Probleme, mal bringt er sie zum Vorschein. Im Laufe ihres Zusammenlebens geschah es ganz von selbst, dass Kwarn, ohne es zu wollen, anfing, Eric gern zu haben. Schließlich hatte er ihr das Leben gerettet. Lange Zeit hatte er sich treu um sie gekümmert. Niemals war ein böses Wort über seine Lippen gekommen, jeden Wunsch hatte er ihr von den Lippen abgelesen. Als sie ihm sagte, dass sie zur Schule gehen wollte, holte er bei Ämtern und Behörden Erkundigungen ein und sie ließ sich an der besten Privatschule in ganz Kanchanaburi einschreiben. Als sie den Besuch dieser Schule nach vierzehn Tagen jedoch abbrach, weil sie von den brutalen Attacken ihrer sechs oder sieben Jahre jüngeren Mitschüler genug hatte, bezahlte Eric fünf der Hauptfach-Lehrer der Schule und ließ Kwarn zu Hause unterrichten. Eric war ein guter Mensch. Er war ein Mann, den man einfach lieben musste.

Das war das Problem. Im Verlauf der zwölf Jahre, die sie zusammengelebt hatten, wurde ihre Angst immer größer, je größer ihre Liebe zu Eric wurde und je mehr sie sich auf ihn stützte. ›Dieser Mann, seine Liebe wird sicher irgendwann nachlassen und er wird mich verlassen. Auch anderen Frauen gegenüber hat er es so gemacht. Es gibt kein Gesetz, das sagt, er darf es nicht noch einmal so machen. Was in der Vergangenheit passiert ist, wird sich auch in der Zukunft wiederholen.‹ Diese trostlose Vorstellung quälte Kwarn. Je mehr sie Eric liebte, desto schlimmer wurde ihr Leiden. Der menschliche Geist drängt, egal, ob etwas richtig oder falsch ist, dorthin, wo sich das eigene Leid verringert. In Kwarns Fall bewegte er sich in Richtung der Zurückweisung von Erics Liebe.

Auch Eric wusste, wie sich Kwarn fühlte. Einmal hatte er zu Leo gesagt, er solle Ploys Vergangenheit vergessen, aber in Wahrheit war das etwas, was er nicht Leo, sondern seiner Geliebten Kwarn sagen wollte. Er wollte Kwarn bitten, ihm zu verzeihen und seine Vergangenheit zu vergessen. Es war nicht so, dass er Reue empfand, damals ein falsches Leben gelebt zu haben. Es lag daran, dass Kwarn seine Vergangenheit verabscheute. Er wollte auf die von ihr gewünschte Art und Weise mit ihr zusammenleben, was immer das auch sein mochte. Aber letztlich schaffte er es nicht, ihr das zu sagen. Sich lang und breit zu erklären und mit dem Finger auf den Mond zeigend einen Schwur abzulegen, war nicht Erics Stil. Eric hielt es für töricht, zu glauben, dass die eigenen Wünsche und Gedanken dem Partner vermittelbar wären. Die Welt war in unzählige Missverständnisse gezwängt und die Vorstellung der Existenz eines ›Wir‹ selbst war ein Missverständnis. Man will ein Missverständnis namens ›Gefühl‹ mittels eines Missverständnisses namens ›Sprache‹ vermitteln, aber zu dem Zeitpunkt, da das Gefühl als ein Missverständnis namens ›Laut‹ ein Missverständnis namens ›Gehörsinn‹ erreicht, war es schon so sehr umgeformt, dass man es mit bloßem Auge nicht mehr sehen kann.

Was Eric aber übersehen hatte, war die Tatsache, dass die Umformung manchmal viel überzeugender war als das Ursprüngliche. Eric glaubte, dass die Zeit seine Treue zu Kwarn zeigen würde, aber die körperliche Wärme, für die sich Kwarn nach Ablauf der zwölf Jahre schließlich entschieden hatte, war nicht die von Eric, sondern die von einem geschiedenen Engländer namens Bob, der Kwarn während der vorangegangenen Monate auf den Markt, auf die Bank, zum Friseur, zum Tierarzt und an andere Orte gefolgt war und ihr viele Tausende Male seine Liebe erklärt hatte. Bob hatte in seiner gescheiterten Ehe gelernt, dass die bis zum Überdruss betriebene Wiederholung von bestimmten Worten den Menschen in einen hypnotischen Zustand versetzen konnte, und diese Erkenntnis verwendete er als ein Werkzeug, das ihm erlaubte, Eric jenen Menschen zu rauben, der nichts anderes als seine Seele war. Auf jeden Fall wusste Kwarn nichts von Bobs Vergangenheit. Und Bobs schmeichelhafte Liebesbezeugungen sah sie als Teil ihrer Zukunft. Noch dazu verlangte Bob entschieden von ihr, ihn zu heiraten. Nun, das war etwas, das sich Kwarn von Eric seit Langem gewünscht hatte, auch wenn sie es ihm gegenüber niemals geäußert hatte. Dieses lautstarke Versprechen, irgendein offizielles Faktum, auf ein Blatt Papier geschrieben, das in einer Amtsstube aufbewahrt wird, eine wertlose Garantie für die Zukunft – genau das war der einzige Luxus, den sich Kwarn in ihrem Leben wirklich gewünscht hatte.

Eric hatte nie auch nur einen Gedanken an diesen Unsinn verschwendet. Bob aber brachte das Thema gleich aufs Tapet. Hätte Kwarn sich ihre Gegenwart nur halb so intensiv besehen, wie sie sich in ihre Vergangenheit oder Zukunft vertiefte, hätte sie sich nicht angemaßt, Eric auf diese Weise zu verlassen. Weil sie über die Vergangenheit ihre Zukunft bestimmt hatte, konnte sie seinen Herzschlag, der ihm die Brust zu sprengen drohte, wann immer er sie ansprach, nicht hören. Stattdessen hörte Kwarn etwas anderes.

An jenem Tag vor zwölf Jahren, als sie von hohem Fieber und Todesangst gemartert auf allen vieren auf die Soi 16 gekrochen gekommen war, einen gerade vorbeilaufenden Mann draufgängerisch gepackt und um Hilfe angefleht hatte, also genau in dem Augenblick, als sich Eric, der gerade mit verlegenem Gesichtsausdruck zwischen zwei Schönen, die sich links und rechts bei ihm eingehakt hatten, stehen blieb, schließlich dazu entschloss, ihr zu helfen, hatte Kwarn einen Knall wie einen Donnerschlag gehört. Dieser Knall klang so:

Pang!

Überrascht hatte sie sich umgeblickt, aber da war niemand gewesen, der eine Waffe in der Hand gehalten hätte. Auch war sie die Einzige gewesen, die den Knall gehört hatte und erschrocken war. Während sie von Eric auf den Rücken genommen und huckepack ins Krankenhaus getragen wurde, dachte sie, es hätte sich eben um eine krankheitsbedingte Halluzination gehandelt, die mit ihrem Unwohlfühlen zu tun hatte. Aber es blieb nicht bei diesem einen Mal, und sie hörte den Knall auch nicht nur dann, wenn sie sich körperlich unwohl fühlte.

Sie hörte den Knall auch, als Eric eines Tages – die beiden lebten bereits drei Monate in Kanchanaburi zusammen – etwa ein Dutzend Bündel 1.000-Baht-Scheine auf den Tisch in ihrem Hotelzimmer legte und dabei erklärte, dass er sich diesen Betrag von seiner Bank hätte auszahlen lassen, um ein Haus zu kaufen.

Pang!

Auch als sie nach Abklingen ihrer ersten Regelblutung zum ersten Mal Bumbum machten, als im Halbdunkel Erics großer Penis lautlos in sie eindrang, hörte sie den Knall.

Pang!

Auch an jenem Tag vor acht Jahren, als Eric weinend zum Arzt lief, nachdem er die heiße Hühner-Reissuppe, mit deren Zubereitung sie zwei Stunden beschäftigt gewesen war, auf einen Zug hinuntergeschlungen hatte, hörte sie den Knall.

Pang!

Auch als Eric in Chiang Mai, wohin sie anlässlich Kwarns Volljährigkeit reisten, Unmengen von Magic Mushrooms verschlang und ihr zwanzig schwarze Rosen überreichte, die er von der Gartenmauer eines fremden Hauses gestohlen hatte, hörte sie den Knall.

Pang!

Auch vor etwa zwei Jahren, als Eric, der einen Motorradunfall verursacht hatte, blutüberströmt und humpelnd in den Garten eintrat, hörte sie den Knall.

Pang!

Als sie mit Eric zur River Road, der Straße für Touristen, ging, um Indisch zu essen, hörte sie den Knall.

Pang!

Aber die Einzige, die von dem Knall nicht erschrak, war Kwarn. Denn in der Bar direkt nebenan wurde tatsächlich geschossen, und der Bartender, der gerade einen Gin-Tonic gemixt hatte, war auf der Stelle tot. Wenn man es genau nahm, klang dieser Knall auch etwas anders. Der 990 Dollar teure Revolver der Marke Smith & Wesson erzeugte natürlich nicht dasselbe Knallgeräusch wie eine billige Handfeuerwaffe Made in China. Alle blickten verwundert zu Kwarn, die seelenruhig das Naan genannte indische Fladenbrot in Stücke riss und damit Lammcurry aß.

So oft hatte Kwarn diesen Knall in ihrem Inneren gehört, dass sie ihn von realen Knallgeräuschen nicht mehr unterscheiden konnte. Sie hörte den Knall auch, als sie Eric vermisste, der nach Andaman gefahren war, um dort sein Visum zu verlängern.

Pang!

Auch am Abend desselben Tages, als sie Bob zum ersten Mal vor dem Laden für Tiernahrung traf, hörte sie den Knall.

Pang!

Als sie neun Monate später in dem heruntergekommenen Guesthouse Jolly Frog, das pro Nacht nur 200 Baht kostete, mit dem alten Bob zum ersten Mal Bumbum machte, mitten unter der zum vielleicht fünfhundertzwanzigsten Mal wiederholten freudlosen Phrase ›I love you‹, hörte sie den heftigen Knall.

Pang!

Auch als sie von Eric Abschied nahm, hörte sie den Knall.

Pang!

Auch in Erics Abschiedsgruß, welcher durch die abgesperrte Tür klang, mischte sich ein Knallgeräusch.

Pang!

Nach seiner Rückkehr in die USA stieg Eric im Trump International Hotel Manhattan ab und kehrte nicht in seine Heimat South Carolina zurück. Hier, in New York, wo ihn niemand kannte, fühlte er sich wohl. Er ging ins Luxuskaufhaus Bergdorf Goodman auf der 5th Avenue und kaufte sich reichlich teure Hemden und Baumwollhosen. Die billigen Klamotten, mit denen er aus Thailand gekommen war, warf er weg. So war alle Vergangenheit nur noch in seinem Kopf, und ob er sich daran erinnerte oder alle Erinnerung daran auslöschte, war eine reine Willensentscheidung.

Den ganzen ersten Tag lang ließ er sich vom Zimmerservice Essen aufs Zimmer bringen, aß und legte sich dann eine Weile zur Ruhe, bevor er, als es Nacht wurde, in die Bar Martin auf der 58th Avenue ging. In dieser Sportsbar, wo speziell die Übertragung von Fußball-, Baseball- und Basketballspielen angeboten wurde, trank Eric acht Jahre lang gereiften Bacardi-Rum. Er trank eine Flasche und eine zweite. Als er die dritte Flasche bestellte, riet ihm der Barkeeper davon ab, weiterzutrinken. Genau genommen handelte es sich nicht um einen Rat, sondern um eine Warnung. Eine Weile später, nachdem Eric um mehr Alkohol gebeten hatte, kamen zwei Polizisten vorbei. Eric stand auf einem Fuß, während er mit geschlossenen Augen beide Arme ausstreckte, ging dann etwa vier Meter geradeaus, bevor er sogar noch in die Luft sprang, was gar nicht verlangt worden war. Aus dem Mund roch Eric überhaupt nicht nach Alkohol.

»Hast du den Schnaps getrunken oder auf den Boden geleert?«, fragte der Barkeeper, nachdem die Polizisten weg waren.

»Ich zeig dir, was ich gemacht hab.«

Eric bestellte wieder eine 0,7-Liter-Flasche Bacardi und leerte sie auf einen Zug, ohne auch nur ein einziges Mal den Mund von der Flaschenöffnung abzusetzen.

»Na, wonach sieht das in deinen Augen aus?«

»Na klar, getrunken hast du ihn, getrunken«, sagte der Barkeeper mit vor Erstaunen offenem Mund. »In einem Zug sauber geleert.«

Auch am nächsten Tag legte er sich im Hotelzimmer zur Ruhe, und um etwa neun Uhr abends besuchte er wieder die Bar Martin. »Gib mir drei Flaschen auf einmal.«

Da Eric immer mehr von dem Rum trank, riefen die übrigen Leute, die hier und da saßen und ebenfalls tranken, ihre Freunde an. »Kommt sofort her. Hier ist ein richtiges Ungeheuer aufgetaucht. Nein, Schutzhelm ist unnötig.«

Eric ging jeden Tag in die Sportsbar Martin auf der 58th Avenue und trank da den Bacardi. An manchen Tagen trank er fünf Flaschen, an manchen Tagen sechs, einmal, da trank er sogar sieben. Es gab keinen einzigen Tag, an dem er weniger als vier Flaschen trank. Nach etwa einer Woche herrschte gegen neun Uhr abends, also zu dem Zeitpunkt, an dem Eric in der Bar erschien, dort ein so großer Andrang, dass man keinen freien Platz mehr finden konnte. Die Leute beobachteten Erics Trunksucht. Mal feuerten sie ihn an, dann wetteten sie wieder miteinander und schrien auch laut. Als Eric auf die Toilette ging, gab es auch Menschen, die ihm wie ein Detektiv nachschlichen, um zu sehen, ob sich Eric heimlich erbrach. Es gab freilich auch hier ein paar Alte, die ihre Nase rümpften, aber bei den meisten Leuten war Eric ein Held in der Bar Martin. Eric, der starken Rum wie Wasser trinken konnte, hatte nicht nur das Herz des Barbesitzers, sondern auch die Herzen von Trinkern, die wenigstens einmal mit Freunden um die Wette getrunken hatten, höherschlagen lassen. Viele kamen mit neugierigen Blicken zu ihm, redeten ihn an und fragten auch, ob es möglich war, ihm einen auszugeben.

»So viel Sie wollen«, antwortete Eric. »Bacardi, acht Jahre lang gereift, wenn möglich, eine volle Flasche.«

Auf diese Weise trank Eric in drei Wochen fast hundertdreißig Flaschen. Tagsüber legte er sich meistens im Zimmer im elften Stock des Hotels zur Ruhe oder hielt eine Mahlzeit per Zimmerservice oder ging aufs Dachgeschoss und genoss es, dort zu schwimmen.

Dass er am Tag das Hotel verließ, kam nur einmal vor. Am Mittag des Tages nach genau drei Wochen kam Eric gut angezogen nach draußen, querte den Central Park diagonal und ging dann in Richtung Harlem weiter. Er ging in ein Esslokal in der Nähe der Upper East Side und schlug sich den Bauch voll, dann fuhr er mit einem Taxi über die Brücke Traboro zum Botanischen Garten in Queens Astoria. Dort verbrachte er etwa drei Stunden, während derer er sich tropische Bäume ansah, dann nahm er wieder ein Taxi und fuhr über den unterirdischen Tunnel in die Nähe des Uno-Gebäudes am Fluss zurück. Von dort folgte er dem Verlauf des Flusses zu Fuß ein wenig weiter, bis ihm ein Waffengeschäft auffiel.

»Was suchst du?«, fragte ein Jude mit Vollbart, der ihn von oben bis unten musterte.

»Gib mir eine gute Feuerwaffe«, antwortete Eric.

»Welcher Typ?«

»Egal, eine, die gut schießt.«

Kunden, die solche Dinge sagten, hatte der Jude schon unzählige erlebt, weswegen er Eric mit geschmeidigen Bewegungen eine an der Wand hängende, silberne Feuerwaffe überreichte.

»Die Neueste von Smith & Wesson. Wenn du mir 690 Dollar gibst, lade ich sie dir gleich«, fügte er leise hinzu. »Wenn es dir gegen den Strich geht, dich auszuweisen, kostet es 990 Dollar.«

Eric zählte zehn 100-Dollar-Scheine ab und reichte sie dem Juden. »Die zehn Dollar sind Trinkgeld. Geh dich mal rasieren.«

Auch an diesem Abend ging Eric in die Bar Martin und trank diesmal sieben Flaschen.

»Wieso bist du denn überhaupt nicht betrunken? Hast du irgendeinen Apparat an der Leber?«, fragte ein kleinmütig aussehender Asiat unhöflich, der sich genähert und Eric die Hand auf die Schulter gelegt hatte. Aus seinem Mund roch es unangenehm nach Bourbon Whiskey.

»Oder hast du irgendeine verdammte Medizin eingeworfen?«

Bevor Eric reagieren konnte, kam eine kleine Frau herbeigelaufen und zog den Arm des Mannes zu sich.

»Es tut mir leid. Dieser Mann hatte heute keinen guten Tag.«

Ihre Augen, deren Pupillen tiefschwarz wie eine schwarzes Loch waren, waren voller Angst.

»Schon gut.«

Eric hob sein Glas und lächelte dabei.

»Jeder hat solche Momente.«

Am nächsten Morgen stand Eric auf, streckte sich ausgiebig und ging ins Badezimmer, um sich sauber zu rasieren, sich die Zähne zu putzen und sie zusätzlich mit Zahnseide zu reinigen, anschließend duschte er sich mit lauwarmem Wasser ordentlich ab. Nackt und tropfend kam er aus der Dusche und stellte sich vor den großen Standspiegel.

Es war ein gut aussehender Körper. Es war nicht leicht, sich in seinen Dreißigern eine derart straffe Taille, Hüften ohne zusätzlichen Speck, kräftige Muskeln an den Schultern und eine mit feinen Härchen bedeckte, gespannte Brust zu erhalten. Es war ein begnadeter Körper. Eric betrachtete seinen Körper im Spiegel mit Stolz.

»Auf jeden Fall habe ich in der besten aller möglichen Welten gelebt.«

Nachdem er seinen Körper abgetrocknet hatte, ging er vom Spiegel zum Kleiderschrank. Das Gefühl des weichen Teppichs wurde durch die gesunden Bänder und Muskeln in seinen ganzen Körper weitervermittelt. Er machte den Kleiderschrank auf. Er holte unter dem Stapel von Kleidungsstücken, die er nach der Rückkehr aus der Bar Martin noch vor dem Schlafengehen sauber gefaltet hatte, die neueste Feuerwaffe von Smith & Wesson heraus. Sie war kalt. Die Trommel war vollständig mit Patronen bestückt. Der junge Reiche aus South Carolina, Eric W. Vanderbilt, legte die silberne Mündung der Waffe unter die letzte Rippe an sein kräftig pochendes Herz und stellte sich aufrecht hin.

»Alles ist gut, aber das ist das Problem.«

Pang!

Nachdem der dumpfe Anprall vorbei war, der seinen Oberkörper nach hinten zurückschnellen hatte lassen, wurde er von dem Gefühl überwältigt, selbst in einen Teil schwer sinkenden Rauchs, einen Teil vorbeiwehenden Windes, einen Teil unendlich leichter Luft verwandelt, mal hierhin und mal dorthin zu wehen, von dem Gefühl, als ein Teil des Staubes, von dem die Welt erfüllt ist, herumzufliegen, von dem Gefühl, sich selbst nicht mehr zu fühlen, von einem einfach nur guten Gefühl, von dem Gefühl, vom Wind als Teil des Kosmos irgendwohin getragen zu werden, und von dem Gefühl, sich dort wieder als nichts Bestimmtes zu fühlen, und alles war gut.

Der Knall verbreitete sich wie ein Sturm über die Gästezimmer des 11. Stockwerks im Trump International Hotel Manhattan. Zum Teil flog er auch zu einem frisch vermählten Ehepaar aus Südafrika, die im Nebenzimmer gerade Bumbum machten, zum Teil zu einem alten Ehepaar aus Polen, das sich während einer Reise anlässlich ihrer Goldenen Hochzeit gerade heftig miteinander stritt, und zu einem hispanischen Raumpfleger, der gerade fleißig den Durchgang putzte. Ein Teil davon kam auch, als Tachyonen-Teilchen geladen, durch eine Lücke, die er in die Raumzeit gerissen hatte, zu Kwarn, die neben Bob in Kanchanaburi, Thailand, schlief, zu Kwarn, die zwölf Jahre zuvor an hohem Fieber leidend auf allen vieren auf die Soi 16 herausgekrochen gekommen war, kam zu Kwarn in einigen bestimmten Momenten in der Zeit, in denen er seine Körpertemperatur mit ihr teilte, und wurde zu einem Erinnerungsfaktor, den sie niemals begreifen konnte. Übrig geblieben war nur die großartige Totenstille, die Mutter des Kosmos.

18

Es kam ein Brief. Auf dem Briefumschlag stand stolz PAPA geschrieben.

›Ihr Lieben, ich bin's, Papa. Von eurer Seite vertrieben, wurde ich behandelt wie Pferdedung in der Militärkaserne von Myawaddy und bin vor einiger Zeit nach Yangon geflüchtet. Irgendwie hat sich alles ganz gut entwickelt und nun arbeite ich im Stadtzentrum im Nachtclub Emperor als Modell. Was ich hier hauptsächlich mache, ist nicht Klamotten anziehen sondern ausziehen. Aber immerhin verdiene ich 30.000 Kyat im Monat. Von dem Geld kann ich jeden Tag in einen Laden namens Swesale gehen und mir eine Seejet-Nudelsuppe leisten. Und da ich die Seejet-Nudeln dort total mag, bin ich richtig zufrieden.

Vor ein paar Tagen, als ich nach Feierabend mit meinen neuen Freunden nach Chinatown in die 9. Straße ging, um Wattadotto zu essen, wäre ich fast von der Polizei geschnappt worden. In Myanmar dürfen Frauen nach Mitternacht nämlich nicht mehr raus. Ich konnte mich ohne Schwierigkeiten aus dem Staub machen. Aber meine Freundin Momilay haben sie erwischt, weil ihr der Absatz brach, und jetzt sitzt sie in Bago im Knast. Wenn sie nicht 50.000 Kyat bezahlt, muss sie fünf Monate absitzen. Was soll man machen? Da im Moment keiner von uns 50.000 Kyat hat, werden wir Momilay wohl erst in fünf Monaten wiedersehen.

Es ist schwierig, aber als Burmesin kann ich es schon aushalten. Es ist fast schon peinlich, wie schnell man sich an dieses Leben gewöhnt. Jedenfalls bin ich hier in meinem Land, und zwar in Yangon, wo alle Burmesen leben möchten, und ich kann meine Gebete jeden Tag in Richtung der Shwedagon-Pagode sprechen, die alle Burmesen unbedingt wenigstens einmal in ihrem Leben sehen möchten. Auf einer Skala von 0 bis 100 sind das mindestens 90 Punkte.

Wie geht es euch? Lasst mal hören, was es Neues gibt. Den Rucksack, den ich vollgepackt habe, während ich von der Polizei verprügelt wurde, wollte ich eigentlich meiner besten Freundin Lissa geben. Denn beim Grenzübertritt durfte ich sowieso nichts bei mir haben. Geht es der alten Bettlerin gut, der ich manchmal Taschengeld gegeben und für die ich gebetet habe? Ich glaube, sie hieß Yon. Sie stank ja ganz schön, aber ich hab sie doch ins Herz geschlossen. Ist Leo noch da? Der Koreaner, der immer finster dreinsah. Wegen seiner hellen Haut wäre ich gern mit ihm zusammengekommen. Aber gegen eine Konkurrentin wie Ploy kommt man nun mal nicht an. Ach, Ploy! Die Allerhübscheste auf der ganzen Welt. Mehr als von irgendjemand sonst möchte ich von Ploy hören.

Ich bete wirklich jeden einzelnen Tag für euch.‹

»Was soll denn der Scheiß?«, ärgerte sich Yon und warf den Brief von sich. »Das kann doch kein Mensch lesen!«

»Das ist ja echt …« Nawalatt, die auch aus Myanmar stammte, kratzte sich am Kopf, als täte es ihr leid. »Ich bin ja auch ziemlich ungebildet. Alles zusammengenommen war ich vielleicht gerade mal eine Woche an der Schule.«

Leo hob den von Yon weggeworfenen Brief auf und sah ihn sich an. Er war voller Schneemänner.

Aufrecht dastehende Schneemänner, auf der Seite liegende Schneemänner, Schneemänner mit Mütze, Schneemänner, die die Arme ausbreiteten, Schneemänner, die zu zweit und zu dritt beieinanderstanden … Obwohl jeder einzelne Buchstabe mit Kraft geschrieben war, spürte man auch, da die Schrift kaum Ecken aufwies und die Zwischenräume zwischen den einzelnen Wörtern und den Zeilen groß waren, den extravaganten und warmherzigen Charakter von Papa.

»Leo, ist das die Schrift von Myanmar?«, plapperte Lano, die sich nun auch in die Unterhaltung einschaltete, auf Englisch. »Leo, die sieht aber hübsch aus.«

»Ja, wirklich hübsch«, erwiderte Leo. »Lano, bleib du mal hier bei deinen Tanten. Ich schau kurz in den Laden und bin gleich wieder da.«

»Ja, aber mach schnell.« Lano konnte ihre Augen nicht von dem Brief lösen. »Tante Papa, sie schreibt so hübsch.«

Schleppend ging Leo in den Laden, kaufte Eiswürfel und Wasser sowie zwei kleine Becher Joghurt für Lano. Schleppend stieg er die Treppe hoch. Da sah er vor der leicht geöffneten Tür die weinende Som. Als sie Leo erblickte, legte sie rasch einen Finger an den Mund, um ihm zu bedeuten, er solle leise sein.

»Leo, ich … ich muss gleich gehen. Ich werde diesmal nicht wiederkommen können«, sagte Som mit leiser Stimme. »Am 16. frühmorgens soll ich in Buenos Aires wiedergeboren werden.«

»So plötzlich?«, fragte Leo überrascht. »Dann geh nur schnell rein und nimm Lano noch mal in den Arm!«

»Nein, nein!«, sagte Som, die durch den Türspalt heimlich ins Innere des Zimmers blickte. »Sie ist ein kluges Kind. Sie würde an meinem Gesichtsausdruck erkennen, dass ich für immer gehe.«

Mit ihrem Handrücken wischte sich Som laufend die Tränen ab, die ihr die Sicht nahmen. Eine Zeit lang blieb sie so, dann nahm sie Leo an der Hand und ging mit ihm in den ersten Stock hinunter.

»Hier sind 800 Baht Unterrichtsgeld für Lano. Tut mir leid, aber mehr habe ich nicht.«

»Schon gut«, sagte Leo und tätschelte Som die Schulter. »Mach dir wegen des Geldes mal keine Sorgen. Solange ich hier bin, werde ich Lano weiterhin gut unterrichten. Aber, sag mal, um welche Uhrzeit fährst du denn?«

»Vom Sai Tai Mai Busterminal fährt der letzte Bus um sechs Uhr ab. Aber bevor ich gehe, hab ich noch etwas mit Uwe zu besprechen. Er war ja mal als Fluglotse tätig und kennt sich bestimmt sehr gut mit Aerodynamik aus.«

Als würde ihr etwas die Kehle zuschnüren, machte Som eine kurze Pause und fuhr dann, sich ihre Tränen abwischend, fort:

»Auch wenn ich keinen besonderen Groll gegen irgendjemand Lebenden hege, kann ich, nicht zuletzt wegen Lano, nicht einfach so von hier weg.«

Dergleichen rätselhafte Worte hinterlassend, stieg sie langsam die Treppe hinunter. Und verschwand.

In einem Winkel des Zimmers lag Lano auf dem Bauch, bedeckte ihr Gesicht mit Papas Brief und weinte.

»Was ist denn los? Lano, warum weinst du denn?«, fragte Leo und stellte die Einkaufstüte auf dem Boden ab.

»Keine Ahnung, sie war erst guter Dinge und brach dann plötzlich in Tränen aus. Ich hab sie so noch nie erlebt«, sagte Nawalatt mit verwirrtem Blick.

»Lano, wirklich, was hast du denn? Na? Willst du es der lieben Tante denn nicht erklären?«

Als Lano von dem langen Weinen schon ganz erschöpft war, trug sie Leo, der sich nicht anders zu helfen wusste, huckepack bis nach Hause. Sein Rücken war von ihren Tränen ganz durchnässt. Auf dem Rückweg bemerkte Leo, dass sich am Himmel schwarzdunkle Wolken zusammenzogen.

»Es wird ganz ordentlich heruntergießen. Der Himmel ist ganz schwarz«, sagte Leo, als er ins Zimmer zurückkehrte. »Aber die Wolken sind nur über diesem Wohnhaus so düster.«

»Ach ja? Dann muss ich schnell mein großes Geschäft erledigen.«

Yon klemmte sich eine Rolle Toilettenpapier unter den Arm und ließ ihre Shorts halb hinunter.

»Bevor mir wegen dem Regen wieder das Arschloch wehtut, muss ich kacken.«

»Yon, lass deine Hosen gefälligst erst auf dem Klo runter!«, sagte Nawalatt schroff.

»Der Gestank ist ja nicht auszuhalten!«

Kaum eine Minute nachdem Yon in der Toilette verschwunden war, begann es zu regnen. Es war ein ungeheuer heftiger Regenguss, wie in Leo bislang noch nicht erlebt hatte. So heftig, dass selbst die Flüche von Afang, die gerade fauchend ins Zimmer trat, im Rauschen des Regens untergingen. Auch Ploy, die auf der Matratze tief in Schlaf versunken war, schreckte hoch, setzte sich auf und rieb sich ungläubig die Augen. Sie schien sich zu fragen, was vor sich ging. Genau in dem Moment, als Leo »Das ist einfach nur das Geräusch des

Regens!« rief, war das Wetter rings um das Kaufhaus Robinson, das gerade einmal zwanzig Gehminuten von der Soi 16 entfernt lag, wolkenlos und windstill. Eine junge und sehr schöne Prostituierte schlenderte, geschmückt mit einem bunt gemusterten Sonnenschirm von Benetton, den sie vor einigen Tagen gekauft hatte, die Straße entlang. Vor ihr tauchte Som auf, entriss ihr den Sonnenschirm, warf ihn flink in die Luft und machte sich sogleich wieder auf und davon. Der bunte Schirm stieg langsam schräg hoch in die Luft, faltete sich in einer Höhe von etwa dreißig Metern über der Erde mit einem raschen Schwung zusammen und düste in Richtung der Soi 16 davon. Ihres Sonnenschirms beraubt, stieß die Prostituierte aus vollem Hals Flüche von sich. Die Eingangstür flog auf und ins Zimmer trat Aitt, der Tyrann der Soi 16. Mit regennass glitzerndem Gesicht zog er Hose und Unterhose in einem aus und warf sie von sich. Er grinste ekelhaft und zeigte dabei seine gelben Zähne. Als die noch schlaftrunkene Ploy sich nur langsam regte, lief er auf sie zu wie in einem Spiel und trat ihr gegen den Oberschenkel. Als Ploy wegen dieses Tritts aufstöhnte und dabei ihren Körper verdrehte, drängte sich Afang, die fast schon herbeigeflogen kam, zwischen die beiden. Das Rauschen des Regens verschlang die Schmerzensrufe, Aufschreie und Flüche im Zimmer gleichermaßen. Es war, als öffneten sich genau über Uwes Wohnhaus die Himmelsschleusen. Das Erdgeschoss stand bereits komplett unter Wasser und auch der erste Stock war schon zur Hälfte mit Wasser gefüllt. Der bunte Sonnenschirm von Benetton, der in die dunkle Wolke, die über der Soi 16 stand, geflogen kam, stoppte in der Höhe von 1.260 Metern kurz und drehte sich dann langsam in Richtung Erde. Aus dem Mund von Afang, die einen Tritt gegen die Brust abbekommen hatte, floss Blut.

Als Leo das sah, sprang er plötzlich auf. Ganz taub von dem heftigen Regengeräusch, konnte er nicht richtig denken. Er war sich selbst nicht einmal im Klaren darüber, was er gerade tat. Sein Instinkt folgte in seiner Bewegung bloß der Richtung, die der wie verrückt niederrauschende Regenschwall vorgab. Auch Nawalatt zerkratzte schluchzend Aitts Beine. Auf dem Fußboden stand bereits das Regenwasser, das nun gemächlich über die Knöchel anstieg. Aitt, der bei dem Versuch, Nawalatt zu treten, ausgerutscht war, kochte regelrecht vor Wut. Er stand schwankend auf und schlug Leo, der vor ihm stand und ihm den Weg versperrte, mit der Faust gegen den Nacken. Beide fielen sie zu Boden und kamen übereinander zum Liegen. Das Wasser platschte heftig. Durch die aufgedrückte Eingangstür strömte Wasser wie ein reißender Fluss ins Zimmer. Binnen weniger Augenblicke stieg das Wasser bis auf Hüfthöhe an. Der bunte Benetton-Sonnenschirm, der im Inneren der dunklen Wolke vorsichtig abwärts geglitten war, begann, sobald die detaillierte Richtungsanweisung, die Uwe für Som berechnet hatte, umgesetzt war, etwa in einer Höhe von 920 Metern zu beschleunigen. Leo hielt mit Mühe seinen Kopf über Wasser und übergab sich. Da spürte er einen dumpfen Schmerz am Genick. In der reißenden Strömung der durch die Eingangstür ins Zimmer drängenden Wassermassen konnte er seinen Körper nicht bewegen, wie er wollte. Es gab niemanden, der noch aufrecht dastand. Das Regenwasser bildete einen Wirbel und floss in Richtung Fenster ab. Aitt, der sich auf Leo stürzte, rutschte ab und landete kopfüber im Wasser. Die Strömung des Wassers, das inzwischen bis auf Brusthöhe angestiegen war, schob Aitt zum Fenster hinüber. Plötzlich wurde Leo nach unten gezogen. Aitt hatte ihn am Knöchel gepackt. Der nunmehr ganz aus der Wolke herausgetretene bunte Benetton-Sonnenschirm schoss aus einer Höhe von ungefähr 750 Metern kräftig beschleunigend herab. Leo strampelte, um seinen Knöchel aus Aitts Griff zu befreien. Da er viel Wasser verschluckt hatte, war er nicht mehr ganz bei Sinnen. Ploy, deren Körper vom Vorhang umwickelt war, trat gegen Aitts Füße, die dieser links und rechts am Fensterrahmen eingehängt hatte, bis er den Halt verlor, und schob ihn dadurch auf eine Seite des Nylon-Mückennetzes, das durch die Kraft der Strömung flatterte. Afang kam herbeigeschwommen, ihr langes Haar wie das einer Göttin um sie schwebend, umfasste Leos linkes Handgelenk und zog ihn zu sich. Aber obwohl Aitt von der Wasserströmung abgetrieben wurde, war er immer noch stärker als alle übrigen zusammen. Leo schloss die Augen und öffnete sie wieder. Er wollte Aitt, der ihn mit seinen gelben Zähnen angrinste, ins Gesicht treten, traf ihn im Wasser aber nicht richtig. Es machte ihn fast verrückt, dass er immer wieder mit den Füßen abrutschte. Er schloss noch einmal die Augen und öffnete sie wieder. Aitt wand sich wie ein Krokodil, das seine Beute ersäufen will. Dadurch wurde nicht nur Leo selbst, sondern auch Afang, die seine Hand festhielt, unter Wasser gezogen. Alles Strampeln half nichts. Aitt waren wie einem Stier an beiden Seiten seiner Stirn spitze Hörner gewachsen. Und stur wie ein Stier hielt er Leo hartnäckig fest. Leo hatte nicht mehr die Kraft, seinen Knöchel durch Strampeln zu befreien. Ihm wurde trüb vor Augen. Nawalatt hielt sich mit einer Hand an einem Haken an der Wand der Toilette fest und zog Afang mit der anderen Hand zu sich – oder versuchte es jedenfalls –, während die in den Vorhang eingewickelte Ploy, die sich inmitten der heftigen Strömung gerade noch am Fensterrahmen festhielt, anschob, damit sich Aitt nicht ordentlich halten konnte. Auch Afang, die eins ihrer langen Beine um die Säule im Innern des Zimmers geschlungen hatte, zog Leo mit all ihrer Kraft zu sich. Leo schloss erneut die Augen und öffnete sie wieder. Nun musste er Afang loslassen. Anstatt zu fliehen, musste er sich auf Aitt stürzen und ihn mit den Armen umfassen. Ihn fest umklammernd musste er sich mit ihm zusammen in die Hölle schwemmen lassen. Das war das Einzige, was er noch tun konnte. Die Entscheidung, sich zu opfern, war keine reine Herzensentscheidung, sondern eine, zu der er durch die Lage gezwungen war. Sich zu opfern war seine letzte Vernunftentscheidung in dieser Existenz. Von der Strömung gefangen, rang er sich dazu durch. Er schloss die Augen fest und öffnete sie wieder. Mit Bewegungen seiner rechten Hand verdrehte er Afangs Finger. Afang, die begriff, was er vorhatte, schüttelte heftig den Kopf. Die langen und schönen Haare der Göttin schwebten im Wasser sanft hin und her. Kurze Blicke von Verzweiflung und Flehen gingen zwischen den beiden hin und her wie Telegramme. Genau in diesem Augenblick kam der bunte Benetton-Sonnenschirm durch das »Auge der Soi 16«, welches in der Strömung bebte, hereingeschossen und schlug ein wie ein Blitzschlag. Aitt, dessen Bauch von dem Sonnenschirm durchbohrt wurde, riss seine Augen weit auf. Das schwarzrote Loch in seinem Bauch stieß wie einen Schrei eine Schar Schmerlen aus, welche sich um ihn herum wanden und ihm in Augen, Mund, Nase, Ohren und von hinten in sein nacktes Gesäß eindrangen. Aitt fasste todesmutig nach Leos Knöchel. Aber da ihm die aus seinem Bauch kommenden Schmerlen die Sicht nahmen, bekam er nichts zu fassen. Obwohl sie schon an der Grenze ihrer Möglichkeiten angelangt war und weiße Luftbläschen ausstieß, ließ Afang die Gelegenheit nicht ungenutzt und schaffte es endlich, Leo auf ihre Seite zu ziehen. An der Säule schlossen die beiden einander in die Arme und beobachteten von dort aus, wie Aitt in einem Boot aus Schmerlen gefangen durch das zerfranste Mückennetz hindurch getragen und, da er sich nach einem letzten Tritt von Ploy nicht mehr am äußersten Ende des Fensterrahmens festhalten konnte, nach draußen geschwemmt wurde. Sobald Aitt verschwunden war, versiegte die Strömung von der Eingangstür her sofort. Das Wasser, das bis an die Decke angestiegen war, floss augenblicklich ab und der Fernseher, die Aufbewahrungsboxen, der hölzerne Schuhschrank, Matratzen und Klamotten, das Bildnis des Königs Chulalongkorn und allerlei Kleinkram wie Gläser und Trinkschälchen, die in alle Himmelsrichtungen davongeschwommen waren, landeten wie von Geisterhand bewegt wieder an ihren angestammten Plätzen. Leo, Afang und Ploy hockten auf dem Boden, erbrachen Wasser, weinten und schnappten keuchend nach Luft. Auch die eine Weile in Ohnmacht gefallene Nawalatt, der es den Rock halb ausgezogen hatte und deren Slip auf einer Seite den Penis hervorlugen ließ, stand auf, wobei ihr Wasser vom Haar rann, und setzte sich mit dem Rücken an die Wand gelehnt hin. Leo betrachtete sein linkes Handgelenk, das Afang umklammert hatte. Es hatte Blutergüsse und darüber hinaus steckten zwei abgebrochene Fingernägel darin. Genau in dem Augenblick, als Leo aufgeben und Afangs Hand hatte loslassen wollen, hatte sie ihm diese Fingernägel in die Haut gerammt. »Waren das wirklich Hörner?«, sagte Nawalatt leise und deutete dabei auf ihre Stirn. Afang, die gerade mit der Zunge über ihre blutenden Fingerspitzen leckte, nickte zweimal. Aus Nawalatts Mund entwich ein Seufzer. ›Um Himmels willen, um Himmels willen …‹ Über der Soi 16 stand nach Verschwinden der dunklen Wolke nun wieder einzig die starke, Tropenhitze verbreitende Sonne am Himmel. Von den Körpern aller Anwesenden, von Bettdecken und Matratzen, von Shans sauber gewaschenem Vorhang, von hier und dort im Zimmer stieg Wasserdampf auf und verflüchtigte sich durch das himmelblaue Mückennetz nach draußen. Weil der Dampf so dicht war, dass man nicht richtig atmen konnte, husteten alle ununterbrochen. Auf diese Art und Weise war alle Feuchtigkeit bereits sauber verdampft, als Yon, die sich vollständig entleert hatte, aus der Toilette herauskam.

»Gute Güte, was ist denn mit euch los?«, fragte Yon, die gerade in ihre Shorts stieg. Die Zeiger der Uhr, die hinter ihr an der Wand hing, standen auf Punkt sechs Uhr. Im letzten Bus nach Argentinien war es Zeit geworden, sich langsam abfahrbereit zu machen und den Alten, der den Reisenden noch Eier als Proviant verkaufte, aussteigen zu lassen.

»Was sitzt ihr denn so merkwürdig herum?«

»Yon, zieh dich auf der Toilette fertig an, nicht im Zimmer.«

Nawalatt schüttelte mehrmals den Kopf.

»Der Gestank ist ja nicht auszuhalten!«

Von denen, die sich atemlos mit Aitt duelliert hatten, erinnerte sich später keiner daran, wie die Sonne an jenem Tag untergegangen, mit welcher Miene die Nacht gekommen war und welcher Geschmack beim Morgengrauen in der Luft gelegen hatte. Sie waren so erschöpft, dass ihnen überhaupt keine Kraft mehr blieb, und schliefen bewusstlos bis in die Nacht des darauffolgenden Tages hinein.

Der untenherum nackte Leichnam von Aitt wurde drei Tage später im nördlichen Khlong an der Soi Somkhit gefunden. Da die an beiden Seiten angewachsenen Hörner abgefallen waren und sich auch der zornverzerrte Gesichtsausdruck geglättet hatte, bot er einen Anblick wie ein friedlich an der Seite seiner Mutter schlafendes Kind. Gleichermaßen war auch der beißende Gestank nach einer Fischsorte, den er fortwährend verströmt hatte, nicht mehr zu riechen. Niemand sagte an den Leichnam gerichtet: »Aitt ist gestorben.« Er war einfach verschwunden. Spurlos verschwunden. Es herrschte eine schwer zu ertragende, vollkommene Stille.

Am Abend desselben Tages, als der Freitagsmann einen Strahl des durch ein offenes Fenster hereinströmenden Lichts der Abenddämmerung abbekam, machte er die Augen auf. Er streckte sich, bis seine Gelenke knackten, zog die in der Blumenerde im Topf steckenden Beine heraus und klopfte die daran hängen gebliebene Erde ab.

»So so…«, murmelte Shan vor sich hin. »Sie sollten die Erde wechseln und bedecken nur die Oberfläche mit ein bisschen neuer Erde. Gibt es irgendwo auf der Welt noch so undankbare Gören?«, sagte er dann und blickte Leo an, der vor ihm saß. »Leo, was machst du denn hier? Hast du die ganze Zeit hier gehockt und gewartet?«

Wortlos reichte ihm Leo die 800 Baht. Es war ein dicker Packen Scheine, weil auch mehrere 20-Baht-Noten daruntergemischt waren.

»Was soll das sein? Was für Geld ist das?«, fragte Shan und nahm das Bündel mit verwunderter Miene an sich.

»Som hat mir das als Vorauszahlung für Lanos Unterricht gegeben, aber ich hab beschlossen, es nicht anzunehmen. In Zukunft wird Lano als Leos Stipendiatin lernen.«

»Ich hab keine Ahnung, was das sein soll, aber, haha, das trifft sich natürlich gut«, sagte Shan und nahm das Geld entgegen.

»Aber warum gibst du es nicht direkt Som zurück?«, fragte er nach einer Weile mit zögerlicher Stimme.

»Ist Som denn … schon gegangen?«

»Ja«, antwortete Leo.

Nachdem er seinen Kopf mehrmals hin- und hergewiegt hatte, hakte Shan nach:

»Nein, ich meine, ist sie für immer gegangen?«

»Ja.«

Shans Gesicht erstarrte, versteinerte richtiggehend. Das Weiß in seinen Augen wurde ganz rot, als blutete er. Er beugte sich nach hinten und setzte sich auf den Rand des Blumentopfes. Mit beiden Händen bedeckte er sein Gesicht. Winselndes Wimmern drang von hinter den Händen hervor. Tränen rannen ihm durch die Finger und benetzten den Boden. Nicht einmal, als Som nach Lanos Geburt gestorben war, hatte er so herzzerreißend geweint. Denn er wusste damals, dass es nicht das letzte Mal war. Aber nun war alles zu Ende.

»Som …«

Shan schluchzte, den Namen seiner Frau wie ein Stöhnen ausrufend. Er weinte und gab dabei Laute von sich, die so gar nicht zu dem Kerl aus Nakhon Pathom passten, der er war. Nun musste Shan akzeptieren, dass Som ihn vollends vergessen würde. Aber wer kann dergleichen schon ohne Weiteres akzeptieren? Wie soll man ein Vergessen akzeptieren, das schrecklicher und ewiger war als der Tod selbst?

»Som, Som …«

Shan betrachtete sorgfältig das Bündel Geldscheine, das Leo ihm gegeben hatte, rieb sein Gesicht daran, roch daran, stopfte es sich auf einmal fest in den Mund und schluckte es hinunter, ehe man ihn daran hindern konnte. Er stieß auf und schlug sich auf die Brust. Und dann begann er wieder zu weinen.

»Som …«

Sein Schluchzen erfüllte die Soi 16 den ganzen Abend lang. »Som, mein Schatz … Som, thirak khong chan … Som …«

Die Realität war noch erbärmlicher und elender, als man sie sich vorzustellen vermochte. Egal, mit welch feinsinnigem Blick man zum Mond aufschaute, die Realität spöttelte aus der Hosentasche: »Nun hast du nur noch 18.350 Baht übrig.« Leo schaute in sein Portemonnaie und wunderte sich darüber, dass sich im Vergleich zu vor fünf Jahren nichts verändert hatte. Nachdem er erst vor Ploy den tollen Macker markiert hatte, kam er jetzt wieder auf dem Zahnfleisch daher und schaute zermürbt in sein Portemonnaie, daran hatte sich auch nicht im Geringsten etwas geändert.

Zwar war es eigenartig, dass ihm das Geld so rasch ausgegangen war. Aber wenn er sich in Erinnerung rief, dass er nicht ganz 200.000 Baht mitgebracht hatte und mit dieser Summe in den fünf Monaten, die zwischen dem Festival Loi Krathong im November und dem Festival Songkran im April vergangen waren, über hundert Flaschen Whiskey, mehrere Hundert Tabletten Yaba, Wasser und Eiswürfel, Unmengen von Brathähnchen und gebratenen Nudeln, Unmengen von Som Tam und Krebsreis gekauft hatte, dass er für Lano Englisch-Lehrbücher und Joghurt besorgt hatte, dass er hier und dort Geld verloren, vergessen und verschenkt hatte und ihm einiges auch von Lissa gestohlen worden war, dann wäre, wenn trotz alledem immer noch viel Geld übrig wäre, mit seinem Portemonnaie etwas nicht in Ordnung.

Während er die Treppen hinunterstieg, machte er sich allerlei Gedanken. Ohne Geld konnte er nicht länger bleiben. Wenn ihm das Geld ausging, dann bedeutete das, dass sich der Tag näherte, an dem er von hier fortgehen musste. Und das wiederum hieß, dass er Ploy und die Soi 16 verlassen musste. Abermals fielen ihm die Worte von Eric ein: »Wenn wir irgendwohin gehen, dann nicht deshalb, weil wir unbedingt dorthin müssen, sondern weil wir da, wo wir sind, nicht mehr bleiben können.«

»Leo, knüpfst du dir jetzt mal den Gorilla vor?«, fragte Yon, die eben mit zerknirschter Miene die Treppe hochkam. Auf ihrem Hals waren blaue Flecken zu sehen. Möglicherweise weil sie sich in der Abwasserrinne gewälzt hatte, roch sie schrecklich, als wäre eine Dose mit Duftspray explodiert. »Schaffst du das allein?«

»Du bist wahrscheinlich der einzige Mensch auf der Welt, der beim Gehen im Schlaf redet«, sagte Leo und drehte sich leicht, um nicht mit ihr zusammenzustoßen. Doch da Yon innehielt, als führte sie etwas gegen ihn im Schilde, verlor er das Gleichgewicht. In dem Moment, da er Yon wegschieben und seinen Fuß rasch auf festen Grund setzen wollte, fiel ihm ein junger Jing-Jok auf, der langsam über die Treppe kroch. Der Jing-Jok mit seinen hervorstehenden Augäpfeln blieb ausgerechnet an jener Stelle stehen, auf die Leo seinen Fuß setzen wollte.

Die Blicke der beiden trafen sich.

»Wenn du hier auftrittst, wirst du mich töten«, sagte der graue Jing-Jok. »Ich bin erst vor einer Woche geschlüpft. Außer diesem Mietshaus habe ich noch nichts von der Welt gesehen. Gerade mache ich mich auf Erkundungsreise. Wenn du so auftrittst, wirst du mich töten.«

»Was machst du denn immer noch hier?«, reagierte Leo gereizt. »Du, du bist doch der Jing-Jok, der groß über die Bedeutung der Entscheidung dahergeschwafelt und damit um sein Leben gebettelt hat, nicht wahr?«

»Nein, derjenige war mein Urahn vor neunzehn Generationen. Er war in der Tat eine Koryphäe auf diesem Gebiet.«

»Nicht fliehen, sondern in Ruhe weiterreden, war es etwa das, was dieser Meister lehrte?«, sagte Leo. »Wie auch immer, ich werde an der Stelle auftreten, wo du dich niedergelassen hast. Schreib schon mal dein Testament.«

Der Jing-Jok sagte mit lächelnden Augen: »Wenn das so ist, lass mich dir eine Frage stellen. Antworte ernsthaft! Du bist jetzt der Lokomotivführer eines Zuges, der mit kaputter Bremse weiterrast. Vor dir gabelt sich die Strecke in zwei auseinanderlaufende Gleise. Weg A führt weiter geradeaus, aber wenn du da lang fährst, dann.. – warte mal – … dann …, wenn du da lang …, ääh, Moment mal …«

Platsch!

Es war das Geräusch, das entsteht, wenn ein Bauch platzt. Es war rutschig, doch irgendwie gelang es Leo, das Gleichgewicht zu halten, sodass er nicht hinfiel. Als er das Geländer zu fassen bekam und sich umdrehte, sprang ihm sogleich der zerquetschte Körper des Jing-Joks in die Augen. Das war der Preis, den er dafür bezahlte, dass sein Urahn vor neunzehn Generationen Leo mit dem Spiel »Was-wäre-wenn« betrogen hatte. Der zweiunddreißigjährige Leo war kein naiver Junge mehr, der nicht wusste, dass auch *nicht* zu wählen eine Art von Wahl war. Was gerade passierte, einfach zuzulassen, die Augen zu schließen und dem Schicksal seinen Lauf zu lassen, war zweifelsohne auch eine Wahl. Ob es einem gefiel oder nicht, man konnte keinen Moment leben, ohne zu wählen. Nun würde sich in der Welt der Jing-Joks statt der Lehre, irgendwelche Sophistereien von sich zu geben, die Lehre verbreiten, dass es in bedrohlichen Situationen besser war, rasch zu fliehen oder gefährliche Orte überhaupt zu meiden.

Leo, der es müde wurde, sich Ttoms nicht enden wollende Huldigungen des männlichen Glieds anzuhören, stand, da es sowieso keinen Whiskey mehr gab, auf und meinte, er würde mal bei Lano vorbeischauen.

»Leo, stehst du jetzt nicht mehr auf Ploy, sondern mehr auf die Kleine?« Um Ttoms Augen verbreitete sich ein durchtriebenes Gelächter. »Sie ist gerade mal sechs Jahre alt.«

»Es wäre ein Spaß, wenn du mit Yon um die Wette Blödsinn redest«, erwiderte Leo.

»Sieh einer an, sonderbar, wie ernst du gleich wirst«, sagte Ttom mit durchtriebenem Augengelächter. «Ich geb ja zu, auch wenn sie noch so klein ist, so ein hübsches Ding hab ich auch noch nie zuvor gesehen.«

Es war schon nach zehn Uhr abends, aber Lano war nicht zu Hause. Für den Fall, dass sie inzwischen dort aufgetaucht war, ging er wieder zurück zu Ploys Zimmer. Dort aber war sie auch nicht.

»Schau mal unten am Wasser«, schlug Ploy Leo vor, als es diesen vor Unruhe nicht mehr auf dem Sessel hielt. »Du suchst doch Lano, nicht wahr?«

Den schmalen Flussarm, den Ploy meinte, erreichte man, wenn man am Gesundheitsamt bis zur Soi Sethi Thawi Sap lief, eines der vielen Elendsviertel. Da es dort keine Straßenlaternen gab, war die Gegend in eine unheimliche Atmosphäre getaucht und es hätte einen nicht überrascht, von auf der Wasseroberfläche treibenden Leichnamen zu hören, von aus dem Wasser auftauchenden Krokodilen oder auch davon, dass burmesische Spione unter Wasser Agitationspunkte errichteten. Da gerade die Trockenzeit zu Ende ging, lag ein ekelhafter Gestank nach langsam getrocknetem Schlamm in der Luft. Leo erinnerte dieser Gestank an den schrecklichen Geruch aus dem Gipsverband, den er vor fünf Jahren wie eine Sträflingskette an sein rechtes Bein angelegt bekommen hatte. Und wie damals gab es kein Entrinnen.

Auf dem Weg traf er Afang und ließ sich von ihr in ein Streitgespräch verwickeln, welches ihn so erschöpfte, dass er es nicht mehr wagte, sich all die dunklen Winkel des Viertels anzusehen. Der Grund, weshalb er dennoch nach einem ersten flüchtigen Blick nicht wieder zurückging, war, dass es Ploy gewesen war, die gemeint hatte, Lano könnte vielleicht dort sein. Auch wenn Leo Lano als seine Schülerin sah und sie sogar so etwas wie eine kleine Schwester für ihn war, so gab es zwischen Ploy und Lano doch auch eine besondere Verbindung, die er nicht unterschätzen durfte. Obwohl er ihr in strenger Regelmäßigkeit alle zwei Tage Englischunterricht erteilte und stark gesüßten Joghurt mitbrachte, änderte sich nichts daran. Lano behandelte Leo wie ihren Englischlehrer, zu Ploy aber sah sie auf wie zu ihrer Klassenlehrerin. Leo gegenüber verhielt sie sich wie zu einem älteren Jungen aus der Nachbarschaft, mit dem sie sich gut verstand, mit Ploy jedoch ging sie um wie mit einer älteren Schwester. Das war zwar nicht fair, aber auch nicht zu ändern. Wie die anderen Kinder in ihrem Alter war Lano im Begriff, langsam mehr über die Rangordnung in ihrer Straße herauszufinden. Leo war ein Fremder, der irgendwann abreisen würde, und stand somit außerhalb dieser Hierarchie.

Kaum hatten sich Leos Augen an die Dunkelheit gewöhnt, entdeckte er Lano unter einer schmalen Bogenbrücke. Wie ein Embryo auf der Erde kauernd, sah sie mit leerem Blick hinunter auf ihre Füße. Ihre Schultern waren so schmal, dass man Mitleid mit ihr empfand.

»Was machst du denn hier? Hast du keine Angst?«

Lano hob den Kopf. Es war tatsächlich Lano. Obwohl Leo davon ausgegangen war, freute er sich sehr, als er feststellte, dass sie es wirklich war.

»Klar hab ich Angst. Aber zu Hause weint mein Papa«, antwortete Lano wie eine Erwachsene. »Papa weint wegen mir.«

»Er weint wegen dir? Lano, hast du irgendwas angestellt?«, fragte Leo, der sich in gleicher Haltung neben sie kauerte.

»Leo«, sagte Lano. In den Tränenbahnen auf ihrem Gesicht glitzerte das Mondlicht. »Ist es wahr, dass ich meine Mama getötet habe?«

Leo war sprachlos. Wieso fragte sie das ausgerechnet ihn? In der Ferne sang ein Vogel in lang gezogenen Tönen. Da Lano keine Antwort bekam, senkte sie ihren Kopf wieder tief.

»Dann ist es also wahr.« Lano weinte und ihre kleine Brust ging auf und ab. »Dabei hab ich meine Mama doch so lieb ...«

»Töten kann man das nicht nennen«, sagte Leo. Um möglichst umsichtig zu sprechen, bemühte er sich, klare Wörter zu wählen. »Wenn man es so ausdrückt, ist das nicht korrekt. Du bist einfach in diese Situation geraten. Ich kann es nicht gut erklären, aber ... Auf jeden Fall hast du das nicht gewollt.«

Weil ihm die Worte nicht richtig aus dem Mund kommen wollten, fühlte er sich bedrückt und ärgerte sich.

»Wirklich. Lano! Wer redet denn so verrücktes, dummes Zeug?«

»Auch am letzten Freitag ist Papa in Tränen ausgebrochen, als er mich gesehen hat«, sagte Lano, der die Tränen herunterflossen. »Da hat mir mein Bruder Ssin alles erzählt. Papa hat geweint, weil ich ihn daran erinnert habe, dass Mama wegen mir gestorben ist. Auch an dem Tag bin ich hierhergekommen und habe geweint. Auch am nächsten Freitag, wenn Papa wieder wach wird, werde ich hierherkommen und weinen. Ich werde jeden Freitag hierherkommen und weinen.«

Weil sie – für ein Kind ungewöhnlich hartnäckig – darauf bestand, zu bleiben, konnte Leo sie nicht nach Hause bringen. Er wollte neben ihr sitzen und das sechsjährige Mädchen vor Dunkelheit, Schuldgefühlen und Einsamkeit schützen, aber ein Schwarm sich auf ihn stürzender Mücken durchkreuzte seinen Plan und er stand auf. Glücklicherweise schienen die Mücken kein besonderes Interesse an Lanos Blut zu haben.

»Lano, wenn ich hier noch länger bleibe, werde ich dank der verdammten Mücken zur Mumie. Ich werde in der Nähe ein bisschen spazieren gehen. Wenn du mich brauchst, ruf einfach nach mir.«

Als er auf seinem Spaziergang die Steigung am Bach erreichte, war die Sicht auf Lano schon verschwommen. Aber dass er sie nicht sah, bedeutete nicht, dass sie nicht dort war. So wie die Bogenbrücke, der ausgetrocknete Boden des Baches, so wie das Unkraut um den Fluss war auch Lano dort.

Leo spazierte gemächlich in der Umgebung umher. Am Ende der Gasse, die an die Soi 16 grenzte, entdeckte er zwei Jungen.

»Ppin, Egh, was macht ihr hier? Lano ist da unten.«

»Das wissen wir«, erwiderte Egh. »Wir haben ja beobachtet, ob du sie vergewaltigst oder nicht.«

»Also, wie kommt ihr denn darauf? Sah es etwa danach aus? Aber, wenn ich sie überwältigte, was wollt ihr dann machen? Wollt ihr euch auf mich stürzen und mich kneifen?«, sagte Leo und fuhr Ppin durch seine unordentlichen Haare.

»Nein, wir erschießen dich.«

Ppin holte eine Pistole aus der Tasche seiner weiten Baggy-Hose heraus. Die schwarze Waffe glänzte.

«Meine Güte!« Leo trat überrascht zurück. »Einem verrückten Zwölfjährigen gibt man eine Waffe?«

»Halt die Klappe. Mein Bruder Ppin ist sogar schon dreizehn Jahre alt«, verteidigte Egh seinen Bruder schmeichlerisch.

»In zwei Monaten werde ich vierzehn.« Ppin zielte mit der Mündung der Pistole nach links und rechts und steckte die Pistole dann wieder in seine Hosentasche. »Wie auch immer, du, geh jetzt! Auf unsere Jüngste werden schon wir Brüder aufpassen.«

Leo wollte nicht nachgeben, aber in der Tat machte ihm die altmodische Pistole Angst. Kind zu sein war etwas anderes als jung zu sein. Ein Kind zu sein war gefährlich und brutal. Während man seine Finger an den kalten Abzug legte, dachte man überhaupt nicht daran, welche Schmerzen ein Treffer verursachte, wie viel Scham der körperliche Defekt auslöste und wie traurig und verzweifelt der Tod sein würde. Außer dem einfachen Gedanken »Damit gewinne ich« gibt es keinen weiteren und daher fällt es zu leicht, den Abzug kräftig durchzudrücken. Unzählige Menschen wurden von einer solchen Fingerbewegung niedergestreckt.

Er wandte sich von den Jungen ab und ging seines Weges, dankbar, dass sie ihn unversehrt hatten ziehen lassen. Doch ungefähr nach einhundert Metern, als er eine Straße erreichte, an der einige Laternen standen, konnte er vor Ärger seinen Mund nicht länger halten. ›Hat dieser kleine Jung mir tatsächlich eine Pistole vor die Nase gehalten?‹ Leo ließ jenen Moment der Spannung eine Weile Revue passieren. Es war furchterregend. ›Er hat mit seiner Pistole herumgefuchtelt und dabei auf mich gezielt, nicht wahr?‹ Leo spürte auf den Fuß, mit dem er auftrat, keine Schwerkraft mehr einwirken. Ihm war, als liefe er auf Luft.

Dann hielt er an und sah sich nach hinten um. Er hörte irgendein Geräusch. Es war nicht jenes Geräusch, welches das riesige Lebewesen namens Soi 16 alltäglich produzierte, sondern es schien, als ob jemand, der Leo gut kannte, ihn gerufen hatte, weil er ihm dringend etwas zu sagen hatte. In der Ferne war das im Dunkel liegende Ende der Straße zu sehen. Ein Second-Hand-Elektrowarengeschäft, dessen Eingang mit einem metallenen Rollladen verschlossen war, ein kleiner, nicht mit Neonlicht, sondern mit kleinen Lampen beleuchteter Laden und ein kürzlich neu eröffnetes, winzig kleines Kosmetikgeschäft befanden sich dort. Reisnudel- und Spießchenverkäufer machten gerade in aller Ruhe Feierabend, klappten die Stühle zusammen und luden sie auf ihren Handwagen. Vor diesem breit gelagerten, friedlichen Hintergrund der nächtlichen Soi 16 stand jemand.

Da, was gemeinhin Sprache genannt wird, ein sehr unvollkommenes System ist, hat es seine Unzulänglichkeiten, und auch wenn es Wörter gibt, die glasklar zu bezeichnen vermögen, sollte man, wenn etwas beschrieben wird, möglichst viele Bestimmungswörter einfordern, Wörter wie zum Beispiel ›schön‹, ›langhaarig‹, ›glänzend‹, ›schneeweiß‹ ... Doch auch, wenn man alle in den Wörterbüchern aufgelisteten derartigen Bestimmungswörter benutzte, könnte man den Gegenstand der Beschreibung nicht erreichen. Allenfalls käme man diesem ein Stück weit näher.

Leo blieb mit offenem Mund wie angewurzelt stehen. Wenn man das vor ihm stehende Wesen eine Katze nannte, wie müsste man dann die schmutzigen Bastarde nennen, die in allen Gassen und in jedem Laden liegend ihr Nickerchen genossen? Was dort vor seinen Augen dastand, war nicht irgendein Tier, sondern es war die entzückendste Offenbarung von Schönheit, einer bis ins kleinste Detail vollkommenen Schönheit. Alles umgab das weiße Wesen demutsvoll. Die kühle Nachtluft der Trockenzeit, das strahlende Licht der Laternen und der zusammen mit der in der Mittagszeit eingesaugten Hitze vom Boden ausgehende fischige Erdgeruch ordneten sich rund um das weiße Wesen an und bildeten einen Ring darum. Innerhalb dieses wie ein Heiligenschein strahlenden Rings befand sich das weiße Wesen. Außerhalb des Rings stand Leo. Zusammen mit den stinkenden Abfällen, die die Hausierer hinterlassen hatten, mit den Kadavern der Wasserratten, von denen nur noch der Unterleib übrig war, mit vertrockneten Hühnerknochen, unterschiedlich geformten und verschiedenfarbigen Plastiktütenfetzen und mit dem Staub der Erde stand Leo außerhalb des weißen Rings. Das weiße Wesen drehte nur ab und an den Kopf oder leckte sich die Innenfläche der Pfote ab. Es war eine wunderbare Bewegung. In dem Moment, als Leo dem Wesen direkt in die Augen blickte, ergoss sich plötzlich eine unfassbare Menge von Geistererscheinungen wie ein Schwall über ihn.

Im tiefen Wasser ertranken ein Mann und eine Frau. Es war ein schmerzender, lang gehegter Hass, wie eine Strafe. Dahinter gab es noch etwas zu sehen. Das schmutzige Gesundheitsamt, darin stöhnte eine Frau. Ein neu geborenes Ungeheuer und eine messerscharf geschliffene Sichel waren zu sehen. Eine mit einem Kittel bekleidete Frau schnitt den Körper des Babys an der Taille durch und durchtrennte den Hals. Das Blut spritzte. Die Eingeweide quollen hervor. Es war eine schreckliche Szene. Aber dahinter war noch mehr: Speere, die die Brust der Feinde durchbohrten, durch Missverständnisse hervorgerufene Tragödien, Leben voller Hochmut und Eifersucht waren da zu sehen. Es floss draufgängerische Jugend in den Venen und es war unmöglich, all den abgeschossenen Pfeilen zu entgehen. Vergeltung, es war Vergeltung! Dort, wo die Armut sich niedergelassen hatte, sah man, von Gold- und Silberschätzen getrieben, vom Gedränge der Menschen mitgerissen, der Hinrichtung eines Feindes zu, und man verriet in der Ekstase die eigenen Geschwister. Unter dem zerstörten Festungswall kämpfte man, kam zu einer Übereinkunft und brach sie. Man ließ seinen Bauch aufblähen und gebar ein Kind. Man wurde erneut zum Kind, man wurde wieder Vater. Man schlachtete ein Tier und verteilte es an die ganze Sippe. Von einer Krankheit befallen stöhnte man und wurde dann am abgelegenen Ufer eines Flusses ausgesetzt. Vergeltung, es war Vergeltung! Aus dem Ohr floss Blut. Wenn ich dich nicht töte, sterbe ich selbst. Man zerkaute Augen, Ohren, Gliedmaßen und stieß sie einen Abhang hinunter. Man wurde seines Feindes Knecht. Im Dorf, über das ein Unglück gekommen war, stand man allein. In der Einsamkeit der Wildnis glänzten Plünderungen und Wehklagen im Schein der Morgensonne. Am Waldrand im Dickicht versteckt, zielte man auf den Rücken des dicht behaarten Gegners. Ungeziefer und Bestien und Hunger wogten wie Wellen. Vergeltung, es war Vergeltung! In den Sumpfgürteln des Stromes Euphrat regte sich etwas. Die Stimme des Urbeginns murmelte. Sie schmerzte, sie schmerzte in der Seele … In ferne Zeiten geflogen, sah man im Wasser versunken wieder einen Mann und eine Frau. Es war lang gehegter Hass, schmerzhaft wie eine Strafe. Die Frau lachte. Sie umarmte den chinesischen Mann, dessen ganzer Körper von roten Flecken übersät war und lachte. Den von ähnlichen Schmerzen wie sie selbst gebrochenen Mann ganz fest umarmend, lachte sie. Aus ihrem Mund kamen nun keine Luftblasen. Ihr Bewusstsein trübte sich. Sie starb. Dennoch lächelte sie weiter. Es war keine Vergeltung. Engel übten keine Vergeltung.

Der Wind der Urzeit begann zu wehen. Leo blickte mit blinzelnden Augen. Das weiße Wesen erhob sich und ging langsam zum Wasser. Das schneeweiße Fell flatterte blendende Strahlen aussendend im Wind. Leo musste erneut blinzeln. Als ob sich entlang der Bewegung des weißen Wesens ein Vorhang öffnete, waren kleine Kiesel am Straßenrand, da und dort durch Kies und Beton zum Vorschein kommende Flecken roter Erde und zwischen gebrochenen Ziegelsteinen hervorsprießende junge Pflänzchen zu sehen. Einzeln, eins nach dem anderen, fielen diese deutlich ins Auge. In irgendeinem Moment an diesem ruhigen Ort fühlte Leo, wie ihm ein Kribbeln über den ganzen Körper lief. Seine Fähigkeit, die Präexistenz zu sehen, hatte sich gegenüber früher noch weiterentwickelt. Es war nicht nur eine allein. Warum war ihm das bisher nicht klargewesen? Das war doch eine törichte Vorstellung gewesen! Es war nicht eine allein. Nein, nicht nur eine war es. Kalter Schweiß lief ihm den Rücken hinunter. Die Präexistenz war nicht nur eine allein. Wir alle haben Hunderte, ja Tausende Präexistenzen durchlebt. Wenn man sich ein früheres Leben genau besah, erkannte man die Präexistenz der Präexistenz. Wenn man sorgfältig in die vorherige Existenz der Präexistenz reinsah, sah man wiederrum die vorherige Existenz der Präexistenz der Präexistenz. Das wiederholte sich unendlich. Darüber hinaus war alles miteinander verflochten. Miteinander verflochten, übereinandergelegt, einander überlappend.

›Wenn es denn also so ist …‹, sagte sich Leo seufzend. ›Wenn es so ist, was war dann all das frühere Leben, das ich bisher gesehen habe? Was für eine Bedeutung hat dann eine einzelne Präexistenz für eine Seele, die einen unendlichen Lebenslauf hat? Es ist eine Anekdote. Einfach nur eine Anekdote. Eine Präexistenz wiederzugeben, ist nichts anderes, als bloß grob eine erfundene

Geschichte zu erzählen. Ich war der Erzähler der Soi 16. Ein Erzähler war ich. Ich kann Hunderten Menschen ihre Präexistenz erzählen. Aber keinem einzigen davon kann ich die Gesamtheit aller Existenzen, die er durchlaufen hat, erzählen.‹

Es war traurig. Dass er eine Fähigkeit hatte, deren Begrenztheit für ihn so deutlich erkennbar war, war eine traurige Sache. Aber auf der anderen Seite beruhigte es ihn auch. Weil es unter uns keinen gab, der ein Mörder war. Denn da war keiner unter uns, der Verräter, Dieb oder Opferlamm war. Der von der Reinkarnationswindmühle wehende ewige Wind ebnete die Lebensläufe aller Seelen gleich. Nur die Reihenfolge, die Rolle, die man hier und heute spielen musste, war jeweils anders. Da war keiner unter uns, der nicht einmal als Prostituierte gelebt hatte.

Auf der Welt gab es nicht viel Echtes, aber wenn man genau hinsah, war das Echte klar zu erkennen. Leo sah mit festem Blick das von der Dunkelheit verschluckte weiße Hinterteil des Weißen Wesens an. Bevor es ganz verschwunden war, murmelte er: »Es freut mich, dir begegnet zu sein. Jia.«

Am Himmel funkelten Unmengen von Sternen. Er war so müde, dass er taumelte. In der Ferne schrie eine Eule und ein Hund bellte. Leo atmete tief ein. Es roch nach einer bitteren Nacht. Da wurde Leo klar, dass seine Tage auf der Soi 16 gezählt waren.

19

Nawalatt vollbrachte ein echtes Kunststück. Sie angelte sich reiche alte Griechen, vier an der Zahl. Es wurde abgemacht, dass Ploy, Yon und Mio, eine junge Prostituierte aus Aranyaprathet, die neu in den ersten Stock eingezogen war, mit ihnen nach Hua Hin, das als Erholungsort der Königsfamilie bekannt war, fuhren. Der siebzigjährige Alte, der munter in seinem mädchenhaften Thailändisch drauflos schwadronierte, war Nawalatts Partner, der Alte, der – dicklich und kleinwüchsig, wie er war – aussah wie ein Schlumpf, nahm die schlanke Mio als Partnerin, und der kurz vor dem Sterben stehende Alte, der abgesehen von seinem wallenden schlohweißen Haar keine besonderen Merkmale vorzuweisen hatte, schnappte sich Ploy. Jener Alte, der dem Alten von KFC ähnlich sah, würde bei jeder falschen Bewegung Yon zum Opfer fallen. Yon schnalzte mit der Zunge und lächelte heimtückisch mit den Augen.

»Magst du auch mitkommen?«, fragte Ploy, die sich gerade fertiggeschminkt hatte. Und dann lächelte sie höhnisch für sich.

»Obwohl, was würdest du da machen? Besser, du hältst hier die Stellung.«

»Okay«, antwortete Leo wie ein braves Kind. »Ungeschminkt bist du hübscher.«

Sie fuhren um die Mittagszeit ab, in einem luxuriösen Van, der mit einer Minibar ausgestattet war. Leo sang im Liegen fünf Popsongs und ging dann nach draußen. Er schaute bei Ttom vorbei, aber der war nicht zu Hause.

Es war ein einsamer Nachmittag. Da er nichts zu tun hatte, sah er mehr als drei Stunden lang Shan beim Photosynthetisieren zu und schaute schließlich in Uwes Zimmer vorbei. Uwe schlief mit tief gesenktem Kopf im Sitzen. Leo kniff ihn mehrmals, um ihn zu wecken. Doch Uwe zeigte keinerlei Reaktion und so trank Leo allein SangSom-Whiskey. Zwar wurde er betrunken, seine Laune hob das aber nicht wesentlich. Nachdem er drei Gläser hintereinander geleert hatte, ging er ins Zimmer zurück. Eine Wasserratte, die gerade dabei gewesen war, in aller Ruhe einen Slip von Yon durchzunagen, erschrak bei Leos Eintreffen und machte sich aus dem Staub.

Leo legte sich auf die Matratze und versuchte zu schlafen. Aus einem Traum erwacht, in dem er sich einer Prostituierten genähert und mit den Worten ›Ich wohne da in diesem Hotel …‹ Preisverhandlungen aufgenommen hatte, blickte er auf die Uhr. Es waren zwei Stunden vergangen. Nur aus Neugierde hob er die Matratze auf einer Seite hoch und schaute darunter. Sie war voll von Motten – sich im Sterben noch windenden Motten, schon völlig vertrockneten Motten, nur noch zur Hälfte vorhandenen Motten, ganz zu Staub gewordenen Motten. Leo wusch sich und ging dann zu Ttom, der aber offenbar noch immer nicht zurückgekommen war. Shan war wie gehabt beim Photosynthetisieren und auch Uwe war noch nicht aufgewacht. »Was ist bloß los?«, murmelte Leo. »Ich bin hier scheinbar überflüssig.«

In zwei Tagen ging Leo mehr als dreißigmal bei Ttom vorbei, schaute Shan über zehn Stunden lang beim Photosynthetisieren zu, kniff Uwe mehr als zwanzigmal am Arm und weckte die tief schlafende Lano, um ihr Englischunterricht zu geben. Ins Zimmer zurückgekommen machte er Liegestütze und sank davon erschöpft in einen Schlaf, aus dem er, »Das bin ich!« schreiend, aus einem undeutlichen Albtraum aufschreckte. Über sich selbst erschrocken, rann ihm der kalte Schweiß herab. Wenn er auf sein Leben zurückblickte, schien ihm, dass »Das bin ich!« noch niemals der Fall gewesen war.

Er lag in einem dunklen Winkel des Zimmers, als er plötzlich ein unheilvoll klingendes Geräusch hörte. Er stand auf, schaltete die Fluoreszenzlampe ein und versuchte herauszufinden, woher das Geräusch kam. Nachdem er eine Weile lang nach der Quelle gesucht hatte, wurde ihm klar, dass das Geräusch aus dem Fußboden kam. Über den von Schmutz bedeckten Betonboden verliefen Risse. Es waren keine bedrohlich aussehenden Risse, jedenfalls war es noch nicht allzu schlimm, aber wenn es so weiterging, würde der Boden in absehbarer Zeit auseinanderbrechen. Wenn man sich weiter umblickte, sah man, dass auch die Wände von Rissen übersät waren, die sich wie ein Schimmelpilz verbreitet hatten. Durch ein schmales Loch, das wohl durch Verdrehen der im Inneren der Wände verlaufenden Stahlträger entstanden war, kamen und gingen ununterbrochen rote Ameisen. Man konnte meinen, es befände sich im Innern des Lochs ein Nana der Ameisen, eine Soi 16 der Ameisen. Vorsichtig ging Leo zur Matratze zurück und legte sich hin. ›Wenn das hier in sich zusammenfällt, wo soll Ploy dann hin? Wird Ploy dann wirklich von hier weggehen? Wenn ja, wo muss ich dann nach ihr suchen? Werde ich sie dann überhaupt wiedersehen können?‹

Ein wenig war ihm bange und er fühlte sich weiterhin einsam. Kurz schlief er ein und träumte uncharmanterWeise davon, wie er mit Ploy Bumbum machte. Als er erwachte, war seine Unterhose vorn von gesunder Samenflüssigkeit komplett nass. Er zog sie aus, wusch sie mit Wasser, wrang sie aus und legte sie versteckt unter einen Haufen mit anderer Schmutzwäsche, der darauf wartete, gewaschen zu werden. Bei Tagesanbruch regnete es kurz. Wenn man durch das »Auge der Soi 16« auf die regennasse Straße hinunterblickte, sah man dort den Telegrafenmast stehen, von dem Starkstromleitungen nach unten abgingen. Nein. Wenn man genauer hinsah, stand da ein beide Arme weit ausbreitender Gott.

›Aha, da im Regen steht also ein Gott!‹

Leo legte sich auf dem nackten Fußboden auf den Rücken.

Am Abend des nächsten Tages kam der Polizist vorbei, der die Nachfolge von Aitt angetreten hatte, um in bescheidener Pose die ihm zustehende »Steuerabgabe« einzutreiben. Er war kein so rüpelhafter Schläger wie Aitt, aber er war eine neue Art von Halunke, der die Schwächen der anderen auf widerliche Art und Weise weidlich ausnutzte. Manchmal brachte er Ausländer mit und betätigte sich als Kuppler, der in schlechtem Englisch quasselte.

Mit Ausnahme dieses Polizisten kam überhaupt niemand vorbei. ›Sind etwa auch Sujin, Kwarn und Afang mit nach Hua Hin gefahren? Was Lissa wohl gerade macht? Ob es schon zu spät ist, Lano zu besuchen und ihr Englischunterricht zu geben?‹ Da er Angst und Einsamkeit nicht mehr auseinanderzuhalten vermochte, murmelte er verwirrt bei sich: ›Was soll das? Mich allein hier zurückzulassen.‹

Die Gruppe um Ploy kam am späten Nachmittag des dritten Tages zurück. Nicht aus dem luxuriösen Van, von dem sie abgeholt wurden, sondern aus einem gelben Taxi stiegen sie eine nach der anderen aus. Anders als Leo, dem vor Freude der Mund weit offen stand, machten sie einen Gesichtsausdruck, als wäre ihnen, erschöpft wie sie waren, alles nur lästig.

»Hattet ihr denn keinen Spaß?«

»Frag erst gar nicht!«

Nawalatt schüttelte nur den Kopf.

»So abartige Perverslinge habe ich überhaupt noch nie erlebt.«

In dem Resort mit privatem Pool hatten die Alten von der Ankunft bis zur Abfahrt keinen Augenblick lang auch nur eine Faser am Leib. Von Schwimmpausen und kurzen Mittagsschläfchen abgesehen, waren nur Drogen und Bumbum angesagt, Bumbum und Drogen, Drogen und Drogen, Bumbum und Bumbum. Auf dem Tisch im Wohnzimmer hatten sich Sildenafil, Yaba, Magic Mushrooms, Heroin, LSD, ICE, Crack und Morphin zu einem richtigen Berg angehäuft. Losgegangen war es jeweils mit mindestens vierzig Tabletten Yaba für die acht Personen. Da die vier perversen Alten außerdem auch richtige Spaßvögel waren, jagten sie die splitternackte Yon auch mal vor die Tür, sperrten ab und gaben dann beim Zimmerservice eine Bestellung nach der anderen auf. Mal fesselten sie Mio und machten einer nach dem anderen Bumbum mit ihr, mal zahlten sie 3.000 Baht extra und verlangten dafür Bumbum zwischen Nawalatt und Ploy. Dann wiederum ließen sie vor den Augen aller ihre weißen Bäuche schwabbeln und trieben es untereinander. So kurz vor ihrem Lebensende war ihnen nichts so wichtig wie der sofortige Genuss. Leos Freunde waren da nur Mittel zum Zweck.

Aber nicht alle zu demselben Zweck. Als Objekte des Bumbum dienten den Alten hauptsächlich Ploy und Mio. Und auch Nawalatt konnte sich zwischendurch nützlich machen. Yon war das Zimmermädchen. Oder sie war ein Spielzeug, das man gerne mal hänselte. Richtig nahekommen wollte ihr niemand. Von ihrem Alter mal abgesehen, lag es auch an ihrem Gesicht, das irgendetwas zwischen einem Krokodil mit kurzer Schnauze und einem rasierten Orang-Utan war. Und das war noch eine freundlich wohlwollende Beschreibung.

»Die Geschmäcker sind eben verschieden, was soll's? Es ist Geschmackssache.«

Während Yon das sagte, bohrte sie im Innern ihrer Muschel und holte ein rundes Päckchen aus Toilettenpapier heraus. Vorsichtig faltete sie es auf und zum Vorschein kamen zwei durchfeuchtete Tabletten Yaba. Die hatte sie von den Alten unbemerkt mitgehen lassen. Grinsend betrachtete sie die Tabletten. Dann wurde ihre Miene plötzlich ausdruckslos, als lauschte sie ihrer inneren Stimme. In kraftlosem Tonfall sagte sie wie zu ihrer Verteidigung: »War mir ohnehin lieber, es mit denen nicht zu treiben! Hab ich es etwa jemals wirklich gern gemacht?«

Gewiss hat sie reichlich Grund, sich zu beklagen, dachte Leo, dem sie leidtat. Der Gedanke stimmte ihn traurig.

Ihren Selbstwert bezog Yon nicht von ihrem Aussehen oder ihrem Preis, sondern von ihrem Job. Jenen Männern, die nach schönen Prostituierten suchten, mochte Yon wie Medusa erscheinen, die ihren Penis bei jeder Begegnung zu Stein erstarren ließ, aber nichtsdestotrotz handelte es sich bei Yon um jemanden, der, in einem kleinen Bergdörfchen in der Provinz Roi Et im Landesteil Isan geboren, zu einer Bangkoker Prostituierten geworden war. Unter ihren Freundinnen aus Kindertagen waren viele Frauen, die bei Weitem klüger, bei Weitem schöner und bei Weitem begabter waren als Yon und die alle liebend gern nach Bangkok gegangen wären und dort als Prostituierte gelebt hätten. Aber nur Yon hatte diesen Traum auch tatsächlich wahr gemacht. Alle anderen hatten ihre Jugend mit dem Schneiden von Zuckerrohr vergeudet und Männer geheiratet, die sie gewaltsam entführt und vergewaltigt hatten, und waren verarmt gealtert. Nicht einmal ein Zehntel der Bewohner des verarmten Dorfes waren in Städte mit mehr als tausend Einwohnern gezogen. Unter diesen war Yon legendär, und, wenn sie dereinst zurückkehren würde, wäre es für sie ein Leichtes, ein Amt wie jenes der Dorfvorsteherin zu bekleiden. Ihre Familie, in der inzwischen zwei Generationswechsel stattgefunden hatten, wäre stolz auf die Rückkehrerin aus Bangkok …

Andererseits war es auch eine Tatsache, dass sie geächtet wurde. Zwar sagte sie, es machte ihr nichts aus, aber in ihrem

Gesicht zeichnete sich ab, wie viele Kränkungen sie erlitten hatte. So blickte sie drein, seit sie damals, als sie, neugierig einen Schaummassagesalon im Stadtviertel Phetchaburi begutachtend, von dem Gorilla-Wachmann am Eingang geschlagen und verjagt worden war.

»Trinken, rauchen, quatschen«, murmelte Yon. Auch wenn sie es nur so vor sich hin zu sagen schien, sagte sie es andererseits auch so, als wäre es ihr Vorsatz. Sie zündete das Feuerzeug. Gleich darauf verbreitete sich wohlriechender Rauch. Weil er keine Lust hatte mitzurauchen, da ihm der Transportweg der Tabletten bekannt war, saß Leo nur daneben und sah zu. Ploy, die sich auf der Toilette geräuschvoll gewaschen hatte und zurück ins Zimmer kam, legte sich schweigend auf die Matratze. Die Sonne fiel vom Himmel wie der Newtons Apfel. Als Nawalatt nach draußen ging, um Freunde zu treffen, lief ihr Yon wankend hinterher. In der Dunkelheit des Zimmers blieben Ploy und Leo allein zurück.

»Ploy!«, rief Leo sie mit gedämpfter Stimme. Nicht weil er ihr etwas Besonderes zu sagen hatte. Ob sie etwas zu essen wollte, ob sie irgendwelche Schmerzen hätte, wollte er sie fragen. Er machte sich Sorgen um sie. Wie sie so im Dunkeln dalag, erregte sie sein Mitgefühl. Egal was sie von ihm verlangte, er wollte es für sie tun. Wenn sie ein Brathähnchen essen wollte, würde er ihr Brathähnchen kaufen. Wenn sie Geld wollte, würde er ihr welches geben. Bevor er die Soi 16 verlassen würde, wollte er alles für sie tun, was sie sich wünschte. Aber Ploy antwortete nicht. Da er unruhig wurde, stand er auf und ging im Zimmer auf und ab. Ohne zu wissen, wo er hinwollte, trat er schließlich vor die Tür.

Ttom war zu Hause. Auch Shan, der Freitagsmann, wurde wach und schlug gerade Ppin und Egh, wie um Leo zu sagen: ›Hier, schau mal her!‹ Als Leo mit Ttom und Shan Uwe besuchte, war dieser eifrig am Trinken – und diesmal wach. Wenn man sie dringend nötig hatte, waren die gewöhnlichsten Dinge oft nicht zu bekommen. Und wenn man nichts damit anfangen konnte, gab es fast schon zu viel davon.

Leo trank zum ersten Mal nach langer Zeit mit Freunden SangSom-Whiskey. Von der Geschichte um Ploy und die Alten war ein bitterer Nachgeschmack geblieben. Er wollte eigentlich nicht daran denken. Daran, was diese Alten Ploy alles angetan hatten. Er wollte nicht darüber nachdenken, was das im Innern mit ihm machte und wie er darauf reagieren sollte. Er bemühte sich, nicht daran zu denken, dass der Tag seiner Abreise immer näher kam. Es waren Gedanken, die ihn nicht weiterbrachten.

Als es elf Uhr wurde, stand Shan mit einem Zungenschnalzer auf und kehrte zu seinem Blumentopf zurück. Gegen Mitternacht kam Songruon vorbei und stellte zwei Flaschen SangSom-Whiskey, Sodawasser und Coca-Cola auf den Boden. Ttom bot Songruon an, mitzutrinken, aber Songruon zuckte nur mit den Schultern.

Kaum war Songruon wieder gegangen, hörte man in der Ferne einen lauten Krach. Es war das Schimpfen und Geschrei von jungen Frauen. Langsam kam es näher. Yon, deren Haar ganz zerzaust war, vor sich hertreibend, betraten vier Frauen das Wohnhaus. Mit wütenden Schritten stiegen sie die Treppen hoch.

»Was soll das denn?«, fragte Ttom, der sich zögerlich halb erhob.

»Yon hat wohl wieder Mist gebaut. Scheint diesmal aber was Ernsteres zu sein, nicht wahr?«

Leo folgte Ttom hinauf in Ploys Zimmer. Die beiden standen neben der Tür und sahen, wie die Frauen laut auf Ploy einschrien. Yon wand sich am Boden auf dem Bauch liegend und heulte hemmungslos. Ploy saß mit ausdruckslosem Gesicht aufrecht auf der Matratze. Sie presste nur fest die Lippen zusammen.

»Ihr Drecksschlampen, brüllt hier nicht so rum. Was denkt ihr, wo ihr seid?«, schrie Afang, die inzwischen von irgendwoher aufgetaucht war, mit in die Hüften gestemmten Händen. Dadurch wurde das Gezeter plötzlich gestoppt. Aber es entmutigte die jungen Frauen nicht. In der Mitte fuchtelte eine hübsch wie eine Puppe aussehende Mischlingsfrau mit einem Handmesser höhnisch lächelnd herum. Obwohl von zierlichem Körperbau war sie offenbar die Anführerin der Gruppe. Wie sie spitz lachend irgendetwas vor sich hin murmelte, wurden ihre dünnen Lippen von einer boshaften Energie umspielt, die bewirkte, dass nicht nur Ttom und Leo, sondern auch Afang, die für Ploy durchs Feuer gegangen wäre, sich ihr nicht so ohne weiteres entgegenstellten. Trotzdem sich fast alle zu dem Zeitpunkt in dem Wohnhaus anwesenden Prostituierten versammelt hatten, wagte keine von ihnen, sich einfach so einzumischen.

»Yon, ist es wahr?«, machte Ploy endlich ihren Mund auf.

»Ploy! Ich flehe dich an, bitte verzeih mir! Der Typ meinte, er hätte sich noch nicht entschieden. Er hat es mir selbst gesagt! Frag ihn! So geh doch und frag ihn!«

Yon wand sich immer elender. Sie schlug ihren Kopf geräuschvoll gegen den Boden und weinte. Ploy, die begriffen zu haben schien, was tatsächlich vorgefallen war, senkte langsam ihren Blick.

»Yon, Yon, was ist bloß in dich gefahren? Warum machst du auf einmal solche Sachen?«, sagte Ploy mit leicht zitternder Stimme. Sie seufzte tief und stand gekrümmt auf. An das Mischlingsmädchen gerichtet sagte sie: »Okay, gehen wir.«

Die Frauen brachten Ploy nach draußen. Eine andere Frau, die wohl auch zu der Gruppe gehörte und die Leo noch nie zuvor gesehen hatte, stand schon mit einem herangewunkenen Taxi bereit. Nein, er sah diese Frau nicht zum ersten Mal. Leo rutschte das Herz in die Hose. Diese Frau hatte er irgendwann schon einmal gesehen. Es war genau jene Frau, die Yon die Nase blutig geschlagen hatte und daraufhin von Ploy gnadenlos niedergemacht worden war.

Leo hielt Ploy, die gerade ins Taxt steigen wollte, am Arm zurück und sagte leise, aber bestimmt: »Ploy, sag nur ein Wort. Ein Wort nur.«

»Nein.« Ploy schüttelte mehrmals den Kopf. »Du kannst mir nicht helfen. Folge mir nicht!«

Kaum war Ploy weg, wurde er von einem Windstoß von oben nach unten erfasst. Die Erde war härter als sonst und schien sich, so weit das Auge reichte, bauchig zu erheben. Weder Ttom noch Afang sprachen auch nur ein Wort. Die Soi 16 wurde durchtränkt von den Tränen Yons, deren elende Wehklagen sich aus dem zweiten Stock ergossen. Der Wind wehte merkwürdig.

Als Ploy schließlich zurückkehrte, war es kurz vor Sonnenaufgang. Nawalatt, die, weil sie sich Sorgen um sie gemacht hatte, am Anfang der Ratchadaphisek-Straße umhergestreift war, hatte die auf allen vieren dahinkriechende Ploy entdeckt, ihr wieder auf die Beine geholfen und sie nach Hause gebracht. Wenn es denn ihre Absicht gewesen war, Ploy vollständig zu brechen, dann hatten die Prostituierten der neuen Generation die richtige Wahl getroffen, als sie sie zum hinteren Teil des Penang-Fischmarktes zerrten, um sie dort in eine von Gastarbeitern bewohnte Kammer zu stoßen. Die Männer waren so ausgehungert nach einer Gelegenheit, ihren lange unterdrückten Sexhunger zu befriedigen, dass ihnen ganz gleichgültig war, wie alt Ploy war, wie sie aussah oder hieß. Selbst wenn sie vor Schmerzen schrie oder in Ohnmacht fiel, kümmerte sie das nicht, so sehr waren sie vertieft in das, was sie taten.

Da alle Lebendigkeit aus Ploys Augen gewichen war, glich sie einer an der Stätte eines Massakers herumliegenden Leiche. Ihr Körper war ganz vom Fischgeruch durchdrungen. Sie kroch auf die Toilette, drehte das Wasser voll auf und kam eine ganze Weile lang nicht mehr heraus. Yon, die betrunken eingeschlafen war, wurde vom Rauschen des Wassers wach und fing wieder an zu heulen. Mit einem Packen Geldscheine, den ihr Leo hastig zugesteckt hatte, ging Nawalatt dreißig Tabletten Yaba und Bier besorgen. Von der Toilette her verbreitete sich ein stechender Geruch im Zimmer. Offenbar wusch Ploy ihren Körper gerade mit chlorhaltigem Reinigungsmittel. Leo war, als täte sich vor ihm der tiefste Abgrund der Welt auf. An dem Whiskeyglas unter dem Bildnis von König Chulalongkorn züngelten blaue Flammen hin und her. Leo, der noch nicht mal ein ganzes Glas Bier getrunken hatte, lief hinaus auf den Flur und übergab sich dort. Das Erbrochene stank bestialisch. Der Gestank ähnelte jenem von Uwes Speichel. Es war der Gestank, der von dem innerlich verrottenden Herzen eines Mannes ausging.

Sobald die Badezimmertür aufging, kam Nawalatt gelaufen und half Ploy beim Anziehen. Von Nawalatt gestützt, legte sich Ploy langsam auf ihrem Platz nieder. Sie machte die Augen nicht auf. Der Geruch des Reinigungsmittels war beißend. Da und dort hatte sich ihre Haut abgelöst, rote Schwellungen waren zu sehen. Jedes Mal, wenn sie sich bewegte, stöhnte sie vor Schmerzen. Während Yon den Unterbauch der liegenden Ploy sanft streichelte, weinte sie traurig. »Weine nicht!« Am

Ende von Ploys Lippen hingen einige erschöpfte Worte. »Yon, weine nicht!«

›Ah, das ist wirklich der tiefste Abgrund.‹ Leo ging auf die Toilette. Er drehte den Deckel der Reinigungsmittelflasche zu und spülte den Schaum weg, der sich um den Abfluss gesammelt hatte. Er rieb die schwarzblutfleckige Unterwäsche von Ploy mit Waschseife aus und weichte sie in einer mit Wasser gefüllten Waschschüssel ein. Dann drehte er den Wasserhahn auf und schluchzte. Beim Blick in den Wandspiegel fiel ihm plötzlich auf, dass er, wie ihm so die Tränen herunterliefen und er dabei mit weit offenen Augen die Lippen aufeinanderpresste, einen ähnlichen Anblick bot wie Ploy, als er sie früher einmal im Gesundheitsamt hatte weinen sehen, und er dachte sich: ›Sieh mal an, jetzt weine ich auch schon wie Ploy!‹

Nachdem er sich das Gesicht gewaschen hatte, kehrte Leo ins Zimmer zurück, nahm seine Klamotten, die er eigentlich ausgezogen hatte, um sie zu waschen, und steckte sie in eine Plastiktüte. Er presste die Luft aus der Tüte, um ihr Volumen zu nehmen, und legte sie in seinen schwarzen Trolley aus Leder, auf dem bereits eine Staubschicht lag. Die Angst davor, dass sich schon bald jener schreckliche Abgrund vor ihm auftun würde, ließ ihn seine Ruhe verlieren. Wenn er diesem Anblick entgehen wollte, musste er sich beeilen. Es roch nach dem aromatischen Yaba. Afang und Nawalatt rauchten es gerade mit betretener Miene. Auch Yon rauchte mit und zog sich selbst an den Haaren. Da dreißig Tabletten keine geringe Menge waren, glich der Rauch von drei Mündern dem eines Lagerfeuers. Ab und zu hörte Leo Ploy ächzen, doch als er sich umwandte, lag sie reglos da und hatte ihre Augen geschlossen.

Da er nichts weiter einzupacken hatte, beschloss er, die Bowlingtasche hierzulassen. Wer immer sie gebrauchen konnte, sollte sie benutzen. Er steckte sich Pass und Portemonnaie in die Hosentasche und knöpfte diese zu. Als sich die Blicke von Leo und Afang trafen, wollten sie einander zulächeln, aber weder Leo noch Afang brachten es fertig, ihre angespannte Gesichtsmuskulatur zu lockern.

Leo setzte sich neben Ploy. Er legte seine Finger sanft auf ihre Wange. Sie war sehr heiß. Da er nicht wagte, seine Finger in irgendeine Richtung zu bewegen, hielt er ganz still. Ploy machte die Augen auf. Sie waren blutunterlaufen.

»Lass mich!«

Es waren Worte, die nur mit Mühe aus der Tiefe ihres Inneren hervorkamen. Leo zog seine Hand zurück. Es schien, als ginge ihr Fieber auf ihn über.

»Geh! Geh und komm nie wieder! Ich möchte dich nicht wiedersehen.«

Und sie schloss die Augen. Leo betrachtete ihr Gesicht. Ihre Augenwinkel, ihre Lippen und ihre Nasenspitze zitterten. Da er ein beklemmendes Gefühl hatte, als drückte eine riesige Beule auf seine Brust, konnte er nicht weiter sitzen bleiben. Er stand auf und starrte die Wand an. Das Zimmer würde in sich zusammenfallen. Um die Hölle zu errichten, würde das Zimmer demoliert werden. Wenn jene wankende Fluoreszenzlampe irgendwann komplett erlosch, würde das als Signal betrachtet, und dann würde das Zimmer im Erdboden versinken.

Mit einem Gefühl des Bedauerns blickte er um sich. In dem Zimmer hatte er acht Monate verbracht. Seinen ersten Besuch eingeschlossen, war es sogar über ein Jahr. Plötzlich wurde ihm bewusst, dass sieben Jahre vergangen waren, seit er Ploy auf der Sukhumvit-Straße zum ersten Mal getroffen hatte. Es war die gleiche Zeitspanne, die er auch in einer früheren Existenz mit Ploy zusammen verbracht hatte.

Leo nahm den Schreibstift zur Hand, der zum Basteln der Papiertrichter benutzt wurde, und sah sich im Zimmer um. Einzig an der Toilette war noch Putz an der Wand, auf den man etwas schreiben konnte. An den restlichen Wänden waren Zement und Ziegel hervorgekommen und daran klebten überall Ausscheidungen und ungeschlüpfte Eier von Insekten sowie verstaubte Spinnweben. So gut es ging, notierte Leo über dem Elefantenbild seine koreanische Handynummer. Dann machte er einen Strich daneben und schrieb »LEO«.

»Wenn ihr euch meldet, komme ich jederzeit sofort gelaufen«, sagte Leo und legte dabei eine Hand auf seine Brust.

»Das verspreche ich euch.«

Afang griff der schwankenden Yon unter die Arme, um Leo draußen bei der Abreise das Geleit zu geben. Am Eingang der Soi 16 warteten die drei schweigend auf ein Taxi. Leo schaute verstohlen auf Yons Gesicht. Und auch auf Afangs Gesicht. Sie waren beide drauf und dran, loszuheulen.

Es dauerte nicht lange, bis ein Taxi kam. Als der Taxifahrer für die Fahrt zum Flughafen Don Mueang zu viel verlangte, überschüttete Afang ihn mit Schimpfwörtern und handelte den Preis auf die Hälfte herunter. Leo hatte seinen Koffer im Kofferraum verstaut und öffnete gerade die vordere Seitentür, als Yon, die die Hand zum Abschiedsgruß gehoben hatte, sich wie ein Dummkopf auf den Boden kauerte und anfing zu weinen.

»Leo! Es tut mir wirklich leid. Ist es wirklich wahr?« Sie schluckte. »Leo, Leo, du kommst nun nicht wieder zurück?«

Afang wollte ihr aufhelfen, aber Yon legte sich rücklings auf den Boden. Sie schluchzte heftig.

»Nein, komm nicht zurück! Leo, geh und komm nicht wieder. Such dir dort eine nette Frau und hab ein gutes Leben.

Komm nicht zurück. Das hier ist kein Ort, an den zurückzukommen lohnt, Leo.«

»Yon …« sagte Leo, während er ins Taxi stieg. »Leb wohl! Pass gut auf dich auf!«

Leo hatte nicht geahnt, dass ihn das Geräusch des Zuschlagens der Wagentür so traurig stimmen würde. Als das Taxi losgefahren war, blickte Leo kurz zurück und konnte, wenn auch undeutlich, Afang, die dabei war, Yon aufzuhelfen, gerade noch sehen. Doch als das Taxi dann in die große Sukhumvit-Straße einfuhr, versperrte ihm die Baustelle des großen Hotels die Sicht auf die beiden. Er hatte noch den Anblick der die Hand hebenden Yon vor Augen. Warum wir wohl unsere Hände zeigen im Augenblick des Abschieds? Es bedeutete, dass man den zu Verabschiedenden festhalten wollte. Dass er nicht gehen sollte. Das aber konnte man nicht sagen und so verlieh man seinen Gefühlen Ausdruck, indem man die Hand, die überhaupt nichts fassen konnte, zeigte.

Auf diese Art und Weise machte er sich also erneut davon. Leo legte seine Hände an seinen Kopf. ›Ich ertrage es nicht länger, also mache ich mich aus dem Staub. Ich komme keinen Schritt mehr voran mit dieser langen Erzählung, also halte ich den Mund – das ist die letzte Karte, die ich in diesem Spiel spiele.‹ Seine Stirn glühte. Es fühlte sich an, als wäre alle Flüssigkeit in seinem Körper völlig vertrocknet. Aber es war zu spät, wieder umzukehren. Das Taxi raste mit verrücktem Tempo dahin, wie um dem Reisenden, den es beförderte, zu bedeuten, er solle alles hinter sich lassen.

Natürlich ist das Reisen eine vergnügliche Art und Weise, einen ganz umzudrehen. Einem langweiligen und verdrießlichen Alltag entfliehend, auf ein anderes Klima und fremdländische Gesichtszüge treffend, bricht in unseren Herzen mit einem elektrisierenden Knall ein Feuerwerk los. Doch der Grund, warum unsere Bewunderung für das Fremde keine Grenzen kennt, liegt in nichts anderem als darin, dass wir Reisende sind. Die vorbeiziehende fremde Landschaft verspricht uns, sich nicht in unser Leben einzumischen, erheiternd zu sein, wie ein Scherz, der keine tiefere Bedeutung hat, und als eine dünne Romantik im Fotoalbum zu bleiben, für das ärmliche reale Leben, in das wir zurückkehren müssen. Diese lose Abmachung ist wie eine rosarote Brille, durch die die eigentliche Farbe der Gegenstände wechselt, und degradiert alles zum Theater.

Im Leben gibt es derartigen Lug und Trug nicht. Im wirklichen Leben durchschreiten wir lauter Gassen, in die es keine Rückkehr gibt, vollbringen wir Taten, die nicht wiedergutzumachen sind, queren wir Tag für Tag den Rubikon. Wir können die Zeit nicht anhalten, die Uhr nicht zurückdrehen. Die Zeit schreitet immer nur in die eine Richtung voran, auf die wir keinen Zugriff haben.

Alle ernst gemeinten Handlungen des Menschen ahmen das Leben nach. Daher ist die einzig wahre Art zu reisen, nicht wieder in die Heimat zurückzukehren, nachdem man sie einmal verlassen hat. Leo aber brachte das nicht fertig. Solange er sein ein Jahr gültiges Rückflugticket in der Gesäßtasche seiner Hose stecken hatte, blieb er nur ein Reisender und konnte zu guter Letzt kein Teil der Sukhumvit Soi 16 werden. Dem roten Abgrund, der sich dort auftat, konnte er nicht ins Angesicht blicken. Deswegen musste er weg von dort, überstürzt, ohne sich über die Abflugzeiten zu informieren, geradewegs so, als wäre er auf der Flucht.

So machte sich Leo davon. Ohne sich von den Freunden in der Straße zu verabschieden, die am Boden liegende Yon, die ihren Tränen freien Lauf ließ, hinter sich lassend, die ächzende, an Leib und Seele leidende Ploy zurücklassend.

So machte sich Leo davon.

Weniger als ein halbes Jahr später öffnete das achtundvierzigstöckige Siam Convention Hotel seine Pforten. Obwohl es majestätisch an eine Seite der Soi 16 grenzte, gab es keinen einzigen Bewohner der Soi 16, der zur Eröffnungsfeier eingeladen worden wäre. Die Anrainer der Soi, die darauf gehofft hatten, dass ihnen zumindest ein Teller Hühnersuppe mit Ingwer serviert werden würde, liefen vor Ärger rot an und feuerten eine Kanonade aus Flüchen ab. Vielleicht war es ja wegen dieser Flüche, dass der Springbrunnen kaputtging, die Kronleuchter von der Decke fielen oder die Aufzüge häufig stecken blieben. Das mit britischem Kapital errichtete Siam Convention Hotel ließ als Shuttle-Service alle fünf Minuten dreirädrige Motorradrikschas zwischen der Weggabelung gegenüber dem Fluss und der Sukhumvit-Straße hin- und herfahren, was den Ärger der Anrainer noch zusätzlich anfachte. Die Hotelgäste brausten alle auf diesen Motorradrikschas an den auf der Soi 16 wartenden Tuktuks und Motorradtaxis und auch an den Kaufläden vorüber. Ohne dass für die Anrainer auch nur der geringste Gewinn heraussprang, wurde es laut und schmutzig auf der Straße.

Die Ersten, die mit einer konzertierten Aktion reagierten, waren die Fahrer der Motorradtaxis, die eigentlich für den Transport auf der Straße zuständig waren. Sie wiesen Kundschaft, die zum Siam Convention Hotel gebracht werden wollte, ab, sodass die Hotelgäste zwischen Mitternacht und Sonnenaufgang, wenn keine Dreiradshuttles unterwegs waren, die dunkle Soi 16 zu Fuß entlanglaufen mussten. Aber das Hotel war kein zimperlicher Gegner. Man schnappte sich einen Fahrer mittleren Alters namens Marak, der unter den Motorradtaxifahrern das Sagen hatte, sperrte ihn in ein Materiallager und schlug ihn bis zur Bewusstlosigkeit zusammen. Mitten in der Nacht wurde er über den Müllplatz nach draußen befördert, wurde immer kränker und kränker, bis er fünfzehn Tage später schließlich starb. Als es seinem einzigen Sohn, der gerade elf Jahre alt geworden war, beim Versuch, in der Hotellobby eine selbst gebaute Bombe hochgehen zu lassen, nur die eigenen Arme zerfetzte, fanden die Gemeinschaftsaktionen ein Ende. Das ausländische Kapital hatte einen vollständigen Sieg davongetragen.

Die nächsten schlechten Nachrichten ließen nicht lange auf sich warten. An jener Stelle, wo an der Grenze zur benachbarten Soi 18 ein altes Suki-Restaurant gestanden hatte, wurde ein zwanzigstöckiger Wohnturm mit Luxusapartments errichtet. Für diese Apartments, deren Monatsmiete rund 4.000 Baht betrug, baute man, nachdem einige von der Soi 16 abgehende Sackgassen geschliffen worden waren, auch ein stattliches Schwimmbad. Als Nächstes wurden auf der Ratchadaphisek-Straße gegenüber dem Benjakiti-Park drei hohe Bürotürme auf einmal errichtet. Dort zog die libanesische Botschaft ein, und eine saubere und ultramoderne Feuerwache fand darin ebenfalls Platz. Auch internationale Hotelketten wie Amari und Somerset ließen in einer Art Wettstreit den Boden aufgraben, um Stahlträger einzusetzen und mit Zement aufzugießen.

In dem Viertel schossen die Preise in die Höhe und damit einhergehend stiegen die Wohnungsmieten an. Entsprechend verschlechterte sich der Ruf der Sukhumvit Soi 16 in jeder Hinsicht. Niemand war so dumm, für eine schlechtere Immobilie eine höhere Miete zu zahlen. Auf die ausländischen Gäste der Luxushotels machte die Soi 16 nicht mehr den Eindruck jenes sagenumwobenen Eldorados, das sie einst gewesen sein mochte, vielmehr wirkte sie auf sie wie eine Camptown, also ein Rotlichtbezirk in der Nähe einer Militärgarnison, der nur deshalb immer weiter bestehen blieb, weil sich seine Bewohner den übermächtigen Besatzern schamlos andienten. Wenn sich auch nichts an der Tatsache geändert haben mochte, dass sich im Herzen eines jeden Mannes auf der Welt eine thailändische Geliebte eingenistet hatte, so war deren Adresse jedenfalls nicht mehr Sukhumvit Soi 16. Mit Ausnahme von ein paar hochnäsigen Exemplaren caterten die meisten Prostituierten zum Großhotel und ließen sich per Telefon buchen. Wegen einer »Joiner's Charge« genannten Gebühr, die sie ans Hotel abgeben mussten, war, was vom Servicegeld tatsächlich in ihre Tasche wanderte, wesentlich weniger als früher. Es war nur natürlich, dass die Menschen hartherziger wurden, und so wurde ein Teil der Bevölkerung aus dem Viertel hinausgeschwemmt wie mit dem zurückgehenden Meerwasser bei Ebbe, darunter vor allem jene Prostituierten, die der niedrigsten Klasse angehörten und sich nur in der Gosse herumtrieben, weiters jene, die eine Körperbehinderung hatten, sowie jene, die an einer schweren Krankheit wie Diabetes, Krebs, Tuberkulose, Aids oder Leukämie litten.

Die Zeiten waren dabei, sich ein weiteres Mal zu ändern. Die neuen Herren der Soi 16 waren die Großhotels und die mit allerhand Vergnügungseinrichtungen ausgestatteten Bürotürme – mit einem Wort, das ausländische Kapital. Der Abbruch des Nueng Thaeo genannten Gebäudes, das den Prostituierten der niedrigsten Klasse als Bleibe gedient hatte, stand sinnbildlich für diese Art Veränderung. Als man das alte einstöckige Gebäude niederriss, um dort ein vierstöckiges Kaufhaus zu errichten, waren unter den Menschen, die sich dort versammelten, solche, die mit den Füßen auf den Boden stampften, solche, die mit an den Mund gepresster Hand weinten, und auch solche, die vor Zorn in Ohnmacht fielen. Nachdem der Hochgeschwindigkeitsabbruch binnen nur zwei Tagen fertig war, erschraken die Anrainer, die das leere Grundstück sahen, als wäre inmitten des Viertels ein mysteriöser Kornkreis entstanden. Innerhalb eines Monats starben sechs alteingesessene Senioren, ohne dass sie eine Krankheit gehabt hätten.

Das Einkaufszentrum wurde nach einem halben Jahr fertiggestellt. Ins Erdgeschoss und in den ersten Stock kam ein französischer Groß-Supermarkt, den zweiten und den dritten Stock bezogen Massagesalons, Handyläden, Musikgeschäfte und die Filiale eines Importelektronikwarenhandels. Sowohl die Ladenbesitzer als auch ihre Kundschaft kamen allesamt von außerhalb der Soi 16. Das Einkaufszentrum war der Mittelpunkt der Soi 16, aber es hatte mit der Seele der Soi nichts zu tun.

Doch es muss daran erinnert werden, dass Sukhumvit Soi 16 einen unvergänglichen sozialen Status bezeichnete. Selbst wenn die Straße, wie es der Hoffnung der Prostitutionsgegner entsprach, ›sauber gereinigt‹ würde und in ein teures Luxus-Börsenzentrum verwandelt würde, in dem man zwanzigtausend Baht Monatsmiete bezahlte, würde die Straße selbst, begleitet von den armen Prostituierten, nur den Ort wechseln und in die Stadtteile Din Daeng, Bang Na oder aber nach Laos oder Kambodscha umziehen. Rund um den Bus-Terminal Ekkamai, zwanzig Autominuten von der Soi 16 entfernt, war bereits ein weiteres großes Rotlichtviertel wie Nana im Entstehen. Mit anderen Worten bedeutete das, dass in der Umgebung eine neue Soi 16 entstand. Das war nicht nur in Bangkok so und nicht nur in Thailand. Weil die Soi 16

Vergangenheit oder Zukunft aller Straßen war, wo Menschen lebten, war es ihre Bestimmung, nicht eher zu verschwinden, bis nicht auch die Menschheit zugrunde ging.

Vier Monate nach dem Abbruch des Nueng Thaeo genannten Gebäudes bekam Ploy einen Anruf. Am Apparat war ein Verkehrspolizist in Trat, der erklärte, dass auf dem Mobiltelefon einer dort tödlich verunglückten Person nur diese eine Telefonnummer eingespeichert gewesen wäre.

Zwei Tage später fuhr Ploy mit Ttom, Yon, Afang, Sujin, Nawalatt und drei weiteren Prostituierten nach Trat und wohnte der Trauerfeier bei. Die Leichname bekamen sie nicht zu Gesicht. Weil diese so entsetzlich zugerichtet gewesen wären, hätte man sie bereits frühzeitig eingeäschert, hieß es. Marco und Lissa hatten sich von Khaosaming, wo sich ihre Farm befand, auf dem Weg nach Takang befunden, um die dort lebende Mutter zu besuchen. Sie waren auf der Autobahn 318 unterwegs und fuhren gerade über eine Kreuzung, als ein Muldenkipper, der auf der Überlandstraße 3271 unter Missachtung eines Stoppsignals mit hohem Tempo auf die Kreuzung zufuhr und mit Wucht in die rechte Seite des von Marco gefahrenen Honda Civic krachte. Das Auto wurde zerknittert wie ein Stück Papier, rollte noch etwa dreißig Meter weiter und blieb dann stehen. Lissa kroch auf allen vieren aus dem Fahrzeugwrack. Da ihre beiden Knie ausgerenkt waren, war sie nicht imstande aufzustehen. Mit kümmerlicher Stimme rief sie nach Marco. Sie erhielt keine Antwort. Ohne zu bemerken, dass ihr die gesamten Eingeweide aus dem Bauch liefen, blickte sie getrieben in das Wageninnere. Dort war Marcos Körper. Zerrissen, verdreht, gespalten, zerquetscht, aufgeplatzt lag er da. Lissa rang am Boden liegend nach Atem. Es tat einen Schlag und da floss ihr das warme Blut auch aus den Ohren. Vom Schock getroffen war ihre Seele dabei, sich windend aus ihrem Körper zu befreien. Sie hatte es nicht verdient, etwas so Schreckliches wie diesen Unfall zu erleiden. Sie hatte keine früheren Existenzen durchlaufen, folglich war sie auch bar jeder Schuld, durch die sie sich irgendjemandes Hass zuziehen hätte können. Marco, ihr liebevoller Ehemann, war derjenige, der Probleme hatte. In einem früheren Leben war er als unbarmherziger Rüstungsoffizier in Medina tätig gewesen und hatte den Lenker des Kipplasters, den er damals fälschlicherweise für einen Dieb gehalten hatte, im Zorn massakriert. Lissa spuckte plötzlich Blut. Hellrotes, gesundes Blut ergoss sich über den Asphalt. Vor ihren Augen stand der Fahrer des Kipplasters, der den Unfall verursacht hatte, mit bestürztem Gesichtsausdruck. Sie starrte den Mann an. Mit aller Kraft starrte sie ihn an. Vorüberfahrende Wagen hielten an und ihre Insassen kamen herbeigelaufen. Da sie es aber nach einer ersten Inspektion des Unfallorts nicht wagten, Hand anzulegen, nahmen sie in einiger Entfernung Aufstellung und unterhielten sich. Der Fahrer des Kipplasters deutete auf die Verkehrsampel und redete mit volltrunkener Stimme wirres Zeug. Ihm schien nicht klar zu sein, dass die Angelegenheit für ihn umso ungünstiger würde, je mehr er den Mund aufmachte. Und auch von der Tatsache, dass der hasserfüllte Blick eines Menschen von seiner Seele Besitz ergreifen würde, schien er nichts zu ahnen. Lissa fixierte ihn hartnäckig, ohne mit den Augen zu blinzeln. Und fünf Minuten später starb sie mit ganz rot verkommenen Augen. Somit wurde Lissas unschuldige, prächtige Seele, die sich eigentlich ein unbefleckt schneeweißes Karma bewahrt hatte, völlig umgepolt, und, da sie gegen den Fahrer des Kipplasters unbändigen Hass hegte, ins Rad der Seelenwanderung eingereiht.

Nach Korea zurückgekehrt, verbrachte Leo über zwei Monate als Stubenhocker in seiner Wohnung. Wegen Schlaflosigkeit blieb er die Nächte über wach und tagsüber nickte er am Schreibtisch, über irgendwelchen aufgeschlagenen Büchern sitzend, immer wieder ein. Immer wenn er sich hinlegte, um zu schlafen, wälzte er sich hin und her und schreckte schließlich auf, weil ihn die Erinnerung an das einem Flüchtlingszelt gleichende Zimmer in der Soi 16 heimsuchte. Natürlich war seine in Jeongleung, Seongbukku, Seoul gelegene Wohnung ganz anders. Während Ploys Zimmer von modrigem Gestank erfüllt war, roch es in seinem Apartment immer nach frischem Weichspüler und Raumdeo. In Ploys Zimmer kamen überall Putz und Ziegelsteine durch, seine Wohnung hingegen war sauber mit Tapeten in Pastelltönen dekoriert. Wenn in Ploys Zimmer – wie in Armenvierteln nun einmal üblich – düstere Motorengeräusche erklangen, waren es in seinem an einem Hang des Bukhan-Berges liegenden Apartment nur die Stimmen von am nahegelegenen Spielplatz spielenden Kindern. In Leos Apartment gab es weder freche Geckos, noch Spinnen, die tippend ihren Alltag protokollierten, noch unsterbliche Skorpione. Es gab auch keine Küchenschaben von der Größe eines Schuhabsatzes und keine roten Ameisen, die sich für Zerstörungen aufopferten. Und auch keine niederträchtigen Polizisten und keine Kleinkriminellen in Kapuzensweatern.

Aber es gab dort auch jene leidenschaftliche Afang nicht. Keine Yon, die alle rundherum zur Verzweiflung brachte, und auch keine Nawalatt, die immer nur ihre wunderbaren Haare im Sinn hatte. Es gab weder den eitlen Macho Ttom noch Uwe, der ein dermaßener Fleischbrocken war, dass er die Erdachse senkte. Auch kein Pflanzenmensch wie Shan, der jeden Freitagabend aus dem Blumentopf herausstieg, war da, keine

Kathoey Sujin, der gegenüber Leo immer Schuldgefühle hatte, und auch keine Kwarn, die ständig ›Ich fleh dich an!‹ sagte. Und vor allem gab es keine Ploy. Es dauerte sehr lange, sich an die neue Umgebung zu gewöhnen.

Erst im August ging Leo daran, sich einen neuen Arbeitsplatz zu suchen. Er erfuhr, dass ein einst gut mit ihm befreundeter älterer Alumnus von seiner Universität ein kleines Unternehmen führte. Es war eine Firma, die im Auftrag großer Forschungsinstitute oder kleiner und mittlerer Unternehmen Inspektionen durchführte. Die Zahl jener Organisationen, die dafür bezahlten, dass man ihre Schwächen herausfand, war auf dieser Welt größer, als man meinte. Leo schickte seinen Lebenslauf und ihm wurde mitgeteilt, dass man ihn als praxiserfahrenen Mitarbeiter einstellen wolle. Das Gehalt war auch nicht schlecht.

An seinem ersten Arbeitstag traf er sie. Zwar hatte sie kein wirklich hübsches Gesicht, aber ihre schmale Schulterpartie hatte etwas Anziehendes. Sie war eine Frau, die gern und viel lachte und einen gesunden Appetit hatte. Die zwei beobachteten einander eine Weile und begannen nach einem Monat eine richtige Beziehung. An den Wochenenden gingen sie ins Kino und mittwochs aßen sie zusammen zu Abend. Ihre Geschmäcker waren identisch. Beide mochten sie Tiergärten und hassten Achterbahnen. Sie tranken lieber Bier als Soju und hatten es auf ihren Dates lieber langsam und zart als heiß und leidenschaftlich. Ganz besonders liebten sie es, Händchen haltend Seite an Seite zu flanieren. Leo gefiel diese Frau sehr.

Wenn er nach einem besonders anstrengenden Arbeitstag erschöpft nach Hause kam, träumte er von Ploy. Im Traum streichelte er ihr Gesicht und hörte ihre Stimme. Manchmal roch er auch ihren Duft von frischer Papaya. Wenn ein leiser

Hauch davon im Schlaf an seiner Nasenspitze vorüberzog, erwachte Leo schmerzerfüllt, legte seine Arme um das Kissen und weinte leise. Zwar hatte die Häufigkeit solcher Träume abgenommen, seit er eine Freundin hatte, aber ganz vergessen konnte er Ploy dennoch nicht. Wie hätte er sie auch vergessen können? Es war ein Traum, der schon fünfhundert Jahre andauerte.

Der Chef mochte Leo, der in Unitagen sein jüngerer Kommilitone gewesen war. Nach etwa zwei Jahren beförderte er Leo zu einem Manager. Es war keine große Firma, und gemessen an der Zahl seiner Dienstjahre war seine Beförderung rasch erfolgt. Bei einem Firmenessen fragte der Chef Leo: »Na, wann läuten denn die Hochzeitsglocken?«

»Bald, wahrscheinlich diesen Herbst.«

Er verstand selbst nicht, weshalb er so unüberlegt geantwortet hatte. Aber da die Worte nun einmal ausgesprochen waren, fühlte es sich an, als wäre die Entscheidung längst getroffen worden. Diesem Entschluss gemäß würde die Hochzeit »bald, wahrscheinlich diesen Herbst« stattfinden. Seiner Freundin schmeckte das Essen, das Leo ihr kochte. Er fühlte sich wohl, wenn er bei ihr war. Er wollte jeden Tag mit ihr zusammen sein. Auch sie schätzte Leo sehr. Wenn er dennoch gezögert hätte, eine Entscheidung zu treffen, was würde er dann überhaupt für Entscheidungen treffen? Ihr gegenübersitzend betrachtete er ihr Gesicht. Sie war ganz rot geworden. Als Heiratsantrag war es eigenartig. Dennoch wirkte sie nicht abgeneigt. »Natürlich nur, wenn sie einverstanden ist«, fuhr Leo fort. Diesmal mit so lauter Stimme, dass alle Anwesenden es hören konnten.

»Bald, wahrscheinlich diesen Herbst.«

Mit der Sukhumvit Soi 16 ging es den Bach runter. Viele hatten die Straße bereits verlassen. Mit der Errichtung eines riesigen Krankenhauses auf der Straße Rama III wurde auch das Gesundheitsamt frühzeitig auf die Thonglor Soi 8 verlegt. Mehr als die Hälfte der zu beiden Seiten der Straße aneinandergereihten Läden für Second-Hand-Elektronik, Lebensmittel und Eis hatten schon dichtgemacht oder waren gerade dabei. Die mobilen Garküchen waren längst ein ganzes Stück weit nach Osten gezogen, zum Beispiel in die Viertel entlang der Charongrat-Hochautobahn, die Teil der Autobahn Nummer 3 war, wo die Mieten billig und die Einwohner daher zahlreich waren. Wenn jeden Abend um Punkt acht Uhr die Alte von dem seit drei Generationen in Familienbesitz befindlichen Laden Feierabend machte, musste man für jede Schachtel Zigaretten bis zum 7-Eleven auf der Ratchadaphisek-Straße gehen. Zum Glück wurde schon kurz darauf ein Second-Hand-Elektrogeschäft von einem 7-Eleven abgelöst. Einen Monat später eröffnete noch ein 7-Eleven dort, wo früher das Gesundheitsamt gewesen war, und wieder zwei Monate später noch einer in Shans Gasse gleich gegenüber von seinem Haus. Der Laden spornte die Stehlsucht von Shans zweitältestem Sohn Ppin an.

Die Gruppe, die nach dem Weggang der Prostituierten, welche als dritte Gruppe Herren der Straße gewesen waren, kurzfristig in das Vakuum nachrückte, war diejenige, die an der Spitze der Globalisierung in Bangkok stand, nämlich die Mischlings-Prostituierten und die internationalen Betrüger. Die Mischlingsprostituierten waren zumeist groß gewachsen und schlank. Weil in ihren Adern auch europäisches Blut floss, war ihre Haut weiß und ihre Nasen hatten einen hohen Rücken. Außerdem verlangten sie ein wenig mehr als die gewöhnlichen thailändischen Prostituierten. Eigentlich hätte der Preis, wenn man nach dem Aussehen ging, sogar um ein Mehrfaches höher sein müssen, aber in Thailand gab es bereits zu viele von diesen Mischlingen. Auch im Fernsehen waren die gut aussehenden Entertainer zum Großteil Mischlinge. Es hatte solche Ausmaße angenommen, dass in den Seifenopern der Freund des Ehemannes teutonischer Abstammung vom Streit abriet, die Freundin der Ehefrau mit fränkischem Vater sich ärgerte, die alte Mutter mit slawischen Wurzeln ohnmächtig wurde, das Kind eines germanischen Vaters heulte und ein Polizist dänischer Abstammung herbeirannte. Auch die Komparsen, die daneben in einer Reihe Aufstellung genommen hatten, hatten meist ausländische Väter: Chinesen, Araber, Malaien, Mongolen, Koreaner, Indonesier, Burmesen. Und es war auch keine Seltenheit, dass gleich beide Elternteile Ausländer waren.

Während die Mischlingsprostituierten mit ihrem exotischen Aussehen Geld verdienten, machten die internationalen Betrüger mit ihrem Mundwerk Reibach. Neben dem obligatorischen Englisch sprachen sie mit Französisch, Arabisch, Japanisch, Spanisch, Burmesisch, Chinesisch, Tamil und so weiter durchschnittlich sechs bis sieben Sprachen flüssig und über bloße Anfängerkenntnisse hinausgehend gut. Ihr Job bestand darin, ausländische Touristen anzusprechen und ihnen den Besuch von Palästen und Nachtmärkten, die angeblich gerade geschlossen hätten, auszureden, um sie sodann zu einem Juwelierladen zu bringen, für den sie arbeiteten. Tadellos gekleidet und mit schickem Schuhwerk saßen sie unter freiem Himmel um die mobilen Garküchen herum und machten sich einen Sport daraus, ihre Nudeln auf Englisch zu bestellen. Auch von den Bewohnern der Soi 16, die sich den

Mischlingsprostituierten gegenüber tolerant verhielten, über sie aber die Nase rümpften, wurden sie gemieden, und so war Lano in der Tat die Einzige auf der ganzen Straße, die ihnen völlig vorurteilsfrei begegnete. Immer wenn dieses kleine Mädchen mit niedlicher Stimme fließend Englisch dahersprudelte, machten die Betrüger vor Scham errötend einen Abgang oder baten sie, langsamer zu sprechen. Lano hatte es nicht mehr nötig, weiter Englisch zu lernen. Sie studierte neuerdings fleißig Chinesisch, eine Sprache, an der sie Interesse gefunden hatte. Ihr Niveau war bereits so hoch, dass sie gewöhnliche Alltagsgespräche ohne Schwierigkeit führen konnte, und so murrte sie, wenn ihre älteren Brüder wieder einmal ein rechtes Durcheinander im Haus verursacht hatten: »Zang si le, ni men zen me zhe yang a.«

Das war umso erstaunlicher, als Shans zweitältester Sohn Ppin und sein drittältester Egh, denen beiden auf der Oberlippe schon Barthaare zu sprießen begannen, noch nicht einmal ihre eigene Muttersprache ordentlich beherrschten. Vieles änderte sich auf derlei Art und Weise, nur Ploy blieb nach wie vor in Uwes Haus wohnen. In der Tat bestand für sie weder die Notwendigkeit wegzugehen noch hätte sie gewusst wohin. Uwe, dem das Haus gehörte, sprach ihr gegenüber nie vom Mietzins. Weil Ploy als jüngere Busenfreundin der berühmten Jia einst stolze Anführerin der Prostituiertenclique der Soi 16 gewesen war, war es unter ihrer Würde, jetzt einer anderen Gruppe als einfaches Mitglied beizutreten. Seit dem Vorfall auf dem Fischmarkt in Penang war jeder Anflug von einem Lächeln vollständig aus ihrem Gesicht verschwunden, und selbst wenn sie sich im Fernsehen ein Unterhaltungsprogramm ansah, war da ein grimmiger Zug in ihrer Miene. Altersmäßig ging sie bereits auf die Dreißig zu. Genauer gesagt war sie neunundzwanzig. Durch ihren langzeitigen Drogenkonsum war ihre Haut rau und ihr Rücken krumm geworden, sodass sie einen leicht gebückten Gang hatte. Obwohl sie ohne Unterbrechung zur Station Nana ging, nahm die Zahl der Männer, die sich ihr näherten, weil sie ihrem Zauber erlagen, definitiv ab. Dass Ploy den Vorschlag des vom Stamm der Khmer abstammenden Tony annahm, war mehreren Umständen geschuldet.

Tony, der in einer wohlhabenden Familie aufgewachsen war, hatte, nachdem er an einer amerikanischen Universität ganze acht Jahre mit Freisemestern, Wiedereinstiegssemestern und Wiederholungssemestern verschwendet hatte, sein Studium schließlich ganz abgebrochen und lebte nun in Bangkok. Seinen Eltern im kambodschanischen Phnom Penh gegenüber schwang er große Reden, von wegen er würde ein Business aus dem Boden stampfen. In Wahrheit jedoch war alles, was er tat, sich mit Alkohol oder Drogen zuzudröhnen und mit Prostituierten herumzuschäkern. Wenn er nur in Unterwäsche in einer Ecke seines Zimmers hockte und die schwierigen Vokabel vor sich hin brabbelte, die man ihm an der Universität beigebracht hatte, bot er einen so erbärmlichen Anblick, dass selbst die jüngsten und am wenigsten gebildeten Prostituierten nichts als Mitleid mit ihm empfanden. Tony versprach Ploy, ihr jede Woche 2.000 Baht zu geben – unter zwei Bedingungen, die Männer üblicherweise ihren Ehefrauen stellten, oder zumindest gerne stellen würden. Die erste Bedingung war, dass Ploy keine anderen Freier mehr empfing. Die zweite, dass sie sich in sein Sexleben auf keinen Fall einmischte. Da das Preisniveau gnadenlos stieg und stieg, waren 2.000 Baht pro Woche nicht gerade viel, aber wenig war es auch wieder nicht. Auch waren die Bedingungen nicht allzu schwer zu erfüllen. Das Problematische daran waren eben weder der Betrag selbst noch die daran geknüpften Bedingungen.

Ploy war zu einer Zeit in die Soi 16 gekommen, als Jia noch in Soi 16 lebte, und sie wohnte lange bei ihr. Jia half ihr mit so vielem und noch viel mehr brachte sie ihr bei. Wäre Jia nicht gewesen, hätte Ploy den Männern nicht so selbstbewusst gegenübertreten können. Sie hätte ihre Lebensrealität nicht akzeptieren können, hätte ein Dasein ohne jede Selbstachtung gefristet. ›Warum hat mich Jia damals bei sich aufgenommen?‹ Lange Zeit hatte sich Ploy das immer wieder gefragt. Afang war zwei Jahre jünger, viel selbstbewusster und viel größer als sie, und nicht zuletzt auch fantastisch gebaut. Wenn jemand als formale Schwester bei Jia leben hätte sollen, dann Afang, nicht sie selbst. Dennoch war Jias Wahl auf Ploy gefallen. Und es war kein Geheimnis, dass Afang im Schock darüber die Soi 16 hinter sich ließ, um in einen Sado-Maso-Laden in Ploenchit zu wechseln. Wenn schon, denn schon, hatte sich Ploy damals gesagt und sich vorgenommen, ihre Sache gut zu machen. Sie wollte den guten Ruf, den die Soi 16 hatte, bewahren und die Tradition des Zusammenhalts fortführen. Wenn ihren Freunden etwas zustieß, wollte sie immer für sie, die auf ihr Eingreifen hofften, da sein und sicherstellen, dass sie von niemandem schlecht behandelt würden. So wie Jia es getan hatte, so wie es zu Jias Zeiten gewesen war.

Aber Ploy war nicht Jia. Nachdem Jia weggegangen war, dauerte es gerade mal zwei, drei Jahre, bis alles schlechter wurde. Auf der Straße waren praktisch ununterbrochen heftige Streitereien unter den Prostituierten zu hören. Obwohl sie sich alle in derselben erbärmlichen Lage befanden, beklauten, bekrittelten und erniedrigten sie einander. Die Älteren unter ihnen gerieten bei erfolglosen Schlichtungsversuchen selbst unter die Räder. Auch die in der Hierarchie auf der untersten Stufe stehenden Prostituierten von Nueng Thaeo, um die sich

Jia immer aufmerksam gekümmert hatte, hatten sich entzweit, um sich nun jede auf eigene Faust irgendwie durchzukämpfen, und das schützende Nest verschwand zuletzt als Staubwolke, die in den Himmel von Bangkok aufstieg.

Ploy fühlte sich unsäglich minderwertig und schuldig. Sie wollte Jia nicht enttäuschen. Sie hatte geglaubt, als Nachfolgerin ihre Frau stehen zu können. In der Realität aber lebte sie, weil sie nicht in der Lage war, auf andere Art das Auslangen zu finden, als privates Spielzeug eines Khmer-Mannes, von dem sie wöchentlich gerade mal 2.000 Baht bekam. Dergleichen taten normalerweise in die Enge getriebene Prostituierte, die keine Zähne mehr im Mund hatten und denen die Fingernägel abgebrochen waren.

Zu allem Überfluss kam der bisexuelle Chaot Tony, der keinerlei Sinn für Hygiene hatte, oft gerade vom Bumbum mit einem völlig Fremden zurück. Wenn er dann seinen Penis bei ihr reinsteckte, war der vorn von angetrockneten Körpersäften noch weiß. Wollte Ploy ein Pessar benutzen, drohte er ihr damit, aus dem Vertrag auszusteigen. Also blieb ihr nichts anderes übrig, als es über sich ergehen zu lassen. Noch ehe ein Monat vorüber war, spürte Ploy Schmerzen beim Wasserlassen. Es war das erste Mal in fünfzehn Jahren der Tätigkeit als Prostituierte, dass sie sich mit einer Geschlechtskrankheit angesteckt hatte. Sie war gekränkt und geschockt, aber sie riss sich zusammen. Da sie sich nun einmal angesteckt hatte, musste sie sich wohl oder übel medizinisch behandeln lassen, und zwar mit Tony zusammen. Wegen einer so leicht aus der Welt zu schaffenden Sache wollte sie keinen großen Streit vom Zaun brechen.

Der Auslöser dafür, dass all der Ärger letztendlich doch explosionsartig aus ihr hervorbrach, waren die zynischen Sprüche, die sie sich aus Tonys Mund anhören musste, wenn er volltrunken vom Bumbum mit Afang zurückkam. Tony war es schon immer zutiefst zuwider gewesen, dass Frauen, die seinem Volk der Khmer angehörten, nach Thailand kamen, um der Prostitution nachzugehen. Diese Einstellung hatte er nicht, weil er besonders dumm war. Die meisten Männer haben in demselben Maße, in dem sie das Bedürfnis haben, in eine Sippe mit fremder DNA einzudringen, auch das Bedürfnis, die Sippe mit der eigenen DNA zu schützen. Schwarze Männer zum Beispiel finden es großartig, mit weißen Frauen Bumbum zu machen, hassen es zugleich aber, wenn ein weißer Mann mit einer schwarzen Frau Bumbum macht. Dieses Prinzip gilt gleichermaßen für jede beliebige Rasse oder Sippe. Und das war auch exakt der Grund, weshalb Ploy in Rage geriet und schrill zu schreien begann:

»Dann nimm sie zu dir und leb mit ihr zusammen! Du selbst treibst es, wie es dir gefällt, und Afang, die hierhergekommen ist, um nicht länger am Hungertuch zu nagen, beschimpfst du? Sind eure kambodschanischen Frauen etwa Gebärmaschinen für das Volk der Khmer? Ist das Volk der Khmer so überlegen?«

Tony war kurz baff, erwiderte dann aber höhnisch lachend:

»Eine Hure hält zur anderen. Bist du sauer, dass ich deine Freundinnen bumse? Wir haben eine Abmachung getroffen. Wenn dir was nicht passt, kannst du dich von deinem Geld verabschieden.«

Ploy warf mit einem vor ihr stehenden Eiskübel nach ihm. Tony, der kaltes Eiswasser übergegossen bekommen hatte, stand plötzlich auf und riss Ploy an den Haaren. Er trat ihr mit dem Knie ins Gesicht. Nachdem er sie mit dem Gesicht voraus auf den Boden geschleudert hatte, trat er mit seinem Fuß auf sie, wie man eine Zigarettenkippe austrat. Eben erst hatte er sich die Vorwürfe, die ihm seine Eltern machten, anhören müssen und stand deshalb unter Stress. Jedes Mal, wenn Ploy versuchte aufzustehen, schlug er sie mit der Faust wieder nieder. Er ging rings um sie herum und trat von allen Seiten auf sie ein. Bei jedem seiner Tritte gab ihr Kopf ein Stück mehr nach.

Ttom, der gerade mit Uwe am Trinken war, kam herbeigerannt. Nachdem er die beiden getrennt hatte, hörte er sich die Rechtfertigung des kichernden Tony an. Währenddessen ging Ploy auf die Toilette und wusch sich das Blut ab, das ihr aus dem Mund floss. Ihre Lippe war aufgerissen, am linken Auge hatte sie eine dunkelblaue Schwellung. In ihrem Blick aber brannte eine Mordlust, die selbst Eisen zum Schmelzen bringen würde.

Ttom, der sich Tonys Version der Geschichte in allen Einzelheiten angehört hatte, fragte: »Deswegen hast du Ploy also dermaßen verdroschen?«

»Mmh.«

»Dir ist aber schon auch klar, dass sie sich ihren Lebensunterhalt mit ihrem hübschen Gesicht verdient, nicht wahr?«

»Das ist schon okay, schließlich hab ich sie gekau…«

Ttoms Faust schnellte vor und grub sich tief in Tonys Magengrube. Der Schlag, den er nicht hatte kommen sehen, streckte Tony zu Boden und ließ ihn noch ein paar Rollen drehen. Ttom war groß gewachsen und sein Körper durchtrainiert. Und auch die Art, wie er seine Fäuste einsetzte, war durchaus originell. Tonys Schmerzensschreie gingen in Wehklagen über und seine Wehklagen wieder in Schmerzensschreie. Yon und Nawalatt kamen zu spät vom Yaba-Kauf zurück, um noch einzugreifen, und so warteten sie ab, bis Tony ganz fix und fertig war, und taten erst dann so, als ob sie seinen Kontrahenten von ihm trennen wollten. Er war so gnadenlos zusammengeschlagen worden, dass er eine Weile nicht aufstehen konnte und immer wieder zusammenzuckte, obwohl Ttom längst von ihm abgelassen hatte. Schließlich fasste er sich wieder, und als er, sich am Boden wie ein Wurm windend, davonrobbte, rief Ttom ihm von hinter seinem Rücken jedes Wort für sich betonend nach:

»Du hast recht. Auch ich kann's nicht ausstehen, wenn irgendein Khmer-Loser unsere thailändischen Frauen anmacht. Ab in die Heimat mit dir! Da kannst du dir dann von mir aus eure berühmten Sandhaufen anschauen. Wenn du dich hier auf dieser Straße noch einmal blicken lässt, mach ich dich kalt.«

Im Zimmer, wo sich die Aufregung mittlerweile gelegt hatte, waren Yon und Nawalatt, vom Yaba schon ganz zugedröhnt, und Ploy, die sich auf der Matratze liegend die Bettdecke bis über den Kopf gezogen hatte. Ploy stand alle fünf Minuten auf, spuckte auf der Toilette das Blut aus, das sich in ihrem Mund gesammelt hatte, und kühlte mit kaltem Wasser die Prellungen. Das wiederholte sie fünf- oder sechsmal. Sodann holte sie sich, anstattt sich hinzulegen, einen Handspiegel und Schminkutensilien und setzte sich an die Wand gelehnt hin. Sie entfernte die in Fetzen hängende Haut ihrer Lippen, rollte Toilettenpapier klein und beseitigte damit an der Innenseite der Wange klebendes Blut. Mit Babypuder tupfte sie ihr ganzes Gesicht ab, trug Lippenstift auf und schminkte sich in bunten Farben. Sie tuschte ihre Wimpern mit Mascara in einem aufsteigenden Bogen. Zu Yon und Nawalatt murmelte sie, als wäre nichts gewesen: »Wollt ihr alle nicht zur Station Nana? Es ist schon Mitternacht.«

Yon verzog das Gesicht und flehte Ploy an: »Ploy, lass uns heute ausruhen. Ja? Du bist doch verletzt. Ja? Ich werd uns irgendwo ein paar Tabletten Yaba besorgen. Ja?«

Ploy warf plötzlich die Mascara weg. Sie öffnete die Augen zu einem scharfen Blick. Ihre Wangen röteten sich. Ein sanfter Glanz legte sich auf ihre Stirn und ihr leicht gebeugter Rücken richtete sich wieder auf. Einen Moment lang schien sie ihr wiederaufflammender, unbändiger Stolz vom Abgrund der Schande in die Zeit zurückzuversetzen, da sie am schönsten gewesen war. Zwischen ihren bebenden Lippen bildete sich ein Rinnsal aus frischem roten Blut. Am weiß gepuderten Kinn entlang lief dieses Blut an ihr herab. Und wie eine Verrückte, mit Augen, in denen blaue Blitze aufleuchteten, sagte sie: »Ich bin Ploy! Die Ploy von der Soi 16!«

Andernorts, auf der Zitronenfarm in Tha Lua in der Provinz Kanchanaburi, feierte Kwarn endlich Hochzeit mit Bob. Allein das Essen kostete auf der drei Tage dauernden Feier über 20.000 Baht. Kwarn, die bekam, was sie sich gewünscht hatte, war glücklich und von dem Traum erfüllt, eine tolle Familie zu gründen. Aber dafür musste sie selbst sehr viel ändern.

Ihr frisch angetrauter Bob fertigte eine Aufgabenliste davon, was sie nicht durfte. Sie hatte die Gewohnheit, in der Küche stehend zu essen, wann immer sie Hunger hatte. In der Zeit, als sie bei ihrem Onkel auf seine Kosten lebte, hatte sie sich das angewöhnt. Es wurde ihr verboten. Kwarn liebte scharfes Essen über alles. Auch wenn es ihr den Schweiß auf die Stirn trieb, aß sie nach Herzenslust davon und fächelte sich dabei mit der Hand Luft zu. Das wurde ihr nun verboten. Wenn Kwarn ein süßes Hündchen, Kätzchen oder Vögelchen sah, kaufte sie das Tier ohne zu zögern. Und falls sie gerade kein Geld bei sich hatte, versetzte sie kurzerhand ihren Schmuck, beispielsweise einen Goldring oder eine Halskette, die ihr Eric gekauft hatte, in einem Juwelierladen und kaufte das Tier von dem Pfandgeld. Das wurde ihr nun verboten. Mit Ausnahme des Retrievers, den sie fast zehn Jahre gehalten hatte, und zweier Siamkatzen wurden alle ihre Tiere kurz vor der Hochzeit unter ihren Nachbarn verteilt. Kwarn kaufte jeden Monat jede Menge billige Unterwäsche und verteilte sie nach nur drei- oder viermaligem Tragen unter ihren Freundinnen oder legte sie in den Tiefen ihres Kleiderschrankes ab. Das wurde ihr nun verboten. Bob kaufte Kwarn teure Luxusunterwäsche und verlangte von ihr, sie so lange zu tragen, bis sie in Fetzen hing.

Dergleichen Ver- und Gebote zu befolgen war ihr, weil diese ohnehin mit ihrer Einstellung übereinstimmten, natürlich eine Freude. Das Verbot, Ploy in Bangkok zu besuchen aber setzte ihr zu und brachte sie zum Weinen. Bob erlaubte nicht, dass seine junge Ehefrau sich mit Bangkoker Prostituierten abgab. Kwarn hoffte darauf, dass er seine Meinung ändern würde, wenn nur ein wenig Zeit verginge, aber es war nichts, das er nur so in einem spontanen Wutanfall gesagt hatte. Es war ein Prinzip, das Kwarn als Hausfrau und Ehefrau unbedingt befolgen musste. Kwarn, die Ploy länger als ein halbes Jahr nicht gesehen hatte, weinte oft in eine Ecke des Wohnzimmers gekauert. Nawalatt und Sujin kamen zweimal nach Kanchanaburi zu Besuch, aber sie waren nicht Ploy. Freunden ihren Ehering zu zeigen war etwas völlig anderes als ihn Ploy zu zeigen, die wie eine leibliche Schwester für sie war.

Bob sagte ihr mehr als dreimal täglich, dass er sie liebte. Jedes Mal, wenn sie ihn das sagen hörte, freute sie sich und hatte ein erhebendes Gefühl, aber was ihr Bob dann noch sagte, betraf immer Dinge, die sie zu tun und zu lassen hatte. Kwarn stand um fünf Uhr morgens auf und bereitete Essen zu, danach spülte sie das Geschirr und putzte. Wenn sie am späten Abend mit diesen dreimal täglich zu verrichtenden Arbeiten ganz fertig war, duschte sie sich kalt und massierte ihren Ehemann eine Stunde, zwei Stunden lang, so lange, bis er einschlief. Weil sie an sich etwas kränklich war und sich noch dazu jeden Tag mit Schwerstarbeit abmühte, fiel sie des Öfteren in Ohnmacht, und als in etwa ein Jahr vergangen war, sah sie auch den durch die Luft schwebenden Kinder-Bodhisattva Kuman wieder. Es war das erste Mal nach sehr langer Zeit. An den Kind-Geist gerichtet murmelte sie: »Du, du bist also zurückgekommen!«

Nun wurde Kwarn klar, dass ihre Entscheidung der größte Fehler ihres Lebens gewesen war. Aber was änderte diese Einsicht? Sie hatte sich bereits von Eric getrennt, und zwar auf eine Art und Weise, die für ihn unglaublich verletzend war. Als sie diese Entscheidung, die ihr ganzes weiteres Leben beeinflussen würde, getroffen hatte, hatte sie keinerlei Spielraum dafür gelassen, ihren Entschluss wieder rückgängig zu machen. Hätte sie das getan, dann hätte Eric Bob sicher zum Duell aufgefordert oder sie um Gnade angefleht. Kwarn aber hatte ihm ihren Entschluss knapp und endgültig mitgeteilt. Eric hatte sich Mühe gegeben, es gelassen aufzunehmen, aber er wirkte innerlich leer, als hätte ihn seine Seele verlassen. Seine Augen, seine Lippen und auch die kleinen Gesten, mit denen er ihr vorzuspielen versuchte, dass er ihre Entscheidung gerne akzeptierte, und schließlich auch sein zitternder, von hinter der geschlossenen Tür an ihre Ohren dringender Abschiedsgruß wirkten leer. So leer wurde er, dass er aussah wie eine auf dieser Welt nicht mehr existierende Person.

Man sagte, er sei schon in die USA zurückgegangen. Das hätte sie nicht tun dürfen. Sie hätte ihn nicht so gehen lassen sollen. Dass sie die Zeit von zwölf Jahren nicht wertgeschätzt hatte, war ihr Fehler gewesen. Dass sie sich nur etwas Hörbares und etwas Sichtbares gewünscht hatte, war ein Irrtum gewesen. Dass sie Freiheit für Gefühllosigkeit und Bindung für Liebe hielt, war eine Täuschung, die eher zu einer Sklavin passen würde. Ab und zu träumte sie von Eric. In diesen Träumen sah sie ihn, der immer bereit war, seine Hand nach ihr auszustrecken, auch wenn er mit seinem in eine andere Richtung gedrehten Kopf so wirkte, als wäre er gefühllos. Als sie aus dem Traum erwachte, lag Bob neben ihr. Bob, der sich immer vermittels der Rhetorik der Liebe seines Besitzes vergewisserte. Genauso wie damals, bevor sie ihre Heimat Krabi verlassen hatte, war sie nun zu der Frau *von jemandem*, zu dessen Besitz geworden. Nach langer Zeit hatte sie sich in das bedauernswerte Wesen von damals zurückverwandelt. Um das auf ihr Herz drückende Schuldgefühl zu lindern, musste sie alles tun, was Bob von ihr verlangte. Wie Eric es ihr gegenüber gehalten hatte, so musste nun *sie* ein Wesen nach dem Wunsch des anderen werden, indem sie sich selbst ausleerte. Immer wenn sie sich bewegte, hörte man ihren Körper knarren.

Am letzten Mittwoch im Jahr 2002 wurde Kwarn zur Puppe. Bob, der gerade von einem Spaziergang zurückgekommen war, bemerkte diesen Umstand, als er seine Frau berührte, um sie zu wecken. Sie öffnete die Augen, wenn er sie aufrichtete, und schloss sie, wenn er sie hinlegte. Als er ihre Arme oder Beine auf und ab bewegte, verharrte sie ruhig in dieser Haltung. Als er ihren aus Polyurethan hergestellten Busen berührte, sagte sie mit seelenloser Stimme: »Chan rak khun. Chan rak khun.« Bob war perplex und zog ihr die Unterwäsche aus, um nach ihrer Muschel zu sehen. Zum Glück saß sie an der richtigen Stelle. Da er schon einmal dabei war, machte er Bumbum. Es fühlte sich nicht übel an.

Er lud den elf Jahre alten Retriever, der kein anderes Frauchen akzeptierte, auf den Non Bua, brachte ihn zum Fluss und warf ihn hinein. Die klugen Siamkatzen brauchte er nicht wegzuwerfen. Kaum war Kwarn zu einer Puppe geworden, waren sie von allein weggelaufen. Er stellte eine junge Frau aus Myanmar ein, die sich illegal in Thailand aufhielt, und ließ sie die Hausarbeit verrichten. Sie konnten sich kaum miteinander verständigen und die Frau war faul, aber ihr Hintern war prall und straff.

Nun brauchte Bob an seiner Frau nicht mehr herumzunörgeln. Er legte sie im Gästezimmer im ersten Stock aufs Bett und suchte sie bei Bedarf auf. Wenn er sie nicht benötigte, schaltete er das Licht aus und verschloss die Tür. Dass sie dort immer ruhig lag, behagte ihm. Andererseits verspürte er, eben weil sie dort immer ruhig lag, keine Lust, sie oft aufzusuchen. Lange lag die Puppe in der Dunkelheit des Gästezimmers, wo sich eine feine Staubschicht wie Asche auf sie legte. Über die Innenseite ihrer geschlossenen Lider mit den Plastikwimpern liefen unruhig flimmernd die Träume ihrer Kindheit ab, die Träume, die sie mit ihren eigenen Händen selbst zunichte gemacht hatte und die in den Fegefeuern der Selbstquälerei eingesperrt waren.

Am dritten Sonntag im Monat Februar des Jahres 2003 schenkte ein junges Ehepaar in Núñez, einem Reichenviertel der Stadt Buenos Aires, ihrer gerade drei Jahre alt gewordenen kleinen Tochter Alicia ein junges Pony. Alicia stampfte vor Freude und umarmte das gehorsame Pony.

Ihre Großmutter mütterlicherseits, die vorbeigekommen war, um ihr zum Geburtstag zu gratulieren, fragte, wie sie ihr Pony nennen wollte. Eigentlich hatte sich die Großmutter bereits einen guten Namen überlegt. Alicia antwortete keck, ohne auch nur ein bisschen zu zögern, und als wäre dieser Name dem Pony schon vorherbestimmt gewesen, bevor sie es bekommen hatte:

»Lano.«

»Lana?«, erwiderte ihre Großmutter und legte ihren Kopf fragend zur Seite. »Warum denn das, ausgerechnet?«

»Nein, Lano. Es heißt Lano. Lano ist wirklich hübsch.«

Sie küsste das Pony mehrmals auf die Wange. Strahlendes Sonnenlicht reflektierte sich sanft in ihrem glänzenden Haar. Unschlüssig, wie sie diese mysteriöse und herrliche Namensgebung bewerten sollte, murmelte die Großmutter, als wäre sie nicht ganz richtig im Kopf: »Lano ..., Lano ...« Wieso gab man einen derartigen Namen? Die afghanische Windhündin, die sie selbst ihrer Enkeltochter im vergangenen Jahr geschenkt hatte, nannte diese »San«, wie der Titel vor katholischen Heiligennamen. Oder war es »Tschan« wie das Getränk aus Feuersalbei? Egal, hatte sich der kleine Dickkopf Alicia einmal für etwas Derartiges entschieden, war an dieser Entscheidung ohnehin nicht mehr zu rütteln. Die Großmutter fand es schade, dass sie den guten Namen, den sie sich selbst hatte einfallen lassen, nicht verwenden konnte.

Genau eine halbe Stunde später lief in Bangkok eine Frau wie verrückt durch die Sukhumvit Soi 16. Wie sie sich bewegte, sah irgendwie gefährlich aus. Und tatsächlich fiel sie vor dem Imbiss, dessen Spezialität Schweinestelze auf Reis war, heftig hin und vor dem neu entstandenen vierstöckigen Einkaufszentrum, wo sie über ihre Flip-Flops stolperte, noch einmal. Die Wunden an Handflächen und Knien bluteten und taten ganz schön weh, aber sie biss sich fest auf die Lippen, stand wieder auf und kämpfte sich weiter vor in Richtung Uwes Haus. Im Haus nahm sie zwei, drei Stufen auf einmal und gelangte im Nu in den zweiten Stock, wo sie die Eisentür öffnete, indem sie sich regelrecht dagegenwarf. Yon und Afang, die im Zimmer gerade Karten spielten, erschraken und schrien vor Schreck auf.

«Was ist denn los?«

Mio war zu Boden gestürzt, keuchte und schluchzte unverständliche Wörter. Ihre Stimme zitterte heftig. Während Yon und Afang ihr zuhörten, wich aus ihren Augen alles Leben. Sie erblassten und wurden kreidebleich.

Als sie fertigerzählt hatte, drehte sich Mio auf den Bauch und weinte hemmungslos. Auch Afang, die eher zum Übermut neigte, rückte im Sitzen immer weiter nach hinten, bis sie an die Wand stieß, und ließ den Kopf hängen. Ihr göttinnengleiches langes, glattes Haar verdeckte die Tränen, die ihr über die Wangen rollten. Unter dem Bildnis von König Chulalongkorn entsprang am Kelch von Juha eine dunkelblaue Flamme. Zischend loderte sie zu einer Höhe von drei Handspannen auf.

»Da!«

So tief klang Yons Stimme, dass Mio und Afang aufschauten. Yons Gesichtsausdruck war seelenlos und der Speichel floss ihr aus dem Mund wie einer wiederkäuenden Kuh. Etwas an ihr war anders als sonst, wie sie mit ihrer ausgestreckten linken Hand auf die Toilettenwand zeigte. An der Wand, die, da der Putz an einigen Stellen abgebröckelt war, aussah wie eine Mondlandschaft mit Kratern, war das Bild von einem verzweifelt mit dem Kopf gegen einen Baum stoßenden Elefanten zu sehen, und darüber standen nebeneinander einige Zahlen geschrieben. Diese Zahlen waren es, worauf Yon zeigte:

»Leo, ruf Leo an!«

Viertes Kapitel

AUS SICHT DER SOI 16

20

Er sog den Rauch tief ein und gleich wurde ihm schwindlig. Es fühlte sich an, als zöge ihn jemand an den Haaren nach hinten. Ihm wurde übel, also dämpfte er die Zigarette wieder aus und trank einen Schluck kaltes Wasser. Ein wenig schien er sich zu beruhigen.

Er legte sich quer übers Bett. Es war ein gutes Bett. Matratze, Laken, Bettdecke und Kopfkissen waren allesamt von ausgezeichneter Qualität. Er war müde und hatte das Gefühl, jeden Moment einzuschlafen. Falls er einschliefe, sollte ihm das nur recht sein, dachte er. Er wollte alles hinschmeißen und in diesem guten Bett einfach nur schlafen. Mit geschlossenen Augen wollte er so lange warten, bis alles vorbei war. Aber dafür war es nun, da er den ganzen weiten Weg hierhergekommen war, schon zu spät.

Er stand auf und trat schwankend ins Badezimmer. Geräuschvoll putzte er sich die Zähne und wusch sich das Gesicht. Sein Bart war in der Zwischenzeit kaum gewachsen, sodass er sich nicht zu rasieren brauchte. Sein Haar, das flach am Kopf anlag, machte er mit der Hand ein wenig nass und föhnte es auf. Er trat aus dem Badezimmer und band sich eine andere Krawatte um. Er nahm den Telefonhörer ab und wählte eine Nummer. Ein Hallo war zu hören.

Die Stimme nannte den dortigen Ort: Patong Sala Makkasan. Wo das war, wusste er. Weil er früher schon einmal dagewesen war. Er konnte sich noch lebhaft daran erinnern, wie Yon, Lissa und Pe dort gebetet hatten. Es hatte ihn, der damals sehr krank gewesen war, tief berührt, zu hören, dass sie für ihn gebetet hatten. Und es hatte ihm leidgetan, dass seine drei Gebete allesamt nicht für die drei, sondern für jemand anderen gewesen waren.

Als er mit dem Taxi ankam, war es kurz nach fünf Uhr. Yon, die unruhig mit dem Fuß stampfend am Eingang wartete, bat Leo unvermittelt, die 1.500 Baht, die Einäscherung und Urne kosteten, vorzustrecken. Sie hatte darum gebeten, ihr die Summe vorübergehend nachzulassen, ein reicher Freund würde später aus Korea kommen und bezahlen. Sie lächelte verlegen und verzog dabei die Nase, es schien ihr sehr leidzutun. Sie wirkte plötzlich gealtert. Sie hatte graue Schläfen bekommen.

Die Bestattungszeremonie hatte bereits angefangen. Nawalatt, die einen Tamai trug, hatte für Leo Papierblumen in einem mit Wasser gefüllten durchsichtigen Plastikeimer mitgebracht. Leo setzte sich links von Yon. Ein Mann mittleren Alters sprach neben dem Altar in ein Mikrofon und machte dabei eine Menge Lärm. Leo hatte den Mann nie zuvor gesehen. Offenkundig war er bestellt worden und wurde für die Durchführung der Bestattungszeremonie bezahlt. Er las den auf ein Blatt Papier geschriebenen Text weder besonders schnell noch besonders langsam ab. Augenscheinlich gab er sich Mühe, ernst zu wirken, aber der blecherne Lärm, der zu gleichen Teilen daher rührte, dass er sich dabei ungeschickt anstellte und dass die Qualität des Mikrofons zu wünschen übrig ließ, schmerzte in den Ohren, als würde der Deckel eines Kessels an einer Glasscheibe gerieben.

Leo hörte mit geschlossenen Augen zu. Der Mann mit dem Mikrofon in der Hand sagte, dass sie am 13.1.1973 in Krabi geboren und am 18.2.2003 in Bangkok gestorben wäre. Jeder wusste das, er hätte es nicht zu erwähnen brauchen. Mit seiner enervierenden Stimme erzählte der Mann sodann die Lebensgeschichte der Verstorbenen weiter. Es war eine Leichenrede der üblichen Machart, wie man sie oft genug zu hören bekam, in der nicht nachweisbare Anekdoten und allzu wohlwollende Kommentare aneinandergereiht wurden. Wahrscheinlich lagen in der Aufbahrungshalle für jene Menschen, deren Lebensgeschichte keinerlei Besonderheiten aufzuweisen hatten, drei oder vier fast identische derartige Muster-Leichenreden auf.

Die Rede war zu Ende. Der Mann rief einzelne Menschen beim Namen auf und die Genannten traten an den Altar und überreichten dem einen Fächer in der Hand haltenden Mönch einen Korb mit Stoff, Leo aber dachte zu dem Zeitpunkt immer noch über den Inhalt der Rede nach.

Eines konnte er nicht begreifen: Warum hatte der Mann nicht erwähnt, dass Ploy eine Prostituierte in Sukhumvit gewesen war? Was blieb übrig von ihr, wenn man die Tatsache, dass sie eine Prostituierte in Sukhumvit gewesen war, verschwieg? Wessen Leiche wäre es dann, die da in dem Sarg auf dem Altar lag? Andersherum: Hätte er lediglich gesagt, dass sie eine Prostituierte in Sukhumvit gewesen war, wäre damit alles völlig hinreichend erklärt gewesen, wozu also hatte der Mann so langatmig um den heißen Brei herumgeredet?

Eine heftig blutende Katze floh vor drei Hunden, von denen sie verfolgt wurde. Da die Tiere quer durch den Abschnitt liefen, in dem die Bestattungszeremonie abgehalten wurde, schreckte Yon, die eingenickt war, auf. Den Wassereimer und die Papierblumen nach den Tieren werfend, heulte sie auf und wurde nach draußen geführt. Das Innere der Aufbahrungshalle war voller Fliegen und Mücken, die allzu gefräßig und selbstherrlich umherschwirrten. Die Luft war trocken und stickig. Es war drückend heiß und es zerriss einem das Herz. Um sein Verlangen, von dort wegzulaufen, zu unterdrücken, grübelte Leo darüber nach, womit im Rückblick alles begonnen hatte und ab wann es schiefgelaufen war. Etwa schon zu dem Zeitpunkt, als er der Reiseroute nach Afrika einen Zwischenstopp in Thailand hinzugefügt hatte? Oder an jenem Tag, als er von der Küste im Süden nach Bangkok zurückgekehrt, in eigenartiger Stimmung spätabends nach draußen gegangen und die Sukhumvit-Straße entlanggelaufen war? Als er an einem Straßenimbiss Platz genommen hatte, um Reisnudeln zu essen? Als er nur mit einem Notizzettel in der Hand auf der Soi 16 erschienen war, war dieser heiß-schwüle Weihnachtstag jener Zeitpunkt gewesen, an dem alles begonnen hatte?

Einst hatte er alles für einen Zufall gehalten. Das war eine Täuschung gewesen. Es war eine Begegnung, die Leo schon sehr lange Zeit, schon lange vor seiner Geburt vorherbestimmt gewesen war. Der Abend, an dem er Ploy zum ersten Mal begegnet war, fiel ihm ein. »Na, schmeckt's?« Die hohe, dünne Stimme, die ihn das gefragt hatte, meinte er noch in den Ohren klingen zu hören. Nun blieben ihm nur noch solche Erinnerungen.

Aber, auch wenn es überraschend klang: Die Erinnerung war fast schon das ganze Leben. Durch die Erinnerung flüstern die knappen Augenblicke, die in unserem Erleben enthalten sind, mit der Ewigkeit. Der Grund, warum er zum ersten Mal auf die Soi 16 gekommen war, war die Erinnerung daran gewesen, dass er am Tag zuvor Ploy gesehen hatte. Auch der Grund, weshalb er vier Jahre später erneut nach Bangkok gekommen war, und auch der Grund, warum er nun, weitere drei Jahre später, an Ploys Bestattungsfeier teilnahm, waren Erinnerungen, die turmhoch aufeinandergestapelt waren. In Leos Kopf verbargen sich unzählige solcher Erinnerungen. Der Geruch nach frischer Papaya, seine Bänder, die sich wie ein Stück zähen Reiskuchens, das man zu teilen versuchte, überdehnten, der Anblick der erschöpften Ploy, die mit seinem Rucksack am Rücken ins Zimmer zurückkam, als er selbst seiner Zweifel an den Freunden und seiner Schuldgefühle dieser Zweifel wegen, und seines Grolls längst überdrüssig, schon drauf und dran war, alles hinzuschmeißen, ihre spiegelglatte Haut und ihr stets grimmiger Gesichtsausdruck, ihr schönes Gesicht unter seinen Fingerspitzen – der Faden spann sich immer so weiter und letztendlich hatte sich Leo ganz darin verfangen. Aber, selbst wenn ihn jemand höflich dazu aufforderte, dächte er nicht im Traum daran, an einen Punkt vor ihrer Begegnung zurückzugehen und neu anzufangen. Er hatte nicht die Absicht, etwas zu widerrufen oder zu bereuen. Es waren Erinnerungen, die er bis an den Tag, da er dereinst tot umfallen würde – nein, über den Tod hinaus – weiter im Herzen tragen würde.

Die Begräbnisfeier neigte sich dem Ende zu. Nun traten diejenigen, die nicht beim Namen aufgerufen worden waren, in einer Reihe an den Sarg, legten Papierblumen hinein und gingen nach draußen. Leo beobachtete sie dabei. Manche schlugen mit den Papierblumen gegen Ploys Sarg, manche berührten ihn. Es waren auch Europäer, Inder, Schwarze und Araber darunter. Es waren alles Menschen, die Ploy am Strom der schnell vorüberziehenden Jahreszeiten begegnet und irgendwelche Bande zu ihr geknüpft hatten. Im Angesicht des Todes schienen sie keine Eifersucht aufeinander zu kennen.

Leo stellte sich ganz ans Ende der Reihe, hinter Nawalatt, die während der ganzen Trauerfeier geschluchzt hatte. Er klopfte mit den Papierblumen ein paarmal gegen Ploys Sarg und legte sie daneben hin. Die Menschen in der Soi 16 teilten eine merkwürdige Gemeinsamkeit: Das Unglück, in das sie einmal gestoßen worden waren, sei es, weil sie dem Glücksspiel oder dem Alkohol verfallen waren, weil sie sich mit Aids angesteckt hatten oder weil sie ihre Muschel oder ihr Arschloch »vermieteten«, wurde erst nach ihrem Tod wundersamerweise beendet. Leo atmete tief aus, weil er sich beengt fühlte. ›Ploy…‹, murmelte er bei sich.

›Lass uns einander wiedertreffen, egal, ob in einhundert oder zweihundert Jahren.‹

Ein alter Mönch kam herbei und legte Feuer an den Sarg. Mit den von Leo abgelegten Blumen beginnend, fing er Feuer. Yon, die irgendwann zurückgekommen war, holte schluchzend verschiedene Überbleibsel wie ein abgenutztes Notizbuch und ein kleines englisches Wörterbuch aus ihrer Hosentasche und legte sie in die Flammen. Auch der alte 100-Baht-Schein, den Ploy immer bei sich getragen hatte – das erste in ihrem Leben mit Sex verdiente Geld – verschwand in den Flammen.

Es erklangen sanfte Kettengeräusche. Der Sarg bewegte sich langsam in Richtung des hinter dem Altar befindlichen Verbrennungsofens. Über dem Gedanken, dass es ein letztes Mal war, wurde Leo unruhig. Er legte, wie es auch die anderen taten, seine Hand auf den Sarg, ehe dieser ganz im Ofen verschwand. Leo senkte seinen Kopf und betete dann für Ploys Seele, in so hohem Tempo, dass er seine Worte selbst nicht verstand. ›Beim nächsten Unfall mach auch du es wie ich damals in Daegu: Überlebe und komm zurück! In die Welt, in der wir leben, ist alles ein ewiger Kreislauf und nach jedem Abschied gibt es ein Wiedersehen.‹

Als er den letzten Satz ein paarmal wiederholte, fühlte er von dem kalten Sarg eine auf irgendeine Art der menschlichen Körperwärme ähnliche Wärme ausgehen. In einer fernen Zukunft, genauer gesagt in einhundertdreiundsiebzig Jahren, wenn der als Organschmuggler reinkarnierte Leo auf einer lebhaften Straße im tunesischen Sfax Ploy in Gestalt einer Interpol-Mitarbeiterin, die sich ihm vermeintlich zufällig nähert, wiederbegegnen wird, wird dies die allerallererste Szene sein, die er – wieder mit der Fähigkeit ausgestattet, in die Vergangenheit zu blicken – durch ihre blauen Augen sieht: Wie er selbst, während der mit Unmengen bunter Papierblumen geschmückte Sarg in Patong Sala Makkasan in den Verbrennungsofen geschoben wird, nach dessen Ende greift und mit in unsäglicher Zerknirschung und Trauer gesenktem Haupt Tränen vergießt.

Nach drei Stunden des Wartens kehrte Leo, der ein mit Asche gefülltes Holzgefäß in seinen Händen hielt, mit Yon, Nawalatt, Mio und vier weiteren Prostituierten, deren Namen er nicht kannte, in die Soi 16 zurück. Man kam auch bei Uwe vorbei und Leo grüßte ihn verlegen und trat schließlich in Ploys Zimmer ein. Dort war Ploys Seele noch undeutlich anwesend. Das Bildnis von König Chulalongkorn, der Ventilator, dessen metallene Abdeckungsgitter vorn und hinten verloren gegangen waren, die Wäsche, die zehn Jahre nicht gewaschen worden war, und die hellgrünen Aufbewahrungsboxen, alles war noch da wie früher. Was er bisher noch nicht gesehen hatte, war nur eine kleine Pfanne, die offenbar für die Körperpflege benutzt wurde, denn fürs Kochen war sie schon zu schmutzig. Diese eine Sache war zu dem Gewohnten hinzugefügt worden. Manches auf dieser Welt änderte sich ums Verrecken nicht.

Die drei jungen, burschikosen Prostituierten diskutierten, ob sie am Tag der Bestattung ihrer älteren Kollegin Ploy zur Arbeit gehen sollten oder nicht, und gingen schließlich zum Trinken nach draußen. Ppingppang, die aus Indien stammende Prostituierte, die während der Trauerfeier Mädchen für alles gewesen war, Mio und Yon verkrochen sich mit erschöpften Mienen unter die Bettdecke und schnarchten dann nebeneinander. Im dem von seiner Herrin verlassenen Zimmer waren statt gesprochener Worte nur solch unartikulierte Laute zu hören. Nawalatt stellte Ploys Urne auf eine der Aufbewahrungsboxen neben dem Fernseher, hockte sich daneben hin und blickte im Zimmer umher. Sie schien zu überlegen, ob sie weinen sollte. Und dann stöhnte sie auf das Signal eines sehr langen Darmwinds von Yon auf. Es war ein Stöhnen, in dem nachklang, was geschehen war.

Es war an einem Nachmittag vor vier Tagen gewesen. Ploy hatte sich an dem Tag ungewöhnlich lange und mühevoll geschminkt, länger als drei Stunden. Nawalatt hatte sich das Gesicht gewaschen und den ganzen Körper nur leicht gepudert. Denn ihr war klar, dass sie die Freier nicht um ihres hübschen weißen Gesichts oder ihrer knackig-schlanken Figur willen begehrten, sondern schlicht wegen des an ihrer Leiste baumelnden Pimmels und wegen ihres geschmeidigen Afters. Und weil sie das nur zu gut wusste, hatte sie es beispielsweise auch einmal bereitwillig akzeptiert, als ihr von einem Freier vorgeschlagen wurde, auf ihr Gesicht ein Foto des englischen Sängers George Michael zu kleben. Ploy und Nawalatt fuhren nach einem späten Mittagessen zu dem vereinbarten Treffpunkt beim Kaufhaus Robinson. Ein alter Spanier, dem die beiden von seinem Sohn vorgestellt worden waren, schlug ihnen einen Dreier vor. Man wurde sich über eine Summe von 2.000

Baht als Bezahlung handelseins. Sodann nahm jeder der drei für sich ein Motorradtaxi. Das Motorrad, auf dem der Mann mitfuhr, fuhr als Erstes in Richtung des Hotels Watergate ab, sodann folgte Ploy und das Schlusslicht bildete das Motorrad, auf das Nawalatt aufstieg.

Das Unglück passierte beim Rechtsabbiegen von der Sukhumvit-Straße auf die Phetburi-Straße. Das sich akrobatisch zwischen zwei langen Reihen von im Stau stehenden Fahrzeugen vorschlängelnde Motorrad, auf dem Ploy mitfuhr, geriet aus dem Gleichgewicht und neigte sich nach links. Der Motorradfahrer steuerte gegen und hielt die Balance, schaffte es dabei aber nicht, auch auf die auf dem Soziussitz sitzende Ploy Rücksicht zu nehmen. Ploy stürzte auf die Fahrbahn und rollte mit verstauchtem Handgelenk unter einen zehn Tonnen schweren, mit Cola beladenen Lastwagen, der knapp hinter dem Fahrzeug davor unterwegs war und schräg auf ihre Flanke auffuhr. Das alles spielte sich in einem einzigen Augenblick ab. Die geschockte Ploy, die ganz im Schatten des Fahrzeugs verschwunden war, strampelte sich ab, aber die massigen Zwillingsreifen hatten ihren Körper schon unter sich begraben. Der Motorradfahrer schlug gegen den Lastwagen und schrie, und der erschrockene Lastwagenfahrer wollte sein Fahrzeug auch bewegen und wechselte Dutzende Male die Gänge, aber die Straße war so dicht mit Fahrzeugen vollgestellt, dass sich das Vehikel weder vorwärts noch rückwärts mehr als eine Handbreit bewegen ließ. Ploy stemmte sich mit zusammengebissenen Zähnen gegen die Räder, schlug um sich und strampelte sich ab. Auch die umstehenden Passanten packten an und zerrten mit vereinten Kräften an ihr. Aber die runden Räder hatten die größte Kraft von allen. Sie waren so stark, dass man, einmal unter ihnen begraben, nicht mehr entkam.

Nawalatt, die die Szene von weiter hinten beobachtet hatte, kam herbeigelaufen, raufte sich die Haare und kreischte, und das war schon alles. Sie sah in Ploys Augen schon den Blick des Aufgebens. Auch eine Träne sah sie quer über Ploys weiß gepudertes Gesicht laufen. Es war eine Träne, die aussah wie die Träne einer Entsagung, eines langsamen und schmerzhaften Annehmens der eigenen Lage. Auf ihrem Gesicht stand einzig ein Ausdruck der Anklage gegen den Schmerz, da war keinerlei Verbitterung oder Verwünschung gegen andere oder dergleichen. Als Ploy, die eine ganze Weile lang ausgehalten hatte, endlich mit einem leise geseufzten »Ahhh« den Atemzug der Selbstaufgabe tat, senkte sich der Lastwagen unter heftigem Rütteln, das zu verdeutlichen schien, mit welch zäher, hartnäckiger Kraftanstrengung sich Ploy gegen ihr Schicksal gestemmt hatte, ab und drückte ihr den Brustkorb bis ganz zum Boden platt.

Ploys Leichnam mit den hervorquellenden, zermatschten Eingeweiden wurde auf einer Tragbahre ins Krankenhaus überführt. Nawalatt kehrte zu Fuß nach Sukhumvit in die Soi 16 zurück und teilte Mio, die gerade nach draußen gekommen war, um Damenbinden einzukaufen, die Nachricht mit. Etwas mehr als zwei Stunden später kam der Spanier, der ganz außer sich vor Zorn war. Er entdeckte Nawalatt umgeben von Prostituierten bei Songruans Schaukelstuhl und riss sie, da er meinte, von ihr um das Geld betrogen worden zu sein, an den Haaren auf und nieder. Afang, deren Augen vom Weinen ganz verschwollen waren, stürzte sich auf ihn und biss ihn in den Oberschenkel. Als er sie nach einem Aufschrei des Erschreckens wuchtig ins Gesicht, auf den Rücken und in den Bauch schlug, packte sie ihn, diesmal mit der linken Hand, an den Weichteilen, drückte zu und ließ nicht mehr los.

Zwei Polizisten, die sich ganz gemächlich der Szenerie näherten, besahen sich den halb tot in misslicher Haltung dastehenden Spanier. Und sie betrachteten Afang, die sich wie ein Blutegel in den Unterleib des Mannes festgekrallt hatte. So unnachgiebig hing sie an dem Mann, dass ihr die Polizisten das Handgelenk brechen mussten, um sie von ihm zu trennen. Nawalatt, die weinend danebenstand, hörte Afang in dem Moment, da ihr Handgelenk brach, leise »Ahh!« stöhnen. In Nawalatts Ohren hatte sich die Szene von Ploys Unfalltod noch tiefer und schmerzhafter eingeprägt, daher ahmte sie, als sie den sehr langen Darmwind von Yon hörte, das schauerliche Geräusch sogleich unbewusst mit Mund und Nase nach und verschmolz dadurch mehr mit ihrem Schmerz als am Unfallort selbst, wo sie, weil sie so große Angst hatte, nur dastand und ohnmächtig mit den Füßen auf den Boden trommelte, und auch mehr als Yon und Afang mit dem Schmerz, den sie zu ertragen hatten, verschmolzen.

Als Leo Ploys Zimmer betreten hatte, war ihm der vertraute Raum, dem ein sehr wichtiger, innig verbundener Teil abhandengekommen war, besonders schmutzig und deprimierend vorgekommen. Als sich aber einen kurzen Moment später die Lücke seiner dreijährigen Abwesenheit in Sukhumvit geschlossen hatte, fand er im Gegenteil, dass dieses entsetzlich schmutzige und deprimierende Zimmer sich von jenem Wesen, das man wohl nicht nur seinen Besitzer, sondern seine Seele nennen konnte, bereits abgenabelt hatte und sich in eine der üblichen versifften Buden auf der Sukhumvit Soi 16 verwandelt hatte. Nichtsdestotrotz war der Unterschied zu früher, den er wahrnahm, nichts anderes als eine von seiner Sehnsucht hervorgerufene Sinnestäuschung, und in der Tat hatte sich außer der Tatsache, dass Ploy eben nicht mehr da war, überhaupt nichts verändert. Das Zimmer bot mit der von Yaba- und Zigarettenrauch gelb gewordenen Fluoreszenzlampe, mit dem vor dem Königsbildnis in Schwarz-Weiß stehenden Trinkkelch von Yuha, aus dem bis auf einen trockenen rötlichbraunen Whiskeyrand alle Flüssigkeit verdunstet war, und mit vielem anderen mehr genau denselben Anblick wie damals an jenem frühen Morgen vor drei Jahren, an dem Leo von dort weggegangen war. Über dem Gedanken, dass sich nichts geändert hatte, wurde Leo noch trauriger, weil es bedeutete, dass es weder für Ploy noch für ihr Königreich auch nur eine einzige erfreuliche Neuigkeit gegeben hatte. Zweimal hatte er die Soi 16 verlassen und war nach Korea zurückgekehrt – wie hätte er da, was sein Verhältnis zu Ploy betraf, keine Enttäuschung empfinden sollen, und dennoch: Trotz dieser Gefühle hatte er für Ploy und für ihre Straße eine unendliche, möglichst lang andauernde Freude, gleichgültig aus wie unnützen Momenten diese Unendlichkeit bestehen, von welch billigen Drogen sie hervorgerufen werden mochte. Nachdem er, über diesen Gedanken traurig geworden, eine Zeit lang nur mutlos an die Zimmerdecke gestarrt hatte, fühlte er, sobald er den Zweiklang von Yons Darmwind und Nawalatts Stöhnen hörte, wieder den Schmerz und meinte die grauenhafte Unfallszene, die man ihm geschildert hatte, vor seinen eigenen Augen zu sehen. Bei Ploy waren neben Nawalatt noch einige andere Menschen. Sie wollten Ploy helfen und gaben sich zweifellos große Mühe. Aber da auf Ploy eine Schwerkraft einwirkte, die viel stärker war als all der gute Wille und all die Bemühungen, war ihr nicht wirklich zu helfen. Auch Ploy wand sich und strampelte sich ab, um sich irgendwie zu befreien, und müsste sie auch einen Teil ihres Körpers aufgeben. Aber bis ihr Herz schließlich zu schlagen aufhörte, hatte sie sich keine Handbreit aus den runden Reifen befreien können. Dass sie, die letzte Schwelle ihres Lebens erreichend, doch noch Tränen vergoss, wovor sie immer so große Abscheu empfunden hatte, war wahrscheinlich nicht wegen der Schmerzen, die sie erlitt, weil ihr Rückgrat und neun Rippen ihrer linken Seite mit einem Klacken gebrochen waren, sondern weil ihre Lage allzu bedrückend und erbärmlich war.

Obwohl sie sich Mühe gab, nicht den Anschein zu erwecken, war offenbar ein Teil von Yon mit Ploy mitgestorben. Leo teilte diese Empfindung. Da er alles in allem eine Zeitspanne von fünfhundert Jahren durchlebt hatte, waren da sehr viele Tode gewesen. Anhand der bruchstückhaften Schilderungen der Unfallsituation, verbunden mit ununterbrochenem Studium der Ploys Asche anhaftenden Erinnerungen, konnte Leo Ploys Sterben um die Abendzeit viel besser erfassen als Nawalatt, die vor Ort dabei gewesen war. Da er Ploys Sterben so unheimlich anschaulich vor Augen hatte, erlag er der Täuschung, es wäre eine Szene aus einer früheren Existenz, an die er sich selbst als ein in ferner Zukunft Geborener erinnerte. Dieser Täuschung wegen empfand er tiefe Schuldgefühle, da er selbst einer jener ohnmächtigen Zuschauer gewesen zu sein meinte, die neben der Schmerzen leidenden Ploy nur mit den Füßen stampften.

Yon setzte sich auf und blinzelte mit ihren geschwollenen Augen. Sie lächelte Leo an. Leo, der nun schon in ihrem Blick lesen konnte, gab ihr wortlos 1.000 Baht. Yon fügte ihrem Dankeschön den Höflichkeitspartikel »kha« an. Das sollte bedeuten, dass sie Leo dafür dankte, dass er ihr trotz Ploys Abwesenheit Geld gab. Nun, da der Grund namens Ploy nicht mehr existierte, schien sie Leos Geld für etwas wie Almosen zu halten. Der Geldschein wurde sogleich gegen sieben Tabletten eingetauscht, die sich ihrerseits von neuem in weißen

Rauch verwandelten, der das Zimmer füllte. Auch Leo atmete den Rauch durch den von Ppingppang sauber gedrehten Papiertrichter. Sein Herz schlug ein paarmal schwer und dann durchströmte ihn eine beruhigende Mattigkeit. Er legte sich auf die feuchte Matratze und wartete darauf, dass der Friede, welchen sich die Geschöpfe der Straße Soi 16 von den Drogen erhofften, auch zu ihm kommen würde.

Es wurde Abend und sobald sich die Dunkelheit über die Straße gelegt hatte, kamen die Menschen der Soi 16, die auf Ploys Trauerfeier, ihre verweinten Gesichter voreinander verbergend, auseinandergegangen waren, im Zimmer erneut zusammen. Den Laden der dicken Friseuse hatte eine Alte namens Ladtana übernommen. Weil sie so alt war, dass man fast schon damit rechnete, dass sie jeden Moment zusammenbrechen und ihr Leben aushauchen würde, mussten alle auf ihre Pulsadern aufpassen, wenn sie zum Rasiermesser griff. Sobald sie sich setzte, nahm sie Yon den Papiertrichter weg und inhalierte von dem Yaba. Yon rollte einen neuen Trichter mit einem Gesichtsausdruck, der zu sagen schien, dass sie zum Sterben zu viel und zum Leben zu wenig hatte. Gleich darauf erschien ein junger Mann, der Ssaittong genannt wurde, um zu demonstrieren, wie gut Ladtana Haare schneiden konnte. Er war der neue Drogenhändler auf der Soi 16 und bewegte sich übervorsichtig wie jemand, der seine Kindheit auf einem Minenfeld verbracht hatte. Nur seine Blicke, mit denen er das Gegenüber bei jeder Gelegenheit zu durchbohren schien, entsprachen der Vorstellung, die man sich von einem Drogenhändler machte. Sodann kam eine Gruppe von Prostituierten namens Ppu, Chonyada, Yaya und Jeny herein. Yon warnte Leo besonders vor der aidskranken Chonyada. In Wahrheit waren sie alle »billige« Prostituierte, die für 300

Baht mit Männern schliefen und mit Ausnahme von Yaya alle aidskrank waren. Was das betraf, war die Tatsache, dass Yon, die nicht anders als die anderen war, im Alter von fast sechzig Jahren nicht aidskrank war, sondern lediglich unter Hämorrhoiden litt, ein Beweis dafür, dass der liebe Gott es besonders gut mit ihr meinte. Leo wurde es überdrüssig, ständig Geld aus seiner Brieftasche herauszunehmen, also rückte er sechs oder sieben 100-Baht-Scheine auf einmal heraus und Yon gab den ganzen Betrag an Ssaittong weiter, und in Ploys Zimmer rollten zum ersten Mal seit Langem wieder die Yaba-Tabletten an alle Richtungen umher und es war merkwürdig anzusehen, wie die Prostituierten den Tabletten mit ihren Blicken unter schallendem Gelächter folgten. Ppingppang beschwerte sich darüber, dass sie vor lauter Trichterrollen kaum dazu kam, selbst von dem Yaba zu inhalieren, und schließlich musste sie, von der Alten Ladtana beschimpft und vertrieben, das Zimmer auch noch ganz verlassen. Dabei weinte sie so heftig, dass die Wände vibrierten.

Gegen neun Uhr tauchte Ttom auf, der die einen Gipsverband am Handgelenk tragende Afang im Schlepptau hatte. Ttom, der in Pai, im Norden des Landes, mit seiner an Rinderwahnsinn leidenden Mutter wohnte, hatte sich, als er die Trauernachricht gehört hatte, sogleich nach Bangkok aufgemacht und hier das zur Ausrichtung der Trauerfeier benötigte Geld und seine Arbeitskraft angeboten. Drei Tage lang war er immer wieder zur Polizei und in das Krankenhaus gegangen, in das der Spanier aufgenommen worden war, und hatte durch aufdringliches Betteln einerseits, andererseits durch aus der Not geborene Drohungen erreicht, dass dieser seine Klage zurückzog. Afang war ganz aufgekratzt angesichts der Tatsache, dass sie, obwohl sie sich so aufgeführt hatte, einfach freigelassen worden war, und prahlte damit, dass ein Teil ihres linken Eckzahnes noch im Oberschenkel des Spaniers steckte und er nun kein Mann mehr wäre, denn sie hätte in ihren Fingerspitzen gespürt, wie etwas zerdrückt wurde, als sie ihn fest an den Hoden packte, und dergleichen mehr, aber dann nahm sie Leos Hand und schluchzte lauthals.

Noch ehe sich die ganze Aufregung gelegt hatte, kam zu guter Letzt noch jemand auf Besuch: Es war Shan, der Freitagsmann. Shan begrüßte Leo mit den Augen, setzte sich in eine Ecke und trank SangSom-Whiskey. An den Koteletten war er teilweise ergraut und unter dem Fußknöchel hatte er gelblich angetrocknete Gartenerde. Er schien damit sagen zu wollen, dass manchmal das, was man sah, schon alles war. Er roch nach der roten Erde der Soi 16.

Außer allenfalls einer vom Wege abgekommenen Brise kam nach Shan niemand mehr zu Besuch. Trotzdem wartete Leo weiter, weil es den Anschein hatte, als würden Freunde wie die arme Kai, die »schwarze Schöne« Papa, Lissa, »die Glückliche« und die Zimmerherrin Ploy, die in alle Ewigkeit nie wiederkommen würden, eben doch noch erscheinen. Kinder, die sich in nichts von Waisen unterschieden, hatten wie eine Familie eng miteinander gelebt und lange Zeit miteinander gelacht und geweint, nun waren sie alle gegangen und ließen die alte Yon allein zurück. Zu überleben hieß, auf eine laufend größer werdende Lücke zu starren.

Gegen Mitternacht machte sich Shan eilig auf, in seinen Blumentopf zurückzukehren. Leo stellte sein Schnapsglas ab, da ihm die Lust vergangen war. Yon, die Leo sah, wie er im Anzug, den Rücken leicht gekrümmt an die Wand gelehnt dasaß, holte eine unter dem Bügeleisen liegende Plastiktüte aus der Bowlingtasche, die in der Ecke stand, und warf sie

Leo zu. In der Tüte waren, sauber gebügelt, die Shorts und das blaue Hemd, die Leo vor drei Jahren getragen hatte. Leo hatte immer geglaubt, dass die Entscheidungen, die man in der Vergangenheit getroffen hatte, übereinandergelegt das gegenwärtige Ich erzeugten. Aber als er die in der Vergangenheit getragenen Kleidungsstücke berührte, wurde ihm klar, dass auch all die Dinge, für die er sich nicht selbst entschieden hatte, die er gar nicht erst hatte wählen können, die er als nicht infrage kommend ausgeschlossen hatte, und all jene Dinge, von denen er gar nicht gewusst hatte, dass er sich für oder gegen sie entscheiden konnte, einen gewichtigen Teil seines Selbst bildeten. Während er auf der roten Matratze lag und an seiner Kleidung riechend die ihr leicht anhaftenden Atemzüge von Ploy und seinen eigenen Körpergeruch der Vergangenheit roch, legte er sich auf die Seite und machte die Augen zu.

Es war ein kurzer Schlaf, kurz wie ein Fingernagel. Als Leo meinte zu hören, wie jemand nach ihm rief, machte er die Augen auf. Er sah eine blaue Flamme in der vom Licht der Laterne etwas aufgehellten Dunkelheit. Es war der Geist von Juha, dem traurigen schwedischen Alten. Vor Schmerzen schwankend streckte er seine unruhige Hand in Richtung der Urne aus, in der die Asche von Ploys Knochen war. Er streckte sich so sehr, dass er sie fast erreichte. Letztlich aber erreichte er sie doch nicht. Die beiden waren zu weit voneinander entfernt. Der Rand des Gefäßes bewegte sich wie Tränen, die sich im Auge sammeln, schließlich machte es einen Knall und die letzte Flamme dieser irdischen Welt erlosch.

Leo stand auf und näherte sich. Er tastete nach den Scherben des in einige kleine Teile zerbrochenen Gefäßes und las sie vorsichtig auf.

›Ich brauchte nicht zu helfen‹, murmelte Leo auf Koreanisch. ›Ploy scheint verstanden zu haben, was du wolltest. Sie hat dein Gefäß weder verkauft noch weggeworfen. Sie hat es immer an einem Ort aufgestellt, wo es gut zu sehen war. Sie hat dich nicht falsch verstanden.‹

Leo faltete die Hände zum Gebet. Dann fühlte er sich erschöpft. Er legte sich wieder auf die Matratze. Die Worte des Trosts, die er Juhas Geist zugeflüstert hatte, schienen als Ganzes zu ihm selbst zurückzukommen. Alle, die in diesem trostlosen Zimmer untergekommen waren, hatten ihren eigenen Stammplatz gehabt. Für Kai war es der Platz direkt neben Ploy gewesen, in dem engen Winkel hinter der großen Säule, während Lissa, »die Glückliche«, sich in die Mitte des Zimmers gelegt hatte, dorthin, wo zwei unterschiedlich gemusterte Bodenbeläge aufeinandertrafen, damit das Glück sie jederzeit finden konnte. Papa hatte zwar ständig ihren Platz gewechselt wie eine Getriebene, zum Schlafen aber hatte sie sich häufig in der ganz dunklen Ecke zwischen dem Fernseher und der Rückwand des Badezimmers versteckt, wo sie, falls plötzlich Polizei auftauchte und überall Licht machte, nicht leicht zu entdecken war. Ploy hatte ihre Matratze entlang jener Wand im Inneren des Zimmers aufgelegt, die von der Eingangstür am weitesten entfernt war. Wenn das starke Sonnenlicht am Nachmittag durch das Fenster an dieser Wand ins Zimmer gefallen war, dann war, weil das Licht die grellen Farben abdämpfte und die starken Kontraste von Licht und Schatten ganz in den Vordergrund stellte, der Eindruck entstanden, dass, egal wer etwas sagte, Ploy die wichtigste Person im Zimmer war. Und Leo selbst hatte sich in dem Zimmer mal links, mal rechts von Ploy positioniert, immer jeweils so, dass er den Rand ihrer Matratze berührte. Diese nicht genau bestimmte

Position war exakt der Raum gewesen, der ihm zugestanden worden war, und es war in der Zeit der hitzigen Liebeswallung, die man höchstens einmal im Leben erlebt – und auch dieses eine Mal nur, wenn man wirklich Glück hat –, ein Platz gewesen, den Leo einnahm wie ein Gegenstand in einem Stillleben.

Die Prostituierten, die gleich neben ihm Seite an Seite schliefen, wachten auf und machten das Licht an. Flüchtig schminkten sie sich und gingen hinaus. Leo stand nicht auf. Auch als sie etwa fünf Stunden später mit Obst und Brot, welches sie von dem in Nana verdienten Geld gekauft hatten, zurückkamen, stand er noch nicht auf. Leo blieb genau an dem Platz liegen, wo Ploy immer gelegen hatte, mit geschlossenen Augen. Ohne Unterbrechung stürzten Menschen ins Zimmer und verschwanden wieder. Wenn sie irgendwann später wiederkamen, hatten sie Backwaren oder gebratenen Reis, Alkohol, Zigaretten und Yaba, Kokain oder Ganja dabei, sodass das Zimmer selbst zu einer Art Zuhälter wurde, der den Prostituierten das verdiente Geld wegnahm. Dort wurde nicht produziert, sondern nur konsumiert. Das Zimmer war jener Mittelpunkt, um den herum die Prostituierten ohne Ende ihren Körper, ihre Gesundheit, ihre Jugend und ihr Geld verbrauchten.

Obwohl immer wieder mal irgendjemand Leos Körper berührte, schaffte er es nicht, sich aus seinem tiefen Schlaf zu lösen. Zwischendurch verbreitete sich ein Lächeln auf seinem Gesicht, dann wieder sah er traurig drein, als ob er Albträume hätte. Es war nicht so, dass Leo die ganze Zeit nur schlief. Aber, auch wenn er wach war, machte er die Augen nicht auf. Er aß auch nicht und trank kein Wasser. Mit geschlossenen Augen atmete er immer weiter nur Ploy ein. Wenn er träumte, war der

Traum nur eine Fortsetzung von Gedanken, die er sich in den Stunden des Wachseins gemacht hatte. Seine Erinnerungen sollte man häufig aus der Gedankenschatulle herausnehmen, betrachten und reinigen. Nicht aus Angst davor, zu vergessen, sondern um sicherzustellen, dass diese Erinnerungen sicher aufbewahrt waren, was einen in die Lage versetzte, in der verbleibenden Lebenszeit ohne Zögern voranzuschreiten. Nachdem Leo drei Tage auf diese Art und Weise zugebracht hatte, war es Yon, die in betrunkenem Zustand auf seinen Oberschenkel fiel und ihn dazu brachte, seine Augen weit zu öffnen und aufzuspringen. Er fühlte sich körperlich und seelisch fitter denn je. Nur der Oberschenkel tat ihm arg weh.

»Ach du grüne Neune! Hast du mich erschreckt!«, sagte Yon perplex und starrte Leo an:

»Leo, seit wann bist du denn zurück?«

21

»Es tut mir richtig leid für dich«, sagte Uwe. Seine Sprechart war auffällig langsamer als vor drei Jahren.

»Die hier fließende Lebensader scheint komplett versiegt zu sein.«

Es war der Abend jenes Tages, an dem Ttom nach Pai zurückgegangen war. Obwohl seit Ploys Tod erst eine Woche vergangen war, hatten sich deutlich sichtbare Risse gebildet. Am helllichten Tag fielen ausgesprochen stabil aussehende Mauern wie ein Kartenhaus in sich zusammen und alle Türscharniere brachen. Seit die Geckos allesamt ohne erkennbare Ursache eingegangen waren, litten die Menschen unter den plötzlich massenhaft auftretenden Stechmücken. Schwärme von ausgehungerten Krähen oder Kröten fegten alle drei bis vier Tage durch die Straßen, und nachdem sie abgezogen waren, blieb die Hälfte als Kadaver zurück und verwandelte die Straßen in eine Müllhalde. Im schwülen Gestank, den die von Küchenschaben befallenen Haufen von Tierkadavern verströmten, packten die Bewohner ihre Siebensachen. Und in einer langen Karawane zogen sie in so weit entfernt gelegene Viertel wie Bang Na um. Die Zahl der Verkäufer, die im Schatten sitzend einnickten, wurde auffällig weniger. Die Spießchenbrater zogen in die Soi 3, wo die Lage ein wenig besser war, und verkauften dort an arabische Kundschaft. Die Plätze, die sie verlassen hatten, wurden von niemandem nachbesetzt, sodass die dunkelrot eingebrannte Spur des Mangels, die sie hinterließen, dort als alleinige Herrin den Ton angab. Kranke und Alte, die nicht in der Lage waren wegzuziehen, starrten nur, weil sie niemand fanden, dem sie ihre Not klagen konnten, dumpf vor sich hin nickend, ihren eigenen, auf den Boden hingeworfenen Schatten an.

Obwohl die lang andauernde Regenzeit zu Ende gegangen und die eigentliche Touristensaison angebrochen war, konnte man keine herumlungernden Ausländer finden. Als hätten sie sich untereinander abgesprochen, verließen sie Khaosan nicht, sie schauten kurz auf der Soi Cowboy, in Patpong oder Nana vorbei, um billig Bumbum zu machen, und nahmen auch mal eine Prostituierte mit in ihre Unterkunft. Auch jene, die sich Mühe gaben, so zu tun, als wäre es ihnen gleichgültig, stopften sich nachts etwas in die Ohren, um das Wimmern der Soi 16 nicht zu hören. Vergessen zu werden ist für Lebewesen und leblose Dinge gleichermaßen traurig.

»Früher war es anders.« Das waren Uwes Worte. »Da waren Jia und die junge Ploy. Jeden Tag hörte man das Schluchzen und Flehen der Männer. Der junge Shan war eine fleißig Vorhänge herstellende Maschine, und Som, Kai oder Lissa kamen manchmal vorbei und tranken mit mir. Die Schreie von herumtollenden Kindern und von sich auf der Straße Zankenden waren zu hören, solche Zeiten waren das. Und – was man sich gar nicht mehr vorstellen kann – Songruon hatte noch keine Glatze! Auch ich sah figurtechnisch noch wesentlich besser aus.«

»Ich weiß, was du meinst«, antwortete Leo unbedacht.

»Nein, Leo. Das weißt du nicht«, sagte Uwe ernst.

»Wie sich das anfühlt, kann man nur verstehen, wenn man es selbst erlebt hat. Selbst wenn du alle Einzelheiten für sich kennen würdest, könntest du es nicht verstehen. Du bist nun mal nicht ich. Du kannst mir ganz nahekommen, aber mit mir verschmelzen kannst du nicht. Mich nach eigenem Gutdünken zu interpretieren ist etwas anderes, als mich ganz zu verstehen. Es hat nichts damit zu tun, dass ich so ein außergewöhnlicher Fettwanst bin. Diese Dinge sind ganz allgemein so.«

»Uwe«, sagte Leo und machte eine mürrische Miene. »Es war nicht meine Absicht, dir die Laune zu verderben.«

»Ich weiß, ich weiß. Es liegt daran, dass es derzeit drunter und drüber geht«, sagte Uwe und winkte ab. Leo trank SangSom-Whiskey, in den nur wenig Cola gemischt war. Und er dachte nach und stellte sich dabei schlafend, und er schlief und stellte sich dabei nachdenkend.

Leo dachte intensiv über Uwes Worte nach. Es war ganz sicher nicht richtig, zu sagen, dass er wusste, was Uwe meinte. Er unterschied sich sehr von Uwe. Was für ihn nur eine Reise war, war für Uwe eine Art Verbannung. Die Landschaft, die er leichthin vorüberziehen sah, war für Uwe eine ernste Sache, der Hintergrund seiner Existenz. Er war flink und frei, während Uwe als der schwerste Mensch der Welt auf der Straße

Wurzeln geschlagen hatte. Wenn sie also so verschieden waren, wie sollte er Uwe da verstehen? Selbst wenn sie in derselben Lage wären, würde er ihn nicht verstehen. Die Seele, der Mensch als solches, ist jeweils ein Universum für sich. Da sie Teile ein und desselben Sonnensystems sind, kann der Mars die Erde nicht verstehen.

Es handelte sich also nicht um ein Verstehen. Was Leo auf der Soi 16 bisher ohne Unterlass getan hatte, war kein Verstehen, sondern ein Interpretieren gewesen. Angenommen, man würde sein Gegenüber nicht gemäß eigenen Maßstäben interpretieren, sondern sich tatsächlich vollständig in es einfühlen, dann wäre da kein Platz mehr für Liebe oder Hass. Man würde die Freude und den Schmerz des anderen mitfühlen und würde die Welt mit seinen Augen sehen. Für einen Menschen ist Dergleichen ein Ding der Unmöglichkeit. Das war es, was Uwes Worte bedeuteten.

Vielleicht war das der Grund, warum Uwe ihm widersprochen hatte. Leo rief sich in Erinnerung, welches die Dinge waren, um die er sich in der Vergangenheit bemüht hatte, und welchen Lohn er dafür erhalten hatte. Er hatte sich ziemlich große Mühe gegeben, Ploy, ihre Straße und ihr Leben auf dieser Straße zu verstehen. Wie hoffnungslos seine Situation auch gewesen sein mochte, er hatte gedacht, es wäre gut, wenn er noch einen Schritt näher an sie heranträte.

Mit welchem Resultat? Ihre warme Hand, die er sanft auf seiner Schulter hatte liegen spüren, an jenem Abend, als es so stark regnete, das war alles gewesen. Dieses eine, einzige Mal ihre Körperwärme zu spüren war alles gewesen, was er erreicht hatte. Ploy hatte Leo ohne Ende gemieden, war stets auf der Hut vor ihm gewesen. Je näher er ihr gekommen war, desto mehr hatte sie gelitten, hatte sie innerlich geschrien.

Hatte er das denn nicht bemerkt? Zu behaupten, er hätte es *gar nicht* bemerkt, wäre gelogen. Eine dunkle Ahnung hatte er schon gehabt. Nichtsdestotrotz hatte er sich selbst aufwendig bis zuletzt getäuscht, bis er schließlich ganz am Ende gewesen war und es nicht mehr ertragen und die Straße verlassen hatte. Weil er fand, dass eine Beziehung ab dem Zeitpunkt, zu dem man beschloss, sich nicht mehr darum zu bemühen, den Partner zu verstehen, auf jeden Fall schwächer werden würde. Davor hatte er immer Angst gehabt und war darum weiter um Ploy herumgeschlichen.

In dieser Hinsicht hatte Leo mit seinen dunklen Vorahnungen recht behalten. Als er Ploy schließlich den Rücken gekehrt hatte und nach Korea zurückgegangen war, als er dort gerade daranging, alles zu vergessen und sein Leben zu leben, fiel die Soi 16 in Stücke, brach in sich zusammen, und Ploy starb, indem ihr die Brust eingedrückt wurde, wie einem Insekt.

Als Leo ins Zimmer zurückkam, sahen sich Yon und Afang gerade lächelnd die auf einem Handy gespeicherten Nachrichten durch. Es war Ploys Handy.

»Leo!«, sagte Yon, deren Stimme einen herzerweichenden Klang angenommen hatte.

»Ploys Handy, dieses hier, darf ich das behalten?«

»Warum denn, hmm? Hast du noch kein Handy?«

»Nein, hab ich nicht. Niemand kauft mir ein Handy. Auch Afang und Nawalatt haben ein Handy – aber Scheiße! – nur ich hab keins. Darf ich das von Ploy haben?«

Leo blickte ausdruckslos auf das Handy, das Afang in der Hand hielt. Sie reichte es ihm und er nahm es in die Hand und streichelte es sanft. An einer abgenutzten Schnur hing ein Anhänger aus Schafsleder an dem Handy, auf dem ›Ploy‹

geschrieben stand. Irgendetwas daran war sonderbar. Als er das Ganze sorgfältig betrachtete, fiel ihm auf, dass die Schnur nicht mehr dieselbe war, die er ursprünglich aus Korea mitgebracht hatte. Diese Schnur, so schien es, war schon kaputtgegangen. Daher hatte sich Ploy eine dickere und stabilere Schnur besorgt und den Lederanhänger damit neu am Telefon befestigt.

»Ja, das solltest du behalten«, sagte er, während er den Anhänger losband und ihn in seine Hosentasche steckte.

»Auch Ploy würde das wollen.«

»Versprochen! Wenn das Handy kaputt wird oder verloren geht, dann bring ich mich um.« Yon nickte heftig, wobei ihr Kopf auf und nieder ging wie das Elektrokardiogramm eines Schockpatienten.

»Nicht doch! Ist doch nur ein Handy«, sagte Leo.

»Ach ja? Na, wenn du meinst«, erwiderte Yon.

Yon war gerade dabei, mit einem auf der Samsen-Straße wohnenden Ganoven aus Malaysia über das Zusammenleben zu sprechen. Sie hätte vor, bald aus der Soi 16 wegzuziehen, und der Mann wäre sehr alt und hätte kaum Geld, daher bräuchte sie sich keine Sorgen zu machen, dass er sie verlassen würde, meinte sie. Das nämlich wäre das Letzte, wovon sie noch träumte: nicht verlassen zu werden. In irgendeinem Teil dieser Welt war da diese winzig kleine Hoffnung, und am Rande dieser Hoffnung lebte da eine alte und kranke Prostituierte, die mit uns die Mühen der Schwerkraft teilte.

Es war später Abend. Afang ging nach draußen, um etwas Essbares einzukaufen, und nachdem auch Yon mit einem Lächeln gegangen war, um den Malaien zu treffen, blieben nur Leo und die Dunkelheit, die ihn umgab, zurück. Leo rauchte eine Zigarette, die ihm Yon gnädig übrig gelassen hatte, dann ging er in die Toilette und putzte sich die Zähne. Er nahm sein Handy und seine Brieftasche und steckte beides in seine Hosentasche. An der Treppe im Erdgeschoss sah er, dass Uwe und Nawalatt gerade beisammensaßen und in Ruhe Alkohol tranken. Leo grüßte sie mit einem Nicken und trat hinaus auf die Straße.

Natürlich veränderte sich alles. Auch Leo wusste das. Ein Kind wurde zum Jüngling, der wiederum wurde zu einem Mann in der Blüte seiner Jahre, und der wiederum wurde schließlich alt. Die rötliche, unbefestigte Straße wird asphaltiert oder betoniert und an einer Stelle, wo ein heruntergekommenes Gebäude stand, wird ein sauberes Hochhaus gebaut. Die Krämerstände werden zu Ladengeschäften und die Ladengeschäfte werden zu Großmärkten oder zu Filialen von Ketten.

Aber wissen und mögen sind zwei Paar Schuhe. Leo mochte die 7-Eleven-Minimärkte nicht, von denen allein auf dem Soi 16 vier Filialen eröffnet hatten, er wollte seine Zigaretten dort nicht kaufen. Auch den Großmarkt, der an jener Stelle, wo das Nueng Thaeo genannte Gebäude gestanden hatte, errichtet wurde, mochte er nicht. Er schlenderte zu dem winzigen Laden am Ende der Haarsalon-Gasse, aber als ob die dämliche Alte Geld hassen würde, hatte sie ihren Laden schon zugemacht.

Ihm blieb nichts anderes übrig, als umzukehren und zurückzugehen. Dort war das Schweinestelzen-Esslokal zu sehen. In einer Ecke im Inneren des Ladens sah Leo Songruon, der fleißig dabei war, Schweinestelzen zu kochen, und hob die Hand zum Gruß, aber Songruon schien ihn von drinnen nicht sehen zu können. Er ging an der Gasse vorbei, in der er einst von Oddt in die Mangel genommen wurde. Die Mauern hatten an der Oberfläche überall Risse, sodass es schien, dass sie jeden Moment in sich zusammenstürzen würden.

Leo war schwer ums Herz. Nachdem er sich kurz nach hinten umgeblickt hatte, begann er ziellos einfach weiterzulaufen. Als er an dem Großmarkt vorbeilief, dem das Nueng Thaeo genannte Gebäude hatte weichen müssen, fiel ihm jener Abend ein, an dem es heftig regnete, und die alten kranken Prostituierten und die Männer, die ihnen beim Schminken helfen sollten, und keine große Hilfe waren. Mittlerweile waren sie alle gestorben oder fortgezogen. ›Wenn das tatsächlich so war, waren sie dann in dem Moment, als ich sie sah, alle derart hartnäckig dort übrig geblieben, nur um zu sterben oder wegzugehen? Sollte das heißen, es sei ihr Job gewesen, zu sterben oder wegzugehen?‹

Leo ging, sich immer wieder nach hinten umblickend, weiter. Er ging an Uwes Wohnhaus und an dem Schaukelstuhl vorbei, der ihm gegenüber aufgestellt war, und stand nun vor Shans Haus, das einst ein so prächtiger Neubau gewesen war. Da durch die aschgrauen Betonmauern Risse liefen und alle Kanten abgebröckelt waren, sah das Gebäude wie zerknittertes Zeitungspapier aus. Durch das Fenster, von dessen Rahmen die Farbe abgeblättert war, war zu sehen, wie ein Kind, entweder das dritte Kind Egh, das vom älteren Bruder angeführt wurde oder das geistig ein wenig zurückgebliebene vierte Kind Afi vor Shans Topf hockte und Wasser hineingoss. Da es dunkel war, war Shans Gesicht nicht zu sehen, lediglich seine Haltung war schemenhaft zu erkennen: Nur einen seiner beiden Arme von sich streckend glich er einem Baum, dessen Wachstum ins Stocken geraten war.

Leo blickte sich wieder nach hinten um. Ihm war schwer ums Herz. Hätte ihm jemand »eins, zwei, drei« ein entsprechendes Signal gegeben, hätte er gerne laut losgeschrien. Von

Norden her wehte ein heißer Wind. Leo dachte an die Leute, die auf der Straße gelebt hatten, an sein Zaudern, das er dort wie ein Gepäcksstück deponiert hatte, an die Gelegenheiten, die er nicht ergriffen hatte. Er ging an der Gasse mit dem 7-Eleven vorbei und wandte sich dann nach rechts um. Auch an dem Platz, wo früher das Gesundheitsamt gewesen war, war nun ein 7-Eleven. In der Ferne war das Flusswasser zu sehen. Durch die mehr als drei Monate andauernde Trockenheit war der Boden aufgebrochen. Auch die Gräser, die die Umgebung des Gewässers dicht überwucherten, hatten sich gelblich verfärbt und waren im Begriff, langsam zu verkümmern. Zigaretten waren hier keine zu bekommen. Rundherum lag alles im Dunkeln. Die verstreut herumstehenden Straßenlaternen beleuchteten egoistisch nicht die Straße, sondern nur den eigenen Laternenpfahl.

Es war verdrießlich.

Mit den Fingern danach tastend vergewisserte sich Leo, dass er sein Handy und seine Brieftasche in der Hosentasche eingesteckt hatte. Er berührte auch den Anhänger aus Schafleder und die mit einem Ring damit verbundene Handyschlaufe. Mehr brauchte er nicht zu packen. Er hatte seinen Anzug dort abgelegt, aber was er am Ort des traurigen Abschieds angehabt hatte, wollte er nie wieder tragen. Außerdem würde, wenn er ins Hotel zurückkehrte, auch dort etwas Geeignetes zum Anziehen bereitliegen. Vielleicht war das eine Entscheidung gewesen, die er schon in Korea beim Einpacken getroffen hatte, nachdem er Afangs Anruf entgegengenommen hatte.

Er lenkte seine Schritte nun in Richtung der Sukhumvit-Straße. Diesmal lief er, ohne sich umzusehen, an Shans Haus, an Uwes Wohnhaus, am Großmarkt, am Friseur und am Schweinestelzen-Esslokal vorbei. Alles ließ er auf diese Weise hinter sich. Er stand am Eingang der Soi von der großen Sukhumvit-Straße her und wollte gerade ein Taxi nehmen, als er hörte, wie ihn jemand rief.

»Leo, was ist denn los mit dir, dein Handy ist ständig ausgeschaltet.«

Es war Lano. Es waren höchstens drei Jahre vergangen, aber sie war zwei Spannen gewachsen und auch ihr Gesicht war sehr hübsch geworden.

»Du wolltest dich schon wieder aus dem Staub machen, ohne etwas zu sagen, was?«, sagte Lano fröhlich und machte dabei absichtlich einen schmollenden Gesichtsausdruck. »Weißt du denn nicht, wie schade ich es schon letztes Mal fand, als du ohne Abschied auf und davon bist?«

»Äh, nein.«

Wegen der Unbeholfenheit, die wohl daher kam, dass drei Jahre vergangen waren, stotterte er ein wenig.

»Lano, geht's dir gut? Wow, du bist aber hübsch geworden! Ich hatte gedacht, ich würde dich auf Ploys Bestattungsfeier sehen.«

»Ich hatte spät Schulaus und konnte deshalb nicht kommen. Abends war ich am Wasser, da es der Wochentag war, an dem mein Papa immer aufwacht.«

»Soso.«

Leo fiel die sechsjährige Lano ein, die an den Tagen, an denen Shan aufwachte, hartnäckig ans Wasser ging, um dort alleine zu weinen. Am Abend jenes Freitags, an dem man Ploy bestattet hatte, hatte Lano dort wohl wieder allein geweint, während Leo im Zimmer mit Shan getrunken hatte.

»Und du gehst nun wirklich? Ganz ohne Gepäck?«

»Ich denke schon.«

Er zuckte mit den Schultern.

»Irgendwie scheint mich diese Straße nicht besonders zu mögen. Ich war viel zu lange ein Fremder. Ich gehe besser dahin zurück, wo ich hingehöre.«

Lano legte ihre Hände ineinander und blickte Leo fragend an. Als sich ihre Blicke trafen, war ihm das unangenehm. Es fühlte sich an, als würde seine Seele in ihre klaren, bläulich schimmernden Augen hineingesogen. Sie hatte die Augen ihrer Mutter.

Lano setzte dazu an, etwas zu sagen.

»Leo, weißt du eigentlich, dass die Leute von dieser Straße immer noch über Jia aus Chiang Mai reden?

»Ja, das weiß ich«, antwortete Leo.

»Sie war ein guter Mensch, nicht wahr? So ist es doch?« Sie machte eine Pause. »Es stimmt, sie war ein guter Mensch. Ich bin ihr zwar kein einziges Mal begegnet, aber es ist ganz sicher, dass sie genauso toll war wie Ploy. Leo, aber, weißt du das? Dass die Leute dieser Straße genauso viel über dich reden?«

»Tatsächlich? Das hätte ich mir eigentlich nicht gedacht ...«

»Dummkopf, die Menschen hier mögen dich alle. Wenn sie davon erfahren, dass du ohne ein Wort einfach gegangen bist, werden sie böse auf dich sein. Es kann sogar sein, dass sie dich packen und nicht gehen lassen. Wollen wir es mal ausprobieren?«

»Bitte nicht!«, sagte Leo lachend. »Wenn ich nicht bald zurückkehre, wird meine Frau sauer auf mich sein.«

»Was, bist du etwa verheiratet?«, sagte Lano in gespielter Überraschung.

»Ich bin schon fünfunddreißig Jahre alt. Letztes Jahr habe ich geheiratet.«

»Aha, na gut! Ist deine Frau schön?«

Leo nickte.

»Liebst du diese Frau?«

»Hmm, ich weiß nicht«, antwortete er die Augen zusammenkneifend. »Auf jeden Fall mag ich sie sehr.«

»Ohne sie könntest du nicht leben?«

»Ja, ich brauche sie unbedingt.«

»Vermisst du sie auch jetzt?«

»Ja.«

»Dummkopf!«, sagte Lano und lachte. »Dann liebst du sie ja doch! Wieso sagst du das denn nicht gleich?

Da die Rede auf die Liebe gekommen war, fiel ihm Ploy wieder ein. Liebe und dass ein Mensch einen anderen liebt, an so etwas hatte Ploy nicht geglaubt. Der Grund, weshalb er auf Lanos Frage, ob er seine Frau liebte, nicht klar geantwortet hatte, lag darin, dass er mit dem Ploy verhassten Wort sein Gefühl nicht benennen wollte.

»Ich hoffe, diese Frau liebt dich auch. Weil du ein toller Mann bist.«

»Lano, hast du keinen Freund?«, wechselte Leo das Thema. »Du bist hübsch, und außerdem ist es, wenn du schon neun Jahre alt bist, doch schön langsam Zeit, nicht wahr?«

»Es gibt an der Schule tatsächlich einen Jungen, der mich mag. Aber ich weiß nicht recht. Seine Familie ist sehr reich.«

Sie runzelte die Stirn.

»Seine Eltern wollen nicht, dass er mit mir geht.

»Lano«, sagte Leo. »Wenn dir jemand sagt, dass er dich mag, brauchst du ihm das nicht gleich ohne Weiteres zu glauben. Die Chancen stehen fünfzig zu fünfzig. Es kann sein, dass er dich wirklich mag, oder aber er will etwas von dir, eines von beiden. Aber wenn du jemanden magst, musst du deinen Gefühlen vertrauen und dementsprechend entscheiden. Sonst wirst du es später bereuen.«

Lano lachte hell auf.

»Was denn, du redest ganz wie mein Bruder Ssin! Ssin hofft, dass ich mit dem Jungen aus der reichen Familie gehe.«

Die Straßenlaterne ging an. Um die Laterne herum sammelten sich Nachtfalter und tollten umher, und auch Fledermäuse scharten sich zusammen, um sich die Nachtfalter einzuverleiben. Leo stand der Laterne gegenüber, Lano direkt darunter. Als Leo sagte: »Du bist wirklich hübsch geworden«, lächelte Lano. Es war jene Art zu lächeln, wie junge Mädchen es taten, die ein bestimmtes Kompliment zum wiederholten Male hörten, wenn sie längst wussten, dass sie sehr hübsch waren und von allen geliebt wurden und sich ganz sicher sein konnten, jeden Mann, egal um was für einen Mann es sich handelte, bezirzen zu können.

»Nun muss ich aber gehen. Ich kann nicht mehr wie früher einfach ein paar Monate bleiben. Grüße meine Freunde von mir!«

»Mach ich«, sagte Lano. »Und? Kommst du irgendwann wieder?«

Es war eine traurige Frage. Er hatte noch nicht darüber nachgedacht, ob er zurückkommen würde oder nicht, aber als er Lanos Frage hörte, sagte ihm sein Gefühl, dass er nicht mehr zurückkommen würde.

»Hmm, ich weiß nicht recht. Ploy ist nun ja auch nicht mehr da. Auf dieser Straße hier würde ich, wenn ich wiederkäme, wohl immerzu nur an Ploy denken«, antwortete Leo aufrichtig. »Wahrscheinlich werde ich wohl nicht mehr wiederkommen wollen.«

»Aber ich bin doch hier!«, rief Lano. »Leo, komm mich besuchen. Irgendwann mal kannst du doch vorbeikommen, nicht wahr?«

Sie fasste Leo leicht am Arm.

»Komm an Weihnachten! Du weißt doch, dass ich an Weihnachten Geburtstag habe!«

»Na klar«, antwortete er. ›Natürlich weiß ich das‹, dachte er bei sich. ›Am Weihnachtsabend habe ich Ploy getroffen, und am Weihnachtstag, am Tag deiner Geburt, bin ich zum ersten Mal hierhergekommen. Wie könnte ich den Tag, an dem alles begann, den leidenschaftlichen Weihnachtsmorgen vergessen?‹

»Da kommt ein Taxi!«, sagte Lano.

Er hob die Hand, um den Wagen zu stoppen, und drehte sich zu Lano um, um Abschied von ihr zu nehmen. Da stellte sie sich plötzlich auf die Zehenspitzen und küsste ihn auf den Mund. Es ging so schnell, dass er sie nicht davon abhalten konnte.

»Du hast es mir versprochen! Leb wohl!«

Dann verschwand sie in der in Dunkelheit getauchten Straße. Immer wenn sie unter einer der alle zehn Meter aufgestellten Laternen vorbeiging, erschienen, kleiner und kleiner werdend, ihre schmalen Schultern und ihre hinten zusammengebundenen Haare.

Leo blieb gedankenverloren auf der Stelle stehen. Die warme Feuchtigkeit, die ihm von Lano an seinen Lippen haften geblieben war, fühlte sich unwirklich an. Sein Herz raste und der Schweiß rann ihm über den Rücken. Die die Straße umgebenden Bilder der Armut kamen näher und zogen vorüber wie die Jahreszeiten. Der Fahrer des Taxis, der mit heruntergelassenem Fenster gewartet hatte, fuhr ärgerlich murrend davon. »Tut mir leid. Aber ich komme aus irgendeinem Grund nicht vom Fleck.«

Von ferne war das Bellen eines Hundes zu hören. Obwohl Lano schon nicht mehr zu sehen war, blieb Leos Blick in die

Tiefe der Straße, die sie entlanggelaufen war, gebannt. Mit klopfendem Herzen, schweißnassem Rücken und mit betäubtem Kopf starrte er in die Straße hinein.

Es war eine merkwürdige Szene. Auf der Soi 16, über der sich die Dunkelheit wie ein Teil eines Bühnenbildes ausbreitete, ging gerade ein Wunder vor sich. Die von Rissen durchzogenen und eingefallenen Mauern wurden wieder stabil. Der die Abwasserrohre verstopfende Müll wurde davongeschwemmt und die Menschen traten in großer Zahl auf die Straße heraus, auf der wieder reges Treiben herrschte. Diejenigen, die weggegangen waren, kehrten in ihre Läden zurück und empfingen wieder Kundschaft. Preise verhandelnde raue Stimmen ertönten. Das Geld ging wieder von Hand zu Hand. Die Wagen der Spießchenbrater wurden mehr und mehr. Blauäugige Männer kamen vorbei und vergossen Tränen, dann drangen sie in die Zimmer der niederklassigen Prostituierten ein, um sich von diesen trösten zu lassen. Drogen, Alkohol und Kondome überall. Die Straße, die schon im Sterben gelegen hatte, begann wieder zu atmen. Die Soi 16 streckte und dehnte sich. Sie würde sich wieder erholen.

Alles das war der Fall.

Das war die Art und Weise, wie die Sukhumvit Soi 16 wieder ins Leben zurückfand. Indem man das neunjährige Mädchen, das sich einem an die Lippen warf, verschlang, wurde alles zu neuem Leben erweckt. Durch die in der Art eines Geschenks überlaufende Vision begriff Leo erst, wie die Straße atmete. Die nächste Karte, die die Soi 16 in diesem Spiel zog, war Lano. In nur drei oder vier Jahren würde sie die Straße erneut mit der Quelle Nana verbinden und für den Wiederaufbau der verfallenen Straße sorgen. Unzählige Männer würden wie von einer Flutwelle angeschwemmt werden und in die Straße eindringen und den Samen ihrer Rasse und den Reichtum ihres Landes fließen lassen. Immer weiter würden sie es einfach fließen lassen. Fließen und fließen … Und in der Mitte von alledem würde Lano stehen. Wie einst Jia dort gestanden hatte, wie die traurige Ploy es getan hatte.

Leo wandte sich um. Er stand nun der Straße den Rücken kehrend da. Es war grotesk, dass er erst jetzt, in der Stunde seiner Abreise erkannte, dass er zu einem Teil der Soi 16 geworden war, zu einem von ihnen. Der Wind ging leicht. Der Nachthimmel war in der Trockenzeit voll von glitzernden Sternen. Leo brauchte nicht unbedingt traurig zu sein. Wie wir alle, jeder einzelne von uns, Lebewesen waren, so war auch diese schmutzige und matschige Straße ein Lebewesen. Ein Tor, wer das nicht wahrhaben wollte!

Aus der Entfernung näherte sich ein weiteres Taxi in hohem Tempo. Damit das Taxi nicht an ihm vorüberfuhr, hob er seine Hand. Es war ihm alles einerlei. Nun rückte die Nacht vor, aber irgendwann würde wieder ein Tag anbrechen. Die Leute würden aus langem Schlaf erwachen, würden heimtückisch begehren, sich widerstandslos antreiben lassen und entsetzlich erniedrigt werden. Von den mitleidlosen Göttern ebenso wie von den zwischen den Welten hin- und herwandernden Seelen wurde die Straße in ein rötliches Glühen getaucht. Dass es Leo dennoch gelang, sich zu beruhigen, lag daran, dass das Morgengrauen seinen eigenen, kühlenden Schatten in sich trug.

Leo stieg ins Taxi und fuhr in Richtung Osten davon.

www.septime-verlag.at